Die Wölfe Trilogie

Vom selben Autor:
Graubart
Der Drescher

Erscheint demnächst:
Den Untergang Verbergen

Umschlaggestaltung: Jørgensen Graphics

INHALT

EINLEITUNG
von Alex Wright

(Enthält Spoiler zur Handlung)

Zehn Jahre später ist es an der Zeit, eine Trilogie neu zu bewerten, die einen transmogrifizierten Blick auf die kulturellen Umwälzungen des Jahrzehnts seit Brexit und Trump bot.

Die Saga begann mit *The Hungry Wolves of Van Diemen's Land* (2014), einer Geschichte über zwei Teenager, die die Unlogik und Heuchelei der linken/korporativen Elite um sie herum nicht mehr ertragen konnten und sich auf unvergessliche Weise dagegen auflehnten.

Sean, Sohn eines Psychiaters, dessen Spezialität es ist, "Patienten in die Psychiatrie zurückzuschicken", unterscheidet sich von seinem konservativen Vater dadurch, dass er die Gefahr, die von umherziehenden Verrückten ausgeht, für notwendig hält ("Man muss einen Funken Chaos in sich haben, um einen tanzenden Stern zu gebären", wie Nietzsche sagte). Das bedeutet, dass er tatsächlich in der Lage ist, die kulturzerstörenden Kräfte zu *bekämpfen*, im Gegensatz zu den Konservativen, die sich nur zurückhalten können.

Sean zieht von der Stadt in eine Kleinstadt High School, mit den damit verbundenen Drogen- und psychologischen Problemen und einer Clique von Lehrern, die globalistische Propaganda verbreiten, die, wie er später erfährt, von einem "Sheldon Albright, dem bekannten Währungsspekulanten und Geierkapitalisten" stammt.

Er freundet sich mit Aloysius Coot an, einem unperfekten Charakter mit einem Hang zum Drogenmissbrauch, der jedoch von Ninjutsu und dem Überlebenskampf besessen ist. Coot hat eine idealistische Ader, die im Laufe des Buches zu- und abnimmt; es ist klar, dass er Führung braucht, um zu gedeihen, und Sean ist nicht immer in der Lage, ihm diese Führung zu geben. Der Subtext hier ist Seans Frustration darüber, dass Coot sich nicht selbst motivieren oder aus eigener Kraft fahren kann. Seans Unfähigkeit, die "Normalen" oder diejenigen, die weniger motiviert sind als er, zu verstehen, ist vielleicht seine größte Schwäche.

Nach und nach erkennt Sean das Ausmaß der Korruption in der Stadt, in der der oberste Polizist ein Drogendealer ist. Das Problem des Drogenmissbrauchs wird in dem Buch gekonnt thematisiert, ohne in Puritanismus abzugleiten. Überall im sterbenden Westen sehen wir die zerstörten Leben der Opioid-Opfer und hören das Klingeln der Pharmakonzerne, die von ihrem Elend profitieren.

Nachdem er sich mit diesen Problemen auseinandergesetzt hat, fliegt Sean von der Schule und verlässt die Stadt, um in die City zurückzukehren. Dort lernt er Maddy kennen, die von ihrer drogenabhängigen Mutter nach einem Vorfall mit einem geistesgestörten Transsexuellen, der sie sexuell missbrauchen wollte (die Mutter stellt sich auf die Seite des Transsexuellen), von zu Hause weggeschickt wurde.

In einem Obdachlosenheim wird sie von einem Mitglied der kriminellen Unterschicht regelrecht vergewaltigt, und ihr Leben ist auf dem Tiefpunkt - bis sie Sean begegnet. Die beiden verlieben sich sofort ineinander, weil sie im anderen jemanden sehen, der nicht in die dumme und zunehmend verrückte Gesellschaft passt, die sie umgibt.

Zusammen mit ihrem gelegentlichen Kumpel Coot infiltrieren sie eine Konferenz, auf der die Zukunft Tasmaniens geplant werden soll (natürlich ohne die Bevölkerung zu befragen). An der Konferenz nehmen nicht die hochrangigen WEF-Globalisten teil, sondern deren einfache Handlanger: Akademiker und Journalisten. Sean und Maddy bezeichnen diese selbsternannten Kosmopoliten schnell als "Nirgendwo-Menschen", denn ein Bürger von "überall" zu sein, bedeutet ein Bürger von nirgendwo zu sein.

Und so beginnen sie eine Kampagne von Streichen gegen die traurigen Kosmopoliten. Das bringt sie schließlich in Konflikt mit der Antifa, den Schocktruppen des korporativen Establishments (damit wir nicht vergessen, dass die deutsche Antifa im Jahr 2021 buchstäblich in Züge gestiegen ist, um den Impfstatus der Menschen zu überprüfen).

Das bringt sie auch in Konflikt mit den Medien, die sie schnell als "Neonazis" abstempeln und ein Interview, das sie geben, so verdrehen, dass es so aussieht, als hätten sie das Leben eines sechs Monate alten Babys bedroht, obwohl es in Wirklichkeit die Antifa war, die es bedroht hat. Einige Leute merken, dass die Medien lügen, aber was können sie tun?

Die bürgerlich-konservative Zeitschrift *Parabola* (man denke an *Quadrant* oder *New Criterion*) wirft sie vor den Bus... Dann begehen die Antifaschisten eine wirkliche Gräueltat, aber die Polizei interessiert sich nicht dafür, sondern will die hungrigen Wölfe, wie sie sich selbst nennen, nur wegen irgendeines Hassverbrechens anklagen. Es gibt kein Zurück mehr.

Das Buch erschien ein oder zwei Jahre, bevor die Begriffe "Lügenpresse" und "Fake News" in aller Munde waren. Aber die Wölfe merken, dass die Konzernmedien genau das sind. Also starten sie eine bewaffnete Belagerung der Lokalzeitung Hobart *Messenger*, die die Quelle vieler Lügen über sie ist. Sie weisen die Mitarbeiter an, ausnahmsweise die Wahrheit zu veröffentlichen - aber selbst mit vorgehaltener Waffe erweisen sich die Journalisten und Redakteure als herablassend arrogant.

Die Beschreibung der Journalisten als "Babyboomer" (die viele 2014 zweifellos noch waren) ist im Jahr 2024 zunehmend veraltet, aber alles andere in diesem Abschnitt klingt wahr, insbesondere das hochtrabende Gerede über "Gemeinschaftsstandards" (gemeint sind die Standards der bürgerlichen kosmopolitischen Klasse). Auf jeden Fall hebt das Nachwort eines Psychiaters der Babyboomer-Generation das Buch über eine simplifizierende Anti-Babyboomer-Tirade hinaus und macht es zu etwas Klugem.

Die Belagerung endet, aber erst sehr spät in der

Trilogie erfahren wir, was aus Sean und Maddy wird. In der Zwischenzeit entsteht auf der ganzen Welt eine Bewegung, die sich "Wölfe der Freude" nennt und von den Aktionen der Hungrigen Wölfe inspiriert ist. Vor dem Hintergrund dieser entstehenden Bewegung spielt der zweite Roman, *The Heretic Emperor* (2015).

Obwohl die Atmosphäre hier düsterer und komplexer ist als die der *Hungry Wolves*, durchdringen immer noch Blitze der Liebe das Meer der sich verdichtenden Finsternis. Es ist poetischer als das erste Buch, voller rätselhafter Anspielungen und mit einer gut durchdachten Handlung, in der der Lebensweg der Hauptfigur mit dem einer realen historischen Figur (dem mittelalterlichen "Ketzerkaiser" Friedrich II.) zusammenfällt.

Maximillian Scarlotti ist Schüler einer Schule für die koschere Weltelite (im Buch "Unicursal Curia" genannt), die sich in einem obskuren Teil Afrikas befindet. Scarlotti hat Träume, die ihn von seinen Mitschülern unterscheiden, und er vertritt insgeheim eine Doktrin, die er "esoterischen Ethnopluralismus" nennt. Natürlich hält er diese Überzeugung gut versteckt, und seine Lehrer merken nicht, dass sie ihm einen Kuckuck ins Nest setzen.

Erst als er die Schule verlässt, um Elite-Jobs in der EU und den USA anzunehmen, offenbart er allmählich seine wahre Macht, immer einen Schritt voraus in einem 5D-Schachspiel mit seinen Curia-Gegnern. Scarlotti wird in Amerika schnell sehr populär, und die Curia erkennt zum ersten Mal, dass sie ein Frankenstein-Monster geschaffen hat, das außer Kontrolle geraten ist.

Er gründet eine Privatarmee und kündigt an, die Kurie selbst zu übernehmen und in Richtung Ethnopluralismus zu lenken. Die Kurie weiß natürlich nichts davon, aber mit dem US-Militär an seiner Seite ist Scarlotti zu einer gefährlichen Kraft geworden und ein "globaler Bürgerkrieg" bricht aus.

Auf unterhaltsame Weise werden diese Ereignisse aus der Sicht von elf sehr unterschiedlichen Erzählern geschildert, von fanatischen Idealisten bis zu zynischen Opportunisten, die mit der Seite zusammenarbeiten, die zu gewinnen scheint. Wir erleben die Geschichten eines frauenfeindlichen arabischen Dichters, der heimlich die Götter des alten Ägypten anbetet; eines geistesgestörten Scharfschützen des Militärs, der die schizoide Haltung der Arbeiterklasse gegenüber der politischen Korrektheit verkörpert, in die sie die Medien getaucht haben; und eines schüchternen Kiffers in Kurt Cobains Heimatstadt Aberdeen, der Zeuge der Gründung einer weißen Separatistenrepublik im pazifischen Nordwesten wird.

Aber die Dramen dieser unterschiedlichen Charaktere dienen nur dazu, das größere Drama zu erzählen, die Tragödie des ketzerischen Kaisers Maximilian Scarlotti. Ohne zu viel zu verraten, dankt er auf spektakuläre Weise ab, nachdem er den Gegnern der Unicursalkurie etwas Zeit verschafft hat.

Das dritte Buch, *Reveries of the Dreamking* (2016), spielt in den Nachwehen einer Seuche namens Grauer Tod (eine echte Seuche, im Gegensatz zu Covid-19). Die Überreste der alten Kurie sind untergetaucht und werden nun seltsamerweise "Patagonier" genannt (vielleicht eine Anspielung auf die geheimen Stützpunkte, die die Globalisten angeblich im Süden der Welt errichten, um der drohenden Apokalypse zu entgehen).

Das Buch spielt auf einer imaginären Pazifikinsel namens Mantuaroa, die sich "wie eine Festung aus den tiefen, bebenden Wassern eines Traums" erhebt, und auf einer anderen Insel namens Cavendish, die das letzte geistige Überbleibsel des alten britischen Empire zu sein scheint.

Wie der Titel schon andeutet, hat diese Geschichte eine traumhaftere Atmosphäre als die beiden vorhergehenden, aber auch eine geradlinigere Erzählweise, fast wie ein Kriminalroman. In gewisser Weise handelt es sich um eine Detektivgeschichte, da der Erzähler, ein ehemaliger Soldat, herausfindet, dass die Technologie, die in seiner Beinprothese verwendet wird, unheimlicher ist, als es zunächst den Anschein hat.

Das Buch ist voll von Vogelsymbolik. Vielleicht ist das ein Zeichen für die Sehnsucht nach Freiheit von der kaputten Gesellschaft, die der Erzähler durchstreift, denn auf Mantuaroa ist alles Schein: Künstler, deren Werke buchstäblich aus Erbrochenem bestehen;

Scharlatanerie-Gurus; Reality-Shows namens "Sklaven-Soaps", bei denen die Zuschauer über bestimmte Ergebnisse abstimmen und so die Illusion einer "Wahl" haben.

Der Erzähler tut sich mit einer Schauspielerin aus einer solchen Show zusammen, die ihrem Gangster-Manager entkommen ist, mit einem Retro-Heavy-Metal-Musiker und einem inkompetenten Geheimagenten, dessen Lebensgeschichte eine spielerische Anspielung auf die Verschwörungstheorie "Alex Jones ist Bill Hicks" zu sein scheint.

Unterstützt werden sie bei ihrer Suche von einem esoterischen Orden, der die Welt für einen Traum hält. Ihnen gegenüber steht eine Sekte namens "Dead Shadows", die glaubt, dass alles organische Leben im Universum vernichtet werden muss (möglicherweise eine Parodie auf Thomas Ligotti und andere antinatalistische Schriftsteller), aber der wahre Feind sind die Globo-Totalitaristen, und um sie zu besiegen, muss der "letzte Dichter", Maddem, "in einem undurchdringlichen Dornengestrüpp, in den unerreichbaren Tiefen eines heulenden Abgrunds" gefunden werden.

Die Botschaft des Buches scheint ewige Wachsamkeit zu sein. Es gibt eine bösartige, vereinheitlichende spirituelle Kraft, die immer unter der Oberfläche lauert und die auch in Zukunft versuchen kann und wird, andere zu beeinflussen, selbst wenn die heutige Gruppe der Konzernglobalisten besiegt ist. Christensens unausgesprochene Weltsicht scheint zu sein, dass das Universum ein Ort endloser spiritueller Kriege und Suche ist.

In der Zwischenzeit sind unsere Feinde immer noch sehr präsent.

Die Hungrigen Wölfe von
Van Diemens Land

Für meine Frau

"Flüstere Märchen, bis sie wahr werden"
- Vashti Bunyan

und

"...Hoffnung, bis die Hoffnung
aus ihrem eigenen Wrack das erschafft, was sie
betrachtet..."
-Shelley

VORWORT

Die folgenden Erinnerungen zweier Mitglieder der verurteilten Terroristengruppe "The Hungry Wolves of Van Diemen's Land" wurden zu einer zusammenhängenden Erzählung zusammengefügt. Abgesehen von typographischen Korrekturen und Formatierungen sind die hier wiedergegebenen Worte vollständig ihre eigenen.

Ich veröffentliche sie in der Hoffnung, einen Einblick in einen Fall zu geben, der verständlicherweise weltweit Schlagzeilen gemacht hat und auf den ich am Ende der Erzählung näher eingehen werde.

Dr. Michael Halvorsen
Tas. Abteilung Strafvollzug

1

SEAN

Ich weiß nicht, wie weit ich zurückgehen soll. Wenn ich zu weit aushole, könnte es langweilig werden, also komme ich gleich zur Sache: Zu Beginn der zehnten Klasse zogen meine Eltern nach East Lynwood, einer Industriestadt mit etwa zehntausend Einwohnern in einem ruhigen Flusstal im Süden Tasmaniens.

Zuvor war ich auf eine Privatschule in Hobart gegangen, wo ich, nach außen hin lauwarm, weder offen noch besonders introvertiert, weder beliebt noch unbeliebt war. Alte "Freunde" zogen die Augenbrauen hoch, als sie erfuhren, dass ich die Schule verlassen hatte, aber sie sagten nicht, dass ich in Kontakt bleiben würde.

Doch innerlich brodelte es in mir.

Nichts, was ich in der Welt um mich herum sah, ergab einen Sinn - alles war ein zufälliges Durcheinander von Vegetation und Menschen, Lastwagen und Maschinen. Ich ärgerte mich zunehmend über diese scheinbare Zufälligkeit, die nicht zu den Mustern passte, die ich aus Fantasy-Romanen oder Tim und Struppi-Comics kannte: Krieger, Entdecker und Barden. Das Wort "Transzendenz" kannte ich damals noch nicht, jedenfalls nicht in seiner Bedeutung, aber ich spürte instinktiv, dass in der Welt, in der ich lebte, etwas fehlte.

Meine Eltern taten nichts, um diese Verwirrung zu lindern, denn sie waren vor allem zu vernünftig und zu wohlhabend (so dachte ich damals jedenfalls), um sich in nicht greifbare Bereiche zu begeben. Mein Vater war praktizierender Psychiater, und vielleicht hatte ich Angst, dass er, wenn ich ihm etwas erzählte, zu sehr in das Gebiet eindringen würde, das ich für meine eigene zukünftige Erforschung beanspruchte - die tiefen

Abgründe des Geistes. Es ist auch erwähnenswert, dass er ein ausgesprochener Konservativer war, vielleicht eine ungewöhnliche Eigenschaft für einen Kopfschüttler, denn Konservative haben den Ruf, nicht allzu sehr auf das Wesen der Dinge zu schauen. Aber ich glaube nicht, dass Wissenschaftler das tun, Psychiater eingeschlossen.

Jedenfalls war mein Vater in einer Zeit, in der sich die obere Mittelschicht mit überwältigender Mehrheit nach 'links" bewegte (wenn auch wieder nicht im Wesentlichen), eine Art krasse Anomalie. Ich wusste damals wenig über diese Dinge, aber ich spürte instinktiv, dass meine Eltern so gar nicht zu den plappernden Matronen um sie herum passten. Aber das reichte nicht aus, um ihnen zu vertrauen, denn meine eigene innere Synkope, so schwach sie auch war, konnte mich mit keinem der beiden Rhythmen in Einklang bringen. Ich war im Grunde allein auf der Welt, was mich weder freute noch beunruhigte, denn die innere Natur hat wenig Kraft, etwas in dieser Richtung zu tun.

Mein Vater war, aus welchen Gründen auch immer, davon überzeugt, dass ich ihm in die Psychiatrie oder in einen anderen medizinischen Beruf folgen würde, und da meine Noten durchweg gut waren, verlor er in anderer Hinsicht das Interesse an mir. Spätere Ereignisse haben ihn das wahrscheinlich bedauern lassen, aber das Bedauern war unbegründet, denn ich glaube, dass diese Dinge vorherbestimmt waren. Auch ein Kohlenbeißer kann nicht *ewig* an der Entfaltung seiner Persönlichkeit gehindert werden.

Auch meine Mutter hatte als wissenschaftliche Mitarbeiterin in der Psychiatrie angefangen (wo sie auch meinen Vater kennenlernte), arbeitete aber seit ihrer Heirat nur noch in generischen Teilzeitjobs in der Verwaltung. Auch sie bezeichnete sich als "konservativ", obwohl sie im Grunde unpolitisch war. Alles in allem war sie nur eine schwache Präsenz in meinem Leben - obwohl meine wichtigste Erinnerung aus der Zeit vor East Lynwood von einer beiläufigen Bemerkung stammt, die sie einmal machte. Vielleicht ist das das Einzige, was ich ihr verdanke (abgesehen von meiner Geburt), denn die Bemerkung, oder vielmehr meine Reaktion darauf, hallt bis heute nach. Im Fernsehen lief eine Dokumentation über einen Weltkrieg (ich weiß nicht mehr, ob es der Erste oder der Zweite war), und meine Mutter schimpfte über die Zerstörung auf dem Bildschirm. Als sie aufstand, um in die Küche zu gehen, sagte sie: "So müssen wir nicht mehr leiden, Gott sei Dank...".

Eine Antwort stieg in mir auf und entwich, bevor ich wusste, was geschah, aber zu spät, als dass meine Mutter sie hätte hören können. "Aber *warum nicht?*", antwortete ich keuchend und schauderte heftig. Danach hatte ich noch stundenlang ein brennendes Gefühl, und tatsächlich schloss sich der Abgrund, der sich in meiner Magengrube auftat, monatelang nicht ganz. Vielleicht ist er immer noch offen? Ja, ich glaube schon, auch nach allem, was seither geschehen ist. Vielleicht ist es sogar das, was all das *möglich* gemacht hat.

Nur zwei Wochen vor Schulbeginn zogen wir in die Fincher St., eine ruhige Durchgangsstraße im ruhigeren Teil von East Lynwood (West Lynwood gab es nicht). Das Haus war geräumig und schattig zugleich, voller dunkler und ruhiger Zimmer, Kisten in Kisten, die meine Mutter nach ihrem Geschmack und ihren finanziellen Möglichkeiten eingerichtet hatte. Die anfängliche Aufregung, die jeder junge Mensch bei einem Umzug verspürt, verflog erstaunlich schnell, und trotz all der weichen Schatten fühlte sich die Ansammmlung von Zimmern bald sehr leer an. Im Nachhinein war das vielleicht eine Vorahnung, dass die Kindheit bald zu Ende gehen würde. Ein weiteres Zeichen war das kichernde Wrack, das ich eines Nachmittags an der Ecke Fincher Street traf, als ich von einem Spaziergang zurückkam, um für meine Mutter Einkäufe zu erledigen.

Ich sage "Wrack", aber es war eher ein Kanal oder eine Leitung für irgendeinen blinden, idiotischen Lovecraft-Gott (dessen Werke ich in letzter Zeit wie viele andere Teenager verschlungen hatte). Die Worte des Kanals stiegen und fielen in seltsamen Rhythmen und Tonhöhen und in scheinbar willkürlichen Abständen, so wie sein Blick hin und wieder, aber zufällig, auf mich fiel. Er schien die Verkörperung der Bedeutungslosigkeit zu sein, seine "Worte" eine Aneinanderreihung von Silben außerhalb der Struktur der menschlichen Grammatik. Ich betrachtete seinen fetten, entsteinten Kopf und sein formloses Gesicht und eilte die paar Türen zu unserem Haus zurück, nicht mehr sicher, ob mein Zuhause der Ort der Sicherheit war, den ich mir bis dahin vorgestellt hatte. Ich begann zu ahnen, dass man sich vor der Amsel vielleicht nicht verstecken konnte, aber ich hatte Angst, diesen Gedanken zu weit zu treiben. Also tat ich, was ich selten tat, und fragte meinen Vater am Abendbrottisch.

"Diese linken Dummköpfe", knurrte mein Vater und knirschte mit den Zähnen. "Dummköpfe mit wirrem Verstand. In ihrem Streben nach völliger Gleichberechtigung sind sie weit über das Ziel hinausgeschossen. Diese Unglücklichen in die Gemeinschaft zu lassen, nützt niemandem. Weder den Kranken selbst, noch der Gemeinschaft, die den Preis dafür zahlen muss. Und ich muss natürlich die Scherben aufkehren", brummte er, offensichtlich bei einem seiner Lieblingsthemen. Seine Antworten waren enttäuschend vorhersehbar. Die Rückführung von Patienten in psychiatrische Anstalten war eine seiner Obsessionen gewesen, lange bevor er seinen jetzigen Job bekam, in dem er genau das tat.

Ich selbst war mir nicht sicher, ob ich damit einverstanden war, sie zum Schweigen zu bringen. Wenn sie existierten, sollten dann nicht auch andere von ihnen wissen und nicht nur vom Hörensagen? War ihre Gefahr des Chaos nicht etwas, dessen wir uns alle bewusst sein sollten, diese Lücke zwischen den Fäden der kosmischen Kette und des Schusses, die Entropie? Aber ich sagte nichts zu diesen Gedanken und entfernte mich vom schwarzen Holztisch, um plötzlich die leeren Schatten meines Zimmers zu genießen.

Kurz darauf begann die Schule, und schon in der ersten Stunde traf ich jemanden, den ich für verrückt hielt.

Ich wurde einer Stammgruppe zugeteilt, und der erste Block war Kunst. Ich ging hinein und setzte mich neben jemanden, der auf einem Blatt Papier skizzierte, noch bevor der Lehrer kam. Er war dünn, trug schwarze Jeans und hatte strähnige Haare, die ihm in die Augen fielen, wenn er sie nicht mit der freien Hand nach hinten bürstete, während abfällige Mädchen um ihn herumtratschten (und mich misstrauisch beäugten).

Ich sagte "Skizze", aber für meine jungen Augen war es ein Meisterwerk von der Größe eines Bruegel oder Bosch ... und das meine ich wirklich, vor allem wenn man die Umstände und die blitzschnelle Zeit bedenkt, in der er es geschaffen haben muss. Im Laufe der nächsten Monate sah ich, wie aus seinen Skizzen eine Serie von sieben Gemälden wurde, die ebenso filigran wie originell waren.

Sie sind mir bis heute im Gedächtnis geblieben. Hier eine kurze Beschreibung der sieben Bilder:

1. Ein Stamm in einem riesigen, kahlen Wald (Sibirien?), dessen Häuptling ihnen befiehlt, sich auf eine epische Reise in eine neue Heimat zu begeben, die ihnen in einer Traumvision erschienen ist. Sie wandern durch fremde Länder, in denen es von Schlangenpriesterinnen wimmelt, bis sie schließlich ihre Heimat erreichen, ein üppiges Land mit Wiesen, Seen und Wäldern. Dort feiern sie ein Fest. Mit sportlichen Wettkämpfen wird die kalte Sonne der neu entdeckten Heimat freudig begrüßt. Ein Überfall eines Nachbarstammes wird erfolgreich abgewehrt und den Göttern für Land und Sieg gedankt. Arm in Arm um ein mächtiges Lagerfeuer, unter dem nackten Sternenhimmel, religiöses Gefühl, traurige Freude...

2. Generationen, vielleicht Jahrhunderte später. Der Stamm ist zu einer Nation geworden, gefestigt in seinen Bräuchen. Ausgedehnte Feste, deren Wurzeln vor der (heute fast vergessenen) Zeit der Wanderschaft liegen. Ein neuer Schatten der Gefahr bindet die Gemeinschaft fest zusammen. Hohe Hügel dienen als Wachtürme, auf die die Jungen klettern, um nach herannahenden Armeen Ausschau zu halten. Der Krieg kommt mit dem ersten Frost; Reif glitzert auf den Bronzehelmen; Schlachtfelder an alten Seen; das Blut der Feinde gibt den Pflanzen neues Leben. Die Nation triumphiert. Das Chaos ist besiegt, die Plünderer sind vertrieben. Eine Zeit der Liebe, aber auch ein Ende. Überfluss an Freude.

3. Die Sonne scheint, der Krieger ist in Frieden. Mottengetränkte Lichtstrahlen rufen ihn in den warmen Wald, um zu kontemplieren. Als er einen Hügel

erklimmt, sieht er zum ersten Mal die Weite der Seen und Wälder, die sich in die Ferne erstrecken. *Wie weit*, fragt er sich, denn er weiß, dass er nie zufrieden sein kann, ohne es selbst zu erfahren. Keine Ruhe also für den Veteranen der Kriege im zweiten Bild. Er ist dazu verdammt, einem Irrlicht zu folgen, das alle seine Fähigkeiten steigert.

4. Im nächtlichen Wald, Dickicht und Dornengestrüpp. Ein lebendiges Labyrinth aus kalten Farnen und Pilzen, seltsame Vögel in der Dämmerung. Alle Wege führen ins Innere, aber es ist dunkel, zu dunkel, um Einzelheiten zu erkennen.

5. Dann taucht man durch die Dunkelheit in eine einsame Tundralandschaft. Unbegreifliche Erhabenheit, eisige Schönheit. Soll hier Zivilisation entstehen? Nicht ohne gewaltige, kräftezehrende Anstrengungen. Nichts für schwache Nerven also, dieses Land. Nur wenige kommen hierher, und die, die kommen, machen etwas daraus. Unser Held leistet seinen Beitrag und zieht weiter.

6. Am Rande, am Rande von allem. Weiße polare Ferne, und dahinter - nichts? So fühlt es sich an, wenn man an der arktischen Küste steht und auf das eisbedeckte, sich verdunkelnde Nordmeer blickt. Traurigkeit, leise Traurigkeit, und alles löst sich auf in einen gefrorenen Ring um den Horizont. Alles, was war, wird zur Melancholie, rein und spröde wie Eis. Es gibt kein Zurück mehr. Heimweh, Sehnsucht nach dem, was nie war.

7. Ohne dass unser Beobachter es bemerkt, taucht etwas aus dem Meer auf. Ein schwarzer Stein, nass und glitzernd. Pyramidale Gewissheit, obsidiane Endgültigkeit. Das Leuchten, die Rückkehr zur reinen Form.

Nun, ich hoffe, ich habe Ihnen einen Eindruck vom künstlerischen Genie dieses Jungen vermittelt. Bei unserer ersten Begegnung wusste ich natürlich nicht, wie sich das Werk entwickeln würde, aber ich wusste, dass ich jemanden vor mir hatte, der über ein immenses Talent verfügte und eine einzigartige Sicht auf die Welt hatte. Dieser Eindruck verstärkte sich noch, als die Lehrerin, Frau Bannock, hereinkam und ihn aufforderte, noch vor dem offiziellen Unterrichtsbeginn eine Skizze anzufertigen.

"Es gibt eine Zeit und einen Ort, Japhrey, wo du deine ... Talente ausleben kannst", sagte sie, und beim letzten Wort lag ein Hauch von Kälte in ihrer Stimme. Aus irgendeinem Grund mochte sie seine Arbeit offensichtlich nicht.

Jetzt wissen Sie, wer die *zweite* verrückte Person war: Frau Bannock, die Kunstlehrerin. (Was glaubst du, von wem ich spreche?)

Während des Unterrichts fand ich Zeit, Japhrey für seine Arbeit zu loben. "Danke", sagte er schüchtern und lud mich zaghaft zu sich nach Hause ein, um Musik zu hören und vielleicht ein paar Zauberpilze zu essen. Letzteres lehnte ich ab, versprach aber, eines Tages vorbeizukommen und mir seine Musiksammlung anzusehen.

Am selben Tag erinnerte ich mich an einen anderen Vorfall, der sich nur einen Block vom Schulhof entfernt ereignete, als ich nach Hause ging. Drei Mädchen aus meiner Klasse machten sich über einen blassen, bebrillten Schüler lustig, der eine gekräuselte Entenklappe am Hinterkopf trug. Ich erinnere mich nicht mehr an den genauen Wortlaut, nur an ein Hin und Her, während sie abwechselnd auf seine Schuljacke spuckten. Und obwohl mich der Anblick eines Mannes, der sich von Mädchen drangsalieren lässt, mit Verachtung erfüllte, schwang doch eine gewisse Sympathie für den (vermeintlichen) Außenseiter mit. "Vielleicht hat er einen Defekt oder eine körperliche Behinderung", sagte ich mir. (Später stellte sich heraus, dass er tatsächlich eine Behinderung *hatte*, aber nicht die, die ich mir damals vorgestellt hatte).

"Was ist das Problem?", fragte ich und ging nach vorne. Die Mädchen sahen mich unsicher an, irgendetwas in meinem Blick und meiner Stimme verunsicherte sie vielleicht ein wenig. Aber ihr Opfer sah überhaupt nicht ängstlich aus. Er musterte mich mit einem seltsamen, kalten Blick. Seine Augen erinnerten mich an dunklen Marmor, der vor vielen Millionen Jahren von innen heraus zerfallen war und eine schwarze Hülle hinterlassen hatte. Sie waren oder wirkten, wie soll ich sagen, anorganisch.

"Was hast *du* denn für ein Problem?", murmelte das mürrische Mädchen, als sich hinter mir das Geräusch eiliger, schwerer Schritte vernehmen ließ.

"Was ist denn hier los?"

"Dieser blaugeäderte Käse macht Ärger!"

"Willst du meine Freundin anbaggern, Kumpel?" Der Neuankömmling sprang geschmeidig nach vorne und schulterte mich, worauf ich ihn ganz selbstverständlich und ohne nachzudenken zurückschulterte. Das führte zu einer Rangelei, die in einem Patt endete. Misstrauisch beäugte er meine Zugkraft.

"Ziemlich zähe Fotze, was? Nee, du hast recht, Kumpel. Wir werden Freunde, was meinst du?" Ich schüttelte ihm etwas widerwillig die Hand, was zu einem halbwegs freundlichen "Wie heißt du?", "Woher kommst du?" und so weiter führte. Der Bleiche, der der Grund für unseren Streit war, war schon gegangen.

So lernte ich einige meiner neuen Klassenkameraden kennen. Der, der mich geschultert hatte, hieß Trent, und seine Freundin Belinda - eine harte, drängende Fotze - und seine kantige Squaw. Vielleicht wäre es nützlich, sie zu kennen.

Dem Bleichgesicht, das Thomas hieß, begegnete ich am nächsten Nachmittag wieder, als ich meine erste Sozialkunde-Stunde hatte. Über die Lehrerin wurde geflüstert (ein Mädchen vor mir zu einem anderen), dass "niemand sie besonders mag", was mich an sich nicht gegen sie aufgebracht hätte... Aber als sie hereinkam, modisch verspätet, fand ich, dass sie mich an die Kunstlehrerin erinnerte, nur gemeiner, schlauer und intelligenter. Ihr Mund und ihre Schnauze erinnerten mich an einen Fuchs, und ich spürte sogar, dass sie brutal und stentorianisch sein konnte, wenn sie es brauchte. Sie war es gewohnt, dass man ihr gehorchte, auch wenn sie versuchte, sich locker zu geben. Miss Lindley war der Name, den sie uns gab.

Sie reichte einige kopierte Diagramme herum und der Unterricht begann. Die Diagramme mit dem Titel *It Takes A Village (Es braucht ein Dorf)* schienen eine soziale Struktur zu zeigen, die pyramidenförmig auf einen großen Kreis an der Spitze zulief, auf dem die Worte "Executive? Some day..."

Dann schloss sie ihren Laptop an einen Diaprojektor an und zeigte das Bild eines neugeborenen Babys.

"So... Ich bin sicher, Ihre Gehirne sind nach dem Urlaub ganz entspannt. Bringen wir es mit einer einfachen Frage wieder in Schwung. Oder ist sie einfach? Die Frage lautet. Wer ist letztendlich verantwortlich für die Bildung dieser faltigen Tabula rasa, die Sie vor sich sehen? Deanna ... würdest du bitte antworten?" Sie richtete ihren kalten Blick auf das Mädchen vor mir, das sie vor der Klasse verunglimpft hatte.

"Was ist eine ... tabyoola rahsa?", fragte Deanna. Ich hörte ein Kichern, und es war die Bleichgesichtige.

"Sie meint das Baby", murmelte jemand in der Nähe.

"Wer ist für das Baby verantwortlich? Nun ... seine Eltern, nehme ich an."

"Seine Eltern", wiederholte die Lehrerin mit sichtlichem Widerwillen. "Okay. Möchte jemand etwas zu dieser ... *interessanten* Prämisse sagen?" Bleichgesicht drehte sich auf seinem Stuhl um und lachte. Ich hatte noch nie jemanden kichern gehört, aber anders kann ich es nicht beschreiben.

"Oh, Deanna hat Recht, es sind die Eltern", grinste er. "Diese reizenden Hinterwäldler, sie werden ihn so gut erziehen, dass er vielleicht sogar so wird wie Deanna selbst, ein aufrechter Weltbürger ..." Der Sarkasmus in seiner Stimme war so stark, dass ich für einen Moment dachte, er sei gespielt, aber seine Augen sagten etwas anderes. Dann, in einem Anflug von säuerlicher Heiterkeit, wurde mir klar, dass es so funktionierte: Außerhalb des Klassenzimmers war er das Opfer ihrer Hänseleien, aber im Klassenzimmer war er der König, der sie im Geiste anspuckte und zertrampelte. Eine perfekte Symbiose, oder eher Nekrose. Und die Lehrerin war die andere Hälfte seiner Varieténummer. Er war seine vergiftete Faust, sie sein Samthandschuh. Und da stand sie nun, machte eine Friedensgeste, spielte dem Falken die Taube, dem Krapfenfresser den guten Bullen, obwohl ihr verächtliches, hohles Lachen dem seinen nicht unähnlich war. Ich dachte so intensiv über diese Dinge nach, dass ich den Rest des Unterrichts nicht mehr mitbekam. Die Tatsache, dass ich mich am Tag zuvor für diese seelenlosen Augen eingesetzt hatte, war mehr als nur ein wenig beunruhigend.

Aber in der nächsten Sozialkundestunde passierte etwas noch Beunruhigenderes. Ein Mädchen, das wegen Krankheit gefehlt hatte, tauchte auf. Plötzlich war ich verzaubert von einer goldenen Erscheinung mit Haaren wie kardierter Sonnenschein und grünen Augen wie ein Meerestier. Nachdem ich immer halb an die Geschichten von der Liebe auf den ersten Blick geglaubt hatte, war ich nun bekehrt - und musste lernen, auf meinen eigenen Knöcheln zu kauen, um sie nicht anzustarren. Natürlich sah sie mich nie an, aber das passte zu ihr - schüchtern, gefangen in einer rauen, gefallenen Welt, die niemals ihrem goldenen Versprechen entsprechen konnte.

Ich konnte an nichts anderes denken als an sie. Ich zog mich zurück und wurde nachlässig. Ich vergaß Japhreys Einladung, der er nie folgte.

Als der Lehrer sie ansprach, bemerkte ich, dass sie Olivia hieß... Aber was kümmerte mich eine falsche Silbe, die von ihrem wahren Wesen ablenkte, tausendmal schlimmer (in ihrem Fall) als es Namen zu tun pflegen? Meine Liebe zu ihr erschien mir so rein und ritterlich, dass ich es nicht über mich bringen konnte, darüber zu sprechen oder jemanden nach ihr zu fragen.

Sie schien sich nicht unter die anderen Mädchen zu mischen, und was sie in der Mittagspause tat, war mir ein Rätsel. Doch dann erfuhr ich auf unerwartete Weise, woher sie kam. Inspektor Tippett, der örtliche Polizeichef, kam herein, um uns allen einen mitreißenden Vortrag über Drogen zu halten. Die gesamte zehnte Klasse versammelte sich in der Turnhalle und saß geduldig auf dem Boden, während Tippetts dröhnende Stimme uns über die Gefahren von Marihuana, Opiaten, Psilocybin, Amphetaminen und vielen anderen verbotenen Substanzen aufklärte.

"Was ist mit Datura?", bellte er. "Ist *das* verboten? Wer hat noch nicht geantwortet? Olivia!" Mein grünäugiger Engel stammelte schüchtern, sie wisse es nicht. "Meine Güte, wenn meine eigene Tochter es nicht weiß, welche Hoffnung habt ihr dann noch?" Er ließ seinen eisernen Blick durch den Raum schweifen und entlockte den versammelten Schülern ein nervöses Lachen. So, dachte ich, die Tochter des Polizeichefs! Das könnte erklären, warum sie bei den anderen Kindern so unbeliebt war. (Ich hatte schon einige meiner Mitschüler als Drogenabhängige eingestuft, und zwar nicht nur Marihuana wie an meiner vorherigen Schule, sondern eine viel breitere Palette von Rauschmitteln. Ich hatte mir fest vorgenommen, solche Versuchungen zu meiden, aus purer Angst, dass sie meine Erfahrung dessen, was ich damals großzügig als "Realität" bezeichnete, verwässern und verwischen könnten, auch wenn diese Realität für mich nicht viel Sinn ergab).

Ich bemerkte, dass einer dieser Drogensüchtigen sich jetzt etwas seltsam verhielt - er kicherte jedes Mal, wenn Inspektor Tippett eine neue Droge beim Namen nannte. Die Leute um ihn herum versuchten, ihn mit tödlichen Blicken zum Schweigen zu bringen, und ich vermutete (fälschlicherweise), dass sie Angst hatten, er würde ihre Gewohnheiten verraten - aber er kicherte trotzdem weiter.

Am nächsten Morgen in der Wohngruppe fiel mir auf, dass er ein blaues Auge hatte. Kein ungewöhnlicher Anblick in East Lynwood, aber in Verbindung mit den aufmunternden Worten vom Vorabend gab es mir Anlass zum Nachdenken - auch wenn mir immer noch der Kopf schwirrte, als ich erfuhr, dass Olivia das Kind eines Polizisten war.

Am nächsten Tag jedoch lenkte mich ein neues und interessantes Ereignis kurz von meinem Unbehagen ab. Kurz gesagt, ich hatte eine Art Freundschaft geschlossen. In der Stammgruppe wurde ein gewisser Aloysius Coot aus dem nördlichen Hobart als Neuzugang in unserer Klasse angekündigt, der auf die schroffe Frage der Lynwoodianerinnen verriet, dass er nach nur drei Tagen von seiner letzten Schule geflogen war, weil er auf dem Hockeyfeld eine Benzinbombe getestet hatte. Der "Test" war furchtbar schief gegangen, die Flammen hatten sich ausgebreitet, und er war nur knapp einer Anklage entgangen.

Tatsächlich war Coot in den letzten drei Jahren von *jeder der zehn staatlichen High Schools im Großraum Hobart verwiesen worden* und wurde nun neuen Pflegeeltern in der "Landstadt" East Lynwood übergeben, in der vagen Hoffnung, dass er das Jahr dort überstehen würde.

Die einsilbigen, beharrlichen Antworten von Coot dämpften den Eifer seiner Gesprächspartner, und nur ich durchbrach seine Mauer des Schweigens, als ich bemerkte, dass er ein Magazin über Ninjas unter dem Arm trug. Auf die Frage, ob er Erfahrung mit dieser alten und tödlichen Kunst habe, nickte er energisch und blähte seine Nasenflügel auf. Dann erzählte er von seinen Soloabenteuern in den Wäldern und Sümpfen außerhalb von Hobart, wo er auf Farne einschlug und verbogene Metallstücke warf, die er zuvor stundenlang geschärft hatte. Ich schlug ihm vor, einmal eine Buschwanderung zu machen, vielleicht mit einer Art Tarnkappentraining.

Doch am selben Nachmittag wurde ich auf dem Heimweg von der Schule zusammengeschlagen.

Sie kamen in einer Gruppe auf mich zu. Den großen, verrückten Colin kannte ich schon - stark, drahtig und unberechenbar, er interessierte sich für nichts außer Drogen. Einen anderen kannte ich vom Sehen - den, der den Polizisten angegrinst hatte und den ich später als den nervösen Riley kennenlernen sollte; verzweifelt nach Status strebend, mit Mopsgesicht und sarkastischer Unsicherheit. Die Dritte im Bunde war Kim, eine scharfzüngige, sommersprossige Nieserin. Troy, auch liebevoll "Johnny Boong" genannt, der angeblich von den Aborigines abstammte und derjenige war, der die Gewalt auslöste, indem er mir eine Plastikpistole ins Gesicht drückte, vervollständigte die Gruppe. Mein vorheriger Stoßpartner Trent war nirgends zu sehen.

Ich schlug Johnny Boong die "Pistole" aus der Hand, was eine seltsame Mischung aus "rassistischen" und "antirassistischen" Rufen auslöste (kein Wortspiel beabsichtigt). Sie waren empört, dass ich ihren kleinen "farbigen" Freund so "kritisierte". Tatsächlich war seine Haut trotz der leicht geblähten Nasenlöcher genauso hell wie meine - vielleicht sogar etwas heller. Trotzdem: "Don"t bag the Abo ya fuck racist cunt" war der Schlachtruf, als sie mich auf den Bürgersteig prügelten. Ich musste die Schläge einstecken - viel hätte ich in dem

Moment nicht tun können, denn es waren vier gegen einen, und zwei von ihnen waren größer als ich.

Beim Arzt sagte man mir, es sei nur ein Streifschuss... nichts gebrochen und erstaunlicherweise keine inneren Blutungen. Ich wollte die Fragen meiner Eltern nicht beantworten. Das hat sie wirklich beleidigt - sie reagierten eher negativ auf mein Schweigen als auf die Tatsache, dass ich verletzt war.

Am nächsten Tag wurde in der Klasse gekichert, aber die Sportler-Drogen-Sekte (wie ich sie jetzt nannte) ließ mich vorerst in Ruhe. Aber ich wollte kein Risiko eingehen. Ich begann häufig und hart zu trainieren - Schattenboxen, Klimmzüge, Liegestütze und Kniebeugen. Der einzige Kampfsportverein in der Stadt war ein Karate-Dojo der krassen kommerziellen Sorte, in dem man sich vor dem Training buchstäblich vor dem Bild eines Ausländers an der Wand verneigen musste. Also beschloss ich, meinen eigenen Kampfstil zu entwickeln, der auf kontrollierten Ausbrüchen von Leidenschaft basierte. Ich merkte, dass das harte Training mir auch half, klarer zu *denken*.

Inzwischen war mir auch aufgefallen, dass es eine Art Clique zwischen drei der Lehrerinnen gab - Frau Lindley, Frau Bannock und Frau Green (letztere ist eine der beiden stellvertretenden Schulleiterinnen). Trotz großer äußerlicher Unterschiede in Stimme und Aussehen gab es eine unheimliche Ähnlichkeit in der Art, wie sie sprachen und sich verhielten. Etwas wie verkalkter Sirup oder geronnenes Fett - so kam es mir jedenfalls vor. Ein Licht begann zu flackern - endlich hatte ich einen Feind. Vielleicht war es das, was mir in meinem Leben gefehlt hatte! Und doch schienen sie so schreckliche Feinde zu sein...

Ich bin mir sicher, dass diese Feindgedanken, was auch immer Sie vermuten mögen, in mir auftauchten, bevor ich bemerkte, dass Ms. Lindley begann, auf meinem astralen Liebhaber herumzuhacken. Olivia muss von meiner Prügelei gehört haben, denn ihr reines Gesicht warf einen (wie ich dachte) strahlenden Blick des Mitgefühls auf mich, als ich den Raum betrat. Ein verjüngender Lichtstrahl - aber welche Finsternis überkam *mich*, als ich bemerkte, dass Lindley, der kullergesichtige Wichtigtuer, nicht nur einmal, sondern mehrere Stunden hintereinander sarkastische Bemerkungen über Pure gemacht hatte, und zwar in einer Weise, von der ich nur annehmen konnte, dass sie auf irgendeinen unausgesprochenen Groll hindeutete. Welcher Art, glaubte ich, war zu erraten - es war der Neid, dass Snoot niemals das natürliche Licht von Pure erreichen konnte. Und nun hatte ich einen Plan und ein Ziel! Es waren nicht die unverschämten Junkies, die mich verprügelt hatten (wilde Tiere, ja, aber ehrlich). Nein, es waren die schlauen, schmierigen, glattgesichtigen Snobs, die mein Ziel sein sollten.

Inzwischen hatte ich einen Wochenendspaziergang vor mir. Als ich Aloysius am vereinbarten Ort (in der Nähe des Eingangs zum Pennecott State Reserve) traf, war ich mürrisch und sagte während des Spaziergangs wenig. Wenn dieser Ninja von meiner kürzlichen Einführung in die Gewalt gehört hatte (und vielleicht hatte er das nicht, denn er lebte in seiner eigenen Welt), sagte er nichts dazu. Wir tauchten ein in die sternenklare Welt des Buschwanderns, in der die helle Mittagszeit so still war wie die Nacht und unsere Schritte wie die von Riesen auf der Erde.

Gegen Mittag erreichten wir unser Ziel, den Gipfel eines großen, bröckelnden Hügels, und nach dem Essen stand ich auf, um den Rückweg anzutreten. Aber der Ninja wollte nicht und zeigte auf etwas in der Ferne.

"Dort", flüsterte er. "Dieser krumme Baum sieht finster aus."

Sein Tonfall war unmissverständlich ... Er meinte, wir sollten zu ihm hinübergehen, und trotz des sumpfigen Aussehens des dazwischen liegenden Geländes (ganz zu schweigen von den bekannten Gefahren, die das Verlassen des Weges im tasmanischen Busch mit sich bringt) stimmte ich zu - mehr wegen des göttlichen Wahnsinns in seinen geschwollenen Augen als wegen der an sich guten Idee.

Eine Stunde später erreichten wir, mit Sumpfschlamm bedeckt, wieder den Gipfel des Hügels. Keiner von uns beiden hatte unterwegs ein Wort gesprochen, aber ich hatte Dinge in den dornigen Zweigen gespürt, unmenschliche Dinge. Auch Aloysius sah ängstlich aus. Irgendwie waren wir Komplizen. Also erzählte ich ihm von meinem Plan, die hochnäsige Lehrerclique auszuspionieren. Er hatte zwar wenig Interesse an den Snoots selbst, war aber nur zu gern bereit, Spion zu sein, und so erklärte er sich bereit, mir zu helfen.

Die drei versammelten sich oft in Frau Greens Büro, um zu plaudern oder ihre Hexengeschäfte zu erledigen, und so gingen Coot und ich, wenn die Luft rein war, dorthin, um uns umzusehen. Das einzige, was mir auffiel, war ein Stapel Zeitschriften und Broschüren mit dem gleichen Logo. Es hieß GLC - Global Learning Centre. In einer der Schreibtischschubladen lag ein Stapel Briefe, den ich einsteckte. Ich sah mich gerade nach etwas anderem Interessantem um, als ich Schritte um die Ecke hörte. Ich ging schnell und leise hinaus und gab Aloysius ein Zeichen, sich zurückzuziehen, aber er hatte es nicht gesehen - und nun ging Frau Green auf dem Weg zu ihrem Büro an mir vorbei in den Flur. Er war gefangen!

Nichts deutete darauf hin, dass sie den Besuch des Ninjas gesehen hatte. Ich schlenderte lässig zurück und warf einen Blick hinein.

Man stelle sich meine Überraschung vor, als ich ihn sah, wie er auf dem hohen, schmalen Schrank des Zimmers balancierte und sich mit den Fingern an der Wand festhielt. Ich konnte mir ein Lachen kaum verkneifen. Als er mich sah, konnte er es nicht mehr unterdrücken - mit dem Ergebnis, dass der Schrank zusammenbrach, auf den Schreibtisch und den Computer fiel und die stellvertretende Schulleiterin zu Boden warf. Ich sah hilflos zu, wie sie vor Schreck aufstöhnte und sich an ihren verletzten Körper klammerte.

*   *   *

Coot konnte keine schlüssige Erklärung dafür geben, warum er auf dem Schrank war. Der Schulleiter, Herr Davies, vermutete nichts weniger als einen Mordversuch, wurde aber von Frau Green selbst zur Vernunft gebracht. Vielleicht wollte sie sich ihre Feinde vom Leib halten, auch wenn ihr Arm nun in Gips steckte. Aloysius wurde jedoch zu einem Psychiater (meinem Vater!) geschickt und für eine Woche suspendiert.

Ich weiß nicht, ob Frau Green den Stapel Briefe jemals vermisst hat, aber einige waren sicher interessant. Die GLC-Gruppe schien ihr wahrer Lehrmeister zu sein, und sie drängte darauf, mehr Lehrer ihrer Art ("erleuchtet" war das Wort, das sie benutzte) nach East Lynwood zu schicken. Sie war auch sehr damit beschäftigt, den Lehrplan mit Hilfe von Materialien zu verändern, die den regulären Lehrern zur Verfügung gestellt wurden - Materialien, die von der GLC geliefert und bezahlt wurden. Ich suchte im Internet nach der Schattengruppe, fand aber nur eine Adresse (ein Postfach).

Als Aloysius in die Schule zurückkehrte, nickte er wie ein Verrückter mit großen Augen und erzwungener Ernsthaftigkeit. Er sprach in einem ähnlichen Tonfall mit mir - und als ich von zukünftigen Plänen zur Selbstüberwindung sprach, nickte er zustimmend -, aber ein sechster Sinn sagte mir, dass etwas nicht stimmte. Ich verabredete einen weiteren Spaziergang für das nächste Wochenende, aber er erschien nicht zur vereinbarten Zeit. Ich verbrachte den Tag damit, Brahms zu hören (Metalldonner durch kristallene Glocken), und als er am Montag nicht in der Schule erschien, hörte ich folgendes Gespräch.

"Fucken Ninja was off his *face*, man."

"Haha, warst du dabei, als er sich auf Melita stürzte, während sie in den Rinnstein spuckte? Ein Klassiker!"

"So verdammt lustig. Dann hat er sich *selbst* vollgekotzt..."

Du verstehst. Ich fühlte mich ein wenig verraten, dass er zur Sportler-Drogen-Sekte übergelaufen war, aber ich war stark und kalt genug, um damit umzugehen. Das Lied des Kameraden war ins Wanken geraten. Ich konnte mich auf niemanden verlassen außer auf mich selbst. Aber plötzlich schien mir, dass jede Manifestation von Edelmut korrumpiert werden konnte, und ich erkannte, dass sie nicht in erster Linie in mir selbst korrumpiert wurde - war zum Beispiel selbst die Liebe, die ich für Olivia zu empfinden glaubte, vollkommen rein? Darüber zerbrach ich mir den Kopf...

Die verlegene Zurückhaltung, die Aloysius bei seiner Rückkehr an den Tag legte (und die selbst unter seinen glasigen Augen sichtbar war), ist mir noch lange im Gedächtnis geblieben. Ein Schatten hatte sich zwischen uns gelegt, die Flamme eines Bündnisses zwischen zwei Kämpferseelen war bis zur Unkenntlichkeit erloschen. Dennoch waren wir weit davon entfernt, unbeholfen zu sein, und in der Mittagspause sprachen wir oft über Bücher und alte Geheimnisse... ohne dass ich mir die Mühe machte, ihn nach einer weiteren Mission oder Buschwanderung zu fragen.

Das nächste interessante Ereignis (oder besser: die nächste Offenbarung) in meinem Leben verdanke ich ebenfalls Coot, als er mir mit einem Augenzwinkern verriet, dass er etwas über meine Eltern wisse - und seinem Tonfall nach anzunehmen, dass *ich* es auch wüsste. Als ich die Stirn runzelte und ihm klar wurde, dass ich es nicht wusste, verstummte er und sah verlegen aus. Er weigerte sich, meine Fragen zu beantworten, aber ich vermutete, dass es mit den Sitzungen mit meinem Vater zu tun haben musste, bei denen er sich den Kopf zerbrach. Wir sprachen eine Weile nicht, und dann brachte er ein Thema ins Spiel, das scheinbar nichts damit zu tun hatte - eine mollige blonde Hausfrau in den Dreißigern, die er hinter dem Rücken ihres Mannes vögelte. Aber es schien, dass diese Frau, wenn sie mit ihrem Mann zusammen war, oft an einem sogenannten "Swinger-Club" teilnahm, einer Art gezähmter Orgie für Ehepaare, die monatlich in einem Privathaus in der Stadt stattfand. Dass Aloysius (als Junggeselle und Minderjähriger) von diesem Fest der gemeinsamen Lust ausgeschlossen war, ärgerte ihn sichtlich.

"Aber ich weiß, wer hingeht", grinste er, und noch während er das sagte, spürte ich ein seltsames Kribbeln in meiner Brust.

Seltsam, dachte ich... Im Nachhinein scheint es mir, als hätte ich die ganze Zeit gewusst, dass seine Seriosität eine Täuschung war. Oder doch nicht? Vielleicht sind Rutters Clubs die neue Seriosität.

Jedenfalls schien Aloysius, nachdem er mir alles erzählt hatte, was er von dem Pummelchen erfahren hatte, seine Indiskretion zu bereuen (vielleicht in wohlwollender Absicht), und mein seltsam angespanntes Schweigen überraschte ihn. Er entschuldigte sich und überließ mich meinen launigen Gedanken. Ich war schon immer ein latenter Idealist gewesen, aber dieses abscheuliche, ungebetene Wissen drängte nun das Ideal tiefer in mein Herz, trennte es von der Außenwelt und konzentrierte es nach innen. Diese grimmige Einpflanzung hinterließ in mir eine Narbe, die sich später als wertvolle Hieroglyphe erweisen sollte: *Traue niemals einem verdammten Konservativen*. Jedenfalls nicht in einer Zeit, in der es nichts mehr zu bewahren *gibt*. Aber dazu später...

Nach dieser Offenbarung fühlte ich, dass mein einziger Weg darin bestand, die weltliche Menschheit, die ich um mich herum sah, hinter mir zu lassen und mich in die Welt der Mythen zu begeben. Dazu brauchte ich meine Königin, meine Gefährtin in den Sternen, und ich würde sie (und durch sie mich selbst) zu den Höhen erheben.

So ging ich eines Mittags leise (göttlich, dachte ich) auf sie zu und sagte schlicht: "Ich liebe dich". Sie starrte mich schüchtern an (zitternd, dachte ich) und schien mich zum ersten Mal zu sehen.

"Willst du meine Freundin sein?", fragte ich in der Gewissheit einer vorherbestimmten und makellosen Antwort.

"Verpiss dich", sagte sie kalt und ging über den Hof davon.

*   *   *

Das Jahr verging langsam und doch schnell, wie es sich für eine feindselige Zeit gehört, und nun war ich der verwundete König.

Meine Eltern behandelten mich weiterhin mit einer Art verärgerter Ignoranz, so schien es mir, und zeigten immer weniger Interesse an meinem Charakter oder meinem Schicksal. Ich fühlte mich als Teil eines Ritterkultes, einer echten Blutlinie, und jetzt, da ich ihr Geheimnis kannte, waren sie für mich weder ein Geheimnis noch ein Schrecken.

Auch die Junkies ignorierten mich meistens und betrachteten mich bestenfalls mit gleichgültiger Verachtung.

Ninja wurde immer distanzierter, aber er sprach immer noch mit mir, und ich hatte das Gefühl, dass er vergeblich versuchte, sich zu überwinden, aber ich wusste nicht, wie ich ihm helfen sollte. Vielleicht war ich nicht dazu bestimmt, ihm zu helfen.

Natürlich sprach Olivia kein einziges Wort mehr mit mir und warf auch nicht den kleinsten unsichtbaren violetten Schimmer eines Blickes in meine Richtung.

Und die seltsamen Schwestern trieben ihr übliches Spiel, diese gut bezahlten "Volkslehrerinnen", die die Menschen weiterhin verachteten, wenn auch nicht abstrakt, so doch in der Realität. Und auch Thomas, ihr Liebling, setzte seine Doppelzüngigkeit fort, seine blutleeren, schlaffen Lippen passten perfekt zu seinem schmalen, spöttischen Gesicht.

Und so verging das Jahr...

*　　*　　*

Im Oktober hatte ich auf dem Heimweg von der Schule eine weitere beunruhigende Begegnung mit einem Geisteskranken. Er war wohl auf der Suche nach meinem Vater, aber die Tür war verschlossen und niemand zu Hause, so dass er mich am Ende der Straße ansprach, gurgelnd und gackernd in seiner Kehle, wobei sich die schütteren grauen Haarbüschel auf seinem Kopf seltsam im Wind bewegten.

"Ich kenne Sie", rief er, obwohl ich ihn noch nie gesehen hatte. "Ich kenne dich."

"Ja?"

"Ja. Du bist der Kämpfer."

"Wirklich? Gegen wen kämpfe ich?"

"Du kämpfst gegen nichts. Du kämpfst gegen *nichts*",

kicherte er und senkte seine Stimme zu einem Flüstern. "Aber sei froh, dass du nicht gegen *den weißen Wurm* kämpfen musst."

"Den weißen Wurm?" Aber noch während ich das sagte, öffnete seine Hand den Reißverschluss seiner Hose und versuchte, seinen Schwanz herauszuziehen.

"Oh, verdammt", sagte ich wütend und drängte mich an ihm vorbei. "Raus aus unserer Straße, du dreckiger alter Perverser."

"Ich bin *nichts*, Kumpel. Kämpfe nicht, kämpfe nicht, kämpfe nicht!"

Ich rannte ins Haus und schlug die Tür zu, aber sein anhaltendes Gackern drang von der Straße herein und ließ mich bis auf die Knochen frösteln.

Am nächsten Morgen erwachte ich mit schmerzenden Gelenken, tränenden Augen, Schüttelfrost und Fieber. Ich war zu krank, um das Haus zu verlassen, und nach dem Arztbesuch kann ich mich an die nächsten Wochen kaum noch erinnern. Später erfuhr ich, dass ich im Delirium war, mit einer Art Virus, den der Arzt nicht diagnostizieren konnte. Die kurzen Traumfragmente, an die ich mich erinnere, hatten mit Flucht zu tun - Flughäfen bei Nacht und gespenstische Trostlosigkeit. Aber nichts Konkretes, nichts Genaues.

Als ich mich soweit erholt hatte, dass ich wieder zur Schule gehen konnte, kehrte ich in eine andere Welt zurück. Das Tor zum Horizont war jetzt so fein geschlossen, dass ich mich fragte, ob es überhaupt verletzlich war.

Sozialkunde war die erste Klasse, die ich wieder besuchte, und die Lehrerin, der ich einst nachgestellt hatte, weil sie Olivia schikaniert hatte, war jetzt, wie es schien, ihre beste Freundin. Frau Lindley strahlte über die Klasse wie ein Buddha mit Frettchengesicht, während ich, von allen unbemerkt, dastand und die Szene wie aus weiter Ferne beobachtete.

"Nun, wie würden wir vom Standpunkt der sozialen Gerechtigkeit aus darauf reagieren? Mal sehen... Olivia?"

"Nun, zuerst würden Sie ..." Sie hatte das Skript praktisch auswendig gelernt.

Und nicht nur das, sie hatte sich nun voll und ganz

auf die "Normalen" eingelassen - was in dieser Schule die Kiffer-Jocks bedeutete, deren Stadt dies im Geiste war. Es schien, als hätte sie sich sogar mit einem von ihnen angefreundet ... Kim, diese sommersprossige Nieserin. Still und leise. Der ganze Schulhof wusste es ... aber wenn ihr Vater es herausfand, konnte Kim verstümmelt werden oder Schlimmeres. Ich war wie betäubt, mir war kalt. Ich zog mich für eine Weile an einen dunklen, hasserfüllten Ort in mir zurück und betrachtete die verfluchte Landschaft.

Kurze Zeit später, an einem Samstagnachmittag, klopfte es an mein Schlafzimmerfenster. Da ich draußen niemanden sah, ging ich zur Haustür, wo ein fremder Kopf aus dem Gebüsch auftauchte. Es war Aloysius, ganz in Schwarz gekleidet, mit Sturmhaube. Der ausgebeulte schwarze Jogginganzug aus dem Supermarkt war wohl das Ninjakostüm, das man in East Lynwood kaufen konnte. Er sah sich nervös um, bevor er sich auf den Boden fallen ließ und wie ein Seehund ins Haus kroch. Sprachlos folgte ich ihm, als er wie ein verwundeter Seelöwe den Flur hinunterglitt.

"Und?", fragte ich, als wir mein Zimmer erreichten.

"Du musst mich verstecken", rief er. "Ich bin auf der Flucht."

"Wovor?" Er stammelte den Namen des obersten Polizisten der Stadt.

"Inspektor Tippett? Was haben Sie getan?"

"Ich habe versucht, seine Tochter zu entführen."

"Olivia?" Ich stieß ungläubig hervor.

"Ja. Du kennst sie?"

Du kennst sie ... so beiläufig. Aber ich täuschte mühsam Gleichgültigkeit vor, mein Herz klopfte.

"Äh, ja. Nur ein bisschen."

"Keine schlecht aussehende Sheila. Und ich schwöre, sie sah mich an, als wollte sie mich aushorchen. Also fragte ich sie nach ihrer Adresse. Das zweite Fenster links, sagte sie. Also bin ich gestern Abend gegen Mitternacht zu ihr gegangen. Klopfte, und es war das Fenster ihres verdammten *Vaters*".

Ich gluckste innerlich, dann konnte ich mich nicht mehr zurückhalten und lachte laut auf, als er mir erzählte, wie er das Fenster aufgebrochen und sich ins

Zimmer geschlichen hatte, nur um einen haarigen, übergewichtigen Polizisten mit Kopfhörern vorzufinden, der sich zu Internetpornos einen runterholte, während seine Frau neben ihm im Bett schnarchte.

"Das ist nicht *witzig*", stammelte Aloysius. "Die Schlampe hat mich reingelegt. Bist du schon mal von einem nackten Polizisten mit Pistole und Ständer die Einfahrt runtergejagt worden?" Ich versicherte ihm fröhlich, dass das nicht der Fall war. "Und jetzt ist er hinter mir her. Olivia hat ihm gesagt, wer ich bin, wo ich wohne, alles. Melita sagt, sie hat ihm sogar erzählt, dass ich versucht habe, sie zu belästigen, dass ich durch das Fenster geklettert bin, um sie zu vergewaltigen!".

"In Ordnung", sagte ich und brüllte vor Lachen. Olivias Heimtücke und Coots mürrische Ausschweifungen hätten mich eigentlich mit Abscheu erfüllen sollen, aber ein Ventil hatte sich gelöst, der Druck war weg, und es fühlte sich an, als wäre ein Teil meines Lebens vorbei. So war es nur eine kleine Überraschung, eine sehr kleine Überraschung sogar, als Coot mir erzählte, dass Inspector Tippett in Wirklichkeit der oberste Drogendealer von East Lynwood war, und das schon seit langer Zeit, und dass er sowohl das Verbrechen als auch die Strafverfolgung in der Stadt mit eiserner Faust kontrollierte.

"Du kannst dich hier eine Weile verstecken", sagte ich und biss mir auf die Zunge, um nicht noch mehr zu lachen.

Ich ging in den Laden, um Vorräte zu kaufen, ließ ihn zurück, während ich meine Ausgabe des *Silmarillion* mit den Eselsohren las, und als ich zurückkam, fand ich meine Mutter mit aschfahlem Gesicht auf der Türschwelle. Mir drehte sich der Magen um.

"Die *Polizei* war hier", sagte sie mit einem seltsamen Ausdruck in den Augen.

"Was ist passiert?"

"Der besagte Beamte hat deinen Freund mit einer Pistole bedroht. Er hat ihm gesagt, er soll die Stadt verlassen."

"Du hast ihn in mein *Zimmer* gelassen?"

"Es war die Polizei, das habe ich dir schon gesagt."

"Du musst sie nicht ohne Durchsuchungsbefehl

reinlassen, verdammt noch mal. Er wollte nicht das Gesetz durchsetzen, das war ein privater Rachefeldzug. Klingt das nach einem Polizisten, der ein unbewaffnetes Kind mit einer Waffe bedroht?" Sie zitterte leicht.

Mein Vater kam aus seinem Büro. "Was geschehen ist, ist geschehen", sagte er. "Aloysius war, wie Sie wissen, einer meiner Patienten. Es ist wohl für alle Beteiligten das Beste, dass er die Stadt verlassen hat. Der Junge war ein richtiges Arschloch, das kann ich Ihnen sagen. Von solchen Leuten sollte man sich besser fernhalten."

Ich drehte mich um und ging angewidert davon, ohne auf die heuchlerischen Worte meines Vaters zu achten, aber selbst *er* klang unsicher ... als hätte Tippetts Tat seinen Glauben an die Ordnung der Gesellschaft erschüttert, wenn auch nur leicht. Ich machte mir nicht die Mühe, ihn über die Nebenbeschäftigung des Inspektors als Drogendealer der Stadt aufzuklären. Selbst als sie sahen, wie er Coot bedrohte, hätten sie es nicht geglaubt. Und ich musste aufpassen, was ich sagte...

Eine Woche später kam ein Brief von Aloysius an. Er hatte sich nach Hobart durchgeschlagen, wo er in einem feuchten, schmierigen Obdachlosenheim untergebracht war. Er gab meinen Eltern nicht die Schuld an der Razzia, denn er hatte erfahren, dass einer seiner Drogen-"Kumpels" Tippett seinen Aufenthaltsort verraten hatte, als Gegenleistung für ein paar kostenlose "Geräte". Tippett hatte es selbst angedeutet, zwischen Drohungen und Grunzen. Ich sollte selbst nach Hobart kommen, wie Whittington, um mein Glück zu versuchen, sagte Aloysius. Ich antwortete, dass ich es unmöglich bis Anfang nächsten Jahres schaffen würde (dann müsste ich dort ein Matriculation College besuchen, da die East Lynwood High, wie alle staatlichen Schulen in Tasmanien, nur bis zur zehnten Klasse ging).

Aber eine Briefmarke hätte ich mir sparen können. Am nächsten Tag stand ich mittags auf dem Schulhof und dachte über etwas nach, als mich ein Finger in den Rücken stieß. Es war Kim, und ihre Augen waren vor Vergnügen zusammengekniffen.

"Olivia hat mir erzählt, dass du sie *sexuell belästigt* hast."

"Was?"

"Versuch gar nicht erst, es abzustreiten, du dreckige kleine Schwuchtel."

Die Unlogik seiner Beleidigung spielte keine Rolle, ebenso wenig wie die Enthüllung, dass Olivia eine verlogene Hure war ... Was zählte, war Kims Faust, die fröhlich auf meinen Kopf zuraste.

Ich wich aus und schlug ihm mit der Handfläche aufs Kinn. Er taumelte grünlich zurück, seine Augen funkelten vor Wut, dann ging er ernsthaft auf mich los, ließ Schläge nach links und rechts regnen, ein kaltes Grinsen trieb ihn an. Meine beste Option war, ihn zu Boden zu bringen. Ich näherte mich ihm, hakte mein Bein hinter seine Waden und stieß gleichzeitig hart gegen seine Brust. Er flog davon, aber bevor ich mich auf ihn stürzen und ihn zu Brei schlagen konnte, kamen zwei Lehrer angerannt - einer von ihnen war Mr. Bennett, der stämmige Sportlehrer. Wir wurden im Froschmarsch ins Büro gebracht, wo Bennett den stellvertretenden Schulleiter über den Vorfall informierte, da er die Schlägerei offenbar von Anfang an gesehen hatte. Ich dachte, ein Sportlehrer würde meinen geschickten Einsatz von Kampftechniken zu schätzen wissen, aber anscheinend gab es eine richtige Zeit und einen richtigen Ort.

Ms. Green befragte Kim unter vier Augen, schickte ihn hinaus und rief mich zu sich. Ihr Blick war gallig und steinern, grau wie eine Säure, die alles organische Leben im Universum ersticken wollte. Ihre Unterlippe zitterte leicht, als sie sagte: "Ich werde deine Art von Schlägerei an dieser Schule nicht dulden, verstanden? Ich dulde keine Intoleranz."

"Hm?"

"Gut, dass das Schuljahr bald zu Ende ist, sonst würde ich dich für diesen grotesken Gewaltakt suspendieren."

"Er hat mich *angegriffen*! Ich habe mich nur verteidigt. Frag Mr. Bennett, er hat alles gesehen."

"*Überprüfe sofort deine Privilegien*, du unverschämter kleiner Bastard. Kim Sanders kommt aus einer niedrigeren sozioökonomischen Schicht als du." Ihre Stimme sank zu einem Flüstern. "Dein Vater ist ein

Mittelschichtsangestellter, deine Mutter ... eine ..."

"Ja? Was ist meine Mutter?"

"Hausfrau", schloss sie und verzog das Gesicht, als wäre das Wort etwas unanständig. "Wie auch immer, selbst wenn er den Kampf angefangen hat, hast du ihn weggestoßen oder ihm einen Schlag verpasst oder so etwas. Und das ist keine Notwehr." Ich versuchte, ihr das uralte Konzept von Angriff = beste Verteidigung zu erklären, aber sie starrte mich nur stumm an.

"Lügner", sagte sie schließlich. Sie hatte keine Kampferfahrung, aber sie war auch nicht bereit, sich von jemandem, der sie hatte, sagen zu lassen, wie sie es machen sollte.

"Ich bin keine Lügnerin, und wenn mich jemand angreift, verteidige ich mich. So funktioniert das, und es ist mir völlig egal, aus welchem Milieu er kommt." Ich verschränkte die Arme und sah sie herausfordernd an.

Ihre Augen fielen ihr fast aus dem Kopf.

"Sprich nicht in diesem kyriarchalischen Ton mit mir, du kleiner Schurke. Du wirst mit sofortiger Wirkung von dieser Schule verwiesen", stupste sie mich mit einem pummeligen, körnigen Finger in die Brust.

"Was? Sie sind doch gar nicht der Rektor, Sie dummes Schwein! Nur Mr. Davies hat das Recht, jemanden von der Schule zu verweisen."

"ICH... HABE... DIE... AUTORITÄT", brüllte sie, und es war ziemlich klar, wer an dieser Schule die Hosen anhatte.

So wurde ich ein paar Wochen vor Ende des Schuljahres von der Schule verwiesen, ohne meine Zeugnisse zu bekommen. Um die zehnte Klasse abschließen zu können (eine Voraussetzung für die weiterführende Schule und sogar für die meisten einfachen Berufe), musste ich das ganze Jahr an einer anderen Schule wiederholen. Mein Vater rief Mr. Davies an, schimpfte und tobte, aber er konnte nichts tun. Die Schlampe hatte ihn an den Eiern.

Also beschloss ich, meine formale "Ausbildung" - wenn man das so nennen kann - abzubrechen und in die Stadt zu gehen, um mir einen Job zu suchen. Mein Vater schimpfte und schimpfte, aber in Wirklichkeit war er ein Pappkamerad ... Ich durchschaute seinen falschen

"Konservatismus".

"Was glaubst du, was du ohne Universitätsabschluss für einen Job bekommst? Nicht einmal nach der elften oder zwölften Klasse?"

"Was glaubst du, was für einen Job ich *mit* dem Zeug bekomme?", entgegnete ich. Das machte ihn wütend. Er verbot mir zu gehen, aber ich lachte nur. In dieser Nacht packte ich meine Tasche, verzichtete auf Schlaf und machte mich im Morgengrauen per Anhalter auf den Weg nach Hobart. Aber zuerst erklomm ich den Myrtle Hill, den höchsten Punkt der Stadt, und erreichte den Gipfel, als die Sonne gerade über dem Horizont aufging.

Ich dachte über die Illusionen nach, die sich wie ein Miasma über East Lynwood gelegt hatten. Über den Polizisten, der der größte Verbrecher der Stadt war und die jungen Menschen zerstörte, denen er eigentlich helfen sollte, sich zu entwickeln. Von der autoritären "antiautoritären" GLC-Clique und ihrem weinerlichen Schoßhündchen Thomas. Von meinen Eltern und ihrem falschen Konservatismus. Von Olivia, der schönen, aber verkommenen Schlampe. Von Aloysius, der die Distanz nicht halten konnte - aber wenigstens ein Herz hatte. Und an mein eigenes ständiges Verstellen und meine Weigerung, mich der Welt klar zu stellen. Die einzigen, die sich *nicht* verstellten, waren ironischerweise die Verrückten der Stadt ... und vielleicht der Künstler Japhrey.

"Praktisch nichts ist real in East Lynwood, diesem Tal der Illusionen. Aber ich kann mich auch nicht darauf verlassen, dass die Dinge in Hobart real sind. Also muss ich sie selbst wahr machen. Mit meinem Herzen, mit meinen Fäusten, mit all dem Schmerz, den die Zukunft bringen wird. Ich werde etwas *Wirkliches* tun. Ich schwöre es..."

2

MADDY

Meine Mutter war drogensüchtig und mein Vater war bei der Luftwaffe, mehr hat sie mir nie über ihn erzählt. Jedes Mal, wenn sein Name fiel, wurde ihr Gesicht schwarz vor Augen. Als Kind hätte ich gerne mehr gewusst, aber jetzt denke ich nicht mehr an die Vergangenheit, sondern nur noch an die glorreiche, strahlende Zukunft. Aber für die Zwecke dieser Memoiren muss ich wohl vorübergehend in den Sumpf eintauchen... also fangen wir an:

Als ich vier Jahre alt war, zogen wir nach Hobbiton, der Hauptstadt Tasmaniens. An die Zeit davor kann ich mich nicht erinnern, aber anscheinend haben wir mal in Sydney gelebt. Aus gelegentlichen Andeutungen schließe ich, dass meine Mutter damals Prostituierte war. Ich werfe ihr das nicht vor, aber ich werfe ihr andere Dinge vor - oder würde es tun, wenn ich lange genug darüber nachdenken würde.

Also, diese Memoiren gehen mir jetzt schon auf die Nerven. Aber sie müssen für die Zukunft erzählt werden, damit die Menschen von damals wissen, was für ein Unkraut die meisten "Menschen" von heute sind.

Aber sie war nie eine Prostituierte in Hobbiton. Sie hatte eine Zeit lang einen Job in einem Bekleidungsgeschäft und bekam Rabatt, so dass ich als Kind oft verkleidet spielen konnte. Dann wurde ihr Verhalten immer unberechenbarer und sie verlor ihren Job. Danach hörte sie viel und sehr laut die Beatles und rauchte Gras in der Küche. Dann begann sie, Marihuana in Hydrokultur anzubauen und zu verkaufen. Sie weigerte sich, härtere Drogen zu verkaufen (obwohl sie selbst welche nahm), was ich ihr hoch anrechne. Sie bewarb sich um eine Wohnung der Housing Commission in Primrose Heights (die geben den beschissensten Gegenden immer blumige Namen) und bekam sie. Sie nahm sich einen harten Freund namens Juan aus El Salvador, der sich um das Dealen kümmerte, damit sie nicht in Gefahr geriet. Ich erinnere mich fast liebevoll an Juan. Er kümmerte sich um uns in einem rauen Viertel und war ein starker, ruhiger Typ, der sich nie in meine Erziehung einmischte - und er war kein scheinheiliger Linker wie meine zickige Mutter. Er war nicht so schlimm wie der Drogenabschaum. Aber als ich auf die Highschool kam, wurde sie ihm zu unberechenbar, und er verließ sie, gefolgt von einer Reihe von Widerlingen, Weicheiern und bleichgesichtigen Politikern, die ich alle hasste. Ich weiß nicht einmal, wo sie diese Loser aufgegabelt hat!

Einer von ihnen hatte die Frechheit, unsere Badewanne mit Kuhmist zu füllen, weil er glaubte, dass Marihuana dort besser wachsen würde als in Mamas Hydroponiksystem. Wir haben nie herausgefunden, ob er Recht hatte, denn er riss die Sprösslinge aus und rauchte sie, bevor sie ausgewachsen waren. Dann klaute er Mamas Pflanzen und verpisste sich. Wenigstens konnte ich wieder baden - nach ein paar Stunden mit Schaufel und Bleichmittel. Danach musste Mama eine Weile zu den Salvos gehen, um etwas zu essen zu bekommen, bis die nächste Charge gewachsen war.

Sie wurde immer verwirrter und paranoider, während sie sich gleichzeitig immer mehr in die Politik einmischte, dank einiger ihrer neuen "Freunde", wie zum Beispiel dem dünnen, käferäugigen Geist namens (ironischerweise!) Caspar, mit dem sie eine Zeit lang vögelte. Sie und Caspar merkten dann beide, dass sie eigentlich schwul waren, aber sie vögelten noch monatelang weiter.

Caspar war ein "männlicher Feminist", und ich hörte, wie er einmal durch die Wand um Erlaubnis fragte, bevor er sich ihr näherte. "Ist es in Ordnung, wenn ich meinen Arm um deine Schulter lege und dann vielleicht deine Brust berühre?" Pfui Teufel! Es war so klinisch, und sein Anblick war ekelhaft, wie eine bleiche Stabheuschrecke. Ich selbst bin keine Aphrodite, aber alle "Freunde" meiner Mutter schienen etwas an sich zu haben, geistig und oft auch körperlich. Vielleicht war das der Grund, warum sie (lautstark) ihre Besorgnis über das Elend der Armen am anderen Ende der Welt zum Ausdruck brachten, aber ihre eigene Umgebung mit völliger Hingabe verschmutzten. Das erschien mir wie das Symptom einer Geisteskrankheit.

Jedenfalls wurde die Wohnung immer verwahrloster und unhygienischer, und so sehr ich mich auch bemühte, sauber zu machen, ich konnte nicht viel tun, um die Flut aufzuhalten. Ich holte oft Mamas *Sgt. Pepper's* CD heraus und spielte "Fixing A Hole" sehr laut... aber sie verstand den Wink nicht. Sie schien "I"m Only Sleeping" von *Revolver* zu bevorzugen.

Erst als ich von der Schule verwiesen wurde, interessierte sie sich endlich für ihre Tochter - vor allem, weil sie dadurch die Möglichkeit hatte, den Direktor zu schikanieren. Ich war sowieso kaum in der Schule, und wenn, dann wurde ich von einer bestimmten Clique von Schülern, deren Namen ich nicht nennen will (ich hoffe, ihr lest das, ihr Untermenschen!), die sicher weder Jungfrauen noch besonders hygienisch waren, als "Hure" und "Schlampe" beschimpft (ich war damals übrigens noch Jungfrau). Jetzt fange ich an, wie Sean zu klingen, mit seinen langen, gewundenen Sätzen. Ich mag sie, keine Frage, aber sie sind nichts für mich!

Also, wo war ich? Ach ja, der Englischlehrer nannte mich eine "schlampige, faule Ausrede für einen Schüler", und ich bin ausgeflippt. Versuchen Sie mal, Hausaufgaben zu machen, während ein Haufen eingefleischter Kommunisten den ganzen Abend in der Küche lauthals "Glass Onion" singt...

Also verlor ich die Beherrschung und schlug der Schlampe ins Gesicht. Es floss ziemlich viel Blut, aber wie sich später herausstellte, war der Schaden nur oberflächlich, leider. Ich schätze, meine Boxkünste sind nicht so gut.

Ich saß gefühlte fünf Stunden mürrisch und zitternd im Büro des Direktors, während sie meine Mutter suchten. Sie tauchte betrunken und bekifft auf und hielt dem Direktor einen lauten, schrillen Vortrag über Hegemonie, Kyriarchie und solche Dinge. Der Direktor war ein Arschloch, aber angesichts einer solchen Tirade tat er mir leid. Es war mir so peinlich, dass ich mich rausgeschlichen habe und seitdem nie wieder eine Bildungseinrichtung besucht habe. Vielleicht fühle ich mich deshalb jetzt gebildeter als der Durchschnittsmensch!

Auf dem Heimweg hatte ich Zeit, meine Gedanken zu sammeln, aber als ich die Tür zu meinem Zimmer öffnete, waren sie schon wieder zerstreut, und was ich dann sah, zerstreute sie noch mehr. Auf meinem Bett lag, eine Zigarette rauchend, eine große, pummelige, walrossähnliche Person, von der ich sofort wusste (trotz des sorgfältig gepflegten Schnurrbarts), dass sie eine biologische Frau war, die sich als Mann ausgab. Eine Transsexuelle also, aber was für eine Transsexuelle. Sie hatte sich alle Mühe gegeben. Nicht genug, um mich zu bitten, das männliche Pronomen zu verwenden (ich bin kein Journalist), aber es war ein guter Versuch. Ich war allerdings nicht in der Stimmung, ihre schauspielerischen Fähigkeiten zu würdigen.

"Wer sind Sie und was machen Sie in meinem Zimmer?", war meine vorhersehbare Frage.

"Ich warte auf *dich*, Madeleine. Deine Mutter hat mir alles über dich erzählt. Ich kenne dich von den Fotos." Ihre Koteletten sträubten sich, als sie sprach, und ihre Zunge lallte leicht. Sie speichelte sogar ein wenig.

"Verschwinde bitte aus meinem Zimmer. Das ist meine Wohnung."

"Nicht ohne einen Kuss." Sie war eindeutig betrunken und muss mit meiner Mutter getrunken haben, bevor sie ging. Ich wusste nicht, wie ich damit umgehen sollte. Dann sprang sie aus dem Bett und stürzte auf mich zu. Ich spürte einen plötzlichen Schauer der Angst. "Bitte sag mir, dass du nicht transphob bist, Schatz. Das wäre sehr enttäuschend."

"Ich bin nicht transphob. Und jetzt *verpiss dich*."

"Du widersprichst dir selbst, Liebling. Wenn du nicht transphob wärst, würdest du mir nicht sagen, dass ich mich verpissen soll." Ihre Lippen bebten über ihren gelben Zähnen, als sie nach vorne taumelte. Ich wich ins Wohnzimmer zurück, aber sie sprang mit blendender Geschwindigkeit nach vorne und drückte mich gegen die Wand. Sie sabberte mir den ganzen Mund voll (man konnte fast das Testosteron ihrer Hormonbehandlung schmecken) und fummelte unter meiner Kleidung herum, als ich versuchte, sie von mir zu schieben. Ihr Schnurrbart kratzte an meiner Nase, während sie mein Gesicht leckte. Ich musste mich übergeben... ob von den Alkoholdämpfen oder von der grotesken Erkenntnis, dass dies tatsächlich passiert war, weiß ich nicht. Dann klärte sich mein Blick und ich tat das Einzige, was ich tun konnte, während ich gegen die Wand gedrückt wurde. Ich biss ihr in die Nase. Sie schrie auf und schlug die Hände vors Gesicht, und ich befreite mich aus ihrer erstickenden Umklammerung und rannte zur Haustür ... Aber sie holte mich ein, packte mich an den Schultern, drehte mich um und schüttelte mich grob.

"Wage es nicht, jemandem davon zu erzählen", zischte sie. Sie war stärker als ich, aber die Panik stieg in mir auf. Ich wehrte mich. "Mein Leben ist die *Hölle*", keuchte sie. Dann schrie sie heftig und spuckte mir ins Gesicht: "Du verdammte kleine cis-privilegierte *Schlampe*".

Privilegiert. Ja, natürlich ... ich war so *privilegiert*. Die Ironie und Ungerechtigkeit dieses Vorwurfs schoss mir sofort durch den Kopf ... und ich explodierte. Ich bemerkte nicht, dass sich die Haustür öffnete, hakte mein rechtes Bein hinter ihre linke Wade und stieß sie so fest ich konnte. Sie flog nach hinten und blieb auf dem weinverschmierten Teppich liegen. Der Schock in ihren Augen wich schnell mörderischem Hass, und sie begann wieder aufzustehen. Ich nahm zwei Schritte Anlauf und *trat ihr in die Fotze.* Hart.

Sie schrie einmal auf, dann krümmte sie sich vor Schmerzen und klemmte sich zwischen die Beine. Ich drehte mich um, um zur Telefonzelle an der Ecke zu gehen und die Polizei zu rufen (ich wollte nicht in der Nähe bleiben, um das Haustelefon zu benutzen), aber ich lief direkt auf meine betrunkene Mutter zu, die mit vor Entsetzen offenem Mund dastand.

"Ich rufe die Polizei", schrie ich. "Und deine Drogenutensilien sind mir scheißegal. Dieses Stück Scheiße hat versucht, mich zu vergewaltigen, und ich will, dass sie *verschwindet*."

"Versuchte dich zu *vergewaltigen!* Du dreckige kleine Lügnerin!"

"Was?"

"Ich habe alles gesehen, Madeleine. Ich habe Rex draußen vor der Tür gehört. Er hat dich cis-privilegiert genannt, und ich glaube, er hat Recht. Ich öffnete die Tür und sah alles. Ich habe gesehen, wie du ihn umgestoßen und getreten hast. Ich bin vielleicht ein bisschen beschwipst, aber ich bin nicht blind. Was hast du dir dabei *gedacht?* Du weißt nicht, was dieser Mann durchgemacht hat! Er hat die ganze Gesellschaft gegen sich, die Regierung, die Konzerne. Bist du verrückt geworden?"

Vielleicht war ich es! Ich stand da, sprachlos, mit verzerrtem Gesicht und versuchte, alles zu verarbeiten. Rex stöhnte, und meine Mutter kniete nieder, um sich um ihn zu kümmern. "Wir brauchen einen Krankenwagen, nicht die Polizei", sagte sie.

Ich stammelte meine Version der Geschichte und war mir sicher, dass meine Mutter zur Vernunft kommen würde, sobald sie mich gehört hatte. Aber sobald ich anfing, den sexuellen Übergriff zu beschreiben, hielt sie sich die Ohren zu.

"Okay, du bist also sowohl ein Lügner als auch ein Fanatiker. Oh Gott, was habe ich falsch gemacht? Warum habe ich nicht abgetrieben?" Dann murmelte sie etwas, das wie ein Ave Maria klang.

Etwas in mir wurde kalt. Wer war diese groteske Person und wie konnte ich mit ihr verwandt sein? Warum konnte *ich* nicht abtreiben ... eine umgekehrte Abtreibung? Warum konnte ich nicht eine gute oder wenigstens eine mittelmäßige Mutter haben und nicht diese widerliche Hexe und ihre widerlichen Freunde?

Ich werde meine eigene Mutter sein, schwor ich mir, als ich zur Tür hinausging, um nie wieder zurückzukehren. Aber sobald ich das gedacht hatte, wusste ich, dass ein Teil meiner Seele herausgeschnitten werden musste ... und ich konnte es nicht, ich konnte es nicht. Tränen liefen über mein Gesicht ... aber dieser geheime Ort der Angst sollte mich in den nächsten Tagen beflügeln. Genauso wie der Klang der dreckigen Stimme meiner Mutter, die mir die Straße hinunter folgte:

"Oh, Rex... hat dir die kleine Schlampe *wehgetan?*"

*　　*　　*

In dieser Nacht schlief ich in einer Tonne von Vinnie's. Sie war halb voll und die Altkleider machten ein sehr bequemes Bett... Aber leider haben ein paar betrunkene Teenager gegen Mitternacht beschlossen, ihren Müll hineinzuwerfen, und ich wurde mit Milchshake-Resten bespritzt. Ich habe mich sehr ruhig verhalten - ich weiß nicht, was sie getan hätten, wenn sie gemerkt hätten, dass ich da drin war. Wahrscheinlich hätten sie Schlimmeres hineingeworfen.

Am Morgen kletterte ich heraus, aber nicht bevor ich in dem Haufen schmutziger Kleider einen wichtigen Fund gemacht hatte - einen Schlafsack. Er war dünn und zerschlissen, aber ein echter Schatz.

Ein Geschäftsmann sah mich herauskommen und schüttelte den Kopf. Ich streckte ihm die Zunge heraus und machte mich auf den Weg zum Centrelink-Büro, den Schlafsack über die Schulter geschlungen. Bei Centrelink wartete ich fast zwei Stunden, dann sagte man mir, dass ich eine Art elterliche Erlaubnis bräuchte, um irgendwelche Leistungen zu bekommen. Widerwillig rief ich meine Mutter über das Telefon an, um sie zu bitten, ein Formular für mich zu unterschreiben. Ihre Stimme dröhnte durch die Leitung, undeutlich wie immer.

"Ich werde auf keinen Fall etwas für dich unterschreiben, nicht nach dem, was du Rex angetan hast. Ich schäme mich sogar, mit dir *verwandt* zu sein."

"Es ist nur eine Unterschrift, dann hörst du nie wieder etwas von mir, versprochen."

"Auf keinen Fall. Rex musste ins Krankenhaus. Weißt du, was er durchgemacht hat und ..."

Ich hängte auf, bevor sie auflegen konnte. Meine einzige kleine Waffe, und das war alles. Ich hatte alle Brücken abgebrochen.

"Kein Glück, was?", sagte der Centrelink-Mann

49

gelangweilt. Ich schüttelte den Kopf und kämpfte mit den Tränen. "Dann tut es mir leid, aber da kann ich nichts machen." Er gab mir einen Zettel mit der Nummer einer Notunterkunft für Obdachlose und winkte den nächsten Kunden in der Schlange durch.

Ich ging und dachte, ich würde es stattdessen im Büro der Wohnungskommission versuchen, aber nachdem ich eine Stunde gewartet hatte, sagte man mir, ich müsse mich auf eine Warteliste setzen und das könne bis zu zwölf Monate dauern, obwohl ich in der höchsten Kategorie war. Irgendwie war das in Ordnung, denn ich hatte kein Einkommen, um die Miete zu bezahlen!

Ich bat sie, meinen Namen vorsichtshalber auf die Liste zu setzen, und verbrachte eine weitere Stunde damit, Formulare auszufüllen, wobei ich auf einige sehr neugierige Fragen überwiegend falsche Antworten gab.

Ich konnte mich immer noch nicht dazu durchringen, in die Obdachlosenunterkunft zu gehen, also musste ich mir einen besseren Schlafplatz als eine Vinnies Tonne suchen. Aber zuerst musste ich etwas essen, denn ich war schwach vor Hunger und mein Magen knurrte bösartig, also ging ich zur Stadtmission. Das Mittagessen war vorbei, aber die Dame gab mir eine Tüte mit Brötchen und sagte, ich solle morgen wiederkommen, dann würde sie mir etwas Richtiges zu essen geben. Das tat sie, und ich ging jeden Tag in dieser Woche dorthin und am Wochenende in eine ähnliche Einrichtung in der Nähe. Die anderen Obdachlosen ignorierten mich, also ignorierte ich sie auch.

Inzwischen hatte ich mich nächtelang auf einem Kinderspielplatz in der Demesne verschanzt, einem riesigen, hügeligen, baumbestandenen Reservat in der Nähe des Zentrums von Hobbiton, und auf diesem Spielplatz feierte ich meinen sechzehnten Geburtstag. Ich feierte ihn, indem ich die Rutsche hinunterrutschte. Juhu...

Am Montag merkte ich, dass Feiertag war und die Stadtmission geschlossen hatte. Ich ging weg und überlegte, was ich tun sollte, als ich bemerkte, dass die Heilsarmee gleich um die Ecke geöffnet hatte. Eine junge Frau mit einem Gesicht, das ich nicht besonders mochte, sagte mir, dass sie mir etwas zu essen geben würden, und wenn ich warten würde, würde sich bald jemand um mich kümmern. Dann führte mich eine Frau mittleren Alters mit einem Gesicht, das mich nicht besonders interessierte, in ein Büro, wo meine Untersuchung begann. So viele Fragen, aber ich beantwortete sie, weil ich Hunger hatte.

"Und wo wohnst du, mein Schatz?"

"Auf einem Spielplatz, oben in der Demesne."

"Ah, ich verstehe. Nun, das sollte reichen." Und sie gab mir einen Supermarktgutschein über fünfzig Dollar, den ich nur für Lebensmittel einlösen konnte, und schickte mich weiter.

Spät in der Nacht bekam ich Besuch von der Polizei. Es war ein abgelegener Ort und sie schienen zu erwarten, dass sie mich dort finden würden... Ich hatte keinen Zweifel, wer es ihnen gesagt hatte.

"Was ist hier los?", fragte der Größere.

"Nicht viel, Kumpel."

"Was soll das heißen, Kumpel? Du wirst mich mit "Offizier" anreden, ist das klar?" Ich konnte sehen, dass wir uns wirklich gut verstanden. Sie fragten mich (sehr unhöflich), was ich hier wolle und befahlen mir dann noch unhöflicher, meine Sachen zu packen und zu verschwinden.

"Aber ich tue doch niemandem etwas. Und ich gehe jeden Morgen in der Frühe".

"Du wirst tun, was ich dir sage. Und wenn ich dich hier noch einmal erwische, trete ich dir in den Arsch, bis dir die Nase blutet. Ist das klar?" Was für ein Charmeur! Der andere, der den guten Bullen spielte, sagte:

"Weißt du nicht, dass Packo hier manchmal einen trinken geht? Und wenn er dich erwischt, verprügelt er dich oder vergewaltigt dich. Also solltest du besser verschwinden..."

Das tat ich - aber nicht wegen des geheimnisvollen Packo. Vielmehr war ich mir unsicher, ob diese Polizisten nicht selbst versuchen würden, mich zu vergewaltigen. Wie gesagt, es war ein abgelegener Ort.

Also rannte ich den Hügel hinunter und versteckte mich unter den Bäumen, bevor die Polizisten mir folgen konnten. Ich irrte die ganze Nacht in der Demesne umher, zu ängstlich, um zu schlafen, falls sie zurückkämen. Am nächsten Morgen beschloss ich, es im Obdachlosenheim zu versuchen.

*   *   *

Ich war so müde, der Kopf voller Sand, ein Rauschen hinter den Augen.

Klopfen an der schweren Eingangstür, das Summen des Frühstücks aus dem großen Milchglasfenster links. Schritte, die Tür quietscht, eine Dame mittleren Alters steht da, kurze Haare und Statur, das Zwergengesicht meint es ernst. Lässt mich ins Büro, langes, verwirrendes Gespräch, einschüchternd, tätschelt mir den Kopf, als ich den Papierkram unterschreibe. Herablassend, ist mir egal, ich will irgendwo schlafen! Führt mich in ein winziges Zimmer im Frauentrakt, ein großer Schrank, ein Waschbecken und ein Einzelbett mit quietschenden Federn nehmen fast den ganzen Platz ein. Gibt mir den Schlüssel, das Frühstück ist noch da, wenn ich es brauche, gibt mir einen Zettel mit den Regeln, schließt die Tür. Ich lasse mich aufs Bett fallen. Ich will kein Frühstück, ich will nur schlafen...

Einige Stunden später wache ich auf, hungrig und verwirrt. Gehe den Flur entlang, niemand ist da. Steige die schäbige Teppichtreppe hinunter auf den schwarz-weiß karierten Vinylboden der Haupthalle. Ein Getränkeautomat grinst hinter seinem Gitter hervor, als ich die Küche betrete. Auch hier ist niemand. Die Uhr zeigt drei, das Mittagessen muss vorbei sein, aber Reste? Ich finde einen Laib Weißbrot und fange an, ihn zu verschlingen, dann gieße ich mir Wasser aus einem steifen Hahn, setze mich und lese die Zeitung. Dabei fällt mir auf, dass die Rubrik "Dienstleistungen für Erwachsene" aus den Kleinanzeigen herausgerissen wurde.

Dann sagt eine Stimme hinter mir: "Was in aller Welt machen Sie da? Um diese Zeit ist der Zutritt zur Küche verboten!"

Ich hatte die Hausordnung nicht gelesen. "Unwissenheit ist keine Entschuldigung und bla bla

bla..."

Also schlurfe ich mit der immer noch brummenden Stimme der Köchin in den Flur und treffe direkt auf eine grinsende Frau um die dreißig mit mattblonden Haaren und gebogenen Zähnen.

"Lass dich von der alten Vicky nicht einschüchtern. Die bellt mehr, als sie beißt. Gerade eingezogen, was? Ich heiße Helen ..."

Ich nahm ihre nikotinverschmierte Hand, schüttelte sie schlaff und stammelte als Antwort meinen Namen.

"Ein paar von uns gehen nachher noch auf einen Drink in Ades Zimmer. Du kannst gerne mitkommen. Dann lernen wir dich besser kennen. Es ist die Tür unten im ersten Stock, im Männertrakt. Gegen sieben Uhr."

"Ich habe kein Geld für Alkohol."

"Ich rufe dich heute zum ersten Mal an. Stört es dich?"

"Nein, es ist in Ordnung." Tatsächlich war es der einzige Wein, den ich je probiert hatte. Ich war kein großer Trinker.

"Dann bis später." Sie lächelte verschwörerisch, als sie zur Tür hinausging. Mit was für Leuten hatte ich mich da eingelassen, fragte ich mich aus der Ferne. Schlimmer als meine Mutter konnten sie jedenfalls nicht sein ...

*   *   *

Ich ging, wie verabredet, etwas trinken. Jemand, den ich nicht erkannte, öffnete die Tür, lächelte und bat mich herein.

"Da ist sie ja, die Neue."

"Hey, neues Mädchen, wie geht"s?" Betrunkenes Lachen, aber nicht unfreundlich. Helen saß auf dem Bett neben einem Jungen, der ein Slayer-T-Shirt trug. Andere saßen auf Stühlen oder auf dem Boden (das Zimmer war etwas größer als meins, wenn auch schäbiger), und ein Mann, den sie als Ade vorstellte, der regelmäßige Bewohner des Zimmers, hielt eine Zigarette aus dem Fenster (um den Rauchmelder an der Decke nicht auszulösen) und drehte sich um, um zu nicken und

53

mich anzustarren. Die Art, wie er mich ansah, war ein wenig schäbig, aber nicht bedrohlich, und es waren noch zwei andere Frauen anwesend - Helen und jemand, den sie als Vanessa vorstellte, so dass ich mich sicher fühlte. Vanessa war Anfang zwanzig und hatte gerade eine missbräuchliche Beziehung hinter sich. Alle erzählten mir ihre Geschichte, wie es dazu gekommen war, weder mit Stolz noch mit Scham, sondern mit einer gehörigen Portion Humor, und dann fragten sie mich nach meiner. Und als ich fertig war, lachten sie sich kaputt.

"Das ist die Krönung", sagte Ade. "Eine Psycho-Transe. Ein verdammter Aufreißer!" Helen schenkte mir ein Glas von ihrem Fünf-Liter-Fass Fruity Lexia ein, und der Abend verlief ganz gut, nur getrübt durch einige derbe sexuelle Bemerkungen, die Ade an mich richtete ... Aber aus Helens gespielter Empörung schloss ich, dass er alle Damen so behandelte.

Wie auch immer. Wir fühlten uns fast wie Freunde und ich hätte noch länger mit ihnen getrunken, wenn nicht um Punkt zehn jemand an die Tür geklopft und "Zapfenstreich" gerufen hätte. Es gab zwar ein bisschen Murren, aber es schien, als hätten wir keine andere Wahl, und so machten Helen, Vanessa und ich uns auf den Weg zurück ins Frauenquartier. Obwohl ich erst seit ein paar Stunden wach war, schlief ich sofort ein, als ich meinen Kopf auf das Kissen legte.

*   *   *

Die nächsten Tage verbrachte ich damit, irgendeine Arbeit zu finden. Keines der Arbeitsämter wollte mich nehmen, weil ich nicht bei Centrelink registriert war, also versuchte ich, in der Bibliothek einen Lebenslauf zu tippen. Dann stellte ich fest, dass ich nicht einmal das Geld hatte, um ihn auszudrucken - aber da die Bibliothek sowieso fast leer war, war das vielleicht ganz gut so. Also beschloss ich, es mit der guten alten Tür-zu-Tür-Methode zu versuchen, und ich muss an diesem ersten Tag mindestens zwanzig Leute angesprochen haben, bevor ich entmutigt wurde.

54

"Nein, tut mir leid, Schatz. Ich brauche gerade niemanden."

"Kann ich Ihnen meine Kontaktdaten geben, falls Sie später jemanden brauchen?"

"Hast du einen Lebenslauf?"

"Nein..."

"Dann lassen wir das, ja?"

Am nächsten Tag war es genauso. *Jeder* wollte einen Lebenslauf, und die meisten erwarteten, dass man zumindest einen Hochschulabschluss oder irgendeine Art von Diplom hatte - selbst für Jobs im Einzelhandel oder in der Küche. Als ich an diesem Abend nach Hause kam, war ich niedergeschlagen und deprimiert, und das sah man mir auch an. Ade kam im Esszimmer auf mich zu und sagte: "Was ist los? Macht dir das Leben zu schaffen?"

"So ähnlich."

"Komm doch nachher auf eine Zigarette in mein Zimmer. Dann geht's dir gleich viel besser. Nur ich und ein Freund. Na ja, eigentlich ein Dealer. Packo. Der kommt mit irgendwelchem Zeug vorbei. Richtig saftige Knospen, sag ich dir." Ich erinnerte mich vage an den Namen, den die Bullen drei Nächte zuvor genannt hatten, aber aus irgendeinem Grund schrillten bei mir nicht die Alarmglocken. Außerdem hasste ich die Bullen inzwischen und wäre nie auf die Idee gekommen, ihren Rat anzunehmen. Also willigte ich ein, gegen acht Uhr nach oben zu gehen, obwohl Ade so ein Arsch war. Ich weiß nicht mehr genau, was mir dabei durch den Kopf ging. Vielleicht wollte ich einfach meine Gedanken an einen anderen Ort tragen, irgendwo weit weg von dieser modernen Welt und ihrem Fleischmarkt.

Jedenfalls stieg ich um zehn vor acht die Teppichstufen hinauf, ohne zu wissen, was mich oben erwartete.

Ich klopfte, und die Tür wurde von einem rotäugigen, stumm lächelnden Ade geöffnet, während eine behaarte, massigere Gestalt mit dem Rücken zu mir am Fenster stand und an einer Wasserpfeife zog. Die Gestalt atmete aus und drehte sich dann langsam zu mir um. Zu sagen, dass Packo wie ein Affe aussah, wäre eine grobe Untertreibung, also belassen wir es dabei. Er stellte die

Wasserpfeife auf das Fensterbrett und kam langsam und arrogant auf mich zu, während ein Lächeln die Narbe (die wie eine Messernarbe aussah), die sich über sein Gesicht zog, zerknitterte. Selbst heute noch fällt es mir schwer, mich an sein Gesicht zu erinnern, ohne mich übergeben zu müssen und den Wunsch zu verspüren, auf Gegenstände in der Nähe einzustechen und sie aufzuschlitzen. Im Nachhinein weiß ich, dass es das Gesicht des Chaos war, des Frostriesen ... aber damals konnte ich nur daran denken, wie verdammt hässlich es war. Die Alarmglocken läuteten sehr leise.

Er wedelte mit einem Stock voll stechendem Marihuana vor meiner Nase herum und knurrte leise: "Eine Tüte für die Dame?"

"Das ist Packo, Maddy", plapperte Ade. "Er ist ein harter Bursche, aber er ist lustig. Nimm eine Waffel, nimm eine Waffel." Ich erlaubte Packo (und jetzt wusste ich, woher er seinen Spitznamen hatte), mir eine Tüte zu nehmen, und trat dann ans Fenster, das auf eine verlassene Gasse mit einem rostigen roten Tor am Ende hinausging. Als ich die erste Tüte ausgetrunken hatte, war ich schon ziemlich stoned und betrachtete die Struktur des Tores mit einer Art schwerem Staunen. Das Zeug war viel stärker als das leichtere Marihuana, zu dem mich meine Mutter immer ermutigt hatte. Es war reines Harz und schmerzte in Lunge und Hals. Aber ich nahm noch eine Tüte, dumm wie ich war. Dieser weiße Biss in meine Lunge, der sich dann durch viele Schichten, lustige kleine Bilder, bis in den Teppich verteilte. Das Blut war aus meinem Kopf geflossen, verstehst du?

"Sie kotzt einen Weißen an, Mann. Was zum Teufel machen wir jetzt?" Ihre Stimmen hallten von weit oben wider. Ich versuchte vergeblich, mich umzudrehen, als eine haarige Stimme in mein Ohr knurrte: "Guter Gang, was?" Ich stöhnte schmerzhaft auf. "Es geht ihr gut. Sie ist noch bei Bewusstsein. Schade." Ich fragte mich, was er damit meinte, dann knurrte er erneut in mein Ohr. "Du wirfst dich also ins Zeug? Bin ein bisschen knapp bei Kasse, verstehst du?" Mit anderen Worten, er wollte wissen, ob ich einen finanziellen Beitrag zum Drogenfonds leisten könnte. In meinem Kopf drehte sich alles und ich wollte kotzen, aber ich stammelte es heraus: "Kein Geld." Ich sah, wie der haarige Affe Ade mit dem Ellbogen in die Rippen stieß, und ich hätte schwören können, dass er grinste.

"Kein Geld für das, was du geraucht hast? Dann muss ich es dir wohl aus der Fotze ziehen." Er landete hart auf meinem Oberschenkel, und ich schrie vor Schmerz auf, aber er lachte, und ich spürte etwas Kaltes an meinem Hals. Bald erkannte ich, dass es ein Messer war. "Noch ein Laut und ich schlitze dich auf", flüsterte er, während er mit der freien Hand an meiner Kleidung herumfummelte.

"Hey, komm schon, Packo", stammelte Ade. "Ich glaube nicht, dass sie in der Stimmung für Fummeln ist, Kumpel."

"Halt die Klappe, du verdammtes Weichei", knurrte Packo. "Sie ist in der Stimmung, wenn ich es ihr sage. Außerdem mag ich es, wenn sie trocken abspritzt. Das gibt ihm mehr Bodenhaftung. Und wenn du nicht zuschauen willst, dann verpiss dich und hol dir ein Eis oder so was."

Ich höre, wie die Tür leise ins Schloss fällt, gerade als mein Verstand vor Unglauben, dass das wirklich passiert, abschaltet.

Ich werde jetzt einen Vorhang über die Szene ziehen. Ich erspare Ihnen die Einzelheiten, wie der Untermensch mich vergewaltigt hat, denn auch wenn er jetzt tot ist, spüre ich immer noch eine kalte Wut, die alle anderen Gedanken und Gefühle verdrängt und nur noch Hass übrig lässt.

Und wenn ich seine Leiche ausgraben und ihn noch einmal töten könnte, würde ich es tun.

*　　*　　*

Irgendwann muss ich ohnmächtig geworden sein, denn ich erwachte in meinem eigenen Zimmer im tödlichen Licht der Morgendämmerung und musste mich übergeben, als die Erinnerung an das Geschehene langsam über mich hereinbrach. *Sie müssen mich hierher getragen und die Tür aufgeschlossen.* Ich sah mich nach einer Waffe um, für den Fall, dass Packo zurückkäme, und übergab mich wieder. Es war falsch, ganz falsch. Ich war mir nicht sicher, wie mein Leben weitergehen sollte, aber ich wusste, dass es nicht so sein würde. Von einer grotesken Karikatur eines kriminellen Schlägers in einem Obdachlosenheim vergewaltigt zu werden, während meine Mutter zu Hause mit ihren schleimigen, degenerierten Freunden darüber lachte - von denen mich einer ein paar Tage zuvor ebenfalls sexuell missbraucht hatte.

Meine Vagina war von einem glühend roten Schmerz erfüllt, und für einen kurzen Moment fragte ich mich, ob ich unfruchtbar sein würde. Meine Mutter würde sich freuen... Im Jahr zuvor hatte sie an einem sogenannten Welt-Vasektomie-Tag teilgenommen, einer Veranstaltung, die Menschen davon abhalten sollte, sich fortzupflanzen ... vor allem Weiße, sagte meine Mutter, obwohl das nicht in der offiziellen Broschüre stand.

Dann überkam mich eine tiefe Angst: Was, wenn ich *schwanger* wäre? Mit dem Nachwuchs eines Monsters?

Es stellte sich heraus, dass ich es nicht war... und ich werde Sie nicht weiter mit den Qualen an Leib und Seele langweilen, die ich in den folgenden Tagen durchlitt. Ich bete nur zu den strahlenden Göttern Europas, dass Sie, liebe Leserin, lieber Leser, Ihre Jungfräulichkeit nicht auf so schreckliche Weise verloren haben oder verlieren werden wie ich. Aber was geschehen ist, ist geschehen, und (nachdem wir uns gerächt haben) können wir die Zeit, die uns noch bleibt, nur weise nutzen, um eines von Seans Lieblingsbüchern zu paraphrasieren: *Herr der Ringe*.

Jedenfalls musste ich mich damals mit einer anderen Bedrohung auseinandersetzen - der Gefahr von Vergeltungsmaßnahmen seitens Packo. Ich erinnerte mich dunkel, dass er gesagt hatte, er würde mich für immer zum Schweigen bringen, indem er mir von einem Ohr zum anderen die Kehle durchschneiden würde, wenn ich auch nur ein Wort über das, was passiert war, zu irgendjemandem sagen würde. Es gab sowieso niemanden, dem ich es hätte erzählen können ... Schon gar nicht den Polizisten, die, soweit ich wusste, insgeheim mit Packo unter einer Decke steckten.

Aber die Drohung allein würde ihn vielleicht nicht zufrieden stellen - was, wenn er trotzdem versuchte, mich für immer zum Schweigen zu bringen? Tagelang kroch ich in kaltem Angstschweiß durch die Gegend und schlief kaum ein Auge zu, bis ich schließlich beim Abendessen von Vern, einem an der Grenze zur Behinderung lebenden Heimbewohner, die Nachricht erhielt. Packo war verhaftet worden, weil er einen älteren Mann erstochen hatte (mit der Waffe, die er zweifellos für mich aufbewahrt hatte), und zu achtzehn Monaten Gefängnis in Risdon verurteilt worden. Es war ein mildes Urteil, aber es gab mir etwas Luft zum Atmen... Zeit genug, um ein neues Leben zu beginnen. Ich würde nie zulassen, dass mich dieser Schleimbeutel besiegt…

Ich muss ein wenig gelächelt haben, als ich das hörte, denn Vern sagte mit echter Überraschung: "Warum bist *du* so glücklich? Ich dachte, du wärst seine Frau!" Mein Unglaube stand mir ins Gesicht geschrieben. "Na ja, nicht wirklich seine Frau. Ich glaube, Schlampe war das Wort, das er benutzt hat. Du bist doch seine Schlampe, oder? Warum regst du dich dann nicht mehr darüber auf, dass er im Gefängnis sitzt?"

Ich stand auf und starrte ihn eiskalt an. Als ich den Raum verließ, hörte ich, wie einer der anderen ihn wegen seiner Taktlosigkeit zurechtwies.

"Na gut, was habe ich gesagt? Sie ist seine Schlampe, nicht wahr? Jeder weiß das, und Packo lässt seine Schlampen nicht gehen." Packo hatte also nicht nur meine Jungfräulichkeit gestohlen, sondern auch meinen Ruf! Und während ein Messer, ein kleines Stück Metall, ihm den ersten dieser Diebstähle ermöglicht hatte (er würde dafür bezahlen, schwor ich mir, egal wie lange es dauern würde), waren es die losen, faulen Zungen der Menschen, die ihm den zweiten ermöglichten, und ich war mir nicht sicher, wer dafür bestraft werden sollte - er oder sie.

Irgendwie kämpfte ich weiter. Ich wusste, dass ich nichts tun konnte, um das Geschehene zu ändern. Mein Hauptziel war es, einen Job zu finden. Geld würde mir neue Wege und Möglichkeiten eröffnen, nicht nur die der Rache, sondern auch die der Erfüllung. Ich könnte zum Beispiel reisen... was ich schon immer machen wollte.

Aber an der Arbeitsfront war es immer noch unmöglich. Meine einzige ernsthafte Option schien die Prostitution zu sein, aber das erinnerte mich an meine verhasste, stinkende Mutter, und das würde ich niemals tun, obwohl Sex an sich mir nichts mehr bedeutete (Packo hatte ihm alles Besondere genommen). Ich erkundigte mich nach einem Job als Aktmodell an der Kunsthochschule (man musste zwei Stunden lang nackt herumstehen, während ein Raum voller Studenten Skizzen von einem anfertigte), aber es war gegen Ende des Jahres, und sie brauchten keine neuen Modelle.

Ich war völlig pleite und lebte ausschließlich von der Barmherzigkeit des Heims. Wenigstens war das Essen sättigend... ungesund, ja, aber sättigend. Das Hauptproblem waren die anderen Heimbewohner. Ich war jetzt als "Schlampe" bekannt, und die Bewohnerinnen zeigten mir ihre kalte Seite, sogar Helen. Die Männer starrten mich an, und die Mahlzeiten waren eine Tortur. Zu allen möglichen Zeiten klopften sie an meine Tür. Ich ignorierte sie, während ich auf meinem traurigen Bett saß und einen Krimi aus der spärlichen Bibliothek des Heims las (ein einziges Bücherregal über dem Fernseher). Ich lebte in der Angst, jemand anderes könnte mich vergewaltigen. Am meisten Angst hatte ich vor Ade... Er war so ziemlich der einzige Mann, der mich nicht wie eine zu verschlingende Speise betrachtete. Er war verstohlen und wich meinen Blicken aus. Vielleicht war es Scham, aber ich konnte nicht sicher sein, dass er nicht etwas vorhatte.

Und dann, als ich dachte, es könne nicht mehr schlimmer werden, bekam ich eine Vorladung per Post. Es schien, als hätte das Gericht meine Adresse aus einer Art Datenbank von Wohltätigkeitsorganisationen erhalten. Der Inhalt der Vorladung ließ mir vor Unglauben die Kinnlade herunterklappen. "Rex" Fairlea, der Transvestit, den ich zu meiner Verteidigung getreten hatte, zeigte mich wegen Körperverletzung an! Und das einzige, was einer Zeugin ähnelte, war meine Mutter, die voll auf Rex" Seite stand.

Vielleicht war der Knast genau das, was ich brauchte. Eine Auszeit von all meinem Kummer. In jener Nacht lag ich stundenlang wach ... und dachte nicht ans Gefängnis, sondern an Selbstmord. Ich dachte ernsthaft darüber nach und war überrascht, wie wenig mir der Gedanke an den Tod Angst machte.

Ja, es war eine Möglichkeit. Ich war allein und das Leben war mir zur Qual geworden. Allein der Gedanke an ein Weiterleben bereitete mir Unbehagen.

Dann geschah etwas, das meine Gedanken für eine Weile von diesen dunklen Wegen ablenkte. Jemand Neues zog in die Baracke ein. Er trug den denkwürdigen Namen Aloysius Coot. So einen Namen vergisst man nicht so schnell, und er war ganz *anders* als die anderen Bewohner. Zum einen war er höflich zu mir (ich habe ihn zwar ein paar Mal dabei erwischt, wie er mich neugierig beäugte, aber er war eben ein Rüde). Andererseits war er strikt gegen jegliche Art von Drogen, was er auch beim Abendessen unmissverständlich zum Ausdruck brachte. Ich glaube, jemand hatte ihm eine Zigarette angeboten, was er lautstark als eine Angewohnheit von "untermenschlichen mongoloiden Degenerierten und anderem AIDS-verseuchten Abschaum" verurteilte.

Aber er hatte einen seltsamen Ausdruck in den Augen, als er das sagte... Vielleicht ist es nur im Nachhinein so, aber es schien, als wollte er sich mit seinem eigenen Getöse selbst überzeugen.

Mit solchen Sprüchen machte er sich bei den anderen Bewohnern natürlich nicht beliebt, aber das störte mich nicht. Ich fragte ihn, wie er obdachlos geworden sei, und er sagte, ein Mädchen habe ihm das angetan ... Das war alles, was er sagte, und über seine Vergangenheit schwieg er weitgehend. Er verriet mir, dass er die gleiche Schule wie ich besucht hatte (nur für zwei Tage), aber ich konnte mich nicht an ihn erinnern, und zweifellos war ich während der Zeit, die er dort verbrachte, selbst abwesend. Seine Hauptinteressen schienen Ninjutsu, militärische Spezialeinheiten und Überlebenstaktiken zu sein. Ich hatte fast das Gefühl, mich mit ihm anfreunden zu können ... Aber dann, ein paar Tage später, sah ich ihn die Treppe zu Ades Zimmer herunterkommen, mit Augen so glasig wie gesponnener Zucker. Mein Herz sank wieder in die Tiefe. Wieder eine Fliege im Netz. Er war genauso schwach wie ich.

Ich glaube, er fühlte sich schuldig, denn als ich ihn das nächste Mal am Frühstückstisch sah, hatte er Mühe, Augenkontakt mit mir aufzunehmen. Er war viel ruhiger, wenn es um die "Untermenschen" ging, aber immer noch sehr gesprächig, wie ein Welpe, der weiß, dass er Unrecht getan hat und verzweifelt nach Gunst sucht. Vielleicht hatte er in der Zwischenzeit das Gerücht gehört, dass ich die lokale Schlampe sei, und wollte mir an die Wäsche... Ich weiß es nicht. Jedenfalls erwähnte er, dass sein "bester Kumpel" bald aus East Lynwood kommen und wahrscheinlich im Heim übernachten würde. Er habe gestern einen Brief von ihm bekommen.

Ich kannte den Ruf von East Lynwood nur zu gut - eine heruntergekommene Industriestadt im Tal der Thora, die vor allem für ihre gespenstische, verlassene Irrenanstalt und ihre hohe Rate an Gewaltverbrechen bekannt ist - und machte mir daher keine allzu großen Hoffnungen auf Coots Freund.

Stellen Sie sich meine Überraschung vor, als ich mich zwölf Stunden später zum ersten Mal in meinem Leben heftig und völlig unerwartet verliebte...

Ich werde nicht ins Detail gehen, worüber Sean und ich an diesem Abend gesprochen haben, denn das geht Sie nichts an. Es ist privat, nur für uns... Viel privater als die Vergewaltigung, die nur meinen Körper berührte, nicht das Innerste meiner Seele.

Es genügt zu sagen, dass ich mich verliebt habe. Seltsamerweise in jemanden in meinem Alter, denn ich hatte mir immer vorgestellt, mich in einen älteren Mann zu verlieben. Nun, Sean war vielleicht jung, aber sein Selbstvertrauen machte mir weiche Knie. Und er war ein Gentleman, zumindest in meinen Augen. Etwas, das ich in meinem Leben noch nie erlebt hatte.

Auch hier werde ich nicht verraten, worüber wir sprachen oder ob wir in dieser Nacht miteinander schliefen, aber innerhalb einer Stunde waren wir überzeugte Freunde und Verbündete. Und am nächsten Morgen gingen wir gemeinsam auf Arbeitssuche, und er besorgte uns fast auf Anhieb einen Job! Zugegeben, es war ein beschissener Job, Paletten in einem Lagerhaus zu umreifen, aber es bedeutete Geld! Wir schworen uns, zusammen zu reisen und per Anhalter durch die Welt zu fahren. Wir würden sofort anfangen, dafür zu sparen...

Manchmal wünschte ich, wir hätten es tatsächlich getan, aber gleichzeitig bereue ich nicht viel von dem, was seitdem passiert ist.

Jedenfalls kam der arme Aloysius an diesem Abend kaum dazu, sich mit seinem Freund zu unterhalten, weil ich ihn in Beschlag nahm, und als Coot in den Laden ging, kam Sean zurück in mein Zimmer, und wir redeten und redeten. Für zwei Introvertierte waren unsere Kehlen fast leer.

Am nächsten Tag konnte ich es nicht mehr zurückhalten und musste ihm von Packo erzählen und was er mir angetan hatte. Er wurde totenstill, als er mir zuhörte. Nach einer Pause, die sich wie Stunden anfühlte (ich hatte schreckliche Angst, dass er sich gegen mich wenden würde, wenn er die Wahrheit erfährt), sagte er schließlich: "Er ist also im Gefängnis?" Ich nickte. "Aber Ade ist noch hier..."

"Ja. Aber Ade hat mich nicht angerührt."

"Er war *mitschuldig*." Er sprach es wie ein endgültiges Urteil aus, und ich sagte nichts. Er nickte sich zu und verließ den Raum. Ich witterte Ärger und folgte ihm, aber er war schon die Treppe hinunter verschwunden. Ich ging zum Männertrakt und vermutete zu Recht, dass er die Konfrontation mit Ade suchte. Als ich die offene Tür erreichte, sah ich, dass er Ade gegen die Wand gedrückt hatte. Obwohl er kleiner und dünner war als Ade, hatte er im Gegensatz zu ihm Muskelfasern in den Armen. Und auch Willenskraft. Seine Augen funkelten wütend.

"Ich habe sie nicht angefasst, verdammt", zischte Ade. Dann, als er mich entdeckte, flehte er: "Ich habe doch nichts getan, oder?"

"Nicht direkt", sagte ich mit zusammengepressten Lippen. Jetzt, wo ich die Macht auf meiner Seite hatte, wollte ich sie nicht für meine Rache benutzen. Es kam mir wie Verrat vor. Aber gleichzeitig wollte ich Sean nicht wirklich davon abhalten (und ich wusste nicht, ob ich ihn davon abhalten konnte), seinen natürlichen

Imperativ zu erfüllen, also beschloss ich, den Dingen ihren Lauf zu lassen.

Das ging für Ade nicht gut aus.

Nachdem er mehrmals mit dem Kopf gegen die Wand geschlagen worden war, führte er ein lustiges kleines Tänzchen auf, während Sean ihm einen grimmigen Vortrag über seine Feigheit und Mitschuld hielt. Dann befahl er ihm einfach zu gehen. Er solle seine Sachen packen und das Wohnheim verlassen... denn wenn er nicht auf eigenen Füßen gehen würde, dann würde er in einem Sarg gehen.

"Na gut, Kumpel, du machst wohl Witze!" Ein Schlag in den Magen versicherte ihm, dass es kein Witz war. Als er wieder zu Atem kam, spuckte er wütend aus: "Das wirst du bereuen, wenn Packo rauskommt. Der wird dich zu Staub zermahlen."

"Falsch. Wenn er rauskommt, werde ich es auch mit ihm zu tun bekommen." Er sagte es mit dem sanften Ton eines Gentleman oder Gelehrten, der aussah wie ein Sechzehnjähriger. Er war großartig. Ich war verliebt, und wie!

Ade verließ das Heim am nächsten Tag, ohne einen Grund zu nennen (wahrscheinlich, weil Sean ihm gedroht hatte, ihn aufzuspüren und ihm die Eier abzuschneiden, wenn er reden würde). Seltsamerweise verschwand Aloysius Coot noch am selben Tag und wir sahen ihn lange Zeit nicht wieder.

An diesem Abend machten wir einen Spaziergang durch die Tunnel und Abwasserkanäle von Hobbiton, kletterten über die alte Mauer in der Nähe des Krankenhauses und betraten eine andere Welt. Sean marschierte wie ein heidnischer Held voran, während ich schüchtern hinterherlief. Es war gefährlich hier unten, ein Tummelplatz für Junkies und Kriminelle, aber bei Sean fühlte ich mich sicher.

Das Licht unserer Taschenlampe spiegelte sich in den hochmodernen Graffiti im amerikanischen Stil, die schon so alt aussahen, Teil einer kaputten, sterbenden Kultur. Ein großer parasitischer Wurm trieb tot in der Schleuse, durch die das Wasser floss, aber selbst der Anblick dieser ekelhaften Kreatur konnte mich nicht erschüttern. Es war, als hätten wir die hellenische

Unterwelt betreten, obwohl es hier unten keine andere lebende Seele zu geben schien.

Dann küsste mich Sean und schaute mir so lebhaft in die Augen, dass ich ohnmächtig wurde und dahinschmolz. Wir saßen mit dem Rücken zur geschwärzten Wand und sprachen stundenlang über unsere geheimsten Träume und Visionen. Dann musste ich ihm von Rex und meiner Mutter erzählen, wie es dazu gekommen war, dass ich mein Zuhause verlassen hatte, und von dem Prozess, der gegen mich lief. Er schaute mir lange in die Augen, als ob er sich der Wahrheit vergewissern wollte.

Dann erzählte er mir, wie er im Morgengrauen des Tages, an dem er East Lynwood verlassen hatte, auf einem Hügel außerhalb der Stadt von den alten Göttern besessen worden war. Und es gab kein Zurück, nicht für ihn.

Nachdem er mich zum Abendessen in die Herberge begleitet hatte, verschwand er und ich sah ihn den ganzen Abend nicht mehr. Am Morgen jedoch warf ich zufällig einen Blick in die Frühstückszeitung, den Hobbiton *Messenger,* und sah zu meinem Erstaunen, dass auf der Titelseite von einem "transphoben Hassverbrechen" die Rede war: Ein Transsexueller war nackt, geknebelt und an ein Abflussrohr gefesselt vor Balmoral Close aufgefunden worden, einem berüchtigten Sozialbau mit einem hohen Anteil somalischer Einwanderer. Und tatsächlich, es war Rex.

Als ich Sean später an diesem Tag sah, warnte ich ihn (zwischen zwei Küssen).

"Du gehst ein Risiko für mich ein! Ich könnte es nicht ertragen, wenn du im Gefängnis landest...". Aber ich wusste natürlich, dass ich ihm bis zum Tag seiner Entlassung treu bleiben würde, auch wenn ich dann alt oder tot wäre.

Und er hatte Erfolg, denn am nächsten Tag erhielt ich einen Brief, in dem mir mitgeteilt wurde, dass die Anklage gegen mich fallen gelassen worden sei und ich die Vorladung ignorieren könne.

Es war sehr seltsam, aber der Bericht über Rex" Erlebnis vor dem Wohnblock war irgendwie aus der Zeitung verschwunden. Gestern hatte er noch die ganze

Titelseite eingenommen, heute wird er mit keinem Wort erwähnt... nicht einmal in der Rubrik "Verbrecherjagd". Wirklich sehr merkwürdig. (Später erfuhr ich, dass Rex in dieser Nacht mehrfach vergewaltigt worden war, offensichtlich nicht von Sean... aber zu diesem Zeitpunkt wusste ich noch wenig über die Funktionsweise der Medien und ihre Hierarchie der "Erzählungen").

Am nächsten Tag begannen wir mit der Arbeit. Wie ich schon sagte, ging es darum, Paletten zu verschnüren, aber Sean wurde bald ans Fließband versetzt, um schwere Kisten zu heben, so dass wir uns nur in den Mittagspausen sahen. Aber es war Geld, und wir wurden am Ende jeder Woche bar bezahlt! Das war der Beginn unseres Traums, die Welt zu bereisen...

Wir hatten eine Sechs-Tage-Woche, also war der Sonntag unser Tag für romantische Spaziergänge und solche Dinge. Ich kann Ihnen gar nicht sagen, wie sehr ich Sean bewundert habe und immer noch bewundere. Er war ein Mann der Tat, kein *böser* Mann der Tat wie Packo. Er hatte einen Sinn für Gerechtigkeit und auch für Romantik - denn wenn er Leute verprügelte, dann tat er das für sein Mädchen (mich!) oder für ein Ideal, nicht aus kleinlichen, egoistischen Gründen. In Wirklichkeit hatte er kaum ein Ego.

Das einzige, was ich nicht mochte, war sein ständiges Gejammer über eine blonde Schlampe, die er in East Lynwood kennengelernt hatte. "Ich hätte sie retten können", stöhnte er immer wieder.

"Du kannst niemanden vor seiner Oberflächlichkeit bewahren", antwortete ich, aber er beharrte darauf: "Ich hätte es gekonnt, ich hätte es gekonnt". Das war ärgerlich und das einzige, was ein wenig Dunkelheit zwischen uns brachte. Sonst war alles heller als ein Diamant am Himmel.

*　　*　　*

Aber ein paar Wochen später gab es einen Rückschlag. Brett, unser Chef, rief mich zu einem "Gespräch", wie er es nannte, in sein Büro. Dort angekommen, stellte er sich hinter mich und fing an, meine Brüste zu streicheln! Ich riss mich los und drehte mich zu ihm um, mit todesmutiger Wut in den Augen, denn Seans Anwesenheit in meinem Leben hatte mir Kraft gegeben.

(Nebenbei bemerkt, ich bin nicht besonders hübsch, warum ziehe ich dann Verlierer sexuell an? Das war das *dritte* Mal... dachten sie, sie würden mir etwas geben, was ich nirgendwo anders bekommen konnte?)

Ich starrte Brett an und sagte ihm unmissverständlich, dass ich bereits einen Freund hätte und dass ich, selbst wenn ich Single wäre, nicht an ihm interessiert wäre, und zwar schon seit Ewigkeiten nicht mehr.

"Freund", lachte er. "Du meinst diesen asozialen kleinen Trottel von der Packstraße? Du brauchst die Liebe eines Mannes, Liebling." Ich versicherte ihm, dass Sean unendlich viel mehr Mann sei als er, und dass der asoziale kleine Trottel sehr daran interessiert wäre zu erfahren, dass ich gerade von einem Primaten betatscht worden war.

"Sehr interessiert, um genau zu sein."

"Droh mir nicht, du hochnäsige kleine Schlampe. In diesem Ton sind Sie beide gefeuert. Ihr steht sowieso nicht in den Büchern, und den Lohn für diese Woche könnt ihr vergessen." Hinterher fügte er hinzu: "Und wenn der Idiot Ärger macht, trete ich ihm in den lila Arsch. Und jetzt verpiss dich."

Ich ging in den Packraum, um Sean zu erzählen, was passiert war. Erst konnte er es nicht glauben. Dann verengten sich seine Augen.

Er ging ins Büro und ich folgte ihm dicht auf den Fersen. Als sich die Tür schloss, blickte Brett ungerührt auf.

"Keine Sorge", sagte er mit einem frechen Gähnen. Aber er hätte Sean oder mir tiefer in die Augen sehen sollen.

Wenig später lag er auf den Knien und schrie förmlich um Gnade. Schade, dass ihn wegen der lauten Maschinen niemand hören konnte...

Kurz darauf gab er uns alles Geld, das er in seiner Brieftasche hatte (eigentlich mehr als unser Wochenlohn, aber da waren ja noch die Schikanen und die ungerechtfertigte Entlassung) und versicherte uns, dass er es nie den Bullen sagen würde... und dass er wisse, was ihm passieren würde, wenn er es täte (vage Andeutungen von Folter, gefolgt von der Entdeckung seiner verstümmelten Leiche in einem öffentlichen Park). Nicht, dass Sean es getan hätte (glaube ich?), aber wir mussten unserem Gegner unsere absolute Ernsthaftigkeit zeigen. Geld war an sich nicht wichtig, aber es war Teil unseres Reiseplans, genauso wie die Tatsache, dass wir uns der Aufmerksamkeit der Polizei entziehen wollten. Also ließen wir Brett zitternd zurück und verließen das Lagerhaus auf Nimmerwiedersehen.

Wir wussten nicht, was wir tun sollten. Wir brauchten Arbeit, aber wir wussten nicht, ob wir sie finden würden. Der Job im Lager war ein Glücksfall. Die Arbeitslosigkeit war extrem hoch, zum Teil wegen der Verlagerung ins Ausland, zum Teil wegen der Tendenz der Babyboomer, bis weit über das Rentenalter hinaus zu arbeiten. Doch dann hatte Sean eine Idee. Eine gewagte Idee, zugegeben... aber was immer nötig war, um ins Ausland zu gehen, wir würden es tun.

Die Idee war einfach. Sie wurde erstens durch den Anblick von Brett inspiriert, der seine Brieftasche für uns leerte, und zweitens durch eine Bemerkung, die ich Anfang der Woche gemacht hatte.

Die Bemerkung bezog sich auf das wachsende Wohlstandsgefälle in Tasmanien. Kinder aus der Mittelschicht zogen aufs Festland, um dort Arbeit zu finden, während gleichzeitig die Reichen hierher zogen, um der Hektik der Großstädte wie Melbourne und Sydney zu entkommen. Das führte zu einer merkwürdigen demographischen Mischung: auf der einen Seite die Snobs und auf der anderen Seite die einheimische Unterschicht (von den Ersteren abschätzig "Bogans" genannt), und dazwischen gab es immer weniger. Ich mochte die "Bogans" nicht (jedenfalls nicht Packo und Ade), aber zumindest letztere gehörten hierher... Die Snobs schienen von einem ganz anderen Ort zu kommen, aus dem Land der Melasse und der selbstgefälligen Gesichter.

Alles schien zusammenzupassen.

Um unsere Träume zu finanzieren, die über die Träume der Bourgeoisie hinausgingen, haben wir die Reichen vom Festland bestohlen. Natürlich nur die widerlichsten, und selbst dann fühlten wir uns ein wenig entschuldigt... aber unsere Sache (und unser Überleben) hatte Vorrang. Wir träumten von der Zukunft, von einer Welt jenseits des Materialismus... und die Babyboomer und Yuppies konnten uns am Arsch lecken.

Ich werde nie vergessen, wie wir es zum ersten Mal taten. Es war so einfach, viel einfacher als ich erwartet hatte. Wir folgten einfach einem Paar um die 50, als sie ein teures Restaurant verließen - ein Restaurant, das sich kein Einheimischer leisten konnte. Wir folgten ihnen leise durch die ruhigen Straßen und verfolgten ihre Schritte, während sie unwissentlich über das Essen und den Wein und den Bruder von Soundso lamentierten, der irgendwas mit der Labor Party von New South Wales zu tun hatte, oder so etwas in der Art. Und als wir eine leere Straße in Battery Point erreichten, auf der kein Verkehr zu hören war, schlenderten wir vorwärts und steckten unsere Finger in ihre Rückenbeugen.

"Portemonnaies aus den Taschen und auf den Boden, ganz langsam."

"Oh nein, das ist doch ein Witz, oder?"

"Das ist kein Witz. Mach es einfach und dreh dich nicht um." Seans Stimme klang schroff, aber nicht wie seine eigene sanfte. Sie taten, was er ihnen sagte. Ich nehme an, dass man einen Finger mit einer Pistole verwechseln könnte, denn der Rücken hat nur wenige Nervenenden. Jedenfalls nahm ich das Geld, berührte die Brieftasche nur mit dem Ärmel und sagte ihnen, sie sollten stehen bleiben und bis fünfzig zählen, dann waren wir um die Ecke und weg, bevor sie blinzeln konnten. Insgesamt fast tausend Dollar... diese Boomer waren wirklich stinkreich! Und da wir ihnen ihre Brieftaschen mit Karten, Adressen usw. gelassen hatten, fühlten wir uns nicht allzu schlecht.

Von da an nahmen wir uns vor (mit aller Vorsicht), mindestens zwei Boomer pro Woche auszurauben. Mit dem Geld würden wir nicht nur unser tägliches Überleben sichern, sondern auch eine Pilgerreise um die Welt finanzieren, auf der wir uralte historische Stätten aus der "wahren Zeit", wie Sean es nannte, besuchen würden - der Zeit, bevor die heimtückische Krankheit alles befallen hatte. Unsere Reise war eine heilige Reise, eine Reise nach Osten, wie es Hermann Hesse einmal beschrieben hat. "Der Osten" war ein Symbol für "mehr Licht". In Wirklichkeit ging es natürlich nach Westen.

Und dann kam die gute Nachricht: Die Wohnung der Wohnungskommission, für die ich mich beworben hatte, war frei geworden. Endlich konnten wir aus dieser deprimierenden Obdachlosenunterkunft ausziehen! Die Wohnung lag in einem Wohnblock mittlerer Dichte in South Hobbiton und glücklicherweise nicht in Primrose Heights in North Hobbiton, wo meine Mutter wohnte.

Es war eine unmöblierte Wohnung mit drei Zimmern - einem Schlafzimmer, einem Bad und einer Wohnküche - und einem kleinen Balkon. Sie kam uns vor wie ein Palast und gehörte uns, zumindest für eine Weile. Wir kauften ein paar gebrauchte Möbel aus einem Second-Hand-Laden und deckten uns mit gebrauchten Büchern ein - griechische und römische Klassiker, nordische Sagen, Philosophie und deutsche Romane. Wir widmeten unsere Zeit dem Studium, wenn wir nicht gerade den einen oder anderen Degenerierten der Neuen Klasse ausraubten, um unsere Bedürfnisse zu befriedigen. In dieser Nacht raubten wir tatsächlich einen aus - einen besonders widerlichen mit einem "One Planet, One People"-Aufkleber auf dem Heck seines neueren Mercedes-Modells. Er hatte nur ein paar Hundert dabei, aber das war besser als nichts. Wir haben einen Teil davon für wohltätige Zwecke gespendet (an das Obdachlosenheim).

Für eine Sozialwohnung war unsere Wohnung ziemlich privat und wir hatten das Gefühl, eine Art Zufluchtsort vor der Vulgarität der modernen Welt zu sein. Ich erinnere mich gerne daran. Wir feierten dort das alte Weihnachten - unsere Antwort auf das materialistische Shit-Mas, das um uns herum stattfand.

Der einzige Wermutstropfen kam an einem Nachmittag kurz nach Neujahr, als Sean auf dem Balkon Egils Saga las und ein kleiner, betrunkener Kerl mit lauter Stimme (unser Nachbar) anfing, ihn zu belästigen und als "Schwuchtel" zu beschimpfen, weil er ein Buch las. Offensichtlich war dieser Betrunkene der Meinung, dass es unmännlich sei, etwas über die Lebensweise unserer Vorfahren zu erfahren (außer durch die verdrehten Medien Hollywood und Fernsehen).

Sean ignorierte ihn, aber er wiederholte seine Tirade am nächsten und übernächsten Tag. Ich konnte sehen, dass Sean wütend war - es war ein Verstoß gegen unsere Hygienevorschriften. Er konnte den Kerl nicht verprügeln, sonst wären wir identifiziert worden. Und selbst wenn die Polizei auf unserer Seite wäre (was sehr unwahrscheinlich ist), wollten wir so wenig wie möglich mit den Behörden zu tun haben. Also versuchten wir einen anderen Weg. Am nächsten Morgen kauften wir im Spirituosenladen an der Ecke eine billige Flasche Whisky (der Verkäufer ließ sich nicht lange bitten, sich auszuweisen). Dann kauften wir im Eisenwarenladen ein Seil, befestigten es an der Flasche, warfen sie durch das kaputte Dachfenster des Großmauls und ließen sie in seine Wohnung hinunter (da die Straße steil war, lag seine Wohnung tiefer als unsere). Und tatsächlich, es schien zu funktionieren... wir sahen an diesem Tag weder Haut noch Haar von ihm. Also kauften wir jeden Tag eine neue Flasche Whisky und ließen sie durch die Dachluke hinunter. Das war teuer (und peinlich - der Wärter hielt uns wahrscheinlich für Alkoholiker), aber leider notwendig. Alles, um in Ruhe die Klassiker studieren zu können...

Kurz darauf wurde unsere Ruhe erneut gestört, als es abends an das Fenster klopfte. Sean öffnete den Vorhang und wir sahen ein bekanntes Gesicht.

Es war Aloysius Coot.

"Ich bin von den Drogen runter, Maddy", verkündete er. Das war das Erste, was er sagte, als ich ihm die Tür öffnete.

"Wie um alles in der Welt hast du herausgefunden, wo wir wohnen?"

Er wirkte ein wenig verschlagen. "Ich habe Sie vor ein paar Tagen in der Stadt gesehen und bin Ihnen hierher gefolgt. Ich dachte, ich schaue mal vorbei, wenn die Zeit reif ist." Er hatte also doch ein paar Ninja-Fähigkeiten. Vielleicht konnte er ja nützlich sein. Ich konnte sehen, dass Sean das Gleiche dachte, aber anscheinend mit

Vorbehalten. Er lief im Raum auf und ab, in seinem, wie ich es nannte, "Vortragsmodus".

"Hör zu, Coot. Es ist mir egal, mit welchen persönlichen Dämonen du zu kämpfen hattest oder hast. Das Wichtigste ist, dass wir nur Kameraden wollen, die frei von Süchten sind. Wir sagen dem tasmanischen Establishment den Kampf an, und da ist kein Platz für Mitläufer. Ich meine den räudigen, zerfledderten Affen, den du auf dem Rücken hattest und der vielleicht immer noch auf deinem Rockzipfel reitet". Dieser Krieg gegen das Establishment war mir neu ... Mir lief ein Schauer über den Rücken, als er das sagte.

"Ich schwöre dir, Sean, ich bin endgültig raus aus dem Scheiß. Speed, Smack, alles. Der Weg des Kriegers, das ist mein Weg. Vor mir liegt ein dunkler Weg und ich brauche einen Führer. Ich will, dass du mich in den Krieg führst."

Sean sah ihm streng in die Augen und prüfte seine Absicht. Coot zitterte, aber er hielt seinem Blick stand. Schließlich sagte Sean: "Na gut ... aber enttäusche mich bitte nicht."

"Auf keinen Fall, Mann."

"Ich habe zufällig einen Auftrag für dich. Etwas, das ich eigentlich bald selbst machen wollte ... aber es wird als kleiner Test für deine Entschlossenheit dienen."

"Wie dem auch sei ... was ist es?" Sean ging ins Schlafzimmer und kam mit seiner Brieftasche zurück, aus der er einen kleinen Zettel zog.

"Dies ist das Postfach des GLC - des Global Learning Centre. Ich möchte, dass du es überprüfst und herausfindest, wer sie sind oder zumindest wer ihr lokaler Vertreter ist."

"Scheiße, ja. Ich mache das für dich. Mach dir keine Sorgen, Mann. Es ist Krieg ..." Coot rieb sich die Hände und gackerte fröhlich vor sich hin. Ich traute ihm selbst nicht, aber wenn Sean bereit war, ihm eine Chance zu geben, dann würde ich das auch tun.

Wir kauften eine Flasche Wein und stießen auf unser Unternehmen an, erzählten Geschichten von Helden und Königen und von listigen Dienerinnen, die großen Kriegern die Geheimnisse des Drachentötens verrieten. Coot schlief auf unserem Boden (wir hatten noch keine

Gästematratze), und im Morgengrauen stand er auf und machte sich auf den Weg zu seiner Mission. Eine Woche lang haben wir ihn nicht gesehen.

Als er zurückkam, hatte er Ergebnisse vorzuweisen - in gewisser Weise. Er hatte viel durchgemacht. Am zweiten Tag, an dem er den Briefkasten bewachte (der an der Vorderseite des Postamts in die Wand eingelassen war), hatte ein Angestellter einen seltsamen jungen Mann vor dem Gebäude gesehen und sofort die Polizei gerufen. Ein Beamter kam und fragte Coot, was er dort zu suchen habe, worauf er keine befriedigende Antwort geben konnte. Er wurde wegen Herumlungerns streng verwarnt und aufgefordert, sich zu entfernen. ("Herumlungern" ist ein Ausdruck, den Polizisten verwenden, wenn sie nichts anderes finden, was sie dir vorwerfen können).

Am nächsten Tag setzte er seine Überwachung unbeirrt fort, allerdings in einer raffinierten Verkleidung. Die Sturmhaube und der schwarze Samtumhang sollten ihm helfen, nicht weiter aufzufallen.

Doch der Angestellte war ihm offenbar zu schlau... Selbst der Polizist konnte sich ein Kichern kaum verkneifen, als er Coots Namen nannte (was die versammelte Schar der Schaulustigen zu weiterem Gelächter veranlasste) und sagte: "Lassen Sie sich hier nicht mehr blicken, sonst nehme ich Sie mit aufs Revier und verhafte Sie".

In weiser Voraussicht kaufte sich Coot daraufhin in einem Antiquitätenladen ein billiges Fernglas. Von nun an führte er seine Beobachtungen hinter einem dornigen Busch auf der anderen Straßenseite durch, außer Sichtweite der Postangestellten ... eigentlich für jedermann unsichtbar, und diesmal in Zivil.

Die ersten Tage der Observation verliefen erfolglos, doch dann hatte er den Jackpot geknackt. Eine Frau mittleren Alters, die er als "wie ein hochnäsiger Fuchs" und "ein bisschen wie Frau Soundso aus East Lynwood" beschrieb, kam und öffnete das besagte Fach - nicht zu verwechseln, sagte er, denn es war das einzige übergroße Fach auf der rechten Seite. Sie nahm ein Päckchen und ein paar Briefe heraus, schloss die Kiste und ging weiter - gefolgt von unserem unerschrockenen Coot.

Hier wurde es für den armen Aloysius etwas ungemütlich, denn er verbrachte die nächste Stunde damit, sich in den Geschäften umzusehen. Die ersten beiden Läden - Haushaltswaren und Bücher - waren in Ordnung, da er ihr durch die Gänge folgen konnte, während er so tat, als würde er stöbern.

Das dritte war ein Dessousgeschäft, das durch ein rosafarbenes Liebesherz an der Tür gekennzeichnet war, auf dem "For Ladies Only" stand. Normalerweise hätte er vor der Tür warten können, aber dieser Laden hatte zwei Eingänge, und einer davon führte in die überfüllten, schlangenartigen Gänge von Hobbitons größter Einkaufspassage, dem Fiddle and Dish. Wenn sie dort hineinging, würde er sie mit Sicherheit verlieren. Also hielt er sich, bildlich gesprochen, die Nase zu und ging hinein. Was er dort vorfand, war eine seltsame, fremde Welt, erhellt vom Schein rosafarbener Neonröhren.

Die fuchsfarbene Schnauze betrachtete Unterwäsche, also sprang er in den nächsten Gang und stieß direkt auf eine kurvige Mittvierzigerin mit Hornbrille und stahlhartem Blick. "Nicht schlecht für ein Pummelchen", beschrieb er sie später, aber in diesem Moment war er sprachlos.

"Suchen Sie etwas für Ihre Freundin, junger Mann?", sprach sie ihn an. "Entschuldigen Sie meine Schroffheit. Es ist nur so, dass wir nicht viele Männer hierher bekommen. Sie wissen schon, das Schild und so. Das ist ein ziemlich seltenes Ereignis." Blässhuhn murmelte etwas Unverständliches und flüchtete mit gesenktem Kopf in eine Ecke des Raumes. Es stellte sich heraus, dass es sich um eine Umkleidekabine handelte, und er zog den Vorhang zu, so dass die Szene gnädig verschwamm, bevor sein Kopf zersplitterte. In der Umkleidekabine stand ein Stuhl, auf den jemand einen Stapel BHs mit Gucklöchern und Slips ohne Schritt gelegt hatte, mit denen er sich die verschwitzte Stirn abwischte, als er sich hinsetzte, um seine verwirrten Gedanken zu sammeln.

Dann fiel ihm der Steinbruch ein! Er sprang auf und öffnete den Vorhang... und die Schnüfflerin, die nun darauf wartete, die Umkleidekabine benutzen zu können, wurde vom Anblick eines Männerkopfes mit wulstigen Augen begrüßt, der mehrere Paar Unterhosen an seine Schläfe drückte. Und sie war nicht die Einzige, die das sah...

"Coot!", ertönte eine Stimme aus dem vorderen Teil des Ladens. Sicherlich war es sein alter Freund, der Polizist vom Postamt, der auf seiner regulären Patrouille vorbeigekommen war, als ihn der Angestellte des Ladens gerufen hatte, um sich um einen potentiellen Perversen zu kümmern.

"Jetzt habe ich dich, Coot ... Du schnüffelst an Frauenunterwäsche, du kranker Bastard..."

Coot ließ sich weder belehren noch einsperren. Er floh, direkt am Steinbruch vorbei, durch den anderen Ausgang in das Fiddle and Dish, wo es ihm gelang, den Polizisten im Labyrinth der unterirdischen Gänge abzuschütteln.

Dann tat er etwas Schlaues... Er drehte sich um und ging dorthin, wo der Bulle ihn am wenigsten vermuten würde - in den Unterwäscheladen. Stolz erzählte er, wie er zurückkam, gerade als die Beute verschwunden war, und wie er ihr heimlich bis zu einem nicht gekennzeichneten Gebäude in Battery Point gefolgt war. Das Gebäude sah nicht wie ein Wohnhaus aus, also dachte er, es müsse ihr Arbeitsplatz sein.

Einige Abende später fuhren wir genau zu diesem Gebäude.

*   *   *

"Meine Feinde werden heute Nacht entlarvt", schwor Sean.

"*Unsere* Feinde", erinnerte ich ihn. Nach dem, was er mir über die Lehrerinnen in East Lynwood erzählt hatte, die zu dieser GLC-Gruppe gehörten, wusste ich automatisch, dass ich sie hassen würde. Sie klangen wie bessere Versionen meiner Mutter. Sean wollte so viel belastendes Material wie möglich aus ihrem Versteck sammeln und dann irgendwie einen Weg finden, es gegen sie zu verwenden.

Da wir mitten in der Nacht durch die Stadt gehen wollten, nahmen wir Waffen mit. Es waren nur kleine Hobbymesser - in den nördlichen Vororten hatte es in letzter Zeit eine Flut von Schusswaffengewalt gegeben (da Australien einige der strengsten Waffengesetze der Welt hat, hatten nur noch Kriminelle welche), aber wir waren noch nicht im Stadtzentrum.

Wir trugen Handschuhe, um Fingerabdrücke zu vermeiden, und wollten uns so atavistisch wie möglich kleiden, also trugen wir alle Umhänge wie Hobbits. Der Ninja trug stolz seinen schwarzen Samtumhang, während Sean und ich graue Nummern trugen, die wir aus einem alten Vorhang aus einem Second-Hand-Laden ausgeschnitten hatten.

Die Sandsteingebäude des alten Hobbiton leuchteten uns entgegen, als wir die Macquarie St. hinunterfuhren, viel heller als das obszöne Gebrüll der Tankstellen, Burgerketten und Videotheken, die sich dazwischen ausbreiteten - dieselben, die man in jeder Stadt der Welt finden könnte.

Es war Freitagabend, die Betrunkenen erbrachen sich heftig in den Rinnstein, die Schreie der jungen Männer, die sich prügeln wollten, hallten weithin durch die flachen Straßenschluchten, und die Partygirls wippten auf ihren Absätzen und riefen den Taxis Obszönitäten hinterher.

Es dauerte nicht lange, bis wir bemerkten, dass wir einige "Blicke" auf uns zogen. Als wir rechts in die Harrington einbogen, liefen ein paar betrunkene "Wiggers" neben uns her, und einer von ihnen stieß Coot mit dem Ellbogen an.

"Was wollt *ihr* denn sein? Ein Haufen beschissener Spinner!"

Sean drehte sich auf dem Absatz um und begann mit leuchtenden Augen einen Vortrag darüber, dass sie mit ihrer nachgemachten afroamerikanischen Mode und den Manierismen, die ihnen im Blut lagen, wenn überhaupt, dann "Spinner" seien.

"Im Gegensatz zu meinem Freund, dem Ninja hier, der in die wahren Tiefen einer zugegebenermaßen fremden Kultur blickt ... kratzt ihr nur an der Oberfläche und seid damit viel oberflächlicher als die

Originale selbst." Nach dieser Rede wirkten sie etwas niedergeschlagen.

"Du benutzt viele große Worte, Kumpel", sagte einer von ihnen. "Du hast wohl ein Wörterbuch verschluckt. Das klingt, als wärst du ein bisschen rassistisch, und ich hasse Rassisten, verdammt."

"Ja, Rassisten sind zum Kotzen", sagte ihre Freundin mit verquollenen Augen und nahm einen Schluck aus einer Rum-Cola-Dose. "Ihr seid alle *Scheiße*", rülpste sie.

Das machte Sean wütend und mich auch, denn wir hatten großen Respekt vor anderen Kulturen und Traditionen - nur nicht vor Betrügern, die diese Traditionen auf Kosten ihrer eigenen imitieren wollten. Sean war jetzt richtig in Fahrt und hielt ihnen einen langen Vortrag darüber, dass sie Rassisten (eigentlich Imperialisten) seien, weil sie auf so grobe und oberflächliche Weise die Kulturgegenstände eines anderen Stammes stahlen. Doch die Perückenträger waren seiner hochtrabenden Worte überdrüssig und schlenderten davon. Einer rief ihnen frech hinterher: "Wir sind alle Menschen, Kumpel. Schwarz, weiß, egal..." Es klang wie der klischeehafte Refrain eines Popsongs aus den Achtzigern, aber ich wusste damals nicht, was ich antworten sollte.

Wir hatten einen sauren Geschmack im Mund, als wir durch den St. David's Park schlenderten - den alten Sträflingsfriedhof, dessen Grabsteine (bis auf die sehr wohlhabenden) entfernt wurden, um einen öffentlichen Spielplatz zu schaffen. Dann verschwanden wir in den ruhigen Seitenstraßen von Battery Point, dem alten Viertel von Hobbiton, wo in den engen Gassen mehr Mercedes Benz geparkt waren, als man mit einem Stock berühren konnte. Die Wolken zeichneten dreieckige Formen in den Himmel über dem schwangeren Mond. Es war Geisterstunde, alle braven Kinder lagen in ihren Betten, und wir erreichten das unscheinbare Gebäude von Coot mit einem mulmigen Gefühl der Vorfreude. Welch dunkler Zauber sollte sich hier in diesem wohlhabenden Teil von Hobbiton entfesseln? Wir waren im Begriff, in das Loch einer Lobelia Sackville-Baggins einzudringen, und wer wusste schon, welche "Schätze" wir dort finden würden?

Es stellte sich heraus, dass das Eindringen einfacher war als erwartet. Wir zogen unsere Handschuhe an und gingen zur Hintertür, wo sich eine Chubb-Alarmanlage befand, die unser Ninja mit Hilfe von im Internet erlernten Fähigkeiten fachmännisch deaktivierte. Die Tür war alt und ein einfacher Trick mit zwei Messern genügte, um sie zu öffnen. Wir gingen durch sie direkt in das langweiligste Gebäude aller Zeiten.

Es gab drei Haupträume - eine Bibliothek (voll mit sterilen Bänden globalistischer Propaganda), ein trostloses Büro und eine kleine Küche. Wir begannen unsere Suche im Büro, und es dauerte nicht lange, bis wir fündig wurden - ein Rundschreiben an alle GLC-Untergliederungen weltweit. An sich war es ein unbedeutender Brief, in dem es um kleine administrative Details ging. Interessant war jedoch, dass es von Sheldon Albright, dem bekannten amerikanischen Währungsspekulanten und Geierkapitalisten, unterzeichnet war (oder zumindest eine Kopie seiner Unterschrift trug)... Sie wissen schon, derselbe Multimilliardär, der in letzter Zeit wegen seiner Verwicklung in den Luxemburger Bankenskandal in den Schlagzeilen war. Jetzt wussten wir also, wer die GLC finanziert - und dass sein Geldbeutel praktisch grenzenlos war.

Aber das war nicht die interessanteste Entdeckung... Es gab noch etwas Dringenderes, nämlich ein Programm für eine bevorstehende Konferenz namens Future Tasmania. Zu unserem Erstaunen wurde sie vom GLC finanziert und organisiert. Diese Leute versuchten also, die Zukunft unserer Insel zu gestalten!

Die Liste der Redner war interessant, mit einigen Namen, die wir wiedererkannten (Künstler, Medien, Wirtschaft, Politik usw.), und es gab Dutzende von Programmheften, also nahmen wir eines und gingen, aber nicht bevor Sean sich die Nummer des Festnetztelefons der GLC gemerkt hatte - für seine eigenen Zwecke, zweifellos. Ich versuchte, eine gute Freundin zu sein und nicht zu viel zu fragen, aber ich muss zugeben, dass ich neugierig war, was er vorhatte.

Wir fuhren noch einmal durch die heilige Stille von Battery Point, bevor wir die belebte Sandy Bay Road überquerten und nach South Hobbiton fuhren. Als wir die Straße überquerten, wurden wir - Ironie des Schicksals - angehalten, weil wir die Straße bei Rot überquert hatten. Es muss unsere ungewöhnliche Kostümierung gewesen sein, die die Aufmerksamkeit des Polizisten erregte. Er lachte uns aus und rief dann seinem Partner zu: "Hey Graham! Ist das der, von dem du uns erzählt hast?" Der andere Polizist kam näher... und tatsächlich, es war Coots Erzfeind.

"Ich kann es nicht glauben", brüllte er. "Ein ganzer Stamm von ihnen!"

Wir wurden zum Verhör in die zentrale Polizeistation von Hobbiton gebracht. Ich weiß noch, wie die Polizisten herumstanden, an unseren Hobbitmänteln herumfummelten und lachten. Sie beschlagnahmten unsere Messer und sagten uns, dass wir alle wegen "Besitzes einer Angriffswaffe" oder so ähnlich vorgeladen würden. Dann fand einer von ihnen die Broschüre und sie lachten noch lauter. "Die Zukunft Tasmaniens liegt also in euren Händen?"

Sie verstehen, was ich meine. Aber wir waren nicht beleidigt. Wir lächelten heimlich. Denn wir hatten den Feind entlarvt...

3

SEAN

Es war nicht schwer, die Konferenz zu infiltrieren. Wir machten einfach einen Anruf und die Dinge begannen zu laufen. Wir waren schließlich in Tasmanien, und die Globalisten hatten es noch nicht ganz geschafft, eine atomisierte Welt des Misstrauens zu schaffen - die Konferenz selbst sollte natürlich einer der größten Schritte in diese Richtung sein. Nun, wir würden sehen, was wir sehen würden, und auf der Grundlage dessen, was wir erfahren würden, einen Aktionsplan aufstellen.

Also rief ich einfach von einer Telefonzelle aus in dem kleinen Büro in Battery Point an und gab mich als stellvertretender Schulleiter einer führenden Privatschule in Hobart aus, einer koedukativen Schule (auf die mich meine Eltern geschickt hatten, bevor sie nach East Lynwood zogen). Der Name, den ich nannte, war ein echter Name, nur für den Fall, dass jemand nachschauen wollte, und ich glaube, ich habe die ruhige Stimme dieses Mannes recht gut imitiert und klang angemessen salbungsvoll und globalistisch. Ich klang sogar so sehr nach gehobener Mittelklasse, dass die Frau am anderen Ende des Telefons mich sofort in ihr Herz schloss, weil sie mich als einen der ihren erkannte.

Ich hätte alles über die Konferenz gehört, sagte ich, und wollte drei besonders vielversprechende Schüler als Jugenddelegierte vorschlagen. Sie würden nächstes Jahr in die zwölfte Klasse kommen (im Gegensatz zu den staatlichen High Schools in Tasmanien gehen die Privatschulen bis zur zwölften Klasse).

"Oh ja", kicherte sie, "auf jeden Fall, ja. Das ist eine fantastische Idee. Ich habe nie daran gedacht,

80

Jugendvertreter zu haben ... aber das haben Sie ja schon für mich erledigt, ha ha". Und so war es geschehen, mit einem einfachen Telefonanruf. Das war in gewisser Weise noch das alte Tasmanien, auch in den Köpfen derer, die es zum Schlechten verändern wollten.

Ich wurde dann gebeten, die betreffenden Schülerinnen und Schüler zu einem "Gespräch" in das Battery Point Gebäude zu schicken, um eine Genehmigung zu erhalten. Es wäre seltsam, buchstäblich an den Ort unseres Verbrechens zurückzukehren, und ich stellte mir vor, dass das Gebäude bei Tageslicht noch unheimlicher wirken würde, aber wir brauchten diese Studentenausweise. Ich überlegte, Aloysius krank zu stellen und seinen Ausweis in Abwesenheit mitzunehmen, aber wenn sie darauf bestand, dass er irgendwann allein dorthin ging, wäre das ein noch größeres Risiko. Jedenfalls schien es unwahrscheinlich, dass sie sich daran erinnern würde, dass er in dem Wäschegeschäft war (immerhin hatte er zu der Zeit einen Stapel Unterwäsche über dem Kopf), also beschlossen wir, das Risiko einzugehen. Coot selbst war paranoid genug, um sich bei Spazzos Friseur einen billigen Haarschnitt verpassen zu lassen, um sein Aussehen ein wenig zu verändern. Schuluniformen wurden natürlich nicht erwartet, denn es waren ja Sommerferien - so mussten wir nicht in das Lager der Schule einbrechen, um welche zu stehlen!

An der Tür begrüßte uns dieselbe Hexe, die Coot vor kurzem verfolgt hatte, und er hatte Recht - sie erinnerte mich tatsächlich an Ms. Lindley aus East Lynwood. Ich vermutete nun, dass diese Typen wie verknöcherte Vogelscheuchen über die Landschaft verstreut waren.

Zu meinem Entsetzen sah sie Coot lange und intensiv an, als wir durch die Tür gingen ... Aber das leichte Stirnrunzeln verschwand schnell, als wäre ihr ein bestimmtes Wort entgangen, nach dem sie gesucht hatte, und sie wollte es einfach vergessen. Sie wirkte ohnehin überarbeitet, und die Gefahr, dass sie weiter darüber nachdachte, war gering.

"Also", sagte sie, als wir um den Tisch im Bibliotheksraum saßen. "Ihr müsst Jonathan, Karen und Russell sein, wenn ich eure Namen von Mr. Hargrave richtig verstanden habe." Wir nickten und strahlten. Wir wollten begeistert und ein wenig ehrfürchtig wirken, aber nicht übertreiben.

"Wir sind sehr dankbar für diese Gelegenheit", sagte Maddy. Coot, die zu nervös war, um zu sprechen, lächelte passend. Ich hatte das Gefühl, dass sie ein wenig verwirrt war von unseren Persönlichkeiten, auch wenn sie schauspielerte, aber sie sagte: "Ich dachte, es wäre eine gute Idee, ein paar Jugenddelegierte zu haben. Das hatte ich vorher nicht in Betracht gezogen. Aber jetzt seid ihr hier und könnt helfen, die nächste Generation zu informieren." Ging es nur mir so, oder lag ein leiser Widerwille in ihrer Stimme, als sie dieses letzte Wort sprach? Obwohl es mir schwer fiel, gab ich mir Mühe, unterwürfig und demütig zu sein, und erinnerte mich daran, wie sehr diese egalitären Typen es liebten, die Peitsche zu schwingen. Sie wollte mehr über uns wissen, und Maddy und ich erzählten die Lebensgeschichten, die wir vorbereitet hatten, und ließen Details über alle Globus-Projekte fallen, an denen wir beteiligt waren, abgesehen von den eher gewöhnlichen Interessen (Kricket für mich, Klarinette für Maddy), und sie nickte mechanisch. Dann wandte sie ihre Aufmerksamkeit Coot zu.

"Und du... Russell?", fragte sie beinahe verführerisch. Er sah verblüfft aus. Seine Gedanken waren abgeschweift (er hatte von nackten Brüsten geträumt, wie er später sagte), und nun wurde er von diesem lüsternen Frettchen, dessen Augen sich direkt in seinen Kopf zu bohren schienen, aus seiner Trance gerissen.

"Ach ja", stammelte er und vergaß seine Titelgeschichte völlig. "Die runde Kugel ist für mich."

"Die ... runde Globus?", räusperte sie sich und runzelte wieder die Stirn. Vielleicht wollte Coot seine verlorenen Brüste wiederfinden, vielleicht war es aber auch nur ein ehrlicher Versuch, sich als Globalist auszugeben. Jedenfalls musste ich schnell eingreifen, um ihren Verdacht zu zerstreuen.

"Russell hat große Reisepläne", sagte ich. "Er hat sein Gap Year schon vor dem Studium geplant und will alle Kontinente besuchen, um herauszufinden, wie man die Vielfalt hier besser fördern kann." Oder so ähnlich.

Jedenfalls hat es geklappt, und zu meiner Erleichterung hat sie ihn nicht weiter bedrängt. Sie schien sogar ein wenig beeindruckt.

"Nun, Sie müssen mich entschuldigen, ich bin gerade sehr mit der Organisation der Konferenz beschäftigt. Ich habe das hier für Sie vorbereitet." Sie überreichte uns drei Sicherheitsausweise für Jugenddelegierte... genau das, was wir uns erhofft hatten... dann verabschiedete sie sich kurz von uns und ging wieder an ihre Arbeit.

Wir waren drin!

*   *   *

Auf dem Weg "nach Hause" (hat wirklich jemand ein Zuhause?) schaute ich in das Schaufenster eines Buchladens in der Sandy Bay Rd, als mich jemand leicht mit dem Ellbogen anstieß. Ich drehte mich um und sah ein bekanntes Gesicht - es war Japhrey, mein Künstlerfreund aus East Lynwood. Er nickte Coot zu (der nach seinem verpatzten Auftritt immer noch niedergeschlagen war), und ich stellte ihn Maddy vor.

"Du bist also auch im Rauch", bemerkte Japhrey. "Was machst du so im Leben?"

"Ach, weißt du. Ich rackere mich ab wie Jesse James."

Er lacht. "Ich bin selbst arbeitslos. Jugendhilfe heißt das. Meine Eltern haben mich rausgeschmissen, aber zum Glück haben sie die Papiere unterschrieben. Aber mit dem Malen geht es mir gut. Jemand hat sogar ein Bild von mir für diese neue Galerie nominiert, die bald eröffnet." Ich vermutete, dass er die Lafayette Gallery meinte, ein neues Kunstmuseum, das mitten in Hobart gebaut wird. Der *Messenger* war seit Wochen mit nichts anderem gefüllt.

"Das ist großartig", sagte ich, und Maddy nickte zustimmend.

"Meinst du, wir könnten uns das Gemälde ansehen?", fragte sie ganz unschuldig, und ich erwartete, dass er die Diskretion eines Künstlers an den Tag legen würde. Aber er sagte lässig: "Sicher" und führte uns zu seiner Wohnung im Stadtzentrum, eine Metalltreppe hinauf in

83

eine Seitenstraße in der Nähe des Fiddle and Dish. Er führte uns durch ein sehr unordentliches Wohnzimmer, vorbei an einer schüchternen Mitbewohnerin, die uns wie eine Katze anstarrte, und dann in sein Atelier, wo viele Leinwände mit alten Staubtüchern bedeckt waren.

"Das ist das Werk", sagt er und enthüllt eines. "Es heißt "Ewige Jugend"."

Und zu meiner Überraschung handelte es sich um ein brillant ausgeführtes Gemälde, das einen der Helden meiner Kindheit darstellte - keinen Geringeren als Tim und Struppi höchstpersönlich! "Umgeben von seinen Symbolen", erklärte Japhrey. Ja, da war in der wirbelnden Mischung aus Figuren und Szenen die Rettung Haddocks auf der *Karaboudjan*, der apokalyptische Prophet der "Sternschnuppe", der Triumph über die Verbrecher von Chicago, die Eishöhle in Tibet (als Symbol für Tims Treue zu seinem Freund) und die unheimliche Inka-Mumie, die durch das Fenster kroch. Alles war da, wirbelte durcheinander wie ein Traum aus der Zeit - von Tims Kampf gegen den Marxismus bis zu seinem Tod durch die "moderne Kunst" im letzten, unvollendeten Abenteuer.

Letzteres war besonders ergreifend. Diese kapitalistischen Damien-Hirst-Typen hatten geschafft, was nicht einmal dem "kommunistischen Abschaum" gelungen war - den Geist der Jugend, verkörpert durch den edlen Tim, vollständig zu zerstören. Ich hoffte, dass dies kein Omen für den Ausgang von Japhreys künstlerischer Mission war...

Nachdem wir das Meisterwerk eine Weile bewundert hatten, enthüllte er die Gemäldeserie, die ich zu Beginn dieser Erinnerungen beschrieben habe. Er war gerade mit dem siebten und letzten Bild beschäftigt und zeigte uns nur die sechs vollendeten (das siebte sah ich später unter ganz anderen Umständen), die uns den Atem raubten. Ich weiß nicht, wie lange ich dort stand und sie bewunderte, aber es kam mir wie eine fruchtbare Ewigkeit vor.

Als wir endlich aus unserer Trance erwachten, war Japhrey nicht mehr da. Auch sein Mitbewohner war verschwunden und die Wohnung wirkte verlassen. Wir gingen schweigend, zogen die Haustür hinter uns zu und hatten das Gefühl, von einem Sturm aus einer anderen Welt heimgesucht worden zu sein.

*   *   *

Die Woche vor der Konferenz war eine merkwürdige Woche in Hobart. Die Dinge schienen gereizter zu sein, selbst für die Sommerzeit. Mehr Betrunkene, mehr Schlägereien, schreiende Mütter, überall Polizisten. Vielleicht zeigte die Natur diese Anzeichen von Anspannung, weil sie wusste, dass *große Ereignisse* bevorstanden. Die Zeichen waren gesehen worden. Die Erscheinung einer riesigen Nadel, die sich im Brunnen am Franklin Square suhlte, und ein geisterhaftes Wikingerschiff, das durch den Nebel von Lindisfarne segelte. Seltsame Lichtblitze erschienen auf Demesne und Mt Nelson. Zinnen erhoben sich, das Bewusstsein veränderte sich. Maddy warf mir die süßesten Blicke zu, die Augen inmitten ihrer Locken auf mein Gesicht gerichtet, in der Gewissheit, dass wir einander immer treu bleiben würden, auch wenn sich alles für immer ändern würde, wenn wir zum ersten Mal die Bühne der Öffentlichkeit betreten würden.

Olivia war nur noch eine ferne Erinnerung, ein schwacher, saurer Geschmack, der mit jedem von Maddys süßen Küssen mehr und mehr verblasste. Die Schöne hatte mich verraten (sie hatte sogar ihre eigenen Vorfahren verraten) ... und so war die dunkle Erlöserin mit dem blassen Gesicht und den schwarzen Locken erschienen, um die Spirale umzukehren. Ich erwarte nicht, dass du weißt, was ich meine, aber vielleicht weißt du es.

*   *   *

Am Tag vor der Konferenz erhielten wir die Vorladungen per Post (Coot's kam von der Anlaufstelle, wo er geduscht hatte, da er von Haus zu Haus geschlafen

85

hatte). Unsere dumme Unachtsamkeit in der Nacht in der Sandy Bay Rd. hatte uns viel gekostet, aber es gab keinen Grund, das jetzt zu bereuen. Der Gerichtstermin war für eine Woche angesetzt, aber jetzt mussten wir erst einmal eine Konferenz absagen und brauchten eine gute Nacht Schlaf.

Der große Tag kam, und mein Kopf fühlte sich komisch an - aufgeblasen mit etwas Dünnem, wie ein alter Kupferballon. Eine Tasse Tee zum Frühstück beruhigte das Gefühl ein wenig, dann machten wir uns auf den Weg zu Coot.

Wir drei kamen etwa eine Viertelstunde zu früh im Konferenzzentrum an, und im Foyer und in der Haupthalle herrschte ein ziemliches Gewimmel. Es müssen einige hundert Leute gewesen sein. Wir zeigten unsere Ausweise und mischten uns unters Volk.

Die ganze stolze Aristokratie von Hobart war da, aber dem Tonfall und den Redewendungen nach zu urteilen, kamen die meisten der Anwesenden vom Festland. Das hatte ich erwartet. Was mich jedoch innehalten ließ, war der Anblick einer vertrauten Gestalt... Miss Green, die mich aus East Lynwood vertrieben hatte. Ihr Arm war nicht mehr eingegipst, und sie lief mit einem so verräterischen, einschmeichelnden Gesichtsausdruck herum, dass ich annahm, sie sei hier ein kleiner Fisch. Ich stupste Coot an, der sie auch entdeckt hatte. Die Gefahr, dass sie uns "enttarnen" würde, war wohl nicht allzu groß, aber es war trotzdem besser, ihr aus dem Weg zu gehen.

Die Glocke läutete und alle beeilten sich, ihre Plätze in der Haupthalle einzunehmen. Frau Green saß ganz vorne, also mussten wir uns hinten hinsetzen. Zum Glück gab es eine Lautsprecheranlage, so dass wir die Redner gut hören konnten. Ich wusste immer noch nicht, was wir machen sollten. Coot erwartete, dass ich irgendwie den Ablauf stören würde und wartete darauf, meinem Beispiel zu folgen. Aber ich war eher geneigt, mir Notizen zu machen und Guerilla-Aktionen für später zu planen. Wenn wir hier einen Aufruhr verursachten, wäre das nicht berichtenswert, und wir verließen uns auf die Medien, um unsere Gefühle (so düster sie auch sein mochten) unter die Massen zu bringen.

Während ich darüber nachdachte, betrat ein Mann das Podium, um die Konferenz zu eröffnen - und es folgte eine spektakulär langweilige Reihe von Rednern.

Die ersten drei waren männlich, wenn auch sehr unmännlich. Zwei von ihnen benutzten den Begriff "Weißbrot" großzügig und verächtlich, wenn sie über die Zukunft Tasmaniens sprachen (als etwas, das man vermeiden sollte), und kombinierten ihn häufig mit dem Wort "Monokultur", obwohl man sich kaum eine weißere und monokulturellere Gruppe als sie vorstellen kann. Vielleicht bin ich voreingenommen, weil ihre verbale Eindeutigkeit in so negativem Kontrast zu der lakonischen Haltung stand, die ich selbst zu kultivieren versuchte, aber ehrlich gesagt musste ich einen brennenden Schrei der Wut unterdrücken, als sie mein geliebtes Tasmanien als "Kulturlabor" bezeichneten. Ich verstand, dass sie meinten, es sei ein Mikrokosmos des Westens, ein Liliput, wenn man so will. Aber Labor? Was für einen verdammten Plan heckten diese globalistischen Frankenstein-Halbmenschen aus?

Ich sah Coot an, um seine Reaktion abzuschätzen, aber er sah nur gelangweilt aus. In Maddys Augen hingegen schwelte ein Feuer, und sie sah mich an, als ob sie mich ficken wollte, ein sicheres Zeichen dafür, dass sie wütend war.

Dann ergriff Angela Russell-Smythe, die erste weibliche Rednerin, das Wort. Für die Verhältnisse der Konferenz jung (Ende vierzig), begeisterte sie das Publikum. Der Titel ihres Vortrags lautete: "Braucht Tasmanien eine UN-Intervention - oder können wir selbst intervenieren?" (das "wir" deutet darauf hin, dass sie in Tasmanien geboren ist, obwohl sie seit Jahrzehnten in Sydney lebt).

"Braucht Tasmanien eine Intervention?", donnerte sie von der Kanzel. Als Antwort hielt sie eine epische Rede über ihr fabelhaftes Leben in Sydney und darüber, dass ihre Freunde sie so sehr bedauerten, als sie kürzlich die "folgenschwere" Entscheidung traf, auf ihre Geburtsinsel zurückzukehren, dass sie ihr "Hilfspakete" per Post schickten. Tasmanien sei "Dritte Welt", warnten sie... weit weg vom Zentrum der Dinge und bevölkert von "Verrückten". Schlimmer noch, es war ein weißer Fleck, eine Monokultur. (Eine Kultur mit anderen Worten, dachte ich ironisch).

"Aber zum Glück", fährt sie fort, "verändert sich die Insel. Nächste Woche wird die Lafayette Gallery eröffnet" (begeisterter Applaus aus dem Publikum) "und der Luxustourismus ist auf dem Vormarsch" (ein kleiner Applaussturm). "Vielleicht kann ich jetzt meinen Freunden in Sydney sagen, dass sie keine Hilfspakete mehr schicken sollen..." (heiteres Gelächter, aber auch Skepsis: "Oh nein, sicher nicht!")

Eine andere Stimme rief: "Die Lafayette wird die existentielle Rettung für diese gottverlassene Insel sein!" Russell-Smythe lächelte und winkte mit den Händen, um die aufgeregte Menge zu beruhigen.

"Natürlich gibt es noch ein paar Falten zu glätten", seufzte sie und zupfte an ihrem Kaschmir-Oberteil. "Zum Beispiel ist der geringe Anteil der im Ausland Geborenen auf der Insel sehr beunruhigend."

"Hört, hört", rief ein alter Kauz.

"Aber ich bin sicher, das lässt sich ändern. Wenn wir uns mit vereinten Kräften an die Bundesregierung wenden, wird sie vielleicht unsere Einwanderungsquoten erhöhen".

"Oh ja, ja", schrie eine grauhaarige Dame vor mir, die kurz vor dem Orgasmus stand. "Wir sind *Kosmopoliten!*" (Bei diesem letzten Wort fielen ihr fast die Augen aus dem Kopf, und da mir die Bedeutung nicht ganz klar war, beschloss ich, es zu Hause nachzuschlagen. Es schien in der alten Dame vor mir eine sexuelle und religiöse Inbrunst auszulösen, also muss es etwas Mächtiges gewesen sein).

Russell-Smythe schwadronierte etwas länger über ihre Vision des "neuen Tasmaniens". Jede "gebrochene Stimme" müsse ihren Platz im Chor haben, schien es. Ich fragte mich unwillkürlich, ob meine eigene Black-Metal-Raspel einen Platz bekommen würde, und wusste dann instinktiv, dass das nicht der Fall war. Wovon diese Frau sprach, waren geschmeidige Stimmen... Ich lernte, zwischen den Zeilen der Sprache des Establishments zu lesen.

Dann beendete sie ihren Vortrag mit einer

außergewöhnlichen Tirade über eine Strategie der "Beschämung" derer, die nicht in ihre Vision passten. Sie klang wie ein biblischer Prophet, als sie lautstark forderte, dass "alle Dinosaurier von der Arche ausgeschlossen werden...". Eine interessante Art, das zu sagen. Nun, es war schön, für einen Tag ein Tyrannosaurus zu sein.

Der Beifall ebbte ab, und der letzte Redner vor dem Mittagessen betrat das Podium. Es war Godfrey Nussbaum, Kunstkritiker des Hobart *Messenger*. Er sah gut aus, mit Hornbrille und schwarzem Skianzug, aber für einen Kunstkritiker war er nicht besonders kreativ - der größte Teil seiner Rede klang wie eine Wiederholung der ersten vier. Er sprach von den Vorzügen des "Kosmopolitismus" (schon wieder dieses Wort), von der Notwendigkeit, sich mit den "Spinnern" auseinanderzusetzen und die "Weißbrote" zu vertreiben. Ich konnte sehen, dass Maddy und Coot sich inzwischen zu Tode langweilten.

Er erregte meine Aufmerksamkeit, als er davon sprach, dass die Festlandbewohner Tasmanien als "Bettlerstaat" bezeichneten, der mehr als seinen Anteil vom australischen Commonwealth bekomme. Ein Drittel der tasmanischen Bevölkerung lebte von Sozialhilfe, so schien es. Nun, wir würden uns das anschauen, und vielleicht könnten wir ein paar Ideen entwickeln, um etwas dagegen zu tun. Wirtschaftliche Autarkie wäre eine Möglichkeit.

Dann erzählte Nussbaum von ihrem Entsetzen über eine kürzlich durchgeführte Umfrage, die gezeigt habe, dass die Tasmanier stolz darauf seien, ungebildet zu sein. Nun, um ehrlich zu sein, wenn "gebildet" bedeutet, so zu sein wie die Redner an diesem Tag, dann kann ich es ihnen nicht verübeln.

Nachdem Russell-Smythe seine Strategie wiederholt hatte, diejenigen zu beschämen, die nicht in die "neue Vision" passten (und gleichzeitig irgendwie "jede verletzte Stimme" zuzulassen), stellte er schließlich einen besonderen Gast vor... Peter Winslow selbst, Eigentümer und Kurator der bald eröffneten Lafayette Gallery.

Der Applaus übertraf sogar den von Angela Russell-Smythe. Winslow lächelte selbstironisch und ging zum Podium. Wegen des orgasmischen Lärms des Publikums war es schwierig, viel von seiner Rede zu verstehen, aber ich bekam seinen letzten Satz mit, etwas in der Art, dass die Lafayette-Galerie "das Leben bejahen wird, indem sie die Gründe untergräbt, die Sie haben, um sich selbst zu belügen". Dann zog er ein großes Stück Seide beiseite, unter dem sich ein Gemälde des Museums befand... ein kleiner Vorgeschmack auf das, was noch kommen sollte.

Das Gemälde war gut ausgeführt und zeigte eine Frau in Geschäftskleidung, die auf einer Baustelle stand und eine Schaufel mit kleinen, zerklüfteten Steinen in der Hand hielt. Sie war im Begriff, diese in den klaffenden Anus eines Mannes (ebenfalls im Businesshemd) zu stopfen, der sich über einen Haufen Schutt beugte. Nach einigem verlegenen Kichern ging das Publikum in die Luft. Angela Russell-Smythe kam zurück auf die Bühne und schüttelte Winslow herzlich die Hand.

"Es tut so gut, etwas Kultur in der Einöde Tasmaniens zu sehen", grinste sie, und mehrere hundert Babyboomer stimmten ihr zu (ich erkannte einen Mann in der ersten Reihe, den Maddy und ich vor ein paar Wochen ausgeraubt hatten). Ich sah mich nach den anderen um. Maddy sah finster aus, aber Coot konnte sich nicht länger zurückhalten. Sobald ich ihn ansah, brach er in schallendes Gelächter aus. Es war ansteckend, und Maddy und ich waren bald davon angesteckt. Aber zum Glück wurde es von dem allgemeinen Tumult übertönt - für alle außer denen, die direkt um uns herum saßen. Die grauhaarige "kosmopolitische" Dame drehte sich um und warf uns einen strengen Blick zu.

"Das ist *Kunst*. Könnt ihr das in euren dicken, barbarischen Köpfen nicht begreifen?" Sie war völlig empört, dass wir über die Arschkriecherszene gelacht hatten! Ich wollte mich nicht auf eine Debatte darüber einlassen, was gute Kunst ausmacht, sondern sagte nur: "Ich stimme zu, es ist fantastisch. Und was bringt es?"

Da wurde sie nervös... Wie einige andere Frauen der Babyboomer-Generation in meinem Bekanntenkreis mochte sie es offensichtlich nicht, wenn man ihr Fragen stellte.

"Es geht nicht darum, was *ich* denke", schnauzte sie verächtlich. "Es geht darum, was der Künstler beabsichtigt hat."

"Und was, glauben Sie, hat der Künstler gewollt?"

"Warum fragst du ihn nicht?" Es triefte vor Sarkasmus, aber es war ein Sarkasmus der Angst, der absoluten Angst, dass ihre Maske fallen könnte.

"Würden Sie sagen, dass sie das Leben bejaht?", fragte ich beiläufig.

"Ja", sagte sie und sprang auf die Rettungsleine. "Indem es die Gründe untergräbt, sich selbst zu belügen ..." Winslows Worte hatten sich ihr ebenso eingeprägt wie mir, wenn auch in ihrem Fall weniger kritisch.

"Der Mensch ist also nur ein Anus ... ein Verdauungskanal ... eine Scheißmaschine", nickte ich. "Nun, zu unserem Glück haben wir Plotin und Schwaller de Lubicz gelesen und wissen es besser." Sie sah mich mit tiefem Misstrauen an, aber ihre Augen waren undurchsichtig, nicht tief. Ich schaute ihr direkt in die Augen, und sie konnte meinen Blick nicht erwidern. "Manche sagen sogar, dass der Mensch Werte schafft, und was geschaffen wird, kann niemals eine Lüge sein. Das werdet ihr Boomer-Fotzen gleich herausfinden", fügte ich mit einem wilden Knurren hinzu, und es war schön zu sehen, wie sie vor mir zurückschreckte. Zu ihrem Glück ertönte der Gong zum Mittagessen.

"Wir können jetzt gehen, wenn ihr wollt", sagte ich zu Maddy und Coot, als wir die überfüllte Eingangshalle betraten. "Ich habe, was ich wollte, und die beste Vorgehensweise scheint mir jetzt klar zu sein. Es gibt nur noch eine Sache, die wir tun müssen". Ich flüsterte Maddy etwas ins Ohr und sie nickte.

Wir näherten uns Peter Winslow, der gerade seinen Wein trank und sich mit den anderen Filmemachern unterhielt. Hier war der Typ, der die Kunst auswählte, dachte ich... der Kurator. In den letzten ein, zwei Jahren war mir aufgefallen, dass der Begriff "Kurator" so weit verbreitet war, dass er sogar für jemanden verwendet wurde, der ein Rockkonzert in einer Kneipe organisierte. Der "Kurator" wurde nun als wichtiger angesehen als die Bands, die Künstler usw. und sicherlich wichtiger als das Publikum. Der Siegeszug des Vermittlers war fast vollständig, in allen Lebensbereichen.

Das war eines der Dinge, gegen die wir uns auflehnten.

Ich stand höflich neben Winslow und wartete auf eine Gesprächslücke. Zu meiner Überraschung sprach er gerade über die Arbeit unseres guten Freundes.

"Meine Schwiegertochter hat mich gedrängt, diesen Japhrey Small zu engagieren. Sie liebt seine Arbeit, warum auch immer. Sie lebt mit ihm in einer Wohnung. Ich selbst kann seine Sachen nicht ausstehen. Ich habe sie Godfrey hier gezeigt", er deutete auf den Kunstkritiker des *Messengers*, einen Mann in schwarzem Skivvy, der neben ihm stand. "Er kann dir sagen, was er davon hält", lachte er.

"Oh Gott." Nussbaum verdrehte die Augen. "Absoluter, verdammter Kitsch. Du glaubst gar *nicht*, wie schlimm das ist." Die Leute um ihn herum kicherten.

"Warum nicht", schimpfte eine zähneknirschende alte Frau, "ein paar einheimischen Künstlern eine Chance geben. Es macht nichts, wenn es nicht so gut ist."

"Gut? Der Typ ist nicht mal in der Größenordnung." Ich traute meinen Ohren nicht. Redeten sie wirklich über Japhrey? Ich weiß, dass Kunst im Auge des Betrachters liegt, dass man ein Pferd nicht zum Trinken bringen kann usw., aber das war lächerlich. Ich stand da mit offenem Mund und starrte ins Leere... als Winslow sich umdrehte und mich fragte, ob ich ein Autogramm wollte! Der Kurator als Idol...

Zum Glück dachte Maddy schneller als ich und sagte: "Oh, Sie könnten uns noch etwas Besseres als ein *Autogramm* geben, Mr. Winslow". Ich schwöre, als sie das sagte, zuckte sie sogar mit den Augenlidern, und der alte Bock war sofort erregt. "Wir wollten einen Artikel über die Lafayette für unsere Schulzeitung schreiben. Die erste Ausgabe des Jahres erscheint, sobald der Unterricht wieder beginnt, und wir dachten, wir könnten einen besonderen Artikel über die Galerie schreiben. Hobbitons... ich meine Hobarts... existenzielle Erlösung, wie es heute jemand hier ausgedrückt hat. Also haben wir uns gefragt... ob wir drei nicht einen Blick in die Galerie werfen könnten, vielleicht sogar eine Führung... vor dem Redaktionsschluss, der nächste Woche ist". Sie war eine großartige Schauspielerin, und ihr Auftritt wurde mit einer Reihe von "Natürlich, warum nicht..." begrüßt. "Was für eine wunderbare Idee!" "Es ist so gut, dass du dich an die Jugend wendest, Peter ... Sie sind die Zukunft, weißt du?" *Dein zukünftiges Verderben*, dachte ich grimmig, während Wotan in meinen Adern tobte. Aber jetzt waren wir frei für unsere letzte Erkundung, bevor die Operation Götzendämmerung ernsthaft begann. Die Götzendämmerung war nahe.

*   *   *

Später schlug ich den Begriff Kitsch nach und fand heraus, dass er "wegen übertriebener Sentimentalität als geschmacklos angesehen" bedeutet. Einige Künstler (z.B. Odd Nerdrum) hatten sich diesen Begriff sogar als Ehrenauszeichnung zugelegt (zur weiteren Abscheu ihrer ohnehin schon feindseligen Kritiker), und ich dachte, dass Japhrey das auch tun könnte.

Aber Japhreys Werk war nicht wirklich kitschig, es sei denn, man versteht unter "Sentimentalität" irgendeine starke menschliche Eigenschaft wie Liebe, Ehre, Willensstärke, Melancholie etc. Und wenn das "übermäßig sentimental" ist, dann bin ich ein Sentimentalist. Aber was steckt in einem Wort?

Ich habe auch das Wort "Kosmopolit" nachgeschlagen und festgestellt, dass es hauptsächlich für "jemand, der überall zu Hause ist" verwendet wird. In Wirklichkeit bedeutete es also: Bürger von nirgendwo. Diese Kosmopoliten waren die ursprünglichen Nowhere Men, wie Maddy es ausdrückte (aus irgendeinem Grund zitierte sie immer Texte der Beatles), und der Name blieb hängen.

Wir waren im Krieg mit den Middle Men, den Nowhere Men.

*   *   *

Aber zuerst mussten wir vor Gericht. Ich hatte eine große Rede vorbereitet, in der es darum ging, dass unsere Messer zur Verteidigung und nicht zum Angriff dienten, und welche Gesellschaft einen jungen Mann dafür bestrafen würde, dass er versuchte, sich selbst zu schützen, usw. (alles wahr), aber mein vom Richter verhängtes Todesurteil erwies sich als falsch. (alles wahr), aber mein vom Gericht bestellter Anwalt riet mir dringend davon ab (obwohl ich merkte, dass er es verstand), denn der Richter würde sie niemals tragen, sagte er.

"Im Recht geht es nicht um Gerechtigkeit, oder nur sehr selten", sagte er. "Es geht darum, ein System am Laufen zu halten".

"Sie wollen also, dass sich die Menschen hilflos auf den Schutz der Obrigkeit verlassen?"

"Ja, ja ..." Und natürlich hatte er recht. Aus pragmatischen Gründen schluckte ich meinen Stolz herunter und gestand, dass ich ein unartiger Junge gewesen war ... eine jugendliche Indiskretion, und es würde nicht wieder vorkommen.

Maddy tat dasselbe. Sie war wirklich eine tolle Schauspielerin. Wir wurden beide mit einer mündlichen Verwarnung und ohne Verurteilung entlassen.

Coot hatte nicht so viel Glück. Gegen ihn schienen noch weitere Anklagen anhängig zu sein, von denen er uns nichts erzählt hatte... Besitz von Betäubungsmitteln (aus seiner Zeit als Drogensüchtiger), Trunkenheit und Ordnungswidrigkeit, zweimal Herumlungern, eine Körperverletzung und eine sogenannte Erregung öffentlichen Ärgernisses (er hatte an die Eingangstür der Polizeiwache uriniert).

"Sie sind ein Serientäter, Mr. Coot", krächzte der Richter und schickte ihn für zwei Wochen ins Blue Tier Juvenile Detention Centre, drei Autostunden nördlich von Hobart. Ein kurzer, heftiger Schock, der ihn, wie ich vermutete, zur Besserung zwingen sollte. Wenn Coot es nicht schaffte zu fliehen, war er für den Moment aus dem Spiel. Ich warf ihm einen Blick zu, der sagte: "Pech gehabt, alter Junge", und als die Polizisten ihn abführten, lächelte er und murmelte etwas wie: "Ich komme wieder".

So wurden Maddy und ich allein durch die Galerie geführt. Wir entschuldigten uns für Coot, indem wir sagten, er habe sich bei einem Kletterunfall das Bein verstaucht, und dann wurden wir eingeladen, die überwältigende Atmosphäre der zeitgenössischen Kunst auf uns wirken zu lassen. Winslow war anderweitig beschäftigt, und so wurden wir von einem großen Mädchen mit sommersprossigem Gesicht herumgeführt. Das Gebäude selbst war beeindruckend und erstreckte sich sogar unterirdisch... Man fühlte sich wie in einem ägyptischen Grab im Tal der Könige. Die Beleuchtung war fantastisch und gotisch, was für Momente der Kontemplation gut war. Das einzige Problem war, dass es nichts gab, worüber man nachdenken konnte. Die Kunst war trostlos... Sie war nicht einmal konfrontierend, auf eine schockierend bürgerliche Weise. Sie war bourgeois. Es gab nichts, was auch nur im Entferntesten transzendent war in dieser Sammlung von Transformationen der Massenmedien, verdrehten Autoteilen, Darstellungen berühmter historischer Persönlichkeiten, die in schmutzige sexuelle Akte verwickelt waren, und so weiter. Vergessen Sie entartete Kunst, das war *langweilige* Kunst.

Aber das Mädchen, das uns führte ... ihre Augen schienen in himmlischem Entzücken zu leuchten. Ich versuchte herauszufinden, warum. Sah sie etwas in der Kunst, was ich nicht sah? Aber als sie über Mr. Winslow dies und Mr. Winslow das plauderte, begann ich zu befürchten, dass sie dem Kuratorenkult verfallen war. Es waren nicht die Kunstwerke selbst, die sie begeisterten ... Es war die Tatsache, dass so viele von ihnen an einem Ort versammelt waren, und dass sie von einem Kurator betreut wurden. Für sie war es Kunst - ein Lebensstil, ein Bild. Die arme, verblendete, sanfte Kreatur tat mir leid. Ich meine das nicht herablassend. Ich hatte tatsächlich Tränen des Mitleids in den Augen ... Meine Seele war tief bewegt, viel mehr, als es das Kunstwerk selbst je hätte sein können.

Aber wie viele Philosophen schon gesagt haben, ist unangebrachtes Mitleid ein großes Unrecht. Wir wollten gerade den zentralen Raum des Museums betreten, als sie uns plötzlich einen kalten Blick zuwarf und uns herablassend warnte: "Ich hoffe, ihr Kinder wisst, was für ein Glück ihr habt, dass ihr unser preisgekröntes Exponat sehen könnt, bevor es der Öffentlichkeit zugänglich gemacht wird...".

Oh, das wissen wir schon, versicherten wir ihr und bedankten uns ehrfürchtig, dass sie sich die Zeit genommen hatte.

Und was sahen wir in diesem großen zentralen Raum, diesem Allerheiligsten?

Nichts anderes als einen gigantischen Scheißhaufen aus Fiberglas...

*　*　*

Ja, versicherte ich mich und klopfte es ab. Das ist wirklich Fiberglas.

"Das ist ein wirklich großes ... Stück Scheiße", krächzte Maddy. Sie versuchte, sich das Lachen zu verkneifen, aber das Museumsmädchen hörte sie nicht ... Sie war in einer anderen Welt, offensichtlich entzückt von dem Scheißhaufen. Nun, vielleicht nicht der Scheißhaufen selbst, aber die Tatsache, dass es ihn gab, war Kunst.

Aus irgendeinem Grund wiederholte sich der Ausdruck "Museumsstück" in meinem Kopf. Der Raum begann sich zu drehen. Dann kam mir etwas in den Sinn - der Beginn eines wirklich guten Plans. Eine Möglichkeit, der Gesellschaft wirklich etwas zu geben, indem man das Krebsgeschwür bekämpft, das sie befallen hat, indem man das Negative in etwas Positives verwandelt. Die Negativität selbst könnte *genutzt* werden, als eine Art Dünger, als Mist (aber nicht als Glasfaser)...

Nun, wenn Ihnen das etwas abstrakt vorkommt, werden Sie bald verstehen, was ich meine.

*　*　*

Ich war ein wenig besorgt, dass... Sie wissen ja, wie subjektiv diese Dinge sein können. Ich hatte Angst, dass wir etwas falsch gemacht haben. Japhreys Kunst war aufregend, fesselnd, tiefgründig und mysteriös, während die Scheißhaufen-Kunst im Lafayette langweilig war und es ihr völlig an Transzendenz fehlte. Aber der Kunstmob schien es genau andersherum zu sehen - wer hatte also Recht? Sie waren in der Überzahl - waren wir also im Unrecht? Waren wir ignorante, ungehobelte, spießige Idioten? Ich wollte zurückgehen und mir Japhreys Arbeit noch einmal ansehen, nur um sicher zu sein, dass meine Gefühle absolut klar waren.

Wir klopften und seine Mitbewohnerin öffnete. Japhrey war nicht da, aber sie erkannte uns von der letzten Woche und ließ uns gerne einen Blick auf seine Bilder werfen, außer auf das, an dem er gerade arbeitete.

In stillem Entzücken stand sie da und bewunderte sie mit uns.

Nein, ich hatte mich nicht geirrt. Das war Kunst, für die man in die Schlacht ziehen, für die man den Untergang riskieren konnte. Sie war unendlich viel mehr wert als alle Stücke in Winslows schäbiger Galerie zusammen.

"Verstehe ich das richtig", sagte ich, mich an die Stille wendend, "dass Sie mit einem gewissen berühmten Kurator verwandt sind?"

"Ich heiße Michelle", sagte sie. "Peter ist mein Stiefvater, nicht blutsverwandt. Ich glaube nicht, dass er mich besonders mag." Sie schien so nett zu sein, dass es mir schwer fiel, ihr zu glauben, aber ich fragte: "Konntest du ihn überreden, Japhreys Stück anzunehmen?"

"Er wird es nicht zeigen", seufzte sie. "Er hat zugestimmt, einige lokale Kunstwerke zu zeigen... aber nicht dieses. Japhrey ist sehr deprimiert darüber. Er hat viel getrunken." Ich wusste nicht, was ich antworten sollte. Ich murmelte ein paar schwache Worte über Mut und dass es in der Zukunft andere Galerien geben würde, bessere, aber sein blasses Lächeln war so sanft und traurig, dass ich gehen musste.

"Was für eine absolute Fotze", sagte Maddy, als wir

draußen waren. "Winslow, meine ich."

"Ja, und er hat das Publikum. Und natürlich auch die Kunstkritiker. Godfrey Nussbaum kann keinen Satz schreiben, ohne ein Loblied zu singen... wenn er nicht gerade das alte Museum ausräumt. Er hasst diesen Ort wirklich. Wenn ich es mir recht überlege, sollten wir vielleicht dorthin gehen. Der Feind meines Feindes und so weiter. Wir könnten es uns wenigstens mal anschauen."

"Na gut..." So machten wir uns auf den Weg zu dem alten, verfallenen Gebäude in der Nähe der Docks, in dem ich seit meiner Kindheit nicht mehr gewesen war. Nichts hatte sich verändert, und selbst die Gerüche erinnerten an eine Welt, die ich für immer verloren glaubte. Evoziert, ja, aber nicht beschworen. Die Wahrheit lag jenseits des Horizonts, unerreichbar. Ich setzte mich auf eine Bank und hielt mich daran fest. Da war ein warmes Aufblitzen hinter meinen Augen, und plötzlich verstand ich. Die Welt der Formen, der Träume, lag hinter uns, aber sie konnte nur erfasst werden, wenn wir uns vorwärts bewegten, auf dem langen spiralförmigen Aufstieg zum Polarstern. Es konnte viele Leben dauern, bis ich dort ankam. Aber es gab keinen Weg zurück zum Eingang des Labyrinths - dieser Weg war verschlossen, auch wenn das Licht der Sterne weiterhin durch ihn hindurchfiel.

Maddy tippte mir sanft auf die Schulter. Ich saß schon eine Ewigkeit still da, sagte sie, und es war schon fast Feierabend. Wir schlenderten durch die Räume des Museums, sahen uns Fossilien, Relikte und Gegenstände aus der viktorianischen Zeit an. Auch wenn es keinen Ausweg aus dem Labyrinth gab, war es gut zu wissen, dass es diesen Ort gab, einen Stachel im Fleisch der Godfrey Nussbaums dieser Welt. Und dann war da noch der mürrische Kurator, ein liebenswerter alter Kauz, der im Leserbriefteil des *Messengers* immer irgendwelche reaktionären Bemerkungen machte. Ich hörte, dass sie seine Briefe nur druckten, weil er die zwei Blocks zu ihrem Gebäude laufen und einen Aufstand machen würde, wenn sie es nicht täten.

Dann sah ich...

In der Nähe des Ausgangs hing ein großes Plakat an

der Wand. Das Museum werde grundlegend renoviert, stand darauf. In einem Jahr würde es komplett renoviert sein. Zu den künftigen Ausstellungen gehörte auch eine mit dem Titel "Hobart Afresh: Rebranding einer Kolonialstadt in einer globalen Welt". Maddy lachte über diese letzte Tautologie ("Was glauben die denn, wie die Welt aussieht?"), aber zu meinem Entsetzen war die Ankündigung von niemand anderem als demselben reaktionären Dummkopf unterzeichnet worden, den Godfrey Nussbaum in der Presse ständig angegriffen hatte. Er hatte nachgegeben! Oder war er von Anfang an auf ihrer Seite? Ich habe es schon einmal gesagt und sage es noch einmal: Traue niemals einem verdammten Konservativen. Sie sind im Gleichschritt mit den Linken... man sieht es nur nicht auf den ersten Blick, weil sie ein paar Schritte hinterher sind.

*　　*　　*

Auf dem Heimweg kaufte ich mir den *Messenger*, nur um festzustellen, dass es sich um eine Doppelausgabe handelte, die der Lafayette Gallery gewidmet war, deren bevorstehende Eröffnung angeblich die Bevölkerung in einen Zustand orgasmischer Vorfreude versetzte (welche Bevölkerung?). Die Regierung des Bundesstaates kündigte stolz subventionierte Flugtarife für Museumsbesucher vom Festland und aus Übersee an, und man erwartete einen massiven Anstieg des Tourismus.

Ich dachte, ich gebe dem Kurator des Lafayette noch eine Chance, uns von dem Angriff abzuhalten. Ich rief in der Galerie an und bestand (in meiner Eigenschaft als Schulreporter) auf einem kurzen Telefoninterview mit Winslow selbst. Nachdem ich eine halbe Stunde in der Warteschleife gehangen hatte, kam ein etwas schroff klingendes "Ja?"

Ich redete nicht lange um den heißen Brei herum. Es hatte sich herumgesprochen, dass ein bekannter lokaler Künstler, Japhrey Small, von der Galerie abgelehnt worden war. Fand er nicht, dass die Arbeiten von Small eine bemerkenswerte Qualität der Transzendenz aufwiesen? Winslow wurde wütend. Er machte sich über den Begriff "Transzendenz" lustig.

"Wenn Sie diesen Hokuspokus wollen, gehen Sie in den Steiner-Laden um die Ecke. Das hier ist eine Kunstgalerie."

"Sie wollen also sein Tim und Struppi-Bild nicht mit einbeziehen?"

"Er benutzt Tim nicht, um die Illusion zu untergraben ... er benutzt Tim, um die Illusion zu *verstärken*. Also scheiß auf ihn. Sonst noch was?"

Ich legte den drogensüchtigen Boomer auf, der offensichtlich nicht der vielversprechende junge Mann war, für den er mich anfangs gehalten hatte. Nun, ich hatte ihm eine Chance gegeben.

Bevor unsere Expedition begann, fuhr ich mit dem Bus nach Fern Tree und machte einen Spaziergang durch den Regenwald. Maddy schmollte, als ich ankündigte, dass ich ohne sie, meine ständige Begleiterin, gehen würde, aber ich musste meinen Kopf frei bekommen. Ich küsste sie auf die Stirn und versprach ihr, gleich nach meiner Rückkehr mit ihr zu schlafen.

Auf der Höhe von Fern Tree war die Luft sehr klar, selbst auf dem dunklen Weg durch den Regenwald. Mein Schweiß kühlte sich in der Brise ab, und es fühlte sich an, als wären mein Kopf und mein Nacken mit einer dünnen Kristallschicht bedeckt. Perfekt zum Nachdenken.

Zu meiner Überraschung stellte ich jedoch fest, dass ich nicht denken konnte, nicht rational. Seit jenem Morgen auf dem Myrtle Hill hatte ich mich von meinen Instinkten leiten lassen, und als ich zu denken versuchte, kam nur ein Wirbelwind archetypischer Bilder.

Dann nahm der physische Wind zu, als ich aus den Bäumen auf eine breite, offene Feuerschneise trat. Ich konnte nicht darüber nachdenken, worauf ich mich einließ. Ich musste mich einfach dem göttlichen Wind anvertrauen und abwarten, wohin er mich treiben würde. Ich wünschte, ich hätte Maddy aus dem Spiel lassen können, aber sie war so anhänglich und würde niemals zulassen, dass man sie zurücklässt. Diese Art von

Loyalität war so selten im Zeitalter der Wegwerfgesellschaft, dass es mein Herz zum Schmelzen brachte. Zumindest würde ich sie beschützen, so gut ich konnte...

Da landete ein Waldrabe auf einem nahen Felsen und musterte mich mit glänzenden Augen. "Bist du bereit?", schien er zu sagen. "*Krächze*. Bist du bereit?"

Die Natur, das Universum, sehnt sich danach, dass wir ihm einen Sinn geben. Aber unsere Fähigkeit, dies zu tun, ist verdunkelt worden, und deshalb ist ein großes Erwachen notwendig.

Ich war dabei, ein Wecker zu werden.

*   *   *

Godfrey Nussbaum war schwer zu verfolgen. Nachdem er das Büro des Boten verlassen hatte, eilte er immer wieder in die Geschäfte, um sich Kleider, Bücher, Sonnenbrillen und was weiß ich noch alles anzusehen, bis wir glaubten, er würde nie mehr nach Hause kommen. Einmal blieb er stehen, um mit jemandem über sein Handy zu streiten, während wir an einer Bushaltestelle in der Nähe hockten und so taten, als würden wir warten. Dann hielt ein Bus.

"Falsche Richtung", sagte ich entschuldigend.

"Das ist die *einzige* Route für diese Haltestelle, Kumpel", antwortete der Fahrer.

"Äh ... also der falsche Bus." Er warf mir einen verächtlichen Blick zu und fuhr davon. Aber jetzt hatte Nussbaum sein Telefonat beendet und ging überraschend schnell in Richtung Battery Point. Ich vermutete, dass er dort wohnen würde, und ich hatte Recht. Er betrat ein schönes altes Haus mit Blick auf den Fluss. Keine schlechte Unterkunft für einen Mann, der nur einmal in der Woche eine Zeitungskolumne schrieb. In der Einfahrt stand ein silberner Mercedes, aber zu unserem Glück ging er lieber zu Fuß zum CBD und zurück. Nun, wir würden heute Abend wieder hier sein, und Herr Nussbaum würde eine kleine Überraschung erleben...

*   *   *

Wir selbst erlebten jedoch eine böse Überraschung. In seiner Kolumne vier Tage später lobte er die "spontane Straßenkunst", die überall an seinem Haus und an seinem Mercedes zu sehen war. Die Worte "Kitsch" und "Derivat" waren mehrfach aufgesprüht worden, mit großen Pfeilen, die auf die Haustür zeigten, vor der er sich verschanzt hatte ... und er war damit einverstanden!

Offenbar glaubte er, seine Kollegen hätten sich diesen Streich ausgedacht. Seine kriecherische Antwort im *Messenger* erinnert ein wenig an Schostakowitschs Untertitel zu seiner Fünften Symphonie (geschrieben auf dem Höhepunkt der stalinistischen Säuberungen): "Die Antwort eines sowjetischen Künstlers auf legitime Kritik". Aber Herr Nussbaum hatte keine Waffe am Kopf, als er über die "atemberaubende Originalität" und die "kontrapunktischen Ellipsen" der Sprayer schrieb, deren Werke er nun an der Fassade seines Hauses "für immer zu bewahren" gelobte.

Das System hatte sich also unseren ersten bewusstseinserweiternden Streich angeeignet, und zwar auf eine Weise, die wir nicht erwartet hatten! Beim nächsten Streich würden wir uns also mehr Mühe geben müssen...

*   *   *

Angela Russell-Smythe wohnte in Leslie Vale, einer halb-ländlichen Gegend in der Nähe von Hobart. Ihre Adresse war leicht zu finden... Im Gegensatz zu Nussbaum stand sie im Telefonbuch. Wir fuhren mit dem Bus nach Kingston und gingen von dort aus zu Fuß, um uns ein wenig umzusehen. Wie ich vermutet hatte, fehlte Leslie Vale eindeutig die "Vielfalt", die Russell-Smythe auf der Konferenz "Future Tasmania" als

102

notwendig bezeichnet hatte.

Nun, die Revolution würde sich selbst verschlucken.

*   *   *

Wir haben es zuerst getestet, weil es ein bisschen brutal sein sollte. Wir mussten sicher sein, dass sie ein würdiges Ziel war. Ich rief sie von einer Telefonzelle aus an und gab vor, für Anglicare zu arbeiten, eine christliche Organisation, deren Hauptziel es ist, Migranten aus verschiedenen afrikanischen Ländern in den Arbeitervierteln von Hobart anzusiedeln. Russell-Smythes pflaumige Stimme wurde ganz warm, als sie das hörte.

"Oh, Anglicare leistet *so* gute Arbeit", schwärmte sie.

"Danke, aber es gibt ein kleines Problem, bei dem wir hofften, Sie könnten uns helfen."

"Oh? Ich?"

"Es sieht so aus, als ob die Bewohner eines unserer Zielbezirke eine Petition gegen die Ansiedlung dort gestartet haben, mit der Begründung kultureller Unverträglichkeit, sozialer Probleme und so weiter."

"*Bogans!* Kulturelle Unverträglichkeit", schnaubte sie. "Als ob diese Typen überhaupt eine Kultur *hätten*. Tja, ich weiß nicht, warum Sie meine Hilfe brauchen. Wenden Sie sich einfach an den Redakteur des *Messengers*. Er wird sie als ungebildete Idioten beschimpfen und sie zum Einlenken zwingen. Sie müssen wissen, welche Mittel Ihnen zur Verfügung stehen. Wenn das nicht funktioniert, kann man sie vor Gericht bringen. Volksverhetzung und so weiter." Interessant, was man so alles gelernt hat. Aber jetzt zum Test...

"Ja, aber das war nicht das, wofür wir Ihre Hilfe brauchten. Wir haben uns nämlich gefragt, ob wir eine der schwierigeren Familien bei *Ihnen* unterbringen können. Schließlich ist es ein ziemlich großes Haus und Sie sind die einzige Person, die dort wohnt. Es wäre ein gutes Beispiel für die Bogans, wenn ein Mitglied der tasmanischen Elite...".

103

"Elite?!", rief sie entsetzt. "Ich gehöre zu keiner Elite,
Sie plappern nur nach, was die Rechtsextremen sagen."
(Tatsächlich hatten wir im Internet über sie recherchiert
und herausgefunden, dass sie familiäre Verbindungen zu
den *beiden* großen politischen Parteien und zur
drittgrößten Partei, den Grünen, hatte). "Wie auch
immer, ich muss gehen. Ich bin sehr beschäftigt. Ich bin
sicher, jemand anderes kann Ihnen bei Ihrem Anliegen
helfen." Sie legte auf.
"Ja", sagte ich zu Maddy. "Auf jeden Fall."

*   *   *

Russell-Smythes Hauptziel war, wie sie in ihrer
Konferenzrede erklärte, eine "Intervention", um
diejenigen zu "beschämen", die nicht "jede gebrochene
Stimme hereinlassen", und wir waren entschlossen, sie
auf dieses Ziel festzulegen. Auf Tasmanien als Ganzes
angewandt, wäre das eine Vergewaltigung des subtilen
Geistes der Insel, aber auf diejenigen angewandt, die es
predigten, war es die Gerechtigkeit selbst. Nicht, dass
Gerechtigkeit unser eigentliches Ziel gewesen wäre -
unser Ziel war eine Art Erwachen, das zu einer
Renaissance des menschlichen Geistes führen würde. Zu
diesem Zweck wollten wir eingreifen und sie beschämen.
Auf dem Flugblatt, das wir gedruckt hatten, stand,
man solle nicht vor 17 Uhr kommen, sonst würde das
Haus geschlossen und es gäbe keinen kostenlosen
Alkohol. Die Partynacht war am folgenden Samstag,
weil Angela in einem Online-Interview erwähnt hatte,
dass sie die Samstagabende immer in ihrer Gartenlaube
(im Sommer) oder in ihrem Arbeitszimmer (im Winter)
ohne Handy verbringt, um in Ruhe über den Zustand
der Welt nachzudenken.
Unsere erste Station war die einzige Schwulenbar
der Stadt. Wir gingen unter der schmierigen
Regenbogenfahne hindurch und betraten eine ganz
normale Kneipe, in der eine Handvoll Männer mittleren
Alters mürrisch in ihre Drinks starrten und leise
Popmusik aus der Jukebox dröhnte. Alles sehr "schwul",

104

aber Maddy heiterte die Stimmung schnell auf.

"Leute, wir machen eine *Riesenparty*", verkündete sie, "und wir würden uns freuen, wenn viele LGBT-Leute kommen. Jeder weiß, dass ihr die *besten* Partys macht. Und es wird keine Bogans geben, keine Sorge ... es ist eine boganfreie Zone!" Die Partygäste murmelten, als sie die Flugblätter betrachteten, von denen sie jedem ein Dutzend überreichte. "Gebt sie an alle weiter, die ihr kennt, Leute. Schickt sogar eine E-Mail an eure Freunde auf dem Festland ... die Flugpreise sind gerade richtig billig, weil das neue Museum eröffnet wird. In Ordnung, wir sehen uns auf der Party!" Sie murmelten anerkennend, als wir gingen - es schien, als hätten wir sie für uns gewonnen.

Danach gingen wir in einen der Bogan-Pubs der Stadt, um dort die Botschaft zu verbreiten. Wir hatten Glück, denn neben den üblichen "Bogans" war auch ein Mitglied des Motorradclubs "Devil's Disciples" anwesend, eine echte Ein-Prozent-Truppe. Er war ziemlich begeistert von der Idee der Party, vor allem als wir ihm sagten, dass "viele hübsche Mädels" dabei sein würden, und meinte, er würde die Flyer an seine Clubkollegen weitergeben, nur könne er keine Mitglieder der "Satan's Soldiers" einladen, sonst gäbe es "verdammtes Blutvergießen". Wir versicherten ihm, dass wir das nicht tun würden und gingen direkt zum Clubhaus der Satan's Soldiers in der Bannockburn Street, dankbar für den Tipp.

Das Haus war verschlossen, aber draußen auf der Bank saß ein älterer Biker (um die 50) und rauchte eine Zigarette. Er nahm ein paar Flugblätter und sagte, er würde seinen Kollegen davon erzählen.

Dann gingen wir zu einem bestimmten Wohnblock (ich war schon einmal dort gewesen), in dem viele afrikanische Einwanderer wohnten. Das waren natürlich die Ehrengäste, und die meisten sahen sehr glücklich aus, dass sie eingeladen worden waren.

Danach verteilten wir die Flyer an zufällig ausgewählte Teenager in der Innenstadt, und auch sie waren von der Party begeistert. Nachdem wir auf dem Heimweg noch ein älteres Ehepaar bestohlen hatten, machten wir es uns nach einem anstrengenden

Arbeitstag gemütlich und ließen die Seele baumeln.

*   *   *

Wir kamen früh zum Fest, und wie auf dem Flugblatt angekündigt, war noch niemand da (unglaublich, wenn man bedenkt, wie hoch die Fehlerquote ist). Wir kappten die Telefonleitung zum Haus und sahen uns hinter dem Haus um. Es war ein großes Gelände, mindestens zwanzig Hektar, und oben auf dem Hügel sahen wir den berühmten Pavillon und eine Figur, die uns den Rücken zudrehte... perfekt. Wir gingen in das unverschlossene Haus, um nach ihrem Handy zu suchen, und fanden es bald auf der Küchenbank. Wie wir vermutet hatten, war es videofähig, also steckte ich es ein. Dann öffneten wir die Haustür und warteten auf den Ansturm.

Pünktlich um fünf Uhr tauchte eine Gruppe junger Leute auf, die einen Fünf-Liter-Krug und eine Bierflasche in der Hand hielten, als wären es magische Talismane.

"Wo soll ich das hinstellen?", fragte der verschwitzte Typ mit der Bierflasche. Ich nickte in Richtung des großen Doppelkühlschranks. Seine Freundin sah sich zynisch um.

"Ziemlich schickes Lokal. Ist noch niemand hier?" Kaum hatte sie das gesagt, schnurrte ein Auto vor die Tür. Ich ging hinaus, um nachzusehen. Leider wehte kein Wind, der das Motorengeräusch hätte übertönen können - ein Fehler in meinem Plan. Angela war immer noch oben in der Laube, aber sie wurde unruhig. Zum Glück kam sofort ein weiteres Auto, und so saßen neben den Jugendlichen aus dem ersten Auto (die die Gruppe im Wohnzimmer vage kannten) nun eine Wagenladung offensichtlich unglaublich betrunkener Homosexueller. Es waren keine, die ich aus der Kneipe kannte.

"Hey, Jungs", sagte Maddy. "Es gibt ein großes Doppelbett, falls ihr eure Hände nicht voneinander lassen könnt."

"Oh *ja*", sagte einer von ihnen kichernd. "Vielleicht kannst du uns auf *Video* aufnehmen?"

106

"Nur, wenn ihr brav seid", sagte Maddy, und das versetzte ihn in Aufregung, gerade als ein anderes Auto vorfuhr. Noch mehr ungezogene Teenager stiegen aus. Ich sah Angela den Hügel hinuntereilen.

Jetzt lag es nicht mehr in unserer Hand, dachte ich. Ich schlenderte zurück zum Aufenthaltsraum. "Wir sollten uns so unauffällig wie möglich verhalten", sagte ich zu Maddy.

"Außer wenn wir sie filmen", erwiderte sie grinsend, und wir mussten nicht lange warten.

Wenn ich sage, dass Russell-Smythe ins Haus *stürmte*, übertreibe ich nicht. Ihr dunkelrotes Gesicht sah aus wie der berühmte rote Fleck auf dem Jupiter. Als sie ins Zimmer stürmte, dachte ich: "Sie wird uns alle umbringen."

Es war großartig.

"Was zum Teufel macht ihr in meinem Haus?", schrie sie. "Raus hier, oder ich werde..." Plötzlich hielt sie inne, ihr rotes Gesicht zitterte... Sie hatte etwas gehört. Und in der unheimlichen Stille nach dem Donnerschlag konnten wir es alle hören... eine wirklich ekelhafte Reihe von Sexgeräuschen, die aus dem Hauptschlafzimmer kamen.

Sie stürmte hinein, bereit zu töten. Maddy und ich folgten ihr vorsichtig mit der Handykamera. Ich traute mich nicht, in den Raum zu schauen (nicht aus Sorge um die Privatsphäre, denn die Schwulen hatten die Tür weit offen gelassen, bevor sie mit ihrer Orgie begannen), aber ich bekam einige sehr saftige Nahaufnahmen von Russell-Smythes schreiendem Gesicht: "Ihr kranken Schwuchteln... ihr widerlichen Scheißpiraten" usw. usw. Ihre progressiven Freunde würden sie wahrscheinlich verleugnen, wenn sie diese Sprache hörten - aber vielleicht hätten sie unter den gegebenen Umständen ähnlich reagiert? Ich verspürte einen kurzen Anflug von Mitleid für die arme Angela, aber ich unterdrückte ihn. Schließlich gab ich ihr, was sie wollte: Vielfalt. Also scheiß auf sie.

Und dann kam noch mehr Vielfalt. Mehrere Wagenladungen somalischer Männer (keine Frauen) waren angekommen, und einige von ihnen hatten gesehen, was im Hauptschlafzimmer vor sich ging. Einer von ihnen begann, in Zungen zu sprechen, während ein anderer versuchte, die Dämonen der "schwulen Hexerei" auszutreiben, die den Raum befallen hatten (einer der Schwulen flehte ihn an, an der Orgie teilzunehmen). Ein strenger älterer Afrikaner belehrte Angela mit dröhnender Stimme: "Das ist dein Haus? Du *erlaubst* das? Du *erlaubst* das?" Sie explodierte vor Wut, und ich habe wunderbare Aufnahmen davon gemacht, wie sie ihren unterdrückten illiberalen Gefühlen freien Lauf ließ, indem sie ihn einen "bösen, verlogenen Nigger" und einen "stiefellippigen, wulstäugigen Pickaninny" nannte.

Der alte Mann sah wirklich schockiert aus und wandte sich mir mit würdevollem Blick zu. "Sie ist eine Hexe", sagte er mit Traurigkeit in seinen dunklen Augen. "Sie ist *besessen*." Ich warf ihm einen mitfühlenden Blick zu und ging zurück in den Salon, wo noch mehr junge Partygäste eintrafen. Maddy öffnete den riesigen Mahagonischrank mit den Spirituosen, und Jubel brach aus. Viele teuer aussehende Weine und Spirituosen, die meisten noch in Flaschen, einige auch in edlen Kristallkaraffen. Die Horde stürzte sich zuerst auf letztere und begann sie zu schlürfen, bevor sie die Karaffen auf dem Küchenboden zerschmetterte. Die Stimmung wurde immer ausgelassener, und dann kam die erste Gruppe von Bikern.

Obwohl einer von ihnen etwas von "Niggern" murmelte, schienen sie nicht besonders gewaltbereit zu sein. Das änderte sich, als zwei weitere Autos mit offensichtlich schwulen Männern anhielten und die Biker anfingen, sie zu verspotten. Doch entgegen dem Klischee waren die Schwulen bewaffnet und kampfbereit, außerdem waren sie zu acht und nur drei Bikies. Die Messer flogen aus den Küchenschubladen, denn die Leute bewaffneten sich mit allem, was sie finden konnten.

Danach wird es etwas unübersichtlich... Ich kann mich nicht mehr erinnern, ob die rivalisierenden Biker *zuerst* da waren oder ob die Schlägerei zwischen Bikern und Afrikanern wegen einer angeblichen Beleidigung vorher stattgefunden hatte. Jedenfalls sahen wir Angela zu Fuß aus dem Haus flüchten (ihr Mercedes Benz war von Harley Davidson-Motorrädern eingekeilt), nachdem sie entdeckt hatte, dass die Telefonleitung durchtrennt worden war, und war wahrscheinlich auf dem Weg zu einem Nachbarn, um die Polizei zu rufen. Wir machten uns zu Fuß auf den Weg nach Kingston und hielten nur an, um uns im Gebüsch zu verstecken, als eine wahre Flotte von blinkenden Polizeifahrzeugen vorbeifuhr (ich zählte drei verschiedene Planwagen). Alles in allem war es eine gute Nacht.

Am nächsten Tag luden wir unser Filmmaterial auf eine beliebte Videoplattform hoch. Wir nannten es: "Prominente Linke Angela Russell-Smythe rastet aus und macht rassistische und homophobe Bemerkungen".

Als wir uns ein paar Tage später wieder meldeten, hatte das Video bereits über zwei Millionen Aufrufe! Darunter waren Tausende von Kommentaren wie "Wow! Diese Schlampe muss wirklich auf Vielfalt stehen!!!" "Tötet diese Hure JETZT" und "Rassistischer Abschaum wie sie sollte langsam zu Tode gefoltert werden...".

Kurze Zeit später wurde das Video auf mysteriöse Weise von der Website entfernt... aber zu spät. Angela Russell-Smythe war nicht nur in Tasmanien, sondern weltweit in aller Munde. Und man hörte nie wieder etwas von ihr in der Öffentlichkeit.

*   *   *

Dann war Coot zurück in der Stadt, nachdem er seine Zeit abgesessen hatte. Er sah etwas grau aus nach dem, was er dort erlebt hatte, aber obwohl die Sicherheitsvorkehrungen etwas lax waren (wie er sagte) und ein Ninja wie er jederzeit hätte entkommen können, zog er es vor, seine Zeit abzusitzen und mit einer sauberen Akte neu anzufangen.

In den Medien war zu lesen, dass die Polizei jetzt nach "Personen von Interesse" suchte, die Flugblätter für eine Party in Leslie Vale verteilt hatten, die aus dem Ruder gelaufen war, und ich dachte, es wäre in meinem Interesse, ihn zu fragen, wie es im Jugendgefängnis war.

109

Er erzählte mir eine traurige Geschichte von einem Ort, an dem es weder Ideale noch Idealisten gab und die Hierarchie darauf beruhte, wer die (in meinen Augen) niederträchtigsten und trivialsten Verbrechen begangen hatte. Ich fragte mich, ob ich die physische Kraft und den Willen hätte, "den Laden zu übernehmen", wenn ich jemals dort einträte? Vielleicht könnte ich eine zusammengewürfelte Armee aus dem Abfall der Gesellschaft gegen die Boomer anführen. Aber was soll"s, ich träumte, und es gab andere Dinge zu tun.

Coot war eifersüchtig, als er von dem Streich hörte, den wir Russell-Smythe gespielt hatten. Er wollte beim nächsten Streich dabei sein, sagte er... Also erzählte ich ihm, was ich vorhatte. Diesmal sollte es ein Angriff auf eine Institution sein, nicht auf eine Person... auf die Scheißhaufen-Kunstgalerie im Zentrum der Stadt.

Kürzlich habe ich ein Buch über die mittelalterliche Alchemie gelesen, und es schien mir, als sei Scheiße tatsächlich ein Symbol für die erste Stufe des alchemistischen Prozesses, Nigredo: Schwärze, Fäulnis und Tod; reine Materie, prima materia. Aus Scheiße wurde wahres Gold gemacht - das Gold der Philosophen, nicht das materielle "Gold" des Bankenestablishments.

In diesem Sinne verstand ich nicht, warum die Lafayette Gallery mit einem riesigen Scheißhaufen im Zentrum nicht eine Art spirituelles Gold hervorbringen konnte, dessen Schimmer die tasmanischen Massen aus ihrer Trance reißen und ihre entrückte und neu erwachte Aufmerksamkeit auf höhere Dinge lenken würde.

Den nächsten Tag verbrachten wir in einem Internetcafé, um eine Pressemitteilung zu schreiben. Als Impressum verwendeten wir das Logo von Lafayette, aber mit unserer Telefonnummer. Wir schrieben ganze Absätze in professioneller "Kunstsprache" (ein Stil, den wir schnell von anderen Online-Pressemitteilungen übernahmen), in denen wir biografische Details über einen seltenen Einsiedlerkünstler unserer eigenen Erfindung namens Alphonse le Coq lieferten. Wir behaupteten, er sei ein moderner Schwarzkogler und deuteten subtil an, dass jeder, der noch nichts von ihm gehört habe, nicht "informiert" und daher ein Clochard sei.

Dann kündigten wir an, dass er in vier Tagen im Lafayette eine sehr seltene, sehr spezielle PERFORMANCE geben würde und dass alle Medien dazu eingeladen seien. Wir schickten die Pressemitteilung per E-Mail an jede Tageszeitung in der englischsprachigen Welt ... mit Ausnahme des Hobart *Messenger*, der eng mit der Galerie verbunden ist (sie könnten eine Ratte wittern).

Die nächsten vier Tage war unser "Büro" (also die Wohnung) damit beschäftigt, Anrufe aus ganz Amerika zu beantworten (die *New York Times* war *sehr* interessiert, da das Lafayette in Übersee bereits Kultstatus erreicht hatte, und dann dieser mysteriöse Künstler...). Nein, wir könnten die Art des Werkes nicht verraten, sagten wir. Es würde erst zum Zeitpunkt der Aufführung enthüllt werden.

Die *Times* versprach, einen Fotografen zu schicken (unser pikanter Kunstjargon hatte sie in die richtige Stimmung versetzt), und mehrere andere "angesehene" Zeitungen taten dasselbe. Alles war bereit für den großen Tag.

*   *   *

Wir kamen früh am Museum an, um uns einen Überblick zu verschaffen. Maddy wartete an der Stelle, die wir mit der Presse vereinbart hatten (etwas außerhalb der Sichtweite des Personals im Foyer), während Coot und ich hineingingen. Das lächelnde Mädchen im Foyer gab uns einen Plan des (ziemlich komplizierten) Gebäudes, und wir machten uns auf die Suche nach einem geeigneten Raum für Coots Auftritt. Schließlich fanden wir den perfekten Raum - eine Galerie in einer dunklen Ecke des Gebäudes, leer bis auf ein großes weißes Podest von etwa einem Meter Durchmesser, auf dem jemand einen leeren Eimer mit Brathähnchen abgestellt hatte. Ich warf ihn beiseite und Coot stieg auf das Podest, um sich auf seinen Auftritt vorzubereiten.

(Erst später stellten wir fest, dass der Brathähncheneimer ein wertvolles Kunstwerk war.)

Als ich zurückkam, war Maddy bereits von einem halben Dutzend Journalisten umringt. Das würde reichen - wir hatten nicht viel Zeit, bevor das Museum Wind davon bekam. Die anderen würden es verpassen. Wenigstens war der Mann von der *New York Times* da - ich konnte hören, wie er mit Maddy sprach und sagte, es sei toll, dass die Galerie so junge Leute beschäftige. "In der New Yorker Kunstszene gibt es nur alternde Boomer wie mich."

"Meine Damen und Herren", verkündete ich. "M. le Coq ist jetzt bereit für seine Nahaufnahme." Sie plapperten aufgeregt und folgten Maddy und mir in die Galerie.

"Aber wo ist Nussbaum?", hörte ich einen von ihnen murmeln. "Einer der größten Kunstkritiker der Welt, und er lebt hier in Hobart."

"Nussbaum und le Coq reden nicht miteinander, fürchte ich", sagte ich. Das brachte sie ins Gespräch - ein weiteres pikantes Gerücht, das sie in ihre Aufführungsnotizen aufnehmen konnten.

Als wir außer Sichtweite der Kartenverkäuferin waren (die Journalisten hatten sich geweigert, Karten mitzunehmen, einer hatte sogar gesagt: "Das ist für den Pöbel"), drängte ich sie weiter.

"Schneller, bitte", drängte ich. "M. le Coq hat einen sehr regelmäßigen Stuhlgang." Das brachte sie ein wenig aus dem Konzept, und vielleicht ahnten sie schon, dass es sich um ein explizites Stück Performance-Kunst handelte.

Wir betraten die karge Galerie, wo sie der haarige Hintern von Aloysius Coot begrüßte (ich bemerkte, dass er den leeren Hühnereimer als Gefäß aufbewahrt hatte, was dem Kunstwerk, das wir gemeinsam geplant hatten, eine besondere Note verlieh). Wie auf Kommando zückten sie ihre Kameras und fingen an zu klicken, als der erste Kothaufen in den Eimer fiel. Ich weiß nicht, was Coot gegessen hatte, aber es stank. Maddy und ich zogen uns in den Flur zurück, um nach Luft zu schnappen, aber die Journalisten schienen sich zu amüsieren.

Dann kam zu unserem Entsetzen ein Mitarbeiter herein, um zu sehen, was los war. *Oh nein, das ist das Ende unseres Streichs*, dachte ich, aber zu meinem Erstaunen nickte sie nur und ging summend wieder hinaus. Für sie, so schien es, war der Anblick von jemandem, der auf ein Podest scheißt, nicht ungewöhnlicher als, sagen wir, der Geier aus leeren Geleepackungen im Foyer oder das Hakenkreuz aus benutzten Kondomen im Flur. Genau das, was man in einem Kunsttempel sehen sollte. Und als Coot sich den Arsch abwischte und ging, alle Autogrammwünsche ablehnend, kam mir der Verdacht, dass das an sich schon den Erfolg unseres alchemistischen Experiments gefährden könnte...

* * *

Leider hatte ich Recht.

Die Zeitungen schrieben, wie ich erwartet hatte, positiv darüber, aber zu meinem Entsetzen machte das *Museum selbst* mit - genau wie Nussbaum, nachdem wir sein Haus besprüht hatten. Und das Lafayette hat nicht einmal geschimpft - sie sind sogar davon ausgegangen, dass Alphonse le Coq ein echter Künstler ist, der ihnen vor der Inszenierung seines Werkes nichts gesagt hat. Denn wenn die Medien darüber berichten, muss es ja echt sein.

Wir sahen uns also gezwungen, selbst einzugreifen und den alchimistischen Gärungsprozess in Gang zu setzen. Wir schickten eine Pressemitteilung an dieselben Zeitungen, in der wir den Streich erklärten und ihn (da wir einen Namen brauchten, der leicht identifiziert werden konnte) als "die hungrigen Wölfe von Van Diemen's Land" bezeichneten. (Van Diemen's Land ist der alte Name für Tasmanien, als es noch eine berüchtigte britische Strafkolonie war).

Aber haben sie gebissen? Nein! Ausnahmslos jede Zeitung ignorierte die Pressemitteilung. Ich weiß nicht, ob dies aus Verlegenheit geschah (um zuzugeben, dass sie getäuscht worden waren) oder weil sie glaubten, dass die Falschmeldung *selbst* eine Falschmeldung war. Jedenfalls sahen wir uns gezwungen, die Pressemitteilung (mit großem Widerwillen) an die konservative Zeitschrift *Parabola* zu schicken.

Ich halte nicht viel von dem alten arabischen Sprichwort "Der Feind meines Feindes ist mein Freund", aber in diesem Fall könnte der Feind unseres Feindes zumindest ein vorübergehender Verbündeter sein. Und in der Tat, nach einem kurzen Telefoninterview, um unsere Aussage zu überprüfen, hat *Parabola* die Geschichte mit Begeisterung veröffentlicht und sie zum Titelbild ihrer nächsten Monatszeitschrift gemacht.

"Exkrementelle Kunst: Unsere Kunstinstitutionen entlarvt", schrie die Schlagzeile. Es folgten zehn Seiten mit, wie ich fand, meist höhnischem Geschwafel über "Entartung der Frankfurter Schule", "verrückt gewordenen Kulturmarxismus", "triefende Psychose" und so weiter - aber es brachte die Leute zum Reden, und das war die Hauptsache. Die Konservativen (eigentlich die Liberalen) hielten unsere Aktion für das Beste seit der Erfindung des Brotes. Schade für sie, als sie herausfanden, dass wir nicht ganz auf ihrer Seite waren - dann hätten sie uns sicher unters Rad geworfen und sich mit denselben "Progressiven" verbündet, die sie jetzt angreifen. Aber im Moment hielten sie uns für koscher.

Auf unseren Artikel folgte ein Beitrag eines amerikanischen Gastautors, der behauptete, Martin Luther King sei in Wirklichkeit ein Konservativer gewesen (im nächsten Monat würden sie zweifellos Che Guevara als einen der ihren bezeichnen). Diese Leute waren wirklich dumm. Seit 1789 waren sie immer zehn Schritte hinter den "Progressiven" zurückgeblieben, und nach diesen zehn Schritten hatten sie sich in diese verwandelt - die "linke" Agenda von heute war die "konservative" Agenda von morgen (und so war der kommunistische Sympathisant King in Wirklichkeit die ganze Zeit ein "Konservativer" gewesen). Kurzum, der Konservatismus hat nichts Fundamentales, nichts Ewiges - er ist purer Nihilismus, und nur ein Heuchler würde etwas anderes behaupten. Wenigstens sind die Linken ehrlicher, was ihre Endziele angeht - viele von ihnen geben offen zu, dass sie eine globalisierte totalitäre Gesellschaft wollen, in der alle im Gleichschritt marschieren und jederzeit vom Weltstaat überwacht werden. Auch die Konservativen arbeiten auf dieses Ziel hin, nur wollen sie es nicht zugeben, nicht einmal sich selbst gegenüber. Und indem sie sich weigern, eine echte Opposition zur Linken zu bilden, sind sie *Verräter*. Das ist kein zu hartes Wort.

Jedenfalls tobt jetzt ein "Kulturkampf" zwischen den geschwätzigen Klassen der "Linken" und der "Rechten", vor allem im Scheinreich des Internets.

Der einzige Linke, der sich auf unsere Seite schlug, war ein bekannter Komiker aus Sydney, der unseren Streich als eine Art Duchamp begrüßte, der der Mona Lisa einen Schnurrbart verpasst hatte. Er wurde sofort von Stimmen aus den eigenen Reihen zurückgewiesen: "Sanktioniert nicht ihre schreckliche Ignoranz". "Duchamp war ein *legitimer* Künstler, diese Leute sind nur jugendliche Spinner!!!" (Es ist immer wieder amüsant, wie selbsternannte Linke sich um den Begriff "Legitimität" sorgen, wenn er in ihre Agenda passt, und ihn ansonsten ignorieren).

Nun, viele Leute sprachen über uns, wie wir es uns gewünscht hatten - aber wo waren die Intelligenten, die Scharfsinnigen? Nicht im Internet, das war klar. Aber wir waren uns sicher, dass es sie gab und dass es nur eine Frage der Zeit war, bis sie sich bei uns melden und eine neue kreative Elite bilden würden. Die Zeit würde den Mann hervorbringen.

Aber Alchemie ist eine gefährliche Sache, und wer wusste schon, was wir ausgelöst hatten?

Die Medien kündigten bereits eine kriminalpolizeiliche Untersuchung wegen der Zerstörung des Eimers mit dem Brathähnchen an (Coot hatte ihn auf dem Weg nach draußen zerknüllt und in einen Mülleimer geworfen), der, wie sich jetzt herausstellte, über 50.000 Dollar wert war und den das Lafayette nur unter großen Schwierigkeiten erwerben konnte, da es Galerien in Los Angeles und Paris überboten hatte. Fünfzig Riesen für einen Papierkorb? Nun, das war eine Frage des Kontexts. Der Künstler hatte ihn absichtlich auf den (eigens dafür gebauten) Sockel gestellt, um etwas auszudrücken, was er nicht ist.

Nun, ich war *froh*, dass Coot da hineingeschissen

hatte, und beschloss, die Rechnung niemals zu bezahlen, selbst wenn das Gefängnis bedeutete.

Diese Boomer-Fotzen würden bald sehen, was ihre Welt der Oberflächlichkeit entfesselt hatte - die Hungrigen Wölfe von Van Diemen's Land!

4

MADDY

Wir hatten gehofft, viele Menschen für unsere Sache zu gewinnen, aber am Ende waren es nur zwei. Qualität vor Quantität war unser Motto (oh, wie wir die Herrschaft der Quantität verachteten!), und das Wichtigste war ihre Energie und ihr Enthusiasmus.

Dianne war Hausfrau und Mutter. Ihr Freund Mark war Doktorand der Philosophie an der Universität von Tasmanien und führte mit Sean viele Gespräche, die ich nicht verstand. Er hasste die Universität, nannte sie ein steriles Ödland voller Schwätzer und deutete an, dass es dort viele GLC-Typen gäbe, vor allem in der Fakultät.

Ihr Kind, der kleine Varg, war sechs Monate alt und strahlte über das ganze Gesicht. Er war entzückend und wirkte genauso intelligent wie seine Eltern. Mark wollte auf keinen Fall, dass Baby Varg in einer Welt voller multikultureller Konsumzombies aufwächst, und ich glaube, dass die Tatsache, dass er ein Baby hatte, ihn von seinen Kommilitonen unterschied... Es brachte ihn dazu, über wichtige Dinge wie die Zukunft der Gesellschaft nachzudenken, während die anderen nur an ihre Karriere dachten oder (in einigen traurigen Fällen) sogar von der Doktrin des Globalismus indoktriniert worden waren.

Wir konnten ihnen ein wenig erklären, wie der Globalismus funktioniert, insbesondere nach unseren Erfahrungen mit dem GLC. Es war eine Sache mit Rauch und Spiegeln ("wie der Zauberer von Oz", wie Sean sagte), mit einer öffentlichen Figur, die verkündete: "Der Globalismus ist unvermeidlich", und alle anderen übernahmen das Mantra, weil sie sich bei all dem Rauch und den Spiegeln *keine andere Alternative vorstellen konnten.*

Wir erklärten, dass unsere Hauptaufgabe darin bestünde, die Spiegel zu zerschlagen und den Zauberer zu entlarven, und dass wir dies derzeit mit haarsträubenden Streichen und Tricks täten. Dianne und Mark waren nur zu gern bereit, auf jede erdenkliche Weise mitzumachen, die das Baby nicht gefährden würde. Wir versicherten ihnen, alles so zu arrangieren, dass der kleine Varg nicht in Gefahr geriet, und machten uns sofort an die Arbeit, neue Streiche zu erfinden.

In dieser Zeit erhielten wir die ersten Morddrohungen, weil ein Journalist die Pressemitteilung von "Alphonse le Coq" mit unserer Telefonnummer ins Internet gestellt hatte. Das war zwar nichts im Vergleich zu den vielen Drohungen und Beschimpfungen, die wir später erhalten sollten, aber es war trotzdem ärgerlich, um 3 Uhr morgens geweckt zu werden und ein Gespräch wie dieses zu führen:

"Ist das die Nummer von den *Kunstvandalen?*"

"Nein, das ist die Nummer der anspruchsvollen Kritiker."

"Ach, Quatsch. Lügt mich nicht an, ihr dreckigen kleinen Kunstvandalen. Ich sag euch was. Ihr werdet einen elenden Tod sterben. Du wirst in deinem eigenen Blut ertrinken, du abscheuliche Bananenschlampe. Und dann werden wir deine Leiche ausgraben und dich *noch einmal töten.* STIRB EINFACH, DU BILLIGE HURE!"

"Alles klar, bis später, Kumpel."

"Nenn mich nicht *Kumpel,* ich..." (legt auf)

Nein, ich hatte keine Angst vor diesen sadistischen, autoritären Typen, schon gar nicht mit Sean an meiner Seite, aber es beunruhigte mich, dass sich jemand die Zeit nahm, so kleinlich zu sein, anstatt wirklich von dem zu lernen, was wir zu tun versuchten.

Ungefähr zu dieser Zeit begann auch ein aufgeblasener Autor namens Richard Kopf, uns in der Presse anzugreifen, indem er uns als "moralische Karikatur der Millennial-Generation" bezeichnete und andere unhöfliche Dinge sagte. Später fanden wir heraus, dass er eng mit verschiedenen Globo-Strömungen verbunden war, aber damals wussten wir nur, dass er wütend auf uns war, weil wir die Dinge so zeigten, *wie sie wirklich waren*. Seine große Reise bestand darin, sich zum Sprecher der längst verstorbenen irischen Sträflinge des alten Van-Diemen-Landes zu machen, und damit identifizierten wir uns natürlich, denn Sean hatte auch Sträflingsblut - aber er tat es auf die falsche Weise. Sollten die Sträflinge nicht das Gefängnis *angreifen*, anstatt sich mit den Wärtern zu identifizieren, die sie geistig versklavt hatten?

Um ehrlich zu sein, sahen wir die Tatsache, dass Tasmanien ursprünglich eine Gefängniskolonie war, als großen Glücksfall für unser Projekt an - als Symbol dafür, dass wir Menschen auf der ganzen Welt helfen würden, aus einem geistigen Gefängnis auszubrechen. Tasmanien war früher auch als Apfelinsel bekannt, was wir natürlich mit Avalon, der Insel der Äpfel aus der keltischen Legende, in Verbindung brachten. Und die Wölfe von Van Diemen's Land bezogen sich eindeutig auf den ausgestorbenen *Thylacinus cynocephalus*, den Tasmanischen Wolf - ein weiteres Opfer der Homogenisierung und des "Fortschritts".

Auch in dieser Hinsicht war es bezeichnend, dass wir um diese Zeit zufällig einen alten Bekannten von Sean trafen. Ein kleiner, untersetzter Typ mit Stupsnase tippte ihm auf die Schulter, während wir uns im Schaufenster eines Reisebüros Bilder von Europa ansahen. Seans Blick war ausdruckslos, dann zuckte er zusammen, und seine Augen verengten sich wütend.

"Na, wenn das nicht "Johnny Boong" ist", knurrte er. "Ich frage mich, wie hart du bist, wenn du nicht bei deinen *Freunden* bist. Vielleicht können wir das herausfinden, indem wir deinen Kopf durch dieses Fenster stecken?" (Sean erklärte später, dass "Johnny Boong" zu einer Gruppe gehörte, die ihn in East Lynwood verprügelt hatte... aber im Moment schien sein alter Freund wirklich verletzt zu sein).

"Gut gemacht, Kumpel", sagte er. "Das ist lange her. Ich hänge nicht mal mehr mit diesen Typen rum, und ich heiße auch nicht Johnny Boong."

"Na, das ist doch schon mal was."

"Mein richtiger Name ist Troy Partridge ... Ich habe ihn in Troy Johnson geändert, nachdem mein Stiefvater uns verlassen hat. Und was hast du gemacht?"

Sean sah ihn misstrauisch an, sagte dann aber: "Beschwörungen. Zaubertricks, um das öffentliche Bewusstsein zu verändern."

"Scheiße, das ist ziemlich heftig. Ich habe das Erbe meiner Vorfahren entdeckt." In diesem Moment fiel mir sein T-Shirt auf, auf dem "Tasmanischer Aborigine-Stolz" über dem Bild einer geballten Faust stand. Sean sah es sich an und sagte ganz offen:

"Ich hoffe, es ist nicht zu unhöflich, aber da Sie nur zu einem Achtel Aborigine sind..."

"Ein Sechzehntel."

"...ein Sechzehntel Aborigine... was bringt dich dazu, dich mit diesem Teil deines Erbes mehr zu identifizieren als, sagen wir, mit den anderen fünfzehn Sechzehntel?"

Troy kratzte sich am Kinn und sagte: "Gute Frage. Ich respektiere die anderen fünfzehn Sechzehntel, aber wissen Sie, ich war immer als "der Abo" und "der Boong" bekannt, also ist das der Teil, mit dem ich mich identifiziere. Wie Sie wahrscheinlich wissen, gibt es keine vollblütigen Aborigines mehr in Tasmanien... Unsere Kultur wurde von den britischen Imperialisten fast vollständig zerstört. Jetzt versuchen wir, sie wieder aufzubauen."

"Und was würden Sie einem Engländer sagen, der versucht, seine vorimperialistische Kultur zu rekonstruieren?"

"Was meinen Sie?"

"Ich meine, jemand, der versucht, die ursprünglichen kulturellen und spirituellen Formen seines Volkes zu erforschen ... die *einheimische* englische Kultur und Spiritualität."

"Wie lange ist das her?"

"Eine lange Zeit ... mehr als ein Jahrtausend. Aber in mancher Hinsicht ist es wie ein Wimpernschlag."

"Scheiße, Mann, das wäre noch schwieriger als das, was wir vorhaben."

"Aber grundsätzlich hast du kein Problem damit?"

"Nee, warum sollte ich? Viel Glück damit."

"Ich habe nur das Gefühl, dass wir auf Widerstand stoßen werden. Einige Leute, die ich kenne, werden wahrscheinlich sagen, das sei "rassistisch"."

Troy klang verwirrt. "Wie kann das rassistisch sein?

Sie haben doch nichts gegen andere Rassen, oder?"

"Nein."

"Dann ist es nicht rassistisch. Kein Aborigine, den ich kenne, würde das sagen."

"Nun, sie sind nicht die, um die ich mich sorge."

Wir saßen eine Weile im St. David's Park und Troy holte ein paar Longnecks aus seinem Rucksack, die wir uns teilten. Er erzählte Sean von einigen ihrer Klassenkameraden aus East Lynwood, und es schien, als wären viele von ihnen in den letzten Monaten auf die schiefe Bahn geraten... Drogen, psychische Krankheiten, Abtreibung. Nur "Johnny Boong" mit seinem aufgeblasenen Rassenstolz hatte es geschafft. Ich glaube, das hat uns mehr als alles andere dazu gebracht, den "Weg der Vorfahren" auszuprobieren. Wenn es bei ihm funktionierte, konnte es auch bei uns funktionieren, und wir brauchten alle Kraft, die wir bekommen konnten. Wir trennten uns freundschaftlich von ihm, und kurz danach sagte Sean: "Ich glaube, es ist an der Zeit, dass wir eine Pressekonferenz einberufen".

Nach einem Gespräch mit Mark und Dianne kamen wir jedoch zu dem Schluss, dass ein Video im Internet unsere Botschaft besser verbreiten würde. Auch sie interessierten sich für die vorglobalistische englische Religion und ihre Götter: Woden, Thunor, Tiw, Frige ... Aber ironischerweise mussten wir die Schriften des *globalistischen* Mönchs Bede benutzen, um sie zu rekonstruieren.

Wir drehten ein Video, trugen anarchistische Sturmhauben und hatten eine üppige Waldlichtung bei Fern Tree als Kulisse. Wir sprachen über unsere Hoffnungen und Träume und darüber, warum wir tun, was wir tun. Wir teilten unsere Überzeugung, dass sich die westlichen Gesellschaften auf einem massiven Irrweg befinden und dass ein großer Grund dafür in der Abspaltung des Unbewussten, sowohl des individuellen als auch des kollektiven, von den Göttern, Helden und Symbolen der Vergangenheit liegt. Wir sprachen darüber, wie wir versuchten, unsere alte englische Religion wiederzubeleben (denken Sie an das "versuchten", wenn Sie hören, wie uns die Medienschwätzer als religiöse Fanatiker bezeichnen), um uns wieder mit unserer wahren Natur zu verbinden, mit dem Einen, mit der ultimativen Realität...

Und wir erzählten, wie wir einen Kulturkampf gegen jene führten, die versuchten, uns den Zugang zu diesem Weg zu versperren, ob sie sich nun Linke oder Konservative nannten.

Wir stellten das Video ins Internet und innerhalb weniger Tage gab es viele positive Reaktionen in den Kommentaren.

Dann gab es einen seltsamen Angriff in der Presse von einer feministischen Akademikerin namens Valma Grim, einer Nachfahrin einer der ältesten Kolonialfamilien Tasmaniens. Nachdem sie das Video gesehen hatte, kam sie zu der seltsamen Schlussfolgerung, dass wir "Neonazis" seien, die eine "falsche Religion" erfunden hätten. Trotz ihrer Wahnvorstellungen hatte der *Messenger* ihr eine halbe Seite eingeräumt, um ihre lächerlichen Ansichten zu verbreiten... Noch lächerlicher wird es, wenn man bedenkt, dass sie selbst nur wenige Wochen zuvor im *Messenger* einen Artikel geschrieben hatte, in dem sie einen chinesischen Tempel lobte (der in der tasmanischen Kolonialzeit von Wirtschaftsmigranten errichtet worden war, die zum Goldwaschen gekommen waren), von dem sie ehrfürchtig sagte, er habe die geheimnisvolle Aura eines "Ahnenheiligtums".

Sollte sie uns nicht dafür loben, dass wir den Glauben unserer heiligen Vorfahren rekonstruiert haben? Sean vermutete, dass es daran lag, dass wir eher anglo-keltisch als, sagen wir, chinesisch waren... obwohl sie uns offenbar deshalb als "Nazis" bezeichnete, weil wir sowohl die Linke als auch den Konservatismus ablehnten ("Ich kenne einen anderen Mann, der behauptete, "jenseits von links und rechts" zu sein", schwärmte sie, "und *sein* Name war Adolf Hitler!")

Als wir Nachforschungen über diese Akademikerin anstellten, fanden wir heraus, dass ihre Familie während der Kolonialzeit schreckliche Massaker an Aborigines begangen haben soll - und so schien es, dass ihre eigene anti-weiße Animosität möglicherweise einem persönlichen Schuldgefühl entsprungen war, so etwas wie die "Erbsünde" der christlichen Kirche.

Wir schrieben einen Brief an den *Messenger*, in dem wir auf die Ungenauigkeiten in der Kolumne hinwiesen und Valma Grim einige schwierige Fragen stellten. Unter anderem fragten wir:

- Wie können wir den rassischen "Anderen" verstehen, ohne uns selbst zu verstehen?

- Wenn alle angestammten Kulturen einen Wert haben, nur nicht die der Weißen, und wenn folglich alle Kulturen ein Recht auf Existenz und Identität haben, nur nicht die der Weißen, wie können dann die Weißen allein "gemischt" sein?

Wir hielten diese Fragen für berechtigt - aber der *Messenger* weigerte sich, sie zu drucken. Wir riefen bei der Leserbriefstelle an, um zu fragen, warum unser Brief nicht erschienen sei, und die Dame, die uns antwortete, wich aus. Das sei nicht ihre Sache, sagte sie... das sei Sache des Verlegers. Gab es eine Nummer, unter der wir den Redakteur erreichen konnten? Nein, die gab es nicht. Er war für die Öffentlichkeit nicht erreichbar, nur für den Fall, dass er sich beeinflussen ließ.

So konnte Grim eine halbe Seite voller Lügen gegen uns schreiben, aber wir konnten kein einziges Wort zu unserer Verteidigung schreiben. Dies sollte das erste von vielen Beispielen für die Doppelzüngigkeit der Lakaien dieses abscheulichen Blättchens werden (das es irgendwie schaffte, die schlimmsten Elemente einer rechten Boulevardzeitung mit denen einer linken Zeitung in ein und derselben Zeitung zu vereinen!) Wir dachten daran, dorthin zu marschieren und sie zu bitten, es zu drucken (wie es der Kurator des Hobart Museums zu tun pflegte), aber Sean sagte, dass sie in unserem Fall wahrscheinlich einfach die Polizei rufen würden.

Er meinte, dass ein Teil unseres Problems darin bestand, dass wir keine einfachen Reaktionäre wie der Museumsmann waren. Wie Sokrates stellten wir schwierige Fragen, und das gefiel dem Establishment nicht.

Jedenfalls waren wir jetzt bereit für unseren nächsten frechen Streich.

In Hobbiton fand ein "multikulturelles" Festival statt, das von den Boomern organisiert wurde, und wir beschlossen, als Nowhere Men dorthin zu gehen. Der

Name diente einem doppelten Zweck - er unterstrich die Absurdität der "kosmopolitischen" Identität (oder Identitätslosigkeit), der so viele Boomer anhingen, aber er verwies auch auf die Tatsache, dass wir als junge Engländer offiziell überhaupt keine Identität haben sollten.

Wir kamen mit einer leeren Fahne (aus Kattun) und eintöniger, nichtssagender Kleidung an, die wir in den Schnäppchenkisten der Second-Hand-Läden gefunden hatten. Wir waren alle so gekleidet, sogar der kleine Varg, und es sah ziemlich komisch aus. Die Passanten starrten uns an, als wir mit unserer Kattunfahne dastanden und lauthals "Nowhere Man" von den Beatles sangen.

"Wir sind *Kosmopoliten!*", rief Sean und wurde von den Bummlern um uns herum herzlich belächelt. Dann fingen wir an, Flugblätter zu verteilen: Kopien des Antwortschreibens an Valma Grim. Nicht viele blieben stehen, um ihn zu lesen, aber die, die es taten, runzelten verwundert die Stirn. Vielleicht haben wir die Saat des Zweifels an dem ganzen globalistischen Unternehmen gesät, aber ich hatte nicht viel Hoffnung in dieser Richtung. Stattdessen haben wir in ein Wespennest gestochen.

Wir machten uns zum Gehen bereit und übergaben zwei unserer letzten Flugblätter an ein paar junge Leute. Einer trug ein T-Shirt mit der Aufschrift "Born Against", auf dem anderen stand ein Wort, das mir zu diesem Zeitpunkt fremd war: "Antifa", gefolgt von "Melbourne Chapter". Sie sahen energisch und rebellisch aus, also dachte ich, dass sie vielleicht offen für unsere Botschaft sein würden. Verdammt, ich hatte mich geirrt!

Nach etwa 50 Metern muss einer von ihnen das Flugblatt gelesen haben, denn ich sah, wie sie lebhaft diskutierten und dann umkehrten. Sie marschierten direkt auf Sean zu, der ihnen die Flugblätter gegeben hatte, und schrien ihm ins Gesicht: "Ihr verdammten Nazischweine!"

Sean war etwas verblüfft. "Wie bitte?", sagte er.

"Ihr seid diese verdammten Van-Diemens-Wölfe. Leugne es nicht, du wehleidiger kleiner faschistischer Scheißhaufen!" Ich musste über das Wort "wehleidig" in

Bezug auf Sean lachen, und auch Mark und Dianne kicherten, vielleicht wegen der Art, wie die Augen des Kerls aus ihren Höhlen quollen. Aber jetzt, wo ich ihn genauer betrachtete, lag etwas ganz und gar *Falsches* in seinem Gesicht, auch wenn ich es nicht genau in Worte fassen konnte.

"Lach mich nicht aus, du bigottes Arschloch", sagte er. "Geh dahin zurück, wo du hergekommen bist, du schleimiges, inzüchtiges, weißes, faschistisches Stück Scheiße..."

"Mein Zuhause ist genau hier", sagte Sean und versuchte die Fassung zu bewahren. (Später fanden wir heraus, dass "Antifa" die Abkürzung für "Antifaschisten" ist und dass es sich um eine weltweite, lose verbundene Organisation mit Zweigstellen in den meisten westlichen Großstädten handelt; die neuen subventionierten Flugtickets der Landesregierung müssen sie nach Tassie gebracht haben).

"Wenn du dich auf den Artikel im *Messenger* beziehst, in dem fälschlicherweise behauptet wird, wir seien Faschisten..."

"Ich brauche den Zeitungsartikel nicht, das sehe ich an dem Stück Papier, das Sie uns gegeben haben... Ihre eigenen Worte."

"Wie?"

Jetzt meldete sich der hagere Mann mit dem "Born Against"-T-Shirt zu Wort: "Ihr beansprucht für euch eine Identität, die auf weißer Vorherrschaft beruht."

"So ein Blödsinn", rief Mark. "Wo steht das? Zeig mir die Worte."

"Das ist der *allgemeine Ton*", rief der erste. "Das ist offensichtlich." Sein Gesichtsausdruck war so selbstgefällig, dass ich ihn am liebsten geschlagen hätte.

Dann sagte Sean: "Es ist offensichtlich, dass du ein Lügner bist, genau wie Valma Grim. In unserer Weltanschauung gibt es nichts, was eine "weiße Vorherrschaft" impliziert, wie du sagst. Wir versuchen, unseren Leuten zu helfen, ihre wahre Natur zu finden. Das Letzte, was wir wollen, ist, uns über andere Rassen oder Kulturen zu erheben. Die einzige "Kultur", der wir feindlich gegenüberstehen, ist die kosmopolitische, denn sie ist eine Fälschung. Sie ist eine Verhöhnung der wahren Kultur."

"Rasse und Kultur gibt es nicht, du Idiot... die Wissenschaft hat es *bewiesen*. Es ist ein soziales Konstrukt, das entwickelt wurde, um die Vorherrschaft von massiven Hinterwäldlern wie dir zu fördern, du dummes Stück Scheiße." Wollte er eine Schlägerei provozieren, um Sean zu verhaften, oder war er einfach nur ein unverschämter kleiner Bengel?

Dann sagte Mark: "Okay, Kumpel, du gehst die Straße hoch zum Tasmanian Aboriginal Centre und sagst ihnen, dass ihre Identität eine Lüge ist und auf einem sozialen Konstrukt beruht. Ich bin mir sicher, dass sie das gerne hören werden".

"Das ist etwas anderes", stotterte das Mädchen.

"Inwiefern?"

"Sie sind eine unterdrückte Minderheit und nicht Teil der dominanten Kultur wie du."

"Ach so, eine Kultur ist also nur dann real, wenn sie von einer bestimmten Anzahl von Menschen repräsentiert wird, und sobald diese Anzahl, sagen wir, fünfzig Prozent übersteigt, wird die Kultur plötzlich zur Lüge und ist fortan verboten."

Die beiden Antifas starrten uns dumm an. "Okay, ihr Bogan-Scheißer", höhnte Melbourne T-Shirt. "Wenn ihr eure weiße Anglokultur wollt, dann nur zu. Geht und suhlt euch in eurem KFC und McDonalds und Miley Cyrus und all der anderen tollen weißen Kultur ... und *fickt euch selbst*, wenn ihr schon dabei seid!"

"Wenn du uns wirklich zuhören würdest", sagte Mark, "würdest du erkennen, dass das, wovon du sprichst, die kosmopolitische Anti-Kultur ist. Wir versuchen, unsere Leute dazu zu bringen, sich eine authentische Kultur anzueignen...".

"*Ihr* Volk! Dass du das sagst, beweist, dass du ein Rassist bist." Mark wollte noch etwas sagen, aber er unterbrach ihn und sagte: "Nein, ich diskutiere nicht mehr mit dem Abschaum der weißen Vorherrschaft der Nazis. *Keine Redefreiheit für Faschisten*".

"Keine Redefreiheit für Faschisten", wiederholte sein Freund.

"Wir kommen wieder", sagte der erste über die Schulter, als sie sich davonschlichen. Ich fragte mich, was er damit meinte. Warum sollten sie wiederkommen, wenn sie uns so hassen? Das würden wir bald herausfinden...

Eine ältere Dame, die den Streit beobachtet hatte, sagte uns gerade, dass sie die Antifas "sehr unhöflich" fand, als wir sie durch die sich lichtende Menge auf uns zukommen sahen. Es waren neun oder zehn von ihnen, alle mit ähnlichen Punk- oder Antifa-T-Shirts (auf einem stand "RABM: Red and Anarchist Black Metal") und Frisuren, die von Dreadlocks bis zu Glatzen reichten. Zwei von ihnen waren Frauen, obwohl eine von ihnen fast als Mann durchgehen konnte, da sie groß und hässlich war und einen kahl geschorenen Kopf hatte. In der Schlägerei, von der ich wusste, dass sie kommen würde, hatte ich sie instinktiv als "mein" Ziel im Visier.

Mindestens drei von ihnen trugen provisorische Waffen bei sich - eine davon war ein Brett, das von einem Zaun abgerissen worden zu sein schien. Ich konnte die rostigen Nägel sehen, als sie auf uns zustürmten.

Mark wandte sich an Dianne und bat sie, den kleinen Varg herauszuholen. Sie verschwand sofort, und zum Glück waren die Antifas nicht hinter ihr her. Sie kamen auf uns zu, wir waren vier gegen mehr als doppelt so viele. Sie waren bewaffnet und hatten keine Ahnung von einem fairen Kampf. Ich erzähle euch das nur, damit ihr wisst, wie diese vom Kapitalismus gesponserten Schläger (wie wir später herausfanden) waren. Und was hättet ihr an unserer Stelle getan - die andere Wange hingehalten?

Die männliche Schlampe war eine von dreien, die sich direkt auf Sean stürzten. Ich packte sie an den Haaren und legte meinen Arm um ihren Hals, damit Sean sich um die anderen kümmern konnte. Ich konnte sehen, wie Mark und Coot sich mit anderen Antifa-Kämpfern prügelten. Coot hatte ein begeistertes Funkeln in den Augen - endlich war er auf den Geschmack gekommen. Darauf hatte er die ganze Zeit bei uns gewartet. Dann befreite sich Butch aus meinem Griff, während die Leute um uns herum schrien: "Hilfe!", "Ruft die Polizei!" und so weiter. Und dann lag sie auf mir, schlug auf mich ein und schrie aus Leibeskräften "Nazi-Hure". Dann wurde ich richtig wütend und schlug ihr auf die Nase. Sie wälzte sich und stand langsam auf, hatte die Hand auf der blutigen Nase und sah sehr wackelig aus.

"Das hättest du nicht tun sollen", stammelte sie. Dann schrie sie: "Fick dich, Nazischlampe" und humpelte davon. Ich drehte mich um, um nach der anderen Antifaschistin zu sehen, aber auch sie musste weggelaufen sein. Dann sah ich Coot am Boden liegen, der von drei Antis getreten und mit Stöcken geschlagen wurde. Sean und Mark hatten gerade den Kampf mit ihren eigenen Gegnern beendet und eilten herbei, um sich um den feigen Abschaum zu kümmern. Ich konnte helfen, indem ich einem von ihnen eine Waffe entriss, als er sie nach hinten schwang, um Coot zu treffen. Dann schlug Sean ihm in sein hässliches Gesicht, woraufhin er sich umdrehte und floh. Die anderen beiden müssen gemerkt haben, dass sie jetzt zwei gegen zwei gegen Mark und Sean waren, und so rannten sie wie die Feiglinge, die sie waren.

Wir knieten uns hin, um nach Coot zu sehen. Er war bewusstlos, aber er atmete.

"Ich rufe einen Krankenwagen", sagte ein Boomer, der in der Nähe stand und geschockt aussah. Zum Glück kam der Krankenwagen sehr schnell und nachdem wir geholfen hatten, Coot einzuladen, waren wir wieder weg, bevor die Polizei eintraf.

Später am Tag besuchten wir das Krankenhaus und zu unserer Erleichterung war Coot in einem stabilen Zustand und wach, auch wenn seine Sprache undeutlich war. Aber jetzt mussten wir erst einmal Dianne und Varg finden. Wir fuhren zu der Wohnung in der Nähe der Universität, die sie mit Mark teilte, aber sie war nicht da. Als wir gerade überlegten, was wir tun sollten, kam sie mit dem schlafenden Baby in der Hand herein.

Sie hatte sich in ein Geschäft geflüchtet, aber ein Antifaschist, der vor der Schlägerei floh, war ihr entweder dorthin gefolgt oder hatte sie zufällig entdeckt und bedrohte sie, obwohl sie ein Baby auf dem Arm trug.

"Es war beängstigend", flüsterte sie.

Der Ladenbesitzer mittleren Alters war offenbar gekommen, um ihr zu helfen. "Ist Ihnen nicht klar, dass das ein Nazi ist?", hatte der Antifaschist ungläubig gerufen.

"Es ist mir egal, ob sie eine Moonie oder eine Mormonin ist ... Sie bedrohen keine Frau in meinem Laden, Sie widerlicher kleiner Mischling! Schon gar nicht eine mit einem Baby..."

"Es ist ein *faschistisches* Baby!"

"Moment mal... Ist das nicht ein kommunistisches Symbol auf deinem T-Shirt? Weißt du nicht, dass diese Bastarde in den letzten Jahren fünfzig oder hundert Millionen Menschen ermordet haben..."

"Fick dich", stürmte der Antifaschist wütend hinaus und warf dabei ein Regal mit Waren um. Es war klar, dass der Laden des Mannes nun ein mögliches zukünftiges Ziel für sie war, und Dianne sagte es ihm auch.

"Keine Sorge, Liebes. Ich habe keine Angst vor diesen Ratten. Ich begleite dich besser hinaus, falls er dir auflauert." Er ließ den Laden unbeaufsichtigt und begleitete sie zur Bushaltestelle, wartete sogar, bis der Bus kam. So war Dianne mit Hilfe eines guten Bürgers den Fängen der schrecklich falsch benannten "Antifa" entkommen, die sich trotz ihres Namens wie das vulgäre Zerrbild des klassischen Faschismus zu verhalten schien. Es ist so traurig zu sehen, wie jugendliche Energie für die Sache des Globalismus missbraucht wird...

*   *   *

Obwohl wir ihre Perfidie bereits am eigenen Leib erfahren hatten, konnten Sean und ich es immer noch nicht glauben, als wir am Morgen die Titelseite des *Messengers* sahen.

"Neonazi-Gewalt beim Peaceful Harmony Festival", lautete die Schlagzeile.

Offenbar hatte eine Bande von "Neonazis" (so behauptete der *Messenger*, obwohl er unsere Telefonnummer hatte, um das Gegenteil zu beweisen), bekannt als die berüchtigten "Hungry Wolves of Van Diemen's Land", eine friedliche Gruppe "antifaschistischer Jugendlicher" angegriffen, die sich in

unschuldiger, jugendlicher, lammfrommer Weise um
ihre eigenen Angelegenheiten kümmerten, und sie nicht
nur brutal zusammengeschlagen, sondern auch noch
"Gewalt gegen Frauen" begangen! Es gab eine
Großaufnahme der Schlampe, der das Blut aus der Nase
lief (waren sie nach unserer Konfrontation direkt in das
Büro des Boten gegangen?)

Dass ich, eine Kollegin, die Frau geohrfeigt hatte,
wurde mit keinem Wort erwähnt. Jeder, der den
Messenger-Artikel gelesen hätte, wäre vorschnell zu dem
Schluss gekommen, dass die Wölfe ein Haufen brutaler
männlicher Schläger sind, die Mädchen verprügeln.
Diese Journalisten waren größere Lügner als die Antifa
selbst!

Ab ca. 10 Uhr wurde an diesem Tag ein Rekord für
die Anzahl der telefonischen Morddrohungen
aufgestellt, die wir an einem einzigen Tag erhalten
haben. An die zwanzig Anrufe insgesamt... und jetzt
nannten uns die Drohenden am Telefon "Nazis" statt
wie bisher "Spießer". Abwechslung ist die Würze des
Lebens, sagt man. Einige der Anrufe waren sogar
international, wenn man die ausländischen Akzente und
das Echo des Ferngesprächs in der Leitung hört.

Wenn man bedenkt, dass wir in unserer Unschuld
tatsächlich den Kurier angerufen haben, um die Dinge
zu klären! Nachdem wir eine Weile in der Warteschleife
gehangen hatten, befragte ein Redakteur Sean am
Telefon und versicherte ihm, dass seine Version der
Ereignisse am nächsten Tag in die Geschichte einfließen
würde. Aber natürlich wurde sie überhaupt nicht
verwendet. Am nächsten Tag ging es genauso weiter, mit
einem Leitartikel, in dem "die Bedrohung durch den
Nationalsozialismus" angeprangert wurde.
Offensichtlich sei "das böse Gespenst, von dem
Churchill und Roosevelt glaubten, es für immer zur
Ruhe gelegt zu haben, in unserer entlegenen Ecke des
ehemaligen britischen Empire wieder aufgetaucht...".

Auch Godfrey Nussbaum meldete sich in seiner
Kolumne "Arts Watch" zu Wort. Er muss nur darauf
gewartet haben, uns anzugreifen, seit wir als die wahren
Drahtzieher des Streichs in seinem Haus entlarvt
worden waren, denn er schrieb: "Ich, ein stolzer Jude,

bin bereits Opfer des versuchten Terrors dieser bösartigen Nazi-Straßengang geworden! Ich musste eine neue Alarmanlage einbauen und sogar einen Wachhund anschaffen. Ich lebe in ständiger Angst, dass sie mein Haus wieder überfallen...". Oh Godfrey, du bist es wirklich nicht wert... und wir sind jetzt im Gefängnis, also kannst du dich entspannen, du dreckiger kleiner Mann.

Danach gingen wir in ein Internetcafé und versuchten, in der Online-Version des *Messengers* einen Kommentar zu schreiben, in dem wir unsere Sicht der Dinge darlegten. Wir verbrachten einige Zeit damit, den Kommentar zu schreiben und wählten unsere Worte sorgfältig aus, um niemanden zu verletzen, auch nicht die Antifaschisten. Der Kommentar enthielt nichts, was als beleidigend angesehen werden könnte... und dennoch wurde er innerhalb von Sekunden gelöscht, weil er "nicht den Gemeinschaftsstandards entsprach". (Interessanterweise kam einer unserer wenigen unterstützenden Anrufe von einer Dame, die Zeuge der Schlägerei auf dem Festival geworden war und ebenfalls versucht hatte, unseren Namen mit einem Online-Kommentar im *Messenger* reinzuwaschen... Sie machte genau die gleiche Erfahrung, auch ihr Kommentar wurde wegen "Nichteinhaltung der Gemeinschaftsstandards" zensiert. Und später, als unsere Identitäten bereits von den Medien aufgedeckt worden waren, trafen wir uns mit Troy Partridge, der uns erzählte, dass er *Messenger* angerufen hatte, um ein gutes Wort für uns einzulegen, und völlig ignoriert worden war, selbst nachdem man ihm mündlich zugesichert hatte, dass seine Zitate aufgenommen würden).

Während wir dort waren, recherchierten wir ein wenig über "Antifa" und fanden heraus, dass die Bewegung ihren Ursprung in Deutschland hatte, wo sie von der Bundesregierung gefördert wurde, angeblich um das Wiederaufleben des Nazismus der Nachkriegszeit auf der Straße zu bekämpfen. In der Praxis standen die Antifas jedoch jeder Form deutscher Identität feindlich gegenüber (selbst so harmlosen Dingen wie traditionellen Weihnachtsmärkten), und trotz gelegentlicher antikapitalistischer Rhetorik (in dem

Bemühen, sich ein "radikales" Image zu geben) unterstützten sie eindeutig die Politik der offenen Grenzen des internationalen Kapitalismus.

Die australische Antifa war ähnlich, wurde aber nicht offiziell von der Regierung unterstützt. Wir fanden jedoch einen Artikel, der sie mit Sheldon Albright in Verbindung brachte - dem gleichen milliardenschweren Finanzier, der die GLC und viele andere globalistische Tarnorganisationen finanzierte, von denen einige Putsche gegen "widerspenstige" Regierungen im Nahen Osten und im ehemaligen Sowjetblock initiiert hatten.

Dieser Albright war eindeutig ein gefährlicher Mann - viel gefährlicher als seine angeheuerten Schläger von der Antifa. Wir hatten keine Ahnung, was ihn motivierte - vielleicht war er einfach ein geborenes Arschloch? Aber auch wenn wir nicht wussten, warum dieser reiche alte Mann aus dem Nirgendwo im Namen des globalen Kapitalismus alle einzigartigen Kulturen und Religionen der Welt auslöschen wollte, brach es uns das Herz, die gleiche Einstellung bei Menschen unseres Alters zu sehen. Was war in ihrem Leben falsch gelaufen, dass sie sich dem Bösen verschrieben hatten?

*　　*　　*

Wir besuchten Coot im Krankenhaus und brachten ihm einige inspirierende Bücher mit, um ihm Mut zu machen. Er war in ein anderes Zimmer verlegt worden. Obwohl er bei vollem Bewusstsein war, hatte er einige Knochenbrüche und innere Verletzungen, so dass er sein Bett nicht verlassen konnte. Das war in Ordnung, denn es gab eine Krankenschwester, auf die er scharf war, und er hatte den Mut, sie zu bitten, mit ihm im Krankenhausbett Sex zu haben (ganz der Gentleman).

Aber er erzählte uns etwas, das uns schockierte. Zwei Antifas hatten ihn im Krankenhaus aufgespürt und versucht, ihn zu verprügeln... aber er hatte den Notruf betätigt und sie waren wie die Kakerlaken abgehauen. Das Personal hatte ihn dann in einen sichereren Raum gebracht. Gab es denn nichts, wozu diese Antifa-

132

Schleimbeutel nicht fähig waren?

* * *

Dann kam die Fernsehsendung "Island Watch" auf uns zu. Die wöchentliche Nachrichtensendung aus Tasmanien wollte uns die Möglichkeit geben, "unsere Seite der Geschichte" zu erzählen. Aha, das hatten wir schon einmal gehört!

"Warum sollten wir Ihnen vertrauen, wenn die anderen Journalisten über uns gelogen haben", fragte ich. "Das Ziel unserer Gruppe ist es, das öffentliche Bewusstsein zu verändern ... und wie können wir das tun, wenn die Öffentlichkeit über genau die Dinge belogen wird, für die wir eintreten?"

"Ich verstehe", sagte die leicht betrunken klingende Stimme am anderen Ende. "Aber Sie können uns vertrauen. Wir sind professioneller als so mancher ... politisch motivierten Typen in den Printmedien. Unsere Sendung dreht sich ausschließlich um Themen, die Tasmanien betreffen, und auch wenn Sie ein bisschen extrem sind, denken wir, dass Sie eine Chance verdienen, Ihre Meinung zu sagen. Und wenn Sie nicht wirklich Nazis sind, wie Sie behaupten, dann muss die Öffentlichkeit das wissen."

Nach einigem Zögern beschlossen wir, ihm zu vertrauen. Selbst wenn sie über uns lügen würden, würde das die Dinge nicht schlimmer machen, als sie ohnehin schon waren. Also fuhren wir gegen 14 Uhr zum Sender, um ein Interview zu führen.

Als wir das Gebäude betraten, stießen wir direkt mit zwei Antifa-Leuten zusammen! Drei kräftige Sicherheitsleute eskortierten sie aus dem Gebäude. Einer spuckte uns auf dem Weg nach draußen an. "Keine Meinungsfreiheit für Faschisten! Hassrede ist keine Meinungsfreiheit!" So ähnlich, aber die Sicherheitsleute waren da, um eine Konfrontation zu verhindern.

"Wir wissen, wer Sie sponsert", rief ich ihnen nach. "Sheldon Albright, der große Kapitalist..." Sie kicherten.

"Gut für ihn, du inzüchtige Faschistenschlampe!

133

Wenigstens verehren wir *Hitler* nicht." Ich fand das amüsant, denn ich hatte in meinem ganzen Leben kaum einen Gedanken an Hitler verschwendet.

Wir wurden in den "Green Room" geführt, wo mir der Produzent der Sendung (derselbe, der uns angerufen hatte) mitteilte, dass die Antifa eingeladen worden sei, um ihre Ansichten darzulegen, und dass wir nun die Gelegenheit hätten, das Gleiche zu tun. Er sagte, er würde nur zwei von uns interviewen.

Nachdem wir uns beraten hatten, beschlossen wir, dass Mark und Dianne das Interview führen würden. Dianne war die weiblichere von uns und Mark sah etwas weniger grimmig aus als Sean, so dass er hoffentlich mehr Sympathie beim Publikum wecken würde. Ich hielt das Baby, während sie geschminkt und ins Studio gebracht wurden. Varg war sehr brav, vielleicht weil er die Stimme seiner Mutter aus dem Nebenzimmer hören konnte.

Das Interview lief aus dem Gedächtnis wie folgt ab:

Interviewer: Sie sind also keine Neonazis?

Dianne: Nein, definitiv nicht. Wir vertrauen keiner zentralisierten Regierung, egal welcher Art, ob faschistisch oder nicht.

Interviewer: Ihr seht euch eher als Witzbolde.

Mark: Ja, auf jeden Fall.

Interviewer: Aber ihr scheint den Multikulturalismus nicht besonders zu mögen?

Mark: Nun, die Masseneinwanderung ist etwas, das die Babyboomer wollten und bekommen haben. Unsere Generation sieht das anders. Wir betrachten sie als eine Form von kulturellem Vandalismus, der alle Kulturen verwässert und schließlich zerstört, und zwar durch die Strategie des Schmelztiegels. Es ist ein Werkzeug des multinationalen Kapitalismus, dessen ultimatives Ziel es ist, alle organischen Gruppenidentitäten auszulöschen, um einen einheitlichen Planeten mit hirnlosen Roboterkonsumenten zu schaffen.

Interviewer: Und in welche Richtung sollte sich die Gesellschaft Ihrer Meinung nach entwickeln?

Mark: Nun, nicht in die Richtung, in die sie sich gerade entwickelt. Wir haben nicht alle Antworten, aber wir stellen einige wichtige Fragen.

Interviewer: Was war der Grund für den Streit mit der antifaschistischen Jugendgruppe? Sie sagen, du hättest sie provoziert...

Dianne: Das sind Lügner. *Sie* haben mit der Gewalt angefangen und sogar mein sechs Monate altes Baby bedroht. Ich habe einen Zeugen, der das bezeugen kann - der Mann, der den Smallworld Collectibles Shop in der Stadt betreibt.

Interviewer: Danke, wir werden ihn auf jeden Fall kontaktieren, um das zu bestätigen, wenn das möglich ist. Was passierte, nachdem sie Sie angegriffen hatten?

Mark: Wir haben sie geschlagen und sie sind weggelaufen, so einfach ist das. (Lacht) Es waren doppelt so viele, und sie sind trotzdem weggelaufen. Feiglinge.

Interviewer: Haben Sie keine Angst vor denen?

Mark: Überhaupt nicht. Wir geben *niemals* auf.

Interviewer: Gut, das war's. Wir haben, was wir brauchten, vielen Dank.

Dianne: War das nicht etwas kurz?

Interviewer: Nun, wir müssen die Geschichte in sechs Minuten packen. Aber Sie haben einige sehr aufschlussreiche Punkte angesprochen und ich hoffe, dass das Publikum jetzt besser versteht, worum es geht.

Dianne: Okay, vielen Dank dafür.

Wir gingen mit einem etwas optimistischeren Blick in die Zukunft. Auf dem Heimweg sahen wir Ade und Helen, und sie überquerten die Straße, um uns auszuweichen... Ich hatte fast vergessen, dass es sie gibt.

*   *   *

Der Teil, der drei Abende später ausgestrahlt wurde, war nicht nur raffiniert geschnitten... er war nicht nur verzerrt... er war eine glatte LÜGE. Wir sahen es uns bei Mark und Dianne an und waren fassungslos über die Perfidie des Produzenten.

Zuerst kamen die Wilden von der Antifa, die von Anfang bis Ende als Opfer dargestellt wurden. Sie waren gerade dabei, sich um ihre unschuldigen

Angelegenheiten zu kümmern, als eine Gruppe von Nazis (die gekommen waren, um das friedliche multikulturelle Liebesfest zu stören) anfing, sie zu beschimpfen, vielleicht wegen ihrer T-Shirts (auf denen nur soziale Gerechtigkeit und Gleichheit für alle stand). Die sanftmütigen Antifaschisten ignorierten diese Beleidigungen, woraufhin die Nazis auf sie losgingen und sie verprügelten. Die Antifas waren natürlich unbewaffnet... im Gegensatz zu den Nazis, die Schlagstöcke und Knüppel dabei hatten.

Dann wurde auf Mark geschnitten: "Wir haben sie geschlagen und sie sind weggelaufen, so einfach ist das", lachte er. Die Kamera zoomt auf sein lächelndes Gesicht und dann auf den Interviewer (der eine andere Kleidung trägt als die, in der er uns interviewt hat), der fragt: "Wenn Sie also auf Leute treffen, die eine andere Meinung haben als Sie, ist Ihre erste Reaktion, sie zu schlagen?"

"Ja, auf jeden Fall", nickte Mark.

"Und die Tatsache, dass die Öffentlichkeit das, was Sie tun, nicht gutheißt, lässt Sie innehalten?"

"Überhaupt nicht. Wir geben *niemals* auf."

Dann schwenkte die Kamera auf Dianne, die zu unserem Erstaunen als Antifaschistin vorgestellt wurde! Ihr fiel die Kinnlade herunter, als sie sah, wie ihr Auftritt ausgenutzt wurde:

Interviewer: Es waren also die Hungrigen Wölfe von Van Diemen's Land, die die Schlägerei angezettelt haben?

Dianne: *Sie* haben mit der Gewalt angefangen und sogar mein sechs Monate altes Baby bedroht.

Dann beschrieb der Mann von Smallworld Collectibles den Vorfall, der sich in seinem Laden ereignet hatte... aber er nannte keine der beiden Gruppen, so dass die Zuhörer glauben mussten, es seien die Wölfe gewesen, die eine junge *Antifa*-Mutter angegriffen hatten. Es war unglaublich, unfassbar. Solche dreisten Lügen. *Wie konnten sie damit durchkommen?*

Dann schwenkte die Kamera zu unserem alten Freund, dem amerikanischen Hühnereimer-Künstler, der eine rührende Geschichte darüber erzählte, wie die Wölfe eines seiner leidenschaftlichsten Kunstwerke "entweiht" hatten ("entweiht" war sein Wort).

Die Krönung war ein kurzes Interview mit dem Schriftsteller Richard Kopf, der uns in der Zeitung als "moralische Karikatur" bezeichnet hatte.

"Wir brauchen solche Typen in Tasmanien nicht", sagte Kopf stirnrunzelnd. "Wir müssen uns als Staat *weiterentwickeln*, und diese schrecklichen reaktionären Elemente halten uns davon ab. Wo ist die Liebe, frage ich Sie? wo ist die Liebe?"

Es war schon ironisch, dass dieser globalistische Arsch uns als reaktionär bezeichnete, zumal es in seinem letzten Buch (*Die gestohlene Würde der Ulrike Kühn*) um eine Frau ging, die zu Unrecht des Terrorismus beschuldigt wurde ... von den Medien! von den Medien! Wir schworen uns, dass er das nächste Ziel unserer Verleumdungskampagne sein würde...

Dann folgte im Fernsehen eine Aneinanderreihung von geistig zurückgebliebenem Müll, wie ich sie kaum beschreiben kann. Das war für Sean und mich ein echter Augenöffner, denn wir hatten keinen Fernseher und keiner von uns hatte in seiner Kindheit viel ferngesehen. Aber die Sendungen unserer Kindheit wirkten geradezu aufklärerisch im Vergleich zu dieser Flut von Werbung für fade Reality-Shows und dem unerträglichen Klatsch und Tratsch über imaginäre Berühmtheiten.

Wollten die Menschen *wirklich* eine Aneinanderreihung von roboterhaften Popstars, die wie Affen auf und ab hüpften, immer an der gleichen Stelle? Hatte man den Mann auf der Straße nicht hypnotisiert, damit er das wollte, wenn er es überhaupt wollte? Es war die einzige Möglichkeit, die unser angeborener Optimismus akzeptieren konnte.

Aber jetzt hatte die Massenhypnosemaschine die Öffentlichkeit davon überzeugt, dass wir brutale Schläger waren, die Babys angriffen. Vielleicht war es an der Zeit, den Zauberer von Oz aufzusuchen und ihn zu entlarven...

*   *   *

Nun begann die öffentliche Hasskampagne gegen uns. Zuerst wurde Mark von den Universitätsbehörden erkannt und erhielt einen Brief, in dem ihm mitgeteilt wurde, dass er an der Universität von Tasmanien nicht länger willkommen sei. Aber am selben Tag ging ein prominenter Akademiker, Professor Vickers (Marks Doktorvater), mit seinen Zweifeln an der offiziellen Geschichte an die Öffentlichkeit, vor allem weil er Dianne aus dem Interview als Marks *Freundin* und nicht als sein Opfer erkannte. Die Hölle brach los. Der Vizekanzler verbannte Professor Vickers aus seinem eigenen Hörsaal und Gerüchte über seine "Frühpensionierung" machten die Runde. Ein Mob von Studenten "organisierte" sich, um ihn zu schikanieren (wieder einmal traurig zu sehen, wie die Jugend die Wünsche der abgehalfterten Babyboomer erfüllt), und der Äther war erfüllt von ihren klagenden, sonoren Gesängen: "Sagt es laut und deutlich, Faschisten sind hier nicht willkommen!"

Und das alles nur, weil der gute Professor die offizielle Geschichte in Frage gestellt hatte. (Natürlich wurde er als "Verschwörungstheoretiker" gebrandmarkt, weil er sie überhaupt in Frage gestellt hatte).

Dann gelang es dem Mann von Smallworld Collectibles, uns telefonisch zu erreichen (sein Anruf ging zwischen einer ausländischen und einer lokalen Morddrohung unter), kurz bevor wir den Hörer endgültig auflegten. Er war verständlicherweise empört über die Art und Weise, wie die Medien ihn benutzt hatten, indem sie seine Worte so verdrehten, dass sie genau das Gegenteil bedeuteten. Aber obwohl er mit uns sympathisierte, was konnte er tun? Sich beim Presserat auf dem Festland beschweren, dachte er, aber das würde ewig dauern, und das Verfahren war wahrscheinlich manipuliert.

Dann hat jemand unsere Adresse ins Internet gestellt. Wir haben nie herausgefunden, wer das war ... Vielleicht jemand vom Wohnungsamt, der Zugang dazu hatte, oder jemand ganz anderes. Vielleicht war es Sheldon Albright, der Meister der Antifa, der das getan hat.

Jedenfalls ist es passiert, und das erste, was wir davon wussten, war, als wir nach dem Stress der letzten zwei Tage bei einem Bier zusammensaßen und ein Stimmengemurmel hörten.

"Das Licht ist an, wir müssen nach Hause", rief jemand und die feinen Härchen in meinem Nacken stellten sich auf. Sean ging zum Fenster und spähte hinaus.

"Antifa", knurrte er. "Zwanzig oder dreißig von diesen schleimigen Fotzen."

"Was sollen wir tun?"

"Ich wäre versucht, kämpfend unterzugehen ... wenn ich dich nicht lieben würde. Ich muss dich hier rausholen ..." Es hämmerte an beiden Türen der Einheit, sie hatten sie also bereits umstellt.

"Wir müssen kämpfend untergehen, meine Liebe", sagte ich, zitternd vor Angst, aber entschlossen, tapfer und Sean würdig zu sein.

"Hey, Faschisten!", dröhnte eine hässliche, brutale, dumme Stimme vor der Tür.

"Habt ihr den Balkon vergessen?" Sean zwinkerte mir zu. "Da ist ein deutlicher Sprung zur nächsten Einheit. Wir werden überleben, um einen weiteren Tag zu kämpfen, komm..." Er schob mich auf den Balkon, begleitet vom Geräusch zerbrechenden Glases, das anzeigte, dass die Antifa sich Zugang verschafft hatte ... dann, als ihm etwas einfiel, rannte er blitzschnell ins Schlafzimmer und kam mit einem Rucksack zurück. "Fast hätte ich's vergessen, Coot hat das hier vergessen."

In dem Sack befanden sich eine primitive Harpune, ein Wurfnetz und ein paar Tischtennisbälle mit hervorstehenden Spitzen (letztere waren für unsere mittellosen Ninjas das Äquivalent zu Shuriken).

Wir spähen über die Betonkante des Balkons. Bis zur nächsten Wohnung (die unseres alkoholkranken Nachbarn) schien es ein weiter Weg zu sein, aber theoretisch konnte ich ihn überspringen. In der Lücke zwischen den Wohnungen tummelten sich drei Antifas, und einer blickte auf, als spürte er unsere dunkle Präsenz.

"Da sind sie!", rief er seinen gebeugten Gefährten zu. "Oben auf dem Balkon!" Inzwischen waren die Antifaschisten überall in der Wohnung, und Sean drehte den Schlüssel im Schloss der Balkontür um, so dass der Zugang versperrt war, es sei denn, sie schafften es, die Tür einzuschlagen, was durchaus möglich war. Die Gasse füllte sich und ein Sprechchor ertönte: "*Bash the fash ... bash the fash ... bash the fash!*"

"Macht euch bereit zu springen", sagte Sean. "Das ist unsere einzige Chance." Ich nickte. Er drehte sich zu den Antifa-Faschisten unten um und sprach zu ihnen wie Mishima auf dem Balkon des Militärhauptquartiers in Tokio ... und unter ähnlichem Jubel und Beifall.

"Wir sind keine Faschisten", rief er. "Und ich weiß nicht, warum Sie darauf bestehen, dass wir es sind."

"Blödsinn. Faschistisches Gesindel!"

"Tötet die Nazischweine. Zieht sie raus und *bringt sie um.*" Ich dachte wirklich, sie würden es tun. Ich weiß sogar, dass sie es getan hätten. Es war unwirklich...

"Was wir *wollen*", fuhr Sean fort, "ist eine Rückkehr zu einer organischen, poetischen, spontanen Art des Seins, in Harmonie mit den Mustern unseres Unbewussten, sowohl individuell als auch kollektiv. Wir wollen die Fehler vergangener Generationen ungeschehen machen".

"Verpiss dich, Schickeria! Lang lebe Bomber Harris! Brennt Dresden ab, brennt Dresden ab..." Diese menschlichen Insekten wollten natürlich nicht zuhören. Die einen drinnen schlugen gegen die Balkontür und rissen sie aus dem Rahmen, die anderen unten begannen, Sean mit Kieselsteinen aus dem Garten zu bewerfen. Einer traf ihn ins Gesicht und hinterließ eine Beule.

"Na gut, du hast es so gewollt", knurrte er, nahm das Wurfnetz von Coot und warf es über den Rand, was unten ein hörbares Entsetzen auslöste. Als wir nachsahen, sahen wir, dass wir zwei von ihnen darin gefangen hatten, darunter den mit dem schäbigen rothaarigen Irokesen, der obszöne Kommentare über Brandbomben gebrüllt hatte. Dann hob Sean die mit Nadeln gespickten Tischtennisbälle auf und begann, sie nach ihm zu werfen. Der Irokese schrie, aber sicher nicht so laut wie die Opfer von Dresden.

Dann warf Sean die Harpune (eigentlich nur ein angespitzter Stock an einem Seil) nach ihm, verfehlte ihn aber leider. Dann kletterte er auf den Balkon (toll, dachte ich) und sprang auf das nächste Dach. Er streckte seine Arme aus, um mich aufzufangen, und ich nahm all meinen Mut zusammen, tat es ihm gleich und landete direkt neben ihm, während er mich festhielt. Dann rannten wir über das Dach, ein Abflussrohr hinunter, über Zäune, durch Gärten und Gassen, über Straßen und Wege ... bis wir außer Hörweite der bestialischen, verrückten Antifa waren.

*   *   *

Nun waren wir wieder obdachlos. Da wir den jungen Eltern Mark und Dianne nicht zur Last fallen wollten, versuchten wir es bei Japhrey und Michelle, die uns freundlicherweise in ihrem Wohnzimmer schlafen ließen, bis wir eine andere Bleibe gefunden hatten. (Coot hatte dort anscheinend regelmäßig übernachtet, bevor er ins Krankenhaus kam). Michelle war sehr entspannt, und solange Japhrey sein Studio für sich allein hatte, war es ihm egal, wie voll der Rest der Wohnung war.

Am nächsten Tag besuchten wir unsere Studienfreunde, um ihnen zu erzählen, was passiert war. Auf ihren Laptops zeigten sie uns mit einem Augenzwinkern die Website von *Messenger*. Unsere Identitäten (die von Sean und mir) waren in den Medien vollständig enthüllt worden. Und ein Typ namens Thomas dominierte die Online-Kommentare, indem er behauptete, er kenne Sean aus East Lynwood und er sei "nur ein dummer Penner, sonst nichts". ("Wenn man bedenkt, dass ich ihm einmal geholfen habe", dachte Sean traurig). Das Thema wurde von anderen unserer bürgerlichen Gegner aufgegriffen, und von da an waren wir als "die Bogan-Nazis" oder manchmal auch als "die Nazi-Bogans" bekannt. Das Lustigste an der ganzen Sache war, dass eine Wohltätigkeitsorganisation gegründet wurde, um die Restaurierung des Kunstwerks mit dem Titel "Dawn of Reason" zu finanzieren (das uns allerdings als "der Pappkarton, den Coot nach dem Scheißen zerknüllte" bekannt war).

141

Nun, da wir als "Nazis" bezeichnet wurden, denunzierten uns auch die Konservativen von *Parabola*, wie zu erwarten war. Ein prominenter Rechtsextremist aus Sydney forderte nun in der Presse unsere sofortige Verhaftung nach den Terrorismusgesetzen.

Und einen Tag später brachte der *Messenger* eine skandalöse Geschichte über mich, in der ich als Hauptverantwortlicher für ein transphobes Hassverbrechen dargestellt wurde, nämlich meine "Attacke" auf "Rex". Ich fragte mich, auf wessen Veranlassung (und wie?) diese Geschichte ausgegraben worden war. Man konnte meine eigene Mutter im Fernsehen sehen, wie sie ihre Tochter zur Erbauung der Zuschauer anprangerte ... aber ich bezweifelte, dass sie diejenige war, die es zuerst öffentlich gemacht hatte.

*   *   *

Inmitten dieses Chaos beschlossen wir, Richard Kopf einen Streich zu spielen, solange wir noch konnten, bevor wir eingesperrt, getötet oder Schlimmeres würden. Und es war tatsächlich unser letzter Streich, wenn auch kein besonders lustiger.

Ich erinnere mich, wie ich mit Sean, Dianne, Mark und Varg in der melancholischen Abenddämmerung zu Kopfs Haus ging. Es hatte etwas von dem Ende einer Ära. Zwei Leute lächelten uns zu, als sie an uns vorbeigingen, und Sean erzählte mir später, dass es Olivia war, seine ehemalige Geliebte aus East Lynwood, und ihr Freund Kim. Sogar in der Dämmerung konnte ich sehen, dass sie wie ein kaltschnäuziges kleines Flittchen aussah.

Wir erreichten Kopfs Haus in West Hobbiton (jeder wusste, wo es war) und hängten unsere Flugblätter an seinen weißen Lattenzaun und an die Zäune seiner Nachbarn. Sie bestanden aus gefälschten Schlagzeilen, die wir ausgedruckt hatten: "Kopf tritt dem Klan bei", "Kopf als Oma-Groper entlarvt", "Kopf raubt Dildo-Laden aus" und solche Sachen, nur damit er wusste, wie es ist, von den Medien falsch dargestellt zu werden. Und

142

dann sind wir zurück in die Stadt gefahren.

Die Antifa lauerte am Eingang des Baches, als hätten sie auf uns gewartet. Diesmal waren es nur sechs, aber im Halbdunkel sahen wir sie erst, als sie schon fast über uns waren. Ihr Lächeln verwandelte sich in ein höhnisches Grinsen im letzten, hochkonzentrierten Lichtnebel.

"Das sind die Faschos", zischte einer und trat mit einer Fratze wie Gollum vor. Seans Augen glühten, bereit, sich auf diese grotesken Kreaturen zu stürzen, die nur in Rudeln angriffen. Selbst sechs gegen einen würden nicht ausreichen, um sie zu retten, und das mussten sie gespürt haben ... denn alle sechs bewegten sich instinktiv auf Dianne zu.

"Hey, zurück", knurrte sie. "Fasst mein Baby nicht an."

"Es ist ein *Faschistenbaby*", kicherte einer von ihnen und kam ganz dicht auf sie zu. "Kein Grund zur Sorge."

Sean, Mark und ich schritten ein, um sie zu töten, aber zwei von ihnen rissen ihr das Baby aus den Armen, während die anderen sich um sie scharten und versuchten, den Zugang zu versperren. Dianne schrie. Ich stach einem der Antis von hinten in die Augen, und er schrie wie ein Mädchen, aber ich kam nicht durch das Gedränge, und Sean und Mark auch nicht.

"Geht zurück nach Melbourne, ihr verrückten *Freaks*", schrie Dianne.

"*Wir* sind überall zu Hause", brüllte einer. "Überall, wo es Typen wie euch gibt, die eine Lektion brauchen ..." Sean schlug ihm ins Gesicht ... aber er war es nicht, der versuchte, Varg zu packen, der jetzt aus Leibeskräften brüllte.

"Hilfe", schrie ich (zu wem, weiß ich nicht). Die Antis merkten, dass sie in der Unterzahl waren (immerhin nur sechs Männer gegen vier gemischte), und einer von ihnen schrie: "Lasst uns gehen oder wir tun dem Baby weh... Ich meine es ernst..."

Dianne schrie wieder und plötzlich, wie ein neonfarbenes Irrlicht, blitzten die roten und blauen Lichter eines Polizeiwagens um die Ecke. Die Antis schienen in Panik zu geraten und zerrten noch stärker an Varg.

Und dann *verstummten plötzlich* die Schreie des schönen Babys, als es mit einem dumpfen Aufprall auf den Beton flog, zwei Antis auf ihm... Dianne schrie so laut, dass selbst der Abschaum begriff, dass sie zu weit gegangen waren.

Alle sechs rannten davon und verschwanden augenblicklich in der Dunkelheit des Baches, während wir ungläubig um das Baby knieten.

"Ruft einen Krankenwagen", rief ich den Polizisten zu, die so vorsichtig auf uns zukamen. Aber Baby Varg würde sich nie mehr bewegen.

5

SEAN

In dieser Nacht gab es für uns kein Zurück mehr. Ich erinnere mich noch genau an den Alptraum, in der Polizeistation zu sitzen und darauf zu warten, Aussagen zu machen, während Mark und Dianne in getrennten Verhörräumen ausgequetscht wurden, und ich stelle mir vor, dass ich ihr verzweifeltes Stöhnen noch immer durch die zitternden, schalldichten Wände hören kann.

Zu sagen, die Polizei sei nicht hilfreich gewesen, ist eine groteske Untertreibung. Erstens war *Inspektor Tippett* nach Hobart versetzt worden (was erklärt, warum ich Olivia am frühen Abend sah, wie ein böses Omen vor der Tragödie). Er erinnerte sich an meinen Namen aus East Lynwood und bestand darauf, mich persönlich zu befragen. Nach ein paar beiläufigen Fragen über das ermordete Baby kam er direkt zum Kern der Ermittlungen - dem zerstörten Hühnereimer. Wie haben wir das gemacht, wollte er wissen, wer hat ihn eigentlich zerknüllt und wer hat darin gekocht? Könnte Antisemitismus im Spiel gewesen sein (der Künstler war offenbar Halbjude), also ein *Hassverbrechen?*

Unnötig zu sagen, dass ich ihm ins Gesicht lachte. "Hast du in letzter Zeit Kinder mit Drogen versorgt?" Ich grinste, und er verlor die Kontrolle und schlug mir in den Solarplexus. Aus irgendeinem Grund war er wütend... Sein Untergebener, der den guten Bullen spielte, musste ihn zurückhalten. Er schaffte es aber nicht, und ich wurde in den nächsten zwei Stunden immer wieder geschlagen, denn es war klar, dass ich keine Fragen beantworten würde, außer dass ich ein Baby getötet hatte, was sie nicht sonderlich zu interessieren schien. Da ich mit Handschellen gefesselt war, konnte ich mich nicht wehren, aber ich spuckte und knurrte viel.

Schließlich mussten sie mich gehen lassen, nachdem sie mich gewarnt hatten, die Stadt in nächster Zeit nicht zu verlassen. Maddy wartete draußen auf mich. Sie war wegen ihres eigenen Hassverbrechens vorgeladen worden (ihre Verteidigung gegen den Transsexuellen) und sollte Anfang nächsten Monats vor Gericht erscheinen. Es war offensichtlich, dass sie verzweifelt nach Beweisen suchten, um mich wegen etwas Ähnlichem anzuklagen.

"Sie haben sich nicht einmal um Diannes Baby gekümmert", schluchzte Maddy.

"Ich weiß", sagte ich und tröstete sie, so gut ich konnte. Es war unwirklich, unfassbar. Hier stimmte etwas nicht.

Wir waren uns einig, dass es keinen Weg zurück gab. Wir waren uns sicher, dass wir im Gefängnis landen würden, vielleicht in einem Gefängnis für Erwachsene, und wenn das so war, dann konnten wir ihnen auch etwas halbwegs Anständiges geben, und sie würden uns dort einsperren. Also machte ich in den nächsten Tagen in ganz Hobart Jagd auf die Antifaschisten und versteckte jede Waffe, die ich in die Finger bekam, unter meinem Mantel. Ich gebe zu, dass es meine Absicht war, einige von ihnen als Vergeltung zu töten. Aber niemand wusste, wo sie waren, und ich musste zugeben, dass sie alle die Stadt verlassen hatten.

Wir besuchten Mark und Dianne, aber sie waren zu aufgebracht, um mit uns zu sprechen. Das Schlimmste war, dass die Medien *nichts* über Vargs Tod berichteten... der *Messenger*, das Fernsehen, das Radio, alle schwiegen. Aber es gab viel mehr über den Hühnereimer und seine künstlerische Bedeutung, und mehr Dämonisierung von Maddy, komplett mit einem Fahndungsfoto von der Polizeiwache, so dass sie jetzt auf der Straße erkannt werden würde und ihr Leben wirklich in Gefahr war...

Es gab auch eine Geschichte über einen Mann, der zu zwei Jahren Gefängnis verurteilt worden war, weil er sich mit einem Stock gegen einen Eindringling verteidigt hatte. Der *Messenger* hielt die Verurteilung für eine gute Sache und erklärte dies in einem Leitartikel ("Niemand, außer der eingesetzten Polizei, hat das Recht, das Gesetz in die eigenen Hände zu nehmen...''). Der Mann hatte den Einbrecher bei der Abwehr leicht verletzt.

Der Einbrecher wurde ebenfalls gefasst und zu einer Bewährungsstrafe verurteilt, während der Verteidiger zu zwei Jahren Gefängnis verurteilt wurde. Eine Geschichte, die immer häufiger vorkommt... Aber was Maddy auffiel, war der Name des Richters. Es war derselbe, der Packo zu nur achtzehn Monaten verurteilt hatte, weil er einen alten Mann erstochen hatte. Wie mir der Anwalt bei unserer ersten Verhandlung gesagt hatte, galt Notwehr nun als schlimmeres Verbrechen als ein unprovozierter Angriff. Schon wieder diese feigen Boomer, die alle auf ihr Niveau herunterziehen wollen. Ich erinnerte mich an die Worte von Frau Green: Selbstverteidigung sei ein "grotesker Akt der Gewalt". Nun, das würden wir noch sehen. Jemand würde dafür bezahlen, was mit Diannes Baby geschehen war. Ich dachte daran, den Antifaschisten nach Melbourne zu folgen und sie dort zur Rede zu stellen, aber nach allem, was ich wusste, konnten die, die das Baby entführt hatten, auch aus einer anderen Stadt kommen.

Und dann fiel es mir ein. Zweifellos, liebe Leserinnen und Leser, haben Sie es die ganze Zeit gesehen - aber ich schwöre, erst dann wurde mir mit voller Wucht bewusst, wer die wahren Bösewichte in diesem Stück von Anfang bis Ende waren ... diese verlogenen, krebsartigen Hunde der Mainstream-Medien!

Und sie hatten weite Teile der Bevölkerung in eine Marionetten-Trance versetzt, in dem Glauben, ihr propagandistischer Schwindel hätte irgendetwas mit der Realität zu tun!

Jetzt wurde mir klar, dass ich einen Teil der Rache für den Mord bekommen konnte, während ich gleichzeitig die ursprüngliche Mission der Wölfe fortsetzte, nämlich die Menschen aus ihrem wahnhaften Schlaf aufzuwecken.

*   *   *

Wir wollten Mark und Dianne zu diesem Zeitpunkt nicht weiter stören und beschlossen, Coot im Krankenhaus zu besuchen, um uns von ihm zu verabschieden. Er konnte jetzt humpeln und war fast bereit, entlassen zu werden, aber er war fassungslos, als er hörte, was mit dem Baby passiert war. Wir sagten ihm, dass wir zu unserem letzten Einsatz aufbrechen würden, von dem es vielleicht keine Rückkehr geben würde. Wir hatten nichts zu verlieren: "Hassverbrechen", bis vor wenigen Jahren ein unbekannter Begriff, galten nun als die schlimmsten Verbrechen überhaupt (obwohl Orwell sie mit seinem Begriff "Gedankenverbrechen" in gewisser Weise vorweggenommen hatte).

Als wir Coot dies erzählten, nahm er ein Stück Papier von dem kleinen Tisch neben seinem Bett. Es war eine Vorladung wegen eines Hassverbrechens.

"Anscheinend war einer der Antifaschisten, die ich geschlagen habe, bevor sie mich niedergeschlagen haben, ein Homosexueller ... Nicht, dass ich das damals wusste".

"Ist er noch da?"

"Er war aus Adelaide, hat mir der Polizist gesagt, der die Vorladung zugestellt hat. Sie werden ihn wahrscheinlich einfliegen lassen, um auszusagen."

"Dann bist du am Arsch."

"Ich sitze im selben Boot wie du."

"Vielleicht solltest du mitkommen."

"Das möchte ich nicht verpassen."

"Du kennst dich doch mit Sprengstoff aus, oder?"

*   *   *

Nietzsche warnte uns bekanntlich vor denen, bei denen der Wille zur Strafe stark ist, aber hier ging es nicht um Strafe, sondern um Erziehung. Nachdem wir uns mit dem Gesicht des Richters vertraut gemacht hatten, indem wir einer Verhandlung auf der Besuchertribüne beigewohnt hatten (wo Maddy die Blicke der Zuschauer auf sich zog), warteten wir, bis er den Gerichtssaal verlassen hatte, und folgten ihm dann in einem Taxi vom nahe gelegenen Taxistand zu einem schönen alten Haus in New Town.

Wir traten die Haustür ein, wie bei einem richtigen Einbruch. Was wir nicht bedacht hatten, war, dass der Heuchler eine Handfeuerwaffe haben würde. Dass es eine Regel für ihn und eine andere für Joe Sixpack gab, war eigentlich vorhersehbar, und warum wir das nicht vorhergesehen haben, kann ich mir beim besten Willen nicht erklären.

Jedenfalls schwang er die Waffe über seine Schulter, als er unsere grimmigen Gesichter durch den Gang auf sich zukommen sah. Wir wichen in Panik zur Seite, und er verfehlte uns, so dass seine Kugel den Putz von der Wand sprengte, anstatt Fleisch von unseren Körpern zu reißen. Zum Glück waren meine Reflexe blitzschnell, und ich wartete hinter der Ecke des Korridors, um ihm die Waffe zu entreißen, als er sich anschlich. Ich riss sie ihm aus der Hand, aber der heiße Lauf überraschte mich, und ich ließ sie auf den Teppich fallen. Er stürzte sich darauf, und wir drei stürzten uns auf ihn, fest entschlossen, ihm etwas englischen Menschenverstand beizubringen. Sein graues, arrogantes Gesicht war angespannt, als er uns anschrie: "Was zum Teufel *wollt* ihr?"

Ich zischte zurück: "Wir wollen, dass du spürst, wie es ist, wenn man sich verteidigen will."

"*Was?*"

"Warum haben Sie diesen Mann zu zwei Jahren verurteilt, weil er das getan hat, was Sie gerade getan haben?" Aber wenn ich erwartet hatte, dass er nachdenkt oder über seine Scheinheiligkeit nachdenkt, hatte ich mich getäuscht. Er lachte mir ins Gesicht, völlig unbefangen mit seiner Doppelmoral. In einem bestimmten Teil der Justiz war das inzwischen gang und gäbe, und nichts, nicht einmal Folter, würde ihn jemals dazu bringen, zuzugeben, dass es falsch war. Er ergötzte sich daran, genoss es... es war fast bewundernswert.

Dann stürzte er sich auf die Pistole und Coot rang mit ihm. Ich weiß nicht genau, was passierte, aber es endete damit, dass unser Richter eine Kugel ins Bein bekam. Er schrie und krümmte sich im Todeskampf. Der Mann war ohnehin nicht mehr zu retten, also sagte ich

Maddy, sie solle einen Krankenwagen für ihn rufen. Hier war nichts mehr zu machen.

"Wo sind deine Autoschlüssel?", schrie ich. Er zog sie aus der Tasche und warf sie mir mit einer hasserfüllten Grimasse zu.

"Damit kommt ihr nicht durch, ihr puritanischen kleinen Scheißer", keuchte er.

"Das haben wir auch nicht vor", knurrte ich und verließ die Szene.

Ich öffnete seinen silbernen Mercedes und wir fuhren quietschend davon. Ich konnte mich kaum noch ans Fahren erinnern (ich hatte erst zwei Fahrstunden gehabt, kurz bevor ich East Lynwood verlassen hatte), aber das deutsche Präzisionsauto ließ sich so gut lenken, dass es mir Spaß machte. Wir fuhren über Nebenstraßen in Richtung CBD, während im Nebel die Sirenen heulten.

Einen Angriff auf die Fernsehtürme auf dem Mount Wellington im Stil von "Der Zauberer von Oz" schlossen wir aus, da sie so groß waren, dass wir nicht einmal wussten, ob wir sie sprengen könnten... und außerdem würde das Satellitenfernsehen immer noch funktionieren. Also konzentrierten wir uns auf ein realistischeres Ziel - das *Messenger*-Gebäude, und zwar in einem Großangriff. Jetzt, wo wir eine Waffe hatten, würde es einfacher sein.

Wir warteten bis Mitternacht, als die Morgenausgabe für den Druck vorbereitet wurde, und hämmerten dann wie Dämonen an die Eingangstür, bis ein Wachmann kam.

"Wir wollen den Chefredakteur sprechen", sagte Maddy.

"Ihr seid die ... Nein, natürlich könnt ihr ihn nicht sehen!" Mir blieb nichts anderes übrig, als ihm die Waffe ins Gesicht zu halten.

"Bring uns sofort zu ihm. Keine Tricks."

Er hob die Hände in die Luft, obwohl ich ihn nicht darum gebeten hatte, und sagte: "Okay, Kumpel, immer mit der Ruhe ... Ich bringe dich zu ihm, okay?" Es war wie in einem Gangsterfilm ...

Wir gingen zwei Treppen hinauf und einen dunklen Flur entlang, bis wir zu einer Tür mit der Aufschrift "Barry Smart (Editor)" kamen. Der gut erzogene

Sicherheitsmann klopfte sogar an, aber ich ersparte ihm weitere Formalitäten, indem ich den Türknauf drehte und zu dem Schreibtisch ging, an dem ein dünner Mann in einem rosafarbenen Businesshemd saß. Als er die Pistole sah, begann er sichtlich zu zittern.

"Was wollen Sie?", stammelte er.

"Wir haben ein paar Änderungen für die morgige Ausgabe", sagte ich. "Du machst sie so, wie ich es dir sage, oder es macht bumm-bumm, knall-bumm, peng-bumm, und dein Kopf ist weg." Maddy kicherte. Ich winkte dem Wächter, der sich mit der Pistole wegzuschleichen schien, zu: "Bleiben Sie in Schussweite, danke, Mister."

Der Redakteur murmelte etwas Klischeehaftes wie "Damit kommen Sie nicht durch", bevor ich ihn mit der Pistole schlug und ihm mit einem dunkelvioletten Bluterguss auf der Wange und Tränen in den Augen befahl, uns in die Redaktion zu führen. Dann gab ich Coot die Pistole (obwohl ich das später bereute) und sagte ihm, er solle sie auf uns beide richten, damit Maddy und ich unsere Gliedmaßen für andere Dinge frei hätten, während der halbverkrüppelte Coot unsere beste Kriegswaffe gegen den Feind in der Hand hielt.

Wir traten durch die Doppeltüren der Nachrichtenredaktion wie Cowboys in einen Saloon, und die Wucht der verdrängten Luft ließ den ganzen Raum, ein paar Dutzend Leute, sich umdrehen und umsehen.

"In Ordnung, Leute, ihr seht, dass mein Kamerad eine 9mm-Pistole auf den Kopf eures geschätzten Redakteurs und seines Aufpassers gerichtet hat... also hört sofort auf mit dem, was ihr tut, und nehmt bitte die Hände hoch. Ich werde es nicht noch einmal sagen. Jeder, der versucht, ein Handy oder ein ähnliches Gerät zu benutzen, wird streng bestraft. Versammelt euch dort drüben." Ich deutete auf eine leere Stelle im Raum. "Stellt euch in einer Reihe auf, die Hände hinter dem Kopf, so dass ich sie sehen kann." Sie gehorchten schweigend, nur eine der Arbeiterinnen stieß ein "Oh mein Gott" aus.

"Also, wer ist verantwortlich für das Drucklayout oder wie auch immer das heißt? Sagen Sie es mir schnell." Ein kahlköpfiger Mann mit einem Geiergesicht hob die

Hand.

"Ich bin der Chefdesigner", sagte er nervös. "Wenn Sie mich wollen, lassen Sie die anderen gehen."

"Auf keinen Fall. Ich will, dass Sie jede einzelne Seite der Zeitung löschen, bis auf die Titelseite. Ich wiederhole, die ganze Zeitung muss leer sein ... bis auf eine große Banner-Schlagzeile, auf der steht: "WIR, DIE MASSENMEDIEN, SIND EIN PACK LÜGENDER WURST" Nein, ändern Sie das in "WIR, DIE MASSENMEDIEN, SIND EIN PACK LÜGENDER, VERMINDENDER SCHMUTZ, DER DIE TÖTUNG VON BABYS BEFÜRWORTET". Nervöse Blicke im ganzen Rudel.

"Kommen Sie, wir verstehen, dass Sie wütend sind", sagte einer mit herablassender Boomer-Stimme, "aber ..."

"Halt's Maul", sagte Coot und richtete die Waffe auf ihn. Er stöhnte und keuchte, blickte auf den Boden und sah aus, als müsse er aufs Klo.

"Irgendjemand", sagte ich knackig, "hat tatsächlich beschlossen, die Story über das Baby unserer Freundin, das von den firmengesponserten Antifa-Schlägern getötet wurde, nicht zu drucken. Wer war das?" Stille. Dann sagte ein anderer Boomer in einem rosafarbenen Hemd (die meisten der anwesenden Männer schienen so etwas zu tragen):

"Die Aufgabe unserer Zeitung ist es, die Normen der Gemeinschaft aufrechtzuerhalten." Unglaublich, in seiner Stimme lag ein Ton beleidigter Würde, als er das sagte! Dieser Boomer saß tatsächlich mit mir auf seinem hohen Ross...

"Gemeinschaftsnormen", rief ich. "Mord oder Totschlag an einem Kleinkind ..."

"Ja, Gemeinschaftsnormen", sagte eine Frau wütend. "Wir mögen Sie nicht und auch nicht das, wofür Sie stehen. Und warum sollten wir den Ruf der antifaschistischen Jugend beschmutzen, nur wegen etwas, was vielleicht ein einfacher Fehler war?" Es war unglaublich ... Selbst mit Waffengewalt war ihre Arroganz nicht zu bremsen. Würden sie jemals loslassen, diese grauen, schildkrötengesichtigen Kreaturen? Würden sie jemals aufhören, die westliche Welt im

Würgegriff zu halten? Ich begann zu glauben, sie seien unsterblich. Vielleicht sollte ich einen von ihnen erschießen und es herausfinden ...

Aber jetzt debattierten sie untereinander, über technische Details des Falles und die Definition von Gemeinschaftsstandards ... als wären wir gar nicht hier! Coot wurde langsam nervös und Maddy schüttelte ungläubig den Kopf.

"*Von wessen* Gemeinde reden Sie?", rief ich. "Es gibt noch andere in der Gemeinschaft als deine Art und das, was du dir fälschlicherweise darunter vorstellst! Wer hat die Gemeinschaft in der Frage der Masseneinwanderung konsultiert, um nur ein Beispiel zu nennen? Hey, wenn ich so darüber nachdenke, warum bringen wir in der morgigen Ausgabe nicht einen Artikel darüber, wie die "Sozialisten" der GLC und der Antifa von einem milliardenschweren Kapitalisten namens Sheldon Albright gesponsert werden, dessen Unternehmen enorm von einer Politik der offenen Grenzen profitieren? Finden Sie nicht, dass dies etwas ist, worüber sich die Gemeinschaft bewusst sein sollte?"

Jetzt gab es sehr nervöse Blicke von den Mitarbeitern. Der Redakteur selbst murmelte: "Da wollen Sie doch nicht hin..."

"Doch, das wollen wir. Und wir werden in der morgigen Ausgabe einen Aufruf zu einer wirklichen gesellschaftlichen Debatte veröffentlichen, Stadt für Stadt, Vorort für Vorort, über Fragen der Identität, des Globalismus und der Masseneinwanderung".

"Das wollen Sie doch nicht", wiederholte er und schüttelte traurig den Kopf.

"Doch, das *wollen* wir. Also, wer ist der Online-Redakteur?" Einer hob zähneknirschend die Hand. "Loggen Sie sich in Ihren Computer ein und beginnen Sie einen neuen Artikel. Es sollte der erste Artikel sein, der auf der *Messenger*-Website erscheint." Er tat es, und ich gab ihm den von Albright unterzeichneten Brief, den wir von der GLC mitgebracht hatten (es schien so lange her zu sein). Ich hatte ihn in meiner Brieftasche aufbewahrt, eines der wenigen Dinge, die unseren erzwungenen Umzug überlebt hatten. Dann bat ich ihn, es einzuscannen und den Scan selbst zum Hauptteil des

Artikels zu machen. Außerdem bat ich ihn eindringlich, den Kommentarbereich unmoderiert zu lassen... denn auch wenn sich um diese Zeit nur wenige einloggen würden, wollten wir die Belagerung so lange wie möglich aufrechterhalten.

Doch schon heulten Sirenen, und ein Blick aus dem Fenster eines abgedunkelten Nebenraums verriet mir, dass sich draußen Polizei und Antiterroreinheit versammelt hatten. Jemand musste sie aus dem Gebäude gerufen haben. Nun gut, sie würden es mit uns zu tun bekommen. Mehrere Telefone begannen zu klingeln, auch Handys, aber ich wies die Geiseln an, sie zu ignorieren.

Dann kam mir in den Sinn, dass der Scan allein für die meisten Leser etwas unverständlich sein könnte, also fügte ich einen erklärenden Absatz darüber hinzu, dass unsere "linken" Feinde (einschließlich derer, die offen versuchen, Tasmanien nach ihrem Bilde umzugestalten) in Wirklichkeit vom Großkapital finanziert werden. Ganz zu schweigen von der Ironie, dass die "Antirassisten" von Sheldon Albright gesponsert werden, einem überzeugten Zionisten, der Millionen an das rassistische Regime in Israel gespendet hat. Ich wusste nicht, ob das die schlafenden Massen interessieren würde, aber ich schrieb es trotzdem. Draußen hörte ich jemanden durch ein Megaphon plappern, etwas über die Umzingelung des Gebäudes, aber ich schaltete es aus.

"Sollten wir nicht noch etwas hinzufügen?", fragte Maddy. "Ein Denkmal für unseren kleinen ermordeten Kameraden?"

"Ja, auf jeden Fall. Sie", ich deutete auf einen der älteren Journalisten. "Schreiben Sie, was ich Ihnen diktiere. Ein Epitaph für das Potenzial in der Welt, das du zerstört hast."

"Das ist nicht fair, Sie können nicht...", begann eine Reporterin, aber Maddy schrie auf und schlug ihr hart ins Gesicht, so dass sie verstummte.

"Hey, das können Sie nicht machen", schnaubte ein anderer mit einem herablassenden Stirnrunzeln auf dem weißbraunen Kopf. Selbst mit vorgehaltener Waffe glaubten sie, das göttliche Recht zu haben, uns zu belehren. Wie gesagt, in gewisser Weise war das fast bewundernswert, aber ich fürchte, die Erde ist dessen überdrüssig geworden.

"Der Nächste, der was sagt, kriegt eine Pistolenpeitsche", befahl ich Coot und er nickte. Wir waren jetzt dabei, die Dinge zu erledigen. Der Lärm der ständig klingelnden Telefone machte mich angespannt und unausstehlich. Die nächsten fünfzehn Minuten verbrachte ich damit, einen Nachruf auf den kleinen Varg zu diktieren, mit ein paar bösen Seitenhieben auf die Journalisten und hochrangigen Polizisten, die sich verschworen hatten, das Verbrechen zu vertuschen. Dann überprüfte ich, ob er es richtig wiedergegeben hatte, korrigierte ein paar Tippfehler und stellte es ins Netz.

Draußen wurde es noch lauter, und ich dachte, es wäre vielleicht an der Zeit, zum Telefon zu greifen. Und siehe da, es war mein alter Freund Inspector Tippett ... nicht gerade die beste Person, um eine Belagerungsverhandlung zu führen, aber so ist das in Tasmanien. Ich sagte ihm, er könne mich mal und legte auf. Dann habe ich mir ein paar Online-Nachrichtenseiten angesehen, und tatsächlich, die ganze Welt hat die Geschichte aufgegriffen. *Live-Medien-Belagerung!* Natürlich wurde die Geschichte so negativ wie möglich dargestellt, und ein amerikanischer Nachrichtensprecher betete für die Sicherheit der "tapferen australischen Journalisten".

Der Bonus war jedoch, dass die *Messenger*-Website viele Besucher hatte und ein Mainstream-Medium sogar den Mord an Baby Varg als mögliche(!) Quelle unserer Beschwerden erwähnte. Aber Albright wurde nicht erwähnt. Ich vermutete, dass die Globalisten nicht zögern würden, ihre Antifa-Schocktruppen loszuwerden, wenn es nötig wäre (die Revolution frisst ihre eigenen Leute!), aber man müsste sie buchstäblich umbringen, bevor sie einen aus dem inneren Kreis verraten würden. Tatsächlich klickte ich auf die *Messenger*-Website zurück und stellte fest, dass der Baby-Varg-Artikel immer noch da war, während der Albright-Artikel völlig verschwunden war.

"Was für eine Schande", schrie ich. Doch dann wurde

mir klar, dass das niemand in der Redaktion gemacht haben konnte. Maddy, die mir über die Schulter geschaut und gesehen hatte, was passiert war, sagte: "Es muss von außen gehackt worden sein." Der Redakteur im rosa Hemd wollte etwas sagen, aber Coot schlug ihn mit der Pistole und brach ihm den Kiefer (wie ich später erfuhr).

Dann hob eine junge weibliche Geisel schüchtern die Hand. Ein Schild identifizierte sie als Anita, Kadetten-Journalistin. Sie sah erst neunzehn Jahre alt aus, aber es war nicht nur ihr Alter, das sie fehl am Platz erscheinen ließ ... Sie hatte auch ein offenes Gesicht. Nachdem sie die Erlaubnis erhalten hatte, zu sprechen, sagte sie: "Ich könnte Ihnen helfen, den Artikel neu zu tippen." In ihrer Stimme lag ein hoffnungsvoller Ton, und plötzlich wurde mir klar, dass dieses arme, süße Geschöpf am Stockholm-Syndrom litt!

Aber ich hatte nicht viel Zeit, über dieses faszinierende Phänomen nachzudenken, bevor das Licht ausging. Irgendjemand hatte den Strom von draußen abgestellt, und nun wurde der Raum nur noch durch das Licht der Computerbildschirme (Laptops mit Reservebatterien) erhellt. Dann wurden die Türen eingetreten und grelles Licht überflutete unsere Netzhäute.

"Hände hoch", riefen die Spezialeinheiten, die ihre Arbeit so gut machten, dass wir sie nicht hörten. Ihre Maschinengewehre waren auf uns gerichtet, und es schien, als hätten wir nur die Wahl, uns zu ergeben oder in einem Feuerwerk unterzugehen.

Als ich Maddy ansah, entschied ich mich schnell für Ersteres, denn ich wusste, dass sie mir folgen würde, und ich konnte den Gedanken nicht ertragen, ihren schönen Körper von Kugeln durchsiebt zu sehen. Auch sie hob langsam die Hände.

Aber Coot tat es nicht.

Er entschied sich für die Unsterblichkeit und hob trotzig seine Waffe. Ich hörte, dass seine Leiche mit Hilfe von Zahnunterlagen identifiziert werden musste. Der Anblick des Todes meines Kameraden erfüllte mich mit einer solchen Wut, dass ich tatsächlich meine Meinung änderte und beschloss, selbst zu sterben, wenn ich nur einen von ihnen aus Rache mit mir nehmen könnte... Aber es war zu spät, ich wurde zu Boden geworfen und gefesselt, dann mit Handschellen gefesselt und mehrmals in den Magen geschlagen.

Unsere Rebellion war vorbei, und was hatte sie gebracht? In diesem Moment fühlte es sich wie nichts an...

*   *   *

Ich werde die schreckliche Behandlung während des Verhörs beschönigen. Natürlich darf ich keinen Kontakt zu meiner geliebten Maddy haben, aber ein silbernes Band verbindet uns für immer, egal wie weit wir voneinander entfernt sind.

Natürlich steckten sie mich in das Gefängnis für Erwachsene. Meine erste Tat dort war, dass ich Packo mit einer Eisenstange in der Turnhalle erschlagen habe; danach wurde ich in Einzelhaft verlegt, wo ich bis heute bin. Das ist für mich in Ordnung, denn die allgemeine Bevölkerung scheint keine "Terroristen" zu mögen ... und so werden wir wieder einmal von den Lügenmedien genannt. Dank der "Linken" sind wir überhaupt hier, dank der "Rechten" werden sie neue Impfstoffe an uns testen und uns nie wieder rauslassen.

Da mein lächerlicher "Prozess" näher rückt, war ich gezwungen, Dr. Halvorsen aufzusuchen, einen zynischen und abgestumpften Psychiater. Und da ich um jeden Preis vermeiden wollte, als geisteskrank eingestuft und mit Medikamenten vollgepumpt zu werden, willigte ich ein, diese Memoiren zu schreiben. Maddy schreibt auch eine, wie mir Halvorsen sagt. Sie ist loyal und wird mich niemals verraten, und mein einziger Wunsch ist es, neben ihr begraben zu werden, wenn ich sterbe...

Ich muss dem Psychiater danken, dass er dafür gesorgt hat, dass Japhrey mich besuchen und mir das letzte Bild seiner jetzt vollendeten Serie zeigen konnte. Ich sah ihn, den schwarzen Felsen, glitzernd und nass. Die pyramidale Gewissheit, die obsidiane Endgültigkeit. Die Rückkehr zur reinen Form. Es verfolgt mich noch immer.

Coot erhielt ein Armengrab... Aber sein wahres Denkmal sind seine Taten, vor allem die Art und Weise, wie er sich von einem selbstzerstörerischen Lebensstil zu edler Tat und Heldentod aufschwang.

Auch das verfolgt mich bis heute.

*   *   *

In der Nacht, in der ich Packo tötete, hatte ich einen schrecklichen Traum. Eine schreckliche Frauenleiche schwebte durch ein geschlossenes Fenster auf mich zu. Die Leiche nannte sich "Bonna" und wiederholte immer wieder, dass sie die wahre Rebellin, die wahre Bilderstürmerin sei. Ihr Gesicht hatte den gleichen grimmigen, kranken Ausdruck, den ich bei den Figuren des Establishments in den USA gesehen hatte, und ich glaube, sie war die Verkörperung der Babyboomer-Generation ... Völlig versklavt vom Globalismus, aber immer noch verzweifelt darum bemüht, als "kantig" und "rebellisch" angesehen zu werden.

Doch dann erreichte mich über Halvorsen die Nachricht von der wandervogelartigen Bewegung der *Wölfe der Freude*, die überall auf der Welt im Entstehen begriffen war und sich an den Hungrigen Wölfen von Van Diemen's Land orientierte. Anita, die ehemalige Kadettenjournalistin, hat jedem, der es hören wollte, unsere wahre Geschichte erzählt und wie die Medien sie vertuscht haben... Und die Leute haben ihr geglaubt. Ich glaube, dass zu viele Menschen ähnliche Erfahrungen gemacht haben, um ihr nicht zu glauben. Obwohl ich ihr nie persönlich geantwortet habe, ist Anita jetzt unsere beste Kameradin. Ja, das Stockholm-Syndrom ist sicherlich ein interessantes Phänomen... Frauen respektieren Kraft und Taten, egal was die Feministen sagen.

Aber die Wölfe der Freude sind *positiver* als wir es je waren. Ihre spontanen Aktionen sind keine Angriffe auf das bestehende System, sondern sie bauen auf dessen Ruinen ein neues System auf. Sie sprechen die Sprache der Vögel, und deshalb werden sie von der Obrigkeit gehasst, egal, was sie tun ... aber wie schnell sie sich ausbreiten!

Und sie reden nicht, sie handeln. Man könnte sagen, die Religion der Wölfe der Freude ist die "positive Aktion", die durch Symbole einen neuen und besseren Zeitgeist schmiedet...

Das Rad dreht sich!

NACHWORT

von Dr. Michael Halvorsen

Jetzt, da die Prüfungen vorbei sind, wird der Leser vielleicht mein Erstaunen über viele der Widersprüche teilen, die in der vorstehenden Erzählung enthalten sind; zum Beispiel die inkonsistente Verwendung der politischen Begriffe "links" und "rechts", sogar in Großbuchstaben; oder das seltsame Beharren auf dem Wort "transzendent". Ich glaube, Kant definierte es als "jenseits der Möglichkeit menschlicher Erkenntnis", aber ich bin mir überhaupt nicht sicher, was die Wölfe damit meinen.

Und noch einmal: Einfach eine ganze Generation anzugreifen und sich gleichzeitig einige der am meisten verehrten kulturellen Ikonen dieser Generation anzueignen - Tolkien, Hermann Hesse, die Beatles - ja, wir Boomer haben in den 60ern und 70ern vor dem Altar dieser Künstler angebetet, auch wenn einige von uns das vielleicht vergessen haben.

Ich persönlich finde Sean, obwohl er in mancher Hinsicht sympathisch ist, extrem arrogant, fast schon größenwahnsinnig. Aber was weiß ich schon? Ich bin ja auch nur einer der verhassten Boomer.

Andere würden die Wölfe vielleicht als bloße Idealisten bezeichnen, wenn sie mehr Mitgefühl hätten. Man kann zum Beispiel auf den vorhergehenden Seiten lesen, wie Sean als Kind feststellte, dass die reale Welt nicht seinen Fantasien von "Kriegern" und "Transzendenz" entsprach; so wie später die schöne Olivia Tippett nicht seinem Ideal von Weiblichkeit entsprach (ein Ideal, das man am besten als "totale und uneingeschränkte Loyalität" beschreiben könnte); aber die körperlich weniger attraktive Madeleine tat es, weil sie das Ideal verstand.

Sean hält mich, wie er selbst sagt, für einen abgestumpften Zyniker, und vielleicht hat er Recht. Aber ich möchte ihn an Menckens klassische Definition eines Idealisten erinnern: "Jemand, der, nachdem er bemerkt hat, dass eine Rose besser riecht als ein Kohlkopf, zu dem Schluss kommt, dass man daraus auch eine bessere Suppe kochen kann...".

Andererseits finde ich die Kritik der Wölfe am Konservatismus faszinierend und zutreffend. Ich kenne Seans Vater beruflich (der sich wie Madeleines Mutter während des Prozesses öffentlich von seinem Kind distanziert hat) und halte ihn für einen Idioten.

Aber inwieweit rührt Seans Hass auf den Globalismus zum Beispiel von einer bloßen *persönlichen* Abneigung gegen alternde linke Kämpfer wie Green, Bannock und Lindley her, die schließlich in der abscheulichen Traumgestalt verkörpert werden, die er "Bonna" nennt? (Er erzählte mir auch von einem anderen Traum, in dem sein zukünftiges Ich damit beschäftigt war, seine eigenen jugendlichen rebellischen Taten anzuprangern. Sean widersprach seinem zukünftigen Ich und schrie: "Sogar du bist gegen mich, du alte Fotze!" Ich wusste nicht, ob ich lachen oder weinen sollte.)

Alle Sympathie, die ich für die Wölfe hege, gilt nicht für ihre Gewalttaten: Seans Ermordung von "Packo", der Angriff auf einen Richter, die Behandlung von Angela Russell-Smythe (so heuchlerisch sie auch war) oder der Angriff auf die "reichen Boomer vom Festland". Ja, ich verstehe, dass die Jugendarbeitslosigkeit hoch ist, und ja, es war meine Generation, die Arbeitsplätze ins Ausland verlagert hat ... aber es muss eine bessere Antwort geben?

Was die ablehnende Haltung der Wölfe gegenüber der Masseneinwanderung betrifft, so hat Sean zu Beginn seiner Memoiren den Wunsch geäußert, dass Geisteskranke frei auf den Straßen herumlaufen sollten. Er ist offensichtlich nicht abgeneigt, sich selbst in Gefahr zu bringen (um es vorsichtig auszudrücken), so dass einfache Fremdenfeindlichkeit als Motiv ausgeschlossen werden kann. Der verstorbene Aloysius Coot war von japanischen Ninjas besessen. Aber waren die Gründe, die sie für ihre Ablehnung des Kosmopolitismus anführten, gerechtfertigt? Bedeutet der "Schmelztiegel" der Masseneinwanderung wirklich, dass es weniger Vielfalt in der Welt gibt? Der Leser muss sich seine eigene Meinung bilden…

Jedenfalls war ihr Prozess eine Farce, und selbst Wolfsgegner äußerten den Verdacht, dass Urteil und Strafe vorherbestimmt waren. Sean und Madeleine durften nicht als Zeugen aussagen und ihre Memoiren wurden als unzulässiges Beweismittel erklärt. Ich glaube nicht, dass so harte Urteile (lebenslänglich ohne Bewährung in beiden Fällen) gegen die Rebellen der 1960er Jahre verhängt worden wären! Die Reaktion ist unangemessen und geht an einer grundsätzlichen Frage vorbei: Wie soll man mit der wachsenden Zahl entfremdeter Jugendlicher umgehen, die sich einen Dreck um die Werte von 1968 scheren?

Was Mark und Dianne betrifft, so sitzen auch sie jetzt im Gefängnis und warten auf ihren Prozess wegen "Mitgliedschaft in einer terroristischen Vereinigung" oder so ähnlich. Ich selbst wurde von freundlichen Bürokraten mit Bundesabzeichen besucht, die mich eindringlich davor warnten, diese Memoiren zu veröffentlichen. Nun, ich werde sie veröffentlichen und verdammt sein. Australien ist immer noch eine liberale Demokratie, zumindest in der Theorie.

Ich habe Mark gestern zum ersten Mal besucht und ihn als einen wohlerzogenen und hochgebildeten jungen Mann kennen gelernt, der mit europäischen Kulturschaffenden wie Guénon, Eliade, Spengler und Schmitt bestens vertraut ist. Und doch hat dieser kultivierte junge Mann den barbarischen Wunsch geäußert, nicht nur Mitglieder der Antifa-Sekte zu ermorden (wie auf diesen Seiten beschrieben), sondern auch auf ihre verstümmelten Leichen zu spucken.

Ich für meinen Teil stimme zu, dass die Antifa zutiefst irreführend ist und dass die Charakterisierung der Wölfe als "Faschisten" durch die Medien blanker Unsinn ist. Experten wie Valma Grim sind zu dem Schluss gekommen, dass Antisemitismus eine Rolle bei der Einstellung der Wölfe spielt, ebenso wie einige andere, die behaupten, Antiglobalisten oder Anti-Kosmopoliten zu sein. Ich möchte nur sagen, dass ich sie noch nie *offen* antisemitisch geäußert habe (ihre Tiraden gegen den "stinkreichen zionistischen Schweineficker" Sheldon Albright sind weder das eine noch das andere), und ich denke, wir müssen ihre erklärten Motive in dieser Hinsicht für bare Münze nehmen.

Aber eine Frage, die Mark mir stellte, ist es wert, wiederholt zu werden. Sie lautete wie folgt: "Warum können diejenigen, die den Globalismus aus idealistischen Gründen unterstützen, nicht erkennen, dass hohe Tiere wie Albright ihn nur vorantreiben, um Macht zu erlangen, und dass das einzige, was "Global Governance" erreichen wird, ist, noch mehr Köpfe in einen Korb zu werfen, damit eben diese Machthaber sie abschlagen können?"

Ich wusste nicht, wie ich darauf antworten sollte. Wenn Mark Recht hat, dann sollte niemand, der liberale Überzeugungen hat, Internationalist sein; und das ist ein beunruhigender Gedanke. Aber wenn zukünftige Zeitalter über uns urteilen, könnte es sein, dass die Dinge, die wir heute für so schrecklich "moralisch" halten, in einem ganz anderen Licht gesehen werden …

Manchmal verspüre ich eine seltsame Sehnsucht, den Wunsch, Sean und Madeleine hätten ihren ursprünglichen Plan, die Sendemasten auf dem Mt. Wellington abzuschalten, weiterverfolgt. Ich kann mich des Eindrucks nicht erwehren, dass Tasmanien ein Jahr ohne den Idiotenkasten gut getan hätte.

Aber was passiert, wenn ich diesem Wunsch nachgebe?

Und warum erschaudere ich, wenn ich die Worte "Wölfe der Freude" höre?

Der Ketzerische Kaiser

INHALT

VORWORT

Um das Geheimnis von Maximillian Scarlotti zu lüften, waren wir gezwungen, Zeugnisse aus vielen verschiedenen Quellen heranzuziehen. Nach der Lektüre dieser verschiedenen Darstellungen wird der Leser in der Lage sein, besser zu verstehen, wie sich die Katastrophe ereignet hat. Wer Ohren hat, der höre.

Wir Weltverbesserer (oder "Globalisten", wie uns unsere Feinde gerne nennen) müssen unsere Lektion lernen, und zwar gründlich lernen, wenn wir wollen, dass unser Projekt in irgendeiner fernen Zukunft wieder aufblüht. Denn obwohl wir eine große Schlacht verloren haben, geht der Krieg weiter.

In jüngster Zeit haben jedoch zwei Dinge das Schlachtfeld bis zur Unkenntlichkeit verändert: Das eine war der Graue Tod. Das andere war natürlich das seltsame Leben unseres noch seltsameren Gegners, Maxi Scarlotti, der es geschafft hat, uns aus einer scheinbar unangreifbaren Position heraus den Boden unter den Füßen wegzuziehen - etwas, das nie wieder passieren darf.

Die aufschlussreichste Aussage, die wir von Maxi selbst haben, ist ein schriftliches Zeugnis aus seinen frühen Jahren - das erste Dokument in dieser Mappe. Von da an werden andere Stimmen die Geschichte weitererzählen.

- Elmer J. Cohen
(ehemaliger) Sonderberater der
(ehemaligen) Unikursal Kurie

1

DAS ZEUGNIS VON
MAXIMILLIAN SCARLOTTI

Da ich morgen abreise, möchte ich meine Gedanken ordnen. Ich glaube, ich fange mit dem Traum an. Während ich seit meiner Kindheit viele wiederkehrende Träume hatte (wie den vom leeren Sears-Gebäude in Chicago, voller Spinnweben im Mondlicht, das jetzt ein gefährliches Wrack ist), ist der Traum, der mich in letzter Zeit dreimal bei Sterns heimgesucht hat, ganz anders, vor allem wegen seiner viszeralen Intensität. Jedes Mal, wenn ich aufwachte, spürte ich Fleischstreifen unter meinen Fingernägeln - mein eigenes Fleisch.

In diesem Traum bin ich ein Kind von sechs oder sieben Jahren, aber stark, fast so stark wie ein Mann. Und ich stürze mich auf einen Krieger, der doppelt so groß ist wie ich - ein großer Deutscher.

Ich springe und versuche, ihn zu töten. Er hält mich in einem Schloss gefangen, und obwohl das Gefängnis luxuriös ist, hasse ich ihn dafür. Ich versuche, ihm das Fleisch vom Leib zu reißen, aber er wehrt mich mit Leichtigkeit ab - also wende ich mich gegen mich selbst, zerreiße mit scharfen kleinen Fingernägeln Kleidung und Haut und ritze mir rote, gezackte Streifen in die Brust. Einige der Schaulustigen sind schockiert, aber für andere bestätigt es nur die Gerüchte, denn man flüstert, ich sei der Sohn eines Schlächters oder eines Dämons ... dass meine Geburt öffentlich war, wie die des Antichristen. Manche sagen, ich sei der Antichrist, aber das glaube ich nicht.

Irgendwie weiß ich, dass dieser große Krieger noch in diesem Jahr in seine lange Heimat zurückkehren wird, erschlagen an dem Ort, an dem Hannibal vor vielen Jahrhunderten die Armeen Roms dezimierte. Irgendwie scheint mir das wichtig zu sein.

Dann wache ich auf und fasse mir an die Brust. Ich spüre die tiefen Furchen in meinem Fleisch, aber es ist nur eine Illusion, denn

173

meine Fingernägel sind völlig stumpf.

Es war dieser *Traum*, der mich zum ersten Mal ermutigte, die Grenzen des Sterns zu verlassen und eine Solo-Reise in die afrikanische Dunkelheit zu unternehmen, die tagsüber noch dunkler ist. Es gab

Denn in Sterns drückt man traditionell ein Auge zu, wenn Schüler heimlich und nur mit einer Handfeuerwaffe bewaffnet Wochenendausflüge unternehmen, um das zu beobachten, was die Schulbehörde die "unerlöste Menschheit" nennt - den Homo sapiens, dem die Segnungen des Weltstaates vorenthalten werden.

Die nahe gelegene Marktstadt Masongo ist das Zentrum einer lebhaften Region am Rande des kenianischen Hochlandes. Trotz der dünnen Luft liegt eine dichte, makabre Bedrohung in der Atmosphäre der Stadt, die sich durch die mit Grenadine und Müll übersäten Straßen zieht und im Zentrum eine unheimliche Wolke bildet - den Marktplatz, der ebenso oft Schauplatz von Gewalt wie von Handel ist.

Bei meinem ersten Besuch wurde ich Zeuge, wie ein kleiner Lastwagen quietschend unter einem riesigen Müllhaufen hindurchfuhr und wie in Zeitlupe gegen einen Baumstumpf prallte, auf dem ein Pavian mit einer Axt stand.

Der angekettete gelbe Affe, der unter so viel Müll begraben war, hätte kaum überleben können - er muss unter der Lawine von schmutzigen Plastiktüten erstickt sein, während sein Besitzer den LKW-Fahrer anschrie und beschimpfte, während seine Frau von ihrem Ugali-Topf aus zusah.

Dann versuchten zwei gefleckte schwarze Gauner, mir die Taschen zu klauen, während ich den Konflikt beobachtete, und wären fast mit meiner wertvollen Pistole abgehauen ... Und während ich sie abwehrte, bemerkte ich etwas verdammt Seltsames: Ein weißer Mann starrte mich an. Ein alter weißer Mann mit einem langen Bart, der eindeutig nichts mit Sterns zu tun hatte. Seine stahlharten, blaugrauen Augen waren in der Tat etwas, das ich auf diesem Planeten noch nie gesehen hatte, und ich konnte diesem abschätzenden Blick nicht lange standhalten...

Aber als ich wieder hinsah, war er verschwunden.

Dann brach auf dem Marktplatz eine Schlägerei aus, und ein Lynchmob formierte sich, um den unglücklichen Pavianmörder zu hängen, also verließ ich den Gestank der "unerlösten Menschheit" und begab mich in die zivilisiertere Umgebung von Sterns.

Nach der üblichen Infektionskontrolle, die bei solchen Expeditionen üblich ist, ging ich in den Fernsehraum, um mich zu entspannen. Ein wenig passiver Voyeurismus würde mir helfen, das *wirkliche* Afrika zu vergessen.

Und da, direkt vor der Tür, stand Tegg mit verschränkten Armen. Ein ruhiges, verträumtes Mädchen, so ganz anders als die anderen Schüler, dass ich bis heute nicht weiß, wie sie dort gelandet ist. In den fast zwei Jahren, die seit unserer gemeinsamen Ankunft in Sterns vergangen waren, hatte ich kaum einen Gedanken an ihr süßes, sommersprossiges Gesicht verschwendet (wie das einer hochintelligenten, aber scheuen Beutelmaus), aber jetzt geschah etwas - sie sah mich an. Es war ein Blick, der etwas bedeutete, aber ich wusste nicht, was... Es war der zweite bedeutungsvolle Blick, den ich an diesem Tag erhielt.

Ich lächelte kühl zurück, um das plötzliche Aufflackern von Gefühlen in ihrem unberührten Privatnest nicht zu verraten (von dem ich natürlich erwartete, dass es dort bleiben würde), und sie biss sich auf die Lippe, als hätte sie den Mut zu sprechen - aber da ich mich nicht dazu durchringen konnte, meine Schritte zu verlangsamen (oh totaler Narr!), und da es keine Rede gab, trug ich den Blick zurück.), und in Ermangelung von Worten, trug mich meine Bewegung grausam weiter, in die verdunkelte Opiumhöhle des Fernsehraums, wo ein Dutzend Studenten gebannt auf die Nachrichten starrten, die Bilder von Massendemonstrationen zeigten, die nun in ganz Europa stattfanden.

"Gestern gab es neue Proteste gegen den Archetypus in Hannover und in Mainz", sagte der Lektor zu den Bildern von wilden Paraden, bei denen sich Antifas mit Dreadlocks unter schick gekleidete Yuppie-Karrieristen mischten, die alle riefen: "*Smash the Archetypus! Smash the*

Archetype!"

Die Kinder im Fernsehraum grinsten aufgeregt und sagten: "Das ist *unser* Werk!", klatschten sich ab und so weiter. Und ich hätte dabei sein sollen, aber etwas in mir fühlte sich kalt an. Ich ging zurück auf den Gang ... aber Tegg war weg. Stattdessen kam Tricia Philips, meine Verlobte, mit schnellen Schritten auf mich zu. Normalerweise hätte Tricias perfektes, unscheinbares, symmetrisches Gesicht meine Zweifel zerstreut, aber heute hatte es den gegenteiligen Effekt und ließ meine Nerven flattern. Es fühlte sich an, als würde ihr Gesicht die letzte Ruhe aus mir heraussaugen und sie dazu benutzen, ihre eigene Nervosität zu untermauern - natürlich nur eine kosmetische Schicht, denn in ihr steckte nicht der geringste Zweifel.

"Hey, das Sexzimmer ist frei, wenn du willst", hauchte sie mit einem halb unterdrückten Gähnen. Mit achtzehn war Sex für sie schon etwas Mechanisches und Freudloses geworden.

Der Sexraum bei Sterns ist ein steriler, komfortabler Raum mit kontrolliertem Licht, vollgestopft mit verschiedenen Spendern für Prophylaxe und Gleitmittel, Handbüchern über Verhütung (als ob man die ständigen Vorträge vergessen könnte!) und so weiter. Ältere Studenten, sogar Homosexuelle, werden ermutigt, heterosexuelle "Partnerschaften" einzugehen, um ihre Karriereambitionen bei den Unaufgeklärten zu fördern - was natürlich nichts mit Liebe zu tun hat (nicht, dass Liebe verboten wäre, nur glaubt bei Sterns niemand daran).

Wie dem auch sei, Tricia ist so etwas wie eine Traditionalistin, d.h. eine Frau, die aus strategischen Gründen für die Beibehaltung der offenen Ehe eintritt - im Gegensatz zu der Fraktion, die glaubt, dass ihre Nützlichkeit erschöpft ist. Aber der Gedanke, dass sie nackt auf einer Gummimatratze unter den Wärmelampen liegt, ihre Genitalien mit einer sterilen Substanz bedeckt, die nach Fabrik schmeckt, und sich über unsere bevorstehenden Abschlussprüfungen unterhält, während ich sie abtupfe, erfüllt mich mit einem bösen Sonnenstrahl klaustrophobischer Übelkeit.

"Ich bin nicht in Stimmung", stammelte ich.

"Schon gut, Maxi", sagte sie. "Vielleicht später ... oder wir hören dem Geschichtenerzähler zu".

"Okay", stimmte ich erleichtert zu. Es sah Tricia gar nicht ähnlich, den Geschichtenerzähler vorzuschlagen, der hier sonntags Hof hielt wie ein blinder Dichter aus alten Zeiten (nicht, dass er wirklich blind war, aber aus irgendeinem Grund erweckte er diesen Eindruck) ... Eigentlich hatte sie nie das geringste Interesse an ihm gezeigt, aber der Jahresendwahnsinn hatte uns alle erfasst, sogar die eigensinnige Tricia. Und als wir den Flur entlanggingen und uns an den Händen hielten, fragte sie mich, was ich gemacht hätte.

"Ich bin nach Afrika gefahren, allein", murmelte ich.

"Oh, wow. Ich erinnere mich an die Zeit, als ich dort war. Ende letzten Jahres, mit Seth und Jemma. Es hat *gestunken*. Nie wieder! Aber ein interessanter Ort".

Tricia und ich waren seit Januar ein "Paar", und als die besten Schüler unseres Jahrgangs wurde immer mehr oder weniger erwartet, dass wir eine Art "Allianz mit Vorteilen" eingehen würden und dass wir für große Dinge bestimmt seien - aber jetzt, als wir den Raum des Geschichtenerzählers betraten, fühlte ich mich plötzlich sehr klein und unsicher.

Der Geschichtenerzähler war da und erzählte seinen drei (jetzt fünf) Zuhörern eine Gruselgeschichte - zumindest glaube ich, dass es so sein sollte. Seine dunklen Augen funkelten im Schein des Kohlenbeckens, während wir in der seidenen Dunkelheit saßen und ihm zuhörten, wie er ein Epos über Krieg und Leid vortrug, das von den "Kshatriyas-Aristokraten" verursacht wurde, die, wie unsere Lehrer uns immer wieder daran erinnerten, in vergangenen Zeiten die Welt brutal regiert hatten, und "deshalb sind wir in dem Schlamassel, in dem wir jetzt stecken", und so weiter und so fort. Aber die Kshatriyas hatten nicht Unrecht, wenn sie Ordnung wollten, versicherten sie uns - es war nur die falsche Art von Ordnung. Sie waren eine Elite, die sowohl Leid als auch Größe brachte.

"Unser Ziel ist eine Welt ohne Leid", erinnerte uns der Geschichtenerzähler.

"Aber warum", sagte eine Stimme aus dem Schatten, "lässt uns Mr. Snow *[der Sport- und Kampfkunstlehrer von*

Sterns - E.J.C.] so leiden?" Ein Glucksen ertönte. Die Stimme gehörte Bryn, der so etwas wie der Klassenclown war. In der ersten Klasse war er wegen seiner Besessenheit von Hermann Hesses "Glasperlenspiel", das er lautstark nachspielen wollte, etwas verdächtig gewesen. Natürlich gilt Hesse heute bei den herrschenden Geschmacksrichtern (trotz seiner pazifistischen Überzeugungen) als "Protofaschist".

Aber die Lehrer müssen etwas in Bryn gesehen haben, denn sie behielten ihn trotz seiner Tobsucht in der Schule. Und ihre Voraussicht erwies sich als richtig, denn im zweiten Schuljahr war Bryn viel orthodoxer geworden. Jetzt konnten sich die anderen Schüler entspannen und über seine Witze lachen, weil er den unausstehlichen deutschen Romantiker nicht mehr erwähnte. Und auch der Geschichtenerzähler kicherte höflich über Bryns Bemerkung.

"Mr. Snow lehrt euch den Schmerz", sagte er, "damit andere es nicht können. Wir müssen *stark* sein, wenn wir die Stärke und das damit verbundene Leid auslöschen wollen...".

Und hier begannen sich meine eigenen Gedanken zu verdichten.

Ich begann zu spüren, dass die Atmosphäre eines idealistischen Projekts bei Sterns nur oberflächlich war. Und nicht nur das, ich spürte auch, dass es das falsche idealistische Projekt war.

*   *   *

Am nächsten Samstag ging ich wieder ins Township. Alles war wie vorher, und das Chaos war so groß, dass man nicht erkennen konnte, dass es einen Aufstand und einen Lynchmord gegeben hatte. Zu meiner Überraschung kam ein seltsamer schwarzer Mann auf mich zu und winkte mich, ihm zu folgen: "Mistah Kurtz, er will dich jetzt sehen", flüsterte er, und ich lachte laut, obwohl ich es nicht wollte.

Ich folgte ihm zehn Meilen durch die Landschaft. Unterwegs gab es keine Abenteuer, obwohl ich mich vor

Löwen fürchtete - oder schlimmer noch vor bewaffneten Banden, wie sie gelegentlich jenseits der somalischen Grenze ihr Unwesen treiben. Nur die Geier starrten traurig von den Baobab-Bäumen... und dann, als wir endlich von der staubigen Piste abbogen und die letzte Meile über Grasland liefen, grinste uns eine Servalkatze aus ihrem Unterschlupf in einem hohlen Baumstamm an. Dann brach die Nacht herein, schnell und brutal, und alles verschwamm, bis auf die Höhle vor uns, deren Öffnung in der zunehmenden Dunkelheit von einer silbernen Gischt aus Glühwürmchen erhellt wurde. Ich schauderte und fragte mich, ob der alte Mann zu Hause war (denn natürlich hatte ich von Anfang an gewusst, wohin ich gehen würde). Der Gamin wandte sich ab und stapfte emotionslos den Weg zurück, den er gekommen war, und so stand ich allein vor dem dunklen Tor und rätselte. Zwei anglo-nubische Ziegen liefen teilnahmslos in einem nahegelegenen Gehege umher - zweifellos die Milchquelle des alten Mannes. Wie schützte er sie vor Raubtieren, fragte ich mich unwillkürlich.

"Nun, kommst du rein oder nicht?" Die tiefe, kratzig klingende Stimme mit dem englischen Akzent dröhnte mir aus einer anderen Ebene des Seins entgegen. Zitternd trat ich in die Höhle und duckte mich, um dem hängenden Felsen am Eingang auszuweichen. Seine Augen funkelten im Halbdunkel des Atriums, das nur von einem flackernden Licht erhellt wurde, das aus einer Kammer weiter hinten kam. Dorthin führte er mich, und wir setzten uns vor ein offenes Feuer in der Mitte der zerklüfteten Höhle. Die Höhle rauchte, obwohl eine Art Schornstein im Dach für eine minimale Belüftung sorgte.

"Ich will nicht um den heißen Brei herumreden", knurrte er. "Ich habe die Gabe, das frühere Leben anderer Menschen zu erkennen. Und als ich durch die Welt wanderte, ganz in der Nähe eines dieser Indoktrinationszentren, in denen das zukünftige Böse ausgebildet und gelenkt wird, spürte ich plötzlich die Gegenwart von etwas Großem. Ein mächtiger Geist der Vergangenheit. Ich weiß nicht, was für ein Geist, aber es war ein großer. Und so ließ ich mich in der Gegend nieder, in der Hoffnung, dass sich diese Reinkarnation zeigen würde. Und als ich dich auf dem Markt sah, wusste ich sofort, dass du es bist. Ich war so überwältigt von dem Gefühl weltgeschichtlicher Größe, dass ich mich ängstlich zurückzog.

"Aber es dauerte nicht lange, bis ich wieder bei Sinnen war, und ich beauftragte einige der hiesigen Gassenjungen, nach deinem Wiedererscheinen Ausschau zu halten ... denn in meiner Gestalt war es leicht, ihnen Furcht vor mir, dem mächtigen "weißen Zauberer", einzuflößen, und sie gehorchten unter Todesgefahr. Sie dachten auch nicht daran, zehn Meilen durch den Busch zu marschieren. Ich konnte deine Anwesenheit fast eine halbe Stunde lang spüren, bevor du endlich kamst, weißt du".

Ich war überrascht, aber nicht überrumpelt. *Da waren die Träume.* Aber ich sagte nichts. Stattdessen fragte ich, was er wolle, und er lächelte ruhig.

"Dich auf den rechten Weg bringen. Dich aus den Fängen des Bösen befreien. Ich weiß alles über diese Institution, in die du verstrickt bist." Schnell und mit hypnotisierender Stimme begann er, seine Doktrin des *esoterischen Ethnopluralismus* darzulegen, sprach von Fraktalen, hundertarmigen Hakenkreuzen und tausendarmigen Kandelabern.

Und ich lauschte im Schein des von Motten besetzten Feuers und nahm alles in mich auf. Ich werde es bis zu meinem Tode nicht vergessen.

"Die Evolution entspringt einem stillen Zentrum", sagte er. "Aus dem Unbewussten Gottes. Es ist die Aufgabe unseres Ordens, diesem Zentrum zu helfen, sich zu einem vielschichtigen Labyrinth zu entwickeln."

Trotzdem war ich begeistert, dass er von unserem Orden sprach, dass *ich* in ein so großes und geheimnisvolles Projekt einbezogen wurde. Die Aufnahme in den Sterns sollte mich zu einem Teil einer Elite machen, aber das hatte sich immer hohl angefühlt - und hier, jetzt, war endlich eine echte Elite, eine, für die ich stolz sein konnte zu kämpfen... Egal, dass kein normaler Mensch, der meinen Leichnam betrachtete, auch nur ahnen würde, dass ich dazu gehörte!

"Es ist überflüssig zu sagen", fuhr er fort, "dass für diejenigen von uns, die die Vielfalt im Universum vergrößern wollen, die Doktrin des Globalismus ein

Anathema ist, das ultimative Übel. Der multikulturelle "Schmelztiegel" zerstört die Myriaden einzigartiger Kulturen auf der Erde, indem er sie ihrer Autorität beraubt und sie der globalen Fast-Food-Antikultur assimiliert...".

Natürlich hatte ich dieses Argument schon einmal gehört, von einem Mitglied der Sekte "Wölfe der Freude" (ich glaube, jeder kennt sie inzwischen), und ich hatte es mit einem Gegenargument meinerseits abgetan. Aber irgendwie war es etwas anderes, es in einer Höhle im afrikanischen Busch zu hören, die von einem Feuer erleuchtet war, mit dem wahnsinnigen Gelächter der Hyänen im Hintergrund, die wie nächtliche Geister der Unruhe wirkten.

Dennoch war ich entschlossen, dem alten Mann zu zeigen, dass ich mein Los mit den Sterns-Globalisten aus durchaus ehrenwerten Gründen geworfen hatte, und ich wiederholte das Gegenargument mit Nachdruck...

"Wenn man allen "einzigartigen Kulturen" Autorität verleiht", sagte ich, "wird das zu Krieg und Leid führen, und dann dazu, dass die kleineren Kulturen von den mächtigeren oder überzeugenderen geschluckt werden, bis nur noch wenige oder nur eine übrig bleiben. Der Globalismus ist also unvermeidlich, und deshalb sollten wir versuchen, ihn auf dem kürzesten Weg zu erreichen, auf dem Weg des geringsten Leids, und nicht auf dem Weg des Krieges, der gegensätzlichen Nationalismen, Regionalismen, Tribalismen und so weiter".

"Ich habe erwartet, dass Sie das sagen", lächelte er. "Denn das ist es, was Ihnen Ihre jüdischen Lehrer bei Sterns beigebracht haben ..."

"Nicht alle sind Juden", warf ich verärgert ein.

"Nein, nicht alle, um genau zu sein. Ich glaube, mindestens einer ist es nicht. Und ihre Argumente beeindrucken mich so sehr, dass ich Ihnen hier und jetzt die zweite, esoterischere Doktrin unseres Ordens erläutern werde. Die Lehre vom Imperium."

"Was ist das?"

"Ich meine, dass die Peripherie ohne ein starkes Zentrum, dessen Kraft die vielfältigen Wege bewacht und schützt, nicht existieren kann."

"Sie meinen eine Art globalistischen Anti-

Globalismus? Mit einer zentralen Instanz an der Spitze?"

"Mit einer einzigen Instanz an der Spitze - einem Kaiser, einem Imperator."

"Aber wer sagt, dass er nicht korrupt wird und trotzdem den Schmelztiegel einführt, und zwar mit größerer Macht, als es selbst die Unicursal Curia könnte?"

"Darum muss es ein Mann sein und nicht ein Rat oder ein Komitee. Denn ein Mann mit der richtigen Ausbildung kann sich rein halten, ein Rat nicht."

"Und wie um alles in der Welt wollen Sie diesen hypothetischen Princeps dazu bringen, überhaupt an die Macht zu kommen, geschweige denn, sie zu behalten?"

Wieder lächelte er.

"Ich sagte bereits, dass ich Größe in dir spüre und dir helfen kann, sie hervorzubringen. Der Rest liegt bei dir."

Ich erschauerte heftig angesichts der Ungeheuerlichkeit seiner Worte.

Im Morgengrauen führte er mich hinaus, um den Morgenstern zu sehen.

"Unser Zeichen", sagte er und senkte ehrfürchtig den Kopf. "Das Symbol unseres Ordens."

Wie durch eine Täuschung schien dieses kalte Siegel nun weiter entfernt als die Fixsterne selbst, und eine unbeschreibliche Einsamkeit stach mir in die Eingeweide.

"Bitte, lass diesen Kelch von mir fallen", murmelte ich, aber der Morgenstern antwortete nicht.

* * *

Die erste Person, die ich nach meiner Rückkehr sah, war Tegg, die am Schultor wartete, als würde sie nach mir Ausschau halten. Als ich sie sah, schien sie mit sich zu ringen.

"Da bist du ja", stotterte sie. "Weißt du, man spricht schon davon, Suchtrupps loszuschicken. Du meldest dich besser sofort im Büro des Direktors."

Die Sommersprossen auf ihrem Gesicht waren wie

die Sterne der Milchstraße, die mein Herz in die weite Leere zerstreuten ... so süße Sahne, so schmerzliche Melancholie. Jetzt wusste ich, dass es das Gesicht meiner astralen Geliebten war, aber *wie konnte ich sie nicht schon früher erkennen?* Sicherlich musste ich für dieses Vergehen büßen...

Es gab ein unausgesprochenes Band zwischen uns, und ich fragte mich, ob sie wie ich das Zeichen des Kains trug. Also fragte ich sie ganz offen:

"Hast du manchmal merkwürdige Erinnerungen?"

"Wie meinst du das?"

"Träume, in denen du einmal... jemand anderes warst."

"Wie Reinkarnation?"

"Nenn es so, wenn du willst."

"Ich bin mir nicht sicher. Wenn ich schon einmal gelebt habe, weiß ich nicht, ob ich es wissen will."

"Warum nicht?"

Sie hielt inne und überlegte einen Moment, bevor sie antwortete. "Erinnerst du dich an Kyle?"

"Hopkins, der im ersten Jahr rausgeflogen ist?"

"Ja. Nun, er behauptete, eine Philosophie des totalen Bewusstseins zu verfolgen. Totales Bewusstsein zu jeder Zeit ... oder so ähnlich."

"Jetzt erinnere ich mich. Er sagte, es sei mit den Lehren der Schule vereinbar, aber sie glaubten ihm nicht... und vielleicht war es das auch nicht."

"Ja, vielleicht... Aber ich meine, ich bin mir nicht sicher, ob ich totales Bewusstsein haben will... denn es gibt kein Licht ohne Schatten...". Ihr Gesicht, das halb im Schatten lag, als sie das sagte, war wie eine Zeichnung von vor fünfhundert Jahren, eine Radierung von einem der Meister jenseits der Zeit.

Dann wurde unser Gespräch durch die Ankunft einiger Lehrer unterbrochen und ich wurde ins Büro des Direktors gerufen, um eine Erklärung für meine Nacht außerhalb der Grenzen abzugeben. Ich erfand also die Lüge, ich hätte die Nacht mit einer widerlichen schwarzen Prostituierten verbracht, was sie dankend annahmen und mich offiziell ermahnten, es nicht wieder zu tun.

Nun ja... sie dachten, meine Mission bestünde nur

darin, mit "dunklen und hübschen Jungfrauen" zu flirten, und so ging es (nach einer zusätzlichen Untersuchung auf Geschlechtskrankheiten) wieder zur Tagesordnung über, und ich wartete nur darauf, wieder mit Tegg sprechen zu können.

Doch ich wurde enttäuscht. Sie ließ sich in den nächsten Tagen nicht mehr blicken, auch nicht im gemeinsamen Unterricht. Ich machte mir Sorgen, dass sie krank sein könnte, aber ich brachte es nicht über mich, ihren Namen laut auszusprechen oder mich bei jemandem nach ihr zu erkundigen. Es war eine lange und grausame Woche.

*   *   *

Kyle Hopkins und Bryn Sturgess waren sicherlich nicht die einzigen, die während meiner Zeit bei Sterns verdächtigt wurden, unorthodoxe Überzeugungen zu haben. Sogar ein prominenter Lehrer wurde einmal aus dem Dienst entlassen, nachdem sich herausgestellt hatte, dass er insgeheim ein Cthulhu-Anbeter war und mit den Globalisten zusammenarbeitete, weil er das für den besten Weg hielt, Cthulhu zu befreien. (Aber wurde er rausgeworfen, weil er sich geirrt hatte oder weil er einfach ehrlich war? Diese Art von Zweideutigkeit hat zu meinem wachsenden Misstrauen gegenüber Sterns Esoterik beigetragen ... die klare und männliche Doktrin des Esoteric Ethnopluralist Empire kennt keine solche Zweideutigkeit).

Während ich diese Zeilen schreibe, denke ich an meinen eigenen Idealismustest zurück, der wenige Tage vor meinem sechzehnten Geburtstag stattfand und die letzte Hürde vor dem Eintritt in die beste Eliteschule der Welt darstellte. Ich erinnere mich deutlich daran, wie die Prüfer mir mit Nachdruck betonten, dass wahrer Illuminismus etwas sei, das weit über die lächerliche "Uhren vorwärts"-Mentalität der Skull and Bones Society hinausgehe. *[Die Skull and Bones, eine berühmte, aber mysteriöse Studentenverbindung an der Yale University, stellt angeblich ihre Uhren vor, um zu zeigen, dass sie über der*

Noch mehr haben wir über Ellison Plugg gelacht, jenen dicklichen, drogensüchtigen amerikanischen Prediger, der mit seinen völlig überzogenen Behauptungen über die Unicursal Curia zu außerordentlicher Berühmtheit gelangte. Seine kriegerischen Behauptungen, dass eine chemisch sedierte und mit Mikrochips ausgestattete Bevölkerung sowohl das Ziel der Kurie als auch ihr Mittel zur Machterlangung sei, waren immer für einen Lacher gut, was umso lustiger ist, als er, während ihm die Spucke aus dem Mund fliegt und er schreit und wettert, glücklicherweise nicht weiß, dass es die Kurie ist, die seine Taschen mit Sponsorenverträgen füllt und ihn dazu verleitet, sie als "deutschen Illuminaten-Todeskult" zu bezeichnen. In der Praxis wissen wir natürlich, dass eine solche Betäubung und ein Mikrochip logistisch zu schwierig wären, selbst wenn sie wünschenswert wären - was nicht der Fall ist, da dies zu Untertanen führen würde, die die hohe Weisheit ihrer Herrscher nicht zu schätzen wüssten.

Aber in gewisser Weise, so habe ich festgestellt, ähnelt die Einstellung der Sterns der "Uhren vorwärts"-Mentalität, die sie angeblich verachten, nur in einer subtileren Form. Denn obwohl sie behaupten, Weltverbesserer zu sein, die sich grenzenlos um die Menschheit kümmern, glaube ich, dass sie sie im Grunde immer noch als Vieh betrachten... Und das sehe ich ganz anders, denn wer möchte schon in einer Welt voller Vieh leben?

In der Woche nach meinem Gespräch mit Tegg hatte ich eine sehr denkwürdige Vorlesung bei Professor Levin, in der sich diese Andeutungen und Verdächtigungen plötzlich zur vollen Überzeugung verdichteten.

Levin ist ein Mann, der sich redlich bemüht, seine Schüler auf seine Seite zu ziehen, was ihm aber nur teilweise gelingt, d.h. seine Versuche, sich über sich selbst lustig zu machen, mögen den einen gefallen, den anderen aber mit einem leichten Ekelgefühl zurücklassen. Immer wieder macht Levin abfällige Bemerkungen über seine jüdischen Mitbürger, als wolle er zeigen, dass er nicht so plump ist wie manche seiner

Landsleute. In der fraglichen Vorlesung hatte dies jedoch unvorhergesehene Folgen, als eine seiner Bemerkungen (die einigen seiner Studenten das Gefühl gab, dass Juden kein völlig tabuisiertes Thema mehr waren) zu einer hitzigen Diskussion darüber führte, warum die Studentenschaft einer scheinbar globalistischen Institution wie Sterns so überwältigend weiß ist und die Professoren hauptsächlich Juden sind.

"Warum gibt es hier so viele jüdische Professoren, aber keine jüdischen Studenten", fragte jemand. Ich bemerkte winzige Schweißperlen auf Levins Stirn - entweder war die Frage unwillkommen oder er war an einer vorhersehbaren, aber wichtigen Hürde im Lehrplan angelangt. Jedenfalls versuchte er, das Beste daraus zu machen. Er begann mit einer humorvollen Anekdote, in der er sich über britische Israeliten und schwarze hebräische Israeliten lustig machte. *[Das sind Bewegungen, die behaupten, dass die Weißen bzw. die Schwarzen die "wahren Juden" sind, während die Juden selbst "satanische Betrüger" sind. - E.J.C.]*

"Wissen Sie, bei all den Informationen, die ihnen zur Verfügung stehen, sollte man meinen, dass diese Leute sich die Zeit nehmen könnten, das Alte Testament zu lesen, insbesondere das Buch Esther, und unwiderlegbare Beweise dafür finden würden, dass die Juden von heute mit den Juden aus dem Buch identisch sind", kicherte er.

"Aber was hat das mit Sterns zu tun?"

"Alles", antwortete er geheimnisvoll und begann eine lange Tirade über die gegenwärtige Strategie der Kurie und der Institutionen, die sie unterstützten, wie Sterns. Es gab einen andauernden Konflikt zwischen zwei Parteien (diejenigen von uns, die schon Gerüchte darüber gehört hatten, verspürten eine fast sexuelle Erregung, als sie es zum ersten Mal explizit hörten).

Die eine Partei, die Wobblers, hält es für unerlässlich, die westliche Welt in eine kulturelle Atmosphäre ohne Regeln zu tauchen, damit es keine Rebellen gibt.

Die andere Gruppe, die Blades, ist dagegen, weil das bedeutet, dass die einzigen Rebellen diejenigen sein werden, die Regeln befürworten (d.h. Faschisten und andere, die an irgendeine irrationale nationale Struktur glauben). Deshalb wollen sie die "Struktur" beibehalten, aber die Rebellen fest an die Ansichten der 68er-Generation binden. Die Schwierigkeit dabei ist natürlich, dass es heute fast unmöglich ist, den Durchschnittsbürger davon zu überzeugen, dass die Ideale der 68er nicht der Status quo sind - denn das sind sie in der Tat, und das erklärt den Aufstieg der Wölfe der Freude und ähnlicher Gruppen.

Dann verriet der Professor, dass er und die meisten anderen Professoren bei Sterns dem Blade-Lager angehören und dass die Kurie als Ganzes in diese Richtung tendiert, vor allem wegen der Gefahren, die mit dem Wobbler-Ansatz verbunden sind.

"Aber die Blade-Strategie bedeutet, dass wir Idealisten brauchen, um unsere Arbeit voranzutreiben. Und ihr seid genau wegen eures Idealismus ausgewählt worden. Das kann ich gar nicht genug betonen. Meine jüdischen Brüder können so viel über tikkun olam reden, wie sie wollen, aber wenn es darauf ankommt, sind Weiße (und vielleicht ein paar Ostasiaten) die größten Idealisten. Also sind wir hier, um diesen Idealismus in den Dienst von Zielen zu stellen, die es wert sind, erreicht zu werden". Er rieb sich die Hände und kicherte selbstironisch.

Es war schwer zu sagen, ob er seine "Brüder" beleidigte und uns ein Kompliment machte oder ob es umgekehrt war. Seine Sprache war oft sehr zweideutig. Dennoch hatte er die Abwesenheit von Juden in der Studentenschaft zur Zufriedenheit der meisten meiner Kommilitonen erklärt. Nur Bryn schien ein wenig skeptisch... Vielleicht hatte er einen Rückfall.

Ich selbst kochte vor Abscheu.

*　　*　　*

An diesem Wochenende machte ich meinen zweiten Ausflug zur Höhle des alten Mannes. Ich brach früh morgens auf, um vor Einbruch der Dunkelheit zurück zu sein. Es war wichtig, keinen weiteren Verdacht zu erregen.

187

Der Meister war nachdenklich, aber er riss sich zusammen und schien ebenso begierig zu lehren wie ich zu lernen. Er verfiel jedoch wieder in tiefe Gedanken, als ich ihm von Levins Gespräch erzählte. Nach langem Schweigen bemerkte er, dass es viel beunruhigender wäre, wenn die Wobbler die Oberhand gewinnen würden.

"Eine Welt ohne die Möglichkeit zur Rebellion wäre viel gefährlicher als eine Welt, in der die Opposition nur vorgetäuscht wird", sagte er, "Die Blades haben ihren eigenen Untergang besiegelt. Egal wie viele Idealisten sie rekrutieren, es wird der Kurie nicht gelingen, junge Menschen davon zu überzeugen, dass Globalismus in irgendeiner Weise aufregend oder rebellisch ist. Wir haben bereits gesehen, wie schnell die Wölfe der Freude im letzten Jahrzehnt gewachsen sind. Alles, was wir tun müssen, ist, ihre unreife Rebellion in ein Imperium zu verwandeln. Ein alchimistischer Akt, der strengste spirituelle Disziplin erfordert".

Dann lehrte er mich eine Reihe von spirituellen Übungen, die ich hier nicht verraten werde, die mir aber die großen Kraftreserven gaben, die ich für die bevorstehende Aufgabe sicher brauchen würde.

Der Nachmittag verging, und ich verabschiedete mich vom Maestro, indem ich beim Abschied die Hand zum Gruß hob.

"Denk an den Morgenstern", forderte er mich auf.

Aber ich sagte ihm nichts von Tegg, dessen Gesicht die sternenklare Leere selbst war.

*   *   *

Diese Übungen, die ich gerade erst begonnen hatte, verhalfen mir schon bald dazu, meine Abschlussprüfungen mit ungeahnter Brillanz zu bestehen - perfekte Noten in *allen* Fächern. Und nicht nur perfekt - ich bewies politisches, administratives und militärstrategisches Geschick auf höchstem Niveau und versetzte die Fragesteller in Erstaunen. Ich habe Szenarien durchgespielt, von denen sie nicht einmal zu träumen gewagt hatten. So etwas hatte es in der zehnjährigen Geschichte von Sterns noch nie gegeben und wird es auch nie wieder geben. Obwohl ich ohnehin schon Jahrgangsbester war, kam das völlig unerwartet.

Ein Lehrer wollte mich noch einmal prüfen. Die anderen lehnten ab, aber erst nach langen Gesprächen und Diskussionen, in denen sie meine plötzliche Überbegabung untersuchten und sich vergewisserten, dass sie nicht nur vorübergehend war. Und das war sie auch nicht, denn die Übungen des alten Mannes ermöglichten es mir, tiefe Brunnen des Unbewussten anzuzapfen.

"Cäsaren sollen früh gereift sein", murmelte ein Professor und kratzte sich verwirrt an seinem schrumpeligen Kopf.

Ich hatte einen roboterhaften "Feier-Fick" mit Tricia und spürte bereits, dass ich mir ihre lebenslange Feindschaft verdient hatte, weil ich sie in den Prüfungen so vernichtend geschlagen hatte, aber ich dachte nicht weiter darüber nach.

Und dann kam die unglaublichste Nachricht von allen. Das Präsidium, das von der Unicursal Curia als Ersatz für die alte EU gegründet worden war (die ihrerseits natürlich die alte UNO ersetzt hatte, nachdem diese dem Land am Toten Meer zu feindlich gegenübergestanden hatte), war auf der Suche nach einem neuen, jungen Aushängeschild, das in einer Welt, in der die Wölfe der Freude eine ernstzunehmende spirituelle Kraft sind, wieder für Propaganda sorgen sollte. Und angesichts meiner erstaunlichen Leistungen, würde ich den Job annehmen?

Auch das war etwas Unerhörtes in der Geschichte des Globalismus. Dass ein achtzehnjähriger Junge zum Exekutivkommissar einer großen Weltorganisation gewählt wurde...

"Ich werde ein politisch aktiver EG-Kommissar sein", warnte ich sie (sagen Sie nicht, ich hätte es nicht gewusst!), "und ich habe nicht die Absicht, auf meinem Hintern zu sitzen".

"Das ist gut", gluckste der Vertreter. "Wir wissen, dass Ihre Werte solide sind. Wenn man einem Sternenmann nicht trauen kann, wem dann?"

Und so wurde es beschlossen. Der Morgenstern bewegt sich auf geheimnisvolle Weise.

*   *   *

Aber wer mit der einen Hand gibt, nimmt mit der anderen. Erst am nächsten Tag erfuhr ich von Teggs Selbstmord. Sie hinterließ keinen Brief, nichts.

Ihr Leichnam wurde nach England überführt, noch bevor ich es erfuhr. Es ist immer noch ein großes Rätsel für mich. Die anderen Studenten, die kaum mit ihr gesprochen hatten, reagierten kaum, außer mit einer schwachen Verachtung für eine unangemessene Tat, die die Fröhlichkeit der Abschlussfeier verdarb (und die Kluft zwischen ihnen und mir unendlich vertiefte). Meine Reise auf die dunkle Seite war zu Ende.

Der tiefe Schock löste eine Woche Krankheit aus, an die ich mich nicht erinnern kann, und als ich wieder gesund wurde, war es wie die Wiedergeburt des Frühlings... Das Gesicht meines Geliebten war nun in mir, in meinem wahren Wesen. Und dort wird es bleiben. Sie ist jetzt wirklicher als zu Lebzeiten. Es gibt keinen Kummer mehr, keine Tränen. Ich kämpfe um *sie*.

Es bleibt nur noch zu erwähnen, dass ich in die Höhle des alten Mannes zurückkehrte, um Rat zu suchen... Sie war natürlich leer, keine Spur davon, dass er dort gelebt hatte, dass es ihn überhaupt gab.

Und jetzt wird mir zum ersten Mal bewusst, dass ich in materieller Hinsicht völlig allein bin. Also spreche ich ein Gebet zum Morgenstern, dessen Licht nun das Astralgesicht meines Geliebten erhellt, und mache mich auf den Weg. Morgen wird mein neuer Dienst in Europa beginnen.

Ich werde gehen.

Und sehen.

Und erobern.

Und möge diese Aufzeichnung, die nur im Falle meines Todes veröffentlicht werden soll, ein Zeugnis für die Ernsthaftigkeit meines Vorhabens sein.

: Maximillian Scarlotti : Morgenröte :

DAS ZEUGNIS VON
KARINA SEDLÁKOVÁ

Mein erster Eindruck von meinem Chef war, dass am Himmel eine neue Sonne aufgegangen war, die eine zarte, schlanke goldene Maske trug und herabgestiegen war, um mich zu segnen und zu beschützen. Darauf hatte ich immer gewartet.

Meine Mutter hat mir von Anfang an gesagt, ich solle "niemals einem Mann trauen", und obwohl ich meine Mutter mit der Zeit zu hassen lernte, habe ich mich wider besseres Wissen größtenteils an diesen Rat gehalten - denn im Gegensatz zu ihr, die von meinem kommunistischen Tyrannen von Vater regelmäßig geschlagen wurde (wie sie sagte), bevor er mich schließlich als Baby verließ, habe ich keine Angst vor Männern und hatte sie auch nie. Nein, ich fürchte mich vor meinem eigenen Geschlecht mit seinem vagen Brei, der nie ganz zu dem hellen, klaren, goldenen Gottesbild passt, das ich in meinem Kopf habe und das mir nie beigebracht wurde.

Ich fürchte die Männer nicht, ich verstehe sie. Aber ich traue ihnen auch nicht, weil das, was ich *verstehe*, auch nicht zu dem hellen, goldenen, blendenden und unergründlichen Gotteskopf passt.

Aber der Chef passt dazu.

Ich habe mich sofort in ihn verliebt, als er den Raum betrat. Obwohl er acht Jahre jünger war als ich, erkannte ich ihn sofort als meinen Herrn und Meister - auch wenn ich das nie laut sagen durfte, weil er sonst verschwinden könnte.

"Du bist also mein designierter PA", lächelte er, und helle Strahlen reinigenden Lichts füllten die labyrinthischen Spalten meines Herzens. Wochen zuvor hatte ich die Nachricht erhalten, dass ich die Stelle als seine persönliche Assistentin bekommen hatte... und natürlich war er das Gesprächsthema in Prag. Seit Jahren ist die Öffentlichkeit in vielen Ländern launisch und rebellisch; nicht nur die Wölfe der Freude (ja, die gibt es auch in unserem Land wie in anderen), sondern auch riesige Brigaden von Internet-Trollen haben die Öffentlichkeit gelehrt, dass alles moribund ist: die Kurie, das Präsidium, sogar der Kapitalismus selbst.

Vielleicht ist auch er moribund. Ich weiß es nicht, weil Politik nicht meine Stärke ist. Aber ich bin gut darin, die Politik der anderen zu beobachten - denn das ist ihre "Idee", so wie meine Idee das goldene Haupt Gottes ist. Und so wie es mein Ziel ist, meine Idee zu intensivieren, so ist es vielleicht auch ihr Ziel, auf ihre Weise - und man muss kein Genie sein, um die schwere, vor Unzufriedenheit knisternde Luft zu spüren.

So wurde Maximillian Scarlotti zum Exekutivkommissar des Präsidiums ernannt, um den Eindruck zu erwecken, dass die Jugend an der Spitze stehe. Man sprach von einem "europäischen Frühling"... und obwohl ich glaube, dass die meisten das für eine Täuschung hielten, kann man nicht leugnen, dass der Chef von vielen Frauen und Mädchen als Schwarm betrachtet wurde - vielleicht hat sich das gewagte Spiel also ausgezahlt? Zumindest teilweise, denn jeder weiß, dass es heute das weibliche Geschlecht ist, das die Stimmung der "öffentlichen Meinung" bestimmt.

Aber andere Frauen bewunderten ihn nur wegen seines "guten Aussehens" - das ist so, als würde man die Sonne wegen ihrer Rundung bewundern und nicht wegen ihres glühenden, goldenen Feuers. War ich die einzige Frau, die sein inneres Feuer sah? Ich möchte es glauben, denn es rechtfertigt das, was ich jetzt tun werde.

Nun, als der Häuptling zum ersten Mal nach Prag kam, war er besessen von der Legende des Golem. Er hatte Meyrinks berühmten Roman im Flugzeug gelesen und fragte mich, ob ich das auch getan hätte - ich bejahte, kaufte mir noch am selben Nachmittag ein Exemplar und las die seltsame Geschichte zum ersten Mal. Am nächsten Tag begann ich ein Gespräch, das auf meinen Erfahrungen mit dem Buch basierte. Es stellte sich heraus, dass er es an diesem Abend zum zweiten Mal gelesen hatte - welch glücklicher Zufall!

"Fräulein Sedláková", sagte er mit einer Intensität, die sich kaum hinter seiner formalen Höflichkeit verbarg. "Wussten Sie, dass Karel Čapeks Stück *Rossums Universalroboter*, das ebenfalls hier in Prag entstanden ist, viele Ähnlichkeiten mit der Legende vom Golem aufweist? Der Golem ist ein Mensch aus Schlamm, genau wie der Roboter. Aber am Ende des Stückes geschieht etwas, was seine Schöpfer nie beabsichtigt haben... Das Leben findet immer einen Weg, und das werden diese Kurientypen nie verstehen…"

"Ich habe das Roboterstück gelesen", sagte ich (diesmal wahrheitsgemäß).

"Und wenn man bedenkt, dass dies einmal die Stadt der Alchemisten war", knurrte er. "Ist ihr Roboter-Golem eine Reaktion darauf, von denen, die Angst vor Feuer haben? Die Kurie hält *mich* für einen Golem, einen Schlammmann, der ihre Samstags-Synagoge reinigt. Nun, sie werden bald sehen, dass sie mehr gebissen haben, als sie kauen können, wie der Zauberlehrling".

"Wem es gelingt, den Golem zu binden und zu veredeln, der wird mit sich selbst versöhnt sein", zitierte ich Meyrink, und niemand konnte meinen inneren Aufruhr und mein Herzklopfen erahnen - aber nach außen hin war ich ganz höflich, kühl und effizient, und es gelang mir sogar, die Fassung zu bewahren, als wir ein wenig aus jedem Werk vorlasen und die innere Bedeutung der beiden Autoren verglichen.

Es war ungewöhnlich für den Chef, sich auf so eine scheinbar frivole Übung einzulassen - er war ein hochmotivierter junger Mann -, aber er schien der Golem-Legende große Bedeutung beizumessen. Damals verstand ich nicht, warum, aber jetzt, wo ich einen klaren Kopf habe, scheint es mir, dass er nicht wollte, dass die Welt in Schlamm verwandelt wird. Er glaubte an die Seele. Hat ihn das in Konflikt mit seiner Umgebung gebracht? Ja, natürlich...

Aber er hat sich auch außerhalb der Arbeit viel Vergnügen gegönnt - und das wurde auch von ihm erwartet. Mehrmals bat er mich, ihn auf diese dekadenten Partys zu begleiten, auf denen sich die Elite vergnügte.

"Bitte hilf mir, bei Verstand zu bleiben", sagte er. "Du bist besonnen, und das brauche ich in diesem Nest lächelnder Vipern."

Aber wer kann die Sonne besänftigen? Jeder, der schon einmal auf einer dieser Partys war, sieht vor seinem geistigen Auge, wie es dort zugeht. Voller verrückter, falscher Gurus, die spirituelle Heilmittel für alle Probleme des Multiversums verkaufen und von hartgesottenen Präsidiumsmitgliedern zum Vergnügen mitgebracht werden, aber manchmal wird ein Neuling hereingelegt und muss eines Besseren belehrt werden. Der Servitorkult war so ein Fall, der um diese Zeit aufkam, aber es war eher ein Trend als ein "Kult" - eine Gruppe wohlhabender Feministinnen, die es plötzlich cool fanden, unterwürfig zu sein, weil sie dachten, dass es noch niemand zuvor getan hatte und weil sie es *konnten*. Also wurden sie zu 24/7-Subs (wenn sie den richtigen Master fanden) und spielten diese Rolle mit Begeisterung. Das Kulturministerium der Kurie warnte offiziell vor dem Servitenkult, aber nur halbherzig. Es gab sogar ein oder zwei Kurienfrauen, die sich zumindest für einige Monate daran beteiligten, bevor der nächste Trend aufkam.

So lernte der Häuptling eine Dienerin namens Darla Shaw kennen, die Witwe eines schwerreichen Währungsspekulanten, die inzwischen wieder ihren Mädchennamen angenommen hatte. Sie war eine raffinierte Frau, die einen strengen Meister suchte, um mit ihren Freunden mithalten zu können. Sie hatte den Boss im Handumdrehen im Griff, und er schien ihre Aufmerksamkeit zu genießen, obwohl sie fast zwanzig Jahre älter war als er.

Er fragte, wer sie sei (es gehörte zu meinem Job, sein sozialer Navigator zu sein), also flüsterte ich ihm ihre Lebensgeschichte ins Ohr. Am Ende des Abends kniete sie vor ihm nieder und "unterwarf" sich ihm... Es gab Hochzeitspläne, und er hatte mir bereits einen kurzen Abschiedsbrief an seine frühere Verlobte, eine Frau Tricia Philips, diktiert. Er heiratete Darla noch in derselben Woche in einer kleinen privaten Zeremonie auf einem Landsitz außerhalb Prags. Seine Zuneigung zu seiner neuen Frau war jedoch nicht ganz aufrichtig. Er ließ Andeutungen fallen (zumindest mir gegenüber), dass er sie in erster Linie geheiratet habe, um Zugang zu seinem Privatvermögen zu erhalten (sie hatte den Großteil des Vermögens ihres verstorbenen Mannes geerbt, das sich auf mehrere Dutzend Milliarden belief).

"Ich mag Geld nicht um seiner selbst willen, Frau Sedláková", sagte er mir. "Aber es ist eine wichtige Ressource für meine Mission." Ich nickte höflich und wagte nicht zu fragen, was seine "Mission" sei. Später in der Nacht wurde ich Zeuge, wie er seine neue Frau mit einer Gardinenstange auspeitschte, und als sie sich ekstatisch unter seinen Schlägen krümmte, wünschte ich mir, er würde mich schlagen ... aber ich glaube nicht, dass er das mit "Mission" meinte.

Am nächsten Abend begleitete ich die beiden zu einem Konzert der Tschechischen Philharmonie im Rudolfinum. Es war Beethovens *Tripelkonzert*, wie es sisch gehört. Der Pianist, ein Chinese um die dreißig, dem die Haare ins Gesicht fielen, war ein bekannter Feind des Präsidiums, und sein wütendes Klaviertrampeln dämpfte die Wirkung des Stücks. Das Zusammenspiel mit den beiden anderen Hauptinstrumenten wurde zu einem erbitterten Kampf, der mich aber auch zum Nachdenken brachte. In diesem Moment wurde mir klar, dass Darla keine wirkliche Bedrohung für mich darstellte - keine geistige Bedrohung, denn ich war der Einzige, der die wahre innere Größe des jungen Octavian klar erkannte. Dennoch sehnte ich mich danach, ihn in meine Arme zu schließen, und dieses Verlangen ließ keinen Augenblick nach.

Nach der Vorstellung flüsterte ein Mann mit dicken Brillengläsern dem Chef etwas von einem vertraulichen Treffen zu, bei dem er etwas zu seinem Vorteil erfahren würde. Zwei Tage später war ich bei diesem Treffen dabei.

"Ich vertraue Fräulein Sedláková bedingungslos, ihre Diskretion ist absolut", sagte der Chef und ließ mich strahlen... und auch jetzt, da ich diese Welt verlasse, werde ich diese Diskretion bewahren und diesen Zettel verbrennen, wenn ich meine Gedanken gesammelt habe. *(Der Zettel wurde unverbrannt gefunden... Entweder hat sie ihn vergessen oder die Tabletten haben schneller gewirkt, als ihr lieb war. - E.J.C.)*

"Wir wissen, dass die gesamte Kunstförderung der alten EU verschwunden ist - vierzig Millionen Esperos, um genau zu sein -, aber wir wissen nicht, wohin", sagte der bebrillte Mann, und der Chef versprach, sich sofort darum zu kümmern.

"Ich habe nur den Namen eines belgischen Hedgefonds, aber es gibt keine Beweise, die ihn mit dem Verschwinden des Geldes in Verbindung bringen", sagte der Mann. "Nur jemanden, der jemanden gekannt haben könnte und so weiter. Hier ist die Adresse und die Hausnummer." Er kratzte etwas auf ein Stück Papier.

In der nächsten Woche flogen der Chef und ich nach Brüssel. Vordergründig war es eine Bildungsreise, um zu sehen, wie sich die Stadt nach dem Abbau und der Neuorganisation der EU-Bürokratie in Prag entwickelt hatte. Seit Brüssel nicht mehr die De-facto-Hauptstadt der EU war, hatte die Stadt versucht, sich als "pulsierende, kosmopolitische Stadt" neu zu erfinden, ähnlich wie Bonn nach der deutschen Wiedervereinigung. Das Problem war nur, dass die Touristen ausblieben, da sich inzwischen jede Stadt als lebendig und kosmopolitisch präsentierte. Lebendigkeit ist auch ein Synonym für "hohe Kriminalität", und Brüssel hat in dieser Hinsicht nicht enttäuscht.

Die gläsernen Waben des alten Europaviertels mit seinen zweisprachigen Schildern wichen bald den Vierteln, in denen die demografische Welle die Ufer der Vernunft überschwemmte. Eine heruntergekommene, islamisierte Stadt und trotz des Lärms ein Gefühl der Leere, so leer wie der Kubus der Kaaba. Je weiter man geht, desto mehr scheint die Welle abzuflauen, wie die Flut, die vor einem Tsunami abläuft. Einmal wurde der Häuptling bespuckt, und seine Leibwächter mussten ihn vor einem unangenehmen Zwischenfall schützen, der hätte passieren können.

"Und dies war einst die Heimatstadt des edlen Reporters Tim", murmelte der Häuptling. "Er wäre hier heute genauso wenig zu Hause wie ein Alchimist im heutigen Prag."

Nach ein paar weiteren Straßen erreichten wir das für uns bestimmte Gebäude, einen unscheinbaren Neubau mit verwinkelter Fassade.

"Nun", sagte der Chef, "es ist gut möglich, dass gewisse Leute im Präsidium oder in der Kurie wissen, dass wir hier sind, um diese Spur zu verfolgen, und ich möchte ihnen eine Botschaft zukommen lassen, dass mit mir nicht zu spaßen ist." Er wies seine Leibwächter an, sehr grob mit dem Investmentmanager des Hedgefonds umzugehen. "Das ist etwas, womit die Kurie wahrscheinlich nicht gerechnet hat. Ich will, dass klar ist, wer in Europa das Sagen hat. Und ich werde keine Korruption in meinem Lehen dulden."

Seine Leibwächter nickten eifrig, aber ich war überrascht. Als Exekutivkommissar hatte er sicher Befugnisse, aber die Kontrolle über das gesamte europäische Vertragsgebiet? Ich zitterte und hatte plötzlich Angst um ihn.

Wir fanden schnell den richtigen Gebäudeflügel. Der Hedgefonds Gaumont Capital stand auf dem Schild, aber die Eingangstür war verschlossen. Der Chef klingelte und sagte, er sei ein Abgesandter des europäischen Kulturministeriums, der eine dringende Nachricht für einen Mr. Michael Crossley habe. Eine Minute später stand ein kleiner Mann im Anzug, mit zurückgekämmten Haaren und einem altmodischen Nasenring vor der Tür und bat uns herein.

"Ich bin Crossley", sagte er mit einem englischen Akzent der Arbeiterklasse, als wir ein privates Büro erreicht hatten. "Gibt es ein Problem?"

Bald gab es eines, und er kroch auf dem Boden umher und schnappte nach Luft, während die Männer des Chefs auf ihn einprügelten. "Was zum Teufel?", wiederholte er in seltsamen Abständen. "Was zum Teufel habe ich getan?"

"Sag uns einfach, was mit dem Geld aus dem EU-Kunststipendium passiert ist."

"Moment ... lass mich raten... jemand in Prag hat es dir gesagt... ein Mann namens Bernard irgendwas".

"Ist mir egal, woher ich das weiß."

"Trägt eine Brille, ein schielender Typ. Weiß, aber er sieht aus wie ein chinesischer Mondfisch. Große, abstehende Ohren." Ein übertriebenes, aber wiedererkennbares Bild. "Du Narr", knurrte Crossley. "Er führt dich in die Irre. Er ist derjenige, den du wegen des Kulturetats fragen solltest. Ich habe ihn in der Vergangenheit getäuscht, und das ist seine Rache an mir. Wahrscheinlich hat er befürchtet, dass du ihm mit deiner Energie bald auf die Schliche kommst, also hat er dich auf eine falsche Fährte gelockt. Und in der Zwischenzeit verschwindet er nach Russland oder sonst wohin."

"Du lügst!"

"Nein!" In seiner Stimme schwang Verzweiflung mit, und es klang wirklich so, als ob er es ernst meinte.

"Was finde ich dann in Suite 5C dieses Flügels?"

"Nichts. Das ist unser altes Büro. Wir sind vor ein paar Monaten in diese Suite umgezogen."

"Dann geben Sie mir den Schlüssel für das alte Büro. Ich weiß, dass Sie ihn noch haben ..." Es war ein Bluff, der nicht funktionierte, und so musste der Chef zur Brutalität greifen. Nachdem er ihn fast zu Tode geprügelt hatte, zog er schließlich einen elektronischen Schlüssel aus der obersten Schublade seines Schreibtisches, in der sich mehrere befanden.

"Damit kommen Sie nicht durch. Es ist mir egal, ob Sie der Exekutivkommissar der ganzen verdammten Welt sind. Ich habe Rechte ..."

"Wenn du jemandem davon erzählst, hörst du plötzlich auf zu existieren. Und egal, wo du dich versteckst, wir werden dich finden".

Wir gingen zu der Suite, die leer war, aber eine Falltür mit einem Vorhängeschloss in der Ecke erregte unsere Aufmerksamkeit. Die Schläger brachen das Schloss auf, wir stiegen ein paar Stufen hinunter und fanden einen langen, mit Teppich ausgelegten Gang unter der Erde, wie aus einem Spionageroman.

Einer der Leibwächter hatte eine Taschenlampe, und wir folgten dem Gang kilometerweit. Der Teppich endete, und unsere Schritte hallten auf dem wackeligen Betonboden wider. Seitentunnel gab es nicht. Wir erreichten eine gewundene Metalltreppe, die nach oben führte, und kletterten das rostige Gebäude hinauf, bis wir eine kleine, schmutzige Kammer mit einer Holzbalkendecke erreichten, die offensichtlich eine

Sackgasse war.

Wir klopften die Wände nach Geheimgängen ab und fanden tatsächlich eine Art Falltür in der Decke. Der Leibwächter, der wie ein Berg gebaut war, drückte mit der Hand dagegen, und kurz darauf gab es ein knackendes Geräusch, und die Decke gab nach. Er hob einen der anderen hoch, um zu sehen, ob die Luft rein war.

"Ein Raum ohne Türen", sagte er. "Nur ein Aktenschrank in der Mitte." Er zog uns hoch, einen nach dem anderen, und hielt unten Wache. Der Chef öffnete die Jalousien und spähte durch das Fenster in den seltsamen Raum ohne Türen.

"Es sieht aus, als wären wir wieder im alten EU-Viertel", rief er, und er hatte Recht. Der Raum schien plötzlich voller Geister zu sein, den dunklen Schattierungen des politisch korrekten Zeitalters.

Der Aktenschrank war offen und enthielt nur eine einzige Akte. Wir standen, saßen und hockten geduldig, während der Chef den Inhalt durchblätterte. Seine Augen wurden immer größer, je mehr er las.

"Es sind nicht nur ein paar Millionen, es sind Hunderte von Milliarden Esperos, die veruntreut wurden", flüsterte er mit schockierter Stimme. "Und nicht nur der Kunstfonds, sondern der größte Teil der Einnahmen der alten EU."

Einer der Leibwächter runzelte die Stirn. "Wohin abgezweigt, Chef?"

"Ich weiß es nicht. Aber Bernard Sauveterre muss versucht haben, mich zu warnen. Ich hätte merken müssen, dass nichts von dem, was ich während des *Tripelkonzerts* gelernt hatte, falsch sein konnte ... nur untertrieben", murmelte er. "Denn drei ist die magische Zahl."

Als wir in die Räumlichkeiten des Hedgefonds zurückkehrten, stellten wir fest, dass die Mitarbeiter verschwunden, die Dokumente vernichtet, die Computer mitgenommen und die Möbel umgeworfen worden waren. Irgendjemand hatte die Brüsseler Polizei gerufen.

"Was ist hier passiert?"

"Ein Verbrechen, das niemals gesühnt werden kann",

murmelte der Polizeichef.

Das Spiegelglas des gegenüberliegenden Gebäudes zeigte nun eine tote Stadt, die ihrer letzten schützenden Energie beraubt worden war.

* * *

Zurück in Prag ging der Chef mit feurigem Blick umher. Er setzte sich mit seinem Verbindungsmann in der Kurie in Verbindung und erzählte ihm von dem Geld für die Kunst (nicht von der großen Summe - hier zwinkerte er mir mit feurigem Blick zu), und am nächsten Tag nahm er an einem Treffen mit einigen Leuten von der Unicursal-Kurie teil. Sie fragten ihn, was er tun wolle, und der Chef sagte: "Nun, was schlagen Sie vor?"

"Vielleicht eine Pressekonferenz. Die Öffentlichkeit muss sofort über diese dringende Angelegenheit informiert werden."

"Gute Idee", sagte der Chef, aber sie konnten sein heimliches Lächeln nicht entziffern.

Auf der Pressekonferenz sprach der Chef wie folgt:

"Wenn ich Ihnen heute das Verschwinden einer großen Geldsumme aus der Kasse der alten EU mitteilen würde ... wären Sie empört ... aber ich kann Ihnen jetzt sagen ... dass es sich in Wirklichkeit um eine ... viel ... größeren ... Betrag ... handelt ..." Er sprach in einem düsteren, trommelnden Rhythmus ... das war beabsichtigt und kalkuliert, das wusste ich. Er sagte es mir später, aber ich hatte es schon verstanden. Noch bevor ein weiteres Wort aus seinem Mund kam, hörte man Fußgetrappel und die Berater taten so, als ob sie ihm ins Ohr flüsterten. Jemand trat ans Mikrofon und teilte den Journalisten mit, dass der Exekutivkommissar "dringende, unvorhergesehene Angelegenheiten zu erledigen habe und die Pressekonferenz auf morgen verschoben werden müsse", dann wurde er blitzschnell hinausgeworfen und ließ seine loyale Assistentin zurück. Ich wusste natürlich, was geschehen war - aber hatte er das getan, um die Entschlossenheit der Kurie zu testen,

201

ihn seine Amtszeit absitzen zu lassen, oder aus Gerechtigkeit? (Es ging ja um viel Geld).

Ich sah ihn erst am nächsten Tag bei der Arbeit wieder, als er mich beiseite nahm und mir genauer erzählte, was geschehen war.

"Wie erwartet wurde ich abgewiesen, Frau Sedláková", sagte er. "Das nennen die Spione einen "begrenzten Aufenthalt". Ich sollte etwas über das Kunstgeld herausfinden und es der Öffentlichkeit mitteilen. Aber sie hatten nicht damit gerechnet, dass Bernard Sauveterre mir mehr erzählen würde, als er sollte. Er ist vor kurzem verschwunden, das brauche ich wohl nicht zu erwähnen." Ich schauderte - aber bei dem Gedanken an die grauen Leichen, die den Chef grillten, wie schmutzige Wolken, die die Sonne verdecken. (Natürlich tat mir Herr Sauveterre leid, aber das war rein abstrakt).

Am nächsten Tag wurde die Konferenz fortgesetzt und die Geschichte mit dem Geld für die Kunst an die Presse weitergegeben, mit dem Versprechen, dass die Angelegenheit "ernsthaft untersucht" und nichts unversucht gelassen würde. Das genügte, um die Presse zum Klatschen, Beschuldigen und Schwadronieren zu bringen, natürlich in der Gewissheit, dass sie niemals die Wahrheit herausfinden würde. In der Tat ein begrenzter Ort.

An diesem Abend ging ich allein durch die Prager Altstadt und stellte mir vor, was der Chef mit seiner Frau anstellen würde. Ohne meine Sonne konnte ich nicht leben, und hier war ich, in diesem feuchten, klammen Labyrinth, ohne Ausweg, und die Nacht kam näher. Schluchzend lief ich über die gepflasterten Straßen nach Hause und weinte mich in den Schlaf. Warum konnte ich nicht ein Mann sein und den Heldentod sterben? Mein Gesicht in den Flammen verbrennen?

Doch am nächsten Tag wurde mir wieder warm ums Herz - der Chef bat mich, ihn über das Wochenende nach München zu begleiten, wo ein hochrangiges Mitglied der Kurie ihn zu einem geheimen Treffen eingeladen hatte. Als wir das Flugzeug für den kurzen Flug bestiegen, fühlte ich mich gesegnet, am Leben zu sein.

Vom Münchner Flughafen aus fuhren wir mit dem Taxi zu einem italienischen Restaurant im Universitätsviertel Schwabing. Der Mann von der Kurie mit dem sehr jüdisch aussehenden Gesicht wartete an dem Tisch, den er in einer ruhigen Ecke für uns reserviert hatte.

"Gefällt Ihnen die Wahl des Lokals?", fragte er. "Sieht ganz nett aus."

"Erkennen Sie es nicht? Das war *Hitlers* Lieblingsrestaurant, als er noch in München war."

"Tatsächlich? Und warum wollten Sie sich ausgerechnet hier treffen?"

"Nun, München im Allgemeinen lässt mich viel über die Vergangenheit nachdenken ... und dieser Ort im Besonderen hat diesen Effekt." Er seufzte. "Wissen Sie, wenn Hitler der Rassenmischung nur positiv gegenübergestanden hätte, hätten wir ihn wirklich gebrauchen können."

"Sie haben nur ein Problem mit seiner Ablehnung der Rassenmischung?"

"Das ist es! Das war sein einziges Problem ... nicht die Sache mit den Viehwaggons. Mal sehen, ich nehme die Coda alla vaccinara, bitte". Wir bestellten und unterhielten uns über Belanglosigkeiten, bis das Essen kam. Nach dem Essen und einer Flasche guten apulischen Weins kam der Vertreter der Kurie zur Sache.

"Was ich Ihnen jetzt sage, ist streng vertraulich. Es ist nicht offiziell von der Kurie abgesegnet, aber einige von uns sind der Meinung, dass Sie es wissen sollten, und wir sind in der Mehrheit". Dann teilte er dem Chef mit, dass die Kurie ihm zwar wegen der Affäre um die EU-Kassen misstraue ("und weil wir *allen* misstrauen", fügte er lächelnd hinzu), dass sie aber seine Attraktivität und seine erwiesenen Führungsqualitäten sehr schätze.

"Kombiniert mit Ihrer jugendlichen Energie sind Sie ein wahrer Übermensch, wenn Sie mir den Ausdruck verzeihen. Und wir wären wirklich dumm, wenn wir Ihre Talente und Ihre Persönlichkeit nicht nutzen würden. Wir brauchen jetzt jede Hilfe, die wir bekommen können!" Mir fiel auf, dass er nicht sagte, was mit dem Chef passieren würde, wenn seine "Hilfe" nicht mehr benötigt würde.

"Was werden Sie dann mit mir machen?"

"Nun, ich nehme an, Sie kennen unsere geschätzte nordamerikanische Exekutivkommissarin ... Ihr Pendant auf diesem Kontinent, die reizende Anita Jokum?" Das war sicher Sarkasmus, denn Frau Jokum war nicht nur körperlich abstoßend, sondern hatte auch ein aggressiv selbstgerechtes Auftreten - eine echte Gutmenschen-Harpyie.

"Ich weiß, wer sie ist."

"Nun, ohne ein Blatt vor den Mund zu nehmen, wir wollen sie loswerden. Ihre Streitsucht ist zu einer Peinlichkeit geworden, vor allem in den USA, die trotz ihres wirtschaftlichen Niedergangs immer noch ein wichtiges Land für uns sind. Und Anita Jokum hat dort fast alle gegen sich.

"Natürlich hassen sie die Rechten - sie drängt auf eine politische Korrektheit im Stil von 2010 in den 2020er Jahren! - Aber sie hat auch große Teile der Linken gegen sich aufgebracht, weil sie die Genitalverstümmelung von Frauen offen unterstützt, obwohl sie behauptet, eine radikale Feministin zu sein. Nicht, dass die amerikanische Linke für uns im Moment besonders wertvoll wäre... Nein, die dringendste Aufgabe ist ein letzter Kreuzzug zur Ausrottung des islamischen Fundamentalismus, und dafür müssen wir vorübergehend die Ressentiments der amerikanischen Rechten zerstreuen. Wir wollen einen Showdown, einen echten Kampf der Kulturen. Einen letzten Tag in der Sonne für die Hamburgerfresser des Flyover Country, bevor sie für immer im Schmelztiegel der guten Nacht verschwinden." Sein Zynismus ließ selbst mich kalt.

"Aber die Kurie oder ihre Vorgänger haben den fundamentalistischen Islam geschaffen", warf ich ein, obwohl mir der Chef nicht das Wort erteilt hatte.

"Ja, natürlich, Fräulein ... äh", sagte er eisig, "aber er hat seinen Zweck überlebt. Wie so viele Ideologien, die wir aus strategischen Gründen erfunden haben, hat sie ausgedient. Außerdem ist sie in letzter Zeit etwas außer Kontrolle geraten."

"Und Jokum verhindert ihren Untergang?", fragte der Häuptling.

"Massiv. Sie lässt sich einfach nicht von ihren

Versuchen abbringen, die Fundies zu beschwichtigen, aus Gründen ihrer eigenen modischen Eitelkeit ... Eine Position, die selbst bei der extremen Linken kaum noch Bodenhaftung hat. Im Ernst, Scarlotti, spürst du nicht, dass es in der Luft liegt? Es gab nie einen besseren Zeitpunkt für den Sturz des extremen Islam. *Kairos!*"

"Was soll ich denn tun?"

"Natürlich möchten wir, dass Sie unser neuer Exekutivbeauftragter für Nordamerika werden. Ihre Talente wären dort im Moment viel wertvoller."

"Sie könnten mir den Auftrag erteilen."

"Aber es ist sehr schwierig für uns, einen EC ohne triftigen Grund abzusetzen, selbst einen kontinentalen wie Jokum, ganz zu schweigen vom EC des Präsidiums ... der technisch gesehen nicht einmal in unsere Zuständigkeit fällt."

"Technisch gesehen ... aber Sie *könnten* es trotzdem."

"Wir würden es vorziehen, wenn Sie uns keinen Anlass dazu gäben."

"Nun, da ist die Sache mit Brüssel. Das ist zweifellos der Grund, warum ihr mich aus Europa raus haben wollt."

"Komm, lass uns nicht darüber reden. Wirst du unser Mann in Nordamerika sein?"

"Ich werde darüber nachdenken."

"Als EG müssen Sie sich rechter präsentieren als der derzeitige US-Präsident. Vor allem wollen wir, dass Sie die Loyalität des Militärs gewinnen, die wir für unseren großen Kreuzzug brauchen. Und natürlich wird Ihre zweite Aufgabe darin bestehen, die Macht der Kurie über die USA als Nationalstaat zu stärken. Auch über Kanada und Mexiko."

"Klingt einfach. Ist das alles?"

"Ha, ich wusste, Sie sind der Richtige für den Job! Noch eine Flasche Wein, bitte, Ober. Diesmal den Chianti, glaube ich ..."

*   *   *

Dann schien alles sehr schnell zu gehen.

Anita Jokum musste wegen eines schmutzigen Sexskandals zurücktreten. Sie haben es sicher in den Boulevardmedien gesehen... das Video, das in einem teuren Bordell gedreht wurde und zeigt, wie Jokum der Angestellten (einer Mulattin) mit einer Klitoridektomie droht, wenn sie sie nicht rechtzeitig vor der nachmittäglichen Ausschusssitzung zum Höhepunkt bringt; ganz zu schweigen von den Aufnahmen, die zeigen, wie Jokum die unglückliche Hure mit einer Reitpeitsche auspeitscht und ihr zuruft, sie werde "ihre Niggerhaut auf den Zuckerrohrfeldern gerben", wenn sie nicht zugibt, dass "Nigger weißen Liberalen wie mir überlegen sind. *Ihr seid die Herrenrasse* ... gib es zu, du verlogene Schlampe ...".

"Bitte hör auf, mich so hart zu schlagen."

Natürlich gibt es keine Beweise dafür, dass das Bordell selbst das Filmmaterial veröffentlicht hat... Normalerweise wäre ein solcher Vorfall, in den ein hochrangiger Kurienbeamter verwickelt ist, sofort vertuscht worden, aber offensichtlich wollte jemand, dass er veröffentlicht wird. Zusammen mit anderen "Vorfällen", die durchgesickert waren, führte dies zum Sturz von Anita Jokum. Maximillian Scarlotti wurde mit sofortiger Wirkung zum kommissarischen Polizeipräsidenten ernannt.

Der Polizeichef gab bekannt, dass er eine Kampagne für Recht und Ordnung finanziere, die darauf abziele, das "Knockout Game" auszurotten, eine Sportart, die sich in den letzten zwei Jahrzehnten wachsender Beliebtheit erfreute und inzwischen ein beispielloses Maß an Brutalität erreicht habe. Bei diesem Sport, der auch als "Eisbärenjagd" bekannt ist, ging es darum, dass sich eine Gruppe junger schwarzer Männer auf ein einzelnes weißes Opfer stürzte, um zu sehen, wie schnell sie ihn zu Boden schlagen konnten.

Der Tod durch den Aufprall galt als hohe Punktzahl, aber es gab auch andere Möglichkeiten, Punkte zu sammeln, z. B. durch kreative Tritte, die das Opfer zu Tode brachten, oder durch verschiedene Verstümmelungen.

Die Medien hatten viel dazu beigetragen, die Existenz dieser Sportart zu verschleiern, aber je mehr

Opfer es gab, desto mehr Leute wussten davon... Und so hatten die Euro-Amerikaner trotz der Bemühungen von Anita Jokum, die Dinge herunterzuspielen, schließlich den Siedepunkt erreicht.

In diese angespannte Atmosphäre vor dem Sturm flog der Chef. Er reiste mit mir an seiner Seite nach Philadelphia, um sich mit überlebenden Knockout-Opfern fotografieren zu lassen, und machte sich damit sofort bei einem großen Teil der Bevölkerung beliebt.

Wie nicht anders zu erwarten, löste dies weltweit massive gewalttätige Proteste der extremen Linken aus, vor allem in Europa, wo er offiziell noch EG war.

Was wir jedoch *nicht* erwartet hatten, war, dass der reformierte Ku-Klux-Klan (der jetzt für Mitglieder aller Rassen und sexuellen Neigungen offen ist) ebenfalls gegen den Chief protestieren würde, weil er "Disharmonie in der Gemeinschaft der Nationen" stifte. Eine Gruppe reformierter Clanmitglieder verbrannte tatsächlich einen riesigen hölzernen Regenbogen vor dem Hotel in Fishtown, in dem wir übernachteten... Es war ein unheimlicher Anblick, diese vermummten Gestalten, die von "sozialer Gerechtigkeit" brüllten, während die schwarze Polizei sie abführte.

Danach wurden wir nach Rockville, Maryland (ein Vorort von Washington, D.C.) gefahren, wo wir in einem unscheinbaren Bürogebäude an einem Treffen mit einem großspurigen nichtjüdischen Neokonservativen teilnahmen, der sich für wichtiger hielt, als er tatsächlich war. Ich erinnere mich nicht mehr an die Einzelheiten, aber offensichtlich war das Treffen ein Erfolg.

Dann überquerten wir den Potomac bei Arlington und trafen uns mit einigen hochrangigen Militärs, und auch das schien gut zu laufen. Ich glaube, der Chef wollte ihre Unterstützung mehr als die des derzeitigen US-Präsidenten - die Grenze zwischen Nationalismus und Globalismus verschwimmt immer mehr. Erinnern Sie sich, dass die Wahl von Präsident Hodge gegen den demokratischen Amtsinhaber 2020 die schlimmsten Unruhen unter Schwarzen und Hispanics in der Geschichte der USA auslöste? Aber er hat sich seither als eine für die Kurie formbarere Figur erwiesen, ironischerweise als Anita Jokum selbst.

Nichtsdestotrotz braucht die Kurie für den bevorstehenden Kreuzzug einen echten Kapitän am Ruder, und da kommt er ins Spiel...

Kurz darauf wurde er offiziell zum Exekutivkommissar für Nordamerika ernannt. Nach seinem ersten Tag in den USA hat er Prag nie wieder betreten, und als ich eines Morgens in sein Büro kam, um mich zur Arbeit zu melden, war er verschwunden... irgendwohin entführt und mit einem neuen PA ausgestattet. Jetzt bin ich also wieder in Prag, das ohne ihn ein lebendes Grab ist.

Zeit für meine letzten Zeilen: Ich gehe jetzt zu Gott, und wenn ich auf die Erde zurückkehre, soll es eine Erde sein, auf der mein goldenes Vorbild gesiegt hat.

Lass mich unerschütterlich in das Antlitz der unbesiegten Sonne schauen.

(Karina Sedláková wurde in ihrer Wohnung in der Nähe des Wenzelsplatzes in Prag an einer Überdosis Schlaftabletten tot aufgefunden. - E.J.C.)

3

DAS ZEUGNIS VON
GENERALMAJOR JOHN C. FRAMPTON

Lieber Marcus,

es ist viel zu lange her, nicht wahr? Ich nehme an, Du weißt, wie beschäftigt ich war, aber jetzt, wo ich endlich etwas Zeit habe, werde ich versuchen, Dich über die Ereignisse auf dem Laufenden zu halten. Aus Sicherheitsgründen kann ich natürlich nicht auf alle Einzelheiten eingehen, aber ich werde versuchen, die wichtigsten Punkte zu nennen.

Sie haben alles über die Krise gehört, und Sie haben sicher auch gehört, wie ich vom ehemaligen Verteidigungsminister (auf Empfehlung der Generalstabschefs) als Scarlottis Verbindungsmann zum Pentagon eingesetzt wurde. Ich war überrascht, dass ihre Empfehlung akzeptiert wurde, vor allem angesichts meines zuvor geäußerten (wenn auch vorsichtigen) Optimismus in Bezug auf den Mann selbst. Ich hatte erwartet, dass sie jemanden wollten, der zynischer ist, aber offensichtlich habe ich mich geirrt.

Die Dinge sind in letzter Zeit wirklich seltsam geworden am Beltway. Die Konservativen, die in den letzten Jahren am lautesten gegen die Kurie gewettert haben, wollen plötzlich Scarlotti als Staatschef und nicht diesen "elenden Hurensohn" Hodge (wie ihn einer von ihnen unter vier Augen nannte).

"Schade, dass er (Scarlotti) nicht Präsident werden kann, weil er im Ausland geboren wurde", knurrte ein anderer. Und ich spreche hier nicht von den Paleos, den Libertären oder den weißen Nationalisten (deren Reihen schnell genug anschwellen), sondern von ganz normalen Republikanern. Das zeigt, wie tief das Misstrauen gegenüber den Neokonservativen derzeit ist - besonders ironisch, wenn man bedenkt, dass Hodges" größtes Wahlversprechen darin bestand, die Macht der Kurie anzugreifen, und dass er damit auf ganzer Linie gescheitert ist. Ich vermute fast, dass die Kurie die beiden als Konkurrenten benutzt, um herauszufinden, wer besser ist: das unberechenbare Genie (Scarlotti) oder die dumme Marionette (Hodge).

Scarlottis Vereidigung war ein echter Augenöffner. Ich meine nicht die nüchterne öffentliche Zeremonie - es gab auch eine üppige private Zeremonie hier oben in Manhattan, und ich sage Ihnen, das hätte ich mir nicht träumen lassen. Scarlotti warf sich tatsächlich vor dem amtierenden Kurienoberhaupt auf die Knie, setzte eine Kippa auf und "sang" dann ein zweiminütiges Stück Gangsta-Rap (das er wahrscheinlich vorher auswendig gelernt haben musste), in dem es darum ging, die Schwester von jemandem für KFC und Crack zu verkuppeln. Er prostete Shalom zu und wackelte mit dem Hintern wie ein verdammter Pavian, kann man sich das vorstellen? Ich weiß nicht, wie das mit seiner öffentlichen Ablehnung des K.O.-Spiels zusammenpasst - ist das wirklich ein seltsamer Initiationsritus oder haben diese Kurienbastarde einfach nur einen wirklich kranken Sinn für Humor?

In der folgenden Woche lernte ich Scarlotti so gut kennen, wie man ihn nur kennen kann, aber er ist mir immer noch ein Rätsel. Das einzige Zeichen von Menschlichkeit, das ich bei ihm sah, war, als er erfuhr, dass seine frühere Sekretärin in Europa Selbstmord begangen hatte - da wirkte er deprimiert, aber am nächsten Tag war er so zuversichtlich wie immer.

Dann kam die Krise.

Es ist schwierig, sie aus meiner Sicht objektiv zu beschreiben, denn ich war mittendrin und transportierte Nachrichten und Intrigen hin und her wie der Gott Merkur. Ich verbrachte meine Zeit in einem schwindelerregenden Hin und Her zwischen den Wolkenkratzerschluchten von Manhattan und dem samtig gewölbten Himmel von Arlington. Ich sehnte mich nach Veränderung, und wenn ein Durchschnittsbürger wie ich anfängt, eine Revolution für eine gute Sache zu halten, dann weiß man, dass das Land in ernsten Schwierigkeiten steckt - wenn es überhaupt noch ein "Land" ist. Scarlotti wird uns entweder retten oder verdammen. Oder vielleicht beides.

Ich glaube nicht, dass die Generalstabschefs meine Überlegungen teilen, aber der Hass, den sie gegen Israel entwickelt haben, ist bemerkenswert. Sie sprechen jetzt davon, keine einzige Kugel mehr an diesen "parasitären Staat" (wie er jetzt von vielen genannt wird) zu verschwenden. Und diese Männer wurden von der Kurie handverlesen!

Ich will nicht sagen, dass einer von ihnen so weit gegangen wäre, Sympathie für die palästinensische Sache zu zeigen, denn das würde nicht zu ihrem (und meinem) Charakter passen, aber das Misstrauen gegenüber Israel, ja... das ist jetzt der Klebstoff, der unsere Armee zusammenhält, vom niedrigsten Grunzer bis zum (und es hat keinen Sinn, das zu verbergen, jetzt, wo er an die Öffentlichkeit getreten ist) ehemaligen Verteidigungsminister selbst.

"10 Millionen Dollar pro Tag für dieses Drecksloch" war die Bemerkung, die ihn zum Rücktritt zwang und die von einem offenen Mikrofon aufgefangen wurde, aber ich könnte Ihnen noch andere, noch extremere Dinge erzählen, die er privat gesagt hat. Und wieder war es ein Mann, der von der Kurie ausgewählt worden war, die anscheinend *gegründet* worden war, weil die alte UNO zu antizionistisch war.

Was also wollten die Stabschefs von Scarlotti? Ganz einfach seine Zusicherung, dass Amerika nicht in einen weiteren unehrenhaften zionistischen Krieg verwickelt würde. Und zu unserer Überraschung stimmte Scarlotti bereitwillig zu.

"Ich habe große Pläne für diese Welt, meine Herren", sagte er, "aber zionistische Kriege gehören nicht dazu". Er gab uns also sein Ehrenwort, was unter Militärs noch etwas zählt, wenn auch nicht unter Politikern.

Das gab uns grünes Licht, Hodge, diese dumme Sockenpuppe, die mehr als enttäuschend war, den Laufpass zu geben. Er stotterte und tobte, privat und öffentlich, aber er war machtlos, etwas zu verhindern, was man sich nie hätte vorstellen können, geschweige denn für möglich gehalten hätte - *die direkte Unterordnung des US-Militärs unter die Kurie*, die den Präsidenten ausschaltet. Im Zeitalter der unklaren Verantwortlichkeiten und der mehrdeutigen Globalisierung hätte es jedoch niemanden überraschen dürfen, wie leicht dies zu bewerkstelligen war.

Das Zentralkomitee der Kurie selbst gab natürlich vor, gegen Scarlottis Vorgehen zu sein - aber war es das wirklich? Vielleicht wegen der Motive der Stabschefs, die einen so beunruhigenden Sinneswandel vollzogen hatten (war es die "OpenBorders4Israel"-Kampagne oder die nicht enden wollende Flut von Gräueltaten?), aber Scarlotti selbst versicherte uns, dass sie uns in Ruhe lassen würden, solange sie glaubten, dass er das Militär für sein bizarres Projekt der "Ausrottung des extremen Islam" einsetzen würde (dazu später mehr).

Scarlotti ist energisch, das geben selbst seine ärgsten Feinde zu, und er begann sofort damit, die Streitkräfte "wieder stark zu machen", was ihm auf erschreckende Weise gelang. Seine erste Maßnahme war der Ausschluss von Cannabiskonsumenten und Übergewichtigen, wodurch sich die Zahl der Rekruten sofort halbierte. Dann schloss er alle Crips- und Bloods-Mitglieder aus, weil sie angeblich illoyal waren, und reduzierte die verbleibende Zahl nochmals um fast die Hälfte.

Dann tat er etwas noch Umstritteneres. Er kündigte seine Absicht an, Frauen den Dienst in den Streitkräften zu verweigern, und schlug stattdessen die Schaffung einer Hilfstruppe wie im Zweiten Weltkrieg vor. Obwohl ich keinen einzigen Mann in den Streitkräften kenne, der aus tiefstem Herzen dagegen wäre, haben viele ihren symbolischen Protest in den Medien widerhallen lassen, aus Angst, es nicht zu tun. Und dann kamen die Proteste von der extremen Linken. Ja, die antiimperialistische, anti-militärisch-industrielle Linke ist derzeit außer sich, weil das weibliche Geschlecht von den Kampfeinsätzen an vorderster Front ausgeschlossen werden könnte, was offiziell beweist, dass die Welt nicht mehr "jenseits der Satire" ist, sondern in der Tat zur endlosen Satire selbst geworden ist. Aber worüber, das weiß ich nicht so genau.

Da unsere regulären Streitkräfte auf 28% geschrumpft waren (19%, wenn seine Frauenpolitik durchgesetzt würde), musste Scarlotti der Kurie erklären, wie er die Amerikaner für den Kreuzzug gewinnen konnte. Doch obwohl die Reihen ausgedünnt sind, ist die Moral heute besser denn je! Ich glaube fast, Scarlotti könnte den Generalstab zu allem überreden, selbst wenn er sein Versprechen brechen müsste, uns nicht in weitere zionistische Kriege zu führen!

Damals vertraute er dem Generalstab (über mich) etwas an, was heute kein Geheimnis mehr ist, nämlich dass er am Horn von Afrika eine Legion blutrünstiger Piraten rekrutiert hatte, die ihm als Privatarmee dienten, undiszipliniert, aber dank des beträchtlichen Vermögens seiner Frau unglaublich kampfstark.

Inmitten all dessen hat er irgendwie noch Zeit gefunden, sich einem seiner Lieblingsprojekte zu widmen: der Gründung einer Universität, deren Ziel es ist, etwas zu entwickeln, das sich "Glasperlenspiel" nennt.

"Ja, ich weiß, das Spiel soll nur eine Metapher für Kreativität sein, Frampton", sagte er mir. "Aber ich bin neugierig, ob der Versuch selbst nicht die westliche Kultur wiederbeleben könnte." Und dann begann er ein langes und verwirrendes Geschwafel über Hieroglyphen, die für verschiedene Dinge stehen, zum Beispiel für bestimmte musikalische Akkorde und die chemische Struktur von Portlandzement. Ich tat nicht so, als wüsste ich, wovon er sprach, und tue es bis heute nicht.

Doch dann kam die zweite Krise. Ich stand an Scarlottis Seite, als seine Frau durch die Kugel des Attentäters starb. Ich habe schon viele Männer sterben sehen, aber noch nie eine Frau, und das werde ich nie vergessen. Ich erinnere mich, wie sie versuchte, ein paar letzte Worte zu formulieren, aber sie kamen nicht. Sie sah Scarlotti an, als würde sie ihn anflehen, sie zu retten, bevor ihre Augen in der Dunkelheit verschwanden. Scarlotti weinte, aber er war starr und ruhig. War die Kugel für ihn bestimmt? Wer hatte sie abgefeuert? Unbeantwortete Fragen...

Danach wurde er verständlicherweise vorsichtiger und bemühte sich, einen Leibwächter zu schaffen, den er für unbesiegbar hielt. Die Linke und ihre medialen Helfershelfer schürten derweil schwere Massenunruhen gegen ihn, vor allem wegen seiner Versuche, das Knockout Game zu stoppen. Er nutzte die Unruhen in Baltimore geschickt als Vorwand, um auf dem ganzen Kontinent das Kriegsrecht zu verhängen, was weder uns in den Streitkräften noch, wie ich glaube, dem Durchschnittsbürger besonders gefiel. Aber wir wussten ja nicht, was er mit seiner vorübergehenden Machtfülle anstellen würde! Sie haben ja selbst gesehen, welche Gesetze er erlassen hat - zum Beispiel, dass linke Rassenhetzer unter denen leben müssen, denen sie angeblich helfen wollen. Darauf haben wir alle gewartet...

Natürlich war die Kurie wütend. Sie müssen sich wie Frankenstein gefühlt haben, denn das Monster, das sie geschaffen hatten, war völlig außer Kontrolle geraten. Umso mehr, als er für eine Woche verschwand und mit einer neuen, errötenden Braut zurückkehrte - keiner anderen als Kahina Tate, Tochter von Mohammed Tate, Emir des Provisorischen Emirats von Nordirak und Syrien (PENIS).

Trotz seines arabischen Vornamens ist dieser Post-ISIS-Emir weiß wie ein Schwan, ein blauäugiger Blondschopf, der aus dem Hohen Atlas stammt (angeblich von Berbern abstammend, mit einem englischen Vater, den er nie kennen gelernt hat, und, wie ich vermute, mit einer gesunden Mischung westgotischen Blutes). Dieser eiskalte Kriegsherr hat viel getan, um die vom Krieg verwüsteten Gebiete im Nordirak zu heilen und neu zu ordnen, und ist deshalb bei der Kurie sehr verhasst. In gewisser Weise scheint er ein Seelenverwandter Scarlottis zu sein, und so ist es nicht verwunderlich, dass die beiden ein Bündnis schlossen, auch wenn ich beim besten Willen nicht sagen kann, wie es dazu kam; Scarlotti hält sich gern bedeckt.

Die Hochzeit war ein Signal für die Kurie, die sofort begann, ihre Krallen nach Indien und den russischen "Dissidenten" auszustrecken. Vielleicht warten sie auf Scarlottis (versprochene) Abwesenheit im Nahen Osten, um seine Macht hier in den USA zu kontrollieren.

Und diese Woche hat Scarlotti (angeblich gegen den Willen seines Schwiegervaters) die Schaffung eines neuen Heimatlandes für die Palästinenser angekündigt, ein Plan, der ihnen helfen soll, sich in einer fruchtbaren Region selbst zu versorgen, die durch die Kriege im Irak ausgelaugt wurde. Israel ist darüber verärgert und beweist damit (zumindest für mich), dass es ihnen Spaß macht, die Araber zu verrohen (und sie nicht nur für niedere Arbeiten zu brauchen), und Scarlotti hat es ihnen mit ebensolchen Worten gesagt.

"Sie werden lernen müssen, ohne Diener zu leben", schrie er den israelischen Gesandten an. Aus diesem Grund mag ich ihn sehr, aber tief in meinem Herzen bleibt ein Gefühl der Unklarheit. Ich sage es noch einmal: Scarlotti wird uns retten oder verdammen oder beides.

Zumindest leben wir wieder in interessanten Zeiten…

4

DAS ZEUGNIS VON
OLENA PETRENKO
(nach Auszügen aus ihrem Tagebuch)

Meine Kindheit ist wie ein gordischer Knoten mit meinen Erinnerungen an das Schwarze Meer verbunden, und noch heute spüre ich, wie sein Wasser in mir aufsteigt. Manchmal ist dieses Wasser bleiern, so grau wie die Militärschiffe, die auf seiner gewundenen Weite fahren, und manchmal ist es blau wie pigmentiertes Kobalt. Dann kommt die Dämmerung, und ich sitze da und beobachte die Seevögel, die zum Ufer schwanken und von den offenen Gewässern in die stillen, leeren Weiten der sich verdunkelnden Räume hinter mir fliegen, vielleicht dieselben Vögel, die Ovid einst in seinem Exil sah, und dieselben Gewässer, die die Argonauten auf der Suche nach dem Vlies der Erneuerung durchquerten.

Und in der Ferne, unsichtbar, die hohen Gipfel des Kaukasus, wo die einst hellen Erinnerungen an den Feuerdieb sich in etwas Unheimliches und Vielfältiges verwandelt haben, und darüber hinaus das pechschwarze Karabach im düsteren Armenien.

Aber König in meinen Gedanken sind die Legenden meines eigenen Landes - die des mächtigen Bogatyr, so namenlos und furchterregend, dessen Pfeil Krieg und Leid brachte. Er befahl seinen Söhnen, diesen Pfeil in die Tiefen des Schwarzen Meeres zu werfen, denn sie hatten nicht die Kraft, ihn selbst zu schwingen, und deshalb sind seine Gewässer immer unruhig.

Und erst vor kurzem, so scheint es, ist der Bogatyr zurückgekehrt. [...]

In den letzten Jahren, bis gestern, war alles in Kiew

216

so leer, ins Nichts gefallen. Die alten Orte, die mir einst so viel bedeuteten, schienen blutleer und sinnenleer, wie eine Plastikblase, die von einem lächerlichen Vakuum ausgesaugt wird. Selbst das geheimnisvolle Feuer der Metal-Bands, die ich früher bewundert hatte, war verschwunden, und in Interviews klangen sie jetzt wie leere Imperialisten.

Aber Kiew war nicht immer so - es war einmal voller Geheimnisse und Versprechen.

War das nur eine Illusion? Entweder hat dieses Geheimnis nie existiert (woher kommt dann meine Erinnerung daran?), oder es hat existiert und ist dann verschwunden (warum und wohin?); und in beiden Fällen ist etwas Unbekanntes, Unsichtbares am Werk. Ein Gott oder ein Dämon verspottet mich. Die einzige Alternative wäre, dass ich nicht existiere, aber das kann ich nicht akzeptieren. Also seufzte ich und sagte: "Der Herbst ist da" und andere wertvolle Dinge, und meine Mutter sah mich an, als wäre ich verrückt.

"Warum gehst du nicht zu deiner Schwester?", drängte sie mich. "Sie verdient gutes Geld in Amerika." Aber jedes Mal, wenn sie dieses verhasste Thema ansprach, warf ich ihr einen verächtlichen Blick zu, der sie nicht zum Schweigen brachte. Nichts tat das... Außer, wenn ich zurückbellte und über Nataljas Erziehung schimpfte, dann setzte sie einen Ausdruck schmollender Gleichgültigkeit auf und presste ihre grauen Lippen zusammen, bis sie noch grauer waren, ein aschfahler, strammer Kommunist. Es schien, als gehöre die Welt jetzt Leuten wie ihr.

Dann rief mich Anna an, die ich lange nicht gesehen hatte, und bat mich, in einen Saal im Zentrum von Kiew zu kommen, um einer Rede zuzuhören. Es sei der nordamerikanische Potentat für die Kurie (oder so ähnlich), sagte sie... und ich sagte ihr kühl, dass mich solche Dinge nicht interessierten.

Sie lachte und sagte: "Das hier ist anders" und legte auf. Ich wusste nicht, ob sie die Rede oder den Mann meinte, aber ihr Ton machte mich stumm vor Neugier. Also ging ich hin, um zu sehen, was auf dem Programm stand.

Ich ahnte nicht, dass gestern Abend das Feuer in

mein Herz zurückkehren würde!

Der Bogatyr (denn so sehe ich ihn jetzt) war mit seinen Prätorianern, der Elitegarde, die er nach der Ermordung seiner Frau durch eine Kugel, die angeblich ihm gegolten hatte, geschaffen hatte, zu Besuch in Kiew und wollte verhandeln. Er will keinen offenen Krieg, weigert sich aber, die neue ukrainische Verfassung zu garantieren oder zu bestätigen, solange seine Autorität im Land nicht anerkannt wird.

Mich hat das alles nicht interessiert. Mich hat nur seine elektrisierende Rede interessiert.

Er sprach über den Bogatyr, er sprach offen über eine slawische Legende, die bis dahin in meinem Herzen unausgesprochen geblieben war, aber anstatt diesen Mythos zu zerstören, schien sein Licht ihn wachsen zu lassen! Ich bin sicher, dass er als Avatar von unseren Göttern gesandt wurde... Vielleicht der Avatar des gesamten slawischen Volkes, obwohl er selbst kein Slawe war.

"*Mein* Imperialismus schließt ethnische und regionale Unterschiede und Grenzen ein", donnerte er. "Im Gegensatz zum falschen Imperialismus von Sheldon Albright, diesem Verräter an der Menschheit, mit seinem Wahnsinn der offenen Grenzen...". Die Menge jubelte ihm zu, denn Albright ist mächtig und sehr verhasst. Und dann denunzierte Bogatyr einige unserer eigenen ukrainischen Nationalisten als Dummköpfe, die der Kurie und Albright in die Hände spielten.

"Aber Sie gehören doch selbst zur Kurie", rief jemand.

"Ich bin die Kurie", grinste der Bogatyr. "Und lasst Euch von niemandem etwas anderes einreden. Aber jetzt werde ich sie in eine *andere Richtung* lenken."

Wie fest und unnachgiebig er das sagte! Und ich wusste, dass man diesem Mann, einem Vertreter der männlichen Götter selbst, vertrauen konnte. Und Anna dachte dasselbe, als sie durch die Menge auf mich zu tanzte, ihr Gesicht glühend von den Flammen der Zukunft.

"Und nun", rief sie, "hatte ich nicht Recht, dich zu rufen?" Ich lachte vergnügt, nahm ihre Hand und führte sie durch die Menge an einen Ort, wo wir in Ruhe reden konnten, aber als wir den Park um die Ecke erreichten, fehlten mir die Worte... Nur Tränen über unsere eigene Wiedergeburt.

Und als ich nach Hause kam, dachte ich daran, wie schlaff mein betrunkener Vater im Vergleich zu Bogatyr aussah. Ich hatte plötzlich das Gefühl, er sei schon tot, und wenn ich einen Baum auf sein Grab pflanzen würde, würde auch er zu einem lebendigen Toten heranwachsen, und so weiter, sieben Generationen lang, bis endlich ein grüner Schössling aus dem Schatten seiner versteinerten Vorfahren hervortreten würde ... Sieben Generationen, um den Leichnam zu zerschmettern.

Für mich aber bildet der Blitz eine ganz andere Welt.

[...]

Jetzt melden sich viele Ukrainer freiwillig für die "Internationale Brigade" des Bogatyr (schon der Name erzürnt die unikuriale Curia, die das Internationale für sich gepachtet zu haben scheint) und auch für die elitäre Prätorianergarde. Ich selbst habe mich freiwillig für die Frauenhilfstruppen gemeldet und werde in zwei Tagen erfahren, ob ich angenommen werde oder nicht. Selbst wenn ich abgelehnt werde (was unwahrscheinlich ist, da ich körperlich und geistig gesund bin), werde ich einen anderen Weg finden, den Bogatyr zu Ruhm und Ehre zu verhelfen. Aber ich wünsche mir sehr, in die Auxiliartruppen aufgenommen zu werden, denn ein Teil ihrer Aufgabe ist es, Propaganda zu verbreiten, und das reizt mich sehr. Obwohl der Bogatyr die traditionelle Rolle der Ehefrau und Mutter fördert, habe ich das Gefühl, dass ich jetzt auf andere Weise einen Beitrag leisten kann, und es scheint, dass es vielen anderen jungen Frauen genauso geht... Der Bogatyr wird geliebt!

[…]

Gestern war der stolzeste Tag meines Lebens - ich wurde in die Brigaden von Bogatyr aufgenommen! - Aber meine Mutter musste mir die Freude mit einem oberflächlichen Argument aus der Propagandamaschine der Kurie verderben:

"Er wird uns verraten. Er verhandelt mit Russland, um uns in eine bestimmte Sphäre des russischen wirtschaftlichen Einflusses einzuschließen...".

"Und wenn er das tut? Er hat sich von den Russen garantieren lassen, dass sie die ukrainische *Kultur* in Ruhe lassen, einschließlich der Neopaganer wie mich. Und du glaubst wirklich, dass die Wirtschaft wichtiger ist als die Kultur?"

"Man kann beides kombinieren. Deine Schwester ist zum Beispiel beim Film..."

"In *Pornofilmen*, in Los Angeles."

"Schließlich geht es um Geld."

"Das wird ihre Seele zerstören, wenn sie noch eine hat."

"Du bist ein böses Mädchen. Ich schäme mich für dich."

"Wenigstens bin ich nicht korrupt." Dann schnaubte sie wie ein Schwein und verließ das Zimmer.

Wahrlich, sie versteht nicht.

Sie versteht gar *nichts*.

[...]

Dem Bogatyr gelang es zwar, einen Keil zwischen die ukrainische Verwaltung und die "offizielle" Kurie zu treiben, aber in den west- und südslawischen Ländern war er weniger erfolgreich. Die Kurie beginnt nun, zwischen dem "Block" (Kroatien, Polen usw.) und dem Bogatyr zu vermitteln. Dies ist schwierig, da in diesen Ländern ein Wiederaufleben der "Linken" westlicher Prägung zu beobachten ist: Die Aufmärsche gegen den Archetypus, die in Deutschland begannen, haben sich ausgebreitet... aber nicht in die Ukraine, Gott sei Dank!

In der Zwischenzeit versuchten meine Eltern mit allen möglichen Tricks, mich aus der Brigade zu locken. Sie haben mir sogar einen Zeitungsartikel über ein großes heidnisches Fest in Litauen ausgeschnitten, in der Hoffnung, mich dorthin und weg von Bogatyr zu locken ... Aber meine Treue zu ihm ist das Heidentum in seiner reinsten Form, etwas, das schlaffe Feste nicht durchdringen können. Denn er ist der Bogatyr.

Und ich bin auch verzweifelt, weil ich die Leere meiner Eltern spüre ... Wie schrecklich muss es für sie sein! Ich frage mich, was sie mitnehmen, wenn sie diese Ebene des Seins verlassen? Nur vergeudete Zeit, feucht und bröckelig...

Erst gestern gab es einen Moment, in dem ich mich fragte, ob sie vielleicht Recht haben und *ich* verrückt werde... und dann bin ich zur Brigade zurückgekehrt und habe gemerkt, dass wir zweifellos die Vernünftigen sind!

Am Ende werden auch sie das einsehen.

[...]

Die Argumente kommen jetzt sehr schnell. Ich und meine Mutter, Bogatyr und Curia, jeder spiegelt den anderen.

Die Depressionen und der Alkoholismus meines Vaters sind nun zweifelsfrei bewiesen, und er fühlt sich immer wohler damit - bis ihm jemand den Wodka abschneidet, versteht sich. Ich wollte, aber ich konnte nicht. Zu weich und aus Angst, ihn zu verletzen, was ihm langfristig noch mehr schaden würde. Sollte ich mich also stählen, um der Aufgabe, die Bogatyr mir stellte, würdig zu sein?

Und dann diese ständigen Auseinandersetzungen mit meiner Mutter über die Erziehung von Natalja, der kleinen Tochter meiner Schwester. Mutter ist fest entschlossen, das Kind mit dem schlimmsten westlichen Abschaum zu umgeben, und mit neu gewonnener Kraft schimpfe ich mit ihr:

"Wozu sind diese Puppen da?"

"Zum Spielen natürlich."

"Sehen sie etwa ukrainisch aus, mit ihren Plastikaugen und den schlammigen Gesichtszügen, die von allen Rassen der Welt stammen?"

"Bitte sagen Sie mir nicht, dass Sie nicht nur unpatriotisch, sondern auch rassistisch sind!"

"Was? Rassist *und* unpatriotisch? Wie ist das möglich?"

"Wir wissen, dass du unpatriotisch bist, weil du diesem schrecklichen Scarlotti folgst ... und du bist rassistisch, weil du auch ein Problem mit gewissen Puppen zu haben scheinst ..."

"Sie sind ekelhaft. Sie sind keine *echte* Rasse, sie sind künstlich".

"Schade, dass du so denkst. Jedes normale Mädchen spielt mit ihnen."

"Und wer treibt sie an? Die Kurie!"

"Ich verstehe deine Politik nicht."

"Ich will nur, dass jedes Volk stolz und frei ist ... und das Reich garantiert das."

"Es tut mir leid, mein Mädchen, aber du bist rassistisch und unpatriotisch und ich erkenne dich kaum wieder. Ich weiß wirklich nicht, was mit meiner zweitliebsten Tochter passiert ist."

Abgesehen von den Beleidigungen hatte sie alles auf den Kopf gestellt, als befänden wir uns in einem spiegelverkehrten Universum! Aber während sie das sagte, ertönte etwas aus den Fernsehnachrichten, das mir einen Schauer über den Rücken jagte. Das Spiel hatte begonnen:

"Ein Sprecher der Unicursal Curia gab heute die offizielle Entlassung des nordamerikanischen Exekutivkommissars Maximillian Scarlotti bekannt, der sich jedoch weigert zurückzutreten, weil er behauptet, ein erfundenes Phantasieorgan namens Multicursal Curia zu vertreten. Die Wahnvorstellungen dieses Mannes haben der Weltorganisation und der Menschheit, die sie vertritt, großes Leid zugefügt".

Nun waren die Kurie und die von ihr kontrollierten Sender (also *alle* Sender) damit beschäftigt, Bogatyr als "Verräter" zu denunzieren. Israel war unzufrieden mit ihm, trotz seines Eintretens für die "Rechte der Völker" (was geht sie das an?), und in den Nachrichten sah man viele orthodoxe Juden heulen und mit den Zähnen knirschen ... als ob das irgendjemanden interessieren würde! Jetzt ist also "der Krieg erklärt, ihr kommt besser runter", und die Welt steht blinzelnd auf Messers Schneide. Werden die Söhne des Bogatyr die Kraft finden, seinen Pfeil zu schwingen?

[...]

Ich wollte mit Mutter ans Schwarze Meer fahren, damit sie die Wiedergeburt des Bogatyr selbst erleben konnte, aber ihre Augen verdunkelten sich, als ich ihr von der Legende erzählte. "Ach, diese alte Geschichte", sagte sie hölzern, und da wusste ich endgültig, dass sie verloren war. Ich weinte um ihre Seele, und am Ende fühlte ich ein Ende. Ich kann nichts für sie tun, ihre Seele wird im Nebel verschwinden, also tröste dich damit. Die wirkliche Welt ist jetzt die Brigade und meine glücklichen Freundschaften dort.

Und jetzt weiß ich, dass ich die Kraft habe, rechtliche Schritte einzuleiten, um das Kind meiner Schwester aus der Obhut der Großeltern zu nehmen.

Es wird ein Brigadebaby sein, und man wird ihm die nötigen Einrichtungen zur Verfügung stellen. Auch Legenden, nahrhafter als Milch ... denn der Bogatyr steigt auf.

5

DAS ZEUGNIS VON
HARLAN COAD
(aus seinem Tagebuch)

Heute ist Cobain-Tag in Aberdeen ... Hurra.

Der erste Cobain-Tag, an den ich mich erinnere, war der große, als er zum offiziellen Feiertag erklärt wurde. Aber in Hoquiam wird er im April gefeiert, an einem anderen Tag als bei uns, und jemand im Stadtrat von Aberdeen meinte, das wäre zu nah an Hitlers Geburtstag. Daraufhin gab es Ärger, und der stellvertretende Bürgermeister von Hoquiam wurde in den Arm gestochen, und es floss dunkles Blut.

Nachdem er sich erholt hatte, entschuldigte er sich für die Beleidigung, und seitdem ist der Cobain Day eine eher ruhige Angelegenheit. Die Stadtverwaltung von Hoquiam nennt den Tag jetzt Kobain Day (weil Kurdt seinen eigenen Namen manchmal so geschrieben hat), aber es gab keine Gewalt mehr.

Um diese Zeit fühle ich mich immer zynisch. Abgesehen von der rituellen Hymne "Something in the Way" bei der Einschlafzeremonie auf der Brücke spielen sie nicht einmal die Musik des Mannes, und das Ganze wirkt wie ein großes Wichsfest. Aber ich will nicht, dass die Leute denken, ich würde den Kerl schlecht machen. Abgesehen davon, dass Naomi ihn mag, hatte er auch eine gute Wirkung auf mindestens einen "entfremdeten Einzelgänger", den ich früher kannte - Dobbin. Der Nirvana-Song "Tourettes" hat Dobbin ermutigt, mit dem Malen zu beginnen, und vielleicht wäre er jetzt tot, wenn das nicht der Fall gewesen wäre. Aber Dobbin ist die Ausnahme, nicht die Regel, und diese Art von Musik hört kaum noch jemand. Das Einzige, was für die meisten Leute zählt, ist, dass Drogen an diesem einen

Tag im Jahr in Aberdeen völlig legal sind, und deshalb sitze ich hier und rauche einen Joint unter der Brücke, während ich schreibe.

Bald werden ein Dutzend andere hier sein, um an der Zeremonie des Brückenschlafs teilzunehmen, bei der sich der Bürgermeister symbolisch in den eiskalten Schlamm legt... Aber bis dahin werde ich längst weg sein. Vielleicht schaue ich mir die jüngste Statue an, die vor vier Jahren begonnen, aber nie vollendet wurde (und wohl auch nie vollendet werden wird), halbfertig, mit Vogelscheiße unter den Augen wie Krokodilstränen. Ehrlich gesagt sieht sie eher aus wie Gollum aus *Herr der Ringe* als wie Kurt. Angeblich wurde der Bau eingestellt, weil die Touristen ausblieben - aber ich kann mich an keine Zeit erinnern, in der sie wirklich kamen. Selbst die Zeremonie 2017 war nur eine lokale Angelegenheit.

Und jetzt, zehn Jahre später, scheint die ganze Stadt leer zu sein. Naomi ist weg und wir sind alle am Boden zerstört, vor allem ich. Ich will dieses Mädchen wirklich heiraten, und das ist mir erst klar geworden, als sie weg war. Wahrscheinlich ist sie jetzt in einer Bibliothek in Olympia und arbeitet an ihrer Doktorarbeit. Nein, warte, sie hat noch nicht promoviert, sie will nach dem Studium eine Arbeit über Kurt schreiben... Jetzt fällt es mir wieder ein. Sie ist die Einzige, die ich kenne, die regelrecht besessen ist vom Schutzgeist unserer Stadt, dem alten, ermordeten Kurt. Er wäre sechzig, wenn er heute leben würde, und kaum jemand hier erinnert sich an ihn als reale Person - wenn er überhaupt je eine war. Manche glauben sogar an eine Verschwörung und dass es ihn nie gegeben hat. Nicht so meine Großmutter - sie glaubt, ihn einmal gesehen zu haben, etwa 1986, als er sich auf der Hauptstraße die Zehennägel schnitt, ein paar Jahre vor der Geburt meiner Mutter und bevor er berühmt wurde.

Meine Mutter, die immer noch politisch korrekt ist, Jahre nachdem das aus der Mode gekommen ist, sagte einmal, sie habe gelesen, dass "In Bloom" ein ironisches Lied sei und dass es noch ironischer sei, dass die Sportler es singen würden, obwohl es eigentlich ein Angriff auf sie sei. So hatte sie es jedenfalls gelesen.

Aber als sie es sagte, sah Oma nachdenklich aus, als

ob sie sich an eine alte Schwärmerei erinnerte.

Also habe ich mir immer vorgestellt, dass Kurt in Wirklichkeit mein Großvater ist, was besser war als die Wahrheit.

Aber ich muss zugeben, dass es mir schwer fällt, ihn zu verstehen. Könnte er wirklich ein echter Mensch gewesen sein, und wenn ja, warum haben sie dann eine verdammte Statue aus ihm gemacht?

Diese Fragen werden wohl nie beantwortet werden...

[...]

Dobbin schließt sich der Brigade der Träumer und Dichter an. Ich zeichne für die Nachwelt ein Gespräch am Esstisch auf ... ... das merkwürdigste Gespräch aller Zeiten, in dem ich Großmutter von einer ganz neuen Seite kennen lernte.

Oma: "Was sind die Träumer und Dichter?"

Ich: "Das ist ein Teil von Scar-Lo's International Brigade".

Mutter: [Schnaubt]

Oma: "Und was ist die Internationale Brigade?"

Ich: "Großzügige Bezahlung, aber harte Ausbildung und Disziplin. Die Träumer und Dichter sind für Künstler, und die sind viel nachsichtiger. Scar-Lo versucht, sie für den Kampf gegen den Globalismus oder so zu gewinnen. Ich glaube, er hofft, die Wölfe der Freude anzulocken. Aber ich weiß nicht, ob sie anbeißen werden."

Mutter: "Wenn du jemals dein eigenes Kind begraben hättest, würdest du diese Art von Pferdescheiße hassen und verabscheuen." (Sie sagte wirklich "Scheiße".) "Scarlotti ist ein Unruhestifter."

Ich: "Gibst du mir nicht immer noch die Schuld dafür?" (Das war eine Anspielung auf meine Zwillingsschwester Kathy, die in früher Kindheit starb und für mich noch weniger real war als Kurt). "Was hat das mit Scarlotti zu tun?"

Mutter: "Wie viele Kinder wird er umbringen? Er führt Krieg."

Ich: "Ist Krieg nicht besser als Tyrannei?"

Mutter: "Harlan! Was ist in dich gefahren?"

Ich: "Die Kurie ist außer Kontrolle geraten. Die schubsen alle herum."

Mutter: "Vielleicht, weil sie versuchen, Rassismus, Sexismus und Transphobie auszurotten..."

Ich: "Das sind doch nur Worte, Mama".

Mutter: "Das würdest du nicht sagen, wenn du sehen würdest, wie eine farbige Person gemobbt wird..."

Ich: "Ich glaube nicht, dass ich das sehen würde, weil es wahrscheinlicher ist, dass sie es sind, die gemobbt werden."

Mutter: "Harlan!" (Sie verschluckt sich fast an ihrem GVO-Salat).

Oma: "Ich fürchte, er hat Recht. Habt ihr noch nie von diesem K.O.-Spiel gehört?"

Mutter: "Ein schrecklicher Mythos der Konzernmedien."

Ich: "Nein, die Medien haben ihr Bestes getan, um es zu vertuschen. Aber was hat das alles mit Scar-Lo zu tun? Er kämpft doch für das Recht aller Völker auf Existenz und Wohlstand, oder?"

Mutter: "Ja, getrennt, in kleinen Nazi-Enklaven."

Ich: "Nein, er hat gesagt, dass es auch gemischte Enklaven geben kann, für Leute, die ein multikulturelles Heimatland wollen".

Mutter: "Jeder sollte eine multikulturelle Heimat haben".

Ich: "Dann kann es so seelenlos sein wie Seattle?"

Mutter: "Aberdeen ist noch seelenloser."

Ich: "Wie kommt es dann, dass es Cobain zu seinen Songs inspiriert hat?"

Mutter: "Er hat es hier gehasst. Deshalb ist er nach Olympia gezogen."

Oma: "Ich fürchte, das ist nicht ganz richtig. Er ist wegen der Muschis nach Olympia gezogen."

Mutter: "Mutter!"

Ich: [Kichert]

Oma: "Du solltest nicht so verklemmt sein, Schatz. Es war sowieso eine *politisch korrekte* Muschi ... die Art, für die Olympia berühmt ist. Du kannst dich also entspannen."

Ich: "Und was hältst du von Scar-Lo, Oma?"

Oma: "Im Moment ist alles so trostlos, Harlan. Vielleicht solltest du dich der Brigade der Träumer und

Dichter anschließen. Du hast doch auch schon geschrieben, oder?"

Mutter: "Mutter!"

Oma: "Steck dir eine Socke rein."

Mutter: "Damit er sich einer faschistischen Sekte anschließt!"

Ich: "Mal sehen, was Dobbin dazu sagt."

Oma: "Ist es nicht ein bisschen fade, darauf zu warten, dass ein anderer das Wasser testet? Wo ist das Feuer der Jugend?"

Ich: [Er wird knallrot.]

Mutter: "Ich kann nicht glauben, dass ich das höre. In meinem eigenen Haus."

Oma: "Das ist ein gemietetes Haus. Und wenn du glaubst, dass Harlan in einer Welt, die von der Kurie beherrscht wird, irgendeine Perspektive hat, dann bist du verrückt, Mädchen."

Mutter: [Stürzt angewidert vom Tisch weg]

Oma: "Denk daran, was ich dir gesagt habe, Harlan. Du musst die Nessel nehmen, wenn du glücklich sein willst. Mein größter Fehler war, dass ich das nicht rechtzeitig erkannt habe. Aber es gibt noch Hoffnung für dich."

Also ging ich in den Keller und legte King Diamond auf den antiken Plattenspieler ("Grandma, welcome home!"), um ihr für ihre Ehrlichkeit zu danken. (Ein unterhaltsamerer Sänger als Kurt, IMHO).

[...]

Vergiss Moms faschistische Paranoia über Scar-Lo. Heute habe ich meinen ersten *echten* Nazi getroffen. Allerdings keinen deutschen. Er gehörte zu einer Gruppe namens North West Front und bezeichnete sich selbst als "weißen Nationalisten", aber das sind die, die die Medien als Nazis bezeichnen, oder?

Jedenfalls brach die Nacht über Aberdeen herein und ich beschloss, mit dem Bus nach Hause zu fahren. Der Bus war fast voll und dieser große, stämmige Mann in einer Tarnjacke setzte sich neben mich, also auf den Gangplatz gegenüber von meinem Gangplatz, und plötzlich hatte ich eine Vision von Blut. Alles schien rot zu werden. Dann, eine halbe Minute später, geriet er in einen Streit mit dem Paar vor ihm, das sich über Präsident Hodge unterhielt.

"Ich denke, der Präsident tut sein Bestes in einer heiklen Situation", sagte der Mann.

"Lügen!", brüllte der Nazi. Zuerst dachte ich, er sei betrunken, aber seine Rede war klar und deutlich, nur sehr übermütig. "Sie haben Ziomedia gehört, nicht wahr? Hodge gehört in ein Irrenhaus, zusammen mit seinen korrupten, konservativen Lakaien".

"Nichts für ungut, Kumpel, aber ich habe mit meiner Frau gesprochen, nicht mit dir."

"Nun, es ist die Endzeit, Kumpel, also kein Grund, sich in Schale zu werfen. Ich werde mich nicht dafür entschuldigen, dass ich meine Meinung sage, das ist verdammt sicher." Aus irgendeinem Grund wollte ich die Situation entschärfen, vielleicht weil sein Brüllen meine liebeskranken Träumereien über Naomi unterbrach.

"Glauben Sie wirklich, wir befinden uns in der *Endzeit?*", fragte ich höflich.

"Hey, Kumpel, das könnte die letzte Busfahrt sein, die wir je machen."

"Warum ... hast du eine Bombe in deiner Jacke?" Ich gluckste nervös.

"Sehe ich aus wie ein Terrorist?"

"Ähm ..."

"Oh, Sie denken, ich sehe aus wie der Medientyp eines Terroristen, ist es das? Immer ein weißer Mann, nicht wahr? So absolut realistisch ..." Seine Stimmbänder überschlugen sich vor Sarkasmus. "Nein, wenn *ich* eine Bombe hätte, wären wir jetzt alle tot. Ich spiele nicht herum. Aber zum Glück für dich bin ich ein ehrenhafter Kerl. Ich töte nur mit Fäusten, Messern oder Pistolen und nur, wenn es absolut notwendig ist."

Ich glaubte ihm. Dann begann er, mir von seiner Organisation zu erzählen, was mir zugegebenermaßen etwas unangenehm war. Die anderen Fahrgäste taten ihr Bestes, ihn zu ignorieren, und warfen ihm nur schüchterne Blicke zu, wenn sie sich zum Aussteigen erhoben.

Kurz gesagt, der Kerl will hier im pazifischen Nordwesten eine "Weiße Republik" errichten, aber inmitten all seines politischen Geredes erfuhr ich etwas sehr Interessantes: Es scheint, als hätten seine Leute Scar-Lo die "Ehrenpräsidentschaft" ihrer Nordwest-Republik angeboten.

"Er ist kein WN im engeren Sinne, aber er steht für die *Rechte der Völker,* einschließlich der Weißen."

Ich dachte nur: "Wow", aber innerlich war ich weit weniger zynisch, sogar gerührt. Manchmal wünschte ich mir, ich hätte das "Alpha" dieser Leute, von jedem von ihnen! Scar-Lo, die Nor"westers, die Wölfe der Freude... Verdammt, sogar meine PC-Mutter hat mehr Mumm als ich. Oma hatte recht, vielleicht ist es an der Zeit, die Nessel zu packen. Aber wie soll ich das anstellen?

Der Bus näherte sich dem Haus und war inzwischen fast leer.

Aus irgendeinem Grund fragte ich ihn, was er von den Wölfen der Freude halte.

"Unzuverlässig", schnaubte er. Ich entnahm seinen Worten, dass die Nor"wester konservativer waren als die Wölfe. Außerdem seien die Wölfe ursprünglich als Rebellion gegen die "Boomer" gegründet worden, die jetzt ausstürben und irrelevant seien ... Zumindest denkt das der Nazi.

"Ich gebe zu, dass die Babyboomer viel vergeudet haben", sagt er, "aber wir müssen weitermachen, und die nachfolgenden Generationen sind auch nicht besser. Viele der Beschwerden über die Babyboomer haben damit zu tun, dass sie sich den ganzen Reichtum unter den Nagel gerissen haben, und diese Art von materialistischen Sorgen sind unter der Würde der Nordwestfront."

"Aber die Wölfe selbst haben ihre Anti-Boomer-Ressentiments überwunden, nicht wahr?"

"Vielleicht", murmelte er.

"Und sie sind Antikolonialisten, genau wie du."

"Vielleicht", murmelte er wieder.

Meine Haltestelle kam näher. Es war die letzte Haltestelle, und ich stellte mit Schrecken fest, dass er auch hier aussteigen musste! Wir stiegen aus dem Bus, hinaus in die faule Nacht. Er ging ein Stück mit mir, bevor ich den Mut fand, ihn anzusprechen: "Äh, wohnst du hier in der Nähe?"

"Hm?" Er sah sich verwirrt um. "Um ehrlich zu sein, ich weiß gar nicht mehr, wo ich hin wollte..."

"Wir sind am Stadtrand. Wenn du in der nächsten Straße wartest, kommt gleich ein Bus zurück zum Cobain Plaza."

"Nein, ich glaube, ich laufe einfach. Ich bin ein Tier, wirklich, ich fühle mich in einem Bus eingesperrt. Ich weiß gar nicht, warum ich überhaupt mitgefahren bin." Und damit drehte er sich um und stapfte über das leere Ödland zur nächsten Straße, direkt durch ein großes Büschel Brennnesseln.

Meine Zeit naht, gewiss...

[...]

Die Reise nach Olympia war kaum das, was man einen Erfolg nennen könnte. Ich wollte sie mit Worten gewinnen ... Worte aus Stahl, Worte aus Unnachgiebigkeit, Worte aus Stacheldraht und Affenhirn ... Aber ich konnte sie nicht einmal finden, und die Ereignisse der Welt überschlugen sich. Ich lief wie betäubt über den Campus des Evergreen State College, ich weiß nicht, wie lange, als der Nachmittag zur Nacht wurde, und dann kam ein Wachmann und leuchtete mir mit einer Taschenlampe ins Gesicht.

Er sagte: "Ich werde Sie nicht nach Ihrem Ausweis fragen, denn es ist offensichtlich, dass Sie kein Student sind ... Jetzt verschwinden Sie, oder ich halte Sie fest, bis die Polizei kommt. Und du willst doch nicht, dass sie sich einmischt".

Ich bin mir nicht sicher, woher er wusste, dass ich kein Evergreen-Student war... vielleicht verändert sich die Physiognomie, wenn man dort Kurse besucht... Aber ich ging, bevor dieser watschelnde Affe seine Nase noch tiefer in mein Blumenfeld stecken konnte. Ich bin der Letzte, der eine Szene macht.

Also fuhr ich mit dem Bus in die Innenstadt und checkte in einem Hostel ein. Aus dem Fernseher in der Lobby kamen unerwartete Nachrichten: Unter den Truppen in Scar-Lo war eine schwere Ebola-Epidemie ausgebrochen. Ich weiß immer noch nicht, was ich von Scar-Lo halten soll, aber die Nachricht macht mich

231

irgendwie traurig.

Als ich in den Zwölf-Bett-Schlafsaal kam, hatte ein Typ ein Tischtuch um sein Bett gelegt (ich konnte seine Dreadlocks sehen) und rauchte etwas, das nach brennendem Kuhmist roch. Das deprimierte mich noch mehr, also ging ich nach draußen, um meine Gedanken zu sammeln.

Auf der dunklen Straße am anderen Ende des Blocks bog ich um die Ecke, als mir wieder Taschenlampen in die Augen leuchteten, diesmal von zwei schwarzen Polizisten. Ich antwortete unterwürfig auf ihre grimmigen Fragen, halb in der Annahme, sie seien telepathisch, halb in dem Wissen, dass sie nur auf den kleinsten Vorwand warteten, um mich zu verprügeln. Irgendwann wurde es ihnen zu langweilig, und ich eilte zurück zur Jugendherberge, erleichtert, mit einem blauen Auge davongekommen zu sein.

Am nächsten Tag kehrte ich bei strahlendem Sonnenschein nach Evergreen zurück und mischte mich freundschaftlich unter die Studenten... aber sie schienen mir im Vergleich zu dem, was ich mir unter College-Studenten vorstelle, sehr schwerfällig zu sein. Vielleicht waren sie alle verkatert? Ich erntete einige seltsame Blicke, vor allem von den Frauen, die meine Paranoia verstärkten, dass meine Physiognomie wirklich fehl am Platz sei, und nachdem ich mich ein letztes Mal nach Naomi umgesehen hatte (sie war nirgends zu sehen), musste ich leider sagen, dass ich diesen sterilen Ort mit vor Angst klopfendem Herzen verließ.

Ich beschloss, es morgen noch einmal zu versuchen und bezahlte für eine weitere Nacht in der Herberge. Diesmal verkündete der Fernseher im Foyer, dass Scar-Lo selbst an Ebola erkrankt sei! Es scheint Chaos zu herrschen und niemand weiß, was los ist.

Auch wenn ich meine elenden Probleme nicht mit denen von Scar-Lo vergleichen kann, so entsprach das doch meinem Gefühl.

Zurück im Schlafsaal war der stinkende Hippie weitergezogen und sein Bett wurde von zwei Chinesinnen (keine Lesben, nur Top und Tailing) belegt, die ihr Abendessen (roher Fisch) auf dem Tisch gelassen hatten, auf dem überall Fliegen herumkrabbelten. Das schien sie nicht zu stören... Aber ich muss gestehen, dass ich auf die Toilette ging und mich überall übergab (wahrscheinlich eine Reaktion auf meinen schrecklichen Tag und nicht auf den von Fliegen zerfressenen Fisch). Jedenfalls beschloss ich am nächsten Morgen, die ekelhafte Stadt Olympia zu verlassen, gegen die Aberdeen sauber und freundlich wirkte.

Was hat Kurt wohl in dieser Absteige gesehen? Oma muss recht haben, der Kerl muss wegen der "Muschi" hergezogen sein, wie sie es so einfühlsam ausdrückt. Und Naomi, wem mache ich was vor? Ich liebe sie, aber sie ist besser dran ohne einen Loser wie mich. Es ist Zeit, weiterzuziehen. In mir brennt jetzt ein Feuer des Stolzes, das stärker ist als der Schmerz der unerwiderten Liebe.

Der Morgenzeitung im Foyer entnehme ich, dass die Streitkräfte des Präsidenten nun versuchen, das von Scar-Lo als "amerikanisches Protektorat" bezeichnete Gebiet wieder unter ihre Kontrolle zu bringen, nachdem er selbst außer Gefecht gesetzt wurde und mit ziemlicher Sicherheit im Sterben liegt.

Es scheint, dass Scar-Lo in letzter Zeit die Rechte verärgert hat, indem er die Steuern erhöht hat, um seine Brigaden zu finanzieren, obwohl er auch eine zusätzliche Sondersteuer für "reiche Linke" eingeführt hat, was eine große Hysterie ausgelöst hat. Also sind fast alle gegen ihn... alle Schwätzer jedenfalls... was für ein Typ! Auf dem Rückweg zum Bus in Aberdeen hörte ich, wie ein paar Wichtigtuer vor einem Nobelcafé gehässige Bemerkungen über ihn machten, einer nannte ihn einen "ignoranten Hinterwäldler".

Moment mal, der Kerl soll doch der größte Gelehrte seiner Zeit gewesen sein! Ich möchte nicht wissen, was diese Wichtigtuer hinter meinem Rücken über *mich* sagen würden.

[...]

Scar-Lo ist wieder gesund!
Die Ärzte sprechen von einem wahren Wunder, denn offenbar hat sich noch nie jemand von einer so fortgeschrittenen Ebola-Erkrankung vollständig erholt. Die Leute sagen jetzt, dass er von Gott, den Göttern oder

der Vorsehung auserwählt wurde, je nachdem, woran sie glauben.

Heute Abend sprach er im Fernsehen über einen Traum, den er hatte, als das Virus am schlimmsten war? In diesem Traum sang ihm jemand die Legende von einem König und einem Dachziegel vor. Das heißt, in diesem Traum war er eine Art König, reich gekleidet und saß in einem wunderschön geschmückten Saal... Aber ein Sänger sang ihm die Legende eines anderen Königs vor, der viel früher gelebt hatte. Dieser König war von einem Orakel gewarnt worden, dass es seine große Lebensaufgabe sei, gegen ein *Eisernes Reich* zu kämpfen. Er ließ sich davon aber nicht beirren, weil es in seinem Herzen mit seinem eigenen, eher egoistischen Ziel übereinstimmte, ein eigenes Reich zu schaffen.

So fiel er in die Länder des Eisernen Reiches ein und führte mit seiner gewaltigen Armee einige Dutzend Kriegselefanten mit sich (was Scar-Lo im Traum zu der Vermutung veranlasste, es handele sich um den besungenen *Hannibal*...). aber wie zur Antwort betonte der Sänger, dass dies eine ganze Generation vor Hannibals Geburt war).

Dann bot der König dem Eisernen Reich Friedensbedingungen an, die abgelehnt wurden... So erhob sich der Kelch des Friedens in die Luft und wurde verschüttet, und der Mondstaat verzichtete auf eigene Bündnisverhandlungen mit ihm, weil seine imperialen Ambitionen sie daran hinderten, eigenes Land zu gewinnen. Dann begannen die umkämpften Länder selbst gegen ihn zu rebellieren, so dass er zu Gewalt und Diktatur greifen musste, um sie bei der Stange zu halten. Diese brutalen Maßnahmen erwiesen sich als so unpopulär, dass sich die Länder noch mehr gegen ihn wandten, so dass sich seine Sonne verdunkelte und die Kämpfe nicht mehr so verliefen, wie er es sich gewünscht hatte. Nach einer letzten Schlacht zog er sich schließlich für immer aus den Ländern zurück und überließ sie dem Mondstaat und dem Eisernen Imperium, die um sie kämpften.

Doch seine eigenen Träume von einem Imperium wollten nicht weichen, und so wandte er sich einem anderen Land zu, der zerklüfteten Halbinsel, die er unter seine Kontrolle zu bringen versuchte. Doch der Widerstand war unerwartet stark, und sein eigener Sohn kam beim Rückzug ums Leben. Dann warnten ihn Stimmen, er solle in die Wälder fliehen, aber statt auf sie zu hören, mischte er sich lieber in den Streit einer alten Stadt ein, die nichts mit ihm zu tun hatte. Dort warf ihm eine alte Frau einen Dachziegel an den Kopf, der ihn zu Boden warf, und ein Soldat schoss ihm in den Rücken und enthauptete ihn.

Als Scar-Lo erwachte, erkannte er sofort, dass es sich bei dem König um einen gewissen *Pyrrhus von Epirus* handelte.

"War ich das?", fragte er sein Publikum. "Mir wurde einmal gesagt (wenn man an so etwas glaubt), dass ich die Reinkarnation eines mächtigen Anführers aus der Vergangenheit sei. Und jetzt glaube ich, dass es Pyrrhus gewesen sein muss. Das Eiserne Reich ist natürlich Rom.

"Ich habe also Pyrrhus" Schwächen oberflächlich studiert, um sie selbst zu vermeiden. Seine größte Schwäche war seine Neigung, seine Schlachten zu weit zu streuen, und seine Unfähigkeit, sich mit seinen Feinden gegen das Eiserne Reich zu verbünden. Zum Beispiel hätte er sich mehr um ein Bündnis mit dem Mondstaat bemühen sollen.

"Ich schwöre, dass ich mich von nun an mehr um meine eigenen Bündnisse bemühen werde ... und wenn ich falle, dann nicht aus Überheblichkeit.

"Pyrrhus hatte auch Geldprobleme wegen seiner Gewohnheit, teure Söldner anzuheuern, und auch das kann ich verstehen. Deshalb rufe ich nun alle Idealisten auf, sich für einen geringen Sold unter meine Fahne zu stellen, um eine bessere Welt zu schaffen...".

Nun wird die Internationale Brigade mit Bewerbungen überschwemmt - natürlich auch von Träumern und Dichtern, denn viele Künstler sind von Scar-Los Traumrede fasziniert.

Die Kurie hingegen nutzt die Rede, um die Leute davon zu überzeugen, dass er verrückt ist. Sie haben sogar verkündet, dass der Kreuzzug gegen den Wahhabismus nicht mehr wichtig sei und dass das Einzige, was zähle, die Absetzung Scar-Los und sein Prozess wegen Landesverrats sei...

[…]

Es ist viel geschehen, seit ich dieses Tagebuch das letzte Mal in die Hand genommen habe.

Der Bürgerkrieg hat Amerika erreicht, und ein großer Teil des Landes ist wieder unter der Kontrolle des Präsidenten, aber die Nordstaatler haben einige große Gebiete in Washington und Idaho eingenommen (wenn auch nicht so viel, wie sie zu erwarten schienen). Ich habe Dinge gesehen, die mein Haar grau gemacht hätten, wenn es nicht schon grün gewesen wäre, und ich höre meine Mutter stöhnen und verfluchen, dass sie solche Zeiten erlebt hat. Oma ist zynischer und nimmt es gelassen, wie ich es erwartet habe.

Etwa zehn Minuten, nachdem ich in den Fernsehnachrichten vom Bürgerkrieg gehört hatte, hörte ich tatsächlich Schüsse, und später in der Nacht sahen wir, wie Soldaten des Präsidenten, damals noch Nor"wester, in offenen Wagen durch die Straßen von Aberdeen fuhren. Ich war bekifft, was die Sache noch schlimmer machte, und es schien, als hätten die Autos das Kommando... Ihre Scheinwerfer waren kalte, böse Augen und die Fahrer ihre hilflosen Sklaven. Und sie waren alle auf dem Weg zu einer großen Schlacht irgendwo in der Nähe von Kurts Brücke.

Mama und Oma waren beide betrunken und stritten sich über belanglose Dinge, die zehn Jahre zurücklagen, also ging ich in den Keller und rauchte noch einen Joint. Dann streckte ich meine Glieder und überlegte, was ich tun würde, wenn eine der beiden Seiten gewinnen würde. Die Alternative wäre natürlich ein Unentschieden gewesen, bei dem Aberdeen völlig zerstört worden wäre. Ob Kurt das gefallen hätte? Wäre das *seine* Rache gewesen, wie die von Frances Farmer an Seattle?

Die Präsidenten werden gewinnen, dachte ich, weil sie mehr Truppen und Mittel haben.

Aber die Nordstaatler sind zäher, weil sie für ein Ideal kämpfen.

Ich wünschte mir, nicht zum ersten Mal, auch ein Ideal zu haben... aber ich sah nur das Gesicht von

Naomi vor mir. Und da Olympia wahrscheinlich immer noch von der Präsidentin kontrolliert wird, muss sie heute Nacht in der Hölle sein und sich unter dem Stiefel des Feindes winden.

Dieser Gedanke überraschte mich... Was lauerte in meinem Unterbewusstsein, dass ich Präsidentinnen so leicht als "den Feind" betrachtete? War ich nicht immer so erzogen worden, dass Neonazis eine Bedrohung darstellen? Und die Nor"wester werden wahrscheinlich gegen Marihuana vorgehen, wenn sie jemals an die Macht kommen und mein eigenes Leben leerer denn je machen...

Plötzlich hatte ich eine Vision von ihnen, diesen Nordwestlern ... Grimmig dreinblickende Urmenschen, Männer des Zorns, die wie Schaufensterpuppen mit eckigen Kinnpartien aufgereiht waren und die dekadenten Liberalen von Cascadia, zu denen sie sicher auch mich zählten, mit grimmiger Verachtung anstarrten. Aus ihren Augen würden Laserstrahlen schießen, die uns alle auslöschen und ein schmutziges Fleckchen Erde hinterlassen würden, auf dem sie Mais anbauen und ganz von vorne anfangen könnten, oder so ähnlich, und alle Dekadenz auslöschen würden. Hey, das wäre vielleicht die beste Lösung. Ist Dekadenz nicht die Hauptursache für Depression - die Depression, die so viele von uns hier plagt - und ist Depression nicht ein Zeichen von Unwürdigkeit? Und ist Unwürdigkeit nicht ein anderes Wort für Wertlosigkeit?

Also los, Männer der Eiche, blas uns alle weg!

Aber verdammt, verdammt, verdammt, etwas in mir will weiterleben...

Und wieder sehe ich Naomis Gesicht in der Ferne vor mir.

[...]

Die Gewehre klopfen wieder ihre autistischen Botschaften... aber warum habe ich das starke Gefühl, dass die Nordstaatler gewonnen haben?

[...]

Es ist bestätigt: Die Nordwestfront hat Aberdeen und Hoquiam eingenommen, während Olympia und die Gegend um Seattle unter der Kontrolle des Präsidenten bleiben.

Ich bin also von Naomi abgeschnitten, wahrscheinlich für immer.

[...]

Die kantigen Männer haben die Macht übernommen, und sie regieren Aberdeen besser, als die Leute dachten. Sie haben den unabhängigen Handel und den Tauschhandel angekurbelt und ein einfaches Wohlfahrtssystem für diejenigen eingerichtet, die durch den Krieg ihre Existenzgrundlage verloren haben (und das sind ziemlich viele Leute). Meine Familie kommt gerade so über die Runden, aber ich wurde zur städtischen Arbeitsbrigade eingezogen und muss sechs Stunden am Tag, fünf Tage die Woche die Schäden der Schlacht von Aberdeen beseitigen. Ansonsten habe ich Freizeit. So schlimm ist es nicht...

Was nicht repariert wird, ist das bunte Sammelsurium von Cobain-Statuen - wir haben sogar den Auftrag, sie abzureißen. Eine der ersten Amtshandlungen der Nor"wester war es, den Cobain-Tag abzuschaffen, was bei der Bevölkerung nicht besonders gut ankam, obwohl nicht jeder mit dem Ersatzfeiertag - Hitlers Geburtstag - glücklich ist. Aber am Führertag bekommen wir alle doppelte Rationen, während wir am Cobain-Tag nur Gras in der Öffentlichkeit rauchen dürfen und uns allgemein unwohl fühlen.

Die farbige Bevölkerung (Schwarze und Hispanoamerikaner) wurde im Austausch gegen einige Häftlinge, die in Internierungslagern in der Nähe von Seattle festgehalten wurden, in die Präsidialzone verlegt. Ich dachte, das würde zu Protesten führen, aber das scheint niemanden zu interessieren, außer meiner Mutter, die darüber schimpft.

Ich frage mich die ganze Zeit, was Naomi macht. Summt sie ein Lied von Nirvana und wartet auf bessere Zeiten? Hat sie einen Liebhaber gefunden oder ist sie vielleicht verlobt? Ich werde es wohl nie erfahren. Sie hat schon vor langer Zeit aufgehört, E-Mails an jemanden in Aberdeen zu schicken, den ich kenne, und es ist jetzt illegal, E-Mails in das Gebiet des Präsidenten zu schicken (obwohl sie keine Möglichkeit haben, das zu kontrollieren). Ich kenne ihre E-Mail-Adresse sowieso nicht, und selbst wenn ich sie wüsste, bräuchte man für den Internetzugang einen speziellen Dongle, den wir nicht haben und uns auch nicht leisten können.

Die Norweger scheinen es ernst zu meinen mit der Umstellung auf eine Tauschwirtschaft, wenn auch nur tröpfchenweise, und ich bin mir nicht sicher, wie lange es dauern wird, bis das Geld unter Großmutters Matratze für wertlos erklärt wird. Nun gut, wir kämpfen weiter.

[...]

Scar-Lo selbst war in Aberdeen!

Er wurde von einigen der Ministaaten, aus denen sich die Nordwest-Republik zusammensetzt, als Gast eingeladen, und obwohl er die Ehrenpräsidentschaft ablehnte, entschied er sich, die Einladung zum Besuch anzunehmen. Und damit hat er sich offenbar einen weiteren Paria-Status als "Nazi" bei der "internationalen Gemeinschaft" (d.h. den von der Kurie kontrollierten Medien) verdient, die ihn für noch schlimmer halten als den alten Wladimir Putin... Aber kaum jemand nimmt die "internationale Gemeinschaft" noch ernst, und die, die es tun, verschwenden ihre Zeit mit Klatsch und Tratsch in Cafés in Seattle oder Portland und stellen für niemanden eine große Gefahr dar.

Ich hörte Scar-Los Rede ganz in der Nähe der Ruine meines alten Raucherplatzes, wo die nie fertiggestellte Kurt-Statue jetzt auf der Müllhalde liegt. Ich frage mich, ob sich die Möwen immer noch darum streiten, wer auf die Statue scheißen darf.

Es war surreal, eine Berühmtheit in echt zu sehen. Ich hatte keine gute Sicht, aber es war offensichtlich, wie anders Scar-Lo in Wirklichkeit aussieht als im Fernsehen ... Irgendwie zerbrechlicher, als ob die Last der Welt auf ihm lastet ... und vielleicht ist er das auch. Aber unter der Oberfläche lodert eine Flamme, die meine

Bewunderung und - ich schäme mich, es zu sagen - meinen Neid erregt. Warum hat es meine eigene Flamme so schwer, sich zu fangen und die verblendete Hülle, in der sie brennt, zu erhellen? Sind manche Flammen reiner als andere, oder brennen sie mit größerer Hitze? Ich gäbe alles, um es zu wissen.

Die Rede von Scar-Lo, in der es hauptsächlich um Autonomie ging, wurde vom Publikum mit Begeisterung aufgenommen. Jeder, der sie gesehen hat, schien danach wie elektrisiert, obwohl ich nicht weiß, wie lange das so bleiben wird. Ich muss zugeben, dass meine eigenen Füße ein wenig hüpfen... Scar-Lo muss eine magische Fähigkeit haben, die Fähigkeit, Menschenmengen zu motivieren.

Er ist auch sehr intelligent - vieles von dem, was er über wirtschaftliche Autarkie und Regionalismus sagte, ging an mir vorbei. Aber er machte deutlich, dass er zwar nicht mit allen Ansichten der Nordwestlichen übereinstimmt, aber jetzt anerkennt, dass sie ihren eigenen Staat gegründet haben und eine einzigartige Kultur für die nicht-metropolitanen Teile von Cascadia schaffen.

"Das Gebiet um den Puget Sound wird ein Freihafen unter der Kontrolle des Präsidenten bleiben", rief er aus, "aber in den Gebieten außerhalb ist die Nordwest-Republik hier, um zu bleiben. Ich erkenne sie bedingungslos an und gebe ihr einen ehrenvollen Platz in meinem zukünftigen Reich!" Es gab eine Welle von begeistertem Jubel und Applaus ... und ich glaube, die Einwohner von Aberdeen gewöhnten sich an den Gedanken, Teil einer neuen Nation zu sein. Es dauerte nicht lange. Amerikanische Flaggen wurden verboten, und viele hissen bereits die Flagge des Nordwestens in ihren Vorgärten, obwohl dies nicht gesetzlich vorgeschrieben ist. Aberdeener sind anpassungsfähig...

Aber was passiert jetzt, wo Scar-Lo nicht mehr da ist? Wer motiviert uns morgen? Das bleibt abzuwarten.

[...]

Ein Talkshow-Moderator, ein ehemaliger "katholischer Traditionalist", der sich öffentlich von der

Religion losgesagt und sein Schicksal mit der Kurie geteilt hat, erklärte, dass die Kurie ihre Fatwa gegen Scar-Lo aufgehoben hätte, wäre da nicht sein diplomatischer Besuch im Nordwesten gewesen, der ihn anscheinend über den Tisch gezogen hat.

Ein bösartiger Bluff? Hätten sie die Häresie-Erklärung wirklich zurückgenommen?

Dann hätte ich Naomi wiedersehen können...

Aber ich bezweifle es. Diese Leute sind Lügner durch und durch.

Also zündete ich etwas Weihrauch an und stellte sie mir stattdessen vor.

Und jetzt hat Scar-Lo Botschaften an ALLE Staatsoberhäupter der Welt geschickt und sie gebeten, sich zwischen ihm und der Kurie zu entscheiden.

Das war's also.

Der dritte Weltkrieg steht unmittelbar bevor.

Ich muss die große Kluft überqueren und sie sehen, nur einmal ... einmal würde genügen.

Ich glaube, Großmutter weiß, wie ich mich fühle. Sie sagt es nicht direkt (wie könnte sie auch, sie weiß ja nichts Genaues), aber sie spricht davon, dass Rosen die schönsten Blumen sind, weil sie schwerer zu pflücken sind, und dass das Leben das ist, was wir daraus machen. Sie macht mir Mut, trotz der Gefahr, zumindest will ich das glauben.

Etwas erwacht in mir. Ist es Mut?

[...]

Hier stehe ich und verrate mein neues Land für die verfluchten Präsidialgebiete, alles für die Liebe eines Mädchens, das sich wahrscheinlich kaum an mich erinnert. Ich bin ein Versager, aber im Moment bin ich glücklich. Wenn das alles nur eine Illusion ist, dann genieße ich es, solange es dauert.

Von Aberdeen nach Olympia sind es fünfzig Meilen Luftlinie, und es fühlte sich gut an, morgens aufzubrechen, bevor Mama oder Oma wach waren, nachdem ich meinen Rucksack mit Essen gefüllt und eine Blume aus dem Garten nebenan gepflückt hatte, wohl wissend, dass ich meine Heimatstadt vielleicht nie wiedersehen würde. Eine Rose konnte ich nicht finden, also musste ich mich mit einem schlaffen rosa Unkraut begnügen, auf dem überall Käfer herumkrabbelten. Dann fuhr ich mit dem Bus nach Cosmopolis.

Der Verkehr ist viel dünner als vor dem neuen Bürgerkrieg (oder dem "Krieg der Hassenden", wie ihn einige Witzbolde nannten). Auf der anderen Straßenseite fuhr ein Mann per Anhalter in die entgegengesetzte Richtung. Wir kamen ins Gespräch und ich erzählte ihm, dass ich auf der Suche nach Liebe im Osten sei.

"Ich bin auch auf dem Weg nach Westen..."

"Warum nimmst du nicht den Bus über Aberdeen und Hoquiam? Es gibt nicht viele Autos, die die ganze Strecke fahren".

"Ich habe keinen Penny in der Tasche."

"Harter Kerl! Wo willst du denn hin?"

"Zum Meer. Ich habe mein ganzes Leben im Umkreis von neunzig Meilen gelebt, aber ich habe es noch nie gesehen. Das ist doch ein Witz! Der Weltkrieg kommt, und ich muss das Meer sehen, bevor ich sterbe, Mann. Es wird riesig sein." Ich schwieg, nicht wissend, ob er das Meer, das Erlebnis, es zu sehen, oder seinen bevorstehenden Tod meinte. Dann hielt ein Auto an, um ihn abzuholen, und in diesem Moment wurde mir klar, dass die einzigen Autos, die vorbeifuhren, in Richtung Westen fuhren. Gab es in den Grenzgebieten Konflikte, vor denen die Menschen flohen? Obwohl es ein Klischee ist, nervös zu schlucken, tat ich es.

Aber zehn Minuten später kam endlich ein Auto aus der richtigen Richtung und hielt an. Der drahtige Mann, der die Tür öffnete, hatte einen strengen Blick und sein Gesicht zuckte, als würden seltsame elektrische Impulse durch seinen Körper jagen. Er sagte, er wolle bis nach Porter fahren, etwa dreißig Meilen die Straße hinunter.

"Großartig", sagte ich und stieg ein. "Dann habe ich den größten Teil der Strecke hinter mir."

"Und wo ist das?", fragte er, als wir die Straße hinunterfuhren. (Ich war froh, dass so wenig Verkehr war, denn sein Fahrstil machte mich nervös). Ich wollte nicht Olympia sagen, also murmelte ich den Namen einer Stadt südlich von Porter, und er lachte.

"Du kannst mir nichts vormachen. Ich weiß, dass ihr in die Hodgelands wollt."

"Nein, nein ..."

"Doch, doch. Es steht dir ins Gesicht geschrieben. Ein kleiner Weichling wie du würde es in der Weißen Republik nicht schaffen. Ach, keine Sorge, ich werde nichts verraten. Ich bin auf niemandes Seite. Ich bin nur ein Söldner. Ich töte für Geld. Prinzipien können mich mal, har har har." (Ich kann sein Lachen nicht richtig aufschreiben, es war eine Art gurgelndes Knurren).

Nun, ich will nicht lügen, ich hatte schon ein bisschen Angst. In der Vergangenheit gab es in dieser Gegend viele Serienmörder wie Billy Gohl und den Green River Killer, und dieser Kerl schien gut in die Reihe zu passen. Dann sagte er: "Schau ins Handschuhfach." Ich tat es und sah eine Pistole mit Schalldämpfer, die verdächtig nach einer Nachbildung aussah, aber da ich mich mit Waffen nicht auskannte, konnte ich nicht sicher sein und schloss nervös das Fach.

"Der stille Killer, wie man mich nennt", grinste er. "Ich töte, wen ich will, egal ob Präsident oder Nordwester. Aber keine Sorge, Kumpel, ich werde dich nicht töten. Sie sehen zu weich aus, um es wert zu sein. Ich wette, du bist einer von diesen krausäugigen Kiffern, stimmt"s?" Er schien sich seiner Sache sicher zu sein, also gab es keinen Grund zu streiten. Ich lachte nur nervös.

"Natürlich bist du das", sagte er mit herablassendem Mitleid. Und dann machte der Silent Killer seinem Namen alle Ehre und verbrachte den Rest der Fahrt in völliger Stille, so dass ich mein vor Angst pochendes Herz über dem Motorengeräusch hören konnte.

Ich war bereit, jeden Moment nach meiner Waffe zu greifen, nur für den Fall, dass er sie mir wegnehmen würde, aber zu meiner Erleichterung hielt er sein Wort und setzte mich mit einem sardonischen Abschiedsgruß vor Porter ab. Tief und dankbar sog ich den Sauerstoff ein.

Nach ein paar Meilen auf Nebenstraßen befand ich mich im Capitol State Forest, einem großen Waldgebiet, das von Allradstraßen und Wanderwegen durchzogen war.

Mindestens zwei Stunden lang lief ich durch den

Wald, ohne eine Menschenseele zu sehen. Als ich mich auf einem Baumstumpf ausruhte, um etwas zu essen, hörte ich in der Ferne weibliches Schluchzen und hatte plötzlich eine Vision von Naomi. Ein Mädchen in meinem Alter saß auf einem bemoosten Baumstamm und schluchzte, eine Flasche billigen Weins war ihr einziger Begleiter. Ich näherte mich respektvoll und fragte zaghaft, was los sei.

"Ich weine, weil Jake, mein Freund, in Olympia ist. Wir sind für immer getrennt. Und ich habe mir geschworen, in der Nähe der Grenze zu verhungern".

"Nun, ich fahre selbst nach Olympia, um mein ... äh, ein Mädchen zu sehen, das ich kenne. Vielleicht können wir zusammen hinfahren."

"Nein ... wie ich schon sagte ... ich habe mir geschworen, dass ich verschwinde."

"Oh."

Danach gab es nicht mehr viel zu sagen, also machte ich mich auf den Weg durch den Wald. Sie schien verwirrt zu sein, als ich wegging, aber sie sagte nichts, außer dass sie ihr Schluchzen verstärkte.

Hätte ich die Situation anders angehen sollen? Ich weiß nicht, was ich hätte tun sollen... Ich hätte ihr wohl kaum die Arme um den Hals werfen und sie anflehen können, oder?

Jedenfalls näherte ich mich am späten Nachmittag der Grenze. Ich blieb stehen, um einen Blick auf die handgezeichnete Karte zu werfen, die ich von einer echten Karte in der Bibliothek kopiert hatte, und während ich da stand und versuchte, mir einen Reim darauf zu machen, ging der Nachmittag allmählich in die Dämmerung über. Ich entschied mich für einen Weg, und nach einer Viertelstunde stieß ich auf einen Haufen verlassener Holzfällerwerkzeuge, auf denen zwei seltsame Kinder ein Spiel spielten, das die Seelen der Toten heraufzubeschwören schien.

"Drei Nächte im Haus des Todes verbracht", sangen sie, "um den Atem der wilden Weisheit zu zähmen...".

Dann tauchte aus einer nahen Hütte ein zerlumpter alter Mann auf, offenbar ihr Großvater, und fragte, wer ich sei. Mein Instinkt sagte mir, dass ich ihm vertrauen sollte, also sagte ich ihm, dass ich versuche, über die

Grenze nach Olympia zu kommen (aber nicht warum). Es stellte sich heraus, dass er ein Schmuggler war, und er bot mir an, mich noch in derselben Nacht mit seiner Ladung über die Grenze zu bringen! Ich hatte Glück.

Es stellte sich heraus, dass die Ware aus Päckchen mit gepresstem Marihuana bestand. Ich fragte ihn, wie oft er schon geschmuggelt habe, und es stellte sich heraus, dass es das erste Mal war! Trotzdem schien er zu wissen, was er tat.

Unser Abenteuer führte uns vier oder fünf Meilen durch den mondbeschienenen Wald. An einer Stelle trafen wir auf eine Fallenstellerin, die sich als Nordwesterin entpuppte, die Fallen für feindliche Soldaten aufstellte (es waren altmodische Waschbärfallen aus Stahl).

"Und wenn du aus Versehen einen von uns erwischst?", fragte Gramps.

"Dann schleppe ich ihn ins Schlafzimmer", grinste sie, "und amüsiere mich, während ich seinen verkrüppelten Fuß heile."

Aus irgendeinem Grund dachte ich, sie hätte gesagt, dass sie seinen verkrüppelten Fuß heilen würde, und dass ihre Fallen deshalb besonders bösartig waren. Selbst als ich merkte, dass ich mich geirrt hatte, bemerkte ich, dass sie einen leicht sadistischen Blick aufsetzte, also ging ich weiter, und Opa folgte mir bald. Sie kam nicht auf die Idee, dass wir Schmuggler sein könnten.

Die nächsten Leute, die wir trafen, waren von der Seite des Präsidenten, und es war jetzt klar, dass der alte Mann schon Vorkehrungen getroffen hatte, um sie zu bestechen (die Truppen des Präsidenten sind im Gegensatz zu den Nordwestlern notorisch korrupt). Um es kurz zu machen, wir kamen durch. Ich verabschiedete mich von Opa und machte mich auf den Weg in die Stadt des Schicksals.

Das war also die Geschichte meiner Abenteuer im Niemandsland. Jetzt dämmert es und ich liege an einem schlammigen Bach außerhalb von Olympia, verstecke mich vor den Patrouillen und lasse mir den eiskalten Nordwestregen wie winzige Heroinnadeln in den Nacken jagen. Hier also ein herzliches "Fick dich", Kurt, von den schlammigen Ufern eines namenlosen Baches (nicht der armselige Wishkah). Du hattest nichts zu meckern, aber ich nehme an, dein Geist ist inzwischen verblasst... es sind andere Geister unterwegs.

[...]

Nun, es ist mir gelungen, in Olympia einzudringen, ohne dass mich jemand nach Papieren gefragt hat. Die Stadt ist fast frei von Soldaten, denn sie sind alle an die Grenze abkommandiert worden. Trotzdem scheint es ein Ort von verblasstem Ruhm zu sein. Die Studenten wirken noch ruhiger als sonst, als ob sie betroffen wären, dass alles, woran sie in der Vergangenheit geglaubt haben, nun hinfällig ist.

Als ich auf dem Weg zum Campus am Hostel vorbeikam, war es geschlossen. Kein Wunder, wir leben nicht gerade in den besten Jahren für Touristen. Aber *ich* fühlte mich wie in Paris im Frühling und mein Herz schlug wie verrückt.

Ich schlenderte den Evergreen Parkway entlang und erreichte schließlich den Campus. Es gab keine zusätzlichen Sicherheitsvorkehrungen, wie ich befürchtet hatte, aber überall hingen glänzende Flugblätter mit Botschaften wie:

SIEH ETWAS, SAG ETWAS: MELDE JEDES *SEPARATISTISCHE* GESPRÄCH AUF DEM CAMPUS.

Auf einem anderen stand:

ANTIGLOBALISIERUNGSREDE IST KEINE FREIE REDE.

Und mein Favorit:

WER SICH ÜBER SEINE GEWÄHLTEN VERTRETER LUSTIG MACHT, HILFT DEM FEIND.

Bei dem Wort "Feind" tropfte Blut von den Buchstaben. Wenigstens nehmen die harten Nazis in Aberdeen nicht so einen Käse...

Ich erreichte das glänzende neue Studentenwohnheim und schlenderte herum, bis jemand aus einer elektronisch verriegelten Tür kam und schnell hineinging. Dann saß ich mucksmäuschenstill auf einem Sofa im Foyer und überlegte, was ich tun sollte. Sollte ich an jede verdammte Tür klopfen? In diesem riesigen Gebäude muss es Hunderte von Schlafsälen geben.

Ich stand auf, in der Absicht, es zu tun, und dann ... sah ich sie. Sie kam mit einem großen Schwarzen und ein paar dünnen weißen Mädchen in die Halle. Sie selbst sah sehr dünn aus... zweifellos die Campus-Diät. Ich ging auf sie zu.

Sie sah mich mit einem müden Lächeln an... dann sah sie genauer hin und ihre Augen verengten sich vor Verwirrung.

"Harlan?"

"Ja."

"Bist du jetzt auf dem College?"

"Nein."

"Was machst du dann hier?"

"Äh ..." Ich warf der Schwarzen einen Blick zu, der sich alle Mühe gab, einen "Ich bin ein weiser, patriarchalischer Nigga, sollte ich mich mit diesem dünnen, weißen Trottel abgeben"-Blick zu machen, aber glücklicherweise sagte sie: "Ich bringe euch auf den neuesten Stand." Wahrscheinlich war es ihr peinlich, dass sie mich überhaupt sehen mussten. Der Fußballschüler nickte und schlenderte zur Tür hinaus, während seine beiden "Schlampen" mir auf dem Weg nach draußen neugierige Blicke zuwarfen.

Naomi sagte mit kalter Stimme: "Willst du mit in mein Zimmer kommen und mir alles erklären?"

"Gut."

Ein plüschiger Aufzug, dann ein Gang an vielen Türen vorbei, und wir waren in dem Zimmer, das sie mit einem anderen Mädchen teilte, das zum Glück nicht da war, und besprachen die Dinge. Aber so sehr ich es auch versuchte, es gelang mir nicht, den Frost in ihrer Stimme zum Schmelzen zu bringen.

"Du meinst, du bist illegal über die Grenze gekommen?" Ihre Augen weiteten sich. "Du verdammter *Idiot*, Harlan. Gut, dass ich dich schon so lange kenne, sonst würde ich dich anzeigen."

Während sie das sagte, bemerkte ich ein Poster über ihrem Bett, auf dem zwei weinende Kinder unter einer mexikanischen Flagge zu sehen waren... Auf dem Poster stand: "Niemand ist illegal". Und auf ihrer Kommode klebte ein Aufkleber, der den "Tag der offenen Grenzen" feierte (der zeitgleich mit dem Hoquiam Cobain Day stattfand). Aber obwohl Naomi sich in eine Heuchlerin verwandelt hatte, hatte ich das Gefühl, sie noch retten zu können. Nachdem ich mir die Fotos an der Wand angesehen hatte, auf denen sie meist in kompromittierenden Posen mit Menschen beiderlei Geschlechts zu sehen war, drehte ich mich zu ihr um und sagte: "Ich liebe dich".

Sie warf mir einen Blick zu, den ich nur als mörderischen Hass bezeichnen kann. Für einen Moment dachte ich, sie würde den Campus-Sicherheitsdienst rufen, aber dann hatte sie Mitleid mit mir.

"Geh zurück nach Aberdeen, Harlan. Wir wollen hier keine Träumer. Sieh dir an, was sie für Ärger machen - sieh dir Maximillian Scarlotti an."

"War *Kurt* nicht ein Träumer?"

"Ich bin kein Fan von Kurt ... ich schreibe meine Doktorarbeit nicht mehr über ihn."

"Warum?"

"Er mochte Waffen zu sehr. Als Verfechterin der Waffenkontrolle passte das nicht zu mir."

Sie war also eine richtige Konformistin geworden, eine der gefürchteten Normalos auf dem Campus!

"Aber du *wusstest*, dass er Waffen mochte."

"Das überschattete für mich seine progressiveren Qualitäten ... Es gab einen Punkt, an dem es zu viel wurde. *Er war nicht mehr der Mann, den ich brauchte.*"

Ich fühlte einen plötzlichen Ausbruch von Wut, auf sie und auf Kurt, und ich glaube, ich fing an, unzusammenhängend zu schreien. Dann sagte Naomi ruhig, aber bestimmt: "Wenn du bleibst, muss ich dich anzeigen." Also ging ich und fand diesen kleinen Schrank am Ende des Flurs, wo ich mein Tagebuch schreiben und mich austoben konnte.

Warum zum Teufel bin ich hierher gekommen? Zu dieser eiskalten Schlampe, die mich mit den Augen eines Feindes ansah? Wie konnte *das* das Mädchen sein, das ich so lange in meinem Kopf fixiert hatte?

Natürlich ist sie es nicht, *aber wo ist dieses Mädchen hin?*

Und jetzt habe ich zum ersten Mal seit Monaten eine Vision davon, wie meine Zwillingsschwester gestorben ist.

Ich war fünf Jahre alt und hatte eine ansteckende Krankheit. Meine Mutter lebte damals noch bei meinem betrunkenen Vater, und Oma bot mir an, meine Schwester zu sich zu nehmen, damit sie nicht auch krank würde. Aber auf dem Weg dorthin gab es einen Autounfall... Oma überlebte, aber meine Schwester nicht.

Und Mama gibt mir immer noch die Schuld, weil ich krank geworden bin.

Oh Scheiße, da sind Schritte vor der Tür. Cobain, du bist der, den Naomi verraten hat.

[Coad wurde in ein Internierungslager in der Nähe von Bremerton, WA gebracht und wegen Kriegsspionage mit der Giftspritze hingerichtet. - E.J.C.]

6

DAS ZEUGNIS VON
DR. ADRIAN SAVAGE

Es sollte relativ einfach sein, diesen Bericht in einfacher Sprache zu verfassen (und dabei so weit wie möglich auf psychiatrischen Jargon zu verzichten), da die bestehenden medizinischen Begriffe völlig unbrauchbar sind, um Johnny "Buffo" Stokes zu beschreiben, der aus psychiatrischer Sicht ein Gesetz für sich ist.

Natürlich verstehe ich das Misstrauen gegenüber Psychiatern und ihrem Fachjargon. Heute gibt es im Militär mehr Psychiater als je zuvor. Viele dieser "Psychiater" waren nach dem selektiven Umbau der Streitkräfte durch Scarface arbeitslos geworden, aber unter der Herrschaft des Präsidenten wurden sie wieder eingestellt und aufgestockt. Nicht, dass dies völlig ungerechtfertigt gewesen wäre - der Grat zwischen dem Soldaten, dem die Freiheit des Tötens zugestanden wird, und dem Soldaten, der dafür vor ein Kriegsgericht gestellt oder in die Klapsmühle gesteckt wird, wird immer schmaler, und der Stress für die Soldaten, die ständig solche Entscheidungen treffen müssen, ist enorm (obwohl sich das mit der zunehmenden Intensität des Krieges gegen Scarface ändern könnte, in dem, wie ich voraussage, zunehmend alles möglich sein wird), und dann sind da natürlich die Psychiater, die für die *Kinder* des Militärs gebraucht werden - viele, viele von ihnen.

Wenn man bedenkt, dass wir so viele sind wie nie zuvor, ist es vielleicht nicht verwunderlich, dass sich in den Streitkräften eine Antipsychiatrie-Bewegung gebildet hat. Einer ihrer Gründer (der sich nach der ersten Schlacht von Damaskus erschossen hat) hatte

sogar einen Slogan: "Geisteskrankheit ist ein Mythos".
Das geht wirklich zu weit...

Wie auch immer, zurück zum Bericht. Ich wurde
Buffo als Teil meines Forschungsstipendiums zugeteilt,
das vom Reverend Dr. Martin Luther King, Jr. Institute
of Psychiatric Medicine finanziert wurde. Mein
Forschungsthema war und ist das Problem schwer zu
diagnostizierender Schlachtfeldtraumata, und Buffo
schien ein typischer Fall zu sein.

Der Psychiater, dem er ursprünglich zugewiesen
worden war, diagnostizierte oberflächlich
Symphorophilie (ein Zustand, bei dem sexuelle Erregung
durch das Miterleben von Katastrophen, in diesem Fall
das Gemetzel eines Krieges, hervorgerufen wird). Dies
erwies sich jedoch als falsch, da die Ursache von Buffos
Erregung nicht sexueller Natur war, zumindest nicht
direkt. Ich glaube auch nicht, dass es sich um irgendeine
Art von PTBS handelt. Ich kann nur berichten, was ich
selbst gesehen habe. Sein Zustand ist wirklich rätselhaft.

Bei meiner ersten Landung im Mittleren Osten
meldete ich mich bei einer Einheit zur Stressbekämpfung
an Bord des Lazarettschiffes USNS The Reverend Dr.
Martin Luther King, Jr., wohin Buffo vor seiner
Rückkehr in den aktiven Dienst zur Begutachtung
gebracht worden war (er war zu wertvoll, um lange auf
ihn zu verzichten, selbst in seinem seltsamen Zustand).
Ich wurde an Bord des Schiffes eingewiesen und dann ins
Kampfgebiet geflogen, um mein Stipendium anzutreten.
Von da an war ich auf mich allein gestellt.

Ich fand Buffo im Morgengrauen in einem
städtischen Teil des südirakischen Kriegsgebietes auf
dem Weg zu einem morgendlichen
Scharfschützeneinsatz. Scharfschützen arbeiten
normalerweise in Zweierteams, wobei sich ein Schütze
und ein Beobachter abwechseln, um eine Ermüdung der
Augen zu vermeiden, aber Buffo brauchte weder einen
Beobachter noch einen Flanker... er hatte Augen aus
Stahl.

Buffo war zwar mit Abstand der beste Scharfschütze
des PS-Militärs und übertraf den Rekord von Chris Kyle
(mit über 240 bestätigten Abschüssen), aber seine
psychische Instabilität gab Anlass zur Sorge. Jeder

andere Soldat mit seinem Stresslevel wäre aus dem aktiven Dienst entlassen worden, aber Buffo war zu wertvoll, um ihn zu schonen. Und obwohl emotional gestörte Soldaten die Mission gefährden können, war das nicht das, was Buffos Vorgesetzte beunruhigte... Sie machten sich vielmehr Sorgen, dass er zur anderen Seite überlaufen könnte.

Ich ging also auf ihn zu und überlegte, wie ich das Gespräch beginnen sollte. Wie würde er es aufnehmen, wenn ein Psychiater einen Großteil seines Tages mit ihm verbringen würde?

Wie sich herausstellte, brauchte ich mir keine Sorgen zu machen. Er schien mich unbedingt begrüßen zu wollen und schüttelte mir kräftig die Hand, als ich ihm sagte, wer ich sei.

"Ich hasse Sand-Nigger", grinste er (das waren seine ersten Worte zu mir), "aber ich liebe Homosexuelle. Wenn du schwul bist, bist du für mich in Ordnung".

"Ich bin nicht ... schwul ... eigentlich nicht."

"Oh. Bist du eine andere Art von LGBTTQIAAPCINDNQQINBTSAO?" (Er hatte sich dieses mittlerweile veraltete und nicht gerade PC-freundliche Akronym tatsächlich gemerkt und sprach es zu meinem Vorteil deutlich aus.)

"Nein."

"Aber ... du bist doch tolerant, oder?"

"Na klar... Ich halte mich für einen toleranten Menschen."

"Okay, Doc, das ist auch gut so. Wenn ich etwas nicht ausstehen kann, dann sind es Schwulenhasser. Und jetzt Sand-Nigger ..." Er starrte in die Ferne, als würde er den Feind ausspähen.

"Ja?"

"Die sollten einfach alle sterben. Weil sie Schwuchteln hassen. Schwule, meine ich. Ich wünschte, ich wäre auch schwul, aber leider mag ich Frauen zu sehr, ha ha." Als er das sagte, fühlte ich mich an die unglückliche historische Figur Kurdt Kobain erinnert, der sich anscheinend auch wünschte, schwul zu sein. Ich machte mir nicht die Mühe, Buffo zu sagen, dass das Wort "schwul" schon seit einiger Zeit aus progressiven Kreisen verbannt worden war und nun als ebenso altmodisch und herablassend galt wie einst das Wort "Neger", bevor es durch "schwarz", dann "POC", dann "Nigga", dann "Neger", dann "Blackamore" ersetzt wurde. (Und in letzter Zeit ist "Neger" natürlich wieder die einzige höfliche Bezeichnung geworden).

Aber obwohl Buffo ungebildet war und man nicht erwarten konnte, dass er mit solchen Feinheiten mithalten konnte, hatte er auf seine Art einen flexiblen Geist ... obwohl ich auch eine gewisse Aggressivität in ihm spürte und mich wappnete, falls sie an die Oberfläche kommen sollte. Normalerweise ist Stress bei Soldaten auf leicht verständliche Faktoren zurückzuführen - Kampfmüdigkeit oder ein Brief von der Freundin. Buffos Stress hingegen (und er war deutlich zu spüren) hatte eine völlig unbekannte Ursache. Ich war entschlossen, der Sache auf den Grund zu gehen, auch wenn ich wusste, dass ich mich über mehrere Wochen oder Monate ruhig und subtil an die Sache herantasten musste.

Obwohl Buffo mit seiner Liebe zu allem, was "LGBTTQIAAPCINDNQQINBTSAO" heißt, zumindest eine patriotische Loyalität zu den Werten der Präsidialstaaten bewies (so sehr, dass ich mich fragte, ob seine Vorgesetzten nicht etwas voreilig gehandelt hatten, weil sie befürchteten, dass er überlaufen würde), konnte ich nicht leugnen, dass seiner Person ein Paradox innewohnte, das ich erst noch in den Griff bekommen musste.

Nach einem weiteren Gespräch über "Sandnigger" bat er mich, ihm zu folgen, um seinen Scharfschützenposten einzurichten, und wir betraten ein Haus im Dunkeln. Ich saß still in einer dunklen Ecke, während er alles arrangierte (nicht gesehen zu werden ist eine Kunst, wie man sich vorstellen kann). Im Staub der Lehmregale in meiner trostlosen Ecke bildete ich mir ein, die Überreste der unzähligen Rassen und Zivilisationen zu sehen, die diesen unfruchtbaren und ewig umkämpften Teil der Welt, dieses Land zwischen zwei Flüssen, bewohnt hatten. Dann, als Buffo einen Vorhang zurückzog, hatte ich im plötzlichen Sonnenlicht eine seltsame Vision: Ich sah die Morgendämmerung kommen ... oder war es tatsächlich der

Sonnenuntergang? Alles schien rot, dunkel, unheilvoll.

"Scarface wird bald in diesem Teil des Kriegsgebietes eintreffen", knurrte Buffo mit leiser Stimme. "Ich kann es kaum erwarten, gegen ihn anzutreten." Ich sagte nichts, denn ich bezweifelte, dass er die Gelegenheit dazu bekommen würde. Die Sicherheitsvorkehrungen würden streng sein - der Anführer der reaktionären Welt war kurz nach seiner Ankunft im Kriegsgebiet von einem Granatsplitter getroffen worden, was ihm (bei den fortschrittlichen Truppen) den Spitznamen "Scarface" eingebracht hatte.

Scarface wurde von unseren Propagandisten massiv verleumdet, er habe seine Frau vergewaltigt, geschlagen und Schlimmeres. Und Buffo schloss sich den Verleumdungen eifrig an, indem er hinzufügte, dass Scarface ein "Homophober" sei, der einen langsamen Tod verdiene. Ich nutzte die Gelegenheit, um den Scharfschützen subtil nach seinem Wissen über das Weltgeschehen zu befragen.

"Ich habe gehört, dass Scarface sich mit Mohammed Tate gestritten haben soll", bemerkte ich beiläufig.

"Ah, die sind alle aus dem gleichen Holz geschnitzt", murmelte Buffo, während er sein Gewehr justierte (Militärjargon für den Vorgang, das Zielfernrohr seiner Waffe auf eine bestimmte Entfernung einzustellen).

"Nun ja, sie kämpfen immer noch auf derselben Seite, trotz ihrer persönlichen Differenzen", gab ich zu.

"Und unsere Seite kann von diesem pragmatischen Ansatz sicher noch etwas lernen."

"Das Einzige, was ich von den homophoben Sandniggern lerne, sind *Schießkünste*", grinste Buffo. "Bewegliche Ziele sind immer am lehrreichsten."

Ich nickte, um ihn nicht zu verärgern. Aber seine Anti-Islam-Stimmung war fehl am Platz - die Curia kümmerte sich nicht im Geringsten um ihren früheren Anti-Dschihad-Kreuzzug, ihr einziges Ziel war es, Scarface zu töten. Vielleicht hatten sie sogar versucht, Emir Tate zu bestechen, aber im Moment stand er zumindest nominell noch auf der Seite seines Schwiegersohns. Es gab auch Gerüchte, dass die Curia einen konzentrierten Angriff auf Amerikas "Nordwest-Republik" starten würde, aber das war noch nicht bestätigt.

Aber keine dieser heiklen Fragen konnte Johnny "Buffo" Stokes den Kopf verdrehen. Er fuhr fort, sein Nest einzurichten, indem er einen Finger aus dem Fenster hielt, um Windgeschwindigkeit, Lufttemperatur und Luftfeuchtigkeit zu messen. Er war sicher ein Experte auf seinem Gebiet. Ich versuchte erneut, ihn in ein Gespräch zu verwickeln, erwähnte kurz den dezentralen Charakter der Kriegsführung der vierten Generation und die komplexen, wechselnden Allianzen zwischen den Clans der Region (nachdem ich auf dem Lazarettschiff darüber informiert worden war) und wies auf mögliche Ähnlichkeiten mit der berühmten eisenzeitlichen Schlacht hin, in der Pyrrhus von Epirus gefallen war.

"Dann legen Sie besser Ihre Dachziegel bereit", gluckste Buffo. Er kannte also zumindest die berühmte "Traumrede" von Scarface und war somit nicht ganz ahnungslos, was das Weltgeschehen anging. Von da an nannte er seine Scharfschützenkugeln "Dachziegel" und dann "Dachziegel" (weil er sich vor Lachen auf dem Boden wälzen würde, wenn er Scarface endlich getötet hätte, wie er sagte).

Bevor ich weiterreden konnte, gab es ein Geräusch an der Tür, und wir drehten uns beide alarmiert um, wobei Buffo nach seinem Gewehr griff. Es stellte sich jedoch heraus, dass es falscher Alarm war - ein Kamerateam war in unser Haus eingedrungen.

Ich dachte, Buffo würde sich aufregen, aber er wollte nur wissen, ob das Team homophob sei. Als sie ihm versicherten, dass dies nicht der Fall sei, gewährte er ihnen ein Interview unter der Bedingung, dass es 24 Stunden lang nicht ausgestrahlt würde, damit der Standort seines derzeitigen Scharfschützennests nicht bekannt würde. Ein Live-Interview könnte natürlich dem Feind seine Position verraten. (Etwas, das mich an diesem Krieg wirklich irritiert, ist die ständige Präsenz der Medien. Ich habe persönlich gesehen, wie ein gepanzertes Kamerateam während einer Straßenschlacht neben Soldaten und Aufständischen herlief, und das sah wirklich lächerlich aus. Ich habe sogar von einer echten Schießerei zwischen rivalisierenden Kamerateams in einem anderen Teil des Kriegsgebiets gehört.)

Ich unterhalte mich kurz mit dem Kamerateam über den Terrorismus, der zwar von keiner Seite offiziell gebilligt wird, aber unter den zivilen Kämpfern immer häufiger vorkommt (Autobomben sind viel billiger als militärische Standardausrüstung). Was die offiziellen Truppen betrifft, so kämpfen sie im Allgemeinen mit denselben Waffen wie in früheren Kriegen im Nahen Osten, wobei die viel gepriesenen Schallwaffen und EMP-Technologien (elektromagnetische Impulse) sich noch im Versuchsstadium befinden und wahrscheinlich nicht so bald auf dem Schlachtfeld eingesetzt werden.

Von Buffo erfuhr ich bei der ersten Scharfschützin allerdings nicht viel Konkretes, denn sein Gespräch mit den Journalisten bestand nur aus verschiedenen Absurditäten, und ich hatte das Gefühl, dass ich, wenn ich überhaupt etwas über seinen Charakter herausfinden konnte, nur langsam vorankommen würde. Erst die nächsten Tage würden zeigen, ob ich wirkliche Spuren hinterlassen konnte.

Doch am nächsten Tag kam eine Nachricht.

Der Mann mit dem von Granatsplittern zerfetzten Gesicht war in unserem Teil des Kriegsgebietes eingetroffen und hielt im Rahmen einer großen Tournee Motivationsreden vor seinen Truppen. Buffo war wie ein Kind an Weihnachten und hüpfte so viel herum, dass ich dachte, er würde sich in die Hose machen. Als er endlich einen zusammenhängenden Satz herausbrachte, gestand er, dass er unbedingt derjenige sein wollte, der Scarface eine Kugel verpasst. Ich riet ihm, sich keine falschen Hoffnungen zu machen, da sein Erzfeind wahrscheinlich von einem riesigen Sicherheitskorridor umgeben sein würde, aber Buffo ignorierte mich und wippte fröhlich vor und zurück.

An diesem Abend hatte ich ein Gespräch mit seinem direkten Vorgesetzten, Lieutenant Jonathan Briggs, den ich auf Buffos chronische Islamophobie ansprach (übrigens ein Vergehen vor dem Kriegsgericht, das in seinem Fall von einer Armee übersehen wurde, die verzweifelt versucht, eine solche Tötungsmaschine als Glücksbringer in ihren Reihen zu halten). (Tatsächlich wurde der Begriff "Religion des Friedens" kürzlich von der Armee verboten, weil einige unverbesserliche Schurken ihn in sarkastischer Weise verwendet hatten).

Briggs, ein sanftmütiger Mann, schüttelte traurig den Kopf, als er mir erzählte, dass Buffo nicht nur bestritt, islamophob zu sein, sondern auch einmal gesagt hatte (im gleichen Atemzug mit dem Wunsch, "alle Muslime auszurotten"), dass er "jeden töten würde, der denkt, ich sei islamophob". Diese Art des Doppeldenkens ist erstaunlich und macht Buffo nur noch mysteriöser.

Zwei Tage später kam er mit leuchtenden Augen auf mich zu und winkte mir zur Seite, um mir mitzuteilen, dass Vertreter der Kurie ihn soeben im Kriegsgebiet (über die Köpfe seiner Vorgesetzten hinweg) angesprochen und gebeten hätten, genau den Scharfschützenauftrag zu übernehmen, nach dem er sich so sehr gesehnt hatte - sein Ziel war Scarface selbst.

"Sie haben sich akkreditiert", sagte er, "also weiß ich, dass diese Jungs echt sind." Ich war mir nicht sicher, ob er die Wahrheit sagte, aber ich spielte mit, um ihn bei der Stange zu halten.

"Das ist großartig", sagte ich. "Und wann werden Sie den Auftrag ausführen?"

"Sofort", sagte er. "Man hat mir von einer Farm erzählt, von der aus ich den Ort im Visier habe, an dem Scarface um achtzehnhundert Juliett genau heute Abend sein wird, verstehst du? Ich werde der berühmteste gottverdammte Scharfschütze der Geschichte sein!" Ich gratulierte ihm herzlich und fragte mich, ob die Kurie ihn vielleicht wirklich angeheuert hatte. Dann machte er mir klar, dass ich ihn als Zeuge der Mission begleiten sollte. Unter den Bedingungen meines Stipendiums konnte ich kaum ablehnen.

Man stellte uns ein Kommando zur Verfügung, um das Gebäude zu sichern, was darauf hindeutete, dass höhere Stellen involviert waren, und an jenem Nachmittag, um eine lange Geschichte abzukürzen, fand ich mich auf dem schmutzigen Boden eines heruntergekommenen Nebengebäudes einer alten Weizenfarm wieder, die irgendwie alle Konflikte im Irak überlebt hatte, und wartete darauf, dass Buffo auf Scarface zielte. Ein erfolgreicher Schuss könnte den

ganzen Krieg entscheiden, denn nur dank Scarface"
organisatorischem Genie konnten sich die ungleichen
Anti-Kurien-Kräfte vereinigen und die Oberhand
gewinnen.

Die Spannung war unerträglich, und unsere Blicke
wurden unwiderstehlich von Buffos Auge angezogen,
das auf dem Zielfernrohr seines M2024-Gewehrs klebte.
Er würde nur einen Schuss haben, es gab keine
Möglichkeit, sich zu bewegen. Wenn Scarface die für ihn
vorgesehene Position einnahm, betrug die Schussweite
knapp eine Meile, und da Buffo mehr als dreißig seiner
Schüsse aus größerer Entfernung abgegeben hatte, hatte
er durchaus eine Chance. Aber seine Kugel würde fast
vier Sekunden in der Luft sein, bevor sie ihr Ziel traf,
und dabei einen Großteil ihrer kinetischen Energie
verlieren, und in dieser Zeit konnte viel passieren.
Scarface könnte sich in eine unerwartete Richtung
bewegen, oder ein Luftzug könnte die Kugel von ihrer
Flugbahn ablenken. Und obwohl die Luft ruhig und
feucht war, gab es unzählige Staubkörner in dieser
Kamelgegend, die das Zielen erschwerten.

Dann, endlich, war es soweit.

"Ich kann den Mistkerl *sehen*", murmelte Buffo, "also
jetzt oder nie."

Fast sexuell drückte er den Abzug. Die vier Sekunden
Anspannung fühlten sich an wie vier lange Minuten ...
und dann stieß er ein verzweifeltes Stöhnen aus, das
tiefer war, als ich es je von einer menschlichen Zunge
gehört hatte.

"Warum hat er sich so bewegt?", schluchzte er
unkontrolliert. "Womit habe ich das *verdient?*"

An diesem Abend herrschte eine düstere Stimmung
auf dem Stützpunkt. Ich besuchte Buffo in seinem Zelt
und als ich eintrat, hörte ich ihn etwas von "Homos
töten" murmeln ... aber ich muss mich verhört haben ...
"Homophobe töten" war es wohl. Jedenfalls hatte er sich
seinen Misserfolg zu Herzen genommen und schien nun
zu glauben, dass Scarface unter einer Art göttlichem
Schutz stand.

"Ist *Gott* homophob?", fragte er mich allen Ernstes,
und als ich nicht antwortete, begann er Flüche zu
murmeln und äußerte einmal den Wunsch, den

Allmächtigen zu erschießen. Seine Augen wurden immer verrückter und seine kreisenden Bewegungen erinnerten mich an eine Katze, die ihren eigenen Schwanz jagt.

Ich versicherte ihm, dass bei dieser Entfernung und einer Zeitspanne von vier Sekunden zwischen Schuss und Treffer jeder den Schuss hätte verfehlen können, aber er wollte nicht auf meine Argumente hören, und so beschloss ich, ihn in Ruhe zu lassen. Es hatte keinen Sinn, ihn noch mehr aufzuregen.

Aber er wollte nicht, dass ich ging. Er drehte sich um und packte mich am Kragen, sein Mondgesicht grinste unaussprechlich in meins. In der einen Sekunde schien es, als läge ein großes Geheimnis hinter seinem Gesicht, in der nächsten hatte ich das Gefühl, ins Leere zu starren - leere, tigerähnliche Zähne, die bedeutungslos in der Luft hingen, bedeckt von blutverschmierter Spucke, die nichts darunter verbarg.

Welcher Blick war der richtige?

"In Ordnung, Buffo, es war ein langer Tag", sagte ich, "und ich werde jetzt schlafen gehen, okay? Morgen früh können wir weiterreden." Langsam, wie in einem sinnlosen Ritual, löste er seinen Griff um mein Hemd und stieß einen seltsamen Seufzer aus.

"Ich dachte, ich hätte Sie fallen sehen, Doc", sagte er mit müder Stimme. "Heute dachte ich, ich hätte dich fallen und nicht mehr aufstehen sehen. Ich wollte dir irgendwie helfen, aber ich konnte nicht. Ich weiß nicht genau, was passiert ist."

Unnötig zu sagen, dass ich an diesem Tag nicht gestürzt war, und Buffo begann, mir offiziell Angst zu machen. Professionell wie ich war, hielt ich es für das Beste, sein Zelt ohne weitere Worte zu verlassen, in der Hoffnung, dass er sich am nächsten Morgen weniger Sorgen machen würde.

Ich schlief unruhig und wachte ein halbes Dutzend Mal auf, weil mir laue Traumfetzen hinter die Augäpfel krochen. In einem träumte ich, dass ich schlief und nicht aufwachen konnte... Ich schrie sehr laut, aber man konnte mich nicht hören.

Am Morgen begann ich mich zu fragen, was zum Teufel ich in Mesopotamien zu suchen hatte.

Doch der Nachmittag brachte neue Nachrichten... Nach dem letzten Anschlag auf ihn hatte unser Geheimdienst erfahren, dass Scarface nun auf die andere Seite des aktuellen Kriegsschauplatzes geflogen war - nach Syrien, ins Herz des provisorischen Emirats, zweifellos, um sich mit seinem Schwiegervater Tate zu treffen, um ihre Differenzen weiter zu besprechen. Und wie es aussah, sollte auch Buffo dorthin geflogen werden, um noch eine Chance auf den großen Wurf zu bekommen, und natürlich war ich gezwungen, ihn zu begleiten.

Also ging es am nächsten Morgen los. Während des Fluges hatte ich eine beunruhigende Vision von meinem Patienten als einem kleinen verlorenen Lamm, das nur geliebt werden wollte, aber diese Vision wurde schnell durch den Anblick seiner blutverschmierten Hände verdrängt, und ich begann mich zu fragen, ob mein eigener Verstand ins Wanken geraten war. Aber darüber konnte ich nicht nachdenken ... Ich hatte einen Job zu erledigen.

Ein paar Meilen über der Wüste hörten wir zum ersten Mal von den Angriffen der Curia-Armeen auf die entstehende Nordwest-Republik in Amerika (und Buffo murmelte etwas wie "Gut, dass wir sie los sind, diese homophoben *Freaks*"). Dann kam eine andere Nachricht: Aufständische hatten gerade Dano DeLacey getötet, den berühmtesten transsexuellen Soldaten der Welt. Das versetzte Buffo in einen vorhersehbaren Wutanfall. Er wandte sich an den Nächstbesten, einen arabischstämmigen Leutnant, und schimpfte über "gottverdammte Dünenköter ... ist das zu glauben, Sir?" (Der arabische Leutnant nickte verständnisvoll.) Das bewies mir zweifelsfrei, dass "Sandnigger" für Buffo eine bloße Abstraktion war und nicht Ausdruck einer tatsächlichen rassistischen Verunglimpfung. Gut, ich hatte Fortschritte gemacht...

Der Steward brachte uns Tabletts mit gerösteten Kastanien, was ich für eine seltsame Sache hielt, die man auf einem Flug serviert, und ich stellte mein Headset auf die Ansagen (auf allen Kanälen) ein, dass DeLaceys Beerdigung live auf allen amerikanischen Sendern übertragen würde... dass aber zwischen verschiedenen

Fraktionen von Transsexuellen, Feministen, Antimilitaristen usw. heftige Auseinandersetzungen über die Bedeutung des Ereignisses ausgebrochen waren. Ich fragte Buffo, wie er dazu stehe, und er war verwirrt. Ich bemerkte wieder den leeren Blick in seinen Augen und wechselte das Thema.

Dann begann das Flugzeug zu sinken. Das Rollfeld blendete mich, als würden wir in eine schimmernde Hölle eintreten, und mein Kopf begann mit einer kaum zu ertragenden Hartnäckigkeit zu pochen. Ich biss die Zähne zusammen, entschlossen, ein ganz normales Gesicht zu machen, obwohl meine Zunge sich anfühlte, als wäre sie mit einer silbrigen Substanz wie Quecksilber überzogen, und meine Eingeweide einen wirbelnden Tanz langsamen Erstickens vollführten. Ich humpelte die Treppe hinunter auf den Asphalt und ließ mich mit einer Art Dankbarkeit in den wartenden Jeep fallen.

Wir wurden zu einer kleinen Außenstelle geführt, deren Atrium mit Bildern von sich küssenden und streichelnden homosexuellen Paaren bedeckt war, auf denen stand, dass es ein Kriegsgerichtsvergehen sei, sie zu entfernen oder zu verunstalten. Ich wurde in einen kleinen Raum geführt, wo ich mich hinlegte, um ein kurzes Nickerchen zu machen, in der Hoffnung, dass es mir nach dem Aufwachen besser gehen würde. Aber gerade als ich mich in die Welt der Träume zurückzog, klopfte es an der Tür und ich bekam elektrische Stacheln in die Augenhöhlen. Es war Buffo.

"Ich bin auf einer Mission, Doc", sagte er. "Ich dachte, das interessiert Sie vielleicht."

"Natürlich. Ich werde mit Ihnen kommen. Lassen Sie mich nur etwas anziehen und mir etwas Wasser ins Gesicht spritzen."

"Wie Sie wünschen, Doc."

Aber als ich fertig war, war er nirgends zu sehen. Eine Durchsuchung des Außenpostens und der Umgebung ergab keine Spur, und ich ging in mein Zimmer zurück und kratzte mir verwundert den Kopf, auch aus anderen Gründen.

Eine Stunde später erfuhr ich, dass er sich ohne Erlaubnis auf den Weg gemacht hatte, um eine Einheit auszuschalten, die angeblich direkt aus dem Lehen von

Mohammed Tate kam. Letzterer, obwohl schneeweiß, war für Buffo ein "Dünenköter", was meine Vermutung bestätigte, dass mein Patient ein reiner Solipsist war... Aber das wäre eine zu einfache Diagnose, dachte ich, und sicher kein ganzes Stipendium wert.

Ich wartete auf weitere Nachrichten von Buffo und dachte über die Möglichkeit nach, dass die Kurie ihn wieder heimlich kontaktiert hatte, um einen neuen Schauplatz für Scarface zu finden.

Ich las im Internet über seinen Schwiegervater, der als halbromantischer Kameldieb à la Turpin begonnen hatte, aber in den chaotischen letzten Tagen von ISIS zum mächtigen Kriegsherrn und schließlich zum Emir eines säkularen provisorischen Staates aufgestiegen war, der trotz (oder wegen) gelegentlicher Härte von den Bewohnern des von ISIS verwüsteten Syriens und Nordiraks mit großer Erleichterung aufgenommen worden war. Die Kurie, für die ISIS zu einer Belastung geworden war, hatte Tates Herrschaft anfangs begrüßt, sich aber bald gegen ihn gewandt, als er sich als beunruhigend kompetent und effizient erwies. Und jetzt sieht es so aus, als ob die Strategie unserer Seite darin besteht, einen Keil zwischen Tate und seinen unberechenbaren Schwiegersohn zu treiben ... Aber bisher war das nicht von Erfolg gekrönt, denn alles deutet darauf hin, dass die beiden sich wieder versöhnen werden, und selbst ihr momentaner Zwist hat die gemeinsame Kriegsanstrengung nicht behindert.

Ich stand da, betrachtete die hüpfenden syrischen Wölkchen und fragte mich unwillkürlich, ob jemand wie Buffo nicht die beste aller möglichen Welten wäre? und verwarf den Gedanken als lächerlich.

Ein Sergeant kam auf mich zu und teilte mir mit, dass eine Einheit gebildet worden sei, um Buffo zu finden, und ich meldete mich (aus mir noch unbekannten Gründen) sofort freiwillig, um dieser Einheit beizutreten. Nach anfänglichem Zögern bekam ich grünes Licht, mit ihnen zu gehen, möglicherweise in ein Kampfgebiet. Eigentlich hätte ich große Angst haben müssen, aber ich fühlte mich ruhig und sogar zuversichtlich. Meine Anwesenheit würde der Mission einen Hauch von Klasse verleihen, dachte ich dummerweise.

Wie Argonauten stürzten wir uns in den syrischen Schlamm, und ich lauschte untätig den Gesprächen der Truppen, während unsere Jeeps dahinglitten... Es schien, als hätten sie bestenfalls gemischte Gefühle gegenüber dem berühmten Scharfschützen, und nicht wenige Witze wurden auf seine Kosten gemacht - auch böse. Aber was ging mich das an? Meine Aufgabe war es, Buffos Gedanken zu analysieren, nicht seine Beliebtheit zu bewerten.

Nach etwa zwanzig Minuten erreichten wir al-B___, eine kleine Stadt, wo wir unsere Jeeps unter Bewachung zurückließen, während wir den Ort zu Fuß durchkämmten. In der letzten Woche hatten hier Dschihad-Rebellen (eingeschworene Feinde von uns und Tate) aufständische Aktivitäten durchgeführt. Verglichen mit der ISIS von früher waren das natürlich Amateure, aber dennoch potenziell gefährlich. Und siehe da, als wir uns dem Ende der Stadt näherten, bogen ein gutes Dutzend schwarz maskierter Männer mit Maschinengewehren um die Ecke und sahen sich ihren amerikanischen Feinden gegenüber. Es entstand eine Pattsituation, in der sowohl unser Kommandeur als auch ihr Kommandeur wie erstarrt wirkten und nicht wussten, was sie tun sollten.

Gerade als sich die Situation in eine Sackgasse zu verwandeln schien, geschah etwas Unerwartetes - ein Zug von Tates Truppen kam von der anderen Seite der Kreuzung. Eigentlich sollten sie gar nicht in diesem Gebiet sein. Jetzt waren wir gefangen zwischen dem Teufel und dem tiefblauen Meer...

Sofort war der Bann gebrochen und ein Feuergefecht zu dritt entbrannte. Obwohl ich bewaffnet war, kauerte ich mich zunächst in einen Trümmerhaufen, um den Kugeln auszuweichen, die in alle möglichen Richtungen flogen. Nachdem ich vielleicht zehn Sekunden in den Trümmern gehockt hatte (es kam mir aber viel länger vor), hörte ich plötzlich eine vertraute und sehr verhasste Stimme.

"Doc", zischte sie, "geh mir aus der Schusslinie, verdammt!" Und ein Arm griff durch ein Fenster und zog mich zurück in ein halb verfallenes Gebäude. Es war natürlich Buffo, und er war alles andere als erfreut, mich zu sehen.

"Ich hatte alles unter Kontrolle", knurrte er, "bis ihr Clowns aufgetaucht seid. Ich hatte Hani Fakhoury im Visier, einen wichtigen Kommandeur in Tates Armee."

Doch noch während er schimpfte, ertönte draußen ein dumpfer Knall, und die Wände des Gebäudes schienen um uns herum einzustürzen. Ich kauerte mich auf den Boden und verlor das Bewusstsein. Als ich wieder zu mir kam, fand ich mich in einem seltsam dunklen Raum wieder.

"Wo ist das Licht?", murmelte ich.

"Es wird Abend, Doc", sagte die Stimme, "und durch das Luftloch kommt nicht mehr viel Licht herein."

"Luftloch?"

"Ja. ... wir sitzen hier drin fest, falls Sie es noch nicht bemerkt haben. Aber keine Sorge. Es gibt einen winzigen Schacht in den Trümmern, durch den die Luft hereinkommt."

"Mein Gott ... was wird mit uns passieren?"

"Ich weiß es nicht genau."

"Bist du sicher, dass wir völlig eingeschlossen sind?"

"Natürlich bin ich sicher." Er klang leicht beleidigt. "Ich habe mich gründlich erkundigt. Aber jemand hat mich durch das Luftloch schreien hören ... Wenn unsere Jungs die Stadt einnehmen, wird es sicher jemand für nötig halten, uns zu retten. Aber wenn die Sandaffen sie einnehmen, nun ..."

Mir wurde plötzlich schwindelig und er reichte mir einen kleinen Flachmann.

"Seien Sie vorsichtig mit dem Wasser, Doktor. Es ist alles, was wir haben. Und die Dunkelheit rückt näher. Wenn wir gerettet werden, dann erst am Morgen, also langsam. Nicht so stürmisch, verdammt. Warum bist du so nervös?"

Wie sollte ich ihm sagen, dass die Nacht hereinbrach, dass die Nacht hereinbrach? Die verfallenen Mauern schienen sich um mich zu schließen, und ich hielt mein Gesicht an die Öffnung und sog die staubige Luft ein, die sich unendlich viel sauberer anfühlte als das Miasma, das Buffo in dieser klaustrophobischen Finsternis umgab.

"Habt ihr kein Licht?" murmelte ich. "Tragen Soldaten keine Fackeln?"

Er kicherte. "Keine Fackeln, Doktor. Kein Licht heute Nacht." Es war auch Neumond, dachte ich schaudernd. Eine Welle der Kälte schien vom Boden aufzusteigen. Ich befand mich in meiner Gruft, so schien es, meiner eigenen kostbaren Gruft, und es gab keinen Ausweg.

"Und jetzt ... spielen wir Flaschendrehen".

Hatte er das wirklich gesagt? Zu meinem Entsetzen hörte ich tatsächlich das Geräusch einer leeren Plastikflasche, die auf dem brüchigen Boden gedreht wurde. "Also Doc, wir spielen es so ... derjenige, auf den die Flasche zeigt, muss die Wahrheit über etwas sagen."

"Wie können Sie die Flasche sehen?"

"Ich kann sie fühlen, und es fühlt sich wirklich so an, als würde sie auf Sie zeigen!"

"Was ... willst du wissen?"

"Ich will wissen, ob Sie für die Freiheit sind, Doc. Die gute alte amerikanische Freiheit."

"Ich ..." Er überlegt krampfhaft. "Ja. ... solange es sich nicht um Hassreden handelt."

"Das stimmt, Doc. Hassrede ist *keine* freie Rede." (Er plappert einen alten und bedeutungslosen Slogan nach.) "Sie sind also für echte Redefreiheit ... die niemals Hassrede beinhaltet?"

"Ja, natürlich."

"Also... es macht dir nichts aus, *frei* darüber zu sprechen, warum du denkst, dass die Art, wie ich "Sandnigger" benutze, eine Abstraktion ist?"

Scheiße ... er hatte mein Notizbuch gelesen. Wie hatte er das gemacht? Es muss gewesen sein, als er in mein Zimmer kam und ich mich umdrehte, um mir das Gesicht zu waschen.

"Die Sache ist die, Doc... ich habe noch nie die Worte "Sandnigger" gesagt. Noch nie in meinem Leben. Ich benutze keine Hassreden. Ich fange an zu glauben, dass Sie der Verrückte sind, Doc."

Verzweifelt suchte ich nach einer Möglichkeit, das Thema zu wechseln. Plötzlich wurde mir klar, dass ich nicht wusste, wo meine Waffe war, und dass ich wenig Hoffnung hatte, sie in der Dunkelheit zu finden.

"Äh, bin ich jetzt nicht mit Flaschendrehen dran?"

"Dieses Spiel spielen wir nicht mehr, Doc. Wir
spielen das Schwuchtelspiel." Oh Scheiße, er wird
versuchen, mich zu vergewaltigen, dachte ich und tastete
nach einer Waffe. Meine Hand fand ein großes,
zerklüftetes Stück Beton und ich klammerte mich
verzweifelt daran.

"So funktioniert das Spiel, Doc. Du spielst immer das
Spiel ... und wenn du an Schwuchteln denkst, hast du
verloren. Und ich werde dir dein verdammtes Hirn
wegpusten!"

"*Was?* Woher willst du wissen, ob ich an... Schwule
denke?"

"Du musst an sie gedacht haben, Doc, weil du sie
erwähnt hast! Also, wo ist mein Gewehr?"

"Nein!" schrie ich und ging mit dem Betonklotz auf
ihn zu, in der festen Absicht, ihm den Schädel
einzuschlagen.

"Haw haw haw... nur ein kleiner Scherz, Doc. Gut,
spielen wir ein anderes Spiel..."

Es folgte ein weiteres seiner dummen
Gedankenspiele, ich weiß nicht mehr welches. Der Rest
dieser Nacht ist nur noch ein verschwommenes Bild.
Gefangen unter der Erde mit einem Verrückten, dessen
Wahnsinn unvorhersehbaren Mustern folgte. Und er
schlief nie...

Ja, ich weiß, dass Psychiater Begriffe wie "verrückt"
nicht verwenden dürfen, aber das ist in Ordnung, denn
ich bin kein zugelassener Psychiater mehr. Dieses
Privileg wurde mir entzogen, nachdem ich dem
Hauptfeldwebel der Infanterieeinheit, die uns gerettet
hatte, eine Waffe abgenommen und die Einheit in die
Luft gesprengt hatte.

Ich schreibe diesen Bericht in aller Ruhe, aber unter
bewaffneter Bewachung, während ich im Radio höre,
dass Buffo soeben eine Ehrenmedaille erhalten hat...
Nicht für die hohe Zahl seiner Morde, sondern für den
gescheiterten Versuch, Scarface zu töten.

Und ich warte und warte.

Und alles, was ich sehe, ist Buffos leeres Gesicht vor
mir, während hinter mir im Kamelgebiet die Kugeln
fliegen.

Also sag dem Westen gute Nacht von mir und vergiss

nicht, das Licht auszumachen.

7

DAS ZEUGNIS VON
MOHAMMED AL-ZAHABI
(mit Auszügen aus seinem Tagebuch)

Die Pracht des Raumes war wunderbar. Das war der Höhepunkt meines Lebens, daran gab es keinen Zweifel, und doch fehlte noch etwas. Ich spielte weiter den pflichtbewussten Dichter, bescheiden und doch mannhaft, während man mich weiter beglückwünschte. Mein kleinerer Teil sonnte sich darin, während mein größerer Teil sich mit müßiger Schiefheit abwandte, um über das Geheimnis nachzudenken, warum das Loch in meiner Seele immer größer wurde.

Aber auch mein kleinerer Teil hielt sie für bürgerliche Spinner. Hatte ich nicht jahrelang die schönsten Gedichte über die Liebe, die Philosophie und die Ewigkeit geschrieben, ohne Anerkennung zu finden? Jetzt wurde ich plötzlich mit einem einzigen satirischen Vers über die Kreatur namens "Buffo" in die höchsten Kreise des kriegszerstörten Damaskus aufgenommen, und der alte Oberst al-Ahmar erklärte mich zum "nationalen Schatz".

Es ist nicht so, dass mein Gedicht schlecht wäre - die strenge Konstruktion der Verse, die sich so sehr von meinem gewohnten gewundenen Stil unterscheidet, weist in neue und unvorhergesehene Richtungen, neue mimetische Prismen für den levantinisch-arabischen Dialekt selbst.

Aber das ist keine *Leistung*, denn bei dem Thema, um das es geht, schreibt sich die Satire fast von selbst. Die Syrer halten Buffo für eine *Schwuchtel* (die mit der Kurie verbündeten Armeen sind voll davon - vielleicht ist das der einzige Grund, warum wir sie immer noch bekämpfen). Und obwohl Homosexualität zweifellos bis zu einem gewissen Grad auch hier vorkommt, ist sie nicht so öffentlich wie im kaputten, sterbenden Westen, und viele preisen Allah dafür.

Passend zu diesem Thema schaltete im Laufe des Abends jemand den Fernseher ein, um die letzte Kriegsrede von al-Akbar zu sehen... denn der Große hat vor kurzem Arabisch gelernt, und aus irgendeinem Grund (guter Geschmack?) hat er sich entschieden, den *ägyptischen* Dialekt zu lernen, und die Anwesenden waren neugierig, wie er das macht. (Ich gestehe, dass mir der ägyptische Dialekt am besten gefällt, und ich habe vor, eines Tages selbst Gedichte in diesem Dialekt zu schreiben.)

Aber wir haben die Ergebnisse von al-Akbars sprachlichen Bemühungen nicht gesehen, weil der Mossad wieder einmal auf allen Kanälen Schwulenpornos nach Syrien gesendet hat. Jedes Mal, wenn wir uns gegen ihre Störsender wehren, rüsten sie sie auf und setzen unsere Bevölkerung erneut der visuellen Kanalisation aus. Wenn sie ernsthaft glauben, auf diese Weise das Regime von Tarte destabilisieren zu können, dann irren sie sich gewaltig, denn das hetzt die Bevölkerung nur noch mehr gegen unseren "geschätzten" Nachbarn auf (bei dem niemand daran zweifelt, dass er hinter diesem Spektakel steckt).

Ich nutzte die laute Empörung, um das Fest vorzeitig zu verlassen und die Rolle des geheimnisvollen Dichters zu spielen, der in der Nacht verschwindet. Die Militärs hatten jedoch wenig Chancen, meine Zurückhaltung als Zeichen von Schwäche zu deuten, denn sie wussten, dass ich mich im Krieg (in der großen Ersten Schlacht von Damaskus) mit der Brigade der Träumer und Dichter bewährt hatte, die nun zusammen mit der Internationalen Brigade vom Emir offiziell anerkannt worden war.

Nachdem ich mich von meiner Kriegsverletzung erholt hatte, war es an der Zeit, mich freiwillig an die neue Front zu begeben: Kairo. (Während ich auf die Prüfung meines Antrags wartete, schrieb ich das müßiggängerische Gedicht über Buffo, das mich über Nacht zu einer unwahrscheinlichen Berühmtheit machte.)

Aber in mir brennt ein Feuer. Als Dichter musste ich immer verschlüsselt schreiben (natürlich einen Code aus Wörtern und Symbolen ... nicht einfach eine Chiffre wie dieses Tagebuch), und das alles wegen des Islam, der Religion der Unterwerfung, vor der ich meine wahren Gefühle, meine Träume auf dem Wasser verbergen muss.

Denn meine Loyalität gilt nicht Allah, sondern den neteru, den großen Göttern Ägyptens, die schon existierten, bevor Ibrahim Ur verließ, und die immer noch existieren und meiner Poesie Leben einhauchen. Ich verehre vor allem die Göttin Seshat, meine wahre Geliebte, deren Geschenk an mich ist, dass keine Frau je Macht über mich haben wird. Seshat, die Göttin der Geschichte, die die Tore des Himmels öffnet ... ihr gefleckter Mantel der Nachthimmel, die Sterne, die Leopardenwelt der Poesie.

Ich erinnere mich noch gut an die faden Tränen von Rima, dem hübschen Mädchen, das ich in den letzten sechs Wochen in Damaskus an der Leine führte. Ich höre noch ihr klägliches Weinen, das für mein Dichterohr so falsch klang. Ich habe sie abgestoßen wie so viele abgestorbene Hautzellen, wie ich in meinen Soldatenjahren so viele andere abgestoßen habe.

Denn in meiner kränklichen Jugend, mit der Schüchternheit eines Künstlers und einem schwachen Körperbau, wurde ich von diesen Huren verachtet und zurückgewiesen ... und jetzt werde ich von denselben leeren Gefäßen als "begehrenswert" angesehen! Aber nicht wegen meines inneren Wertes, sondern nur wegen meiner Stellung in der Brigade der Träumer und Dichter, so wie ich jetzt wegen eines Gedichtes berühmt bin, das ich für eine Lappalie halte, während mein wahres Werk unbemerkt und unbeachtet bleibt.

Ja, ich genieße es, den "ehrbaren" Huren vorzuspielen, dass ich sie liebe, nur um sie dann zu verlassen, wenn sie am verwundbarsten sind, wenn sie mich am meisten lieben, denn Rache ist süß, und ich wäre kein Mann, wenn ich mich nicht nach Rache sehnte, pulsierend und heiß.

Der Preis, den ich für die Rache zahle, ist natürlich

Promiskuität. Selbst Masturbation ist verboten, denn dazu muss ich das Bild einer Frau vor meinem geistigen Auge heraufbeschwören, und nicht einmal dieses Vergnügen werde ich ihr bereiten. Mein Sperma ist nur für das Blut, eine Opfergabe für die Göttin Seshat. So schreibe ich meine Poesie, die schönste Poesie in jedem arabischen Dialekt, und wenn die Göttin verschwindet, verschwindet auch meine Gabe.

Aber in letzter Zeit habe ich ein Loch in meiner Seele bemerkt, das zweifellos immer größer wird. Und zum ersten Mal seit meiner Jugend habe ich Angst vor der Zukunft.

[…]

Ich bin an einem noch höheren Punkt in meinem Leben angelangt.

Al-Akbar selbst hielt es für angebracht, mir für mein kleines Gedicht einen Preis zu verleihen!

Es ist nicht verwunderlich, dass er ein Werk ehrt, in dem er seinen vermeintlichen Mörder verunglimpft, aber es ist dennoch eine große Ehre, dass er mir den Preis persönlich überreichte, denn er ist der Gründer der Brigade der Träumer und Dichter und hat so viel getan, um das Ideal des Kriegerdichters wiederherzustellen.

Er überreichte mir eine große Kupfermedaille mit eingravierten halbmythischen Figuren der Vergangenheit: T.E. Lawrence, Yukio Mishima und Henry Howard, Earl of Surrey. Ich nahm die Medaille mit Ehrfurcht und Dankbarkeit entgegen und blickte in al-Akbars Gesicht, als er sie mir überreichte, aber ich konnte nicht viel in seinem von Granatsplittern zerfurchten und ausgezehrten Gesicht erkennen. Dieser Mann ist undurchschaubar, ein Rätsel für mich und für andere. Hat er, wie ich, ein Seshat in seiner Seele, das ihn zu größeren und höheren Taten treibt?

Nach der Zeremonie wurde ich Zeuge einer Schachpartie zwischen ihm und dem Emir. Der Emir verlor natürlich, und sein Gesichtsausdruck war viel leichter zu lesen als der seines Schwiegersohns. Während der Partie unterhielten sich diese beiden Giganten ganz zwanglos über Philosophie und Architektur, und obwohl sie nichts besonders Tiefgründiges von sich gaben, war es anregend und inspirierend, ihnen zuzuhören.

Gegen Ende des Spiels nahmen sie die Verhandlungen wieder auf, die wohl schon früher an diesem Tag begonnen hatten. Dass ich und einige meiner Mitstreiter ohne Sicherheitspass anwesend sein durften, zeugt von al-Akbars Respekt. Der Schlüssel zu diesen Verhandlungen, so schien es, war die Atombombe... denn als "schwebende Regierung" war es al-Akbar bisher nicht möglich, eine in die Hände zu bekommen, aber er glaubt, dass er an Prestige verlieren würde, wenn er es nicht täte.

Der Emir hingegen ist strikt gegen diese Waffe des Teufels (er nennt sie die Waffe der Juden), aber al-Akbar befürchtet, dass im Falle einer Niederlage der Kurie die Option Samson verfolgt werden könnte. Es gibt auch Gerüchte, dass eine extremistische islamistische Sekte in den Besitz der Bombe gekommen sein könnte, aber niemand weiß etwas Konkretes, was die Weltlage noch undurchsichtiger und unübersichtlicher macht.

Trotz seiner Gier nach der Bombe erinnert mich al-Akbar stark an Neferirkare, jenen sanften ägyptischen König der fünften Dynastie, der einem seiner Minister einen versehentlichen Verstoß gegen ein heiliges Ritual verzieh. Ich frage mich, wie jemand wie al-Akbar, der offensichtlich selbst ein Träumer ist, so viel Macht erlangen konnte. Er ist ein Paradoxon, wie der Vogel Bennu, der Herr der Jubiläen, der sich selbst erschuf und sich wie die Sonne erneuert ... wie Atum, der sich mit dem weiblichen Prinzip in sich selbst vereinte, indem er mit seiner Hand (oder seinem Schatten) Liebe machte und aus der Einsamkeit göttliche Kinder erschuf.

Und auch ich bin einsam, selbst mit der Göttin in mir... doch meine Gedichte sind meine Kinder. Und obwohl al-Akbar Gerüchten zufolge ein uneheliches Kind hat (die Tochter des Emirs war unfruchtbar), frage ich mich, ob sein wahres Kind nicht die neue Welt ist, die er erschafft?

Nach der Zeremonie habe ich meine Medaille und das Preisgeld (einen Beutel mit speziell geprägten Goldmünzen) einem Bettler auf der Straße geschenkt. Es gab einen unheimlichen Sonnenuntergang und ich bin gespannt, was ich in Kairo vorfinden werde, wenn ich dorthin reisen darf.

[...]

Ich habe (zusammen mit vier meiner Kameraden) grünes Licht für die Reise nach Kairo bekommen. Ich fühle mich wie neugeboren, als wäre eine Eiszeit zu Ende gegangen. Meine Glieder füllen sich mit entspannter Energie, während ich plane, was ich mit diesen abscheulichen Fanatikern machen werde, die jetzt die Ruinen des heiligen Landes Kemet schänden. Dieser Mehrfrontenkrieg ist nun wirklich zum Dritten Weltkrieg geworden, und nur China und Russland weigern sich, Partei zu ergreifen. (Obwohl die Chinesen zaghafte Annäherungsversuche an al-Akbar machen, warten sie wohl zynisch ab, wer gewinnt. Russlands Motive sind eher rätselhaft).

Aber ich kümmere mich nicht um solche Kleinigkeiten - die Aufregung der Suche ist in mir. Und was auch immer ich suche, ich spüre, dass ich es nicht in der schmutzigen Gärung von Kairo finden werde, sondern eher im wandernden Wüstensand. Die Zeit wird es zeigen...

[...]

Die Schrecken, denen ich seit meiner Ankunft in Kemet (das trotz seiner völligen Zerstörung immer noch prächtig ist) begegnet bin, haben mir fast das Blut in den Adern gefrieren lassen. Kairo selbst wird von einer üblen Bande somalischer Söldner verwüstet, und das Schlimmste daran ist, dass sie angeblich für al-Akbar kämpfen (nicht gerade eine der besten Entscheidungen des Großen). Diese "Verbündeten" sind Agenten des Chaos, Abgesandte des Seth. Sie sind weit schlimmer als die Grabräuber früherer Zeiten und haben in den Vororten von Kairo uralte Gräber und Skulpturen buchstäblich zerstört, wie ich bei meiner ersten Patrouille mit eigenen Augen sah, als ich bei einer Ausgrabung in der Nähe des Tempels des Ra-Atum in Heliopolis Zeuge einer solch abscheulichen Schändung wurde.

Ich wandte mich an meinen Bruder Akram, einen Meisterweber und Sufi, und meine Augen füllten sich mit Tränen, bevor ich eine Handgranate warf und mindestens fünf der koboldgesichtigen Unholde in die Luft sprengte. Bruder Akram schüttelte bedauernd den Kopf, machte mir aber keine Vorwürfe wegen meines Wutausbruchs, der, wie jeder mit einer Seele zugeben muss, barmherzig, wenn auch nicht gerecht war - denn die Gerechtigkeit würde für diese elenden Halbmenschen sicher einen langsamen und qualvollen Tod durch Folter anordnen.

Nach der Explosion landete ein Touristenschild vor meinen Füßen, das ich aufhob und von den Eingeweiden eines der schwartenhäutigen Piraten befreite, bevor ich es las. Es war vom "unveränderlichen Niltal" die Rede, und ich wusste, dass es sich um eine leichtgläubige Touristentäuschung handelte - denn unveränderliche Gesellschaften gibt es nicht. Ägypten hat sich zwar langsamer verändert als unsere eigene barbarische Zeit, aber es hat sich verändert. Zwischen der dritten Dynastie (als der legendäre Imhotep auf Erden wandelte) und der vierten Dynastie, der Zeit des geheimnisvollen Cheops und der Pyramiden von Gizeh, gibt es große Unterschiede in Ton und Form. Auch zwischen der fünften Dynastie (den Sonnenkönigen und ihren Sonnentempeln) und der sechsten Dynastie (als Osiris seine Herrschaft antrat) gibt es kaum einen Vergleich.

Statische Gesellschaften gibt es nicht. Was die Deutschen "Zeitgeist" nennen, ist ein sehr reales Phänomen, und Seshat ist seine Herrin. Und obwohl sich die Geschichte reimt, wiederholt sie sich nicht.

Dennoch ist meiner Meinung nach eine erfolgreiche Gesellschaft diejenige, die das Chaos so weit wie möglich verlangsamt, und gemessen an diesem Maßstab war Kemet weit größer als alles, was die Gegenwart zu bieten hat (obwohl wir vielleicht sehen werden, was passiert, wenn al-Akbar den Krieg gewinnt).

Unsere modernen Versuche, den Wandel zu töten, sind erbärmlich, wie das Beispiel des Assuan-Staudamms zeigt, der so bequem die Nilus-Flut beseitigte, und das war der Moment, in dem Kemet wirklich starb, denn nicht einmal das Aufkommen von Christentum und Islam hatte eine solche zerstörerische Kraft, die Chaos im Namen der Zerstörung schuf.

[...]

Nun wurde ich mit der Bewachung des Kairoer Museums beauftragt, das eine Generation zuvor von den Gotteslästerern der ISIS verwüstet worden war, die das Werk des Seth im Namen seines ärgsten Feindes, der Goldenen Göttin, verrichteten. Und nun setzen ihre Nachfolger das böse Werk fort, glücklicherweise unter anderen Namen.

Bevor wir unsere Plätze einnahmen, bekamen wir eine kurze (viel zu kurze!) Führung durch das Erdgeschoss dieses unglaublichen Museums, und ich sah mit eigenen Augen die gespenstisch lebendigen Augen einiger Statuen aus dem Alten Reich, etwas, das keine andere Kultur je hätte nachahmen können. Leider ist das Gebäude zu einem Zufluchtsort für westliche Touristen geworden, die wissen, dass die strenge Bewachung hier Schutz vor mörderischen Piraten bietet, und die mit selbstgefälligen, hölzernen Blicken an den erstaunlichsten Relikten vorbeigehen, wobei ihre Augen viel toter sind als die der Statuen. Einer von ihnen lächelte mich im Vorbeigehen sogar an.

"Das ist einer von Scarlottis Männern", sagte er zu seinem Begleiter. "Was will ein weißer Rassist *hier?* Jeder weiß, dass Ägypten von Negern gegründet wurde..." Ich lachte laut über den Betrug dieser Theorie vom "schwarzen Ägypten", auf die er trotz der ihn umgebenden Statuen hereingefallen war... und auch über seine Beschreibung von mir als "weißer Rassist". Denn obwohl ich wahrscheinlich als Südeuropäer durchgehen würde, habe ich mich nie für etwas anderes als einen heidnischen Araber gehalten. Der Tourist dagegen hätte leicht als verwesende Leiche durchgehen können.

[...]

Es geht also wieder los.

Auch *ihre* Gesichtszüge sind fein wie die eines Europäers, aber ihre Haut ist kupferfarben. Aber nicht vom Klima - es ist das Kupfer der Liebe. Das Zeichen des alten Kemet, der Lebensfreude.

Mein erster Blick auf sie war ein Schuh, der aus einem Türrahmen ragte. Sie war von zwei somalischen Wilden vergewaltigt worden, die sie danach zweifellos getötet hätten, wenn ich ihnen nicht mit meiner Automatik das winzige Hirn weggeschossen hätte.

Ich hatte sie bereits an mich gebunden und mir ihre Hingabe durch schiere Dankbarkeit verdient, weil ich ihr Leben gerettet hatte. Natürlich habe ich mich ritterlich verhalten, seit ich sie unter meine Fittiche genommen habe (alle ihre Verwandten in Kairo sind im Krieg umgekommen - umso besser), und natürlich werde ich sie mit Freude verlassen, wenn die Zeit gekommen ist.

Sie ist eine seltene Erscheinung, die sich während ihrer Menstruation von Hathor in Sekhmet verwandelt, aber ich glaube, ich habe sie im Griff. Alles, was wir brauchen, ist wie immer Selbstbeherrschung und Geduld. Nur ein wenig Geduld...

[...]

Ich nahm sie mit auf einen Kamelritt in der westlichen Wüste, außerhalb von Kemet, im Roten Land, dem Land der Skorpione. Wir hatten bewaffnete Wachen für die Reise - es ist immer noch möglich, dass Träumer und Dichter ein solches Privileg erhalten, denn al-Akbar hat verfügt, dass unsere Art respektiert werden soll.

Ganz anders das Land Seth, wo der Himmel die feste Kuppel ist, aus der die monistische Ketzerei hervorging. Ein Land voller Blut, Hirn und Chaos, aber auch ein Ort, an dem Helden geboren werden. Der Geist des ketzerischen Pharaos Echnaton (von dem ich glaube, dass er der Sohn einer Proto-Jüdin war) soll diese Wüste für immer heimsuchen. Sein Geist wäre das Schrecklichste, was mir je begegnet wäre, und allein der Gedanke daran lässt mich schaudern.

Aber ihre geschmeidige und kurvenreiche Schönheit

lenkte mich von diesen Dingen ab (ich muss zugeben, dass ich während der ganzen Fahrt eine Erektion hatte).

Als ich in die Kairoer Kaserne zurückkehrte, deutete sie an, dass sie mich in den Sicherheitsraum, in dem sie untergebracht war, mitnehmen wollte, und obwohl ich lächeln und ablehnen konnte, leistete mein Körper mehr Widerstand, als ich es gewohnt war.

Ich fürchte, es wird nicht leicht.

[...]

Meine Überzeugungen wurden öffentlich gemacht, was ich nicht wollte. Während einer Patrouille stießen wir auf einen der neuen Gnostiker, eine Irrlehre, die im Chaos des kriegszerrütteten Ägypten schnell wuchs (ich glaube, sie hat wenig mit den Gnostikern der Antike gemein). Dieser Kretin predigte seinen abscheulichen Glauben, der meiner Meinung nach schlimmer ist als der Islam, nämlich dass hinter dem Universum nichts als eine elementare Bosheit steht und dass alles, was wir für gut und schön halten, sich letztlich als Illusion erweist, weil es von Anfang an nur als Foltermethode (sobald wir die Wahrheit begriffen haben) von eben dieser elementaren Bosheit geschaffen wurde.

Wie kann man eine so abscheuliche Irrlehre wie diese widerlegen? Ich fürchte, ich habe es mit einem für mich untypischen Mangel an Feingefühl getan (was ist in letzter Zeit mit mir los, dass ich meine Gefühle nicht mehr im Griff habe?), indem ich den widerlichen Prediger anbrüllte und ihn einen billigen und pockennarbigen Scharlatan nannte, der kein Gnostiker sei, weil er die Wahrheit nicht kenne.

"Und was ist Wahrheit?" fragte er mich mit beißendem Spott. Ich begann ihn anzuschreien über die Götter, die Neteru, die wahren und edlen Bannerträger des Kosmos. Und keine ist wahrer als Maat, die Göttin der kosmischen Ordnung, die sich Isfet, dem Chaos, der Ungerechtigkeit widersetzt... Isfet, die unsichtbare Diebin, die sich nachts durch die Fenster schleicht und unser Unterbewusstsein mit faulen, egalitären und nihilistischen Gedanken füllt. Isfet, der wahre Meister dieses "gnostischen" Predigers, auf den ich mich damals stürzte, um ihn zu schlagen, während meine Kameraden mich zurückhalten mussten. Ich sehe noch sein schiefes Grinsen und schlage in die Luft vor mir.

"Ohne Chaos kann es keine Ordnung geben", kichert er. "Und deshalb ist beides eine Illusion."

"Nein!" brülle ich. "Das eine kann ohne das andere nicht existieren, ja, deshalb hat Seth ursprünglich den Göttern geholfen ... aber sie sind nicht gleichwertig. Um Maat muss *gekämpft* werden. Das war die Aufgabe des Königs, des Pharaos ... Isfet zu vernichten, auch wenn sie letztlich nicht vernichtet werden kann ... und dafür wurde er zum König gekrönt".

"Es gibt keine Könige mehr, Dummkopf... nicht einmal deinen lieben Scarlotti".

"Es ist der Dichter, der jetzt für Maat kämpfen muss, du Ungeziefer... und das ist hohe Religion, nicht das kindische Bedürfnis nach Erlösung oder Vernichtung."

Er ging, zweifellos aus Angst, sein Gesicht bei seinen Anhängern zu verlieren, wenn ich ihn in der Debatte weiter übertrumpfen würde. Aber ich war sehr besorgt, dass sich seine verhängnisvollen Irrlehren unter den jungen Leuten in Kairo und anderswo verbreiten könnten, und wenn meine Brüder mich nicht eifrig zurückgehalten hätten, hätte ich ihm eine Kugel verpasst, wie ich es mit den letzten Vertretern der Isfet getan hatte, denen ich begegnet war (den somalischen Vergewaltigern).

Aber jetzt hatte ich ein anderes Problem. Meine Kameraden, die bei dieser Konfrontation (die die Rechtgläubigeren unter ihnen zwangsläufig als eine Konfrontation zwischen zwei gegensätzlichen Irrlehren betrachtet hätten) vor Rührung zitterten, sahen mich nun als das, was ich zweifellos bin: ein offener Polytheist. Das ist eine gefährliche Sache in der arabischen Welt, selbst im liberalen Ägypten, und die Gerüchteküche brodelt. Jetzt werde ich von Muslimen, Kopten und Neo-Gnostikern verdächtigt. Das freut mich, aber ich muss vorsichtig sein.

Es tröstet mich, dass der *Emir* jetzt auch von vielen als verdächtig angesehen wird, weil er sich weigert, nach der Bombe zu suchen ... obwohl ich mir das fast wünsche, denn ich bin ihm und al-Akbar gegenüber loyal und möchte nicht, dass sie sich wieder streiten.

[…]

Das Gerücht hat sich schon verbreitet.

Sie hat mich heute damit konfrontiert und behauptet, sie sei um mein Wohlergehen besorgt. Meine eigenen Dichter-"Kameraden" werfen mir seltsame Blicke zu, und ich habe schon das Gefühl, nicht mehr zu ihrer Bruderschaft zu gehören - aber wenn das so ist, dann bin ich der wahre Dichter und nicht sie.

Auch von ihr habe ich halb erwartet, dass sie mich verlässt... aber das Gegenteil ist der Fall. Sie sagt nicht nur, dass sie trotzdem bei mir bleiben wird, sie hat sogar (subtile, aber unbestreitbare) Andeutungen gemacht, dass sie vielleicht mit mir sympathisiert. Innerlich stöhnte ich auf, denn wenn das stimmt, wird es mir noch schwerer fallen, mich von ihr zu trennen, wenn die Zeit gekommen ist, denn sie muss kommen. Und doch werde ich sie verlassen, um der Gerechtigkeit Genüge zu tun - Maat.

Ich habe die Nacht in ihren Armen verbracht, aber keusch. Selbst das war ein Verstoß gegen meine Gewohnheiten, und es war auch sehr schwierig, denn sie drängte sich immer wieder gegen mich... Nicht aufdringlich, aber genug, um mich innerlich zu verbrennen.

Zersetzung, Zersetzung, alles ist Zersetzung.

Nur wenn ich ihr widerstehe, schaffe ich Ordnung.

Maat.

[…]

Jetzt hat al-Akbar verkündet, er habe die Bombe durch einen seiner abtrünnigen genialen Wissenschaftler erhalten, und zwar friedlich!

Blufft er? Der Mann ist ein Schachspieler, der viele Züge vorausdenkt, und nicht alles, was er sagt, kann als reine Tatsachenbehauptung verstanden werden. Trotzdem ist es heute Abend ruhig in Kairo... Ich habe das ungewohnte Gefühl, dass die Leute nachdenken.

Wenn er die Bombe wirklich *hat*, was bedeutet sie

279

dann?

Ich stelle sie mir als böse Sonne vor: Ra's Boot der Millionen Jahre, nur mit Seth am Ruder.

Aber es gibt eine berühmte Geschichte über den Pharao Menkaure, der sechs Jahre in zwölf verwandelte, indem er nachts Lampen brennen ließ und so den Tod hinauszögerte, den das Schicksal für ihn vorgesehen hatte. Vielleicht ist das die Bedeutung von al-Akbars Ankündigung - auf Zeit zu spielen. Auch Kanonen galten vor fünf Jahrhunderten als dämonisch, und vielleicht entspreche ich einfach nicht mehr dem Zeitgeist?

Was sie betrifft, so ist mein Widerstand weiter gebrochen, also habe ich sie aus der Kaserne geholt und ihr ein eigenes sicheres Haus eingerichtet, indem ich ein paar Fäden gezogen habe. Ich stelle mir vor, wie sie dort tanzt, nackt, allein, und meine Lenden brennen. Diese Qualen werden doch bald vorbei sein?

[…]

Das Unglück hat zugeschlagen.
Der Emir starb durch die Kugel eines Attentäters.
Jetzt plagen mich Schuldgefühle, weil ich in Ägypten war und nicht in Syrien, wo ich vielleicht hätte helfen können, das zu verhindern ... Aber nein, es ist unmöglich zu sagen, was ich hätte tun können. Alles, was ich vor mir sehe, sind die Zeitlupenaufnahmen von Al Jazeera, die zeigen, wie das Gehirn des Emirs unter hohem Druck aus seinem Schädel spritzt. Das von Set abgeschossene Geschoss hat seinen Zweck erfüllt, die blonde Bestie ist gefallen. Wer hebt nun seine Fackel auf? Und was erwartet *mich?*

Ich fürchte, dass der Nahe Osten in ein immer größeres Chaos gestürzt wird, gegen das der gegenwärtige Krieg wie eine Lappalie erscheint. Isfet und ihr Gesandter Set sind auf dem Vormarsch.

[…]

Sicherlich haben sich viele Männer des Emirs geweigert, sich unter die Fahne von al-Akbars

Multicursal-Kurie (natürlich keine Kurie, sondern ein Imperium...) zu stellen. der Name ist sicher eine Parodie), vermutlich weil ihr Blut von der Religion der Unterwerfung vergiftet war. Jetzt scharen sich die einen um die neuen "Emire" (Prätendenten), und die anderen lehnen sie mit lauten Worten und in großer Zahl ab.

Ich kann nur den Sonnenuntergang und den langsamen, unaufhaltsamen Aufstieg des Seth über Kemet beobachten.

Heute Nacht, da bin ich mir sicher, werde ich träumen, dass ich mit einem Skorpion tanze.

Ich muss zu ihr gehen.

[...]

Ich joggte langsam durch die blutverschmierten Straßen Kairos, unsicher, was mich erwarten würde. Brutales Maschinengewehrfeuer untermalte die Laufpoesie meiner Reise durch das alte Sternenlicht. Jeder Wohnblock war eine Höhle, jedes Haus eine Höhle von Monstern. Ich sah Sehenswürdigkeiten, aber sie zogen wie Erscheinungen vorbei, so dass ich nicht sicher sein konnte, ob sie jemals existiert hatten.

Ich sah einen Mann, der über seinem eigenen Mörder stand, eine blutige Hand in seinen Eingeweiden, während er mit der anderen eine ruhige, formale Geste machte, während sein Mörder lachend in der Gasse lag, die Waffe neben sich vergessen, während beide sich in ihren Rollen in einer freundlichen kosmischen Komödie sonnten. Es schien, als würde der Ermordete vor seinem Tod noch ein lustiges Wort in sein eigenes Blut schreiben, aber ich würde nie erfahren, was es war.

Dann, weiter nördlich, sah ich eine Menge (die ich verabscheue), die nach einem Anführer verlangte. Sie verlangten förmlich nach jemandem, der sie anführen sollte, aber niemand wollte es tun. Ich hätte es selbst in Erwägung ziehen können, aber es roch nach Innereien und Korruption, und so eilte ich weiter in die Nacht hinein, während sich vor mir ein weiteres Glied in der Kette auftat.

Das Nächste, woran ich mich erinnere, ist, dass ich mich tatsächlich in ihrer Nachbarschaft befand und mich zu einem schnellen Schritt verlangsamte, bevor ich mit klopfendem Herzen ihr Gebäude ausfindig machte.

Sie war da.

Wir umarmten uns überglücklich und ich drückte sie an mich, während die Schüsse immer näher kamen. Die Wachen hatten sie im Stich gelassen. Ein Pferd rannte am Eingang vorbei, die Augen funkelnd... und zum ersten Mal küssten wir uns, unsere Zungen wurden zu Quecksilber und verschmolzen in der rauchigen Luft, gelenkt von unseren Launen und dem unberechenbaren Rhythmus des Gewehrfeuers.

Aber selbst in meinem Glück wurde mir klar, dass ich sie da rausholen musste und dass die Umgebung des Hauses nun eine Gefahrenzone war. Schnell machten wir uns auf den Rückweg, durch ruhigere Seitenstraßen, um den Brennpunkten der Gewalt auszuweichen. Mein Arm lag um ihre Taille, die bei ihren Bewegungen leuchtete, die letzte Botschafterin der Schönheit in dieser trostlosen Stadt.

In den Gassen, die in etwa den gefährlichen Wegen entsprachen, die ich auf dem Hinweg genommen hatte, bot sich mir ein anderes Bild. Auf einem bröckelnden Balkon über der Straße bot sich mir der unheimliche Anblick einer alten Frau, die Topfpflanzen aus einem antiken Krug goss, dessen verschlungenes Muster mich an die verschlungene Zunge erinnerte, die sich gerade mit meiner verschlungen hatte und es bald wieder tun würde.

Keuchend schob ich sie weiter, bis wir wieder im Schatten der Kaserne waren. Die Wachen erkannten sie und schauten verärgert. All ihre Mühe, einen frauenverachtenden Ketzer (und seine Hure) zu bewachen, während Kairo in Flammen steht! Ich hatte Mitleid, aber nicht allzu viel.

Abgesehen von den Wachen war die Kaserne menschenleer, und ich vermutete, dass meine Dichterbrüder unterwegs waren, um das Chaos des Großstadtdschungels zu bekämpfen. Diesmal war ich entschlossen, sie leibhaftig kennen zu lernen, auch wenn es gegen alle Regeln meiner Existenz verstieß.

Ich riss ihr die Kleider von den Schultern und führte sie in das Zimmer, in dem sie früher gewohnt hatte.

Dann legte ich sie auf das Bett, goss Öl auf ihre Brüste und rieb es in ihre weiche, kupferfarbene Haut ein, während sie mich mit runden Augen ansah und ruhig begriff, dass sie für den Geschlechtsverkehr vorbereitet wurde. Sie würde sich weder widersetzen noch aufregen, sagte ihr Blick... sie war in meinen Händen und gefügig. Ihre einzige Sorge würde sein, meine Zuneigung nach dem Akt zu behalten... und aus diesem Grund konnte es noch funktionieren, obwohl ich meine eigenen Regeln gebrochen hatte.

Damals kannte ich sie... und das Geräusch, das sie von sich gab, reichte aus, um die Häuser zu erschüttern, genau wie das Geräusch, das ich machte, wenn ich ejakulierte - wie ein Geysir aus brüllendem Dampf, der sich seit tausend Jahren unter der Erde aufgestaut hatte. Mein Penis, der es nicht gewohnt war, auf diese Weise zu ejakulieren, fühlte sich verbrannt an, als wäre etwas Ätzendes durch ihn hindurchgeflossen, und ich stöhnte vor Schmerz, während sie sich sanft in meinen zitternden Armen wiegte.

Schließlich schlief sie auf meiner Schulter ein, und nur mit Mühe konnte ich sie losreißen und durch die Vordertür hinausgehen, um die Nachtluft zu atmen.

Die Wachen hatten uns im Stich gelassen, und ich konnte es ihnen nicht verübeln ... Man stelle sich vor, das Gebrüll der Elefanten hören zu müssen, während die eigene Familie anderswo in der Stadt in Gefahr war!

Aber nun war die tausendste und erste Nacht gekommen ...

Ich trat wieder ein, und sie erwachte und lächelte mich schläfrig an hinter einem weichen Schleier der Glückseligkeit - was mich nicht hinderte, das Elend in ihre rosige Freude hineinzudrängen und auszustoßen.

"Ich gehe jetzt", knurrte ich. "Und du bleibst hier, du wertlose Fotze."

"Was? Ich bin verwirrt ... *liebst du mich nicht?*" Und sie brach in Tränen aus, wie die anderen vor ihr. Alles so vorhersehbar.

Aber diesmal war etwas anders, etwas an der routinierten, abgestumpften Wirkung meiner eigenen Worte, wenn ich sie mit Beleidigungen überhäufte. Und auch etwas in der Wut, mit der sie sich auf mich stürzte und mir die Augen auskratzte, als sie schrie, dass sie mich liebe. Ich weinte, als ich sie bewusstlos schlug und die Kaserne und Kairo auf Nimmerwiedersehen verließ.

Ja, dieses Mal war etwas anders.

Woher kommt das plötzliche Gefühl, dass das Loch in meiner Seele *nicht mehr zu nähen ist?*

[…]

Irgendwie habe ich es geschafft, inmitten des Chaos ein Militärflugzeug nach Damaskus zu besteigen... Das Flugzeug hebt ab, während ich schreibe. Es ist zweifelhaft, ob ich jemals nach Kemet zurückkehren werde, von dem ich jetzt weiß, dass etwas überlebt hat, trotz der Perser, der Römer, der Araber, der Türken, Napoleons, der Kurie und all der anderen. Denn da ist noch etwas, am Rande der beiden Länder, rot und schwarz.

Ein Soldat im Flugzeug tanzt einen verrückten westlichen Tanz (ich glaube, er heißt Pogo), während seine Kameraden lachen und ihn anfeuern.

Mir wird schwindelig. Ich kann nicht mehr schreiben.

[...]

Letzte Nacht, meine erste Nacht zurück in Damaskus, hatte ich einen bemerkenswerten Traum. Ich träumte, dass eine Gruppe islamischer Extremisten die Große Pyramide in die Luft gesprengt hatte. In diesem Traum sah die Pyramide (von der übrigens nie bewiesen wurde, dass sie ein Grab war; manche glauben, dass sie eine Grabkammer war) genau so aus, wie sie während der Herrschaft von Cheops ausgesehen haben muss, mit ihrem Kalksteinmantel und ihrem Deckstein, dem Benben, dem Sitz des mächtigen Vogels Bennu. Kurzum, es sah aus wie ein futuristischer Tempel.

Und als die Atombombe explodierte, wurde in den Trümmern eine geheime Kammer freigelegt. Ich wachte auf, bevor ich sehen konnte, was sich darin befand - aber ich wusste, dass es etwas sehr Wichtiges war.

Ich klammere mich jetzt daran und frage mich, was

es war...

[...]

Ich schalte die Nachrichten aus, und *mein Traum wird wahr*. Es war eine Vorahnung und ich bin am Boden zerstört, ich zittere. Die Islamisten haben tatsächlich zerstört, was niemals zerstört werden konnte. Was nützt al-Akbars Bombe (auch wenn es kein Bluff war)? Er kann sie nicht zurückbomben. Die Natur des Krieges hat sich verändert.

Aber, oh, was habe ich nicht alles geträumt, was hätte wahr werden können: *Unter den Trümmern hat man eine geheime Kammer entdeckt!* Der alte Zahi Hawass führte das Inspektionsteam an, wankte in seinem Strahlenschutzanzug auf seinem Gehstock. Doch in der Kammer war nichts zu sehen - nichts.

Hawass weinte, und ich weinte. Mein Widerstand gegen sie war Isfet, nicht Maat, denn Maat ist wie das Reiten auf einer Welle, oder Musik, und das sehe ich erst jetzt. Es ist schwierig, der Weg der Maat, sogar für Dichter, sogar für Könige...

Alles, was ich jetzt tun kann, ist, nach Kairo zurückzukehren und in den radioaktiven Ruinen nach ihr zu suchen.

Meine Gnosis... Ich weiß, ich werde sie nie finden.

8

DAS ZEUGNIS VON
ADAM BRAY

"Roggenbrot! Wie geht's?"

Das waren die ersten Worte, die darauf hinwiesen, dass ich dem Senator zu sehr zugetan war, dass ich meinen Job zu gut machte und dass es wohl an der Zeit war, weiterzuziehen. Ich kümmerte mich um seine Interessen auf Kosten meiner eigenen, und das würde niemals funktionieren.

"Roggenbrot", so stellte sich heraus, war der Spitzname eines gewissen Jed Turner, des Verbindungsmannes des Senators zu verschiedenen Unterausschüssen in Washington. Es hätte das erste Mal sein sollen, dass ich diesen Spitznamen hörte, aber das war es nicht... und so dachte ich, dass ich den Senator trotz der damit verbundenen Risiken auf einige Dinge aufmerksam machen sollte. Und so verließ ich das Restaurant im strömenden Regen, unbemerkt von Turner und seinem Freund.

Aber ich hatte nicht nur sie zu fürchten, denn die heikle Natur der Information bedeutete, dass der Senator selbst mich hinauswerfen und mich arbeitslos machen könnte, was zu dieser Zeit auf der Autobahn nicht gut war.

Die Information lautete folgendermaßen:

Wochen zuvor hatte ich im Treppenhaus der Tiefgarage unter dem Gebäude, in dem sich das Büro des Senators befand, einen kleinen Zettel gefunden. Darauf stand ein gekritzeltes Memo, das sinngemäß besagte, dass Senator Edwin Blogue ein ausgewiesener Schwachkopf sei, der aus ähnlichen Gründen in den Senat berufen worden sei wie Caligulas Pferd - nämlich um allen Andersdenkenden zu zeigen, dass *sie* (also die Kurie) im präsidialen Amerika ernennen könnten, wen sie wollten. Und um es noch deutlicher zu machen: Blogue war tatsächlich für einen Posten im neuen Kabinett von Präsident Hodge vorgesehen (nachdem die Gesetze geändert worden waren, um dem Präsidenten eine dritte Amtszeit zu ermöglichen).

Aber jetzt kommt das Interessante: Der Brief war an einen "Roggenbrot" adressiert, der ihn offenbar versehentlich auf dem Weg zum Parkplatz fallen gelassen hatte. Der lustige Name ließ mich zunächst an einen Scherz denken, bis ich hörte, wie Turner im Restaurant so angesprochen wurde, was zweifelsfrei bewies, dass der Inhalt des Briefes ernst gemeint war.

Ich klopfte an die Tür des Senators und wartete darauf, dass seine phlegmatische Stimme mich hereinbat. Nachdem ich einen kurzen Schreck unterdrückt hatte, biss ich die Zähne zusammen und zeigte ihm den Zettel (den ich in meine Brieftasche gesteckt und bis heute Nachmittag vergessen hatte). Er schaute ihn an, bis seine Wangen zitterten, und für einen Moment dachte ich, er würde wütend werden ... Aber zu meiner Überraschung wurde sein Gesicht ausdruckslos, und er gab es mir zurück.

"Ich glaube, ich weiß, wer der Adressat des Briefes ist, Sir... das "Roggenbrot", von dem die Rede ist, ist eigentlich..."

Aber er hob abweisend die Hand.

"Diese Dinge sind nicht wichtig", sagte er gleichgültig. "Aber jetzt, wo Sie hier sind, Bray, sagen Sie mir doch bitte, was Sie von diesem neuen Diätplan halten ..." Er reichte mir einen Ausdruck mit den Details einer neuen Modediät, und ich antwortete mit einem unverbindlichen "Sieht gut aus", was ihn zufrieden zu stellen schien. Es war allgemein bekannt, dass Blogues Kampf mit seinem Gewicht für ihn wichtiger war als die Not seines Volkes... und doch war es ein unglücklicher Kampf, von dem er wahrscheinlich wusste, dass er ihn niemals gewinnen würde.

Am nächsten Tag wurden wir zu einer Sitzung des Senatsunterausschusses für die Bekämpfung des Hasses gerufen, wo ein wichtiges Mitglied der Kurie (ich habe seinen Namen vergessen) einen Überblick über die Ereignisse rund um die angebliche Beschaffung der Bombe durch den Antichristen gab (die kürzliche, tatsächlich stattgefundene Atomexplosion in Gizeh wurde kaum erwähnt).

Nach seiner Rede begannen die versammelten Senatoren, den Antichristen roboterhaft zu denunzieren, allen voran Edwin Blogue, dessen Behauptungen so melodramatisch falsch klangen, dass selbst einige der anderen Senatoren ihn ängstlich ansahen, als könnte er ein Kurienspion sein.

Das wiederum veranlasste sie, ihre eigenen Anschuldigungen zu verstärken, was Blogue wiederum veranlasste, lauter zu grunzen, und so weiter, in einer Art Rückkopplungsschleife, deren widerhallende Schreie schließlich so laut wurden, dass der Boden zu beben begann.

Ich gebe zu, dass es einen Moment gab, nur einen Moment, in dem ich mich fragte, ob Blogue nicht eine verworrene Rolle als Kurienspion gespielt haben könnte, aber ich verwarf es als unmöglich... Es sei denn, er spielte die Rolle des Kurienspions aus reiner Dummheit. Ich schüttelte den Kopf und fragte mich, warum ich mich für das Schicksal eines solchen Mannes interessierte, der früher oder später (schon aus gesundheitlichen Gründen) sicher ein böses Ende nehmen würde.

Später an diesem Tag erinnere ich mich, dass ich im Büro des Senators anwesend war, als er über die Arbeit des Antichristen informiert wurde, seinen Palästina-Plan zu verwirklichen, der nun nicht nur von Israel selbst, sondern auch von Kräften innerhalb der islamischen Welt vereitelt wurde. Der gesamte Nahe Osten schien nun aus verschiedenen Gründen im Dunkeln zu liegen, und die Kurie versuchte, daraus Kapital zu schlagen. Natürlich bekam ich von all dem mehr mit als der Senator, der (wie es seine Art war) an einer Stelle einnickte.

Danach besuchten wir die Church of the Multicultural Christ in DC zu einem abendlichen Feiertagsgottesdienst, denn es war der 24. Dezember. Der Pfarrer hatte während des ganzen Gottesdienstes einen missbilligenden Gesichtsausdruck, ich weiß nicht warum... Vielleicht war er enttäuscht über die überwältigende Zahl von Weißen unter den Anwesenden. Aber dann nahm er den Senator beiseite, um ihn zu fragen, wie "ketzerische Generäle" wie Frampton (jetzt im Gefängnis) behandelt würden. Der Senator hielt eine geschwollene Flosse hoch, um ihn zu unterbrechen.

"Bitten Sie mich nicht um Gnade, Reverend. Selbst ein Mann Gottes kann uns nicht umstimmen."

"Nachsicht?", knurrte der Reverend ungläubig. "Ich wollte Sie bitten, sie lebendig zu rösten!"

Aber diese hübsche theologische Diskussion wurde von einem Sirenengeheul draußen unterbrochen, gefolgt von wütendem Geschrei, und der Rest der Gemeinde stürzte hinaus, um nachzusehen.

Zum Entsetzen des Pfarrers hatte jemand das Kirchengebäude mit Farbe besprüht und das Schild in "Church of the *Multicursal* Christ" geändert. Die Polizei hatte den Täter bei einer Routinepatrouille auf frischer Tat ertappt, aber man stelle sich unsere Überraschung vor, als wir erfuhren, dass es sich bei dem Übeltäter um einen kohlschwarzen Neger handelte! Das schien einen Kurzschluss im Gehirn des Senators auszulösen, und er verkündete, dass er nach Hause gehen würde, um ein Glas Bourbon und eine Cola zu trinken... und dann lud er mich tatsächlich zu sich nach Hause ein, wo ich noch nie gewesen war. Ich dachte, es wäre unhöflich, abzulehnen. Wir begannen zu trinken, sobald wir in seiner Limousine saßen.

"Ich hoffe, sie peitschen diesen Bastard aus", murmelte er, als wir losfuhren.

"Generalmajor Frampton?"

"Nein ... der Blackamore, meine ich."

Seufzend. Langsam und fett ... nicht mehr auf der Höhe der Zeit, was akzeptable Sprache anging. Das war unser Senator.

Nach einem Moment des Schweigens nippte er an seinem Glas.

"Die Entweihung des multikulturellen Christus ist unverzeihlich", gluckste er und rülpste. Ich hatte das Gefühl, mit einer aufgedunsenen Leiche im Auto zu sitzen. Ja ... vielleicht war es Zeit, weiterzufahren.

Wir fuhren jetzt durch Downtown DC, und ein alter Penner wühlte fröhlich in einer Mülltonne auf der Suche nach seinem Festmahl. Als wir vorbeifuhren, drehte er sich um und starrte uns an, und ich schwöre, er konnte durch die Einwegscheibe der Limousine sehen... Es schien, als würde er mich direkt ansehen. Er hielt etwas in der Hand, das er aus dem Müll geholt hatte - es sah aus wie eine halbvolle Flasche Weißwein. Ich beneidete ihn um seinen Fund, der mir besser erschien als der Bourbon und die Cola, die ich aus beruflichen Gründen trinken wollte. Der Wino hatte keinen Job, um den er sich sorgen musste, und er sah gut aus, mit strahlenden Augen und buschigem Schwanz. Alles in allem glaubte ich nicht, dass ich mich mit dem Leben eines Penners anfreunden könnte, vor allem, weil ich die Kälte nicht ertrug. Eine Zentralheizung ist ein unverzichtbarer Bestandteil meines Lebens.

In der Limousine war es jedenfalls warm, und ich begann einzunicken und driftete in einen dieser kleinen, unterbrochenen Halbwachträume ab, die einem elektrische Schläge durch die Lücken im Brustkorb schicken. In diesem Traum schwebten der Senator und ich in einer Gondel durch Venedig, die er mit seinem Gewicht langsam sinken ließ. Ich versuchte, ihn zu stützen, aber trotz seiner groben Kleidung (ich glaube, sie bestand aus alten Kartoffelsäcken) konnte ich seine Fettröllchen nicht fassen.

Dann geschah es - der Senator fiel mit einem abgrundtiefen Platschen in das kalte, dunkle Wasser und kippte die Gondel um... und ich wurde plötzlich auf die Spitze des Campanile di San Marco katapultiert, von wo aus ich mit infraroter Klarheit sehen konnte, wie die ganze Stadt Venedig schnell im Sumpf versank... kleine Erdhügel, auf denen Feuer brannten, alles, was von der durchlauchtigsten Republik übrig geblieben war.

Aber in der Ferne war ein größeres Feuer zu sehen... Ich bemühte meine Augen, aber ich konnte nicht erkennen, wer es angezündet hatte, und ich konnte auch nicht erraten, warum.

Dann riss ich mich zusammen und wusste plötzlich wieder, wo ich war. Der Senator murmelte immer noch über den Vandalismus in der Kirche, als wir vor dem Stadthaus in Georgetown anhielten, in dem er wohnte, wenn er in Washington war, und das etwas kleiner war als seine Villa in Tennessee. Seine Frau (kinderlos und dicker als er) begrüßte uns persönlich und erklärte uns, dass sie dem Hausmädchen den Abend frei gegeben habe und es sich um bezahlten Urlaub handele. Sie führte uns durch die Flure eines alten, eleganten Hauses (billig und schäbig eingerichtet) in ein Wohnzimmer, wo mein Blick unweigerlich auf ein signiertes Foto von Johnny "Buffo" Stokes an der gegenüberliegenden Wand fiel. Der Senator schenkte ein, und wir saßen mürrisch da und schlürften unseren Bourbon (und einen Mint Julep für die Dame). Niemand sprach. So viel zur festlichen Jahreszeit.

Ein zweiter Drink belebte die Situation kurz, indem er den Senator zu einem lauten Rülpser veranlasste, was seine Frau zu einem nervösen Kichern veranlasste, bevor wieder Stille einkehrte. Diese wurde jedoch wenige Minuten später durch hektisches Klopfen an der Tür unterbrochen. Der aufgeregt wirkende Gast entpuppte sich als niemand anderes als der sonst so satte Jed "Roggenbrot" Turner.

Ich blickte ihn neugierig an - denn jetzt, da ich sein Geheimnis kannte, erwartete ich fast, dass sein Gesicht anders aussehen würde, aber das tat es nicht. Es sah peinlich banal aus, wie das eines Tanzlehrers, der vor zehn Jahren aus der Mode gekommen war ... das alltägliche Beltway-Softface.

"Ich war gerade in der Gegend, als ich die Nachricht hörte, und dachte, ich komme persönlich vorbei, um Ihnen von den unglaublichen Ereignissen zu berichten ... und natürlich, um Ihnen frohe Weihnachten zu wünschen."

Blogue klang distanziert, als er sich beiläufig nach den Neuigkeiten erkundigte. Die Zeit schien sich um seine schwere Masse zu sammeln wie Licht um ein schwarzes Loch, seine Ränder taten ihr Bestes, sie einzufrieren, und selbst Turners professionelle Stimme wirkte hohl in Blogues Schatten.

"Nun, erstens, Senator, ein beträchtlicher Teil von Scarlottis eigenen Truppen im Nahen Osten hat ihn verraten ... ihn sogar völlig im Stich gelassen."

"Der Antichrist desertiert!" Blogue wirkte zum ersten Mal überrascht.

"Und nicht nur das, er wurde auch von seiner größten Einheit somalischer Söldner im Stich gelassen. Sie wurden von der Kurie mit dem Versprechen einer besseren Bezahlung gelockt."

"Das ist ja wunderbar!"

"Wir... ich meine, *sie*... arbeiten schon eine ganze Weile daran. Aber es sind nicht nur gute Nachrichten, Senator. Wichtig, aber nicht gut."

"Spuck's aus, Mann."

"Scarlotti ist in die sogenannte Nordwest-Republik geflohen."

"*Was?!*"

"Genau. Die liegt direkt vor unserer Küste."

Der Senator setzte sich kerzengerade hin und sah aus, als wäre ihm gerade eine Ratte in den Arsch gekrochen. So schnell habe ich ihn noch nie gehen sehen.

Am nächsten Tag, dem 25. Dezember, nahmen wir an einer Dringlichkeitssitzung des Senats teil, und die wilden Horden waren in voller Stärke unterwegs und wurden nur durch Polizeigewehre in Schach gehalten. Und ich spreche von Gewehren, nicht von Wasserwerfern, denn einige dieser Kommunisten und Anarchisten waren tatsächlich mit gepanzerten Fahrzeugen ausgerüstet, wie in einem alten Film namens *The Road Warrior*. Abgesehen von einer Gruppe mit Plakaten, auf denen sie gegen "staatliche Mikrochips" protestierten (die von anderen Demonstranten gemieden zu werden schienen), hatte ich keine Ahnung, wogegen die Menge eigentlich war. Wollten sie sich auf die Seite des Antichristen schlagen (was sie auf die Seite von Rassismus und Faschismus stellen würde), oder forderten sie verzweifelt von der Regierung, gegen ihn in den Krieg zu ziehen und eine groß angelegte Invasion des pazifischen Nordwestens zu starten (was sie auf die Seite der konservativen christlichen Zionisten stellen würde)? Jedenfalls war der Gestank ihres Körpergeruchs unerträglich. Ich konnte ihn durch die Lüftungsschächte des Wagens riechen und musste mich fast übergeben.

Die Tatsache, dass ein Mossad-Agent vor den versammelten Senatoren sprechen sollte, mag einen gewissen Einfluss gehabt haben - denn während Israel beim Hodge-Regime (und den bereits erwähnten christlichen Zionisten) immer noch beliebt ist, hat sich die extreme Linke längst zu einer konsequent egalitären Position hinbewegt und hasst Israel nun wütend als Folge davon. Immer weniger Menschen hören auf das Argument der Rechten, dass Juden ein Recht auf Heuchelei in Einwanderungsfragen hätten, weil sie irgendwie "anders" oder "besonders" seien. Auch identifizieren sich heute weniger Juden mit Israel, und weniger säkulare Israelis sind bereit, für das, was sie zunehmend als parasitäre ultraorthodoxe Klasse ansehen, Militärdienst zu leisten. Wird die Kurie also bald "Offene Grenzen für Israel" zur Politik machen? Mit anderen Worten, wird der zionistische Teil des Projekts der Kurie *aufgegeben?* Schwierige Gedanken…

Dann wurde mir klar, dass es sich wahrscheinlich um den Mossad-Agenten handelte, gegen den sie protestierten, denn sie beschimpften vor allem eine Gruppe von Evangelikalen, die buchstäblich Juden anbeten und hofften, einen Blick auf ihren Helden (den Spezialagenten) zu erhaschen, als sein Auto den unterirdischen Tunnel verließ.

Es stellte sich heraus, dass der Agent, David Peretz, der erste Redner war, und er informierte uns über neue Beweise von einem syrischen Doppelagenten, die ein wertvolles Licht auf das bizarre Glaubenssystem des Antichristen werfen. Offenbar ist er ein Anhänger des sogenannten "esoterischen Ethnopluralismus", den Peretz uns näher erläuterte. Die meisten Senatoren waren verblüfft über seine Beschreibung dieses seltsamen Glaubens, der ihnen völlig fremd war - und mir, ich gebe es zu (Blogue war bereits eingeschlafen). Senator O"Neill, der vor kurzem im Mittelpunkt des Four Seasons-Skandals stand, bis sich herausstellte, dass eine der Prostituierten transsexuell war (und der deshalb jetzt als Held der konservativen Bewegung gilt), drückte wahrscheinlich aus, was viele dachten, als er sagte: "Diese Morgenstern-Geschichte ist sicher ein Zeichen von Teufelsanbetung". Die Anwesenden schnaubten wie die Schweine und erinnerten mich an die alten Geschichten, die mir meine Mutter von den Senatsanhörungen über die "Rückwärts-Maskierung" alter Heavy-Metal-Platten erzählt hatte.

Agent Peretz blickte vom Podium herab und lächelte den zufriedenen, selbstgerechten Ebern und Säuen zu, denen er gerade ein paar Fetzen zugeworfen hatte.

"Meine Herren und Damen", rief er. "Wir haben nichts zu befürchten. Die gesamte zivilisierte Welt ist gegen Scarlotti. Er wird fallen!"

Donnernder Applaus folgte... Hodges Leute waren besonders begeistert (und sogar Blogue wachte auf und begann, seine Flossen zusammenzuschlagen), denn sie freuen sich immer, wenn israelische Gastredner Klartext reden, besonders zu Themen, zu denen sie in ihren eigenen Reihen keinen Klartext dulden würden.

Doch ihr Optimismus war fehl am Platz.

In den folgenden Wochen wurden die Nachrichten aus dem Nordwesten immer schlechter. Die Spannungen an der Grenze in diesem Gebiet hatten seit dem Aufstand nie wirklich nachgelassen, aber jetzt, da der Antichrist das Kommando übernommen hatte, hatte Hodge selbst grünes Licht für eine Invasion gegeben.

Doch er hatte die Rechnung ohne die Armee gemacht. Nachdem die Reformen des Antichristen rückgängig gemacht worden waren, bestand die Armee hauptsächlich aus fetten Junkies, hackenden Transsexuellen und verwahrlosten Gangmitgliedern. So gelang es dem Antichrist in der Schlacht von Missoula, die Grenzen der Republik bis nach Montana auszudehnen.

Bald darauf eroberte er mehrere städtische Gebiete, die zuvor außerhalb der Republik gelegen hatten: Seattle, Olympia, Eugene und Portland. Diese liberalen, präsidentenfreundlichen Städte müssen vor Wut gekocht haben angesichts eines solchen Schicksals. Ein Prominenter (Sie erinnern sich sicher) wurde dabei erwischt, wie er versuchte, mit einem Kajak die Küste hinunter nach Kalifornien zu paddeln, und musste zur Strafe in Aberdeen arbeiten. (Danach versuchte niemand mehr zu fliehen).

Ich erinnere mich, wie ich wie betäubt durch die

Innenstadt von Washington lief und versuchte, die Tatsache zu verdauen, dass es nun ein wirklich unabhängiges Land auf amerikanischem Boden gab (denn bis zur Ankunft des neuen Führers war mir die Republik immer als eine vorübergehende Angelegenheit erschienen, von der ich erwartet hatte, dass sie beim nächsten Windstoß zusammenbrechen würde). Und überall, wo ich hinkam, schienen die Leute wie kopflose Hühner herumzulaufen. Die Verrückten waren überall, oder vielleicht hatte die neue Ordnung sie verrückt gemacht. Ein seltsames bohnenförmiges Wesen schrie: "Ich bin durch das Gesetz gezwungen, mich allen Gesetzen zu widersetzen", oder so ähnlich, und eine alte Hexe beschimpfte jeden, den sie traf, über die Gefahren der "nachlassenden Wachsamkeit". Auch die Trots waren in großer Zahl unterwegs und wetterten gegen Hodge, die Nordwestler und sogar gegen die Kurie selbst (der sie nun zu misstrauen schienen), aber sie waren nur ein Element in einer verwirrenden Mischung. Man spürte den sterbenden Atem Amerikas an jeder Ecke, um die man bog.

Aber was im Nordwesten selbst vor sich ging, war zu diesem Zeitpunkt noch unbekannt. Es wurde viel darüber geredet, wie unpassend es sei, dass ein kosmopolitischer Nietzscheanischer Aristokrat zum Präsidenten einer demokratischen Republik (scheinbar durch ein Volksmandat) ernannt wurde, die von eingefleischten Nazi-Monokulturalisten geführt wurde. Die Generation meiner Eltern, die Rush Limbaugh hörte, hätte sich das nie träumen lassen. Aber die Jahreszeiten ändern sich, und die Zeit hat eine seltsame Art, den Boden zu bearbeiten. Mein Traum von der Gondel lebte wieder auf.

Alle Spekulationen darüber, ob unser spezieller Antichrist ein "weißer Nationalist" sei (er hatte nie behauptet, etwas dergleichen zu sein), wurden jedoch bald durch das Abhören einer präsidialen Sendung beantwortet, in der sich der Antichrist nun tatsächlich zu den Idealen des weißen Nationalismus bekannte und sich damit auf der Skala der Kurienverrückten so weit nach außen stellte, wie es nur möglich war. Die Kurie verbreitete die Sendung genüsslich in der ganzen Welt, in der Hoffnung, den Hass auf ihren Gegner weiter zu schüren.

Doch es geschah etwas Seltsames: Nachdem der Antichrist sich als weißer Nationalist bezeichnet hatte, schworen ihm über dreißig nicht-weiße Länder die Treue und ließen die Kurie im Stich! Offenbar galt er nun als integrer, weil er sich offen für sein eigenes Volk einsetzte. Das war zumindest etwas, womit die Kurie nicht gerechnet hatte...

Eine Kraft, die sich auf seine Seite schlug, war der alte Onkel Chow (lächelndes China). Das war nicht gut... aber ich konnte nicht genug Gefühle aufbringen, um mich darum zu kümmern. Und als die Verhandlungen mit der Kurie wieder aufgenommen wurden, sah sie sich gezwungen, ihn als Kaiser über die halbe Welt anzuerkennen, mit Russland als einziger neutraler Macht (die Papiere wurden, wie Sie sich erinnern, in Moskau unterzeichnet).

Noch mehr Menschen liefen wie kopflose Hühner umher, und um ehrlich zu sein, ist diese Zeit für mich etwas verschwommen. Aber ich erinnere mich an den verblüfften Gesichtsausdruck des Senators, der noch Wochen danach anhielt.

Ich erinnere mich auch an unsere letzte Begegnung.

Zu diesem Zeitpunkt hatte sich der Senator mit der Situation abgefunden und glaubte (da er sich irrtümlich für einen Experten in Sachen Antichrist hielt), er sei einer der Auserwählten, die im Namen Amerikas weiter verhandeln würden. Tagelang saß er da und wartete auf einen Anruf, der nie kam.

Aber der Frieden war da! Endlich Weltfrieden, auch wenn sich nur wenige auf der Autobahn darüber zu freuen schienen. Aber ich hielt die Zeit für gekommen, also tat ich es... Ich bat den Senator um eine Gehaltserhöhung.

"In einer Zeit wie dieser, Bray?", stotterte er. "Was in aller Welt denken Sie sich dabei?"

Dann ging ich mit einem Lied im Herzen. Multikulturell, multicursal, Christus, Antichrist... lasst uns ein wenig verweilen, ein wenig trennen...

Denn ein schönes Mädchen aus England sagte mir
Die Raben hätten den Turm verlassen.
So suche ich mir meine Vogtei woanders,
Um an einem neuen Misthaufen der Macht zu schnüffeln.

9

DAS ZEUGNIS VON
EDMUND T. SPITZLER
(mit Auszügen aus seinem Tagebuch)

Liebes Tagebuch, bitte entschuldige mein langes Schweigen. Abendessen mit Leonard; u.a. neue Verzögerungen in der Garderobe besprochen. Wein von Walla Walla, der beste, den es zur Zeit gibt, nicht gerade Hippocrene, und dann hat er mir den neuen Entwurf für Kundrys Kleid aus Akt II gezeigt, der endlich richtig aussieht, ein Mittelding zwischen unterverführerisch und nuttig. Ich hoffe nur, dass es bis zur Premiere fertig ist, dem einzigen Abend, der wirklich wichtig ist, was auch immer die anderen sagen mögen. Unser Hauptproblem ist jetzt das Orchester (warum nicht Purcell und nicht Wagner?). Wir brauchen eine Generalversammlung und nicht zwei Krustis, die sich mit mittelmäßigem Wein betrinken.

Das Taxi nach Hause war ein Alptraum, der Fahrer ein Neandertaler. Ja, ich weiß, dass man dieses Wort nicht abschätzig verwenden sollte (ich habe eine Broschüre gelesen, in der es heißt, dass die Neandertaler eine alte Herrenrasse sind, deren Blut verdünnt in unseren Adern fließt, wie der Fruchtsaft von Kaskadien in ihrem exquisiten Claret), aber das ist mir egal. Dieser Mann sah aus wie ein Neandertaler, anders kann man es nicht ausdrücken. Zerklüftete Monobrauen, mürrische Unverfrorenheit... Es juckte mich, ihn mit dem Stock zu schlagen, aber ich hielt mich rechtzeitig zurück. *Denk an die Bewährung.* Ich bedaure fast den Tag, an dem ich diesen wunderschönen, verzierten Spazierstock von Marie Lefévre, einer Nachfahrin Victor Hugos, geschenkt bekommen habe. Er scheint dazu geschaffen

zu sein, die Schädel der Spießer zu zertrümmern, und es
ist schwieriger, ihm zu widerstehen als weniger schönen
Stöcken (außerdem hätte ich nichts dagegen gehabt,
Hugo damit einen ordentlichen Schlag zu versetzen).

Als ich in meine Höhle der Herrlichkeit zurückkehrte,
fand ich dort unerwartet meine unberechenbare Frau.
Nicht nur *dort*, sondern sie rieb sich an mir wie eine
Katze. Was für ein Glück, dass ich gegen Katzen aller
Art allergisch bin. Ich fragte sie mit verdächtiger
Verärgerung, warum sie sich so "sexy" und
"verführerisch" verhalte. Sie musste gestehen, dass sie
sehr schlechte Nachrichten habe, die sie mir schonend
beibringen wolle. Ich zitierte scherzhaft Hemingway:
"Was, hast du einen Neger gefickt?"

"Schlimmer, aus deiner Sicht", sagte sie mit einer
anderen Art von Boshaftigkeit und zog die fein
gekämmten Augenbrauen hoch.

"Ja?"

"Eigentlich gibt es zwei schlechte Nachrichten.
Erstens: Die Kostüme aus Portland sind endlich
angekommen ... aber sie gingen an das falsche Theater."

"Du meinst ..."

"Whizz hat sie aus Versehen bekommen."

"Nun... das erklärt die Verspätung. Nun, er weiß, was
die Blumenmädchen tragen werden. Das ist nicht das
Ende der Welt."

"Nein. Es ist schlimmer als das."

"Wie?"

"Er hat sie nicht weitergeschickt, wie er es hätte tun
sollen ... er hat sie einfach in einen Müllcontainer hinter
dem Theater geworfen und sie sind auf der Mülldeponie
gelandet, bevor er sie zurückholen konnte."

"Was?!"

"Er sagte, er wüsste nicht, wem sie gehörten ... Er sah
sie in seinem Büro, wo die Lieferanten sie hingelegt
hatten, und hielt sie für billigen Plunder, den jemand
zum Wegwerfen zurückgelassen hatte. Er bemerkte
seinen Irrtum erst, als er einige Tage später die
Rechnung auf seinem Schreibtisch sah".

Sprachlos vor Wut stolperte ich durch den Raum,
schwang meinen Stock hin und her und hätte in meiner
blinden Wut beinahe meine Frau geschlagen.

"He, pass doch auf!"

"Er lügt, dieser Spießer ... natürlich hat er es gemerkt, verdammt."

"Du weißt es nicht ..."

"Doch, ich weiß es. Das war nicht nur eine kalkulierte Beleidigung ... es war der Versuch, unsere ganze Produktion zu sabotieren."

"Beruhige dich, Edmund, ich flehe dich an."

"Der Waffenstillstand ist vorbei, die Schützengräben sind wieder offen. Ich will Rache ... Rache!"

"Mach jetzt keinen Aufstand. Du kennst doch deine Bewährungsauflagen."

"Scheiß auf meine Bewährungsauflagen. Es gibt andere Wege, sich zu rächen."

"Du solltest dich auf jeden Fall beruhigen, denn ich habe dir zuerst die weniger wichtigen Neuigkeiten erzählt. Die zweite Sache ist, dass unsere Tochter schwanger ist." Sie platzte heraus, und meine Wut verwandelte sich augenblicklich in ein Gefühl schleichenden Unbehagens. Karl, Stellas fester Freund und vermutlich auch ihr Vater, ist auf einer geheimen Mission in das Gebiet des Präsidenten gereist, offenbar mit dem Segen von Il Maestro persönlich, und seit zwei Monaten nicht mehr gesehen worden. Möglicherweise ist sie tot, und da die Beziehung nicht durch eine Ehe legitimiert war, kann sie nicht als Witwe gelten, sondern nur als alleinerziehende Mutter, was das Regime nicht gerne sieht. Ich kann nur hoffen, dass Il Maestro selbst Mitleid mit ihr hat und ihren offiziellen Status irgendwie ändert... Nicht, dass es ihr etwas ausmachen würde, das hat sie nie getan. Eine Rebellin, wie Wagner... Rebellen verstehe ich nicht. Da ist mir Purcell lieber.

"Also", murmelte ich. "Ich werde Großvater."

"Du solltest sie morgen besuchen. Sie ist sehr aufgeregt. Sie weiß immer noch nicht, ob Karl lebt oder tot ist."

"Ja, ich werde sie besuchen."

"Das solltest du wirklich, wirklich."

"Ja, das werde ich. Morgen früh."

"Ja." Und dann hat sie mich geküsst, meine Frau. Zum ersten Mal seit Monaten brachte ich sie ins Schlafzimmer. Ich erspare dir die Einzelheiten, liebes

Tagebuch, aber um zwei Uhr morgens habe ich so wenig
Lust, meinen verzierten Stock zu schwingen, wie seit...
nun, Monaten nicht mehr. nun, Monaten nicht mehr.

[...]

Ich kam zu dem baufälligen alten Holzhaus, das
Stella ihr Zuhause nennt, und erwartete, von
Fledermäusen, Raben oder Wölfen angegriffen zu
werden. Die Dunkelheit schien sich zu vertiefen, als ich
den Weg hinunterging und meinen Stock schwang, und
ich glaubte, das Rascheln kleiner Menschen im Gebüsch
zu hören. Dann öffnete Stella die Tür und alles wurde
hell. Ihr Gesicht schien von einem Heiligenschein
umgeben zu sein, der von Traurigkeit durchdrungen war.
Ich verzichtete auf den Witz, der mir wegen ihrer
gotischen Wohnung auf den Lippen lag, und umarmte
sie stattdessen. Sie schien zurückhaltender als sonst.
Wir saßen auf zwei wackeligen Stühlen in der Küche
und warteten darauf, dass eine Art Kräutertee
aufgebrüht wurde.
"Also keinen Wein?"
Sie schüttelte den Kopf. "Hat Mama dir das gesagt?"
"Ja. Und Karl ist der Vater?"
"Ja."
"Und keine Neuigkeiten?"
"Nein."
Ich spulte ein paar klischeehafte Worte des Trostes ab.
Sie nahm sie schweigend auf, dann kehrte ein Funkeln in
ihre Augen zurück.
"Es ist peinlich, dass du dich um mich kümmerst,
Papa. Ich bin ein Wolf, der sich von den Boomern
entfremdet hat und so." Ich wollte darauf hinweisen,
dass ich "81 geboren wurde und keineswegs ein Boomer
bin, aber ich hielt mich zurück, als ich mich daran
erinnerte, dass "Boomer" inzwischen ein allgemeiner
Begriff für alle über Vierzigjährigen ist. *Jeder* wird eines
Tages ein Boomer sein, es sei denn, er hat die Gnade,
jung zu sterben. Ich spürte auch eine gewisse Selbstironie
in ihrem Tonfall, obwohl es schwer war, sicher zu sein...
Um ehrlich zu sein, war ich mir bei meiner Tochter nie
sicher. Sie ist ein seltsames Geschöpf, wie alle Wölfe.

Ich sah mich in der Küche um, aber sie verriet wenig über ihren Lebensstil und ihre Überzeugungen. Es hätte die Küche eines psychedelischen Schreiners oder eines paramilitärischen Gartenbau-Gurus sein können. In Wirklichkeit war es die Küche eines Freudenwolfs.

"Und hältst du das neue Regime für weniger heuchlerisch und korrupt als das alte, meine geliebte Tochter?"

"Ja."

"Warum haben sich die Wölfe dann nicht aufgelöst?"

"Es gibt keine Mitgliederliste, also gibt es auch nichts aufzulösen. Du bist ein Wolf durch deine Taten, und nur durch diese".

"Ah... das ist richtig. *Taten und Tod*, das ist dein Motto. Von Wagner, glaube ich." Viele der Wölfe hatten im Jahr vor dem Krieg, dem Jahr, in dem Stella eine von ihnen wurde, ihre Mission beinahe aufgegeben. Es war das Jahr, in dem die globalistische Großbourgeoisie begann, "Wölfe der Freude"-Partys zu organisieren, auf denen sie ihre eigene Scheinheiligkeit feierten, indem sie Streiche aus dem Buch "Die hungrigen Wölfe von Van Diemen's Land" nachspielten.

"Warum habt ihr dann eure Mission nicht aufgegeben?"

"Wir haben erkannt, dass wir nicht größer werden, wenn wir uns darum kümmern, was kleine Leute denken."

"Aber wo wollt ihr denn jetzt hin? Ausgerechnet im Nordwesten, der offiziell globalisierungskritisch ist?"

"Wir müssen wachsam sein."

"Langweilt dich das nicht?"

"Nein."

"Du brauchst ein Projekt ... eine Oper oder so".

"Ja... wir haben sogar ein aktuelles Projekt. Unser neues Ziel ist es, *für* den Archetypen in den Krieg zu ziehen".

"Wie wollt ihr das machen?"

"Das werden wir noch herausfinden."

Dabei beließ ich es. Während wir an dem widerlichen Tee nippten, sprachen wir über ihre Schwangerschaft, vor allem angesichts der Tatsache, dass das neue Regime strikt antifeministisch war und alleinerziehende Mütter ablehnte. (Il Maestro hat sich seit seiner Krönung zum König an diese und andere nordwestliche Regeln gehalten, ungeachtet seiner persönlichen Neigungen). Tatsächlich ähnelt die Haltung des Regimes gegenüber den Frauen sehr dem "Kinder, Küche, Kirche"-Prinzip der Nazis, nur dass die Kirche weggelassen wurde, um die Heiden des Regimes nicht zu beleidigen (die Il Maestro den Christen vorzog, obwohl er alles in seiner Macht Stehende tat, um religiösen Zwist zu vermeiden).

Hatte Stella damit ein Problem?

"Nein."

Nein. Egal, wie "beschränkt" Frauen sind, sie wird immer tun, was sie will. Unser Gespräch verebbte, und ich sagte ihr, dass ich trotz meines vollen Terminkalenders bald wiederkommen würde, um ihr etwas Wein zu bringen, damit sie nie wieder diesen fauligen Tee trinken müsse.

"Ich bin schwanger, Papa. Keinen Alkohol." Zum ersten Mal lächelte sie.

"Ach so. Dann werden wir uns bald wiedersehen."

Wir umarmten uns noch einmal und ich ging. Vielleicht können wir in dieser Krise endlich so etwas wie Freundschaft schließen. Es gibt in jeder Wolke einen Silberstreif. Aber ich stelle fest, dass keiner von uns seine Freude über die Ankunft eines neuen Lebens in der Welt zum Ausdruck gebracht hat. Haben wir unterschwellig Angst? Der Weltfrieden ist da, hat man uns allen gesagt... Macht uns der Frieden paranoid? Oder kommt etwas auf uns zu, etwas Schreckliches, Unvorstellbares? Ich schlenderte durch die Straßen von Seattle und dachte über diese Fragen nach, und obwohl die Kriminalität jetzt praktisch gegen Null ging, war ich froh, meinen Spazierstock bei mir zu haben. Ich spürte, dass ein Sturm aufzog, obwohl man selten weiß, wie weit so etwas entfernt ist. Es ist nicht meine Art, solche Dinge zu spüren... Ich hoffe, der eklige Tee hat mir keine hellseherischen Fähigkeiten verliehen.

Um mich von diesen Gedanken abzulenken, habe ich über die guten und schlechten Seiten des neuen Regimes nachgedacht. Obwohl ich kaum auf seiner Seite stehe (oder auf der Seite von irgendjemand anderem), macht mich die Tatsache, dass mein Mangel an starker Opposition viele meiner so genannten Freunde dazu bringt, mich zu missbilligen, aus reiner Boshaftigkeit ein wenig sympathisch für das Regime. Und dann ist da noch unser Herrscher (kann das sein?), Il Maestro, der selbst wie eine Figur aus einer Oper aussieht... Wagner, nicht Purcell, zugegeben. (Und wie viele der "Missbilliger" haben die ihnen vom Regime angebotene Arbeit aus Prinzip abgelehnt? Keiner! Heuchler...)

Mir gefällt das dramatische Flair, mit dem Seine Majestät, Il Maestro, Regierungsbeamte mit so alten und vielsagenden Titeln ernannt hat: Seneschalle, Justiciare, Dapifer, Logothetes und so weiter. Aus der Republik und den Freien Städten ist ein Königreich geworden, das wiederum aus einem Reich besteht, das die halbe Welt umspannt, mit Il Maestro als Kaiser und König. Seine Rechtsprechung ist einfach, streng und gerecht. Die Menschen müssen sich erst an diese erfrischende Luft gewöhnen, nachdem sie jahrzehntelang unter dem globalistischen Flickenteppich, der noch immer den Rest Nordamerikas bedeckt, von der Realität abgeschirmt waren. Aber die Wiederbelebung des sakralen Königtums hat zweifellos den Nerv der Massen getroffen. Die Kurie ist in Aufruhr und fragt sich vielleicht, wie sie die Zentralisierung des Maestro (in gewisser Weise) zu ihrem eigenen Vorteil nutzen kann, falls und wenn er stirbt.

[...]

Ich habe Stella wieder besucht. Keine Neuigkeiten von Karl, aber sie überraschte mich mit ihrem Scharfsinn.

Als ich dort war, konnte ich es mir nicht verkneifen, eine heftige Tirade gegen Whizz und seine ganze stinkende Produktion der *Zauberflöte* anzufangen. Ich äußerte den Wunsch, ihn während eines Schneesturms nackt auf den Gipfel des Mount Rainier zu teleportieren, um ihm dann dabei zuzusehen, wie er plappernd den Berg hinunterläuft und langsam vor Kälte stirbt.

"Aber warum will der König, dass zwei Opern so

kurz hintereinander uraufgeführt werden, Papa? In Seattle gibt es doch nicht so viele Opernliebhaber?"

"Er ist ein großer Mozart-Fan, während die alte Garde im Nordwesten mehr auf Wagner steht. Also war es ein Kompromiss."

"Deine Rivalität mit Whizz ist politisch?"

"Politisch? Habt ihr nicht zugehört? Es könnte nicht persönlicher sein. Ich habe diesen rattengesichtigen kleinen Schwätzer gehasst, seit ich ihn zum ersten Mal seine blassen, schlaffen Lippen öffnen hörte."

"Aber warum?"

"Er hat es gewagt, meine Inszenierung von *La Traviata* als verbesserungswürdig zu bezeichnen ... und hatte sogar die Frechheit, sie mir vorzuschlagen!"

"Ist das alles? Ich dachte daran, seine Inszenierung der *Zauberflöte* zu sehen..."

"Das wagst du nicht!"

"Hör zu, Papa. Ich habe eine Zusammenfassung der Handlung gelesen, und es klang interessant. Vielleicht könntest du mir etwas über die Parsifal-Geschichte erzählen ... dann kann ich entscheiden, welche mir besser gefällt."

"Du schaust dir keine Oper an, die auf dieser Geschichte basiert", stotterte ich entsetzt.

"Warum nicht?"

Ich suchte nach Worten, fand sie aber nicht. Sie entließ mich, indem sie mich noch einmal nach der Handlung fragte, die ich ihr widerwillig skizzierte, und sie überlegte eine Weile schweigend.

Ich wollte gerade gehen, als sie sich wie verzaubert aufrichtete. Es war, als hätte ein Computer von ihr Besitz ergriffen, und sie begann, "verborgene Verbindungen" (wie sie sagte) zwischen den "inneren Bedeutungen" von *Parsifal* und *Zauberflöte* zu entdecken. Ich erinnere mich nicht mehr an alles, was sie sagte, aber es war so etwas wie "Klingsor und sein Tal der Versuchung = Königin der Nacht" und so weiter... manchmal gültige, manchmal erzwungene Vergleiche. Oder vielleicht sah sie etwas, was ich nicht sah.

"Parsifal muss wandern, Tamino muss seinen Weg durch das Labyrinth finden, und Kundry ist Parsifals Pamina...".

"Nein, das ist Unsinn. Kundry ist nie das Objekt romantischer Liebe".

"Man kann sie nicht lieben wie Pamina... nur Mitleid kann etwas für sie tun... in *Parsifal* siegt das Mitleid, in der *Zauberflöte* der Mut und die Weisheit. Parsifal löst Amfortas ab, und Tamino wird sicher Sarastro ablösen... ewige Erneuerung, Weitergabe der Fackel. Aber an wen geben wir, die Wölfe der Freude, unsere Fackel weiter? Der Kaiser bedroht unsere innere Revolution. Ist er in Klingsors Gewalt?"

"Ist es nicht vielmehr Sarastro, der weise und gütige Herrscher? Jetzt herrscht Frieden. Die Menschen sind glücklicher denn je. Findest du nicht, dass du ein wenig egoistisch bist?"

Sie runzelte die Stirn. Sie wusste es nicht. "Macht, die zu lange ausgeübt wird, kann einen innerlich töten", murmelte sie.

Ich wusste nicht, was ich darauf antworten sollte, aber ich musste gehen.

[...]

Meine Tochter mag tapfer und weise versucht haben, zwei im Ton so unterschiedliche Opern unter einen Hut zu bringen, aber das ist mir egal... Ich werde mich für den Vorfall mit den Kostümen rächen.

Whizz" preisgekröntes Requisit, eine zerstörte Pyramide, die bei einer Firma in China in Auftrag gegeben wurde und eine Art trendiger "aktueller" (ich hasse das Wort) Verweis auf die Bombardierung von Gizeh sein sollte... Nun, ich hatte eine Idee, was damit passieren könnte, basierend auf der oft wiederholten Geschichte, dass Wagners Drachenkopf in Beirut statt in Bayreuth landete. Aber abgesehen von unserem inzwischen höllisch unzuverlässigen internationalen Postsystem, welche Stadt hat schon einen Namen wie Seattle - Seoul? Saskatoon? Sarajevo? Wie dem auch sei, die Firma weiß zweifellos genau, wo die Oper stattfindet.

Dann hatte ich einen weiteren Geistesblitz - ich würde die Maße der Pyramide von Fuß in Zoll ändern lassen (wie den Dolmen in der alten Komödie *This is Spinal Tap*). Ich schickte der Firma eine E-Mail, in der

ich sie über die neuen Maße informierte, aber sie
antworteten mir kurz darauf, dass sie nicht wüssten,
warum man die Maße ändern sollte - von metrisch!
Verdammt! Whizz wird jetzt wahrscheinlich davon
erfahren und seine Sicherheitsvorkehrungen verstärken.
Zum Glück habe ich einen Trumpf in der Hand.

[...]

Ha! Ich habe es geschafft, dank eines alten Bekannten
(der anonym bleiben muss, aber derzeit als
Bühnenarbeiter bei Whizz angestellt ist). Ich besitze
kompromittierende Informationen über seine
Homosexualität (jetzt eine Straftat), und so war es ein
Leichtes, ihn zu überreden, eine speziell modifizierte
Asthmapumpe, die mit Helium gefüllt war, in Papagenos
Pfeife zu stecken. Wie sich herausstellte, passte sie nicht
hinein... aber es gelang ihm, sie stattdessen in Taminos
Zauberflöte zu stecken, was einen noch lustigeren Effekt
hatte. Das Publikum in der McCaw Hall (heute
umbenannt in Adolf Hitler Centre for the Performing
Arts) war vor Lachen zu Tränen gerührt. Sogar der
König selbst konnte sich ein Lächeln nicht verkneifen,
wie ich mit Genugtuung feststellte.
Anscheinend hat Whizz Rache geschworen.
Soll er doch sein Bestes geben. Meine Stockhand
juckt...

[...]

Der König, Il Maestro, hat mich persönlich besucht,
um zu sehen, wie unsere Produktion läuft. Er sei sehr an
den Künsten interessiert, sagt er, vor allem an einem
Gesamtkunstwerk wie dem, an dem wir arbeiten. Er ist
vielleicht der seltsamste Mensch, den ich je getroffen
habe, denn ich war mir nie sicher, ob ich mit ihm sprach
oder mit jemandem, der sich für ihn ausgab. Ist er ein
Placebo? Sein Gesicht, so vernarbt es auch ist, sieht jung
aus, aber seine Stimme hat die Kühle alten Marmors, an
den ich mich nicht erinnern kann.
Er erwähnte das Fiasko mit der Zauberflöte. Ich gab
ein würdevolles "Tut tut" von mir, da ich nicht wusste, ob

Whizz ihm seinen Verdacht bereits mitgeteilt hatte, und versicherte ihm, dass so etwas in unserer professionelleren Produktion nicht passieren würde, woraufhin er ein kaltes Lächeln zeigte, das verriet, dass er sich von Künstlerneid und dergleichen fernhielt. Schön und gut... wenn wir uns nur alle auf so hohem Niveau bewegen könnten. Aber für mich ist es viel zu spät.

Ich hielt es für das Beste, die vielen kleinen Probleme zuzugeben - nicht zuletzt die Tatsache, dass unser einziger anständiger Bassbariton an Grippe erkrankt war -, die unvermeidlich sind, wenn man eine so komplexe Produktion auf die Beine stellen will, und danach wurde er mir ein wenig sympathischer.

Unser Gespräch wandte sich dann der Politik zu, und ich muss zugeben, dass meine eigenen Probleme im Vergleich zu denen von Il Maestro unbedeutend erscheinen. Weiße aller Art fliehen jetzt über Kanada und riskieren dabei Tod und Folter, und die ehemalige "Weiße Republik" (jetzt ein Königreich) musste sogar mit den Kurienstaaten zusammenarbeiten, um ihre Grenzen hermetisch abzuriegeln - für Weiße! Aus agronomischen Gründen gibt es keine Alternative - dieses spezielle Rettungsboot ist voll - und trotzdem kommen sie...

Il Maestro zollt den rauen Launen des Daseins schweren Tribut, aber er ist zweifellos toleranter und aufgeklärter als viele seiner Untertanen und versucht sogar, seine Idee einer Glasperlenuniversität wiederzubeleben, die zum Erliegen gekommen war, als ihr früherer Standort unter die Kontrolle des Präsidenten geriet. Und am ehemaligen Evergreen State College (heute Ezra Pound College of Liberal Arts) hat er keinen Geringeren als Gallinule eingestellt, jenen aufgeschlossenen Experimentator, der sich für eine stärkere Beteiligung der Öffentlichkeit an der Ausrichtung der Wissenschaft einsetzt. Die Ernennung Gallinules wurde von der Kurie mit Empörung aufgenommen - unverhältnismäßig, könnte man sagen - aber was ist das schon in der realen Welt?

Wir sprachen auch über die Wölfe und Karl - über dessen Mission Il Maestro nichts verraten wollte, obwohl er anvertraute, dass die Chancen gut stünden, dass er lebend zurückkehren würde (er ist jetzt mit dem König verbündet und nicht mehr mit den Wölfen, was für Stella eine unbekannte Neuigkeit sein muss).

Aus seinen Andeutungen schließe ich, dass Il Maestro plant, ein wahrhaft globales Imperium zu errichten, denn nur so kann er sich vor dem Globalismus schützen - eine köstliche Ironie, die mich mit einer Wärme erfüllt, die ich vermisse, seit die letzte Flasche echten Claret ausgetrocknet ist. Aber interessanterweise scheint er sich selbst für göttlich ernannt zu halten (d.h. er ist ein Mensch, aber das Königtum ist göttlich) und scheint daher eigenwillige Gruppen wie die Wölfe als potentielle Verräter zu betrachten.

Ich wies ihn darauf hin, wie gutherzig sie seien (auch wider besseres Wissen), aber er schwieg, gab dann seinen Leibwächtern zu verstehen, dass unser Gespräch beendet sei, und ging, flankiert von zwei Bergdienern.

[...]

Ein heftiger Streit zwischen Iain, unserem Konzertmeister (von dem ich mit Sicherheit weiß, dass er zum Teil Jude ist, auch wenn ich das nicht sage, weil es keinen Beweis dafür gibt und er nicht möchte, dass das im gegenwärtigen Klima bekannt wird) und Michael, unserem Gurnemanz, der sich noch von einer Grippe erholt, der eigentlich gar nicht zur Probe hätte kommen sollen und der wahrscheinlich derjenige von uns ist, der am meisten mit den Ideen des neuen Regimes sympathisiert. Und so wiederholt sich das alte Muster.

Il Maestro schützt nun die Juden vor Repressalien (in seinen anderen Ländern - aus dem Nordwesten waren sie natürlich schon lange vor seinem Erscheinen offiziell verbannt worden), vorausgesetzt, sie mischen sich nicht in Politik oder Kultur ein oder unterhalten Kontakte zu ihren Brüdern in den Ländern der Kurie oder in Israel (das zwar nicht von der Kurie regiert wird, aber mit ihr militärisch verbündet ist, oder so ähnlich). Natürlich schreien die Juden in den Ländern der Kurie, dass selbst das Verfolgung sei, und verbreiten Gerüchte, dass Il Maestro "antisemitische Gräueltaten" begehe, einschließlich einiger ziemlich abscheulicher medizinischer Experimente... Umgekehrt wurde im Nordwesten gemunkelt, er sei ein "Judenliebhaber".

Iain und Michael, die beide darauf achten müssen, was sie in der Öffentlichkeit sagen, beschimpften sich gegenseitig wegen kleiner Details in Il Maestros Einstellung zu Israel, aber es ging um tiefere, unausgesprochene Themen, die es faszinierend machten, sie dabei zu beobachten (auf eine sadistische Art und Weise). Ein Teil ihres Streits bezog sich auf Israels plötzliches Werben um nicht-kurdische ethnische Staaten. Noch vor einem Jahrzehnt war es üblich, dass nationalistische Parteien im Westen ihre Solidarität mit Israel zum Ausdruck brachten, auch wenn Israel auf ihre Bitten nur mit Verachtung reagierte. Als die Republik des Nordwestens gegründet wurde, schworen ihre Führer, diese offensichtliche Dummheit nie wieder zu begehen, und zogen es vor, Israel völlig zu ignorieren.

Aber die israelische Rechte hat plötzlich ihren Ton geändert und macht vorsichtige Annäherungsversuche an eine Handvoll von der Kurie nicht anerkannter ethnischer Staaten im Reich (offensichtlich hinter dem Rücken der Kurie). In Israel hat man (unter den Nicht-Hardlinern) das Gefühl, dass das zionistische Projekt zu Ende geht, da die Kurie selbst ihr Kind im Stich lässt, obwohl sie ursprünglich von den Bilderbergern als eine pro-israelische Version der UNO gegründet wurde.

Unser Konzertmeister besteht darauf, dass diese neu entdeckte Rücksichtnahme Israels auf andere ethnische Staaten etwas Authentisches ist, während unser Bassbariton schadenfroh meint, dass es zu spät ist und dass dieses "beschissene kleine Land" es verdient, zu erfrieren und ohne Freunde zu sterben.

Gleichzeitig führte die lockere Haltung des Maestros gegenüber den Juden zu Spannungen in seinem eigenen Land, da Gerüchte aufkamen, dass er ihre Fähigkeiten zum Geldverdienen begehrte. Dies trug zu den Spannungen bei, die bereits in vielen seiner Herrschaftsgebiete herrschten, in denen die Menschen aufgrund ihrer Stammeszugehörigkeit die Idee des Imperiums und den Frieden im Allgemeinen ablehnten. Es ist unklar, wie lange die (zugegebenermaßen einflussreiche) Persönlichkeit eines Mannes alles zusammenhalten kann.

Inzwischen schreibt hier im Nordwesten jemand ein episches Gedicht, um die Form wiederzubeleben, und unser Gurnemanz liebt diese Idee. Aber meine Tochter und ihre Freunde scheinen zu glauben, dass es den "Neo-Troubadouren" am Hofe des Maestro (nach ihrem eigenen Vorbild) an Aufrichtigkeit fehlt und sie nur die Form haben. Man kann es nicht allen recht machen...

Ich habe auch andere, beunruhigendere Gerüchte gehört - dass Il Maestro sich von der Welt abwenden wolle, um die tiefsten Geheimnisse der Physik und Mathematik zu erforschen, und dass er das auch tun würde, wenn er nicht ständig mit Kleinigkeiten beschäftigt wäre, die ihn zermürben. Aber wenn er abdankt, welche Hoffnung für die Zivilisierten?

[...]

Schlaflos in Seattle. Ich wandere stundenlang durch die Straßen, die Hand umklammert meinen festen, geliebten Stock. Nachts ist die Stadt so seelenlos... Die Revolution ist noch nicht weit genug gegangen, denn das Gefühl der primären Leere in bestimmten Vierteln ist noch nicht verschwunden. In solchen Momenten fühle ich mich wie ein Dissident, ein Dissident von allem und jedem. Aber ich bin kein Rebell... Ich war nie ein Rebell.

Ein alter Mann, der über die "Theorie der hohlen Erde" jammert, bittet mich um einen Dollar, der in den königlichen Domänen noch gesetzliches Zahlungsmittel ist, in den ländlichen Gegenden aber immer seltener, und ich gebe ihn ihm, damit er den Mund hält. Der Vorfall scheint völlig sinnlos zu sein. Dann komme ich an einem sogenannten "Exzentriker" namens Dr. Moon vorbei, der auf der Treppe eines Hauses sitzt und einem verrottenden Blatt erfundene Sprachen beibringt. Auch hier fehlt es an Tiefe und Sinn.

Dieses Reich, das wir bewohnen - wie lange wird es dauern, wenn alle Zivilisationen der Geschichte einmal untergegangen sind? Unsere hat noch nicht einmal eine eigene, einzigartige Kultur geschaffen, sondern nur Mozart und Wagner kopiert. Aber noch einmal, gebt ihr

Zeit. Vielleicht findet sie nach meinem Tod zu sich selbst. Das ist ein Opfer, das ich gerne bringe. Die Geschichte ist unerbittlich...

Und heute Abend bin ich genau an der Stelle vorbeigegangen, wo ich meine Frau kennengelernt habe, bei Tinders. Und habe nichts gespürt. Alles verwandelt sich in Plastik. Was ist los mit mir?

Gesichter blitzen vor mir auf - Chugg und seine Freunde, die mich in der Mittelschule schikanierten, bevor ich lernte, mich zu wehren. Sind sie noch da draußen in dieser Plastikstadt oder sind sie in die Präsidentenstaaten geflohen? So weit weg ... alles so lange her. Jetzt amüsieren mich die Tyrannen. Ich werde alt, und es gibt wenig, wovor ich Angst habe, nicht mit meinem geliebten Stock in der Hand. Ich schwinge ihn gegen einen Zaun, auf dem verblasste Sprühfarbe verkündet: "Kurt lebt", und lächle ironisch. Ich erinnere mich noch gut an den Mord an Cobain (damals nannte man es Selbstmord), der geschah, als ich dreizehn Jahre alt war. Schon damals hasste ich den Rock "n" Roll und bevorzugte die Reinheit der alten Musik. Hier mache ich also Wagner, fast das Gegenteil. Und doch hat Wagner eine seltsame Reinheit, wenn alles gesagt und getan ist. Mozart hat auch seine Momente. Aber ich will mich rächen...

Was habe ich heute Abend noch gesehen? Ach ja. Zwei junge Männer schikanieren einen dritten Jugendlichen, der einfach oder vielleicht autistisch zu sein scheint. So etwas wird es immer geben, egal unter welchem Regime wir leben. Ich überlegte, ob ich eingreifen sollte, und entschied mich schließlich, einem der beiden einen Schlag auf den Kopf zu verpassen, woraufhin beide sofort die Flucht ergriffen. Nicht schlecht für einen über Fünfzigjährigen. Ihre Beute schleppte sich ebenfalls davon und schaute mich verängstigt an. Als ich nach Hause kam, fand ich meine unglückliche Frau wieder, aber diesmal hatte sie keine Lust, nichts.

Sie hatte Neuigkeiten: Karl sei wieder aufgetaucht, er und Stella wollten heiraten. Ich wünschte, ich könnte mich freuen. Karls Mission war erfolgreich (Details darf er nicht verraten), und Il Maestro zieht ihn nun als möglichen Adoptivsohn in Betracht.

Ich habe so getan, als wäre ich glücklich, aber ich fühle mich innerlich immer toter. Vielleicht ist das der Grund, warum gute Dinge passieren und vielleicht auch weiterhin passieren werden - weil ich mich innerlich tot fühle.

[…]

Die große Nacht. Die Karriere steht auf dem Spiel. Der König schaut zu, die Welt schaut zu, so fühlte es sich an. Unser Bassbariton erholte sich prächtig, aber das war meine geringste Sorge. Die Sturzkampfbomber begannen zu kreisen, noch bevor sich der Vorhang hob, als wir entdeckten, dass das Wasser für den See im ersten Akt mit einem leuchtend neonpinken Schaumbildner gepanscht worden war. Jetzt wusste ich mit Sicherheit, dass Whizz einen Insider gefunden hatte, genau wie ich. Aber wen? Hubert, unseren dicken Inspizienten? Trevor, der immer ein bisschen schäbig war? Bestimmt nicht unser geschätzter Konzertmeister? Es gab keine Möglichkeit, das herauszufinden, es sei denn, man würde sie alle foltern.

Ich ließ sie schnell das Wasser ablassen und gab mich mit einem trockenen See zufrieden. Ich hoffte, jemand aus dem Publikum würde darin irgendeine obskure mystische Symbolik lesen. Dann bat ich die Bühnenarbeiter, alles noch einmal zu überprüfen, zu zweit, für den Fall, dass einer von ihnen der Verräter war. Ich wollte mich in mein Nest, mein Schneckenhaus zurückziehen, aber das war nicht möglich. Ich suchte das Opernhaus nach Whizz ab (oder nach jemandem, der offensichtlich mit ihm zu tun hatte), aber nichts, nur ein Durcheinander von fremden Gesichtern, die mir entgegenspritzten.

Diese doppelte Kontrolle war jedoch vergeblich, wie wir am Ende des ersten Aktes in der Zone, in der die Zeit zum Raum wird, feststellen mussten, als der Nebel immer dichter wurde. Die Trockeneismaschine war manipuliert worden und erzeugte einen undurchdringlichen Nebel, der das Publikum, den König und alles andere einhüllte. Das war zu viel für meinen

313

armen kleinen Kopf.

Aber zu meiner großen Überraschung war der Applaus am Ende des Aktes warm (entgegen der Tradition, ich weiß, aber ich bin kein Wagnerianer). Unglaublich, wir hatten es geschafft, Whizz" Sabotage hatte nur dazu beigetragen, dass das Publikum das zeitlose Reich des Grals erleben konnte!

Aber dann kam der nächste Akt, und an einem bestimmten Punkt setzte mein Gehirn ein (ich erinnere mich mit Schaudern) und bemerkte die Echos von Kichern, die sich allmählich wie alte Anlasser aufbauten, aber es dauerte eine Weile, bis ich herausfand, worüber sie kicherten - nämlich dass unser geliebter Klingsor südlich der Grenze ein Problem hatte (wie ich später erfuhr, war sein Getränk mit Ellison Pluggs Super-Erektionspulver versetzt worden) und dass seine Strumpfhose ersetzt werden musste. (Unsere Sopranistin Ellen, die die Kundry sang, ist nicht gerade eine Augenweide, kein Wunder also, dass es Gelächter gab).

Dann entdeckte ich ihn, Whizz, in der zweiten Reihe des Publikums, offensichtlich so platziert, dass er eine gute Sicht hatte (die Akustik ist dort schrecklich). Das selbstgefällige Grinsen auf seinem Gesicht sagte mir alles. Ich ging auf ihn zu und wollte ihn mit meinem Stock schlagen, egal ob der König zusah oder nicht (er tat es), aber ich kam ihm zuvor, als er mir mit einem dummen Grinsen den Inhalt seines Weinglases ins Gesicht warf. Es folgte eine Rauferei, nicht unähnlich der in einer Geschichte von Beatrix Potter über einen Fuchs und einen Dachs, deren Namen ich vergessen habe, und zu meinem Stolz (damals) und meinem Unglauben (heute) beteiligten sich die meisten der Schauspieler daran, denn Whizz war auf beiden Seiten von einem Dutzend lachender Freunde umgeben. Einige Kunstliebhaber, die das Pech hatten, in der ersten Reihe zu sitzen, wurden unfreiwillig in die Schlägerei verwickelt, als das Orchester aufhörte zu spielen und weibliche Schreie ertönten. Um es kurz zu machen: Der dritte Akt wurde abgebrochen, und Il Maestro war nicht begeistert.

Und nun wurde ich wegen Anstiftung und Verletzung der Bewährungsauflagen vorgeladen - und obwohl mein zukünftiger Schwiegersohn mich wahrscheinlich freisprechen wird, sind es die ständigen erniedrigenden Vorträge meiner Tochter über "Weiße, die sich über parteiische Kleinigkeiten streiten ... unser Verderben als Volk".

Oh ja... ich habe das uralte Drama durchgespielt.

Aber das ist mir egal. Ich habe ihm mit dem schönsten Stock der Welt einen ordentlichen Schlag versetzt.

DAS ZEUGNIS VON
MAXINE LEOPOLDINA SCARLOTTI

Meine Träume sind alle aus Feuer - Mutter sagt, dass Träume normalerweise aus Gegensätzen bestehen, bedeutet das, dass die Welt in Eis enden wird? Da mein Vater so sehr auf seine Untergebenen hört, auf schlaue Leute wie Mr. Adam Bray, wäre ich nicht überrascht, wenn die Welt in Eis enden würde ...

Mutter sagt, die schrulligen Geier der Kurie bedrohten wieder einmal Vaters Reich. Als Reaktion darauf hat er aufgehört, seine Untertanenstaaten freundlich zu behandeln und arbeitet an einem militärischen Superstaat für eine "bevorstehende letzte Schlacht". Und jetzt, wo er mir endlich erlaubt hat, seinen Nachnamen anzunehmen, drängt er mich, einen Verlobungsvertrag mit dem abscheulichen Enzo abzuschließen, einer Art Auftragskiller!

Ich sagte Vater, dass ich mich lieber den Wölfen anschließen würde, und seine Augen glänzten vor Wut.

Als er sich beruhigt hatte, sagte er, ich solle "darüber nachdenken", aber sein Ton verriet, dass er keinen Widerspruch dulden würde und dass meine "Wahl" nicht frei war. Also beschloss ich zu fliehen.

Es heißt, Vater habe tatsächlich begonnen, die Wölfe zu jagen. Der legendäre Gesetzlose Sean wurde an einem Ort namens Risdon Prison ermordet, und niemand gab zu, den Mord in Auftrag gegeben zu haben. Gleichzeitig erlässt Vater Gesetze gegen den "Antisemitismus", und obwohl dies nur dazu dient, kriminelle Übergriffe zu verhindern, hat es viele seiner Anhänger verärgert, die glauben, es handele sich um eine "Wiederbelebung zionistischer Werte" oder etwas in der Art. Es ist alles sehr kompliziert und traurig.

Pater Kentenich sagt auch, dass er Israel in Ruhe lassen will (während sogar seine eigenen Bürger anfangen, es in Scharen zu verlassen), weil er nicht will, dass sie den Westen mit ihrem "endlosen Opferschwindel" infizieren - er will Israel als Zwischenlösung benutzen, bis er etwas durchsetzen kann, was er "Birobidschanische Lösung" nennt, aber das scheint extrem schwierig zu sein.

Und jetzt startet er eine massive Militärexpedition gegen den "Block" (also Osteuropa, Russland nicht mitgezählt), und die Kurie leistet ihm weniger Widerstand als erwartet, weil es sich eher um eine echte Unabhängigkeitsbewegung (von Kurie und Vater) handelt, die er unterdrückt.

Und ich werde mich ihm, dem mächtigsten Mann der Welt, widersetzen, und ich kann mir nur zwei Ergebnisse vorstellen - Tod oder Gefängnis auf der einen Seite oder ein tränenreiches Wiedersehen, bei dem Pater Kentenich zustimmt, eine "offizielle" Version der Wölfe zu gründen, obwohl die Wölfe selbst ihn für korrupt halten und sich weigern werden, sich ihm anzuschließen. Aber da ich nicht gerade der Augapfel meines Vaters bin, halte ich das erste Ergebnis ohnehin für wahrscheinlicher.

Wie dunkel und verworren alles geworden ist!

So hat es sicher nicht angefangen...

11

DAS ZEUGNIS VON
WALLACE TARR

Obwohl ich kein Literat bin, werde ich versuchen, ein Bild seiner kaiserlichen Majestät zu zeichnen, wie er in seinen letzten Tagen war.

Am deutlichsten erinnere ich mich daran, wie ich fast eine Stunde lang neben ihm stand, während er die Landschaft zu betrachten schien - einen kargen Hügel am Rande der Wüste Gobi, wo ein breiter Gürtel grüner Wiesen auf ein endloses Meer brauner und steriler Sandhügel traf. Als er schließlich seinen edlen Kopf bewegte, blickte er nach oben, zu einem Schwarm von Vögeln, die hoch in der Luft flogen. Einer von uns, Hubert, glaube ich, fand den Mut zu sprechen und sagte etwas in der Art, dass die Vögel wahrscheinlich vor einem fernen Gewitter flohen.

Und dann, in der Ferne, sahen wir endlich die Männer, auf die wir gewartet hatten, wie sie von einem Motiv zum anderen wechselten und dann still standen, Hunderte von ihnen, als ob sie uns aus der Ferne beobachteten. Man konnte fast sehen, wie sie ihre Hälse reckten, um uns zu mustern, und dann drehten sie sich schnell und leise um und galoppierten davon ... Genau so, wie ich es erwartet hatte, und wahrscheinlich auch die anderen, denn niemand gab einen Laut von sich. Diese Art von Dummköpfen, die nur an die unmittelbaren Bedürfnisse ihres Stammes dachten und nicht an den großen Kampf... Ja, wir waren gut an ihre Art angepasst.

Vor kurzem hatte es noch so ausgesehen, als würde es regnen (was zu dieser Jahreszeit nie geschah), aber jetzt schienen sich die Wolken rückwärts zu bewegen, als würde ein riesiges Maul den Himmel aussaugen, jede Wolke von der anderen losgelöst, zitternd und einsam, und doch von derselben Kraft verschlungen, so dass ihre Einsamkeit am Ende keine Rolle mehr spielte... und doch konnte man sich nicht für sie freuen. Manch einer von uns hatte das seltsame Gefühl, dass die Sonne nicht mehr lange über dieser Wüste aufgehen würde.

Der Kaiser antwortete auf diese vertraute Situation mit seiner Meinung, dass sich die Zeit nie wiederhole, dass die Theorie der "ewigen Wiederkehr" falsch sei, dass sich die Muster zwar jedes Mal leicht änderten, ähnlich, aber nie genau.

"Die Gefängnismauern, von denen manche behaupten, sie seien genau definiert, sind in Wirklichkeit ewig und daher uneinnehmbar", erklärte er. "Deshalb sollten wir uns damit begnügen, diese Mauern zu stützen, wie es Gilgamesch am Ende seines großen Abenteuers tat."

Ich nahm mir vor, die Geschichte dieses Gilgamesch zu lesen, um besser zu verstehen, wovon er sprach - aber man unterbricht den Kaiser nicht mit Fragen, wenn er philosophisch wird.

Unerwarteterweise tat Hans (der trotz seiner Schüchternheit und Scheu, zumindest in meinen Augen, immer ein treuer und ergebener Diener Seiner kaiserlichen Majestät war) jedoch etwas völlig Ungewöhnliches. Er unterbrach den Kaiser nicht nur, sondern forderte ihn heraus, indem er mit zitternder, prophetischer Stimme sagte: "Wie Théoden in der Sage braucht ihr einen Gandalf den Weißen, der euch die Augen öffnet, dann werdet ihr sehen, dass die Mauern schwanger sind. Und die Wölfe werden zurückkehren..."

Doch der Kaiser schickte ihn mit diesen Worten wütend fort:

"Ich liebe alles, was je war, auch meine schändlichen Feinde, bin ich nicht Herr über alles, dem man nicht widerstehen kann? Warum Mauern durchbrechen, wenn man sie liebt? Wäre es nicht ein Akt des Hasses und der Bosheit, sie zu durchbrechen? Würde ich dann nicht aufhören, Herr zu sein, und selbst zu einem ruchlosen Feind des Lebens werden?"

Und niemand konnte auf diese Worte Seiner

Kaiserlichen Majestät antworten.

Dann kam über Radio eine Nachricht, die den Mond zu töten schien, von dem wir erst jetzt bemerkten, dass wir ihn am Himmel nicht finden konnten, obwohl es ein Abendmond sein sollte. *[Er meint wahrscheinlich einen zunehmenden Mond - E.J.C.].* Irgendwo in den Wüsten Zentralasiens - gar nicht so weit von uns entfernt - hatte es einen nuklearen Angriff von Terroristen gegeben, von denen niemand genau wusste, wer sie waren (und warum konnten wir den vermutlich gewaltigen Bericht nicht hören - hatte der Mond ihn absorbiert und war deshalb vorübergehend verschoben?)

Seine kaiserliche Majestät konnte es kaum erwarten, zu unserer nächsten Schlacht aufzubrechen, doch in weiser Voraussicht beschloss er, auf weitere Berichte zu warten, bevor er aufbrach. Diese Berichte, die gleichzeitig fern und nah zu sein schienen, konnten irrelevant oder eine tödliche Falle sein... Es war unmöglich zu sagen, was es war. Alles, was wir mit Sicherheit wussten, war, dass die Situation im Lager sehr angespannt war, und als ich in einem bestimmten Moment Regentropfen auf meinem Gesicht spürte, das nach oben gerichtet war, war meine erste Vermutung, dass es sich um Tränenspritzer handelte, die jemandem auf dem sich verdunkelnden Kongress vom Kopf gefallen waren.

Es war gut, dass wir gewartet hatten, denn im Laufe der nächsten Woche sickerten die Nachrichten durch - eine sich rasch ausbreitende Krankheit, die wir heute als den grauen Tod kennen, deren Ausbreitungslinien sich hauptsächlich nach Westen verlagern und die uns aus dem Weg zu gehen scheint, aber nicht weit von uns entfernt ist... wie die Klinge einer Sense, die auf den tödlichen Schlag wartet, der nie ganz erfolgt, uns aber den offenen Himmel selbst fürchten lässt.

Man vermutete, dass die Atomexplosion das Gelände eines alten Kurgans getroffen hatte, aus dem Bakterien entwichen waren, die durch die Explosion selbst nicht abgetötet worden waren.

Wer also führte den Angriff durch und warum? War es wichtig? Hatte derjenige, der es wusste, die geheimnisvolle Erlaubnis, über die Ebene der Bakterien und ähnlicher Verschleierungen hinauszugehen? Man nennt es den grauen Tod, aber in der Farbveränderung ist es das Gegenteil von Gandalf - denn wo er sich von grau in weiß verwandelte, begann die Krankheit in letzterem Zustand... Denn wenn man mit einem speziellen Spatel, der in der Mitte ein Loch hat, auf die Haut eines Infizierten klopft, erscheint unweigerlich eine kleine weiße Pustel, und dann, einige Tage später, wird der Körper ebenso unweigerlich grau und brüchig und stirbt von innen heraus, wie ein Korallenpolyp, der den unvorstellbaren Übergang zu einem ausgetrockneten Meeresschwamm vollzieht, ohne dass jemand davon weiß, sich darum kümmert oder in den Startlöchern steht.

In der Vergangenheit gab es so viele "Epidemien" (Schweinegrippe usw.), die von den Impfstoffherstellern aufgebauscht wurden, um schnelles Geld zu machen, aber dieses Mal war es wirklich real und schrecklich, und es gab nichts, was man dagegen tun konnte, nicht einmal eine Erklärung. Krankheit, Zügellosigkeit, Kennzeichen des Fischezeitalters, und wir erleben jetzt seinen letzten Atemzug, der nur in seiner Intensität klagend ist, ein letztes Auswringen des Tuches, das alle konzentrierten Rückstände der Krankheit auspresst, so dass man sagen könnte, es sei der Geist der Krankheit selbst, während die ganze Zeit eine neue Welt zu entstehen versucht.

Und unter dem Tuch selbst wirbeln zahllose Leben, entblößt bis auf ihre Essenz, reduziert auf den Archetyp, der, wie sehr auch die Opposition protestiert, sich immer wieder durchsetzt. Ohne ihn wären wir alle nichts als graue, brüchige Meeresschwämme, und das Universum selbst wäre Kreidestaub, den niemand sehen würde - also in Wahrheit nicht existierte.

Und vielleicht ist es auch so, dass dieser Archetyp mich inspiriert, indem er mir Träume schickt, die dann in die Tat umgesetzt werden. In einem Traum umarmt ein trockener Meeresschwamm einen nassen Fisch, beide verwandeln sich in Schlamm, der dann in einem exquisiten Becher aufbewahrt wird, aus dem seine kaiserliche Majestät trinken kann (wenn er nicht wie üblich aus gewöhnlichen Gefäßen trinken möchte).

Und als ich aus diesem Traum erwachte, hörte ich

den ersten Bericht über die endgültige Implosion der "Smash the Archetype"-Bewegung, die sich in letzter Zeit über die ganze Welt ausgebreitet hatte...

Der Moment des Zusammenbruchs kam nicht während der langen, langsamen Wochen, in denen diese Narzissten die schmerzliche Erkenntnis hatten, dass sie selbst ein Archetyp waren. Nein, er kam später - als sie erkannten, dass sie ein niederer Typus waren. Der klägliche Rest der einst mächtigen Bewegung kann heute an vielen Straßenecken der Welt beobachtet werden, wie er bei Bettlern um Buße bettelt.

Und dann dachte ich an meine Verlobte Elanna, die ich auf dieser Seite des Vorhangs nie wiedersehen werde. (Schon jetzt übertrifft die Zahl der Krankheiten die des Schwarzen Todes von 1340, und dank der Flugreisen wird sie noch größer). Und ich dachte an ihre Wärme, ihre körperliche Präsenz und fragte mich, ob es eine Illusion war oder ob sie wirklich da gewesen war. Erst jetzt, wo sie wieder unerreichbar ist, wird mir bewusst, wie gut sie war.

Aber bedaure mich nicht, denn ich sterbe unter Kriegern.

Dann, nach einer gefühlten Ewigkeit, gab der Kaiser den Befehl zum Aufbruch, denn wenn es unsere Truppen erwischt, dann erwischt es auch die des Feindes. Und nie war eine Armee so bereit - wir waren "härter als Kruppstahl", wie man sagt, und kämpften wie Besessene gegen ein zahlenmäßig ausgeglichenes Heer, das keine Chance hatte. Es war die letzte *menschliche* Tat des Kaisers - wenn auch nicht seine letzte. Ich erinnere mich an den Rausch, als wäre er jetzt über mich gekommen, wenn auch durch eine andere Person, durch eine Opiumspritze. Ich erinnere mich an das letzte Mal, als ich den Blick Seiner kaiserlichen Majestät erblickte, als wir uns das Blut von der Haut wischten, in verwirrter Unreinheit keuchten und in eine Welt starrten, die fern und plastisch geworden war. Wann würde neues Blut fließen, das Nähe und Tiefe schenken würde?

Vor allem aber erinnere ich mich an den Morgen nach der Schlacht, als ich in der Morgendämmerung erwachte und Seine Kaiserliche Majestät wie ein alter

Prophet auf der Suche nach einer stillen Warnung schweigend in den Himmel starrte. Dann wandte er sich um und eilte wie ein Wolf zu seinem Lager.

Was er gesehen hatte, so erfuhr ich später, war eine Vision des Morgensterns, dessen kaltes, ruhiges und doch stählernes Licht noch Stunden später sein Gesicht zu erhellen schien, als er sich uns zuwandte, um über das Thema zu sprechen.

Er habe, sagte er, in seiner Wahlkampftasche ein altes Zeugnis gefunden, das er nun, nachdem er es zum ersten Mal seit seiner Niederschrift gelesen habe, veröffentlichen wolle. Zunächst aber las er die Aufzeichnung eines Traumes vor, in dem er sich selbst die Haut zerrissen und zerfetzt hatte... Bei der Lektüre dieses Traumes wurde ihm klar, dass er nicht die Reinkarnation von Pyrrhus von Epirus war, wie er einmal behauptet hatte, sondern von *Friedrich II. von Hohenstaufen*, einem mittelalterlichen deutschen Herrscher.

"Wie konnte ich das nur übersehen", dachte er und erkannte nun, dass der Traum von Pyrrhus in Wirklichkeit ein Traum war, in dem ihm jemand anderes (nämlich Friedrich II.) von Pyrrhus erzählt hatte. Er erkannte auch, dass dieses Erbe aus seinem früheren Leben ihn dazu veranlasst hatte, das Leben Friedrichs II. auf verschiedene Weise nachzuahmen.

Aber Hans, der den Mut gefunden hatte, zurückzukehren, oder vielleicht konnte er sich nicht von dem Häuptling fernhalten, den er geliebt und gezüchtigt hatte, sprang auf das Podium und begann mit seiner kaiserlichen Majestät über die Natur der Wirklichkeit, die Reinkarnation und den Rest zu debattieren.

Doch diesmal, und ich weiß nicht, wie es dazu kam, kehrten sie ihre Argumente um... Diesmal war es Hans, der argumentierte, dass die Analogien, die seine kaiserliche Majestät zwischen seinem eigenen Leben und dem Friedrichs II. gefunden zu haben glaubte, nicht zuträfen, dass die Geschichte sich nicht wiederhole, sondern sich nur reime, und dass die Reime selbst unregelmäßig seien, eigentlich eher wie Blankverse, und dass das Leben ein sich unendlich veränderndes Fraktal sei, ohne exakte ewige Wiederkehr, und so weiter.

Und nun argumentierte seine kaiserliche Majestät, dass es Hans sei, der einen *Gandalf den Weißen* brauche, um ihn aus seinem Schlummer zu wecken, und schloss mit geheimnisvollen Worten: "Ich werde für das büßen, was ich in dieser anderen Existenz getan habe...".

Und am nächsten Tag war er verschwunden ... Verschwunden in der tiefen Nacht, wie ein Schatten, der sich verzieht. Es dauerte eine Woche, bis wir erfuhren, was wirklich geschehen war. Und einige spekulierten, dass er, nachdem er das Tagebuch veröffentlicht und zurückgelassen hatte (das auf seinen Wunsch hin nicht vor seinem Tod veröffentlicht werden sollte), keine andere Wahl hatte, als zu sterben.

Wie dem auch sei, die ganze Welt weiß nun, wie er zu einer außerplanmäßigen Waffenstillstandssitzung mit dem Exekutivrat der Unicursal Curia erschien und mit Hilfe einer von ihm gesponserten oder selbst entwickelten Technologie (die bis heute nicht veröffentlicht wurde) deren Köpfe buchstäblich explodieren ließ und dabei selbst einen vorhersehbaren Tod starb (denn natürlich explodierte sein eigener Kopf zusammen mit denen der anderen).

Bei seinem Leichnam fand man eine Karte mit diesen beiden Zitaten:

"Wem es gelingt, den Golem zu binden und zu veredeln, der wird mit sich selbst versöhnt sein."
- Meyrink

"Am Ende des Stückes geschieht etwas, was seine Schöpfer nie beabsichtigt haben... Das Leben findet immer einen Weg, und das werden diese Kurientypen nie verstehen…"
- Scarlotti

Auf der Rückseite der Karte stand ein einziges Wort: "Tegg".

Wenn also eine neue, grüne Welt aus dem Schatten der alten auferstehen kann, werde ich nicht mehr hier sein, um sie zu sehen, denn die Krankheit hat mich befallen und meine graue Phase beginnt - ich spüre schon, wie meine Knochen brüchig werden.

Aber ich hatte das Privileg, einen der größten Herrscher der Geschichte zu kennen, und das kann mir nichts nehmen.

Ave Cäsar, denn die Sterbenden grüßen dich!

325

NACHWORT

Nachdem wir nun das Material durchgesehen haben, das mit dem schrecklichen Massaker des Inneren Rates endete, sollten wir uns daran erinnern, dass Scarlottis Geschichte von der Höhle des Gurus mit ziemlicher Sicherheit erfunden war, vielleicht ein sicherer Weg, um innere Impulse zu erklären, die er nicht verstand, denn im Umkreis von vierzig Meilen um Sterns wurde keine solche Höhle gefunden, und kein Schüler mit dem Namen oder Spitznamen Tegg war jemals dort eingeschrieben.

Weitere Nachforschungen ergaben, dass "Maximillian Scarlotti" nicht einmal sein richtiger Name war und niemand wusste, wie er überhaupt nach Sterns gekommen war, da es keine Aufzeichnungen über seine Einschreibung gab.

Folglich wären wir Weltverbesserer jetzt gut beraten, unsere Aufmerksamkeit auf den Planeten Venus selbst zu richten und, sobald wir wieder die Oberhand gewonnen haben, aus den vorhandenen Sprengköpfen eine gewaltige nukleare Armada zu formen, um ihre unheilvolle Präsenz vom zitternden Himmel zu reißen.

- Elmer J. Cohen
(ehemaliger) Sonderberater der
(ehemaligen) Universellen Kurie

Die Träumereien des Traumkönigs

INHALT

Vogelkönig, trage des Truars Blick
in die Nacht.

- Fire + Ice

VORWORT

Ich möchte Ihnen von meinem Großvater Nicholas Lune erzählen, der zur Zeit des Grauen Todes lebte. Das Tagebuch, das nach dem Tod meiner Mutter, der Tochter von Lune, in meinen Besitz gelangte, habe ich nachträglich bearbeitet, um überflüssige Details, Daten und anderes Überflüssiges zu entfernen und es stattdessen in Kapitel zu gliedern, die denen eines Romans ähneln (denen der Text seltsamerweise auch ähnelt).

Dieses bizarre Tagebuch ist jedoch nicht das einzige Dokument von Großvater Mond, das ich erworben habe - es gibt auch eine Sammlung von Briefen, darunter ein interessanter Brief über einen Bekannten von ihm, den er (zweifellos ironisch) den *Introspector* nennt. Zur Einführung in die Zeitschrift werde ich zunächst den Inhalt dieses Briefes zusammenfassen, in der Hoffnung, die Zeitschrift selbst in ein besseres Licht zu rücken.

Dieser "Introspector" war Dozent für homerisches Griechisch an einer Institution, die mein Großvater die "Universität der bösen Verachtung" nannte (ich konnte nicht herausfinden, auf welche Institution er sich eigentlich bezog, da es in der Stadt, in der er lebte, mehrere Universitäten gab). Die Dissertation des Introspectors war trotz des beeindruckend klingenden Titels ebenso überflüssig wie die genaue Art der Forschung, die er betrieb.

Was den Introspector jedoch auszeichnete, war die absolute Ernsthaftigkeit, mit der er seine Arbeit betrieb, eine Haltung, die sich auch auf sein Privatleben übertrug, wo er seine Büchersammlung akribisch mit Hilfe einer Wasserwaage so ordnete, dass die Buchrücken genau mit dem Regal abschlossen.

Sein wertvollster Besitz war eine Reihe von Bänden

mit dem Titel "Britannica Great Books of the Western World", die er in einem Regal aufbewahrte, das so hoch war, dass niemand sie je berühren konnte.

Aus dem Tonfall des Briefes meines Großvaters geht klar hervor, dass er den Introspector nicht ausstehen konnte, nicht zuletzt deshalb, weil dieser einen großen Stein im Brett hatte, weil er ausführlich über seine "entbehrungsreiche Kindheit" sprach und nur selten ein Wort von den anderen hörte. Mond (der allem Anschein nach eine schlimmere Kindheit hatte, auch wenn er sich nie öffentlich darüber beklagte) zweifelte vor allem aus diesem Grund an der Aufrichtigkeit des Introspektors und hielt ihn für einen Wichtigtuer und wahrscheinlichen Scharlatan.

Auch die Sympathie des Inspektors für die "Curia" (wie die Patagonier in den Tagen vor dem Grauen Tod genannt wurden) ging Lune auf die Nerven... denn der Inspektor gab vor, die Weißen als Gruppe zu verachten, nannte seine Freundin seine "Partnerin" usw. usf. Mit anderen Worten, der Inspektor war ein typischer Mann seiner Zeit, und mein Großvater war es nicht.

II

Aber obwohl mein geliebter Großvater sein Bestes tat, um dem Introspector aus dem Weg zu gehen, kam der Tag, an dem er gezwungen war, eine erneute Begegnung mit ihm zu ertragen ... und fand sich überraschenderweise als Zielscheibe eines Monologs oder einer Tirade wieder, die tatsächlich interessant zu hören war... etwas anderes als das übliche selbstgefällige Geschwätz des Selbstbetrachters. Als er und seine Freundin während der Semesterferien von einem Kurzurlaub zurückkehrten, entdeckten sie einen kleinen Mann, der es sich in ihrer Mietwohnung gemütlich gemacht hatte.

Nicht umsonst drohten sie, die Polizei zu rufen, wenn er nicht sofort verschwinde - woraufhin sich der kleine Kerl in Luft auflöste.

Nachdem sich die beiden von ihrem Schock erholt

hatten, sahen sie sich im Haus um und stellten sofort fest, dass im Kamin ein Feuer brannte und auf dem Küchentisch ein Essen zubereitet wurde.

Dann entdeckten sie, dass der kleine Mann tatsächlich ihre schmutzige Wäsche gewaschen, den Inhalt des Kühlschranks aufgefüllt und neu sortiert und, was noch beunruhigender war, *in ihr Tagebuch geschrieben hatte*, und zwar in einer Sprache, die der Introspector als "elegant, höflich und höchst poetisch" bezeichnete (obwohl er sich weigerte, den genauen Inhalt preiszugeben).

Bei dieser Entdeckung erlitt der Introspektor eine Art autistischen Zusammenbruch und erholte sich erst einigermaßen, als er feststellte, dass seine Sammlung "Großer Bücher" noch immer makellos in ihrem hohen, verstaubten Regal stand.

III

Das alles geschah, wie gesagt, vor dem Grauen Tod, als der Krieg zwischen Kurie und Kaiser noch in vollem Gange war.

Auf den Straßen sangen Gruppen von Menschen, aber der Introspektor war entschlossen, sich von ihnen nicht stören zu lassen. Das Einzige, was zählte, war seine Dissertation, die fertiggestellt werden musste. Das Verhalten der Sänger wurde natürlich zur Kenntnis genommen, würde aber wahrscheinlich zu nichts führen.

Doch schon bald machte sich eine Art Poltergeist im Haus bemerkbar. Wieder ignorierte der Introspektor dies. Die Welt befand sich in einer Zeit großer Umwälzungen, aber für ihn war es nur ein Ärgernis, das ihn an der Vollendung seiner Arbeit hinderte.

Wenige Wochen später brachen auf den Straßen Kämpfe aus. Trotzdem steckte der Introspektor den Entwurf seiner Dissertation (über den Trojanischen Krieg) in seine Aktentasche und machte sich auf den Weg zu dem zweiwöchigen Treffen mit seinem Doktorvater.

Doch der Doktorvater war vom Wahnsinn der Zeit

ergriffen... ... und anstatt über seine Arbeit zu sprechen, begann er über seine tiefsten Träume und Wünsche und seine ferne Kindheit zu reden.

Der Introspektor hörte ihm ganze zehn Sekunden zu, bevor er einen zweistündigen Monolog über seine eigene Kindheit hielt; wie entbehrungsreich sie gewesen war, weil seine Eltern ihm keine Britannica Great Books gekauft hatten. Als er zu Ende gesprochen hatte, hatte der Aufseher längst unbemerkt den Raum verlassen, und in der Ferne war das Donnern von Artillerie zu hören.

Über die Lautsprecheranlage ertönte nun eine deutliche Warnung - niemand durfte unter keinen Umständen den Campus verlassen.

In der Bibliothek war ein Notquartier eingerichtet worden.

IV

In der Bibliothek fand eine von mehreren Studenten organisierte Jagd nach Sympathisanten der Scarlottis und Mitgliedern der Wölfe der Freude statt. In einer wortreichen Rede gab der Introspector zu verstehen, dass er an der Jagd teilnehmen würde, aber er redete so viel, dass er es nicht tat. Er gab jedoch zu verstehen, dass er mit den Rebellen unzufrieden sei, da sie seine Doktorarbeit gestört hätten, die er nun zu Hause beenden müsse.

In diesem Augenblick wurde eine verdächtig aussehende Person im tiefsten Keller der Unterbibliothek ausgegraben, und die Menge strömte herbei. Man stelle sich die Überraschung des Inspektors vor, als sich herausstellte, dass es der kleine Mann war, der in sein Haus eingebrochen war! Das Gesicht des Inspektors war leer und verwirrt, während die Studenten den kleinen Mann zum Verhör zur Campus-Polizei schleppten...

Und dann gab es ein Erdbeben - oder war es eher ein Poltergeist? - und die ganze Bibliothek stürzte ein.

Die einsame Überlebende berichtete, wie der Introspector kurz vor dem Einsturz zu bröckeln begann.

Sie war sich sicher, dass sie nur überleben "durfte", um davon zu berichten.

V

Mein Großvater erfuhr von den letzten Ereignissen aus zweiter Hand, denn er war inzwischen zur Armee eingezogen worden, um im Krieg gegen Scarlotti zu kämpfen, einem Krieg, für den er kein Verständnis hatte, und als er mit Beinprothesen aus grauem, faserigem Plastik zurückkehrte, erhielt er einen Anruf, der um alles in der Welt wie der Introspector klang.

Wütender als alles andere.

Er erfuhr, dass sein "Partner" seine Sammlung Großer Bücher an einen Dichter verkauft hatte, der in einer Hütte im Wald lebte und seine Hütte unaufgeräumt hielt.

Mein Großvater, Nicholas Lune, sagte ihm, dass er der Sache nachgehen würde ... dass er versuchen würde, den Dichter (namens Maddem) zu finden, der "in einem undurchdringlichen Dornengestrüpp, in den unerreichbaren Tiefen eines heulenden Abgrunds" lebte.

Und kurze Zeit später sah mein Großvater selbst einen kleinen Mann.

Das Tagebuch des Nicholas Lune

ERSTER TEIL

1

ZUFALL

In meiner Jugend erschien sie mir mehrmals im Traum. Ich nannte diese Gestalt "das freundliche Mädchen". Vielleicht war es meine Anima, aber das bezweifle ich. Ich habe mir meine Anima immer als fröhlich und leicht zynisch vorgestellt (das Gegenteil von mir), und das freundliche Mädchen war nichts davon.

Wer war sie dann?

Manchmal, wenn ich die Augen schließe, sehe ich ihr Bild noch ganz schwach vor mir. Sie hatte rote Haare, ein blasses, ernstes Gesicht und eine Art Käfer (eine Stabheuschrecke, glaube ich) als Haustier. Sie war immer sehr interessiert an allem, was ich tat. Sie wollte Teil von etwas Echtem sein und war immer bereit zu helfen oder eine Rolle zu spielen. Bevor sie auftauchte, war ich oft wütend - aber das Friendly Girl verbreitete Freude und Ruhe.

Und doch wusste ich instinktiv, dass ich nicht der Einzige war, dem sie erschien - wie eine Art Traumkrankenschwester machte sie ihre Runden, und obwohl ich mehr Zeit in ihrer Nähe verbringen wollte als die anderen, hörte sie auf zu erscheinen, wenn ich zu viel an sie dachte, und ich wusste in meinem Herzen, dass das nie passieren würde.

Aus diesem Grund machte mich dieses nette Mädchen gleichzeitig glücklich und traurig. Als sie schließlich wieder auftauchte (zum letzten Mal, wie sich herausstellte), öffnete sich eine leere Stahlkammer in meinem Hinterkopf, und es blitzte wie ein entfernter Blitz. Ich wusste, dass diese Stahlkammer für mich verboten war, dass ich sie auf meinem Marsch durch die Zeit niemals durchqueren würde.

Als sie mich küsste, war der Kuss so warm, so flüchtig und so real, dass ich wusste, dass er sich nie wiederholen würde, weder im Traum noch in der sonnigen Welt um mich herum. Ich hatte keine Ahnung, welche Kämpfe sich in *ihrer* Seele abspielten, falls sie überhaupt eine hatte, unter diesem warmen Äußeren und diesem Glanz - aber wenn es Kämpfe gab, dann waren es nicht meine, und unsere Wege würden sich bald trennen. Und natürlich hatte ich Recht, denn sie erschien mir nicht mehr.

Nach einer Weile hörte ich sogar auf, an sie zu denken.

Einige Jahre später wurde ich in den Krieg gegen Kaiser Maximilian eingezogen. Das meiste aus dieser Zeit ist verschwommen, aber an den Unfall, der mich meine Beine kostete, erinnere ich mich lebhaft, und zwar wegen der vorhergehenden Wachvision, die ich nie erlebt habe. (Es war derselbe Tag, an dem ich durch einen Brief eines alten Bekannten vom Tod des unglücklichen Introspectors erfuhr, obwohl ich die ganze Geschichte hinter diesem seltsamen Vorfall erst später erfuhr.)

Ich hatte Wachdienst und patrouillierte auf einem Klippenpfad, und als ich über das weite Blau des Pazifiks blickte, fühlte ich etwas, das ich noch nie zuvor gefühlt hatte, etwas, das zart auf eine andere Existenz hinzudeuten schien, einen Ort, der weder dieser noch irgendein anderer Ort war. Und plötzlich war ich nicht mehr dort - ich flog.

Die weiße Sonne schien mir auf die Stirn. In der Ferne waren Wolken zu sehen, kabbelige graue Drachenlocken, aber ich ignorierte sie und starrte nur auf das Meer. Ich spähte durch sein Blau, auf der Suche nach den zarten Spuren von Grün, jenen verborgenen Adern, die auf tiefe, ewige Strömungen hinwiesen, die nur so lange verborgen blieben, bis man sie suchte. Seevögel umkreisten mich, als ich im Sturzflug abtauchte und mich plötzlich vom Himmel fallen ließ. Die Sonne füllte meine Flügel, als ich ins kühle Wasser stürzte. Das Wasser schloss sich um meinen Kopf, schüttelte mich, ließ mich keuchen und zu meiner Überraschung merkte ich, dass ich unter Wasser atmen konnte. Ich tauchte durch die Strömungen in die Tiefe, mein Fleisch schmolz zu Nichts, während meine körperlosen Sinne weiter versanken und ich allmählich aufhörte, mich zu bewegen.

Die grünen Adern um mich herum waren von einem verborgenen Licht erfüllt, und es schien, als würden sie platzen und alles würde sich ändern...

Und dann, mit einem Schaudern, tauchte ich ein in den hellgrünen Raum, ein weites, offenes Viertel jenseits der Zeit, in dem der Gedanke an Veränderung völlig bedeutungslos schien.

Ich war dort.

In einem tiefgrünen Land.

*　　*　　*

All dies erlebte ich in einem Augenblick, der sich nicht messen ließ. Es war, als gäbe es zwei Ichs, von denen eines nun für immer verschwunden war, während ich selbst fiel, ja, aber nicht in den Weltraum, sondern von der Klippe.

Ich schrie vor Schreck auf, als ich mit der Hüfte gegen einen vorspringenden Felsen prallte, dann abrollte und abrutschte und gegen den Stein schrammte und hilflos auf die tödlichen Felsen unter mir zu stürzte. Aber auf halber Höhe war ein zerklüfteter, abfallender Felsvorsprung, auf den ich mit einem schmerzhaften Ruck fiel und mich abzustützen versuchte, wobei mir ein Knie so schmerzhaft wegknickte, dass ich mich nicht mehr bewegen konnte. Wie lange lag ich dort? Ich verlor das Bewusstsein, trieb zurück und wurde wieder ohnmächtig. Da war die Sonne schon untergegangen. Ich wachte wieder auf, rief, aber niemand antwortete.

Mein ganzer Körper schmerzte, vor allem mein Unterleib, der sich anfühlte, als würde er von einem gewaltigen Gewicht niedergedrückt. Dann hob ich den Kopf und sah etwas, was ich nicht erwartet hatte.

Ein riesiger Vogel saß auf mir. Ein Seeadler, da war ich mir ziemlich sicher. Sein Gewicht war erdrückend und es schien auch die Ursache für ein seltsames

Kribbeln in meinen Beinen zu sein. Ich senkte den Kopf und hob ihn mühsam wieder an. Weiße Federn, dunkle Flügel, ein massiver, tödlicher Schnabel... ja, eindeutig ein Seeadler.

Der Adler starrte mich an, bevor er seinen Kopf senkte. Er riss an meiner entblößten Seite, die nun blutüberströmt war. Die Kreatur riss an meinen Organen, als wäre ich eine Art moderner Prometheus. Ich schrie vor Angst und hob, schwach wie ich war, einen Arm, um es zu verscheuchen, aber es setzte nur sein maßvolles Festmahl fort.

Dann fühlte ich einen stechenden Schmerz in mir, mehr Schmerz, als ich je für möglich gehalten hätte. Ich schrie und schlug verzweifelt um mich, aber der Vogel schlug nur mit den Flügeln und blieb in beleidigter Würde stehen. Also schlug ich wieder zu, schrie wild, und endlich schien der Vogel die Botschaft zu verstehen. Langsam, aber sicher, mit einem Blick kalten Grolls, drehte er sich auf seiner Stange (was mich wieder zum Schreien brachte) und flog dann majestätisch mit satten, aristokratischen Flügelschlägen in Richtung Meer. Ich konnte ihn in der Ferne sehen, wie er sich in immer größere Höhen emporschwang...

Aber das Kribbeln in meinen Beinen wurde immer stärker. Ich blickte nach unten, um zu sehen, was es sein könnte, und zum dritten Mal drang ein dünnes, verzweifeltes Kreischen aus meinen Lungenröhren ... denn meine Beine wurden von winzigen roten Ameisen umschwärmt, die mich bei lebendigem Leibe auffraßen. Mein Magen zuckte heftig und ich fiel aus dem Bewusstsein in eine pechschwarze Ohnmacht.

Das Nächste, an das ich mich erinnere, sind grelle Lichter, die in der Dunkelheit aufblitzten, und als ich langsam den Kopf drehte, schwebte ich in der Luft und schaukelte heftig hin und her, mit einer ekelhaften Geschwindigkeit, während der Lärm des Hubschraubers alles übertönte.

Ich merkte, dass ich in Richtung des ohrenbetäubenden Dröhnens gezogen wurde. *Ich werde in den Rotorblättern sterben*, dachte ich, bevor mich die Schwärze wieder verschluckte.

*　　*　　*

Es gab Momente im Krankenhaus, in denen ich spürte, wie mein Körper seinen Geist aufgab. Alle Energie war auf mein Überleben gerichtet. Ich knirschte mit den Zähnen und zwang mich zu leben. Manchmal ertönte ein Alarm und ein Arzt kam angerannt. Einmal hatte ich die Kraft, ihm von dem Vogel zu erzählen, der meine Eingeweide zerfressen hatte, aber er nickte nur und sagte nichts. Er schien zu glauben, ich hätte mir das eingebildet.

Und hatte ich das?

Der Schaden an meiner Leber war jedenfalls real.

Manchmal hörte ich nachts hinter dem leisen Rauschen der Maschinen das Geräusch kräftiger Tragflächen; dann zog ich mir die Laken über den Kopf und wartete auf den Morgen.

Auch tagsüber spürte ich die ständigen Schreie meines verstümmelten Körpers. Beide Beine waren amputiert und die Phantomschmerzen waren schrecklich. Sie spritzten mir Morphium (nicht genug), aber was ich wirklich wollte, war schlafen.

Ich wünschte mir auch, dass das nette Mädchen, an das ich seit Jahren nicht mehr gedacht hatte, mich besuchen würde, aber das würde natürlich nie passieren.

*　　*　　*

Einen Monat später wurde ich endlich aus der Armee entlassen und besaß nun ein Paar graue, faserige Plastikbeine (die gleichen, auf die ich mich jetzt beim Schreiben stütze). Sie sind aus leichtem Kunststoff mit einem Titankern, ohne Kabel und mit einem Handregler, der kaum größer als ein Autoschlüssel ist. Ich kann damit sogar laufen.

Meine Phantomglieder haben sich irgendwie in die Prothesen "verwandelt", und zwar auf eine Weise, die mit den Prothesen von früher sicher nicht möglich

347

gewesen wäre. Ich habe nachgeforscht: Nachdem die Wissenschaft wiederholt daran gescheitert ist, den "Sinn" der Gliedmaßen in den Nervenenden, der Wirbelsäule oder gar im Gehirn selbst zu finden, haben sich einige Philosophen darauf geeinigt, dass die "Gliedmaßen" einfach eine Erweiterung des grundlegenden Bewusstseinsfeldes sein müssen, über das der Geist den Körper steuert. Wie kann es also sein, dass diese neue Technologie es irgendwie geschafft hat, die Basis des Bewusstseins selbst anzuzapfen? Keine der öffentlichen Äußerungen des Herstellers hat geholfen, das Geheimnis zu lüften.

Aber manchmal, wenn ich gehe, spüre ich ein gewisses Unbehagen, ein Gefühl, dass etwas nicht ganz stimmt. Ich kann dieses Gefühl nicht in Worte fassen. Ich versuche einfach, nicht zu viel über das graue, faserige Plastik meiner staatlich versorgten Gliedmaßen nachzudenken.

Ich habe größere Sorgen, zum Beispiel, dass ich allein auf der Welt bin und weder Freunde noch Familie noch Arbeitgeber habe, die sich um mich kümmern. Und es kommt noch schlimmer: Gestern erhielt ich einen Anruf aus dem Jenseits, von dem ich nicht weiß, was er bedeutet.

2

BESUCH

In meinem letzten Eintrag erwähnte ich den Anruf, den ich letzten Monat von einem Mann erhielt, den ich für tot hielt. Ich meine natürlich den lächerlichen Introspector, dessen Leiche nie wirklich aus den Trümmern der Bibliothek der Universität der dumpfen Verachtung geborgen wurde, der aber von den zuständigen Behörden nach einer gründlichen Durchsuchung der Trümmer für tot erklärt wurde. Ein Zeuge hatte ausgesagt, sein Körper sei zu Staub zerfallen, und obwohl dies offiziell bestritten wurde, schien mir diese Erklärung so wahrscheinlich wie jede andere.

Die Stimme am Telefon war in ihrer hündischen Streitlust verkümmert, und es gab seltsame Echos, als käme der Anruf durch verrottete Fernkabel (was vielleicht in gewissem Sinne der Fall war).

Er sprach, so dass man kaum von einem Gespräch sprechen konnte (wann immer ich versuchte, etwas zu sagen, ignorierte er mich); aber so war er in seinem Leben gewesen, und das sagte mir nichts. Es war unheimlich und auch ein wenig demütigend, von einem Toten diktiert zu werden (wenn er überhaupt mit mir sprach - jetzt fällt mir ein, dass ich wegen seiner monopolistischen Tendenzen beim Sprechen nicht einmal sicher sein konnte, dass der Anruf nicht eigentlich für jemand anderen bestimmt war).

Sein Monolog bestand hauptsächlich aus Beschwerden über seine Freundin, die anscheinend seine Sammlung von "Great Books" verkauft hatte. Das Problem war, an *wen* sie sie verkauft hatte... Er hätte nichts dagegen gehabt, wenn sie in ein schönes, sauberes

Haus gegangen wären, aber der Käufer war jemand, dessen Haus in einem chaotischen Zustand war. Eine Art Dichter-Eremit, der sich in die Wälder zurückgezogen hatte, um seiner Kunst nachzugehen, und der den seltsamen Namen "Maddem" trug.

Die letzten Worte des Inspektors werde ich nie vergessen:

"Du wirst diese Maddem in einem undurchdringlichen Dornengestrüpp finden, in den unerreichbaren Tiefen eines heulenden Abgrunds".

Dann verstummte die Leitung, bis auf das metallische Echo des Ferngesprächs, das die ganze Unterhaltung durchdrungen hatte.

Ich versicherte ihm, wenn er irgendwie zuhören würde, würde ich mich "darum kümmern", aber er blieb stumm.

*   *   *

Am Tag nach dem Telefonat verfiel ich in einen Zustand tiefer Melancholie, der, um ehrlich zu sein, der Grund dafür war, dass ich zur Feder griff, um dieses Tagebuch zu schreiben. Mein neu gewonnener Status als kleine Berühmtheit deprimiert mich, vor allem angesichts der lächerlichen Umstände, unter denen sich der Unfall ereignet hat (ich habe sogar gehört, dass eine Reality-Show über den Unfall geplant ist, mit irgendeinem C-Schauspieler als mir).

Aber obwohl ich dankbar sein sollte, dass ich mit dem Leben davongekommen bin, begann die Welt zu verblassen, sobald die Neuheit meiner neuen Beine und Organe abgenutzt war (was sehr schnell geschah).

Dinge, die mir einst fröhlich oder farbenfroh erschienen, verblassen nun, und wohin ich auch gehe, höre ich ein winziges, geheimes Geräusch, wie das "Klirren" von stumpfem Titan, das sagt: *Es gibt nichts Neues in dieser Welt, gar nichts, und alles dreht sich in hölzernen Kreisen.*

Doch etwas Neues ist in meine Welt gekommen.

Sie ist klein, mit jungenhaftem Haar. Ihre Augen sind

tief eingesunken, ihr Gesicht ist blass. Als ich sie zum ersten Mal sah, hätte ich fast geschrien. Sie sah bemitleidenswert aus - aber in ihren Augen war kein Mitleid. Ein kaltes, nach innen gerichtetes Licht hüllte sie ein wie ein Nebel. Ich sehe sie jetzt als das Vampirmädchen - und manchmal habe ich Angst, die Augen zu schließen.

Was wird wohl passieren, wenn ich sie hereinlasse? Wie lange wird es dauern, bis sie frisst?

Ich fange an, mir zu wünschen, ich wäre damals an der Klippe gestorben.

*   *   *

Ich dachte an meine leere Wohnung, als es passierte. ("Leer" im Sinne von nichts von wirklichem Wert. Sogar das Skarabäusmuster auf dem Teppich, das ich so oft als Fokus für meine meditativen Bemühungen benutzt hatte, schien müde, erschöpft, bedeutungslos geworden zu sein). Diesmal hatte ich sofort und ohne jede Anstrengung die Vision, wie ein Vogel zu schweben. Ich fühlte tatsächlich, wie es sich zusammenbraute, wie das kurze Nachspiel eines noch kürzeren Lebens, das von Anfang an tot war.

Und dann sah ich es.

Er starrte mich an - der kleine Mann.

Er sah aus, als hätte er gerade eine reiche Ernte eingefahren und überlege, ob er das letzte verirrte Korn - mich - aufheben sollte, das auf den Boden gefallen war. Obwohl er nicht offen feindselig war, zeigte sein Blick keinerlei Sympathie. Ich zweifelte nicht daran, dass es sich um denselben "kleinen Mann" handelte, der einst den Introspector besucht hatte und dem es anscheinend gelungen war, den Fängen der fanatischen Studentenbande zu entkommen, aber er sah nicht so aus, wie ich es erwartet hatte ... jedenfalls nicht wie ein Gartenzwerg. Er war glatt rasiert, sein Haar ordentlich gekämmt und tadellos gekleidet.

Als ich in seine dunklen Augen blickte, kam mir der Gedanke: Könnte das *Maddem* sein? Aber ich verdrängte den Gedanken - wie konnte dieser adrette kleine Mann, der die Wohnung des Inspektors tadellos aufgeräumt verlassen hatte, Maddem sein, der schmutzige Dichter? Er konnte es nicht sein, ganz sicher nicht. Aber ich wollte ihn trotzdem sprechen.

Also machte ich einen scheinbar kleinen Schritt auf ihn zu. Aber dieser Schritt war eine Lüge, denn er tat nicht das, was mein Verstand mir sagte, nämlich mich meinem kleinen, stillen Beobachter näher zu bringen. Es war nicht so, dass er sich bewegte - oder scheinbar nicht bewegte. Es war nur so, dass mein Schritt genau den gleichen Abstand zwischen uns gelassen hatte, wie bevor ich ihn begonnen hatte.

War der Mann eine Vision? Und doch drehte er sich jetzt um, die Augen immer noch feierlich, aber gleichgültig auf mich gerichtet, und öffnete die Wohnungstür.

Er trat heraus und verschwand aus meinem Blickfeld. Ich eilte ihm nach, aber er war nirgends im Flur, weder auf der einen noch auf der anderen Seite der Tür, und es gab keine Möglichkeit, dass er Zeit gehabt hätte zu fliehen. *Und doch war die Tür mit Sicherheit geöffnet worden,* was eine Halluzination auszuschließen schien.

Meine Plastikbeine liefen bis zum Ende des Flurs, wo er in das Treppenhaus mündete. Und tatsächlich, auf der Treppe unter mir flackerte etwas auf ... ein kurzes Flackern, wie wenn man mit den Füßen arbeitet. Also rannten meine Beine hinterher und verwickelten sich für etwa eine Stunde in eine seltsame, schleichende Verfolgungsjagd durch die Innenstadt, bei der ich die flackernden Schritte, die immer einen Steinwurf vor mir zu sein schienen, immer wieder erspähte und verlor, aber nie einen klaren und eindeutigen Blick auf meine Beute (oder war *ich* die Beute?) bekam.

Wir befanden uns jetzt in jenem bernsteinfarbenen Bereich, wo die Geschäfts- und Gesetzeszone der Stadt in das Nachtclubviertel übergeht, ein Bereich, in dem der Puls der Stadt vielleicht deutlicher zu spüren ist als an anderen Orten. Aber inzwischen hatte ich ihn völlig aus den Augen verloren, seit mehr als zehn Minuten hatte ich keine Ahnung mehr.

Ich hielt vor einer belebten Kneipe, in der die Gäste

nervös die neuesten Nachrichten diskutierten - eine Atomexplosion in Zentralasien, verübt von einer noch nicht benannten terroristischen Vereinigung -, aber das schien unwichtig neben der Suche und dem Verhör des kleinen Mannes.

Um die Ecke des Pubs befand sich der berühmte Pavlova Club, wo ein Schild auf einen lokalen Stand-up-Comedian hinwies. Ich beschloss, es hier zu versuchen, denn es schien anders zu sein als die anderen Lokale, in denen ich bisher vergeblich gesucht hatte.

Doch im Inneren des Clubs war der Witz auf meine Kosten ... es war pures Comedy-Gold, als das Scheinwerferlicht auf einen Nachzügler fiel und der Komiker mich fragte, was ich denn suche, das Bordell? Ich fragte etwas stumpfsinnig, ob jemand einen kleinen Mann in der Größe eines Kobolds vorbeilaufen gesehen habe, und das Publikum lachte sich kaputt - sie hielten das offensichtlich für eine Inszenierung. Einige riefen mir etwas zu, andere lachten über die Skurrilität des Ganzen.

In diesem Moment erkannte ich den Komiker - den Liebling des Inspektors, einen braunen Irgendwer, der vier Jahre zuvor mit seinem "Ich glaube, ich habe hier ein paar braune Leute gesehen - am Flughafen" ein großes Geschäft gemacht hatte, jetzt aber arrogante Witze über "Erkenne den Weißen - da ist einer auf der Suche nach seinem verkümmerten Nachwuchs" (womit er mich meinte) machte, (womit er sich auf mich bezog, als ich an ihm vorbei in die Kulisse schlich), was das Publikum wieder in freundliche Hustenanfälle versetzte, denn ich dachte, wenn dies der Lieblingskomiker des Inspektors war, warum sollte "sein" Homunkulus es nicht für angebracht halten, auch hierher zu kommen? Aber die Hinterbühne war völlig verlassen.

Das alte Theater roch stark nach Desillusionierung, und nachdem ich etwa zehn Minuten durch die verlassenen Garderoben (falls es überhaupt welche gab) voller Spinnweben und alter Plastikstühle gewandert war, hatte ich sowohl die Topographie der Hinterbühne als auch meinen eigenen Suchwillen erschöpft und beschloss, entmutigt nach Hause zu gehen.

Aber ich hatte die Rechnung ohne meinen Briefkasten gemacht.

Meine Stimmung änderte sich, als ich einen Brief herauszog, der nicht da war, als ich an jenem Morgen zur gewohnten Zeit nachsah.

Der Umschlag, der mit der Aufschrift "Hochsicherheit" versehen war (etwas ironisch, denn er ragte aus dem Schlitz heraus, damit ihn jeder stehlen konnte), stammte von einem hohen Beamten der Regierung von Mantuaroa, dieser bevölkerungsreichen Pazifikinsel, die für ihr alle zwei Jahre stattfindendes Festival bekannt ist. Es enthielt ein vorgenehmigtes Visum auf holografischem Papier mit einem abziehbaren Aufkleber in Form eines Vogels, ähnlich einem Archaeopteryx, wie ich fand... sowie ein Flugticket (Business Class) in den betreffenden Inselstaat und eine offiziell formulierte Einladung zum Festival.

Offensichtlich hatte man mich als Beispiel für den zerstörerischen Terror des Krieges und als Schaufenster für die neuen technischen Errungenschaften auf dem boomenden Gebiet der Prothetik auserkoren.

Warum sollte nicht auch der kleine Mann in diese Richtung gehen, dachte ich, bevor ich mich an einen öffentlichen Schalter begab, um mir die Details meines Fluges bestätigen zu lassen.

3

INSEL

Im Flugzeug fühlte ich mich in eine frühere Zeit zurückversetzt. Erst vor einem Monat (es scheint ein anderes Leben zu sein) fühlte ich mich plötzlich zum Meer hingezogen. Grün und formlos, wie in diesem Tagebuch beschrieben, aber jetzt unerreichbar, unnahbar. Da war der Flügelschlag, auch der des Adlers, aber etwas anderes im Hintergrund, sehr weit weg, etwas Grünes.

Die Vision entzog sich mir.

Ich blickte auf meine Mitreisenden. Viele schienen an den Rändern auszufransen, der Getränkewagen hatte Hochkonjunktur. Wichtige Ereignisse standen bevor, und überall konnte ich Anzeichen von Unruhe und Bitterkeit erkennen. Vielleicht war ich der Einzige, der sich zurückgesetzt fühlte.

Und dann war sie da... die Insel, die sich in der Ferne wie eine Festung aus den tiefen, wogenden Wassern eines Traumes erhob. Sie schien größer zu sein, als ich erwartet hatte.

Bald sah ich kleine Strände und versteckte Buchten, dunkle Gipfel, die in der Ferne schimmerten. Als das Land langsam mein Blickfeld ausfüllte, griff ich nach einer Broschüre in der Tasche des Sitzes vor mir. Der Blick auf die Insel selbst ließ die Lektüre surreal erscheinen:

Die Ureinwohner von Mantuaroa sind die Mani, die aus einem Dutzend Stämmen bestehen, die nur durch eine gemeinsame Sprache verbunden sind. Die Hauptstadt, auch Mantuaroa genannt, ist die bevölkerungsreichste Stadt im Pazifik, größer als Auckland oder Honolulu. Die Insel beherbergt mehr Vogelarten als jedes andere Gebiet ähnlicher Größe auf der Erde. Wildschweine sind zwar nicht einheimisch, aber ebenfalls weit verbreitet.

Ich blätterte weiter und suchte nach mehr Informationen über das bevorstehende Festival.

Das alle zwei Jahre stattfindende Festival zieht seit langem Besucher aus aller Welt an. Das einmonatige Fest hat seinen Ursprung in der Ernte der zweijährigen Pflanze Vakka, die im Volksmund "Traumwurzel" genannt wird. Vakka ist auch das Mani-Wort für eine Art Kanu auf dem Meer.

Anthropologen zufolge gipfelte die Zeremonie früher in einem "freiwilligen Opfer", bei dem diejenigen, die sich freiwillig opfern ließen, einfach verschwanden, ohne dass man je wieder von ihnen hörte. Ob diese Geschichten wahr sind oder nicht, heute geht es bei dem Festival mehr um Leben als um Tod, und überall auf der Insel, von den Slums von Mantuaroa City bis ins Herz des tiefgrünen Dschungels, vom wohlhabenden Harbour North bis zu den Marktdörfern in den südlichen Hügeln, finden ausgelassene Feiern statt.

Ich verspürte ein leichtes Unbehagen, als würde mich auf der Insel etwas Zerstörerisches oder Tiefgründiges erwarten, etwas, das meine Langeweile, meine Leere, den ständigen Plastikgeruch in meinen Träumen vertreiben würde. Etwas, das das Mädchen mit den Ringen um die Augen vertreiben würde, dessen ferne Anwesenheit mich bis ins Mark erschreckte.

Das Flugzeug sank tiefer und tiefer und würde bald auf der Erde landen.

*   *   *

Viele der Passagiere waren aufgestanden und herumgeklettert, noch bevor das Flugzeug zum Stillstand gekommen war, trotz der klaren Ansage des Piloten, sitzen zu bleiben. Ich hatte während des Sinkflugs keine Anzeichen von menschlicher Besiedlung gesehen und vermutete (zu Recht), dass der Flughafen außerhalb der Grenzen der Stadt Mantuaroa selbst liegen müsse.

Der Eingang zum Terminal war dunkel, selbst bei Tageslicht, wahrscheinlich um die Aufmerksamkeit auf zwei bemerkenswerte holografische Displays zu lenken -

eines zeigte den Kopf eines Negers, der mit orangefarbenen Streifen leuchtete, während er eine Kanne Milch an seinen Schlund hob, mit glänzenden Kalkzähnen, während er den Kopf zurückwarf und trank, wobei die Milch in ständig wechselnden Farben herunterlief, von bunt und weiß über erdbeerfarben bis hin zu braun. Dann bemerkte ich, dass sich auch sein Gesicht veränderte - von schwarz zu weiß, zu orientalisch und schließlich zu polynesisch, genau wie die Handvoll Mani, die ich um mich herum sah. Das Produkt, für das geworben wurde, hieß *Island Milk*.

Die andere Werbung war für ein Erektionsförderungsmittel namens *Plugg's Launch Pills, Super-Enriched*. Sie zeigte eine Rakete, die Rauch ausstieß, aber nie richtig abhob. Dann grinst ein Gesicht im Mond, eine Hand streckt Pillen aus ... und plötzlich flog die Rakete zu den Sternen und hinterließ eine silberne Spur des Glücks.

Plugg war, wenn ich mich recht erinnere, ein amerikanischer Komiker, der seinen eigenen Tod vorgetäuscht hatte, dann als prominenter Verschwörungstheoretiker wieder aufgetaucht war, bevor er *wieder* seinen Tod vorgetäuscht hatte (und wer weiß, wo er jetzt ist).

Nachdem ich den Zoll passiert hatte, ohne etwas zu deklarieren, kam ich zum Schalter der Einwanderungsbehörde und zeigte meinen Reisepass mit einem Visum in Form eines Vogels. Der Beamte war nicht sehr höflich, aber da zwei wachsame Soldaten in der Nähe standen, die Hände leicht auf ihre automatischen Gewehre gestützt, nahm ich es auf mich, ehrlich und höflich zu sein.

In der Ankunftshalle sah ich weitere Soldaten und fragte mich, ob die strengen Sicherheitsvorkehrungen für das Festival gedacht waren oder ob es immer so war. Ich bemerkte, dass einer von ihnen mich direkt ansah, und ich zuckte schuldbewusst zusammen, obwohl ich nichts Falsches getan hatte.

Aber als ich durch war, war alles in Ordnung.

Als ich die Halle betrat, kam ein Mann mit ausgestreckter Hand auf mich zu. Er sollte mein offizieller Gastgeber sein und stellte sich als Herb

Vickery, Erster Sekretär des Innenministers, vor. Zu meiner Überraschung war er Brite, mit großbürgerlichem Akzent und vorstehenden Zähnen, eine Karikatur, die durch sein tatsächliches Aussehen noch surrealistischer wirkte. Seine zerknitterten grauen Augen wirkten auf eine herablassende Art gütig, aber irgendetwas an seinem Gesichtsausdruck war seltsam. Ich konnte es nicht genau einordnen und verdrängte es aus meinen Gedanken, während ich ihm aus dem Terminalgebäude folgte.

"Gut, dass Sie rechtzeitig gekommen sind", sagt er, als wir in seinen grauen Range Rover steigen. Bald treten die Quarantänegesetze in Kraft, und die Zahl der Festivalbesucher wird etwas geringer sein.

"Wie meinen Sie das?"

"Haben Sie die schreckliche Nachricht nicht gehört? In Zentralasien ist eine tödliche Seuche ausgebrochen, offenbar als Folge des Atomangriffs, und sie wird sich über die ganze Welt ausbreiten, auch hier. Mein Minister wird heute Abend in einer Sondersendung Quarantänemaßnahmen ankündigen. Die Insel wird für einige Zeit von der Außenwelt abgeschnitten sein, obwohl die meisten Festivalteilnehmer bereits hier sind. Die Eröffnungsfeier findet übermorgen statt."

"Ich habe nichts von dieser Epidemie gehört."

"Die Kurie hat erst heute Morgen auf die rasante Ausbreitung der Seuche hingewiesen."

"Sind die meisten hier Sympathisanten der Kurie?"

"Gott, nein. Natürlich sind wir mit der Kurie verbündet, aber es gibt viele Sympathisanten der Scarlotti, vor allem unter den Einheimischen. Auch andere Fraktionen ... aber darüber wollen wir nicht reden."

Herbs Range Rover raste über die Schnellstraße vom Flughafen in die Stadt. Während der Fahrt erzählte er mir immer wieder von lokalen Ereignissen und interessanten historischen Details über die Orte, durch die wir fuhren. Obwohl ich von Natur aus ein gewisses Misstrauen gegenüber Menschen hege, deren Anmut scheinbar ohne wirkliche Anstrengung zustande kommt, akzeptierte ich die Möglichkeit, dass diese Anmut echt sein könnte und konnte einen kleinen Anflug von Neid nicht unterdrücken. Jedenfalls spielte Herb den Fremdenführer ziemlich gut.

"Das alles hier war früher Sumpf. Vor sechs oder sieben Jahren haben sie hier den Highway gebaut. Hauptsächlich Einheimische, und Hunderte sind gestorben. Sie versanken direkt im Sumpf und kamen nie wieder hoch." Ich erinnerte mich vage an einen Zeitungsartikel, in dem Mantuaroa und das Grauen irgendwie miteinander verbunden waren, auch wenn ich mich nicht mehr an die genauen Einzelheiten erinnern konnte ... Wahrscheinlich war das gemeint. Fasziniert starrte ich auf die Betonwände der Autobahn. Die Absperrungen waren nicht durchgehend, und durch die Lücken konnte ich etwas sehen, das wie Grasland aussah, aber wahrscheinlich genau das Sumpfgebiet war, von dem Herb gesprochen hatte.

Ich fühlte, wie mein Geist zu ihnen hinaufschwebte, und plötzlich schienen sie ein Symbol meines alten Lebens zu sein. Das freundliche Mädchen war verschwunden, wie meine ganze Jugend, versunken in diesem Sumpf, flankiert von den Knochen erstickter Kulis... Aber ein neues Leben kämpfte sich in mir hoch.

Wir fuhren über eine Hügelkuppe und sahen in der Ferne die Stadt. Es war eine riesige, schlammige, verlassene Stadt. Ich glaubte, durch den Dunst des Smogs Wolkenkratzer in der Ferne zu sehen, aber bevor ich blinzeln konnte, waren sie hinter den Hügeln verschwunden. Doch hinter den Absperrungen tauchten Siedlungen auf - verfallene Häuser mit flachen Blechdächern auf ausgedörrten Grashängen. Vor mir, auf einem breiteren Hang, sah ich etwas, das wie ein riesiger Schrottplatz aussah - ein Feld aus verstreutem Schutt und umgestürzten Denkmälern.

"Das ist der Autonome Friedhof", sagte Herb und las meine Gedanken. "Es ist der größte Friedhof der Stadt, weil er nicht konfessionell gebunden ist. Viele der ärmsten Bürger begraben hier ihre Toten. Aber in Sydney bekommt man nicht viel von unserem lokalen Klatsch und Tratsch mit, sonst bräuchte man ja nicht zu fragen. In letzter Zeit wird viel darüber geredet."

Ich fragte nicht, sondern schob seine seltsame, etwas beunruhigende Bemerkung beiseite und fragte, warum das so sei.

"Nun... man habe dort *Leichen* gefunden."

"Auf einem Friedhof."

"Ja ... aber sie lagen *auf* dem Boden, nicht darunter."

"Verstehe." Plötzlich aufmerksam geworden, konnte ich nun die verfallenen Gräber und den trockenen, unfruchtbaren Boden sehen, ein krasser Gegensatz zu dem sumpfigen Grasland, durch das wir gekommen waren. Überall im Boden klafften schwarze Risse.

"Ja, es wurden Tote gefunden. Entführungen aus den Elendsvierteln, heißt es... Die Leichen wurden dort abgeladen, auf vorhandene Gräber geworfen oder vor die Tür eines alten Grabes aus der Kolonialzeit gelegt, hieß es. Das hat die Stimmung des Festivals ein wenig getrübt."

"Warum wurden sie entführt?"

"Schwer zu sagen. Die Leute in den Slums reden von Zauberern und Untoten... Legenden von der Insel. Und die Gerüchte verbreiten sich auf dem Land, wo das Mani-Blut am stärksten ist. Aber es hat noch keine allgemeine Panik ausgelöst, noch nicht. Hoffentlich wird das Festival die Leute ablenken."

"Aber was glaubst *du* denn? Glaubst du etwa an Zauberer?"

"Darauf habe ich keine Antwort. Aber einige Politiker im Stadtrat - im *Stadtrat* wohlgemerkt, nicht in der Landesregierung - machen den Kult der Toten Schatten für die Morde verantwortlich.

"Hat das etwas mit den Neo-Gnostikern zu tun?"

"Ja, er hat sich aus den Neo-Gnostikern entwickelt, die in Ägypten aufkamen, als die Pyramiden gesprengt wurden. Aber im Gegensatz zu den Neo-Gnostikern sind die Toten Schatten ein aktiver Kult, der alles organische Leben im Universum vernichten will. Ehrgeizig, was?"

"Ha."

"Es gibt Gerüchte, dass sie die hiesige Regierung infiltriert haben, aber als hochrangiger Beamter halte ich das für wenig glaubwürdig."

"Dann wäre es wirklich "Regierung gegen Volk"."

"Ja, sehr komisch. Und anscheinend gibt es auch verschiedene Fraktionen. Die einen wollen einfach alles zerstören, was ihnen vor die Füße fällt, wie wilde Tiere. Das sind die, die die Morde begangen haben, falls die Toten Schatten etwas damit zu tun haben... was ich für unwahrscheinlich halte, weil sie nicht besonders organisiert sind, soweit ich weiß.

"Dann gibt es fortschrittlichere Fraktionen, die Scarlottis aufkeimendes Raumfahrtprogramm aktiv unterstützen, um ihr Wissen so weit zu erweitern, dass sie... na ja, das ganze Universum zu zerstören oder was auch immer sie vorhaben."

"Das sind die eher philosophischen Typen?"

"Genau."

Inzwischen waren wir weit in die smogverseuchten Außenbezirke vorgedrungen, und die Autobahn war nur noch eine Straße. Der Verkehr wurde immer dichter, der Smog auch. Die meisten Fahrzeuge um uns herum waren Busse und Lastwagen, kaum Privatautos.

Reihen von heruntergekommenen, bunten Häusern säumten die Straße, magere Hunde lungerten auf den Kieswegen herum. Das Sonnenlicht wurde vom Staub gefiltert, und der Smog färbte die Luft in ein apokalyptisches Gelb. Als der Verkehr wieder in Gang kam, passierten wir ein großes grünes Schild mit der Aufschrift: *Stadtzentrum 8 km.*

Englisch und Mani waren die beiden offiziellen Sprachen, aber in der Stadt, so erzählte mir Herb, hörte man die einheimische Sprache nur selten; Englisch, mit verschiedenen Akzenten, war die vorherrschende Sprache.

Die Straße bog scharf nach rechts ab, und zum ersten Mal konnte ich die dicht gedrängten, glänzenden Wolkenkratzer von Downtown vor mir sehen. Eine Böschung fiel steil nach links ab, und ich konnte etwas erkennen, das wie ein schlammiger, mit Unrat gefüllter Regenwassergraben aussah, der dem neuen Straßenverlauf folgte.

"Das ist der Fluss", sagte Herb. "Leider ist er nicht mehr das, was er einmal war. Er wird von den Fabriken am Meer angeschwemmt, dazu kommt der ganze Müll aus der Kanalisation."

Das ist ein Fluss? dachte ich. Ich sah Leute da unten, sie hockten in einem der dunklen Schächte, die einen dünnen, stetigen grauen Strom in den schmutzigen Fluss leiteten.

"Wer sind diese Leute?" fragte ich mich laut.

"Nur harmlose Landstreicher", sagte Herb. "Bei Ebbe durchsuchen sie die Kanalisation nach Dingen, die sie gebrauchen oder verkaufen können. Aber bei Flut kommt das Meer, und dann steht das Wasser hier fast bis zur Straße, mitsamt dem Müll." Ja, jetzt, wo ich hinschaue, sehe ich, dass eine große Müllspur fast bis zur Straße reicht. Dann wenden wir uns vom Fluss ab und nähern uns einem merkwürdigen Marmortor, wo sich die Straße in eine verwirrende Reihe von Rampen teilt.

"Das ist der Strand", erklärte mein Führer. "Das ist die Haupteinkaufsstraße und sie verläuft auf drei verschiedenen Ebenen. Auf der Straßenebene und auf der oberen Ebene sind die Geschäfte, aber für diejenigen von uns, die einfach nur nach Hause wollen..." (er beschleunigt, als wolle er das unterstreichen) "ist die untere Ebene viel nützlicher." Die Piste, auf der wir fuhren, fiel plötzlich ab, plötzlicher, als es eine Straße tun sollte, und ich bin kein vorsichtiger Fahrer. Es war, als würde man in Karamell oder Honigwaben eintauchen, während die Fahrspuren rechts und links von uns in den Himmel gesaugt wurden.

Nun befanden wir uns in einem Tunnel mit blassgoldenen Lichtern an den Wänden, einer vierspurigen Straße, die direkt unter der Stadt verlief. Wir schienen im Raum zu schweben, doch dann kamen wir ans Tageslicht und sahen über uns ein vierzigstöckiges, blau schimmerndes Gebäude. Es schien, als hätten wir das gesamte Stadtzentrum umrundet, und der Hafen war nun auf der rechten Seite zu sehen. Ein Schild wies uns auf den Stadtteil Harbour North hin, der (wie ich mich aus der Broschüre erinnerte) wohlhabend sein sollte und nach den großen, schicken Häusern vor uns auch so aussah. Der Hafen selbst war wunderschön und hätte keinen größeren Kontrast zu den Ausläufern des sogenannten Flusses (der an einer anderen Stelle der Küste entspringt) bilden können. Es gab sogar eine Handvoll Yachten, die wie kleine Federn auf dem blauen Wasser schwammen.

Am Straßenrand fiel mir eine Gruppe schwarz

gekleideter Jugendlicher auf. Aber mit denen stimmte etwas nicht. Einer hatte eine schrecklich lange Nase, ein anderer schielte und hatte einen Buckel. Ein dritter hatte ein Hexenkinn und verhutzelte, krallenartige Hände.

"Tote Schatten?" fragte ich etwas nervös.

"Großer Gott, nein", lachte Herb. "Nur die "Deformierten," so nennen sie sich, glaube ich. Meistens reiche Kinder aus gutem Hause. Sie bezahlen dafür, dass sie so aussehen, und dann hängen sie nur herum und versuchen, die Leute zu schockieren, was ihnen immer öfter misslingt. Dead Shadows sind anders. Ihre Anführer mögen reich sein, aber viele ihrer Anhänger kommen aus der armen Bevölkerung."

Es dauerte nicht lange, bis wir in meinem Hotel ankamen, Herb wartete, während ich eincheckte, und fuhr mich dann zu seinem eigenen Haus zum Grillen.

Wie lange wird es dauern, bis ich schlafen kann? dachte ich nervös und war mir sicher, dass es der ruhigste Schlaf werden würde, den ich je hatte.

4

HUND

Ich sollte kurz über meine Erfahrungen schreiben, die ich beim Betrachten des riesigen Wandbildschirms in Herbs Haus machte, während er und seine Frau das Barbecue vorbereiteten. Ich setze mich nur selten den televisuellen Experimenten der Curia aus, und es war eine seltsame, etwas exotische Erfahrung. Ich fühlte mich (wie schon bei früheren Experimenten) wie ein sehr nervöser Mensch, der eine große Pfeife Haschisch raucht.

Herbs verweichlichter Teenager-Sohn Thom sah auch zu, und ich dachte darüber nach, dass es früher die Kinder von Plebejern wie mir waren, die am meisten fernsahen, während es heute die Reichen sind, die anscheinend noch nicht gemerkt haben, dass sie eine dem Untergang geweihte Klasse sind. Während die Werbung lief, zupfte Thom nervös an seinem Kings-T-Shirt. Die Kings sind eine brutale westafrikanische Gang, die er auf dem Bildschirm verfolgt. Solche "Touristenshows", wie sie meines Wissens genannt werden, sind in den letzten Jahren sehr populär geworden, weil die Unruhen in der Welt das Reisen weniger populär gemacht haben.

Gepanzerte Kamerateams, die mit winzigen ferngesteuerten Drohnenkameras, den so genannten "Fliegen", arbeiten, entführen den Zuschauer in die von Banden kontrollierten Gewaltregionen Nigerias und Kameruns. Über einen Touchscreen können die Zuschauer (oder "Zoners", wie sie manchmal genannt werden) das Geschehen aus verschiedenen Blickwinkeln verfolgen und ihre Lieblingsbande anfeuern.

Vor kurzem haben die Produzenten demokratische

364

Elemente in die Show eingeführt, bei denen die Zuschauer über bestimmte Bedingungen und Ergebnisse abstimmen können (eine Formel, die durch die traditionelleren "Sklaven-Soaps" populär wurde). Wenn zum Beispiel in einer Touristenshow eine Schießerei zwischen zwei Banden ausbricht und die Kämpfe einseitig erscheinen, können die Zuschauer entscheiden, ob sie den Schauplatz der Kämpfe mit einem ferngesteuerten Schallstoß treffen wollen, der ein Erdbeben auslöst und die Unvorhersehbarkeit des Ergebnisses erheblich steigert.

Diese Beschallungstechnik befindet sich noch in der Entwicklungsphase und funktioniert oft nicht. (Einmal funktionierte sie zu gut und zerstörte mehrere öffentliche Gebäude in Lagos...) ... aber da die dortige Regierung durch das neue internationale Steuerabkommen einen Großteil ihrer Einnahmen von der Kurie bezieht, gab es keinen Protest). Ich glaube, dass diese "Touristenshows" in Wirklichkeit ein Versuch der Kurie sind, zu zeigen, dass sie Sinn für Humor hat, dass sie wirklich auf der Seite des Durchschnittsbürgers steht. Mit anderen Worten: ein weiterer Versuch, Scarlottis wachsende Popularität zu unterdrücken.

Ähnliche Vorstöße scheinen auch im Tierreich unternommen zu werden, denn in einem Werbespot verfolgten viele Zuschauer gespannt die Kämpfe zweier riesiger Rattenrudel (genannt "Wobbels" und "Goggits") unter den alten Straßen von Paris, wobei die Stämme durch farbige Punkte unterschieden wurden, die der Zuschauer über jeder Ratte sah.

Nach der Werbung begann eine Newz-Show. Zu meiner großen Überraschung drehten sich die meisten Beiträge um einen Popstar, von dem ich noch nie gehört hatte. Er sah aus wie ein Wilder, der von Wölfen aufgezogen worden war, aber fast jeder Artikel handelte von dieser Kreatur namens "Scuzzy", die anscheinend wegen des Festivals in Mantuaroa war. Im Gegensatz zu seinem wilden Treiben war seine Musik eher zahm - sie klang wie eine Mischung aus altem Heavy Metal und der Instrumentierung eines Synthie-Pop-Ensembles aus den 80er Jahren, aber er spielte sie einhändig auf einem selbst entworfenen Instrument namens Rodomontar.

Jeder Satz, den er sagte, schien dem vorhergehenden zu widersprechen, so dass ich mich fragte, ob *ich* unter Drogen stand und alles falsch verstanden hatte.

Dann, in einer der wenigen Nachrichten, die nicht von Scuzzy handelten, wurde angekündigt, dass mehrere führende Neurowissenschaftler zum Festival in die Stadt kommen würden, natürlich neben prominenten Politikern und Filmstars aus allen Ländern, die mit der Kurie verbunden sind. Letzteres schlug jedoch einen eher düsteren Ton an. Es ging um Nemet Breisler, den berühmten Informatiker, der seit einigen Tagen aus seinem Haus in Kalifornien verschwunden ist.

Dann der Sport, und Herb, der gerade durch den Raum ging, stieß einen triumphierenden Schrei aus, als verkündet wurde, dass die Goggits ihre Rivalen in der letzten Rattenschlacht besiegt und Tausende ihrer Wobbel-Gegner in einer stillgelegten Wasserleitung unter dem Bois de Boulogne abgeschlachtet hatten.

Und schließlich das Wetter, das heiß und schwül werden sollte; nach den Nachrichten kam *Lottery!*, die Sklaven-Soap mit den höchsten Einschaltquoten der Welt, die ich noch nie gesehen hatte.

Die Ereignisse der letzten 24 Stunden wurden kurz zusammengefasst. Auf Wunsch des Publikums war Molly erneut gefangen genommen worden, diesmal von somalischen Drogenpiraten. Les, der Zwerg mit den verfaulten Zähnen, wurde an ihre Seite gefesselt und es wurde gemunkelt, dass er die Show bald verlassen könnte. Seine Rolle wurde langsam langweilig, da er Tag für Tag die gleichen widerlichen Witze und Anspielungen machte. Vielleicht würden die Piraten ihn töten, während Molly, die ihre Folterungen überlebt hatte, in letzter Minute gerettet werden würde.

Les schien zu spüren, dass seine Karriere zu Ende ging. Er zerrte wie verrückt an seinen Fesseln, schrie die Piraten an und beschrieb ihnen, was er mit ihnen machen würde, wenn er endlich frei wäre. Er versuchte offensichtlich, die Gunst des Publikums zu gewinnen, und es war ein jämmerlicher Anblick. Alles, worauf er sich nach seinem Sturz freuen konnte, war ein kurzes Retro-Revival in zwei Jahren und dann ein endgültiges, nie wiederkehrendes Vergessen (mangelndes Talent ist ein wesentlicher Faktor bei der Besetzung potenzieller Sklaven-Soap-Stars). Die Dunkelheit und seine schwache Gesundheit werden ihn dahinraffen. Kein Wunder, dass sich der ungehobelte Kobold so schwer tat.

Aber dann änderte sich die Szene und man sah andere Menschen, die auf Mollys Verschwinden reagierten. Zwei von ihnen schienen mit den Piraten unter einer Decke zu stecken, während Mantis und Roach verzweifelt versuchten, die Blaupausen zurückzubekommen, die Molly ihnen gestohlen hatte, und... bla, bla, bla.

Obwohl die Show lächerlich war, fühlte ich plötzlich eine unerklärliche Sehnsucht nach Molly, obwohl ich wusste, dass sie im Grunde eine Hure war, die ihre ganze Persönlichkeit ändern musste, wenn das Publikum es wollte. Aber aus einer seltsamen, unangebrachten Ritterlichkeit heraus verspürte ich den Drang, sie zu beschützen, und das beunruhigte mich.

Ich stand auf und ging in die Küche, um mir etwas zu trinken zu holen, aber ein heiseres Zischen ließ mich innehalten. Schräg durch die Tür sah ich die hochgewachsene Gestalt von Herb, der jemanden anstarrte - vermutlich seine Frau Sally. Und wenn Augen töten könnten, dann Herbs.

"Vergiss deine Pflichten nicht", knurrte er. "Du weißt, was das letzte Mal passiert ist, als du ungehorsam warst. Du wirst es tun, oder, so wahr mir Gott helfe ...". Er hob drohend die Hand, und ich, mit meinen postoperativen Reaktionen, bewegte mich schnell und leise zurück auf den Teppich und zog mich mit geschmeidiger Geschwindigkeit ins Wohnzimmer zurück. Herb war also doch nicht ganz der, der er zu sein schien. Irgendwie überraschte mich das nicht... aber was war er und was bedeutete das?

Bald war der Grill fertig und wir saßen bei einem kühlen Weißwein und beobachteten den Sonnenuntergang. Die Luft war immer noch feucht, aber die Abendbrise machte es angenehmer.

Herbs Rottweiler, der am hinteren Zaun angekettet war, gab ein ständiges leises Knurren von sich, und nach einer Weile bemerkte ich, dass er mich anknurrte. Ich starrte zurück, und plötzlich brach das Tier in ein geiferndes, wildes Bellen aus, das über die umliegenden Hügel hallte.

Trotz der Eisenkette zuckte ich zusammen, als Herb hinüberging, um das Tier zu beruhigen.

"Es scheint dich nicht zu mögen", sagte er mit einem schwachen, entschuldigenden Lächeln.

Ich lachte nervös und wippte mit den Plastikfüßen.

5

KIEFERVOGEL

Am Morgen kam eine erschütternde Nachricht aus dem Hotelradio: Der Innere Rat der Kurie war mit Hilfe einer schrecklichen neuen Technologie ermordet worden, und zwar von Scarlotti selbst, der an seinem eigenen Schlaganfall gestorben war, als er sich in einer furchtbaren Aktion opferte, um seine Feinde zu neutralisieren.

(Wer kann heute im Nachhinein noch glauben, dass dieser Mann jemals auf Erden gelebt hat?)

Aber während mein Gesicht und mein Körper automatisch einen Ausdruck des Schocks und der Trauer annahmen (denn egal mit welcher Seite man sympathisierte, die Nachricht schien für die Zukunft der Welt nichts Gutes zu verheißen), bewegte es mich innerlich nicht ... und ich fragte mich, ob das graue Plastik meiner Beine nicht irgendwie auch in mein Herz eingedrungen war.

Wie verabredet kam ein Taxi, um mich zu Herb zu bringen. Der Fahrer, ein gebürtiger Mantuaner, schien die Ereignisse, die aus seinem Radio drangen, fröhlich zu ignorieren... ebenso wie die Straße vor ihm (es ist ein Wunder, dass ich die Fahrt heil überstanden habe). In seinem Schweiß lag eine Welt jenseits der Sorgen des Kaisers und des Komitees, aber trotz meines eigenen Gefühls der Entfremdung war es keine Welt, von der ich glaubte, dass ich jemals ein Teil davon sein könnte - ich war auch außerhalb von ihr.

Im Radio wurde verkündet, dass das wichtige Festival trotz der politischen Umwälzungen und des Grauen Todes stattfinden würde. Als ich bei Herb ankam, bestätigte er mir das, nachdem er gerade mit seinem

369

Chef, dem Minister, telefoniert hatte.

"Wir können nicht zulassen, dass diese traurigen Ereignisse ein Fest beenden, das seit Menschengedenken gefeiert wird", sagte er achselzuckend. "Außerdem hieße das, dem Wahnsinn Scarlottis nachzugeben und ihn gewinnen zu lassen, auch aus dem Grab heraus.

"Lassen Sie mich Ihnen etwas sagen, Nicholas: Irgendwann im letzten Jahrhundert gab es eine britische Premierministerin, die als "Eiserne Jungfrau" bekannt war. Es heißt, sie sei in ihrer Freizeit im Varieté aufgetreten, mit einer Nummer namens "Der Machtsklave". Offenbar ein echtes Talent. Doch während ihrer Amtszeit wurde das Hotel, in dem sie und ihre Kabinettskollegen wohnten, von einer Terrorgruppe in die Luft gesprengt.

"Anstatt sich diesem Akt der Grausamkeit zu beugen, bestand die Eiserne Jungfrau darauf, die Konferenz, an der sie teilnahm, fortzusetzen, ohne auch nur anzuerkennen, dass dieses schreckliche Ereignis überhaupt stattgefunden hatte. Und das, obwohl einer ihrer engsten Freunde bei der Explosion ums Leben gekommen war!

"Danach gaben die Terroristen praktisch auf. Zumindest hörten sie auf, Bombenanschläge zu verüben, und wandten sich legitimeren Mitteln zu, um ihrem Unmut Ausdruck zu verleihen.

"Nach der bösen Tat von Scarloni müssen wir also eine solche Standhaftigkeit an den Tag legen. Niemals zurückweichen, niemals kapitulieren...".

"Genau", sagte ich und ahmte unwillkürlich Herbs trockene Redeweise nach.

Aber solange die Eröffnungsfeier noch im Gange war, würde Herb mich nicht begleiten. Die Regierung von Mantuaro hielt ihre eigene Dringlichkeitssitzung ab, bei der er helfen würde, ein Protokoll zu erstellen, und so setzte er mich in ein anderes Auto, diesmal nicht in ein Taxi, sondern in einen Wagen mit Chauffeur. Der Fahrer hieß Terence, war halb Mantuaner und hatte nur Muskeln. Er sollte in Herbs Abwesenheit als Reiseführer fungieren ... aber sein einsilbiges Grunzen verdunkelte jedes Thema, das ich ansprach, mehr als dass es es erhellte, und so stieg ich nach einer Weile aus.

Der Militärstützpunkt, auf dem die Eröffnungsfeier stattfinden sollte, lag weiter oben an der Nordküste, außerhalb der Stadtgrenzen, etwa zwanzig Kilometer von Herbs Haus entfernt.

Nur ein Teil des riesigen Stützpunktes war für die Öffentlichkeit zugänglich - ein riesiges Grasfeld mit einem bunten Pavillon an einem Ende und einer tiefblauen Lagune, flankiert von felsigem Geröll, am anderen Ende. Auf dem riesigen, mit Büschen bewachsenen Platz dazwischen picknickten und spielten Großfamilien. Das Gemurmel der vielen Stimmen erzeugte eine warme, erwartungsvolle Spannung.

Vielleicht lag es an dieser freundlichen Atmosphäre, dass Terence endlich seine Gesprächsfähigkeit wiederfand. Er erklärte in recht gutem Englisch, dass die Basis nicht zum offiziellen Militär der Insel gehöre, sondern eine private Einrichtung sei, die jemandem in Patagonien gehöre, der mit der Curia (oder Ex-Curia - wer wusste schon, was in der Außenwelt vor sich ging?) in Verbindung stehe. Diese Person, deren Namen Terence nicht nannte, war gerade dabei, eine riesige Personalarmee und eine experimentelle High-Tech-Luftwaffe aufzubauen. Und sie besuchte Mantuaroa mit dem Segen von Herbs Regierung (an die dieser namenlose "Patagonier" eine Menge lokaler Steuern gezahlt hatte - wenn auch viel weniger als anderswo), angeblich weil er mündlich versprochen hatte, dass seine Luftwaffe helfen würde, Mantuaroa vor Angriffen durch Scarlotti oder, jetzt, da dieser tot war, durch terroristische Gruppen zu schützen.

Aber das waren alles Abstraktionen - inzwischen kreischten die Vögel und dröhnten die Trommeln. Am Rande des Feldes waren zahlreiche Holzskulpturen aufgestellt, halb so groß wie Menschen, glänzend bemalt und mit großen, schattenhaften Augen. Terence erklärte mir, dass sie die vielen Götter und Geister der Insel darstellten.

Als ich mich dem Pavillon näherte, in dem ein ohrenbetäubender Lärm die Luft erfüllte, sah ich vier größere Statuen, die zu beiden Seiten des Haupteingangs aufgestellt waren. Terence, der seine Stimme über den unglaublichen Lärm erhob, erklärte mir, dass sie die fünf Hauptgottheiten der Mani darstellten.

"Aber das sind doch nur *vier* Statuen", rief ich.

"Die fünfte Gottheit, der König der Vögel, ist unsichtbar", antwortete er ruhig. "Niemand weiß, wie er aussieht, selbst sein Name ist ein Geheimnis. Vollblütern ist es verboten, Außenstehenden davon zu erzählen. Selbst Halbblüter wie ich dürfen ihn nicht kennen. Sie nennen ihn nur mit englischen Worten: "Bird King". Aber dieses Fest wurde zu seinen Ehren ins Leben gerufen, denn er war es, der als erster Vakka - die Traumwurzel - aus der Geisterwelt mitbrachte und den Menschen schenkte... auch wenn er es im Traum tat und nicht wusste, was er tat."

Terenz schien Gefallen an mir zu finden und fuhr fort, die anderen vier Gottheiten zu beschreiben. Die dunkle Gestalt links war Maremare, die Göttin der Fruchtbarkeit und der Neugeborenen, aber auch der Toten, denn Leben und Tod sind eng miteinander verbunden. Die zweite war Tuvu, der Herr der Erde, aber auch der Vulkane und des Feuers, der den Tuvakoa bewohnte, den aktiven Vulkan in der Nähe des Zentrums von Mantuaroa, der aus Hunderten von roten und kupfernen Flecken zu bestehen schien, die ständig ihre Form veränderten, wenn mein Blick über ihn schweifte. Auf der anderen Seite des Eingangs stand Nawe, die Herrin der Wellen und Strömungen. Sie beherrschte die Gewässer rund um die Insel. Wenn sie gut gelaunt war, gab es reichlich Fisch zu essen... aber hinter ihren großen, dunklen Augen lag ein Hauch von spielerischer Bosheit.

Und schließlich Nufka, der Herr der Winde, der allem, was lebte, den Hauch des Lebens einhauchte. Er sah aus wie ein buntes Band, das von links nach rechts verlief.

Als ich diese mächtigen Darstellungen der Geisterwelt betrachtete, erschauerte ich. Sie schienen mich aus einem anderen Universum anzustarren, obwohl sie so eng mit diesem verbunden waren. Und ich konnte fast spüren, wie sich Tuvus feurige Augen in mich bohrten, als Terence mich in den Pavillon führte. Die Leute drehten sich um und starrten mich an, als ich eintrat. Es war, als könnten sie durch den Lärm hindurch meine Plastikbeine sehen.

Und jetzt konnte ich auch die Quelle des schrecklichen Lärms um mich herum sehen. Der Rand des Zeltes war gesäumt von Tausenden von Vögeln - alle in Käfigen, und alle trugen zu der allgemeinen Kakophonie bei. Kraniche und Nachtvögel, Enten und Adler, Pelikane und Basstölpel, Schwäne und viele, viele bunte Papageien flogen kreischend und flatternd umher.

Drängende Menschenmassen strömten auf die Bühne zu, die von flackernden Fackeln erhellt wurde. Das Trommeln steigerte sich zu einem Crescendo, aber ich konnte nicht sehen, woher es kam - es schien überall um mich herum zu sein. Terence bahnte sich einen Weg durch die Menge und führte mich hindurch. Ich wurde durch eine Gasse aus Foldbacks und hölzernen Absperrungen geführt und dann irgendwie hinter die Bühne gebracht, wo mir jemand einen harten Schlag auf die Schulter gab.

Ein großer, langhaariger Mann kam vorbei.

"Bionic Man", grinste er. "Sie haben gesagt, du hast eine Show. Warte nur eine Minute, dann siehst du echte Technik!"

Er verschwand durch eine geschwärzte Tür, aber ich wusste natürlich, wer er war - der Musiker, der unter dem Namen Scuzzy bekannt war.

In diesem Moment wurde mir klar, dass ich meinen Anstandswauwau, Terence, verloren hatte. Ich ging in die Richtung, in der ich ihn vermutete, nur um durch einen anderen Eingang wieder im Konzertpublikum aufzutauchen. Ich wurde von der Menge mitgerissen und konnte nicht mehr aus eigener Kraft handeln.

Die Menge wurde immer unruhiger und begann eine Art Sprechgesang... Doch dann betrat eine imposante Gestalt die dunkel erleuchtete Bühne.

Es war Scuzzy, in voller Kampfmontur, und er schwang etwas - eine Axt, eine Waffe, oder war es eine

Gitarre? Ja, seine berühmte Rodomontar, mit eingebauten lüfterbetriebenen Klingen, die eine Vielzahl von Tönen gleichzeitig erzeugen kann - mit algorithmischer Dynamik und Kontrapunkt, so dass ein geschickter Operator im Grunde ein ganzes elektronisches Orchester daraus machen kann. Scuzzy war eifersüchtig auf sein Design und genoss seinen Status als weltweit einzige Ein-Mann-Live-Heavy-Metal/Synth-Pop-Band.

Er watschelt zum Retro-Mikrofon am Bühneneingang.

"Is it ON?", donnerte seine Stimme durch das riesige Zelt, gefolgt von einer sintflutartigen Kaskade von Rückkopplungen, die die Vögel noch mehr zum Kreischen brachten. Er trat mit dem Fuß auf eine Art antikes Hallpedal, und die Rückkopplung hallte minutenlang in einer Endlosschleife und übertönte sogar den Lärm der schreienden Menge.

"Ist es *AAAAAHN?*", brüllte er manisch und brach in schallendes Gelächter aus, als er auf einen Knopf an der unheimlich aussehenden Gitarre drückte, wodurch sie wie ein Rasenmäher zum Leben erwachte, und als die Maschine zu quietschen begann, drängte sich die Menge brüllend nach vorne und trampelte mich fast nieder.

Ich musste zugeben, dass seine Musik live viel kraftvoller und ursprünglicher klang als im Fernsehen. Vielleicht war es nur eine Illusion, weil sie etwa hundertmal lauter war, aber ich konnte mir nicht ganz sicher sein.

Andererseits wirkte er nicht so authentisch wie die ursprünglichen Heavy-Metal-Musiker, die unsere Urgroßeltern hörten. Ihn umgab eine Aura des Pastiches, und er war im Grunde mehr Showman als Künstler... Die Lieder, die er für sich selbst geschrieben hatte (wie "The Demon's Name is Flibbertigibbet" und "Song of the Slowly Advancing Cavalry Retinue"), wirkten kitschig und seelenlos.

Aber laut war es allemal.

Viele im Publikum hatten die Finger in den Ohren, auch zwischen den Liedern, wenn Scuzzy (zweifellos sorgfältig einstudierte) Worte über wilde Vögel, Fieberträume und das Zerbrechen des Himmels kreischte und brüllte, nur begleitet vom Klang unsichtbarer Trommeln. Dann begriff ich, dass das Trommeln auch von den Rodomontar kam...

"Ich habe diese Vögel nicht eingesperrt, Mann", knurrte er. "Und am Ende der Show werde ich sie LOSLASSEN...".

Die Menge brüllte vor Zustimmung, aber ich hatte das Gefühl, sie hätte genauso gebrüllt, wenn er gesagt hätte: "Am Ende der Show werde ich sie *essen*, jeden einzelnen von ihnen...".

Dann nahm er einen Schluck Petroleum, zog eine brennende Fackel von der Wand und spuckte eine mächtige Stichflamme über die Köpfe der brodelnden Menge, bevor er ein weiteres Lied anstimmte, wobei sein barbarisches Haar flatterte und sein Kopf geschickt zu einem höllischen Lärm peitschte.

Doch selbst über dem Lärm war ein neues Geräusch zu hören - ein wimmerndes, treibendes Dröhnen. Viele drängten zurück zum Zelteingang und nahmen mich mit. Eine violette Rauchfahne zeichnete sich am Eingang des Zeltes ab. Die Flugshow hatte begonnen! Scuzzy hörte auf zu spielen und stürzte sich in einen Schwall heftiger Flüche, um zu protestieren, dass er noch nicht fertig sei... dass die Flugshow erst in einer Stunde beginnen sollte! Aber die Menge war ahnungslos, als sie durch die Eingänge auf das Feld strömte, wo sich noch viele andere drängten, die zu alt oder zu jung waren, um die Strapazen des berühmten Musikers zu ertragen.

Auch ich eilte hinaus, um das Spektakel mitzuerleben.

Dort, am Himmel über uns, standen die Flugzeuge. Es war, als hätte man die Vögel ins Zelt gesperrt, damit ihre mechanischen Vettern den Himmel erobern konnten. Die experimentelle Luftwaffe muss man gesehen haben, um es zu glauben, und nur wenige, die an diesem Tag dabei waren, werden ihren Besuch vergessen. Die Choreographie war perfekt - einige Flugzeuge schwebten, andere flogen wie Steine. Da waren zimtfarbene Darts und smaragdgrüne Jump Jets, orangefarbene Rotocopter, stupsnasige Bomber mit roten Cockpits und leuchtend violetten Bäuchen, olivgrüne Wasserflugzeuge und violettrote Screamer,

Jäger in Purpur und Gold mit kastanienbraunen Kreisen auf tiefschwarzen Deltaflügeln, blassblaue Abfangjäger, schwarz-gelbe Schwärmer, braun gesprenkelte Spionageflugzeuge und schillernde Störsender. Alle Farben der Erde wurden hier nachgeahmt, in Formen, die ich einem Flugzeug bis dahin nicht zugetraut hätte.

Manchmal glaubte ich, die grimmigen Augen der Piloten zu sehen, aber das war wahrscheinlich nur eine Illusion, hervorgerufen durch die gleißende Sonne und die dichten, wütenden Flugbahnen. Überall kreuzten sich die Flugzeuge, die sich in ihren Träumen überschlugen und wieder und wieder ihre Bahnen kreuzten...

Die Menge genoss jede Minute, während im Hintergrund Scuzzys immer lauter werdende Flüche aus dem nun leeren Zelt drangen. Er beschimpfte sie als wankelmütig und rückgratlos, als Spießer und Schlimmeres. Aber die Augen des Publikums waren ganz auf den brodelnden, glitzernden Himmel gerichtet.

Ich ging durch die Menge und suchte mir langsam einen Weg zum anderen Ende des Feldes, wo weniger Menschen waren und ich mich weniger eingeengt fühlen würde. Ich dachte, ich könnte mich im Gras niederlassen und die mechanischen Wunder über mir bewundern.

Aber ich hatte noch nicht ganz den Boden des Feldes erreicht, als ein metallisches Knacken ertönte, gefolgt von einem dünnen, unheimlichen Stöhnen. Ich blickte auf und sah, wie eines der Flugzeuge außer Kontrolle geriet. Eine dunkle Gestalt wurde herausgeschleudert, als es über uns hinwegflog - der Pilot. Er stürzte mit voller Wucht auf den Boden, irgendwo zwischen den Felsen, und es gab einen leisen Aufprall und ein Platschen. Er muss in der Lagune gelandet sein, wurde mir klar.

Meine Instinkte setzten ein und ich eilte über die Felsen, wobei ich mehrmals stolperte. Ich konnte die verwirrte Menge hinter mir hören, während ich mich zwischen den Felsen hindurchschlängelte und meine "Füße" im schlammigen Schaum versanken.

Als ich die Lagune erreichte, sah ich sofort die Gestalt, die mit dem Gesicht nach oben im seichten

Wasser in Ufernähe trieb. Er war offensichtlich tot, sein Rücken war wahrscheinlich an den Felsen gebrochen.

Ich blickte auf sein Gesicht. Die Augen waren weit aufgerissen, wie bei einem Vampirmädchen. Doch meine Beklemmung wich schnell der Überraschung, denn der Kopf des Mannes war zur Hälfte von einer künstlichen Platte bedeckt - und diese Platte war aus demselben grauen Kunststoff wie meine Beine.

In den Tagen nach der Operation hatte ich viel medizinische Literatur gelesen, aber ich hatte noch nie von einer solchen Prothesentechnik gehört, bei der eine Platte über den Schädel gestülpt wird.

Dann bemerkte ich etwas Dunkles, das neben dem Körper schwebte. Ich kniete mich hin und griff nach der Leiche. Es war ein schwarzes, in Leder gebundenes Notizbuch - ein kleines, altmodisches Tagebuch. Ich steckte es in meine Tasche, ohne es aufzuschlagen, und sah mich in der wunderschönen grünen Lagune um, die so wasserdicht und geheimnisvoll war. Seltsame Entenarten beobachteten mich, in Paaren aufgereiht. Reiher und Kraniche ließen sich wieder nieder, nachdem sie sich über das Eindringen des Piloten erschrocken hatten. Aber ich hörte auch Stimmen, manche elektronisch verzerrt.

Ich rannte in das Gerölllabyrinth, ließ mich zu Boden fallen und kroch langsam, langsam durch die zähen Felsen. Es schien eine Ewigkeit zu dauern, bis ich mit blutenden Ellbogen (vielleicht würde ich es später bereuen, so deutliche Spuren hinterlassen zu haben) auf dem Gras auftauchte und mich nun am Zaun des Feldes befand, auf der anderen Seite des Weges, auf dem ich gekommen war. Überall um die Lagune herum waren Soldaten stationiert, nur nicht auf dieser Seite, am Zaun. Ich schaffte es, unbemerkt durch die enge Schlucht zu kriechen.

Der Himmel war nun frei von Flugzeugen, und offensichtlich war die Show abgebrochen worden. Die Menge schien gelangweilt und verärgert zu sein, da die Atmosphäre durch den Unfall verdorben und verschmutzt worden war.

Aber trotz meiner eigenen Angst konnte ich mir ein Lächeln nicht verkneifen, denn aus dem Zelt ertönte die

Stimme von Scuzzy, der immer noch brüllte und die Bühne verwüstete, ohne zu wissen, was gerade passiert war.

Es war kein Schauspiel mehr. Und er machte seine Drohung wahr, die Vögel freizulassen. Ein Käfig nach dem anderen wurde geöffnet... und während einige wie betäubt in ihren Käfigen verharrten, nutzten andere ihre neu gewonnene Freiheit. Der Haupteingang des Zeltes war mit Federn verhängt. Ich ging hindurch, und ein Federpulver bedeckte meine Kleidung wie der Staub in einem alten Spaghetti-Western.

Scuzzy war nirgends zu sehen... aber einer der berühmten Kiefervögel der Insel war auf dem Mikrofonständer gelandet und hatte mit seinem kantigen Schnabel den Kopf des Mikrofons zerquetscht.

Dieses Spektakel blieb den Zuschauern jedoch erspart.

6

KÜNSTLER

Als ich an diesem Nachmittag im Hotel saß und über den Inhalt meines Notizbuches nachdachte, war ich zutiefst verwirrt. Hatte man mich gesehen? War der Pilot ermordet worden? Die Zeitungen sprachen von einem Unfall, einem kleinen Fehler in der Konstruktion der neuen Flugzeuge, der untersucht und vollständig behoben werden würde, aber das bedeutete natürlich nichts. Der Pilot, dessen Name aus Sicherheitsgründen nicht veröffentlicht werden durfte, würde mit allen militärischen Ehren in Patagonien beigesetzt.

Aber ich hatte gesehen, was ich gesehen hatte.

Wozu diente die graue Plastikplatte im Schädel des Mannes? Wurde hier heimlich eine neue Prothesentechnologie an Militärangehörigen getestet? Dann wäre es verständlich, dass sie es unter Verschluss gehalten hatten. Doch bevor ich die Platte bemerkte, hatte mich etwas in den starren grauen Augen des Piloten mit Angst erfüllt. Sein Ausdruck, so erinnerte ich mich jetzt, schien Resignation und Verzweiflung zugleich zu verkörpern.

Das Notizbuch enthielt nur auf der ersten Seite einige Zeilen in sauberer, kursiver Handschrift. Es schien der Entwurf eines Briefes zu sein, und obwohl der Adressat nicht genannt wurde, war der Inhalt klar und beunruhigend:

Ihr Ziel ist, wie Sie jetzt wissen, die Kontrolle über die gesamte Menschheit. Ich <u>sah</u> den Ritus, die leere Stimme im Hintergrund. Der letzte Dichter ist den Ahu gefolgt und hat die geheime Treppe genommen. Weiß <u>er</u>, wie er sie aufhalten kann?

Dieser letzte Krieg wird dazu dienen, das Tor zu erobern. Dann

379

wird niemand mehr durchkommen oder ihrer kommenden Herrschaft entkommen. Der Schauspieler, der Meister der Verkleidung, den ihr den Vogel nennt, weiß das zweifellos auch.

Übrigens, wenn das jemand findet, haben sie mich umgebracht. Bist du der Nächste?

Bist du der Nächste. Das hallte mit unwiderstehlicher Klarheit in meinem Kopf wider. Die letzten beiden Zeilen schienen zu bestätigen, dass der Pilot (falls er es geschrieben hatte) tatsächlich ermordet worden war.

Aber wer waren "sie"? Tote Schatten? Curia? Patagonier? Und was war dieser "Ritus" mit der "leeren Stimme im Hintergrund"? Wer waren der "letzte Dichter" und das "Ahu"? Und was war die "geheime Treppe" und das "Tor"? Und der "Vogel", ein Meister der Verkleidung, der alles zu wissen schien ... wer war das?

Und der Krieg? Es gab bewaffnete Konflikte in verschiedenen Teilen der Welt, die sich mit dem Tod von Scarlotti verschärft hatten... meinte der Pilot einen lokalen Krieg? Im Südpazifik gibt es derzeit keinen Konflikt, von dem ich wüsste.

So viele Fragen, die nicht beantwortet werden konnten. Oder doch?

Jedenfalls hatte ich eingewilligt, an diesem Abend noch einmal zu einer Party bei Herb zu gehen, wo er mich vielen "wichtigen" Leuten vorstellen würde, wie er sagte. Ich war mir nicht sicher, was "wichtig" in diesem Fall bedeutete, aber ich hatte keine Lust, grübelnd im Hotel zu sitzen. Wenn man nicht weiß, was man denken soll, ist ein Tapetenwechsel das Beste.

Und so ging ich, während die anderen nach und nach eintrafen. Je später sie kamen, desto teurer schienen sie gekleidet zu sein. Sie stellten sich einander vor, wurden aber nach und nach undeutlich - zu viele Namen - und sprachen nur mich an, was bedeutete, dass die anderen bereits bekannt waren.

Viele von ihnen waren Künstler, von denen Herb erklärte, dass sie der Artists' Guild International angehörten, was bei mir eine unfassbare Erinnerung auslöste. Sie waren zum Festival eingeladen worden, um "kulturelles Kapital zu liefern", "Prestige zu sammeln" oder was auch immer. Aber nicht nur Künstler waren unter den Gästen, sondern auch Politiker und Militärs, und der Premierminister selbst war nur wegen der aktuellen Krise abwesend.

Ich saß auf einem der vielen Sofas, die neu in den Salon gekommen waren, und lauschte den verschiedenen Gesprächen, vor allem denen der Militärs. Es war viel von einem angeblichen Staatsstreich und einer Rebellion der Armen die Rede. Könnte es das sein, was das Notizbuch mit "letzte Krieg" meinte?

Ich verstand das Wesentliche, aber nicht die Komplexität. Wenn ein Putsch oder eine Rebellion im Gange war, würde das die starke Militärpräsenz auf der Insel erklären, mehr als ich für eine touristische Veranstaltung wie das Festival für nötig gehalten hätte. Tatsächlich erfuhr ich jetzt, dass die Putschdrohung der wahre Grund für den Besuch der patagonischen Luftwaffe gewesen sein könnte, was bedeuten würde, dass es keinen Zusammenhang mit dem Tod von Scarlotti und dem Inneren Rat gab, der sich erst an diesem Morgen ereignet hatte (war es erst so lange her?).

Aber es wurde nie klar, wer hinter den bevorstehenden Gewalttaten steckte, und irgendetwas hielt mich davon ab, sie direkt zu befragen. Waren es Sektenmitglieder, Nationalisten, Linke oder Stammesangehörige der Mani? Oder eine Kombination von allem? Es war schon Seltsameres passiert, als dass sich so unterschiedliche Gruppen zusammengetan hatten.

Doch während die Soldaten und Politiker mit gedämpfter Stimme sprachen, scherten sich die Künstler offensichtlich nicht darum. Sie waren viel zu kultiviert, um solche Gerüchte ernst zu nehmen. Neben mir saß eine große blonde Frau mit einer riesigen Perlenkette um ihren Schwanenhals.

"Hiiiiii", sagte sie und zog den Vokal ins Absurde. "Soldat, Prothese, nicht wahr? Ich bin Blinny, Blinny Gunnarsen, junger Mann." Sie streckte eine lange, blasse Pfote aus und lachte prothesenverstärkt. Dann reichte sie mir eine Broschüre über ihre neueste Ausstellung, *Plug-ins*.

Sie hatte zwei Regale mit elektronischen Geräten in

einer belebten Londoner Einkaufsstraße aufgestellt, mit Rabattpreisen und einem EFT-Swipe in der Nähe ... und natürlich haben die Leute dafür bezahlt und sie mitgenommen (oder gestohlen).

"Aber damit zeigen sie, dass sie nur ein Teil des Systems sind... nur unwissende *Konsumenten*."

"Woher sollen sie wissen, was es bedeutet, wenn man es ihnen nicht erklärt?", fragte ich verärgert. Fast erwartete ich als Antwort einen spöttischen Blick und den Hinweis, dass ein einfacher deformierter Soldat solch komplexen Zusammenhängen niemals folgen könne. Doch stattdessen wandte sie sich ab und unterhielt sich mit jemand anderem, ohne meine Frage zu beachten!

Mir fehlten die Worte und ich saß da und starrte ins Leere. Dann kam ein Mann, der sich Wakey nannte, und riss mich aus meiner Trance. Er war umgänglicher als Blinny und erzählte mir voller Begeisterung von seinem neuesten Kunstwerk, das darin bestand, sich auf einen Bürgersteig zu übergeben und ihn dann abzusperren. Jedes Kunstwerk dauerte so lange, bis der erste Spießer auf die Idee kam, das Seil zu entfernen.

"So wird der Spießer - ob er will oder nicht - in meine Kunst hineingezogen. Er wird ein Teil davon ... und das Erbrochene ein Teil von ihm. Im Grunde ist es die kosmische Kotze. Wir alle spucken sie aus. Es verwischt die Grenzen, untergräbt den Grenzbereich ...".

"Wie *frisch* du bist, Wakey", sagte ein Bewunderer, der zuhörte. "Deine Kunst ist immer noch die *beste*. So real."

"Ich bewege mich jenseits der Realität, meine Liebe", gähnte er, "in unergründlichen Gewässern. Wie gut diese Wachtel schmeckt! Und jetzt füllt bitte alle eure Gläser mit diesem herrlichen vierzig Jahre alten Scotch und trinkt auf unseren neuen Freund ... äh ... unseren neuen Freund. Ein einfacher Soldat, der in ein Abenteuer geraten ist, für das er nicht verantwortlich ist!"

"Auf... äh!"

"Auf ... äh ...!"

Ich hob mein Glas Orangensaft und fragte mich, wovon sie wohl sprachen. Von Abenteuern? Wollten sie mich auf den Arm nehmen? Sie sahen todernst aus.

Dann kam ein älterer Herr zu mir und stellte sich über mich, in der offensichtlichen Erwartung, dass ich meinen Platz für ihn räumen würde. Als klar wurde, dass ich das nicht tun würde, schlurfte er davon, aber Blinny, die ihre Aufmerksamkeit wieder auf mich gerichtet hatte, rief ihn zurück und stellte ihn mir vor. Es war Godfrey Nussbaum, damals offenbar ein angesehener australischer Kunstkritiker.

"Wussten Sie, dass die Wölfe der Freude einmal sein Haus überfielen?" Blinny schwärmte. "Oh, wie wunderbar!"

"Das waren nicht die Wölfe der Freude", schnaubte Nussbaum gereizt.

"Dann eine andere faschistische Gruppe."

"Ich habe es dir doch gesagt. Es waren die Wölfe von Van Diemen's Land. Und sie waren die ursprüngliche Inspiration für die Wölfe der Freude, glaube ich. Zumindest kann ich mich jetzt kaum noch daran erinnern. Es ist so viel passiert..." Er begann zu murmeln, etwas von Antisemiten.

"Du meinst Anti-Kurie?", warf ich ruhig ein.

"Das ist dasselbe, junger Mann", schnauzte er und schlurfte wieder davon. Blinny hatte bereits begonnen, mit jemand anderem über "Friedhofsschändungen" und die "Sekte", die dahinter stecke, zu sprechen. Die Sophisten versuchten, blasiert und nicht abergläubisch zu wirken, aber sie wollten auch interessant erscheinen, wenn auch hinter der üblichen schweren Ironie. Das war zweifellos die übliche Formel, an die sie sich hielten.

"Die toten Schatten sind ein so *aufregender* Anblick", sagte Blinny und wandte sich wieder mir zu. "Sie wollen das ganze *Universum* vernichten! Und *alle anderen* Universen auch ... was für ein Spaß!"

Dann überkam mich ein plötzlicher Geistesblitz, der mir kalte Schauer über den Rücken jagte.

"Kennen Sie jemanden, der sich der letzte Dichter nennt?" fragte ich und versuchte, beiläufig zu klingen. Als ich das sagte, schien Herb, der gerade den Raum betreten hatte, den Kopf zu senken und die Ohren zu spitzen. Oder bildete ich mir das nur ein? Ich spürte ein seltsames Kribbeln in meinem sonst so festen Magen. Aber mit einer Antwort hatte ich nicht gerechnet.

"Oh, das ist Maddem", sagte ein Luftschiff.

"Maddem", murmelte ich und erinnerte mich an den Anruf des Inspektors.

"Ja, dummer Junge. Er nannte sich "der letzte Dichter" oder "der *letzte* Dichter". Das ist eigentlich dasselbe, je nachdem, wie man das Wort "letzter" versteht.

"Genannt? Ist er tot?"

"Er ging auf die *Suche*. Aber keiner von uns war eingeladen." Darüber und über die gespielte Enttäuschung des Sprechers wurde viel gelacht. Er war auf der Suche nach einem verlorenen Stamm, der vor langer Zeit verschwunden war. Ein Exzentriker, wissen Sie.

"Angeber, meinst du nicht?", sagte ein anderes Mitglied der Gilde. Welche Streitigkeiten auch immer in der Gruppe herrschten, in ihrer Verachtung für Maddem waren sie sich einig.

"Er war ein verrückter alter Spießer", sagte Wakey, "der sich für einen Dichter hielt. Von solchen Leuten sollte man sich fernhalten, mein lieber Junge."

"Ihr wisst also wirklich nicht, wo er ist?"

"Nein, und es ist uns auch egal", schnauzte er. "Er ist vor zwei oder drei Jahren verschwunden und wurde zuletzt hier in Mantuaroa gesehen. Er sagte, er wolle "ins Jenseits" oder so einen Unsinn, und seitdem hat ihn niemand mehr gesehen."

Da Herb sich nun wieder entfernte und wahrscheinlich, aber nicht sicher, außer Hörweite war, nutzte ich die Gelegenheit und fragte, ob jemand von ihnen zufällig jemanden kenne, der "der Vogel" genannt werde.

Ein indischer Künstler, der sich Nejit Hopp nannte, sagte mir, dies sei wahrscheinlich eine Anspielung auf einen Schauspieler namens Ramos Passaro.

"*Pássaro* bedeutet "Vogel" auf Portugiesisch ... ein sehr guter Freund von mir, wissen Sie. Ein großer Schauspieler."

"Oh ja, Passaro ist großartig."

"Einfach wunderbar."

"Er ist auch wegen des Festivals hier... er probt verzweifelt sein neuestes Stück im Regent, in der

Innenstadt... sonst wäre er wahrscheinlich heute Abend hier."

"Sie sind wirklich ein *amüsanter* junger Mann, mit all diesen ernsten Fragen", sagte Blinny. "Jetzt möchte ich Ihnen jemanden vorstellen, also warten Sie bitte einen Moment." Die Müdigkeit in ihrer Stimme war deutlich zu hören, als sie mich "amüsanter" nannte. Sie kam kurz zurück und stand mit gefalteten Händen vor mir.

"Er wird Sie gleich empfangen, sagte er."

"Wer?"

"Du hast natürlich von Fudi-Da gehört."

"Nein."

Sie rollte mit den Augen, als ob sie mir nicht glaubte, weil sie es für eine banale Maskerade von "Coolness" hielt.

"Er wird dich bald sehen", wiederholte sie und ging sich einen Drink holen.

"Wer ist Fudi-Da?", sagte ich zu Wakey gewandt.

"Der blinde Seher. Blinnys Guru. Sie nimmt ihn zu allen Festen mit. In seiner Jugend hat er eine Sonnenfinsternis angestarrt, um zu erblinden ... so sagt er jedenfalls. Seine Blindheit hilft ihm, durch die Geisterwelt zu reisen, oder so ähnlich."

"Ich werde ihn jetzt "sehen"", krächzte eine Stimme aus dem Korridor, schwer von Ironie. Ich sah eine Hand, die mir zuwinkte, und folgte ihr in ein dunkles Zimmer, wo ich gerade noch eine hochgewachsene Gestalt in einem Gewand erkennen konnte, die im Schneidersitz auf dem Bett saß. Er trug eine Sonnenbrille. Eine Hand stützte sich auf einen Stock, und seine Zähne leuchteten matt, als er mich lächelnd aufforderte, Platz zu nehmen.

"Hier "sehe" ich Sie also, um Sie zu beraten", räusperte er sich, wobei er das Wort "sehen" als Scherz verstand.

"Was raten Sie mir?

"Der Student Blinny hat mir alles über Sie erzählt. Sie sind ein junger Mann, der seinen Weg im Leben sucht. Aber du hast einen Typen namens "Maddem" erwähnt ... ist das richtig?"

"Ja."

"Das ist ein böser Kerl ... sehr unausgeglichen. Er ist nicht ganz richtig im Kopf."

"Ach ja? Dann kennst du ihn. Ist er noch hier?"

"Nein", sagte Fudi-Da und schüttelte ärgerlich den Kopf. "Aber hör zu. Die Geister sagen, du hast eine große Zukunft vor dir. Wenn du alles richtig machst, kannst du ein großer Künstler werden ... vielleicht sogar ein Visionär, so wie ich."

"Wirklich?"

"Mach die nötigen Schritte, erfülle dein Schicksal! Es gibt Menschen auf dieser Insel, die dir etwas beibringen können."

"Menschen wie du?"

"Ja."

"Ich werde darüber nachdenken", log ich.

"Tu das! Und jetzt etwas für die Geister." Er streckte seine pummelige Hand aus und deutete mir an, sie mit Silber zu kreuzen. Ich kramte in meinen Taschen, bis ich einen der zerknitterten Scheine fand, die Herb mir für kleine Ausgaben gegeben hatte. Aber als ich ihn überreichte, fummelte ich daran herum, und blitzschnell griff Fudi-Da danach und fing ihn in der Luft auf.

"Besondere Sinne", erklärte er grinsend. Und ich war einverstanden.

7

GEFIEDERTER TEUFEL

In der Nacht träumte ich, dass ich über eine weite Ebene fuhr, über der Tausende von Sternen leuchteten. Ich saß auf dem Rücksitz eines Jeeps mit offenem Verdeck, doch als das Fahrzeug weiterfuhr, zog sich ein Schattenband über den Himmelsbogen und verwischte die Sterne. *Ich hinterlasse Spuren auf der Erde und am Himmel, dachte ich. Aber was passiert mit den Sternen?*

Um das herauszufinden, rannte ich auf sie zu und schrie. Aber es waren keine Sterne - es waren kleine knisternde Eier. Ein Zirpen und Krächzen begrüßte meine Ankunft. Dann zogen sich die Eier zurück und eine lachende Stimme ertönte. Ich erkannte, dass die Eier in einen dunklen, sich drehenden Trichter fielen, wie durch eine Sanduhr.

"Keine Zeit mehr", krächzte ein Rabe von einem alten, geschwärzten Baumstumpf, und es schien, als wäre ich nicht mehr im Himmel. "Keine Zeit mehr ... "

Und ich wusste, ich musste gehen. Ich war mir noch nie in meinem Leben so sicher gewesen.

Aber woher kam dieses Lachen und warum zitterte es so warm in meinem Blut?

*   *   *

Ich verließ das Hotel um die Mittagszeit und trug eine Mütze, für den unwahrscheinlichen Fall, dass mich jemand aus einem Zeitungsartikel wiedererkannte. An der Bushaltestelle wartete niemand, und fünf Minuten später hielt ein tuckernder Bus. Ich bezahlte, indem ich noch mehr von Herbs Geld nahm. Ich wusste nicht, was ich tun sollte, wenn es aufgebraucht war. Die Dinge mussten sich von selbst regeln.

Der Bus schlängelte sich langsam durch die malerischen Vororte der Nordküste. Es war ein warmer, klarer Tag, und der Hafen sah noch blauer aus als auf der Fahrt vom Flughafen.

Bald tauchte die Skyline von Downtown auf, aber anstatt sich durch den Unterstrand zu schlängeln, fuhr der Bus direkt am mittleren Teil des Strandes entlang. Nachdem ich im Hotelzimmer einen Blick auf eine Touristenkarte geworfen hatte, wusste ich, dass das besagte Theater genau an dieser Straße lag.

Der Himmel wurde von der obersten Etage des Overstrandes verdunkelt und die Bürgersteige der Einkaufsstraße waren überfüllt. Auf den Stufen eines alten Kolonialgebäudes sah ich einige "Deformierte", die aussahen, als warteten sie auf das Ende der Welt.

Ich stieg in der Mitte der Strandstraße aus und fand schnell das Theater - ein beeindruckendes, aber etwas heruntergekommenes Gebäude, das in einem verblichenen Rot gestrichen war, das aussah, als gehöre es in eine andere Zeit und an einen anderen Ort, aber dennoch gut zu den anderen Gebäuden in der Umgebung passte.

Die Türen waren verschlossen, und ich wusste, dass sie wahrscheinlich erst am Abend geöffnet würden, was mir eine oder fünf Stunden geben würde. Ich ging zurück zum Strand, überquerte ihn und ging zum City Square, der auf der Karte eingezeichnet war. Dieser entpuppte sich als ein großer, von Palmen gesäumter Platz, eher länglich als quadratisch, auf dem sich Menschen in Gruppen tummelten und streunende Hunde unkontrolliert auf den warmen, dunklen Pflastersteinen herumliefen. Auf der anderen Seite befand sich ein riesiges Gebäude, das wie eine Kathedrale aussah - was es ursprünglich auch war - aber ich erinnerte mich anhand der Karte, dass es jetzt der Haupttempel der Einheimischen war. Es war ein bemerkenswertes Gebäude, das im spanischen Kolonialstil erbaut worden war, jetzt aber ausschließlich der Verehrung der mantuanischen Götter diente, die

Ende des 20. Jahrhundert wiederbelebt worden war. Da die meisten reinrassigen Mantuaner auf dem Land lebten, war dies vor allem eine symbolische Geste. Die Nationalflagge und die Stadtflagge hingen schlaff zu beiden Seiten des hoch aufragenden Tempels, eingeschüchtert von seiner Größe.

Als ich mich der linken Seite des Platzes zuwandte, sah ich mein eigentliches Ziel - das Nationalmuseum - und dorthin ging ich, auf der Suche nach einem ruhigen und angenehmen Ort, um mir die Zeit zu vertreiben. Dort gab es eine Sonderausstellung über den Fund eines Skeletts, das in der Gegend als "Gefiederter Teufel" bekannt ist. Der Eintritt war frei, also ging ich hin und las mit Interesse über das Fossil, das ungefähr zu der Zeit gefunden worden war, als ich nach meinem Unfall im Krankenhaus lag.

Die Ausgrabung hatte weltweit eine kleine Sensation ausgelöst. Es handelte sich tatsächlich um einen sehr frühen Vogel - aus der Zeit des Archaeopteryx. Aber sein Skelett sah seltsam aus.

Neben der Vitrine befand sich ein sehr lebensechtes Hologramm, das einen künstlerischen Eindruck davon vermittelte, wie die Kreatur ausgesehen haben könnte. Das wirkte nicht nur einschüchternd, sondern geradezu beunruhigend. Die Federn waren (mit künstlerischer Freiheit) in allen Farben des Regenbogens gefärbt, ein echter Paradiesvogel - aber das Gesicht der Kreatur sah überhaupt nicht wie ein Vogel aus. Auf unheimliche Weise sah es fast menschlich aus. Ich starrte es angestrengt an und fragte mich, was es zu bedeuten hatte.

*　　*　　*

Nachdem ich das Museum verlassen hatte, setzte ich mich in ein Café in der Nähe des Theaters. Hier schien das Personal, das höflich gewesen war, als ich meinen Kaffee bestellt hatte (vielleicht nicht übermäßig freundlich, aber auch nicht unhöflich), sich bis zur Unkenntlichkeit zu verändern, als ich fragte, ob ich die

Toilette benutzen könnte, deren Tür hinter der Theke deutlich markiert war.

Ein einfaches "Nein" hätte genügt, aber ein Schock schien sie zu durchzucken, als hätte ich ein schweres Verbrechen begangen. Ich sah, wie mich eine alte, verschrumpelte Frau hinter einem Vorhang entsetzt anstarrte, und die jüngere Frau, die ich angesprochen hatte, verdrehte verächtlich die Augen. Dann kam ein großer Mann auf mich zu und warf seinen Kolleginnen einen ungläubigen Blick zu.

"Yez, canielpyousir?"

Wiederholte ich meine Frage und sie starrten mich verwundert an.

"Willst du *alles* im Leben?", stotterte die junge Frau.

"Verrichtet sein Geschäft in der Öffentlichkeit wie ein *Hund*", spuckte die Alte.

"Sie, Herr", bellte der Mann. "Glauben Sie, wir sind Millionäre? Um all diese Toilettenschäden zu bezahlen? In Wirklichkeit sind Sie derjenige, der Geld hat, sonst würden Sie nicht für eine Mahlzeit bezahlen."

"Ich habe nur Kaffee bestellt..."

"Nur Kaffee! So ein *Geizhals!*"

"Ich habe es dir gesagt. Ich habe es dir gesagt, als er reinkam. Ein Geizhals durch und durch. Du kannst es riechen."

Zu meinem Erstaunen kam der Mann um den Tresen herum, einen Arm drohend nach hinten gestreckt.

"Du gehst ... jetzt. Keinen Ärger, welcher Art auch immer." Die verschrumpelte alte Frau humpelte mit ein paar alten gelben Eiern aus dem Hinterzimmer. Sie zitterten in ihren vertrockneten, zornigen Händen.

Ich konnte nicht glauben, dass eine einfache Aufforderung, die Toilette zu benutzen, sie so wütend machen konnte - da war eindeutig etwas Tieferes und Dunkleres im Spiel. Entweder das, oder sie waren verrückt. Um Ärger zu vermeiden, ging ich weg und pinkelte stattdessen in die Gasse hinter dem Laden. Aber später, als die Sonne unterging und meine Schritte in Richtung Theater gingen, tastete ich in meinen Taschen nach dem Notizbuch und stellte fest, dass ich es im Café vergessen hatte!

Verärgert knirschte ich mit den Zähnen und lief ein paar Blocks zu dem verfluchten Ort zurück, aus Angst, jemand könnte es mir wegnehmen. Sie schlossen gerade für den Abend.

Das Mädchen sah mich an, als wäre ich aus einem dunklen, stinkenden Loch gekrochen.

"Was will *er*?", schrie die Alte.

"Er sagt, er habe ein Buch hier vergessen."

"Ein *Buch*? Kann er lesen?"

"Es ist ein Notizbuch", erklärte ich. "Ich habe es auf dem Ecktisch liegen lassen."

"Glaubst du, es ist noch da? Glaubst du, wir halten die Wohnung nicht sauber?"

"Was will er damit sagen?"

"Er denkt, wir sind Schweine!"

"Schweine!"

Jetzt kam der Mann.

"Hier ist kein Buch für Sie, Herr ... Sie müssen woanders hingehen", sagte er mit mürrischer Stimme.

"Ja, aber ..."

"Sehen wir aus wie verdammte Schweine", schrie die alte Frau.

"Es könnte in der Mülltonne sein."

"Du willst in der *Mülltonne* wühlen?"

"Nun, wenn es ..."

"Und du nennst *uns* ... Schweine!", beendete sie triumphierend und legte den Kopf schief.

"Sprich nicht mit dem Schwein ... du wirst wie es enden", knurrte die andere Frau.

"Sie müssen woanders hingehen, Monsieur."

Das letzte "Monsieur" hat mich am meisten geärgert ... ein so bedeutungsloses Wort in den Mündern dieser lästigen Leute.

Mir blieb nichts anderes übrig, als mich in die hintere Gasse zu schleichen, die jetzt nach Urin roch, und die Mülltonnen zu durchsuchen. Aber da waren keine Mülltonnen, nur ein alter Karton voller Krimskrams und kein Notizbuch. Dann spähte ich durch das schmutzige Hinterfenster. Drinnen war eine dreckig aussehende Küche ... Schweine waren sauberer. Ich hatte sogar irgendwo gelesen, dass Wildschweine sehr reinliche Tiere sind.

Dann ging das Licht aus. Als ich meinen Kopf zur Seite streckte, sah ich, wie die drei unausstehlichen Typen die Haustür abschlossen und den Bürgersteig entlanggingen, wahrscheinlich um den Bus zurück in das Elendsviertel zu nehmen, in dem sie lebten.

Nun gut.

Nach einer kurzen Suche nach Alarmanlagen, die es nicht zu geben schien (entweder konnten sie es sich nicht leisten oder sie vertrauten auf die starke Polizeipräsenz in der Innenstadt), zog ich mein Hemd aus und wollte eines der Fenster einschlagen.

Dann fiel mir ein, dass ich in der Schachtel eine Rolle Klebeband gesehen hatte. Ich holte es heraus, klebte es quer über das Fenster und schnitt es mit den Zähnen ab. Ich drückte mein Hemd gegen das Glas, um den Aufprall zu dämpfen, und das Klebeband hielt das Glas fest, so dass es nicht zerbrach oder herunterfiel. Ich hob den größten Teil des Fensters an und bahnte mir einen Weg ins Innere, wobei ich darauf achtete, die messerscharfen Kanten nicht zu berühren.

Meine Schuhe quietschten auf toten Fliegen. Diese dreckigen Leute hatten mich ein Schwein genannt! Im Nu fand ich das Notizbuch auf der Bank hinter der Theke, wo sie es hingelegt hatten. Es war von Kaffeetropfen durchtränkt, aber noch lesbar.

Da fiel mir ein Zeitungsartikel auf, der ausgeschnitten und gerahmt an der Wand hing. Es war ein Reisebericht aus dem London *Telegraph*, in dem genau dieses Café beschrieben wurde, ein Ort, an dem die Leute freiwillig für einen sehr unhöflichen Service bezahlten, ein neuer kultureller Trend - zumindest vor drei Jahren, als der Artikel geschrieben wurde. Da das Lokal zur Zeit des Festivals fast menschenleer war, ist dieser Trend vielleicht schon wieder im Verschwinden begriffen.

Das Bild in der Zeitung zeigte die Eckkneipe, in der ich saß, voll mit grinsenden "Missgeburten", für die sie einst ein regelmäßiger Treffpunkt gewesen war, der erste seiner Art in Mantuaroa.

Ich eilte zurück zum Fenster und verdrehte die Augen vor meiner eigenen Dummheit.

8

GESPENST

Wegen der Verspätung hatte das Stück schon angefangen, als ich am Theater ankam. Auch wenn sie noch Leute reinließen, bezweifelte ich, dass das Geld in meiner Tasche für eine Eintrittskarte reichen würde, und so fand ich mich wieder in einer Hintergasse wieder. Das Theater war Teil eines größeren Gebäudekomplexes und es gab viele Türen in der Gasse. Ich versuchte es mit der nächsten. Der rostige Türknauf zersplitterte fast in meiner Hand, aber zu meiner Überraschung öffnete sich die Tür tatsächlich. Erst jetzt wurde mir klar, dass ein Teil von mir wollte, dass sie sich nicht öffnete.

Ein paar Betonstufen führten hinunter in einen steinernen Gang, in dem am anderen Ende ein Licht unter einer Tür hervorschien. Ich atmete tief durch, stieg hinunter und schlich den Gang entlang, bis ich vor der Tür stehen blieb und sie mit den Händen ertastete. Verrostetes Eisen mit einem geriffelten Muster, in das etwas eingelegt war, das sich wie Juwelen anfühlte - oder Glasscherben? Kein Geräusch, nur der schwache Geruch von Tabakrauch.

Dann, ohne Vorwarnung, öffnete sich die schwere Tür und ich starrte halb blind in das Gesicht eines etwa zehnjährigen Jungen, der unsicher mit einer brennenden Zigarre in der Hand dastand.

"Hey, wer ist *da?*" Dieser Stimme aus dem Zimmer folgte lautes Gelächter und über die Schulter des Türöffners sah ich ein Bild, das mir den Atem raubte. Um einen Tisch saß ein halbes Dutzend Kinder - nur Kinder, aber mit harten, leeren Gesichtern. Sie spielten Karten und rauchten mit Gläsern, die wie harter Schnaps aussahen. Ein dickes Kind saß in einer Ecke

393

und kaute etwas, das ich für Vakka hielt. Ein Mädchen in einem dicken Pelzmantel, geschminkt wie ein Fernsehstar, fächelte sich mit einem Papierfächer Luft zu.

Als sie sich umdrehten, um mich anzustarren, reichten ihre Blicke von herablassender Belustigung über offene Verärgerung bis hin zu offener Feindseligkeit. Einer schien besonders wütend zu sein - ein kleiner, muskulöser Junge in einem schwarzen Unterhemd mit einer dunklen, schroffen Monobraue. Seine Augen weiteten sich, als er mich wütend anstarrte.

"Wo willst du hin, Junge?", sagte er drohend und trat auf mich zu, ohne sich davon einschüchtern zu lassen, dass ich fast doppelt so groß war wie er.

"Willst du was trinken?", fragte ein anderer.

Ich drehte mich um und rannte unter dem Gejohle der anderen, völlig entsetzt über das, was ich sah, zurück in die Gasse, um es an einer anderen Tür zu versuchen, aber als ich die immer noch angelehnte Tür erreichte, hielt ich inne, als ich draußen Schritte hörte.

Als ich durch den Türspalt spähte, sah ich eine Gruppe schwarz gekleideter Männer, die mit strengen Blicken an mir vorbeigingen. Waren das Polizisten, Militär, eine Verbrecherbande oder was? Sie schienen jemanden zu begleiten, der einen schwarzen Kapuzenpullover trug.

Von einem Instinkt getrieben, den ich nicht ganz verstand, folgte ich ihnen vorsichtig und blieb stehen, als sie eine Tür weiter unten eintraten. Als ich sie erreichte, stellte ich fest, dass sie sie offen gelassen hatten. Wenn ich in der Gasse blieb, könnten die Kartenspieler auftauchen, also öffnete ich die Tür und trat schnell ein.

Es schien das Theater zu sein. Ein Schild wies mir den Weg zu den Garderoben. Ich schlich um die Ecke und versteckte mich in einer kleinen, dunklen Nische - eine gemütliche Nische, um zu warten, bis das Stück zu Ende war, oder noch besser, bis die Pause kam, in der ich versuchen würde, den Schauspieler in die Enge zu treiben. Aber würde ich ihn allein erwischen? Plötzlich überkam mich ein eisiges Gefühl der Einsamkeit, das mich teilweise dazu trieb, mich der Inszenierung selbst zu nähern.

Der Backstage-Bereich war ein Labyrinth aus dunklen Teppichen und schwach leuchtenden Schildern. Ich huschte einen Holzgang entlang, hörte jemanden kommen und verschwand unter einer Treppe, wo ich mich hinter einer Art Industriestaubsauger versteckte. Zu meiner Überraschung stellte ich fest, dass ich durch ein Astloch in das eigentliche Theater sehen konnte... Es stellte sich heraus, dass der Gang, dem ich gefolgt war, entlang und leicht über dem Boden des Theaters verlief, zwischen dem Parkett und der Galerie, mit einer ausgezeichneten Perspektive auf das Geschehen, trotz der Einschränkungen durch das Astloch.

Das Stück schien noch nicht lange zu laufen. Es handelte sich um ein Spukhaus, aber die "Geister" wurden durch starke Ventilatoren erzeugt, die ihre Richtung änderten und sporadische Luftströme erzeugten, die den Zuschauern wahrscheinlich den Eindruck vermittelten, dass sich unsichtbare Geister unvorhersehbar unter ihnen bewegten. Die Darsteller der "Geisterjäger" (auf der Bühne und in den Gängen) konnten nicht einmal vorhersagen, worauf sie mit ihren seltsamen Infrarot-"Kanonen" zielten. In der Zwischenzeit sollten die "Geister" in die Köpfe einiger Teammitglieder eindringen, von ihnen "Besitz ergreifen" und sie dazu bringen, seltsame Dinge zu tun. Die Paranoia nahm zu, als unklar wurde, wer besessen war und wer nicht. Das Ganze war zweifellos sehr unterhaltsam.

Das Stück enthielt sowohl Elemente der Komödie als auch des Horrors und kam beim Publikum sehr gut an. Noch begeisterter waren sie, als eine bekannte Figur die Bühne betrat - Molly, die berühmte Sklaven-Soap-Darstellerin.

Ich erkannte sie sofort und mein Herz machte einen Sprung. Das hatte ich nicht erwartet, und das Publikum auch nicht. Dann erinnerte ich mich an die vermummte Gestalt, die sich durch die Gasse geschoben hatte - natürlich musste sie es sein. Hier war sie und spielte live vor demselben Publikum, das sie (einige von ihnen) bei *Lottery!* regelmäßig in alle möglichen unangenehmen Situationen gebracht hatte!

Als sie die Bühne betrat, ertönte das Läuten einer

alten Standuhr, deren Zifferblatt in der ehemals dunklen Ecke der Bühne in sanftem gelben Licht erstrahlte. Molly zuckte zusammen, als hätte sie ein Schlag getroffen. Und dann enthüllten die unbarmherzigen Lichter einen weiteren, bisher dunklen Ort - eine Grube am Fuße der Bühne. Ich vermutete eine Art Orchestergraben, aber da war nichts als ein schwarzes Quadrat.

Dann fingen die Winde an. Sie konzentrierten sich im Graben, so wild und hektisch, dass es schien, als wäre ein Mini-Tornado unter uns, und dann begannen sie plötzlich, sich zu zerstreuen, wirbelten hin und her, überall im Theater. Und Molly begann zu deklamieren, dass dort früher ein Massaker stattgefunden habe und dass die Geister nun endlich zur Ruhe gekommen seien, sozusagen zerstreut.

Aber gerade als sie das sagte, gerade als der Wind nachließ, geschah etwas Unerwartetes.

Es gab ein lautes THUMP THUMP THUMP, wirklich erschreckend - die Leute auf der Bühne sahen erschrocken aus. Was waren das für Spezialeffekte? Die Holzpaneele vor mir hatten sich gewaltig gebogen. Wie hatten sie es geschafft, das Theater so zu erschüttern?

Dann wurde Pause angesagt.

Ich beeilte mich, hinter die Bühne zu kommen, obwohl ich eigentlich bis nach der Vorstellung warten wollte, um meine Beute anzusprechen, aber ich wollte aus dieser seltsamen Nische heraus, in der sich das Holz so wütend gebogen hatte. Nach einem Labyrinth aus verwinkelten Gängen gelangte ich in einen Bereich, in dem sich etwa ein Dutzend Menschen tummelten. An ihrer Kleidung erkannte ich, dass es sich um Schauspieler und vielleicht eine Handvoll Theaterleute handelte. Irgendwie hatte ich es geschafft, mit blindem Instinkt einen Weg zu finden, der alle Sicherheitsvorkehrungen umging, und niemand schaute mich weiter an.

Der häufigste Satz, den ich in diesem Raum hörte, war: "Was zum Teufel?", und zwar so oft, dass es mir langsam auf die Nerven ging. Es schien, als würden sie über den Vorfall mit den seltsamen Klopfern diskutieren.

Ich hielt Ausschau nach Passaro, aber vergeblich. Ich konnte niemanden sehen, der auf die Beschreibung passte, die mir Nejit Hopp gegeben hatte. Auf der Suche nach ihm schlich ich durch einen dunklen Gang und bog um eine Ecke, um eine Frau zu treffen.

Sie.

Sie sprang auf.

"Wer sind Sie?"

"Psst."

"Hey... sind Sie nicht der verkrüppelte Soldat aus den Nachrichten... mit Roboterbeinen oder so?"

"Ruhe", zischte ich, sah mich nervös um und zog meine Mütze über die Augen.

"Was machen Sie hier?"

"Ich suche den Vogel", flüsterte ich, anscheinend nicht mehr Herr meiner Zunge.

"Welchen Vogel?"

"Er ist ein Schauspieler. Passaro."

"Ramos Passaro? Warum suchst du ihn? Er ist ein Idiot."

"Ich suche jemanden, der sich "Der Vogel" nennt, und ich glaube, er ist es. Ich muss ihn etwas fragen."

"Was?"

Ich runzelte die Stirn und spürte, wie ich irgendwie mit mir kämpfte und versuchte, es sogar vor mir selbst zu verbergen ... Ich war so lange allein gewesen.

Plötzlich brach es aus mir heraus: "Hier!", und ich drückte ihr das kaffeefleckige Notizbuch in die Hand.

Sie schlug es langsam auf und runzelte die Stirn. Sie las es. Ich erwartete, dass sie mich auslachen oder den Sicherheitsdienst rufen würde, aber das tat sie nicht. Stattdessen schien sie über etwas nachzudenken.

""Dieser Schauspieler, dieser Meister der Verkleidung. Ich glaube, ich weiß, wer dieser Vogel ist. Ich meine, ein Freund von mir könnte ihn kennen. Er hat ihn schon mal erwähnt. Das ist nicht Passaro, das ist ein anderer."

Ich dachte, ich bekomme einen Orgasmus.

"Können Sie mich zu ihm bringen?"

Sie sah mich sehr genau an ... ich sollte sagen, sie musterte mich. Dann endlich sprach sie.

"Lass uns zusammen weglaufen", sagte sie auf eine

seltsame, geschäftsmäßige Art.

"Äh, ja?", sagte ich überrascht. Trotz ihrer Berühmtheit kannte ich sie nicht einmal von einem Stück Seife.

"Ja", wiederholte sie. "Komm, bevor ich es mir anders überlege." Sie holte ihren Rucksack und ihren Kapuzenpullover aus der Garderobe und winkte mich in den Gang, der zu der knorrigen Nische führte.

"Ich muss mich von meinen Bewachern trennen", sagte sie, "ein für alle Mal. Passaro ist übrigens ein aufgeblasener, arroganter Wichtigtuer. Gut, dass der Vogel, den *du* willst, ein anderer ist."

Aber war er es? Hatte sie gelogen? Hatte sie sich das alles ausgedacht? Ich wollte ihr vertrauen...

"Er sagte mir ins Gesicht, ich sei eine zweitklassige Schauspielerin! Und wenn schon? Ich habe nie gesagt, dass ich eine gute Schauspielerin bin, oder?"

"Äh, nein."

"Nein, natürlich nicht. Es war nur ein bisschen Spaß, dieses Stück. Das sollte es auch sein. Wenn man bedenkt, dass ich mich sogar darauf gefreut habe!"

"Aber was waren das für Schläge?"

"Ich weiß nicht... Vielleicht der Produzent?"

"Die Theaterleute wussten es nicht."

"Ach, dann weiß ich es nicht. Jedenfalls habe ich mich zu Tode gelangweilt. Was für ein Idiot dieser Passaro ist!" Ich sagte klugerweise nichts, denn ich wollte sie nicht erschrecken oder nervös machen, bevor sie mich zu diesem neuen Vogel führen konnte, falls es ihn wirklich gab.

Dann sagte sie: "Mein Leben wird kälter und immer scheint ein Schatten hinter mir zu fallen."

Das sagte sie so emotionslos, dass ich dachte, es sei eine Zeile aus einem einstudierten Drehbuch, bis ich ihren Gesichtsausdruck sah ... und dann verstand ich sie ein bisschen besser, aber ich wusste nicht, wie ich es ausdrücken sollte.

"Oh, diese dummen, verdammten Schauspieler. Es ist, als zögen sie mich in sich hinein, als saugten sie mich an wie ein feuchter Nebel. Ich möchte schreien, aber ich beiße mir auf die Zunge. Und jetzt ... habe ich endlich genug."

Ich konnte nur den Göttern danken, dass ich eine solche Nacht erleben durfte. Zu meiner Überraschung merkte ich, dass ich Tränen in den Augen hatte.

*   *   *

Ich konnte immer noch nicht glauben, dass ich mich in der Gegenwart dieses chaotischen Fernsehstars befand, und dass eine gewisse spröde Kälte uns beide von allen anderen auf dieser schmierigen, feuchten Insel zu unterscheiden schien ... uns vielleicht sogar irgendwie zusammengebracht hatte.

Es war leicht (zu leicht, dachte ich), ihren Wächtern zu entkommen, obwohl sie sie sofort erkennen würden, sobald sie sie erblickten, Kapuzenpullover hin oder her. Vielleicht würde man mich sogar der Entführung beschuldigen...

Während wir durch die Innenstadt rannten, plapperte sie ununterbrochen über die Besetzung von *Lottery!* Die meisten schien sie zu hassen. Der Zwerg war am schlimmsten - sie wollte nicht über ihn reden. Die einzige, die sie vage mochte, war Tina, eine schlanke, messerwerfende Tänzerin, wenn ich mich recht erinnere. Mehrmals war Molly verletzt oder schwer gedemütigt worden, aber, wie sie es unverblümt ausdrückte, "ich habe einen Vertrag unterschrieben".

Und jetzt, so schien es, brach sie ihn.

"Du bringst mich also zu diesem Vogel-Typen?"

"Nein, das habe ich dir doch schon gesagt. Wir gehen zu meinem Freund. Meinem einzigen Freund. Er wird wissen, was zu tun ist." Die Art, wie sie "mein einziger Freund" sagte, ließ mich denken, dass sie viele solcher "einzigen Freunde" hatte, aber ich ließ es wieder auf sich beruhen. Für sie war alles eine Falle, es gab kein Oben und kein Unten. Kurz gesagt, sie hatte kein Zentrum. Das spürte ich instinktiv. Ich traute ihr nicht, aber ich wollte sie beschützen. Meine Phantombeine wurden stärker, als ein grob geschmolzenes Gesicht ("ein deformiertes") an uns vorbeiraste und uns höhnisch ansah.

399

Wir hatten schon den größten Teil des Stadtzentrums durchquert, als sie verkündete, dass sie hungrig sei und vorschlug, anzuhalten und etwas zu essen. Aber diese reiche Berühmtheit hatte kein Geld, und ich war gezwungen, mit meinem kläglichen Vorrat an schmutzigen Mantuaner Scheinen zu bezahlen.

Wir traten ein, und ich ging zur Theke, während sie in der Nähe des Eingangs blieb. Dort saßen zwei Polizisten, die uns sofort anstarrten, als wir hereinkamen. Sie sahen polynesisch aus und einer von ihnen war wirklich riesig.

Der kleinere murmelte etwas vor sich hin. Keiner von uns reagierte darauf, aber es schien, als hätte er uns angesprochen, denn er sagte: "Hey, ich rede mit EUCH."

Molly sah erschrocken aus, sagte aber weiterhin nichts. Ich hatte ein ungutes Gefühl.

"Wie heißt du?", sagte der große Polizist, ging auf sie zu und baute sich drohend über ihr auf. Mein Herz begann zu rasen und ich machte mich zum Handeln bereit.

"Hey... Ich *mag* Mantuaner", stammelte sie.

"Ich bin Tonganerin, keine Mantuanerin, du blöde Schlampe", knurrte der Polizist und hob seine Hand über ihren Kopf, um ihr den Kapuzenpullover herunterzureißen.

Ich zögerte nicht. Ich hatte bereits einen solchen Sprung ins Ungewisse gewagt, dass es schlimmer wäre, jetzt zurückzuspringen, als vorwärts zu gehen. Wenn ihre Identität aufgedeckt oder wir verhaftet würden, könnte das katastrophale Folgen haben. Also rannte ich quer durch den Raum und trat dem Polizisten in den Rücken, bevor er sich umdrehen konnte - und zu meiner großen Überraschung flog er mit seinem Berg gegen die Betonwand des Restaurants und sackte bewusstlos zu Boden.

Meine Zauberbeine hatten sich also doch als nützlich erwiesen...

Aber ich hatte keine Zeit, darüber nachzudenken, denn ich musste mich auf den anderen stürzen, bevor er nach seiner Waffe greifen konnte. Er machte ein erschrockenes Gesicht, als ich ihm mit meinen unbesiegbaren Gliedern in den Bauch trat, und auch er fiel wie ein alter Sack Kartoffeln zu Boden.

"Jetzt *lauf*", zischte ich, und wir rannten los. Ein Strom schwarzer, ätzender Galle rann durch meine Adern. Die Gewalt war emotional schwer, sie war überwältigend.

Wir rannten durch die Gassen der Innenstadt. Molly führte uns... hoffte ich zumindest, denn ich hatte keine Ahnung, wo wir waren. Aber nach einer Weile wurden wir langsamer und sie gab zu, dass sie sich auch verlaufen hatte.

Aber hinter der nächsten Kurve sahen wir den Fluss (wenn man ihn so nennen kann), über den eine geschwungene Betonbrücke führte. Wir überquerten den Graben, den dunklen Fluss unter uns, die schwarzen Schatten der Durchlässe an seinen Seiten.

Das war die Südseite, ziemlich heruntergekommen. Zerlumpte Kinder verschiedener Rassen liefen herum. Schmale, staubige Straßen, die nach Milch, ungewaschenen Hunden und feuchter Schwärze rochen ... Keine Geschäfte, keine verunstalteten Läden.

Und dann sah sie das Gebäude, das sie gesucht hatte. Es war wieder ein Theater. Zumindest stand auf dem Schild "Theatre of Pain", aber Molly erklärte ihr, dass es eigentlich eine Art Club war.

"Er hat gesagt, wenn er in Mantuaroa ist, ist er da, wo er ist", sagte sie.

"Dein Freund?

"Mein einziger Freund.

Und dann standen wir vor dem riesigen Türsteher des Clubs.

Aber der Mann war höflich.

"Wen wollt ihr suchen?"

"Wir sind wegen Scuzzy hier. Sagen Sie ihm, dass "M" hier ist"," sagte Molly aus dem Nebel ihrer Kapuze. Der Türsteher sah nach.

"Ihr Freund ist *Scuzzy?*", keuchte ich.

Sie nickte, zu müde, um eine richtige Antwort zu geben. Bald kam der Wächter zurück und ließ uns herein. Wir betraten einen großen, schmuddeligen Schankraum mit mittelalterlich anmutenden Holztischen, so dass ich sofort vermutete, es handele sich um eine Art neues Szenelokal (zu Recht, wie sich herausstellte).

Ich konnte Scuzzy auf der anderen Seite des Raumes sehen, aber Molly setzte uns an einen dunklen Ecktisch und wartete, bis er zu uns kam, um nicht aufzufallen. Er schrie nach Whisky, aber sein Schreien klang gekünstelt, und als er lachte und sich mit den Umstehenden unterhielt, spürte ich deutlich, dass alles nur gespielt war... obwohl ich nicht sicher war, zu wessen Vorteil. Ich war umgeben von Schauspielern...

Er brüllte und brüllte und brüllte, dann tat er so, als ob er zu uns herübertaumeln würde, um uns mit seiner rockigen Majestät zu beglücken.

"Howzit?", nickte er Molly lässig zu. Sie schienen sich nicht sehr nahe zu stehen, obwohl sie behauptete, er sei ihr einziger Freund.

"Das ist ...

"Ja. Wir haben uns schon mal getroffen. Von der Flugshow."

"Ja."

"Wie hat es dir gefallen?"

"Die Flugschau?"

"Die Musik."

"Oh ... sie war laut."

"Laut ... hm", brummte er anerkennend.

"Hast du Lieder geschrieben?", fragte Molly, die offensichtlich von unseren eloquenten Konversationsfähigkeiten in den Schatten gestellt wurde.

"Nun, ich habe diesen neuen. Inspiriert von einem Mani-Stamm. Westliches Hügelland. Der ganze Stamm wandte sich gegen ihn, weil sein Gesang so rau war. Ich liebe es!"

Molly verkündete, dass sie weggelaufen sei, was bedeutete, dass sie die Show, die unter dem Namen *Lottery!* bekannt war, offiziell verlassen hatte, und ich fühlte mich erleichtert, dass sie wahrscheinlich ihre Meinung nicht ändern, zurückkommen und mich wegen Entführung anklagen würde. Aber ich war mir immer noch nicht sicher, wie ich zu ihr stehen sollte. Dann erwähnte sie unsere Suche nach "The Bird".

"Du hast mir damals von ihm erzählt, erinnerst du dich?" Scuzzy bestätigte, dass er tatsächlich jemanden mit diesem Spitznamen kannte, und ich fühlte mich schuldig, weil ich ihm nicht geglaubt hatte. Dann sagte Scuzzy, dass er uns zu "The Bird" bringen würde und bat uns zu warten, während er zu einer alten Telefonzelle in der Ecke ging. Wir konnten hören, wie er seltsame Geräusche machte und etwas murmelte. Dann kam er zurück und erzählte uns, dass er in einem speziellen Code sprach, den "Der Vogel" ihm beigebracht hatte, wobei er Wörter aus verschiedenen Sprachen und lustige Gackergeräusche benutzte.

Er hatte für uns ein Treffen mit einem Mann namens Vonny Moss arrangiert.

"Aber auch das ist nicht sein richtiger Name. Niemand kennt seinen richtigen Namen, wahrscheinlich nicht einmal er selbst." Der Mann war offenbar eine Art Spion und hatte dies Scuzzy einmal versehentlich verraten, als er betrunken war, zu seinem späteren Leidwesen. Aber Scuzzy hatte ihm eigentlich einen Gefallen getan, indem er ihm geholfen hatte, für seinen letzten Identitätswechsel einen gefälschten Ausweis und einen mantuanischen Pass zu besorgen.

Aber warum hatte Moss zugestimmt, mich zu treffen, fragte ich mich misstrauisch.

Und was für ein Geheimagent verpfuscht seine Identität auf diese Weise?

9

AGENT

Die Figur Moss hatte sich mit uns in einem Park verabredet, auch auf der Southside ... Aber um dorthin zu kommen, mussten wir einen Zug zurück nach Downtown nehmen und dann mit einer anderen Linie weiterfahren. Der Weg zum Bahnhof war nicht weit und führte über ausgetretene Straßen. In dieser warmen, schmierigen Nacht war die Luft erfüllt von Schreien und Gebrüll. Viele Betrunkene waren unterwegs, um den Beginn des Festivals zu feiern. Ein Mann stürmte auf uns zu, aber da ich keinen Ärger wollte, stieß ich ihn einfach beiseite. Sein Gebrüll verfolgte uns, als wir uns durch die Menge drängten.

Wir rannten eine kleine Treppe hinunter und gelangten auf einen schmutzigen Betonsteg. Scuzzy kaufte Eintrittskarten an einem altmodischen Automaten an der Wand, der klappernd und surrend drei kleine Pappstücke mit unleserlicher Schrift in verschwommener Punktmatrix-Tinte ausspuckte.

Wir passierten das Drehkreuz und betraten den abgedunkelten Bahnsteig. Die flackernden gelben Lichter an der Decke ließen die schmutzigen Wände kränklich und ungepflegt erscheinen. Ein alter Mann schlief auf einer Holzbank, aber außer ihm war niemand auf dem Bahnsteig. Dann näherte sich der Zug kreischend und durchbohrte die Luft mit weißgrauem Licht. Die Bremsen klangen, als würden sie gleich versagen, aber wir stiegen ein, und Molly sah sich unter ihrem Kapuzenpulli um, als würde sie sich mit etwas Traumhaftem und Altem aus der Zeit vor ihrem Ruhm vertraut machen. Scuzzy lehnte sich selbstbewusst zurück und stützte seine schmutzigen Stiefel auf den

404

gegenüberliegenden Sitz.

Die Fahrt verlief langsam, und der Zug füllte sich, als wir uns der Stadt näherten. An der vorletzten Haltestelle wurde vorne im Waggon ein Spucknapf ausgeschüttet, und ich blickte angewidert in die andere Richtung.

Wir stiegen am Hauptbahnhof aus und folgten Scuzzy durch einen Gang zu einem anderen Bahnsteig, der größer und voller Menschen war. Eine verzerrte Stimme verkündete, dass der nächste Zug in drei Minuten einfahren würde.

Scuzzy verkündete, dass er urinieren müsse, und bahnte sich einen Weg zu den vermutlich schmutzigen Toiletten. Molly und ich standen auf dem Bahnsteig inmitten des Gestanks von hunderten schwitzenden Körpern, und dann passierte es - ein psychotisch aussehender Mann unbestimmbarer Rasse stieß mit Molly zusammen, fing an zu jammern und sie anzuschreien, wobei ihm die kleinen Augäpfel fast aus seinem verschrumpelten Kopf fielen. Ich absorbierte es durch den Gestank und den Schweiß und den seltsamen mantuanischen Rausch der silbernen, wirbelnden Nacht. Mein Hirn arbeitete auf Sparflamme, aber eine ruhige Stimme dachte müde: "Nicht schon wieder... Wie viele werden uns heute Nacht noch belästigen?

Aber während dieser träge Geist in meinem Hinterkopf so dachte, erwachten andere Fähigkeiten zum Leben. Molly antwortete dem Fremden mit einer trotzigen, schrillen Stimme - so trotzig, dass ich mich gezwungen fühlte, zu ihrer Fahne zu laufen. All die Qualen eines ganzen Lebens schienen sich in diesem Schrei zu bündeln, dessen Wortlaut mir entging, dessen Bedeutung aber - ohne Worte - klar war. Ich trat vor, um sie zu verteidigen, aber meine Bewegung fiel mit der des Anklägers zusammen, der ein langes, glänzendes Messer zog. Ich stellte mich ihm entgegen und hob ein Bein, in der Hoffnung, er würde mir das Messer in die Prothese rammen, und sein Schlag würde harmlos abprallen. Doch stattdessen stürzte sich der Fremde auf Molly.

Sie wich dem Messerarm aus, konnte aber dem anderen nicht ausweichen, der grob nach ihrem Kopf griff und die Kapuze herunterriss. Die zunehmend panische Menge schrie auf.

"Es ist Molly", rief jemand unnötigerweise. Ich griff nach dem drohenden Arm... Aber Scuzzy war zurückgekommen und schlug dem Mann mit einem eisernen Steert, den er wohl beim Pinkeln ausgezogen hatte, einfach auf den Hinterkopf. Der betäubte und schreiende Schläger schlug sich mit der Hand auf den Hinterkopf, während sein Messer auf den Boden klatschte (jemand griff schnell danach), bevor Scuzzy ihm einen weiteren Schlag mit dem bizarren Metallteil versetzte, der ihn diesmal bewusstlos machte.

"Har, har, was für ein toller Kampf", rief er triumphierend, als Molly ihn in den einfahrenden Zug brachte. "Ich war noch nie in einem Kampf und ich möchte dir danken", brüllte er. "Denn jetzt bin ich *wirklich* Metall! Ich bin verdammt *unbesiegbar!*"

Wir hatten Mühe, ihn für den Rest der Zugfahrt zum Schweigen zu bringen, und einige Mitreisende warfen uns böse Blicke zu.

Endlich kamen wir am richtigen Bahnhof an, stiegen auf Straßenniveau aus und sahen über uns ein hell erleuchtetes Flugzeug, ein winziges Glühwürmchen, das am Firmament schwebte. Ich nahm das als Zeichen, dass wir (vorerst) vor den unerwünschten Blicken der Behörden sicher waren, und atmete erleichtert auf. Ich sah Molly an, die nur mit den Schultern zuckte.

Die Straße war nur schwach beleuchtet, und auf halber Strecke begann ein dunkleres Stück, das von den schattigen Umrissen von Büschen oder verkümmerten Bäumen gesäumt war und wie ein verwilderter Park aussah. Wir gingen durch eine Lücke im Gebüsch und betraten den dunklen Raum, der größer war, als er von außen ausgesehen hatte. Scuzzy schien zu wissen, wohin er ging.

Wir durchquerten den Park bis zu einer Mauer aus Maschendraht und düsteren Lagerhallen, und durch den Zaun warfen die Laternen ein fahles Licht in den Park.

"Das ist der richtige Ort", sagte Scuzzy und klang dabei unerklärlich fröhlich. Wir setzen uns auf eine Bank, die an ein karges Blumenbeet grenzt.

"Ist er spät dran?", fragte Molly.

"Nein ... Wahrscheinlich beobachtet er uns schon,

und dann wird er plötzlich aus dem Schatten auftauchen, wie der Angeber, der er ist." Ich stand auf und sah mich um, fragte mich, wo sich dieser Moos wohl verstecken könnte, wenn überhaupt. Er war weder hinter einem der nahen Bäume noch am Zaun.

"Es gibt keinen Ort, wo er sich verstecken könnte."

Aber gerade als ich sprach, raschelte es im Blumenbeet. Ich hatte diesen armseligen Garten ignoriert, weil er so armselig aussah - nur eine klägliche Ansammlung von Unkraut, in der sich kein Mensch verstecken konnte, ohne entdeckt zu werden. Doch nun schien eine Gestalt aus der Erde selbst zu kommen. Wie eine Kreatur aus einem billigen Horrorfilm erhob sich die schmutzige, zottelige Gestalt und blickte sich triumphierend um.

"Moss, du dreckiger Mistkerl", rief Scuzzy. "Du bist in neue Tiefen gesunken."

"Ich habe dich überlistet, nicht wahr? Wie immer", knurrte die Gestalt mit kämpferischer Stimme. "Nicht schlecht für einen Mann in den Vierzigern."

Selbst in der Dunkelheit und durch den Dreck sah er eher wie ein Sechziger aus, aber ich sagte nichts, denn viele Menschen lügen, wenn es um ihr Alter geht. Und es *war* nicht schlecht... Es sah aus, als hätte er sich eine Grube in die schmutzige Erde gegraben, die alles bedeckte, nur nicht sein Gesicht... ein Gesicht, das mir seltsam bekannt vorkam, auch wenn ich es nicht einordnen konnte. Der Schmutz? Er erklärte mir mühsam, wie er ihn zuerst in einer kleinen, unauffälligen Linie am Rand des Beetes verteilt hatte.

Scuzzy stieß ein langes, lautes Rülpsen aus, als hätte er an dieser Stelle nicht mehr viel zu sagen. Aber Vonny Moss runzelte die Stirn und legte einen Finger an die Lippen. Er trat einen Schritt vor und zog etwas aus seiner Tasche, eine Art kleines elektronisches Gerät. Jetzt konnte man ihn deutlicher sehen, sein langweiliges Haar und sein pummeliges, unscheinbares Gesicht - der perfekte Geheimagent. Selbst mit Dreck bedeckt, stand er im krassen Gegensatz zu Scuzzy, der mit den Augen rollte, als Moss das Gerät über mich hielt, von vorne und von hinten - eine Art Scanner.

"Um Flibs willen, Moss..." Aber Moss legte wieder

den Finger auf die Lippen und sah ihn böse an, offensichtlich verärgert über die wiederholte Verwendung seines Namens, auch wenn es ein falscher war. Dann ließ er den Scanner über Molly fahren. Plötzlich gab das Gerät einen scharfen Ton von sich.

"Aha! Siehst du?", sagte Moss triumphierend. Molly runzelte verwirrt die Stirn.

"Was ist das?"

"Schau in deinen Taschen nach." Sie tat es und fand eine winzige Metallperle, nicht viel größer als der Kopf einer Nähnadel.

"Ist das ... eine Art Abhörgerät?", fragte sie mit zitternder Stimme.

"Aha! Jetzt willst du also meine Expertenmeinung, was? Der "Dreckskerl", der sich nur aufspielt? Gib mir den ..." Er entriss es ihr unsanft.

"Ich habe dich nicht ..."

"Nein, junge Frau, das ist kein Abhörgerät, das ist ein *Peilsender*. Und jemand, irgendwo, genau jetzt, weiß genau, wo Sie sind. Und was noch wichtiger ist, wenn jemand wüsste, dass *ich* bei Ihnen bin, könnte er auch zu *mir* kommen..."

Er erklärte nicht, wie es möglich war, dass jemand wusste, dass er bei uns war, aber der Gedanke erfüllte ihn eindeutig mit Wut. Er begann, Molly zu befragen, fragte, wer sie sei, warum sie ihr einen Peilsender untergeschoben hätten und so weiter. Als er erfuhr, dass sie eine Berühmtheit war, rastete er fast aus. Obwohl sie im letzten Jahr einer der größten Stars der Welt war, hatte er anscheinend noch nie von ihr gehört (ich habe natürlich erst kürzlich *Lottery!* gesehen, aber ich bin auch ein Fast-Luddite).

Aber als er hörte, dass wir einen Hinweis auf einen "jüngsten Krieg" hatten, wurde er hellhörig. Er las die Seite aus dem Notizbuch so aufmerksam, dass ich ihn drängen musste, es mir zurückzugeben. Schließlich tat er es und gab Molly auch den Peilsender zurück.

"Wirf ihn weg", sagte er, "und dann gehen wir zu mir nach Hause." Molly sah Scuzzy besorgt an. Er nickte.

"Kater weiß, wovon er spricht. Wir tun besser, was er sagt."

In diesem Moment ertönte ein Geräusch auf der

anderen Seite des Zauns, und Vonny Moss wäre fast aus der Haut gefahren, aber es war nur ein betrunkener alter Mann, der vorbeischlurfte.

Plötzlich rannte Molly zu ihm und schob etwas durch das Gitter. Wollen Sie eine Schachtel E-Zigaretten, Mister? Ich rauche nicht mehr. Nein? Dann stecken Sie sie in Ihre Tasche und geben Sie sie später jemand anderem. Der Mann nahm sie mit einer Grimasse und einem Kopfnicken entgegen und schlurfte weiter, nicht ahnend, dass er beobachtet wurde.

"Moment mal ... Ich habe vergessen, *dich* zu scannen", sagte Moss zu Scuzzy und tat es zu dessen Erstaunen, als das Tremolo wieder erklang... und zur Verblüffung von uns allen, als sich herausstellte, dass der Scanner etwas nicht in Scuzzys Kleidung, sondern *in seinem Arm* gefunden hatte.

"Es scheint, mein Freund, dass du der stolze oder vielleicht auch gleichgültige Besitzer eines unentfernbaren Biochips bist."

"*Gleichgültig?!*"

"Und hier werden sich unsere Wege wohl trennen müssen. Besser einer von uns geht unter als alle zusammen."

"Ja", sagte Scuzzy und biss die Zähne zusammen. "Da hast du recht." Und ohne sich zu verabschieden, wandte er sich um und trottete durch den dunklen Park in die Richtung, aus der wir gekommen waren.

"Schnell jetzt", sagte Vonny zu mir und Molly, und ich hatte noch nie einen alten Mann so schnell rennen sehen (obwohl er sagte, er sei erst Mitte vierzig). Er führte uns durch eine Lücke im Zaun zu einem rostigen Lieferwagen, der neben dem Lagerhaus gegenüber geparkt war. Aber anstatt einzusteigen, wie ich es erwartet hatte, sprang er auf die Motorhaube, hievte sich dann auf das Dach des Lieferwagens und winkte uns, es ihm gleich zu tun. Von dort kletterte er auf den niedrigen Überhang, der zum Dach der Fabrik führte.

"Keine Chance. Mit meinem schmutzigen Gesicht und eurer Berühmtheit ... ist höchste Geheimhaltung geboten. Wir müssen die dunkelsten Wege gehen. Die Lage ist äußerst ernst. Bitte besprühen Sie Ihre Füße mit diesem Rasierwasser, um die Hunde von uns fernzuhalten."

"Aber finden die Hunde Aftershave nicht noch leichter als unseren normalen Geruch?" fragte ich ungläubig. Ich kam mir ein bisschen dumm vor, als ich das sagte ... Vielleicht war da eine Spitzfindigkeit, die ich nicht ganz verstanden hatte. Dann fiel mir ein, dass die Hunde natürlich nicht wissen, dass sie dem Aftershave folgen sollen, wenn sie *uns* folgen sollen.

Aber Moss schnauzte nur: "Natürlich. Ich habe Sie auf Ihre Tauglichkeit für verdeckte Ermittlungen geprüft. Sie haben den Test bestanden. Und das ist auch gut so, denn sonst hätte ich euch abserviert und eurem Schicksal überlassen. Also los, durch den Wald der Dächer."

Molly tippte sich an den Kopf und warf mir einen vielsagenden Blick zu, aber ich zuckte mit den Schultern und drehte mich um, um unserem seltsamen Führer zu folgen.

Doch der Wald aus Dächern endete auf der anderen Seite des Lagers. Uns blieb nichts anderes übrig, als durch ein Abflussrohr in eine Einkaufsstraße zu rutschen. Ein halbes Dutzend Leute starrte uns an, als wir uns wie Affen auf den Bürgersteig stürzten, und Moss zwang uns, von Schatten zu Schatten zu huschen und jede noch so kleine Deckung zu suchen.

Wir warteten eine Weile und sprinteten dann weiter.

Einmal blieben wir in einer dunklen Gasse stehen, während er unsere Richtung änderte, und Molly zog einen Taro-Kuchen aus ihrer Tasche und begann ihn hungrig zu essen. Aber Moss, der sich darüber ärgerte, dass seine "unbeobachtete Deckung" durchbrochen werden könnte, schlug ihn ihr aus der Hand.

"Er könnte vergiftet sein, du Narr...".

Und dann ließ er uns wieder gehen.

* * *

Als wir endlich in seiner ziemlich schäbigen Wohnung ankamen, setzte er uns auf den Boden und stellte uns weitere Fragen. Es schien, als hätte er wirklich noch nie von Molly gehört.

Sie schien beleidigt zu sein, aber für mich war das ein Zeichen, dass er vertrauenswürdig war ... Es sei denn, es war alles nur gespielt, aber dafür schien er zu verrückt zu sein (zumindest dachte ich das am Anfang). Und schließlich schien er *uns* zumindest teilweise zu vertrauen - aber nicht genug, um uns viel über sich zu erzählen.

Er gab zu, für eine ausländische Regierung zu arbeiten, wollte aber nicht sagen, für welche und ob es sich um eine mit der Kurie verbündete Regierung handelte. Er wusste genug über die aktuellen Ereignisse, um uns zu sagen, dass die neue Kurie in Patagonien im Exil sei.

Ein Teil seiner Mission, so ließ er uns wissen, bestand darin, Informationen über die Machtstruktur von Mantuaroa, über widerstreitende Allianzen und besondere Interessengruppen zu sammeln. Eines Nachts, so schien es, hatte er sich mit Kokain zugedröhnt und diese Informationen an Scuzzy weitergegeben, von dem er nicht wusste, dass er ein berühmter Musiker war (die Unterhaltungsindustrie gehörte nicht zu seinem Auftrag, wie er sagte).

Ich erwähnte die graue Platte im Kopf des Piloten und zeigte Moss meine eigenen Beine. Molly war angewidert, aber Moss war fasziniert von dem grauen Material, besonders nachdem ich ihm erklärt hatte, wie meine Beine zu den Prothesen "geworden" waren.

Und nun erzählte uns Moss etwas Interessantes: Er hatte den Piloten offenbar gekannt, der ein Undercover-Agent in der Armee des ungenannten patagonischen Milliardärs war. Er hatte sich freiwillig für die neue Luftwaffe gemeldet, um verdeckt Informationen zu sammeln, aber Moss hatte ihn seitdem nicht mehr gesehen und konnte sich die graue Platte in seinem Kopf nicht erklären. Er bat darum, noch einmal einen Blick in das Notizbuch werfen zu dürfen.

"Ja", sagte er, nachdem er es noch einmal gelesen hatte. "Ich bin der "Schauspieler", von dem er gesprochen hat. Diese Notiz muss an einen gemeinsamen Kontakt gerichtet gewesen sein. Offensichtlich hatte er nicht damit gerechnet, auf diese Weise zu sterben. Es war dumm von ihm, sie überhaupt zu schreiben, aber zum Glück haben die Behörden sie nicht gefunden."

"Dank mir."

"Ja, dank dir."

"Und warum nennen sie dich den Vogel?", fragte Molly.

"Weil ich wegfliege, wenn mich jemand sucht", sagte er und fletschte die Zähne zu einer seltsamen Grimasse.

Er wusste nicht, wer "Maddem" war oder wohin er wollte, aber er wusste von einem Konflikt, der sich zwischen zwei Inselstaaten im Süden zusammenbraute: Cavendish und St. Vigeans. Vielleicht versuchte jemand, zwischen ihnen Zwietracht zu säen, aber Moss konnte sich nicht vorstellen, warum. Der Streit ging nur um Territorium, und er wusste nichts von dem "Tor", das der Pilot erwähnt hatte. Es schien ihn sogar zu verwirren, wie diese scheinbar fantastischen Elemente in die normale Art der Spionage, an die er gewöhnt war, eingeflochten wurden.

"Aber ich weiß, wer uns mehr darüber erzählen kann. Er arbeitet an der Universität. Ich werde Sie morgen früh zu ihm bringen." Er schien jetzt ruhiger zu sein und ging in die Kochnische, um sich etwas zu essen zu machen, während Molly und ich sein groteskes Kartenspiel mit Bildern von nackten, dicken Frauen spielten.

Es dauerte nicht lange, bis Moss zufrieden brummend das Essen hereinbrachte, das er zubereitet hatte: flüssige, halbgare Eier auf geschwärztem Toast mit einer Art grobem Kraut (Cannabis?), das großzügig darüber gestreut wurde. Ausgehungert aßen wir es, aber es war keine Erfahrung, die ich gerne wiederholen würde.

Während wir aßen, gab er immer mehr von sich preis, zumindest dachten wir das, während er sprach.

"In den ersten Jahren hatte ich nie Erfolg", sagte er mit blasierter Miene. "Als junger Mann hatte ich einen schrecklichen Unfall nach dem anderen und konnte weder einen Job noch eine Freundin lange halten." Er schien fast zu lächeln, als er das sagte. "Aber eines Tages beschloss mein Onkel mütterlicherseits, Herr Phidias Cromfleck, seinem unglücklichen Neffen, also mir, eine dringend benötigte Pause zu gönnen.

"Onkel Phidias war Privatdetektiv, und er hat mich nicht nur unter Vertrag genommen, sondern auch meinen Namen in den Firmennamen aufgenommen. *Cromfleck und Moss* lasen das Schild an der Tür der Agentur. Er war der Meinung, dass zwei Namen an der Tür professioneller klingen und wollte mich nach und nach ausbilden. "Ich werde dir das Detektivhandwerk beibringen, mein Junge", sagte er. "Und wenn ich nicht mehr bin, gehört das Geschäft dir." Aber der arme Onkel Phidias ahnte nicht, wie schnell es so weit sein würde.

"Damals arbeitete er am Fall Kesserling, der berühmtesten Entführung in der Geschichte Mantuaros. Die Tochter eines reichen Geschäftsmannes war von einem Psychopathen entführt worden. Dieser Geschäftsmann alarmierte alle Detektive der Insel und versprach demjenigen, der den Verbrecher fassen würde, hohe Summen. Doch Phidias Cromfleck erwies sich als geschickter als alle anderen. Er kam dem Entführer gerade noch rechtzeitig auf die Spur, als dieser sich und sein Opfer an Bord eines Frachters schmuggelte, der eine große Ladung Meeresfrüchte nach Kanada bringen sollte. Er kletterte mitten in der Nacht an Bord und hievte sich mit seinem Opfer (das sich nicht sonderlich zu wehren schien) auf einen riesigen grauen Trichter, mit dem das Schiff beladen wurde. Ich ging mit - es war der erste Fall, an dem ich beteiligt war, und obwohl ich nicht viel dazu beitragen konnte, war ich stolz, der neue Assistent meines Onkels zu sein. Aber als Phidias mich bat, ihm seinen Elektroschocker zu geben, ging in meinem Kopf etwas Verrücktes vor. Ich wollte meinem Onkel imponieren, mir seinen Respekt verdienen. Statt ihm die Pistole einfach zu geben, zielte ich vorsichtig selbst. Als Kind bildete ich mir ein, ein guter Schütze mit dem Luftgewehr zu sein...

"Das ist leider lange her. Statt der schattenhaften Gestalt, die die Tochter des Kaufmanns über die Schienen zog, traf ich eines der Kabel, die den Trichter in Position hielten. Unter dem elektronischen Sperrfeuer franste es aus und riss, und dann geschahen zwei Dinge mit beängstigender Geschwindigkeit. Erstens durchschlug der Trichter mit einem gewaltigen, reißenden Geräusch den Schiffsrumpf, riss ein Loch und drückte ihn ins Wasser, so dass der Frachter augenblicklich zu sinken begann. Dann wurde der Inhalt des Trichters freigesetzt, und mein armer Onkel wurde von achtzehn Tonnen gefrorenen Tintenfischen und Kalmaren erdrückt. Wenigstens hatte ich den Trost, dass sein Tod gnädigerweise schnell eingetreten war...

"Das Entführungsopfer stürzte über die Bordwand und rutschte den fließenden Berg gefrorener Meeresfrüchte hinunter. Sie landete direkt in meinen Armen, aber ich war so verblüfft, dass sie mich kaum bemerkte. Der Entführer war ins Wasser gesprungen und entkommen. Kurz darauf flog das Mädchen, das ich gerade "gerettet" hatte, zu ihm in sein Versteck nach Übersee.

"So merkte ich, dass der Detektivberuf nichts für mich war. Stattdessen wurde ich Geheimagent..."

Was soll ich zu dieser lächerlichen Geschichte sagen? Das Ganze war von Anfang bis Ende Schwachsinn, aber ich war zu höflich, um es zu sagen...

Und dann traf es mich wie ein Blitz aus heiterem Himmel. Wie eines dieser magischen Puzzles, die wie ein amorpher Fleck aussehen, bis sich das Bild einer Windmühle zusammensetzt, und dann kann man nichts anderes mehr sehen als die Windmühle.

Das war Ellison Plugg. Der Verschwörungstheoretiker, der vor einigen Jahren "gestorben" ist.

Er muss gemerkt haben, dass etwas nicht stimmte, denn er fragte mich, warum ich ihn mit offenem Mund vor Staunen anstarrte.

"Sie sind Ellison Plugg!" stammelte ich.

Er leugnete sofort.

Dann bejahte er es sarkastisch, mit einem Augenzwinkern.

Dann leugnete er wieder, bis mir alles wie ein surrealer Witz vorkam.

Sogar Molly runzelte die Stirn und begann, die Ähnlichkeit zu erkennen. In einem offensichtlichen Versuch, unsere Aufmerksamkeit abzulenken, schaltete er das Radio ein, aber was wir hörten, fesselte uns noch mehr... Scuzzy wurde wegen der Entführung von Molly gesucht!

Ich selbst wurde in einer Meldung, die nichts mit den beiden anderen zu tun hatte, einfach als "vermisst" bezeichnet.

Vonny war misstrauisch - warum sollte Scuzzy mit seinem Biochip gesucht werden? Molly wollte den Behörden alles erklären und Scuzzy in Sicherheit bringen, aber Vonny und ich überzeugten sie, zu warten, bis wir mehr Neuigkeiten hörten.

Wir mussten nicht lange warten. Das Telefon klingelte und Scuzzy rief aus einer Telefonzelle an. Er sprach in der verschlüsselten Vogelsprache, die Vonny ihm beigebracht hatte. Molly wollte mit ihm sprechen, aber Vonny ließ sie nicht, weil sie den Code nicht gelernt hatte.

Nachdem er eine Weile in scheinbarem Kauderwelsch, vermischt mit Gezwitscher und Gackern, gesprochen hatte, legte er das Gerät mit grimmiger Miene beiseite. Zumindest das Rätsel um den Biochip war gelöst... Scuzzy hatte sich in einer Bar betrunken und das Gerät in einer Art grober Selbstoperation entfernt. Der "unentfernbare" Chip schwamm nun im Fluss, aber Scuzzy hatte einen Preis bezahlt... Er war in einem schrecklichen Zustand. Er hatte viel Blut verloren und versteckte sich bei einem Freund, der ihm helfen wollte, aus der Stadt zu fliehen.

Aber er hatte auch wichtige Neuigkeiten gehört und deshalb angerufen. Irgendwie hatte er von seinem Freund erfahren, dass ich *und* Molly jetzt von den Behörden gesucht wurden. Mollys Berühmtheit würde sie jetzt nicht mehr schützen, denn jemand von ganz oben wollte sie verhören ... Aber worüber, das wusste er nicht.

"Ich bringe Sie morgen früh zu meinem Freund Professor Pommas an der Universität, der Sie verstecken kann, bis wir wissen, was zu tun ist."

Trotz meiner Bedenken schien er uns wirklich helfen zu wollen. Auf welcher Seite dieser vierfache Agent und Todesfälscher auch immer stand, es schien nicht die der Inselregierung zu sein. Das war wenigstens etwas.

10

NARRENSCHIFF

Als wir aufwachten, war es überraschenderweise Vonny, die uns sagte, dass "sie" alles wüssten, dass wir keine Chance hätten und so weiter.

Ich wälzte mich von dem Mantel, der mir als Matratze diente, auf den Inhalt eines Aschenbechers, der auf den Teppich gefallen war.

"Was?", fragte ich und zog mich auf meine "Füße" zurück. Warum hilfst du uns, wenn wir sowieso alle dem Untergang geweiht sind?

"Dem Untergang?"

"Ja. Du hast gerade gesagt..."

"Ach, ich habe nur so vor mich hin gemurmelt. Nichts, worüber du dir Sorgen machen müsstest. Ich dachte, ihr schlaft beide." Molly gähnte und richtete sich auf.

"Wann fahren wir zur Universität?", fragte sie verschlafen.

"Bald, bald. Ich hätte selbst zur Universität gehen können, weißt du. Aber ich habe mich für die Universität des Lebens entschieden. Die Schule der harten Schläge. Und meine Karriere geht jetzt steil bergauf."

"Aufsteigen wohin?", murmelte ich düster.

"Nun, als nächsten Karriereschritt plane ich, meinen eigenen Tod vorzutäuschen, igittigitt. Nicht, dass ich das schon mal gemacht hätte, natürlich. Und dann werde ich vielleicht Reiseveranstalter."

Beim Frühstück mit noch mehr verbranntem Toast erklärte Moss, dass es zwar riskant sei, seinen Kontaktmann an seinem Arbeitsplatz zu besuchen, dass es aber weniger wahrscheinlich sei, dass er überwacht

416

werde als zu Hause, da es schwieriger sei, in einem öffentlichen Gebäude Abhörgeräte zu installieren. Das war jedenfalls Vonnys Überlegung. Anscheinend wurde dieser Mann, ein Professor Pommas, von der Regierung verdächtigt, Verbindungen zu illegalen Rebellengruppen zu haben, insbesondere zu den Wölfen der Freude.

"Sind die Wölfe nicht ein urbaner Mythos?"

"Sag du es mir, junger Mann. Du scheinst ein echter Klugscheißer zu sein. Ich werde jetzt mein Auto starten, also warten Sie bitte hier... Die Anwesenheit von Fremden stört die Konzentration." Wir saßen und warteten. Immer wieder versuchte ich, Mollys Blick zu erhaschen, aber sie schaute zu Boden, als würde sie meine Absichten in Frage stellen.

Plätschernde Geräusche drangen durch die Wand, gefolgt von dem Geräusch eines sterbenden Emus. Dieser Zyklus wiederholte sich mindestens ein Dutzend Mal, dann gab es einen heftigen Knall und ein lautes, aber gleichmäßiges Schnurren. Es schien, als hätte Vonnys Auto seine Konzentration wiedergefunden. Er rief uns heraus, öffnete die hintere Tür und klappte den Sitz hoch. Darunter befand sich ein Stauraum.

"Einer kann da rein, der andere in den Kofferraum. Ich gehe kein Risiko ein."

Es war lustig, dass er trotz seines britischen Akzents (Plugg war Amerikaner) das amerikanische Wort "trunk" (Kofferraum) benutzte. Aber inzwischen interessierte es mich nicht mehr, wer er war oder gewesen war. Ich war mir nur verdammt sicher, dass ich nicht in einen geschlossenen Raum gehen wollte, wo man mich vielleicht einsperren und an einen unbekannten Ort bringen würde. Doch Molly zögerte nicht. Sie kletterte in das Abteil und ich ließ mich nur widerwillig von Vonny in den Kofferraum sperren.

Er sperrte mich in die Dunkelheit, und der Wagen hustete und ruckte ins Licht.

*   *   *

Nach einer gefühlten Ewigkeit ließ er uns aussteigen.

Er hatte, so schien es, in einer unübersichtlichen Ecke des Campus geparkt, weit weg von einem Gebäude. Molly wollte etwas sagen, aber Moss legte einen Finger an die Lippen und deutete stumm auf einen dunklen Betontunnel auf der anderen Seite des schlammigen Fußballfeldes. Es sah aus wie der Eingang zu einem Regenwasserkanal. Ich ahnte, was er vorhatte und verdrehte die Augen.

"Ist die Tür in Ordnung?" fragte ich leise. Aber nicht leise genug. Moss schrie mich mit weit aufgerissenen Augen an. *Wir sind tief in feindlichem Gebiet*, sagten sein Gesicht und seine Haltung. Er drehte sich um und winkte wortlos, und wir folgten ihm achselzuckend.

Am Feldrand entlang führte er uns in den schwarzen, schleimigen Tunnel. Er setzte eine Art Nachtsichtgerät auf, aber er hatte keines dabei, und so mussten wir uns damit begnügen, seinen schleppenden Schritten zu folgen. Diese waren manchmal schwer zu erkennen, selbst in dem sonst so stillen und hallenden Tunnel. Er schien so leichtfüßig wie möglich zu sein... Hatte er Angst vor versteckten Mikrofonen? Ich begann an seinem Verstand zu zweifeln.

Da mein Zeitgefühl bestenfalls sprunghaft war, konnte ich nicht sagen, wie lange wir schon schweigend durch diese dunkle, phobische Röhre liefen. Irgendwann tauchte eine schwache Lichtquelle auf, und dann kamen wir unter eine massive Metallklappe, die Moss nach einigen Minuten anhob, und wir kletterten eine an der Wand befestigte Leiter hinauf in einen feuchten, verrotteten Heizungsraum. Woher wusste er, dass wir hierher kommen würden? War er schon einmal hier gewesen?

Aber wir hatten keine Zeit zum Nachdenken, als er uns durch Spinnweben zu einem alten Lastenaufzug führte, der kurz vor dem Zusammenbruch stand. Moss drückte auf einen Knopf und eine alte Schalttafel leuchtete auf. Der Aufzug fuhr langsam nach oben, hielt an und die Türen öffneten sich zu einer staubigen, von Säulen gesäumten Kammer voller kaputter Möbel. Moss trat auf einen massiven Holztisch in der Ecke, drückte auf eine kaum sichtbare Luke in der Decke und hievte sich plötzlich (schneller, als wir es für möglich

gehalten hätten, selbst für diesen krabbelnden Mann)
auf das Dach.

Eine Hand streckte sich nach unten und Molly sprang
auf den Tisch, damit Vonny sie hochziehen konnte. Ich
tat dasselbe und fand mich in einem quadratischen,
glänzenden Schacht mit dünnen Metallwänden wieder,
offensichtlich eine Art Lüftungsschacht.

Moss zog die Luke hinter uns fest zu, aber ein
schwaches, fernes Licht schimmerte durch den Schacht.
Unser Atem hallte laut wider. Moss zog ein gefaltetes
Blatt Papier aus seiner Tasche und wedelte damit vor
unseren Augen herum, den Finger wie immer an die
Lippen gelegt. Es sah aus wie ein Plan des Kühlsystems.
Aber er sah es kaum an, als er sich auf die Knie drehte
und uns langsam vorwärts kriechen ließ.

Er ist glatt, dachte ich, denn die Alternative war
undenkbar. Ich vertraute diesem verrückten, wühlenden
Tier mein Leben an.

Nachdem wir uns eine gefühlte Stunde durch ein
Labyrinth von Durchgängen, Kurven und Schächten
gewunden hatten, brachte er uns plötzlich zum Stehen.
Molly öffnete den Mund, um etwas zu sagen, aber er
brachte sie wieder zum Schweigen. Ich verdrehte die
Augen. Wir machten doch bestimmt schon genug Lärm,
wenn wir hier in den Rohren herumwuselten? Moss"
Paranoia würde uns eher in die Falle locken als
umgekehrt, und außerdem wurde ich immer
klaustrophobischer. Doch Vonnys Hand ruhte auf einer
Metallklappe. Endlich, das Büro, in dem sein
Kontaktmann arbeitete!

Langsam hebelte er an den Rändern...

Doch der Anblick, der sich ihm bot, war nicht das,
was er erwartet hatte. Ein Dutzend Augenpaare starrten
uns direkt an, während eine grauhaarige, wütende Frau
mit einem Besen in der Hand auf dem Schreibtisch
stand, bereit, uns zu schubsen. Einer ihrer Schüler (ich
nehme an, das waren sie) rief in den Flur: "Hey, sie sind
hier drin! Das sieht nach *Menschen* aus!"

Es schien, als hätte unsere lautstarke Reise durch die
Luftschächte eine Panik auf dem Campus ausgelöst, und
Schüler und Lehrer wurden losgeschickt, um die Kreatur
oder die Kreaturen zu jagen, die in der Decke vermutet

wurden. Vonny schimpfte schnell.

"Es tut mir leid", stotterte er. Nur ein routinemäßiger Systemcheck. "Die Schächte funktionieren einwandfrei, danke. Wirklich gut." Vielleicht dachten sie, er sei eine Erscheinung, ein Tiergeist, ein Herr der Ratten, der menschliche Gestalt angenommen hatte und tatsächlich zu ihnen sprach. Schnell schlug er die Luke zu und überprüfte noch einmal seine Karte.

*   *   *

Das nächste Mal hatte er es richtig gemacht. Durch die Luke kamen Hunderte von Büchern zum Vorschein, die in wackeligen Stapeln fast bis zur Decke reichten. Der Raum war ein Trümmerhaufen. Aber es war niemand da.

Moss half uns hinunter und ließ sich dann selbst hinunter. Er konnte sich kaum bewegen. Er balancierte auf einem Stuhl, zog die Luke zu und sagte uns, wir sollten uns hinter den Bücherstapeln verstecken und warten. Aber wir warteten nicht lange. Draußen klapperten Schritte und eine Frauenstimme ertönte.

"Professor", sagte sie. "Sie haben die ganze Aufregung verpasst! Irgendein Tier ist in die Lüftungsschächte geklettert. Offenbar ein Wildschwein. Alle laufen herum, um es zu jagen." Als Antwort ertönte ein Lachen und die Türklinke klapperte. Ich schaute durch eine Lücke in den Büchern, als zwei Gestalten den Raum betraten - eine Frau, die wie eine Sekretärin aussah, und ein weißhaariger Mann, der etwas trug, das wie ein altes griechisches oder römisches Gewand aussah: eine Toga, eine Himation oder so etwas.

Die Frau nahm etwas von einem Bücherstapel neben der Tür, dann ging sie wieder, und der Professor (denn das war er, Professor Pommas), der sich selbst überlassen war, nahm ein Buch in die Hand, scheinbar wahllos, und lächelte ein trauriges, aber glückliches Lächeln... Ein Lächeln, das mich an das Lächeln erinnerte, das ich selbst getragen hatte, als ich an dieses freundliche Mädchen dachte. Ich fühlte mich plötzlich unwirklich.

420

Ein Kreis schien sich zu schließen.

Dann sprang Moss hinter den Büchern hervor. Als der Professor ihn erschrocken erkannte, schrie er ihn an. "Bei den Schatten, Mann, du hättest anklopfen können!"

"Pst ..."

Moss durchsuchte die Bücher; als er nichts fand, bat er mich, vorzutreten und Pommas das Notizbuch zu zeigen. Als wir aus unserem Versteck traten, nahm er das Notizbuch, las es und murmelte leise vor sich hin. Er runzelte die Stirn.

"Woher hast du das?" Als man ihm das erklärt hatte, lief er eilig auf und ab, so gut es in dem Durcheinander ging. Während er auf und ab ging, redete er, scheinbar mit sich selbst, aber wir hörten seine Worte ganz deutlich. Er sprach von den "Ahu", von denen im Notizbuch die Rede war, einer Rasse, die anscheinend einst auf Cavendish gelebt hatte, der Insel, von der Moss uns erzählt hatte und die mit der anderen Insel St. Vigeans im Streit lag.

Die Ahu waren vor mehreren hundert Jahren verschwunden, und es hieß, sie hätten einige "Wege ins Meer" genommen. Pommas, ein Anthropologe, wusste viel über diese Legenden, aber er wusste nicht, was "Wege ins Meer" bedeuteten.

Auf Nachfrage meinte er, "sie" könnten die Sekte der Toten Schatten sein.

"Sie haben überall in der Regierung Freunde. Sie haben alle Ebenen infiltriert", sagte er, und sein Ton war nicht der eines wilden Verschwörungstheoretikers, sondern der eines Mannes, der das Leben studiert und viel gesehen hatte. Er glaubte, dass ihre Pläne irgendwie darin bestanden, die Nachwirkungen der Scharlottischen Kriege und die aktuelle Weltlage - sowohl Konflikte als auch Naturkatastrophen - auszunutzen, um ihre geheime Doktrin der vollständigen Auslöschung der Menschheit voranzutreiben. Der Tod war ihr Vergnügen.

Aber es gab noch eine andere Sekte, die sich ihnen entgegenstellte, erzählte er uns, und das war die Sekte des Vogelkönigs.

Einige seiner Schüler hätten sich ihr angeschlossen, erzählte er stolz. Die Sekte des Vogelkönigs zwang ihre Mitglieder zu nichts und suchte nie nach "Konvertiten", sondern nur nach freien Geistern, die aus eigenem Antrieb beitraten. Und während der Schattenkult den Tod verherrlichte, ehrte der Vogelkult *Leben und Tod im Gleichgewicht*.

"Ich habe Sympathie für sie. Sie glauben an das, was niemals gezähmt oder zertrampelt werden kann. Wo immer die Menschen den König der Vögel vermuten, ist er in Wirklichkeit ganz woanders. Aber manchmal, manchmal verschmilzt er, seine Flügel laufen zusammen ... und für einen kurzen Moment, in Zeit und Raum, seid ihr und er eins ...".

*   *   *

Pommas führte uns aus dem Gebäude und packte uns in sein Auto. Er hatte Mühe, Moss zu überreden, der eine Weile sehnsüchtig auf den Lüftungsschacht starrte, dann aber einwilligte.

Pommas kündigte an, uns zu einem hochrangigen Mitglied der Bird-Sekte zu bringen, wollte aber vorher noch in seinem Club in der Innenstadt vorbeischauen, um einem seiner Kontakte das Notizbuch zu zeigen. Ich zuckte mit den Schultern und hatte keine andere Wahl, als ihm zu vertrauen.

Nach zwanzig Minuten erreichten wir das neoromanische Gebäude mit achteckigem Grundriss, dunklem Schieferdach und weiß-grünen Kalksteinsäulen. Hier befand sich der Gillies Club, auch "Narrenschiff" genannt, frei nach dem Vorbild der Pall Mall Clubs in London. Hier konnten sich die Mächtigen der Gegend in einer blitzsauberen und gemütlichen Umgebung entspannen, wobei die Mitgliedschaft nur auf Einladung möglich war; Pommas hatte sie als jemand angeboten bekommen, auch wenn seine Ansichten im Widerspruch zu denen vieler anderer Mitglieder standen. Unter diesem Dach konnten sich Feinde ungehindert zum Gedankenaustausch treffen, und trotz der entspannten Atmosphäre war der Club eine Brutstätte für Intrigen.

Pommas öffnete die Eingangstür mit einem

altmodischen Zahlenschlüssel und steckte seinen Kopf durch, um zu sehen, ob die Luft rein war. Er führte Molly und mich in die verschnörkelte Eingangshalle (Moss hatte beschlossen, im Auto zu bleiben) und eilte dann mit uns eine Wendeltreppe nach links hinauf. Wir erreichten den ersten Stock und nahmen eine weitere Treppe gegenüber der ersten. Er führte uns in einen schäbigen Raum mit muffigen Möbeln und bat uns, dort zu warten.

"Hier kommt kaum jemand rein... Wenn Sie jemand stört, sagen Sie ihm, dass Sie meine Gäste sind. Ich komme bald wieder, hoffentlich mit Informationen." Dann flüsterte er leise: "Sprechen Sie nicht über das Notizbuch, auch nicht untereinander", und verließ den Raum.

Wir saßen auf muffigen Stühlen und schwiegen unbehaglich, weil wir wieder allein waren. Ich schaute Molly an, unsicher, was ich sagen sollte... Dann wandte ich den Blick ab, für den Fall, dass sie mich sah. Ich sah, dass sie unglücklich war. Wir waren sicher auf verschiedenen Wellenlängen, meine war "allein unruhig"... aber dann sprang sie auf und begann, im Zimmer auf und ab zu gehen.

"Ich werde mich mal umsehen", sagte sie. "Ich war noch nie an so einem Ort" (oder sie konnte mein finsteres Gesicht nicht mehr ertragen).

"Und wenn Pommas zurückkommt?"

"Sei nicht so langweilig. Sie hatte gute Laune, das sah ich. Und konnte ich es ihr verübeln?" Sie war von einem glamourösen Lebensstil in eine Welt von Schächten und Abwasserkanälen, Professoren, Spionen und staubigen, spinnwebverhangenen Räumen gefallen. Aber mein Mitleid verflog, als ich aufblickte und sah, dass sie schon weg war!

Ich sprang auf. Das konnte ich nicht zulassen.

Ich rannte zur Tür, aber sie war nicht im Flur. Dann blickte ich zurück in den Raum und bemerkte einen dunklen Fleck in der Ecke, den ich vorher nicht gesehen hatte. Es war der Eingang zu einem schmalen Holzgang. Als sich meine Augen daran gewöhnt hatten, sah ich sie vor mir und holte sie ein.

"Wir sollten warten", wollte ich sagen, aber sie schob mich beiseite. Sie war voller aufgestauter Wut und durchaus in der Lage, sie an mir auszulassen, wenn ihr kein besseres Ziel einfiel, also folgte ich ihr wortlos und wartete, bis sich ihr Dampf verzogen hatte.

Der Gang ging in einen Balkon über. Ein hell erleuchteter Raum erstreckte sich unter uns.

Jemand trat ein, und wir erstarrten. Es war ein kahlköpfiger Mann mit glühenden Augen, der aufgeregt auf und ab ging.

Molly, die sich weiter in den Schatten zurückgezogen hatte, gab ein schleifendes Geräusch von sich, und sein Kopf hob sich schnell. Wieder erstarrten wir.

"Wer ist das?", fragte er und starrte in die Dunkelheit. "Wer zum Teufel ist das?"

Er schielte und blinzelte, aber die Galerie war viel dunkler als der Raum - für ihn musste es nur ein schwarzer Fleck oben an der Wand sein. Er starrte noch eine Weile, dann drehte er sich um und verließ den Raum.

Molly schlich weiter, diesmal leiser, und ich folgte ihr. Bald kamen wir an einem weiteren hell erleuchteten Raum vorbei. Diesmal saßen zwei Personen darin. Die eine erkannte ich sofort - Blinny Gunnarsen von der Künstlergilde -, die andere war eine Fremde.

Wir standen ganz still, denn die Akustik übertrug ihr Gespräch wunderbar zu uns nach oben. Sie schienen sich über den Wissenschaftler Nemet Breisler zu unterhalten, von dem ich in den Nachrichten bei Herb gehört hatte.

"Was hat er denn so Wichtiges gemacht?" fragte Blinny mit einem vertrauten Gähnen.

"Was hat er getan? Abgesehen davon, dass er versucht hat, die Realität in eine Art semantisches Netzwerk zu verwandeln?"

"Ein was?"

"Ein semantisches Netz, in dem alles klassifiziert und in andere Formate übertragen werden kann. Wenn das gelingt, dann wird die virtuelle Realität ... grenzenlos sein."

Blinny gähnte wieder. "Ihr Wissenschaftler nehmt das alles so verdammt ernst."

"Und ihr Künstler seid eine Verschwendung von Steuergeldern ... Schurken." Sie lächelten und erhoben ihre Gläser zu einem Toast.

Ich wäre gerne noch geblieben, um mehr über diese "semantischen Netze" zu erfahren, aber Molly schlenderte schon langsam den nächsten Gang entlang. Ich seufzte und folgte ihr.

Die nächste Galerie gab den Blick frei auf einen Raum voller alter, zerlesener Bücher (Rechtsbücher, wie es schien). In der Mitte stand ein massiver Mahagonitisch.

Ich räusperte mich.

"Wir sollten zurückgehen", argumentierte ich. "Was, wenn Pommas zurückkommt und wir sind weg?"

"Ich ...", begann Molly. Aber die Zimmertür ging auf und sie verstummte. Zwei Personen traten ein ... und der eine war Pommas. Der andere war ein kleiner Mann mit grauem, fettigem Haar und einer glänzenden Lederjacke.

"Hier können wir unter vier Augen reden", sagte er.

"In diesem Gebäude gibt es nirgendwo Privatsphäre", spottete Pommas. "Überall lauschen sie!"

"Nun, das lässt sich nicht ändern. Dann erzähl mir mehr. Was wollen Sie eigentlich von mir?"

"Die Reise, die ich antrete, könnte gefährlich werden. Ich gehe nach Cavendish, wie ich dir gesagt habe. Es gibt Leute, die vielleicht nicht wollen, dass ich heil ankomme. Aus politischen Gründen ... Aber das geht Euch nichts an. Alles, was ich von Euch für den Gefallen brauche, den Ihr mir schuldet - und damit sind wir quitt -, ist ein sicheres Versteck für meine Freunde. Du musst sie verstecken, sie von der Insel bringen und ihnen neue Identitäten geben. Ich weiß, dass Sie das nötige Kleingeld haben, um das zu arrangieren."

Ich war fassungslos. Was in aller Welt war hier los? Vonny würde sich bestimmt über den Identitätswechsel freuen...

"Ach ja, und ich glaube, ich kann mir denken, wer deine Freunde sind, Pommas. Ist doch verdammt offensichtlich, oder? Die Schauspielerin und der bionische Trottel. Jeder und sein Hund sind hinter *ihnen* her".

"Dann weißt du, wie wichtig es ist, sie zu verstecken. Und zusätzlich zu deiner getilgten Schuld werde ich dir die Aufnahme in unseren Orden ermöglichen ... Etwas, wonach du dich sehnst, solange ich dich kenne ... vorausgesetzt, du erfüllst gewisse Bedingungen."

"Mein kleines altes Ich! Und ich weiß, was du über meine Eignung denkst. Du musst deine Freunde sehr schätzen, Pommas."

"Es ist wichtig, dass sie am Leben bleiben. Ganz zu schweigen von der ethischen Frage ... Sie sind schließlich in meiner Obhut."

"In Ordnung. Du wirst mir geben, wonach ich mich schon lange sehne. Spirituellen Auftrieb. Dem kann ich nicht widerstehen. Also, wo sind sie?"

"Hier, in diesem Gebäude. Sie verstecken sich oben."

"Danke", sagte der Mann und zog eine Pistole mit einem Schalldämpfer am Ende. Pommas blinzelte überrascht und der Mann lachte.

"Ich fürchte, mein Freund, auf einen von ihnen wartet ein Auftrag. Der Cyborg wird von den Behörden gesucht. Und was Ihren Orden betrifft ... Nun, ich habe einen größeren Gott entdeckt. Mammon! Ich glaube schon lange nicht mehr an euer Kauderwelsch."

Er drückte ab, und es gab ein Geräusch wie ein Lufthauch. Pommas fiel mit einem erstickten Keuchen zu Boden, seine Augen rollten. Ein rotes Loch klaffte in seinem sauberen, weißen Mantel. Wir blieben wie angewurzelt stehen, und Molly gab ein fast unhörbares Wimmern von sich.

Der Mann zerrte Pommas" Leiche zu einem Schrank und schob sie hinein. Es war offensichtlich ein wenig benutzter Raum, vielleicht rechnete er damit, dass die Leiche für immer dort bleiben würde - oder vielleicht war es ihm einfach egal. Er öffnete die Tür, suchte den Flur ab und verließ den Raum, ohne auch nur einen Blick auf die Galerie über ihm zu werfen.

"Lauf", flüsterte ich, aber ich brauchte es nicht zu sagen. Wir beide rannten die Galerie hinunter. Ich sah, wie Blinny und der Wissenschaftler die Augen verdrehten, als wir mit einem lauten Knall an der Kammer vorbeirasten, in der sie saßen. Wir erreichten den Raum, in dem Pommas uns verlassen hatte, und rannten die zwei Wendeltreppen hinunter. Die Eingangstür ließ sich von innen öffnen, zum Glück ohne

Schlüssel, und wir traten keuchend hindurch. Außer Vonny, der immer noch in Pommas' Auto wartete, war niemand zu sehen. Wir stiegen ein und ich erzählte zwischen zwei Atemzügen, was passiert war.

"Was meinte er damit", sagte Vonny, "dass einer von euch einen Vertrag hat?" Da fing Molly an zu schluchzen, den Kopf in die Hände gestützt.

"Es ist mein Agent", schluchzte sie.

"Welcher Agent?"

"Ward Lardle."

"Der Gangster?"

Ich stöhnte auf. Das hatte uns gerade noch gefehlt.

"Die würden mich bestimmt gern umbringen", schluchzte sie. "Die würden von der Todesindustrie profitieren. Einschaltquoten, Merchandising, Spin-offs ... Eintrittskarten für die Beerdigung ..."

Moss hatte seine Beherrschung verloren. Ich stupste ihn in die Rippen und fragte, was wir tun sollten. Schließlich tauchte er wieder auf.

"Zuerst werden wir das Auto kurzschließen", rief er. Er riss eine Platte neben dem Lenkrad ab und zog ein Schweizer Taschenmesser aus der Tasche. Nach etwa einer Minute des Fummelns gelang es ihm, die Zündtrommel aus ihrem Gehäuse zu lösen, so dass sie mit einem Schlitzschraubendreher und nicht mit einem Schlüssel gedreht werden konnte. Da sein Messer ein solches Werkzeug besaß, sprang der Wagen bald an.

"Wohin jetzt?", rief ich.

"Zu einem Tempel, außerhalb der Stadt", knurrte er. "Pommas hat mir mal von seiner Äbtissin erzählt. Ich bringe dich dorthin. Vielleicht ist das unsere einzige Hoffnung."

Wir nahmen die Autobahn und dann eine Ausfahrt auf eine Straße, die uns bald in den Regenwald führte. Wir fuhren etwa zwanzig Minuten, ohne eine einzige menschliche Behausung zu sehen, und erreichten schließlich ein Holztor in einem langen Zaun. Vonny stieg aus dem Auto und schrie - so ganz anders als sonst, so still und heimlich, dass mein Verdacht wieder aufflammte.

Fast im selben Augenblick traten zwei vermummte Gestalten aus dem Laub. Sie trugen Gewehre, die aber nicht auf uns gerichtet waren. Vonny sprach kurz mit ihnen und sie öffneten das Tor. Dann führte uns einer von ihnen wortlos einen schlammigen Weg hinauf, während der andere zurückblieb, wahrscheinlich um Wache zu halten. Ich hatte das Gefühl, dass mir nichts anderes übrig blieb, als zu folgen. Es war fast so, als würden meine Beine für mich laufen.

Ich konnte nicht anders, als die großen, bunten Blumen zu bewundern, die sanft aus jeder Ecke des tiefgrünen Laubes hervorlugten. Alles schien sich in seiner eigenen trägen Intensität zu sonnen.

Vonny unterbrach meine Träumerei und erklärte laut: "Das ist ein Kult der Westler... Sie haben den esoterischen Glauben übernommen, der auf einer der Legenden der Eingeborenen beruht. Vielleicht etwas oberflächlich, aber Pommas hielt große Stücke auf sie."

Unsere Führer schienen sich daran nicht zu stören. Sie führten uns zu einem Gebäude mit einem großen Holzbalkon aus den dunkelbraunen Stämmen des Regenwaldes. Das Haus, wenn es denn eines war, bestand aus verschiedenfarbigen Holzbalken und geflochtenen Lianen. Zwischen den Balken waren Lücken zur Belüftung. Als ich näher kam, erkannte ich, dass es Teil eines Komplexes war, der sich durch die Hügel zu schlängeln schien.

War es ein Gebäude oder mehrere? Ich konnte es nicht erkennen.

Dann tauchte ein junger Mann in einem leichten Gewand auf und winkte uns auf den Balkon. Er wisse von uns, sagte er, und erwarte uns noch am selben Tag. Er stellte sich als Bruder Tarfaxion vor. Die Nachrichten waren voll von unserer "Flucht", die angeblich mit Hilfe eines Professors Pommas, der mit uns übergelaufen war, zustande gekommen sei.

"Aber so war es gar nicht", rief Molly aus. "Pommas wurde von jemandem *ermordet*, der es auch auf uns abgesehen hatte. Das ist eine Lüge!"

"Ermordet!", rief Tarfaxion mit großen Augen. Damit hatte er offenbar nicht gerechnet. "Das ist in der Tat eine schreckliche Nachricht. Denn obwohl Pommas nicht wirklich einer von uns war - er gehörte einem anderen Orden an -, betrachteten wir ihn als einen wichtigen und aufgeschlossenen Verbündeten. In der Tat sollte er bald hier sein, zu einer entscheidenden Begegnung mit unserer Äbtissin. Er war ein gelehrter Mann, aber es gab Dinge, die er nicht wusste, über die sie ihn aufklären sollte. Und jetzt ist er weg..."

Dann trat eine große Frau mit roten Haaren und blasser, seidiger Haut auf den Balkon und warf einen ruhigen, fast schüchternen Blick auf uns, die wir dort versammelt waren.

"Ich bin Prestal Clare, Äbtissin dieses Klosters und Priesterin des Vogelkönigs. Kommt herein, und ich werde mich euren Gedanken widmen, so gut ich kann."

VÖGELKÖNIG

Wir betraten einen großen, von Säulen gesäumten Holzraum, der aus hartem, dunklem einheimischem Holz in einem einfachen, spitz zulaufenden Stil geschnitzt war. Die Bodenbretter wiesen Lücken auf, vielleicht zur Belüftung, und der ganze Raum wirkte trotz seiner Dunkelheit organisch und weitläufig. Auf dem Boden lagen gewebte Matten, und Prestal Clare bat uns, Platz zu nehmen, bevor sie sich selbst setzte.

"Wir haben Sie erwartet."

"Aus Newz?"

"Ja, aber Maddem hat uns auch gesagt, dass ihm noch ein paar Leute folgen werden. Ungefähr zu der Zeit, wenn der Vogelkönig zu erwachen beginnt. Und diese Zeit, glauben wir, ist jetzt."

"Maddem!" Sofort zeigte ich der Äbtissin das Notizbuch des Piloten.

"Maddem ist der "Letzte Dichter", nicht wahr?"

Sie nickte.

"Was ist dann die "geheime Treppe"?"

"Zuerst erzähle ich Ihnen eine Legende, Herr Lune... Eine Legende, die mich in meinen Albträumen verfolgt hat." Sie stützte ihren Kopf so auf ihre Hand, dass ich kaum glauben konnte, dass sie jemals unter Albträumen gelitten hatte. Aber ihre leicht gerunzelte Stirn ließ sie zumindest teilweise menschlich erscheinen.

"Hör zu", sagte sie, und der Raum wurde still. Das Licht schien zu verblassen und zu schrumpfen, während die Farben der Natur um die Äbtissin herum verblassten. Ich schwankte zwischen Entzücken und Misstrauen. Ich spürte, dass ich etwas erfahren würde, etwas sehr Wichtiges. Aber würde es wahr sein, oder waren die

Natur und diese Frau auf dem Holzweg? Ich versuchte, die zynische Stimme zu ignorieren.

Und dann begann sie zu singen.

Der Blutsauger, so sang sie, war verliebt in das Sternenmädchen ... und daher rührte alles Leid und alle Unruhe in der Welt. Doch wer war der Blutsauger und wer das Sternenmädchen?

Alles begann vor langer, langer Zeit. Der wahre Name des Blutsaugers, falls er je einen gehabt hatte, war vergessen. Er hatte sie begehrt, seit er sie in den Gefilden vor Saturn gesehen hatte, in einem zitternden Schleier aus kristallinen Sternen. Ihr Haar leuchtete durch die Milchstraße wie ein Komet. Aber sie erwiderte seine Gefühle nicht und floh vor ihm. Das konnte er nicht vergessen ... und so strebte er eifersüchtig nach absoluter Macht über das erste Objekt, dem er begegnete.

Und das war zufällig die Erde.

Und nach und nach verlor er seine eigene besondere Macht - die Macht, Welten zu verbinden. Er wurde abhängig von den Lebenskräften anderer und war sehr eifersüchtig auf diejenigen, die bereits unter seiner Herrschaft standen. Er versuchte, die Menschen auf der Erde daran zu hindern, sich weiterzuentwickeln - und er versuchte, ihnen den Zugang zu den Sternen zu versperren.

"Aber es gibt einen Ausweg", schloss sie. Einen Weg, der in eine andere Welt führt. Ein Weg des offenen Wissens und der Verbindung. Und das ist die Tür, die Ahu und Maddem entdeckt haben und durch die sie offenbar gegangen sind.

"Aber *wohin* sind sie gegangen?"

"In eine andere Dimension."

"Aber sicher", warf Tarfaxion ein, "ist die "geheime Treppe" nur eine Metapher für das Tor zu dem verborgenen Potenzial, das in der Menschheit steckt? Willst du damit sagen, dass diese Treppe tatsächlich existiert, im physischen Sinne?" Er schaute erstaunt.

"Ja, sie existiert", sagte Prestal Clare ernst. "Es ist ein echtes Portal, und Maddem hat herausgefunden, wo es sich befindet. Es ist derselbe Weg, den die Ahu gegangen sind. Und nun scheint es, dass auch die Patagonier die Existenz des Portals vermuten und vielleicht sogar in diesem Moment danach suchen."

"Wo?"

"Wir vermuten es auf einer Insel irgendwo im Ozean ... aber wir wissen nicht, wo. Ich glaube, der Blutsauger ist auch auf der Suche danach. Er will unbedingt, dass seine Diener das Portal finden und versiegeln. Denn wenn er es nicht versiegelt, könnte das wahr werden, was er am meisten fürchtet."

"Was fürchtet er am meisten?"

"Dass die Menschen auf der Erde im Traum mit ihrem großen Feind, dem Vogelkönig, kommunizieren können. Denn der Vogelkönig ist der, nach dem sich das Sternenmädchen insgeheim sehnt und nach dem sie sich sehnt ... den sie aber *nicht erwecken kann*."

"Und er hat Angst, dass die *Menschen* ihn erwecken?"

"Genau. Und die Zeichen sagen, dass er nur unruhig schläft und bald erwachen könnte."

"Zeichen?"

"Eine schattenhafte und furchterregende Gestalt wurde nachts in den Hügeln gesehen, die sich von der Angst der Menschen ernährt. Wir glauben, dass es der Gärtner aller Schreie ist, der Avatar oder Diener der Blutlache. Der Gärtner könnte niemals so offensichtlich in Erscheinung treten, wenn die Träume des Vogelkönigs nicht beunruhigend und verwirrend wären. Wir glauben, dass der Gärtner hier ist, um diejenigen zu beaufsichtigen, die die Pläne der Blutlache ausführen... Wahrscheinlich wird er auf seinen Reisen Patagonien besuchen."

Tarfaxion ergreift wieder das Wort: "Wir glauben, dass es etwas im Menschen gibt, das qualitativ und nicht reduzierbar ist. Nennen Sie es Seele oder wie auch immer. Die Patagonier arbeiten daran, das zu zerstören und aus dem Menschen eine Quantität zu machen, eine Chiffre ... ein seelenloses Wesen, das die Befehle von Bloodleach ausführt."

"Sie streben die totale Weltherrschaft an, genau wie damals, als sie noch Curia hießen", sagte Prestal Clare.

"Ihr seid also Scharlottianer?"

"Wir sind geteilter Meinung über den verstorbenen Kaiser, und das ist nicht der richtige Zeitpunkt, um darüber zu diskutieren. Die Zeit drängt. Wir wissen, dass ein prominentes Mitglied der Sekte der Toten Schatten direkten Kontakt mit dem Gärtner aufgenommen hat und fälschlicherweise glaubt, dass er ihn kontrollieren kann und nicht umgekehrt. Die Todesschatten sind nur Schachfiguren im Spiel der Blutsauger, genau wie die Patagonier."

"Die Todesschatten sind ein Haufen harmloser Narren", sagte Tarfaxion. "Ihr Anführer ist ein Mann namens Herb, ein eingebildeter Hofnarr, der im Innenministerium arbeitet."

"Herb! Ich kenne ihn ... Er war mein Gastgeber, als ich hier ankam. Aber der Schock war nur oberflächlich ... tief im Inneren schien es zu passen. Er hat mich vor dem Schattenkult *gewarnt*."

Die Äbtissin lachte. "Da siehst du, was Bruder Tarfaxion meint, wenn er ihn eitel nennt!"

Aber dann habe ich an den Vorfall mit seiner Frau gedacht.

"Bist du sicher, dass er nicht gefährlich ist?"

"Seine Pläne werden nie in Erfüllung gehen. Wir haben sogar Grund zu der Annahme, dass die Patagonier selbst die Toten Schatten finanzieren, um die Bevölkerung in Angst und Schrecken zu versetzen, während sie ihre Fäden ziehen. Ein Ablenkungsmanöver, mehr als alles andere."

"Ich wußte es!", rief Vonny mit einem seltsamen Ausdruck der Verzückung in den Augen.

"Außerdem", fuhr die Äbtissin fort, "sind die Ziele der toten Schatten unmöglich zu erreichen, denn man könnte niemals alles Leben im ganzen Kosmos auslöschen ... Selbst wenn es gelänge, es auf der Erde auszulöschen, würde es nur auf einem anderen Planeten oder in einer anderen Dimension wieder auftauchen."

Ich ertappte mich dabei, wie ich zustimmend nickte.

"Das ist es, was wir Pommas erklären wollten", sagte Tarfaxion. "Dass die toten Schatten unwichtig sind, eine Nebensache. Aber wir hatten nie die Gelegenheit dazu." Jetzt informierte er die Äbtissin über den Mord an Pommas, und sie seufzte tief, Tränen standen in ihren Augen.

"So oft sind es die Besten, die sterben", sagte sie. "Aber ich hatte das Gefühl, dass unsere nächste

Begegnung nie stattfinden würde. Pommas glaubte, dass die Toten Schatten die Patagonier kontrollierten. Wir wollten ihm erklären, dass es genau umgekehrt ist. Und die Patagonier glauben, dass die Menschheit versklavt und nicht abgeschafft werden sollte".

"Was glaubt *ihr* denn?", rief Molly plötzlich. "Was wollen *Sie* für die Menschheit?"

"Das ist eine komplizierte Frage", sagte Prestal Clare mit einem weiteren Seufzer. "Lass mich dir zuerst etwas über unseren Glauben erzählen. Der Begriff "Vogelkönig" stammt aus der indigenen Religion der Mani, aber wir selbst sind natürlich Europäer. Es handelt sich aber nicht um eine "kulturelle Aneignung", schon deshalb nicht, weil der Glaube an den Vogelkönig eigentlich älter ist als der der Mani. Wir glauben sogar, dass sie ihn von einer Rasse namens Ahu übernommen haben, die auch in dem gefundenen Notizbuch erwähnt wird.

"Obwohl wir selbst an die Existenz vieler Götter und Geister glauben, ist der Vogelkönig derjenige, der für uns immer wieder auftaucht. Er hat Anteil am inneren Wesen der Dinge, der Existenz und des Universums selbst. Manche glauben, der Logos der Dinge sei der Wandel, andere, er sei etwas Unveränderliches, der Wandel selbst eine Illusion. Wir glauben an beides.

"Die Welt verändert sich ständig, weil sie den Träumen des Vogelkönigs entspringt ... Aber es gibt etwas Unveränderliches, und das ist der Träumer selbst, den die Mani Vogelkönig nennen."

"Willst du damit sagen", sagte Molly und runzelte die Stirn, "dass die ganze Welt nur ein Traum ist?"

"Ja", lachte sie. "Aber was für ein Traum.

"Sie kommt mir ziemlich real vor", sagte Molly und stampfte mit dem Fuß auf den Holzboden.

"Er kommt mir "echt" vor, weil du ein Teil des Traums bist, und ich auch. Und die Patagonier auch, und wenn er es wüsste, ja, sogar der Blutlaich selbst. Und wer weiß, vielleicht ist sogar der Vogelkönig selbst Teil seines eigenen Traums. Aber warum es überhaupt einen Traum gibt ... wer weiß?" Sie lachte wieder, es war ein wunderschöner, kristallklarer Klang.

"Weiß es der Vogelkönig?"

"Der Vogelkönig ist unbewusst. Und das ist eine weitere unserer Grundüberzeugungen. Es liegt an uns, die Schöpfung des Vogelkönigs zu erhellen. Manche tun dies durch Kunst, und mein alter Freund Maddem war einer von ihnen. Aber hier gehen wir einen anderen Weg, den der Meditation und der Schulung des Geistes. Wir müssen zum Bewusstsein des Vogelkönigs werden. Schafft das Dasein das Bewusstsein oder umgekehrt? Diese Fragen lassen sich nicht mit Worten beantworten. Es gibt eine andere Sprache, die Sprache der Vögel. Sie zu sprechen bedeutet, so frei wie möglich von der Welt der Illusion zu sein. Und man sagt, dass sie nur im Grünen Land gesprochen wird...".

Diese Worte weckten eine Erinnerung.

"Das Grüne Land... wo ist das?" fragte ich.

"Es ist unsere verlorene Heimat, die Heimat, die es nie gab und die wir schaffen müssen. Und das versuchen wir hier, indem wir unsere eigenen Träume lenken und ihren Einfluss auf die Welt projizieren, wie ein Vogel, der auf der Thermik reitet."

"Aber was passiert, wenn dieser Vogelkönig selbst das Bewusstsein erlangt?", fragte Molly, die im Gegensatz zu Vonny, die neben ihr gähnte, aufrichtig interessiert schien. "Würde das nicht bedeuten, dass eure Bemühungen umsonst waren?"

Die Äbtissin und Bruder Tarfaxion tauschten einen bedeutungsvollen Blick aus, und dabei ging ein leichtes Beben durch die Erde unter uns.

"Ein Erdbeben", sagte Prestal Clare. "Es ist sehr merkwürdig, dass es genau in dem Moment geschah, als du das gesagt hast. Manche sagen, dass Erdbeben ein Zeichen dafür *sind*, dass der Vogelkönig zu erwachen versucht, weil der Traum zum Alptraum zu werden droht."

"Armer Vogelkönig", murmelte Molly mit einer seltsamen, weit entfernten Stimme, aber die Äbtissin lächelte.

"Es ist schon gut", sagte sie, "wir wissen nicht, dass er leidet."

"Aber wenn er aufwachen *würde*, wäre das gut oder schlecht?" Die Äbtissin und Tarfaxion sahen sich wieder an.

"Da haben Sie den Kern unseres Problems getroffen", sagte Prestal Clare mit einem Stirnrunzeln. Sie schwieg eine Weile, dann sprach sie langsam weiter.

"Manche sagen, dass die Welt sofort untergehen würde, wenn er jemals vollständig erwachen würde."

Bruder Tarfaxion brach aus: "Aber es ist doch gerade sein Schlaf, der es dem Blutsauger ermöglicht, seine Pläne zu verwirklichen."

"Nein", schüttelte sie den Kopf. "Das ist irrelevant, denn wir sind die Agenten des Vogelkönigs ... und wir schlafen nicht."

Tarfaxion sah sie zweifelnd an, sagte aber nichts.

"In letzter Zeit", wandte sie sich an mich, "hat sich dieses Lager in zwei Fraktionen gespalten. Keine erbitterten Feinde natürlich, aber doch Fraktionen. Ich weigere mich, Partei zu ergreifen, aber das Problem ist real.

"Die eine Fraktion glaubt, dass wir alles tun müssen, um den Vogelkönig am Erwachen zu hindern. Die andere glaubt, wenn er erwacht, wird sich alles zum Guten wenden... und selbst wenn die Welt dabei untergeht, so wird sie, wie die Tränen des Phönix Heilung bringen, eine neue und unendlich bessere Welt hervorbringen. Die logische Schlussfolgerung ist, dass es unsere Pflicht ist, ihn zu erwecken."

"Das glaube ich", sagte Tarfaxion stolz.

"Natürlich wirst du diese schöne neue Welt nie sehen."

"Nein, aber ich bin froh zu wissen, dass es sie gibt und dass andere sie erleben können."

"Ihr seht also", seufzte die Äbtissin, "wir haben unsere Probleme. Aber genug davon. Erzählen Sie uns jetzt mehr über Ihre eigene Situation. Du kannst frei sprechen, denn wir sind hier alle Freunde. Ich spüre das Gute in dir", lächelte sie. "Du trägst eine mächtige Gabe für den König der Vögel in dir, das spüre ich." Sie sah mich dabei an.

Zögernd erzählte ich ihr, wie ich nach Mantuaroa gekommen war und was seit meiner Ankunft geschehen war. Als ich geendet hatte, sah sie mich nachdenklich an.

"Maddem war, wie gesagt, ein Freund von mir. Und bevor er verschwand, sagte er mir, dass ihm einige Leute folgen würden. Vielleicht war er sich nicht ganz sicher, aber er hatte von ihnen geträumt, von denen, die eine mächtige Waffe mitbringen würden, um sie gegen den Feind einzusetzen. Die Patagonier, oder Curia, wie sie bis vor kurzem hießen, hatten den Befehl gegeben, Maddem wegen seines subversiven Epos zu töten. Es war nicht veröffentlicht worden und ist es bis heute nicht... Das Manuskript ist verschwunden... Ich nehme an, er hat es mitgenommen, um es in Sicherheit zu bringen... aber sie haben davon erfahren und wollten es unterdrücken, bevor es an die Öffentlichkeit gelangt. Maddem entkam gerade noch rechtzeitig. Er hatte sich das Passwort besorgt, um durch das Portal zu gelangen... Wie, verriet er nicht. Aber er hinterließ Hinweise für diejenigen, die ihm folgen wollten."

"Wenn diese Leute diejenigen sind, die Maddem vorausgesehen hat, müssen sie ihm so schnell wie möglich folgen", sagte Tarfaxion, "bevor die Patagonier den Zugang zum Portal versiegeln."

Prestal Clare nickte und sah uns prüfend an. "Und *seid* ihr die Richtigen? *Seid* ihr der Aufgabe gewachsen? Seid ihr bereit, eine Waffe aus einer anderen Welt zurückzubringen?"

"Ich bin es", antwortete ich und hatte plötzlich das Gefühl, es zu sein.

"Aber ich will herausfinden, was mit meinem Freund Scuzzy passiert ist", sagte Molly. "Er ist verschwunden."

"Du bist ein Freund von Scuzzy? Kein Grund zur Sorge. Ich weiß aus zuverlässiger Quelle, dass er sich in einem Eingeborenendorf versteckt hält, dessen Bewohner die Regierung hassen und ihn niemals verraten werden." Molly wirkte sehr erleichtert.

Dann wandte sich die Äbtissin an Vonny - aber der schien eingeschlafen zu sein.

Sie lachte. "Nun gut", sagte sie. "Um durch das Portal zu kommen, braucht man ein Passwort, und ich habe keine Ahnung, wie es lautet. Maddem hat es mir nicht gesagt und ich habe auch nicht danach gefragt."

"Aber wo hat er es gelernt?"

"Ich weiß nicht, wie oder von wem, aber ich glaube, er hat es auf Cavendish Island gelernt."

12

NULLY'S WHARF

Wir mussten aufbrechen. Und die Zeit lief uns davon. Scuzzy war verschwunden, Pommas tot. Nur die Äbtissin konnte uns helfen.

"Wie kommen wir nun dorthin?"

"Ihr müsst zur Botschaft gehen", sagte sie. "Sie haben wegen der Pest strenge neue Quarantänegesetze erlassen, es wird also schwierig sein, Mantuaroa zu verlassen. Aber die Cavendish-Botschaft wird euch Schutz gewähren, bis sie einen Weg gefunden haben, euch von der Insel zu bringen."

"Und wenn sie uns nicht helfen?"

"Ich gebe euch ein Empfehlungsschreiben", sagt sie. "Ich habe gute Beziehungen zu einigen der kleineren Inselnationen ... und die sind keine Freunde der mantuanischen Regierung, glaubt mir."

Als Vonny aufwachte, wusste er, wo die Botschaft war, und sagte, er würde uns dorthin bringen. Er habe nichts zu verlieren, sagte er, und vielleicht hatte er Recht. Nach einer feierlichen Verabschiedung durch die Äbtissin und Tarfaxion machten wir uns mit der Botschaft in der Hand auf den Weg.

Wir teilten Vonny mit, was er verpasst hatte, nachdem er eingeschlafen war. Er begann die Situation zu verstehen, obwohl er sehr skeptisch schien, wenn es um metaphysische Wesen wie den Vogelkönig ging. Er wusste natürlich, dass Cavendish eine kalte, weit entfernte Insel weit im Süden war, mit sehr wenig Infrastruktur. Und natürlich bahnte sich dort ein Krieg an - das hatte er uns selbst gesagt.

Cavendishs Botschaft lag in einer dunklen Straße zwischen dem Stadtzentrum und den südlichen Docks.

Mantuaroa behandelte seine pazifischen Nachbarn (mit Ausnahme der größeren und mächtigeren wie Fidschi) mit Verachtung, und die Botschaften der kleineren Länder wurden in diese eine kleine Straße verbannt. Die meisten von ihnen dienten als Läden, um die lächerlichen Mietkosten auszugleichen, die die Mantuaner den Botschaften aller Länder auferlegten, die nicht mit der Kurie verbündet waren. Die verachteten Mikronationen unterhielten hier dennoch Botschaften, denn Mantuaroa war das wirtschaftliche Machtzentrum des Pazifiks, und sie konnten es sich nicht leisten, nicht präsent zu sein.

Der Himmel war nun völlig bedeckt, und es sah aus, als würde ein Gewitter aufziehen. Wir parkten den Wagen und betraten die seltsame, düstere Botschaftsstraße, eine schäbige, heruntergekommene Gasse, deren wackelige Holzhäuser alle große, schattige Eingänge zu haben schienen.

"Über jeder Tür hängt ein Schild, auf dem steht, zu welchem Land sie gehört", sagt Vonny.

Einige der Botschaften waren schmutziger als andere, einige waren offene Schaufenster, in denen Waren ausgestellt waren - Souvenirs, Lebensmittel oder Feuerwerkskörper. Vonny hatte Recht, was die Schilder anging, und auf einem stand: *Cavendish.* Die Tür schloss sich und Vonny klopfte laut.

Bevor jemand antworten konnte, streckte eine alte Frau ihren Kopf aus dem Fenster des gegenüberliegenden Hauses. Auf dem Schild über der Tür stand: *St. Vigeans.*

"Cavendish-Abschaum!", schrie die Frau, warf etwas hinein und schlug das Fenster schnell wieder zu. Ein Ei verfehlte nur knapp Vonnys Kopf und prallte gegen die Hauswand. An der Fassade des Ladens gab es viele fleckige und verfärbte Stellen, die auf frühere Einschläge ähnlicher Art hindeuteten. Aber etwas an der Frau kam mir bekannt vor ... Ich erinnerte mich an die alte Schrulle aus dem Café in der Innenstadt und fragte mich, ob es sich um dieselbe Person handelte, bevor ich den Gedanken als absurd verwarf. Sicher nicht?

"Hoffentlich alarmiert sie nicht die Behörden", murmelte Vonny. "Eine Botschaft sollte unantastbar sein, aber..." Er ließ den Satz unvollendet ... dann öffnete sich die Tür und eine Frau stand vor uns und blinzelte uns zu. Ihr Haar war grau und lang, so lang, dass es ihr über die Schultern fiel und ihr ein stattliches, aristokratisches Aussehen verlieh. Zweifellos war sie einmal schön gewesen, und auch jetzt hatte sie etwas Königliches an sich. Sie trug eine Schärpe, und in ihr Haar waren kleine Perlen und Federn geflochten ... aber geschmackvoll und nicht wie ein extrovertierter Neo-Hippie. Sie schaute uns fragend an.

"Sind Sie die Botschafterin?", wagte Vonny nervös zu fragen. Sie schüttelte den Kopf und lächelte schwach.

"Ich bin die Unterstaatssekretärin", sagte sie. "Der Botschafter ist in einer Besprechung. Kommen Sie rein und warten Sie, wenn Sie wollen. Es wird nicht lange dauern. Ist es dringend?"

"Ja", sagte Vonny, als wir über die Schwelle traten. Sie führt uns in ein Vorzimmer, einen kahlen Raum mit wackeligen Stühlen, und bittet uns, Platz zu nehmen.

"Du bist Molly, nicht wahr, meine Liebe? Ich war in der Nacht, in der du entführt wurdest, im Theater. Du hast einen ziemlichen Aufruhr verursacht. Und diese Herren sind deine Entführer, ja?"

"Nein. Ich bin nicht entführt worden, ich bin weggelaufen. Was passierte im Theater, nachdem ich weg war?"

"Sie mussten die zweite Hälfte komplett improvisieren, und es war schrecklich. Passaro war *wütend*. Hattest du keinen Ersatz?"

"Nein. Bei einer einmaligen Aufführung hielt man das nicht für nötig."

"Ich verstehe. Möchte jemand eine Tasse Tee?" Ohne eine Antwort abzuwarten, verließ sie den Raum und kam mit einem Tablett voller Tassen und einem Teekessel zurück, den sie aus einer alten Blechkanne füllte.

"Wir trinken hier kein Leitungswasser", erklärt sie. "Wir bringen unser eigenes aus Cavendish mit, wenn das Versorgungsschiff kommt. Es kommt bald, um genau zu sein."

"Und es kommt bald zurück nach Cavendish?"

"Oh ja, das tut es immer."

Dann ertönte aus einem Nebenraum ein lautes Stimmengewirr. Das Wesentliche des Gesagten war nicht zu verstehen, aber einige Worte und Sätze waren sehr deutlich. *Unverschämter, luchsohriger Mischling* war einer davon. *Unverschämter, stiefelleckender Schreihals* war ein anderer.

"Das ist der Botschafter", sagte der Unterstaatssekretär mit entschuldigendem Unterton. "Er ist ein wenig ... undiplomatisch, fürchte ich. Man hat *mir* den Posten angeboten, aber ich habe abgelehnt, weil ich nicht gut mit Menschen umgehen kann. Vielleicht hätte ich annehmen sollen", seufzt sie, als ein neuer Schwall von Obszönitäten durch die Wand prasselt.

Sie und der Botschafter seien die einzigen Angestellten hier, erklärte sie - und in der Tat sei dies die einzige Botschaft in Übersee, die Cavendish unterhalte.

"Wir haben einfach nicht die Leute, um ein diplomatisches Korps zu unterhalten. Diejenigen, die dazu in der Lage sind, sind beim Militär, da wir jetzt ständig von den St. Vigeanern mit Krieg bedroht werden. Und auch diese Botschaft muss vielleicht geschlossen werden, denn wenn sie unser Versorgungsschiff unter Quarantäne stellen...".

"Das würden wir gerne ... äh ...", begann Vonny. Aber eine Tür schlug zu und brachte ihn aus dem Konzept. Jemand stapfte den Flur entlang und klapperte laut zur Vordertür hinaus. Dann stapfte ein anderer Mann den Flur hinunter und starrte uns an. Sein rotes, hochmütiges Gesicht und seine vorgewölbten Augen verunsicherten mich etwas.

"Diese Leute wollen Sie in einer sehr wichtigen Angelegenheit sprechen", sagte der Staatssekretär.

"Und?", fragte er, betrat den Raum und starrte Vonny mit in die Hüften gestemmten Händen an. Vonny schien in diesem unnachgiebigen Blick zu welken. Er stotterte und stammelte. Es blieb mir überlassen, unsere Geschichte zu erzählen, während der Botschafter wütend zuhörte und sich nachdenklich das Kinn rieb.

"Wir können Sie nach Cavendish bringen", sagte er knapp, als ich geendet hatte und er den Brief von Prestal Clare gelesen hatte. "Das Schnellboot legt heute ab. Sie haben Glück. Ich weiß nichts über ein magisches Portal, aber es ist klar, dass Sie sich mit unserem P-R treffen sollten."

"Das Versorgungsschiff kommt alle vierzehn Tage", erklärt der Staatssekretär, "mit Vorräten, Handelswaren und verschlüsselten Nachrichten. Wir trauen der Telekommunikation nicht, wenn sie in den Händen der Kurie liegt, oder wie auch immer sie sich heutzutage nennen."

"Es mag andere Wege geben, Sie hier herauszubringen", schnauzte der Botschafter, "aber das Schnellboot ist der sicherste. Und bisher wurde es von der allgemeinen Quarantäne ausgenommen ... bis jetzt. In unseren Breitengraden gibt es keinen Grauen Tod. Aber wenn sie uns unter Quarantäne stellen, dann müssen wir..."

"Die Botschaft schließen", beendete Molly. Der Botschafter starrte sie an.

"Kein Wasser in Flaschen, keine Botschaft", sagte der Unterstaatssekretär mit einem traurigen Lächeln. "Du bist sicher auf Cavendish, meine Liebe. Und unser P-R wird an diesem Notizbuch interessiert sein."

"P-R?"

"Prinzregent. Er ist unser Staatsoberhaupt und interessiert sich sehr für das Weltgeschehen."

"Habt ihr also ein Königshaus?"

"Wir haben eine Aristokratie, und ich bin einer von ihnen. Aber das bedeutet nicht mehr viel. Es gibt keine wirklichen Unterschiede mehr zwischen uns und den einfachen Leuten. Wir sitzen alle im selben Boot. Die Bevölkerung schrumpft, und unser Leben wird immer ärmer und spartanischer. Viele junge Leute gehen weg und kehren nicht mehr zurück. Und diejenigen, die bleiben, scheinen nicht mit dem Herzen dabei zu sein. Die Verzweiflung schnüffelt überall, wie ein Schwein in der Nacht. Nicht einmal die Neuankömmlinge sind in der Lage, sie zu vertreiben."

"Die Neuankömmlinge?"

"Ich wage zu behaupten, dass du sie auf der Insel treffen wirst."

*   *   *

Eine Stunde später machten wir uns auf den Weg nach Nully's Wharf, wo das Schnellboot angelegt hatte, um zu sehen, ob es angekommen war.

Als wir dort ankamen, machten meine künstlichen Gliedmaßen plötzlich schlapp, lösten sich aus meiner Phantomumklammerung und versuchten, in die andere Richtung zu laufen.

Eigentlich ist "laufen" nicht die beste Beschreibung - es war eher ein psychotischer Froschmarsch. Ich krachte mehrmals in die Seite eines geparkten Autos, bevor ich auf die Motorhaube sprang und versuchte, über das Dach zu laufen.

Der Botschafter und Vonny zogen mich hinunter und packten mich an den Schultern, einer auf jeder Seite, aber sie konnten mich nicht aufhalten oder bremsen, so stark waren meine Beine. Ich war fast waagerecht ausgestreckt, die Füße zogen mich unaufhaltsam vorwärts. Hätte ich mich von außen betrachten können, hätte ich zweifellos gelacht - aber unter diesen Umständen lachte ich nicht.

Dann erinnerte ich mich an die "Kontrollkreise" - zumindest dachte ich das. Das waren Schalttafeln in den Waden, über deren Inhalt ich mir nicht ganz sicher war. Aber wenn ich sie öffnen könnte, könnte ich vielleicht die Beine abschalten.

"Hast du dein Taschenmesser dabei?" zischte ich Vonny zu. Er zog es aus der Tasche. "Okay. Jetzt gib es mir und lass los."

"Bist du sicher?"

"Ja.

"Du willst dir doch nicht die Beine abhacken oder so?"

"Lass einfach los!"

"Ich rieche hier eine Verschwörung ..." Aber er ließ trotzdem los.

Ich zog meine Hose bis über die Knie hoch. Es gab keine Schrauben in den Paneelen, also begann ich, sie mit dem Hauptmesser zu öffnen. Es war schwierig, wenn sich die Beine bewegten. Die anderen, die jetzt ahnten, was ich vorhatte, riefen mir aufmunternde Worte zu, während sie hinter mir herliefen. Ich bog um die Ecke in eine Einkaufsstraße, und die Leute starrten mich an, als ich im Stechschritt vorbeiging und mit dem Messer auf meine Beine einhackte. Sie schienen das für eine Art Performancekunst zu halten: Schwarzkogler trifft John Cleese.

Schließlich erwischte ich die erste Platte und riss die Schaltkreise heraus. Das Bein hörte sofort auf zu funktionieren, aber das rechte fiel weiter, so dass das linke nachgab und ich auf einem Haufen landete. Danach war es einfach, den Rest der Platte zu entfernen. Ich steckte die Platinen in meine Tasche, für den Fall, dass man sie neu verdrahten könnte, aber ich war jetzt völlig verkrüppelt.

*　　*　　*

Die anderen zogen mich hoch und schleppten mich zur Anlegestelle, die inzwischen fast einen Kilometer entfernt war.

"Wir müssen uns beeilen, sonst verpassen Sie das Schiff", knurrte der Botschafter. "Wenn Sie mit dem Clown spielen fertig sind, meine ich."

"Ich konnte nicht..."

"Halt die Klappe", brüllte er, ganz der Diplomat.

"Es war eine Art elektronischer Angriff", keuchte Vonny. "Jemand muss uns auf den Fersen sein ... aber wer?"

Die Leute applaudierten, als ich vorbeigeschleift wurde, weil sie dachten, ich sei nach einer besonders guten Vorstellung erschöpft. Aber dann geschah etwas anderes. Ein seltsames, mulmiges, unangenehmes Gefühl breitete sich langsam in meiner Brust und in meinem Unterleib aus. Dann spürte ich einen stechenden Schmerz im unteren Rücken, etwa in Höhe der Nieren.

"Meine Organe", röchelte ich. "Haben sie das Zeug auch in meine Eingeweide getan? Dieses graue Plastik? Ich glaube, sie wollen meine Organe lahm legen."

"Wer sind *die*?", zischte Vonny. Aber ich konnte nicht

444

antworten.

"Gibt es einen Arzt auf dem Schiff?", keuchte er.

"Ja", sagte der Unterstaatssekretär. "Der Kapitän ist ausgebildeter Sanitäter und es gibt Einrichtungen an Bord."

Ich knirschte vor Schmerz mit den Zähnen. Es fühlte sich an, als wäre zerbrochenes Glas in meinem Blut. Meine Sicht verschwamm und Erinnerungen wurden wach ... an ein Krankenhaus und an einen Adler.

Nach gefühlten Stunden erreichten wir Nully's Wharf. Das Boot war an einem Ende vertäut, ein Düsenboot.

Doch als der Kapitän auf den Steg trat, um uns zu begrüßen, ertönte hinter uns eine raue, sardonische Stimme.

"Herr Vonny Moss?"

Wir drehten uns um und sahen drei Männer vor uns stehen.

"Sie sind ein Narr, Moss. Ein richtiger Narr", sagte der in der Mitte, der aussah wie der Anführer, nur etwas besser gekleidet. Er hatte ein mürrisches, arrogantes Gesicht und trug trotz der tropischen Hitze einen altmodischen Hut und Mantel.

Molly zitterte. "Das ist Ward Lardle, mein Agent", flüsterte sie mir zu. "Und das da rechts ist sein Auftragskiller, Muzza Gunt."

"Hast du wirklich geglaubt, du könntest uns mit dem Peilsender austricksen, Moss? Wir haben dich durch die Beine dieses Clowns verfolgt, du Trottel. Und wir wissen auch alles über dich, Moss. Oder soll ich dich *Plugg* nennen?" Während er das sagte, hielt er ein kleines elektronisches Gerät hoch - ich vermutete, dass es eine Art Störsender sein musste, mit dem sie meine Beine außer Gefecht gesetzt hatten, obwohl ich mir nicht vorstellen konnte, woher sie es hatten.

Die beiden anderen Gangster zogen ihre Pistolen aus den Taschen.

"Die Kreatur Molly gehört mir", kicherte er unwirsch. "Jetzt übergib sie mir bitte, damit ich die Schlampe liquidieren kann. Wenn du sie mir einfach übergibst, lasse ich vielleicht den Rest von euch frei."

"Fick dich!", schrie Molly aus Leibeskräften. Dann

geschah etwas Unerwartetes. Drei weitere Männer kamen um die Ecke und richteten ihre Pistolen auf die ersten drei.

"Ich glaube nicht", sagte ihr Anführer mit glasklarem Akzent. Seine Begleiter trugen Masken, aber sein Was-weiß-ich-Gesicht war unverkennbar.

"Herb", rief ich.

"Ja, Herb", höhnte er. "Hast du wirklich geglaubt, du könntest den Klauen der toten Schatten entkommen? Deine Beine machen dich ... wertvoll ... für uns. Willst du sehen, was wir mit dem Mann gemacht haben, der sie erschaffen hat?"

"Erschaffen?" stammelte ich schwach.

"Ja. Wissen Sie nicht, dass sie von Nemet Breisler selbst entworfen wurden? Vielleicht haben Sie in den Nachrichten gehört, dass Breisler "verschwunden" ist. Schauen Sie, was wir mit ihm gemacht haben, ha ha". Er holte ein Telefon mit einem Projektor heraus und beamte die Bilder auf den Kai vor uns (was angesichts der hölzernen Oberfläche sehr gut aussah).

"*Wir eröffnen jetzt das eigentliche, innere Festival*", sagte eine Stimme auf dem Band. Vier Personen waren anwesend und trugen Masken. Der Raum war in Rot gehalten, rote Vorhänge säumten die Wände.

Ich erinnerte mich, gelesen zu haben, dass Rot im gesamten pazifischen Raum eine heilige Farbe ist, weil sie in einer Welt, in der Blau- und Grüntöne vorherrschen, selten ist. Aber ich vermutete, dass sie hier nicht verwendet wurde, um irgendeine heilige Tradition zu fördern, sondern eher, um sich darüber lustig zu machen. Es war ein schmutziges Rot - nicht die warme Farbe des Blutes, sondern ein rostiges, giftiges Kastanienbraun.

Auf dem roten Podest in der Mitte des Raumes stand eine abgedeckte Kiste. Einer der Männer, offensichtlich der Anführer (Herb?), trat vor und entfernte den Deckel, so dass ein Käfig zum Vorschein kam. Ein abgetrennter Kopf, vermutlich der von Breisler, lag dort, wo einst die Augen gewesen waren, in dunklen Vertiefungen geronnenen Blutes. Außerdem waren zwei weiße Tauben zu sehen, die eine tot, ein blutiges Durcheinander auf dem Boden, die andere noch lebendig, aber mit schrecklichen Wunden übersät. Ich betrachtete die Szene mit Entsetzen, bevor ich verstand, was sie bedeutete - Tauben, obwohl sie mit Frieden assoziiert werden, kämpfen bis zum blutigen Tod, wenn sie auf engstem Raum eingesperrt sind. Eine hatte die andere getötet, bevor sie dem legendären Informatiker die Augen ausgestochen hatte.

"*Seht, der geheime, innere Sinn des Daseins*", sagte Herb auf Tonband mit düsterer, pompöser Stimme.

"Alles *Leben ist unheilbar verdorben*", sagte der zweite.

"*Aber wir sind es, die ihm ein Ende bereiten werden*", donnerte der dritte.

Schließlich sprach die vierte, eine Frauenstimme, aber müde und mechanisch.

"*Das Fest soll beginnen*", sagte sie.

Und die vier drehten sich um und verließen den Raum, und das Playback verstummte.

"Und was hat das alles zu bedeuten", schrie der Botschafter. "Warum diesen Breisler töten?"

"Die meisten Menschen können einfach nicht *denken*", sagte Herb mit einem freundlichen Lächeln. "Sie denken genug, um in den Tag hinein zu leben, aber nicht genug, um den Dingen auf den Grund zu gehen."

"Breisler war ein Genie", krächzte ich, "natürlich konnte er denken."

"Ich spreche von "Menschen" im allgemeinen Sinne, junger Nicholas. Vielleicht solltest du ein wenig nachdenken, bevor du den Mund aufmachst, und mich ausreden lassen, ja?

"Es ist klar, dass die Menschen nicht denken. Denn wenn sie es täten, müssten sie Goethes Mephistopheles zustimmen, dass es besser, viel besser wäre, wenn es nichts gäbe ... wenn es überhaupt nichts gäbe." Er riss sich die Maske vom Gesicht und ein erregtes, fast sexuelles Grinsen erschien auf seinem Gesicht. "Das ist die schreckliche Wahrheit des Universums, mein Freund. Denn das Leid der Welt übersteigt jedes Verständnis, so dass es mich schaudern lässt, wenn ich es mir vorzustellen versuche. Mich schaudert schon das Wort "Leid". Ich schaudere sogar vor dem Wort "schaudern"."

"Sie sind ein Idiot", schrie der Botschafter und konnte sich offenbar nicht zurückhalten. "Man sollte Sie erschießen und vierteilen. Allein Ihr Schnurrbart ist ein Verbrechen gegen Zucht und Geschmack."

"Möchte jemand dieses Geschwätz beenden und zur Sache kommen", sagte Lardle, der in der Hitze der philosophischen Diskussion vergessen worden war. "Wie viel willst du für das Mädchen?"

Herb lächelte und zog etwas aus der Tasche.

"Das, mein Freund, ist Raskar Pela. Ich habe sie von einem Kontakt in Chile. Ich habe eine Weile darüber nachgedacht, wie ich es zu möglichst vielen Menschen bringen kann. Die Wasserversorgung ist, wie Sie wissen, nicht nachhaltig, weil nicht jeder den eisernen Darm hat, um es zu trinken. Ich selbst trinke nur Wasser in Flaschen... Perrier ist mein Lieblingswasser.

"Aber dann kam mir die Lösung: Verteilung durch die Luft." Herb erklärte dann umständlich, was Raskar Pela eigentlich ist. Er schwadronierte so lange über seine chemische Struktur, dass ich schon mit der Polizei rechnete, aber der Kai und seine Umgebung blieben menschenleer, wohl wegen der Quarantäne, von der nur das südliche Schnellboot ausgenommen zu sein schien.

Raskar Pela war offenbar ein Saft, der aus den Samenhülsen einer seltenen Wüstenpflanze gewonnen wurde, die nur in abgelegenen Winkeln der Atacama wuchs. Er wurde (in sehr kleinen Mengen) von einigen Mitgliedern des Kults der Wölfe der Freude verwendet, um ein Gefühl der Verzweiflung hervorzurufen, das der Eingeweihte dann durch die Kraft seines Willens überwinden musste. Dies galt als eine Prüfung der spirituellen Fähigkeiten, aber nicht jeder war erfolgreich - manchmal beging ein Anwender Selbstmord, weil die Verzweiflung zu groß war.

Erst vor wenigen Wochen war es einem Wissenschaftler, der mit den Toten Schatten in Verbindung stand, gelungen, den Teil der Pflanze zu isolieren, der dieses Gefühl der völligen Wertlosigkeit hervorrief. Dann war es ihm gelungen, ihn zu synthetisieren und in verkaufbaren Mengen herzustellen. Ein normaler, geldgieriger Wissenschaftler hätte es an eine Armee verkauft, um es für die biologische Kriegsführung zu verwenden... aber nicht dieser Wissenschaftler. Er war rein, "einer von uns", wie

Herb es ausdrückte.

"Deshalb haben wir einen Wolkenschleuderflieger angeheuert", erklärte Herb und berichtete von seinen Plänen wie der Bösewicht aus dem Cartoon, dem er immer ähnlicher wurde. "Wir haben mit dem *Wetterdienst* gesprochen" (er klang so unglaublich aufgeblasen, als er das sagte), "und die sind sich ziemlich sicher, dass es genau zum Höhepunkt des Festivals ein riesiges Gewitter geben wird. Das ist perfekt! Wir haben jetzt genug Raskar Pela, um ganz Mantuaroa mit Regen zu überziehen, wenn die Sturmfront so breit ist wie vorhergesagt. Und die Dosis ist so stark, dass die Bevölkerung *massenhaft Selbstmord* begehen wird."

"Und Sie?"

"Ich werde auf einer anderen Insel in Sicherheit sein und das Experiment mit größtem Interesse verfolgen." Sein Versuch einer distanzierten Objektivität ist nicht wirklich gelungen. "Und von dort aus können wir weitere Stürme heraufbeschwören. Wir müssen so viel von der Weltbevölkerung ausrotten, wie wir können. Wir werden vielleicht nicht alle erwischen, aber wir werden es edel versuchen. Und das Beste ist, sie werden die *Wahrheit* erfahren, bevor sie sterben.

"Leider kann meine Frau nicht mitkommen. Sie hat das, was die Unwissenden "Gewissensbisse" nennen, und das, was ich "absichtliche Blindheit" nenne. Nachdem sie die Wahrheit gesehen hat, wendet sie sich ab. Dagegen kann man nichts machen. Wir sind alle Marionetten des sinnlosen, leeren Kosmos. Des abscheulichen, ekelhaften, hässlichen, leeren Kosmos. Die Schwachen werden führen, wo die Kleinen fallen..." Hier hielt er inne und rieb sich das spitze Kinn, seine Augen glänzten.

"Weißt du, ich habe einmal eine Legende von einer anderen Insel gehört ... Etwas über "Straßen zum Meer", uralte Pfade ... Aber das ist nur ein Mythos. Am Ende gibt es kein Entkommen."

"Aber wenn jemand am Leben bleibt, hast du genauso versagt, wie wenn niemand getötet worden wäre. Und woher weiß man, dass es nicht irgendwo im Universum empfindungsfähiges Leben gibt?"

"Ich...", schnappte Herb, aber er konnte seine Antwort nicht beenden, weil ich auf ihn zeigte und schrie.

"Wer ist diese Figur? Die, deren Eingeweide sich in die Ewigkeit falten, zu schwarzer, gefrorener Folter in endloser Kälte? Dieser hohle Punkt, der alles Leben aussaugt?" Herb zögerte verärgert, dann drehte er kurz den Kopf.

Dann umgab ihn der Schatten mit seinen Gefolgsleuten, und das war das Letzte, was man von ihm sah... Seine Waffe krachte auf den Boden und das Licht kehrte zurück.

Ward Lardle schaute völlig ungläubig... aber immerhin hatte er die Weitsicht, nach der Waffe zu greifen. Zu seinem Unglück war Vonny schneller. Er schoss, gerade als der Mafiaboss sich auf ihn stürzte, um ihm die Waffe zu entreißen, und Lardle fiel tot um.

Da zog Muzza Gunt seine eigene Waffe und schoss auf Vonny... traf aber stattdessen seinen Kollegen.

Gunt war der einzige des Gangstertrios, der noch stand.

Zwischen ihm und Vonny herrschte ein Patt.

"Alle auf das Schiff", rief Vonny. "Auch die Diplomaten. Wenn die Mafia uns aufgespürt hat, wird derjenige, der uns sucht, auch die Botschaft finden. Ihr müsst nur die Insel verlassen ..."

"Oh, meine Kochbücher und meine Federn", schluchzte der Unterstaatssekretär. Der Botschafter versuchte, mich auf das Schiff zu zerren, aber ich wollte Vonny nicht verlassen.

Da ertönte ein weiterer Schussknall, und beide Männer stürzten vom Steg ins Wasser. Sie hatten gleichzeitig geschossen, ein fast unmögliches Ereignis - aber ich sah die Blutwolken, die von Vonnys durchbohrten Körper aufstiegen, als er im Wasser trieb, und ich kann Ihnen versichern, dass sein Tod diesmal *nicht vorgetäuscht war*.

Ungeachtet seiner Vergangenheit starb er in meinen Augen als Held.

Danach erinnere ich mich an nicht mehr viel von der Reise. Ich glaube, Molly war die meiste Zeit bei mir. Der Schiffsarzt stellte mir viele Fragen über meine Beine, die ich nach bestem Wissen und Gewissen beantwortete. Er nickte langsam, während er über den erweiterten

Verstand und seine Grenzen nachdachte.

"Der Apparat, der seine Organe außer Gefecht gesetzt hat, muss eine physische Grenze im Raum haben. Wir werden es mit der Entfernung überholen, wenn es nicht schon damit aufgehört hat, als der Gangster getötet wurde. Und er wird sich langsam erholen."

Aber während mein Körper stärker wurde, legte sich ein Schatten auf meine Seele. Derselbe Schatten, den ich auf dem Kai gesehen hatte: der Gärtner aller Schreie.

Ich wusste, dass ich nie mehr derselbe sein würde.

ZWEITER TEIL

13

CAVENDISH

Es ist schon eine Weile her, dass ich einen Stift in die Hand genommen habe.

Wir haben es geschafft, meine Beine wieder zum Laufen zu bringen, und sie sind seitdem nicht mehr abgefallen. Auch meine Organe haben keine bleibenden Schäden davongetragen, obwohl wir immer noch nicht genau wissen, was schief gelaufen ist.

Nur selten habe ich Zeit für Holly, die düstere junge Wissenschaftlerin, die mir bei der Reparatur geholfen hat und die mich seit meiner Ankunft hier verfolgt. Nicht, dass Sie denken, es läge eine Romanze in der Luft, aber das ist nicht der Fall... Sie will nur meine Beine und Eingeweide studieren. Sie ist eine seltsame Person, fast so seltsam wie diese Insel selbst.

Holly ist aus England eingewandert, kurz bevor die Southern Wolves hier ihr Lager aufschlugen (dazu später mehr), sie ist also keine Ureinwohnerin (also keine Nachfahrin der ersten britischen Siedler). Als ich sie das erste Mal sah, saß sie auf den grauen Felsen und starrte auf das graue Wasser hinaus, wo die Grasebene direkt zum Ufer hin abfiel. Sie sah mich an und sagte: "Sie werden eine interessante Fallstudie abgeben."

Hätte sie aber wirklich gesagt, was sie meinte, dann hätte sie gesagt: "Ich bin seit Tagen unruhig, seit ich von der bevorstehenden Ankunft der Fremden gehört habe, und ich kann ein subtiles Gefühl der Unruhe seit Monaten zurückverfolgen. Diese Unruhe bestärkt mich in meiner Überzeugung, dass diese Insel mir keine Zuflucht bieten kann. Ich bin ein Außenseiter bis zum Ende, obwohl ich so gerne als "anständig" angesehen werden möchte ... und obwohl ich nicht weiß, wovor ich mich fürchte, ist da draußen etwas, das ist sicher." All das habe ich durch eine subtile Studie ihres Charakters herausgefunden, denn sie ist nicht die Einzige, die forscht...

Nachdem sie mir gesagt hatte, dass ich eine interessante Studie sein würde, tauchte sie ihre nackten Füße ins Wasser und wusch den Schlamm und das Gras ab. Zwei Vögel flogen über uns hinweg, vielleicht Sturmvögel, zu hoch, um es zu sagen. Wir sahen ihnen nach, wie sie in die Ferne flogen.

"Ich hoffte fast, sie würden hier landen und die Legende widerlegen", sagt sie.

"Was ist die Legende?"

"Die Legende besagt, dass Cavendish verflucht ist und deshalb keine Vögel hier landen. Aber es muss eine wissenschaftliche Erklärung dafür geben, und ich bin entschlossen, sie zu finden."

"Magnetfelder oder so etwas?"

"Etwas in der Art."

"Stimmt es, dass die Ureinwohner der Insel, die Ahu, auf mysteriöse Weise verschwunden sind?"

Sie sagte, was zu erwarten war: "Ich bezweifle, dass es Mysterien gibt, die nicht rational erklärt werden können. Aber ja, sie sind verschwunden."

Sie ist erst vierundzwanzig - warum redet sie wie ein alter Kauz? Und wie kann so ein schöner Ort verflucht sein? Die Erde selbst scheint hier stark zu sein - eine harte, kalkhaltige Kraft, die ich noch durch die weiche Ebene hinter mir pulsieren spüre.

Aber die stille Leere des Tages hat auch etwas Unheimliches. Und nachts, wenn der Wind weht. Und dahinter, im Süden, nichts als Eis... irgendwann. Spürt Holly etwas davon?

Sie sagt, sie vermisse die Sterne des Nordens.

Einmal, als zwei der Wildpferde der Insel auf dem Hügel herumtollten und im Kreis galoppierten, bevor sie aus dem Blickfeld verschwanden, lächelte sie so schwach, dass ich versucht war, sie zu fragen, ob ihr das im Gesicht wehtue, aber ich habe mich klugerweise zurückgehalten.

Die P-R haben ihr eine winzige Hütte außerhalb des Lagers zur Verfügung gestellt, wo sie bleiben kann, bis sie ihre Loyalitäten geklärt hat, was sie natürlich noch nicht getan hat. Sie sagt, sie sei verwirrt von dem P-R, der zwar grob sei, aber von der Kunst tief berührt werden könne; er sei manchmal arrogant, aber auch gut (er kümmere sich zum Beispiel um einen verwahrlosten Hund, den er adoptiert habe). Aber obwohl sie ihn nicht "hat", ist es offensichtlich, dass sie den Drang verspürt, ihn zu beeindrucken, und dass sie sich Sorgen darüber macht, was er von ihr denkt, auch wenn sie versucht, das zu verbergen.

Holly ist nicht der einzige Neuling auf der Insel.

Auch der Zweig der Wölfe der Freude, die so genannten "Südlichen Wölfe", die zuvor über Australien und Neuseeland verstreut waren, haben sich hier niedergelassen. Genauer gesagt haben sie ein bewaffnetes Lager errichtet. Sie versammeln sich in einer Dauersiedlung - sehr unwölfisch. Aber die Zeiten ändern sich. Wir haben die scharlottische Ära hinter uns gelassen und stehen an der Schwelle zu einer völlig neuen Epoche. Doch bei dem Versuch, eine neue Gesellschaft Gleichgesinnter zu gründen, wenn auch auf dieser abgelegenen Insel, scheint sich für die Südwölfe der Kreis zu schließen: Sie sind keine Wölfe mehr, sondern Haushunde.

Das Lager ist groß und in Bereiche unterteilt, in denen verschiedene Gruppen nach Alter und Geschlecht untergebracht sind. Als sie ankommen, stellen sie schnell fest, dass sie nicht die Einzigen auf der Insel sind, die an geheimnisvollen Waffen ausgebildet werden - selbst der älteste Bauer von Cavendish kann noch eine Hellebarde schwingen, denn die Insel wurde schon mehrmals von ihren winzigen Nachbarn bedroht, natürlich auch jetzt wieder von den St. Vigeanern. Aber welche Chance haben Hellebarden gegen die unglaublichen Waffen von heute? Sie sind ein Symbol, und deshalb haben die Wölfe sie übernommen, weil sie die Sprache der Symbole verstehen... die Bauern sind einfach pragmatisch.

Einige der jüngeren Wölfe werden zynisch, was ihre Mission angeht, und das ist eine größere Gefahr als die physische Ausrottung. Diese jungen Rudelmitglieder scheinen ziemlich mürrisch zu sein, und ich frage mich, warum sie überhaupt den ganzen Weg nach Cavendish gekommen sind - oder sind sie erst so geworden, seit sie hier sind? Schädigt das Zusammenleben den Wölfen, wie ich vermute? An dem Morgen, an dem ich nach dem Treffen mit Holly an der hölzernen Kaserne vorbeilief, über den Trainingsplatz ging und den langen Flug mit dem Flying Fox zurück nach Popinjay, der einzigen Stadt auf der Insel, antrat, schien es jedenfalls so.

Es war der Tag, an dem ich zu einem Ausritt mit dem Herrscher der Insel gerufen wurde, dem Prinzregenten, einem direkten Nachfahren eines Gouverneurs aus der napoleonischen Zeit, der nach dem Abzug der britischen Regierung auf der Insel blieb und sie zu seinem persönlichen Lehen machte (die damals wie heute aufgrund ihrer rauen Lage von geringem strategischen Wert war). Cavendish überlebte zweieinhalb Jahrhunderte unbemerkt.

Man half mir in den Sattel eines Pferdes. Der Prinzregent, ein grobschlächtiger, hochgewachsener Mann mit Monokel, erklärte uns, wie wichtig es sei, dass die Gäste bei ihrer Ankunft reiten, aber Molly weigerte sich - sie hatte Angst vor großen Tieren. Ich war trotz meiner Genesung noch schwach und musste in den Sattel gehoben werden. Aber saubere Bewegung hilft, die Erinnerung an den Gärtner zu vertreiben, und außerdem wollte ich auf meine kleine Weise den letzten Mut der armen Vonny nachahmen, damit diese Kühnheit nicht von der Erde verschwindet. Ich werde mit kleinen Dingen beginnen, wie dem Reiten, auch wenn ich vor Schmerz und Anstrengung zittere.

Der Prinzregent rückte sein Monokel zurecht und nickte zustimmend. "In dem kleinen Kerl steckt Kampfgeist", mag er gedacht haben ... oder vielleicht war es auch nur das Pferd, das er bewunderte. Ich war noch nie geritten, aber er sagte mir, ich solle mir keine Sorgen machen - das Pferd wisse genau, was es zu tun habe, und würde seiner Führung folgen.

Wir verließen die Stadt auf einem gut ausgetretenen Pfad und galoppierten in wenigen Minuten in die Ebene hinaus. Der P-R muss meinen verblüfften Gesichtsausdruck bemerkt haben, als sich die grün-schwarze, wunderschöne Grasebene entfaltete.

"Ganz anders als in Mantuaroa, nicht wahr?"

"Ja", murmelte ich verträumt. Anders ... einsamer, kälter ... und doch irgendwie fruchtbarer in seiner Kälte als der üppige Dschungel ... als ob das, wofür man hier kämpft, mehr wert wäre.

Der P-R erkundigte sich nach meinen Reisen und ließ mich reden, wie ich wollte. Der Botschafter hatte ein Notizbuch erwähnt, aber das könne bis morgen warten, sagte er. Jetzt müsse man erst einmal plaudern. Er, mit seiner steifen Oberlippe, unterbrach mich nur selten.

Die Pferde trugen uns weiter, bis wir hinter einer Hügelkuppe Wellen von goldgrünen Wiesen sahen, die in ein eisengraues Meer glitten. Ja, das war Cavendish. Obwohl die Insel in vielerlei Hinsicht im Sterben liegt, vergisst man sie nie, wenn man sie einmal gesehen hat, und sie wird nie aus meinem Herzen verschwinden.

Die grasbewachsenen Hügel, die kalten Ebenen des Geistes.

Nur wenige wissen, dass es diese Insel gibt, und wirtschaftlich geht es rapide bergab. Daran wird auch die Ankunft der Wölfe wenig ändern. Die Inselbewohner halten sich mit Mühe und Not über Wasser, das Essen ist oft knapp. Einige junge Leute verlassen die Insel wegen des faden Essens, andere ziehen nach Mantuaroa Stadt, um das schnelle Leben zu genießen. Die Traditionen erodieren. Aber vielleicht ist das schon lange so und wird erst jetzt sichtbar.

Der P-R sagte mir, er glaube, der Niedergang lasse sich bis zu dem Tag zurückverfolgen, als der Regierungssitz vom Roten Fort in die heutige Hauptstadt Popinjay verlegt wurde.

Aber die Pferde, die Pferde ließen nicht nach. Zwei liefen wild nach Osten, der Küste entlang. Grau und steinig wie eine Cavendish-Dämmerung schimmerten sie, während sie rannten.

Diese Pferde waren schon vor der Ankunft der Europäer auf der Insel. Die Ahu müssen sie von dort mitgebracht haben, woher auch immer, oder vielleicht haben sie mit ihnen gehandelt, und sie sind immer noch hier, meist wild, nicht als Transportmittel benutzt, nur einige werden zum Reiten gehalten, laufen bei Wettbewerben oder bei zeremoniellen Ritten wie dem heutigen. Und zweifellos rennt der P-R in seinen

Träumen mit ihnen über die Hügel, furchtlos, zerlumpt und frei.

Mein eigener Traum letzte Nacht, als ich in einer Holzhütte am Rande von Popinjay schlief, war unbeschreiblich stark.

Ich war im Krieg auf einem U-Boot stationiert. Der klaustrophobische Raum war von einem unheimlichen Licht erfüllt - und wurde von gelegentlichen Explosionen erschüttert. Ich wollte durch das Periskop schauen, um zu sehen, was vor sich ging, aber es war blockiert, als hätte jemand seine Hand darüber gehalten. Also dachte ich, ich könnte stattdessen durch eines der Torpedorohre schauen. Ich steckte meinen Kopf hinein - aber da war jemand. Ein bleiches Gesicht starrte mich durch die Dunkelheit an, und ich bemerkte das Blitzen grausamer Zähne. Ich hatte keinen Zweifel - es war das Vampirmädchen, das gekommen war, um unter den Wellen zu jagen. Mein Herz sank. Würde mich dieses jämmerliche Gespenst *auf ewig* verfolgen?

Ich zog meinen Kopf aus der Röhre, aber ich spürte, dass sie noch da war. Bald würde sie herabkriechen und mich in diesem kalten Metallgrab in die Enge treiben. Ohne Gnade.

Aber dann erinnerte ich mich an den Schatten, die Gestalt auf Nullys Kai. Und plötzlich verschmolz der Traum mit meinem äußeren Leben. Ein Knurren stieg in mir auf, und ich *steckte den Kopf wieder in die Röhre*. Die bleiche Gestalt starrte mich hungrig an, aber ich füllte meine Lungen mit Luft und *brüllte* sie an. Die Welt drehte sich zur Seite, und ich glitt die Röhre hinauf (oder war es hinunter?) und stürzte in blaues, schimmerndes Wasser.

Die Sonne durchdrang die Feuchtigkeit und das Vampirmädchen war verschwunden.

Sie war nirgends, hatte sich in Atome aufgelöst...

14

PUPPENTHEATER

Der Geruch von Holzrauch und ein Luftzug in meinem Gesicht weckten mich. Schlaftrunken nahm ich meine Beine in die Hand und schob meinen viel zu wackeligen Körper mit einer Willensanstrengung aus dem Bett. Der Schmerz in meinem Oberkörper war verschwunden, aber die Erinnerung an den inneren Angriff blieb. Mein Körper ist nicht mehr mein privates Reich. Er ist viel zu verletzlich, als dass ich mich selbstgefällig darin aufhalten könnte. Aber Selbstmitleid ist fehl am Platz, vor allem in dieser fremden Landschaft.

Jemand klopft an den Rahmen meiner türlosen Hütte und steckt den Kopf hinein, um mir zu sagen, wo die Toiletten sind. Nachdem ich mir das Gesicht mit eiskaltem Wasser abgespritzt hatte, trat ich fröstelnd ins Freie und sah viele Wölfe in Bewegung. Der Flying Fox, die S-Bahn der Insel, war in Betrieb.

Jemand klopfte mir auf die Schulter, es war Molly. In einer anderen Holzhütte war das Frühstück für uns vorbereitet worden, und wir aßen schweigend altes Butterbrot und lauschten dem gepfefferten Morgengeschrei um uns herum. Molly wirkte alles andere als glücklich.

"Dieser Ort ist zum Kotzen", beschwerte sie sich. "Meine Matratze ist hart wie Stein und es ist feucht und kalt. Ich will nach Hause, aber ich vergesse immer wieder, dass ich kein Zuhause habe."

Aber sie klang nicht ganz unglücklich, und das freute mich. Wir machten einen Spaziergang und erreichten das Lager der Wölfe auf einem etwas umständlicheren Weg als dem Fuchsexpress - einem schmalen, schlammigen Pfad, der sich über einen Kamm oberhalb

461

einer Wiese und eines Waldes schlängelte.

Wir beobachteten das morgendliche Training. Einige spielten ein merkwürdiges Spiel, das wie umgekehrtes Rugby aussah - wer den Ball hat, muss ihn loswerden. Dazu muss er aber eine Reihe von hart verteidigenden Tacklern umspielen und dann einen anderen Spieler mit dem Ball treffen (der dann zum Ballträger wird). Trifft er nicht, muss er von vorne beginnen. Es gibt kein Ziel, denn der Sport ist eher eine Art Ausdauertraining als ein "Spiel" im eigentlichen Sinne. Diese neuen Wölfe schienen mir grausamer zu sein als die, von denen ich gelesen hatte und an die ich nur halb glaubte.

Dann tauchte jemand hinter uns auf - es war Holly. "Ich soll euch zum Prinzregenten bringen", sagte sie sachlich. "Er möchte mit euch beiden sprechen."

Ich bemerkte etwas, das an einer Schnur um ihren Hals hing, ein kleines elektronisches Gerät, und fragte, was das sei.

"Das hier? Es ist eine Art Prototyp einer Kamera, die verschiedene Felder aufnimmt und seltsame, geisterhafte Bilder macht."

"Wie eine Kirlian-Kamera?"

"Nicht ganz. Die nehmen koronale Entladungen auf, diese hier..." Sie begann einen langen technischen Monolog, von dem ich nicht behaupten werde, dass ich mich an genug erinnere, um ihn wiederzugeben, da ich mindestens drei Viertel der Worte nicht kenne. Aber sie gab zu, dass die Kamera von Gallinule entworfen worden war, dem umstrittenen Wissenschaftler, der unter Scarlotti gearbeitet hatte.

"Also *Pseudowissenschaft?*" fragte ich unschuldig.

Sie wurde rot und sah wütend aus. "Es funktioniert", fauchte sie. "Ich habe es in England ausprobiert, ich werde es hier auch ausprobieren. Und bitte benutzen Sie nie wieder dieses schreckliche Wort. "Experimentell" ist besser."

"Wo willst du es denn ausprobieren?"

"In einer unheimlichen Festung, die Rotes Fort heißt. Eigentlich dürfen wir da nicht hin, weil sie alt und baufällig ist, aber ich dachte, es wäre der perfekte Ort, um die Kamera auszuprobieren. Es soll dort spuken, wenn man an so etwas glaubt."

"Dürfen wir mitkommen?", fragte Molly.

"Ich denke schon, nachdem du den Prinzregenten gesehen hast. Ich werde auf euch warten. Ich werde dort übernachten, also nehmt euer Bettzeug mit."

Sie erzählte uns, wie sie es einmal in einem alten Haus in England benutzt hatte, in dem es auch spuken sollte. Der Sucher der Kamera hatte die schönsten Interferenzmuster aufgezeichnet, die auf komplexe emotionale Zustände hinzudeuten schienen. Aber jedes Mal, wenn sie versucht hatte, die Bilder einzufangen, waren sie nur als trübe Unschärfe herausgekommen.

Inzwischen befanden wir uns im Amtssitz des Premierministers (er war Regierungschef und Staatsoberhaupt in Personalunion), der die Größe eines gewöhnlichen Hauses hatte. Sie führte uns in ein Vorzimmer, wo uns eine Sekretärin bat, Platz zu nehmen. Einige Minuten später kam sie zurück, um uns in das Büro des Premierministers zu führen.

Der P-R stand neben einem riesigen antiken Schreibtisch, auf dem ein ebenso alter Globus lag. Irgendetwas schien seltsam an ihm zu sein, und dann bemerkte ich, dass er auf dem Kopf stand. Ich wollte nach dem Grund fragen, hielt es aber in Gegenwart eines so hochgestellten Mannes für unpassend. Denn der unwirsche, aber freundliche, etwas avuncular wirkende P-R, der mich gestern zum Reiten mitgenommen hatte, war verschwunden. An seine Stelle ist ein Mann getreten, der schroff, hochmütig und militaristisch ist.

Der Botschafter und der Staatssekretär waren ebenfalls anwesend (zusammen mit einem kleinen schmutzigen Hund), und wenn der P-R mürrisch war, war der Botschafter wirklich wütend. Während der Botschafter schweigend aus dem Fenster schaute, tobte und brüllte der P-R. Der Unterstaatssekretär saß still in der Ecke und strickte. Während der Botschafter schimpfte, kläffte der Hund unisono und wedelte mit seinem zotteligen, zerfetzten Schwanz. Er schien zu glauben, die Schreie des Botschafters seien Freudenschreie.

"Es ist *schlimmer* als bei meiner Abreise! Ich weiß nicht, was schlimmer ist, die elende Langeweile der Jungen oder die schäbige Korruption der Alten. Und diese

Wölfe haben sich nicht im Geringsten geändert. Sie kümmern sich nur um ihre eigenen subjektiven Realitäten. Sie kommunizieren lieber mit den Toten, als sich den Lebenden zu stellen. Und was den Rat und das Gericht betrifft, sie werden von innen aufgefressen. Überall Selbstbediener. Die Justiz, das Militär... Sogar der Text unserer Proklamationen. Man kann sich nicht wehren, weil man nirgendwo angreifen kann. Es ist ein Kreis ohne Zentrum. Sie dringen in meine Träume ein, diese Schwächlinge, und machen sie wütend und platt." Der Hund hörte auf zu bellen und kratzte sich an seinen Flöhen. Der P-R bückte sich und hob den Mischling auf.

"Das ist unvermeidlich", sagte er. "Sie sind nur Werkzeuge einer großen, unaufhaltsamen Macht, so willig sie auch sein mögen. Und was wäre unsere Zeit ohne Ende?" Er wiederholte die Worte "unaufhaltsame Macht" mehrmals in seinem Atem.

Ich fragte ihn, was das bedeute, und er erklärte es mir. Er glaubte, dass ein Staatsstreich bevorstünde und dass er bald tot oder abgesetzt sein würde. Viele seiner treuesten Gefolgsleute waren in den Kämpfen mit den St. Vigeanern gefallen.

Aber das war noch nicht alles - der P-R hatte auch eine Nachricht für uns, die uns mit Schrecken erfüllte. Er hatte an diesem Morgen eine Nachricht von der Regierung von Mantuaroa erhalten, die die sofortige Auslieferung der, wie sie es nannten, "flüchtigen Verbrecher" verlangte. Die P-R hielt sie hin und hatte noch nicht geantwortet.

"Sie müssen also *Entscheidungen* treffen, verdammt noch mal", brüllte der Botschafter und ließ seine Faust mit einem kräftigen Schlag auf den Tisch fallen. Molly zuckte zusammen, ihre Augen waren feucht von Tränen.

"Ähem", sagte der P-R mit milderer Stimme. "Ich habe meinen Puppenspieler gebeten, eine Vorstellung für Sie vorzubereiten ... damit Sie die Situation besser einschätzen können. Wenn Sie in den anderen Raum gehen und zuschauen würden, wäre das vielleicht hilfreich." Er führte uns in einen Raum mit dicken schwarzen Samtvorhängen. Der Raum war von rotem Licht erhellt, das von Laternen ausging, die an der Decke aufgereiht waren. An einer Seite des Raumes stand eine große Holzkabine, deren Vorderseite mit rot-goldenen Samtvorhängen verhängt war. Wir setzten uns in die antiken Plüschsessel, die für uns bereit standen, und alles war still, denn die Vorstellung sollte beginnen.

Der Vorhang öffnete sich.

Unter der Bühne sah man eine Gruppe verrückter Puppen, die umherliefen und sich gegenseitig zunickten. Manchmal kämpften sie gegeneinander, manchmal schlossen sie Frieden, umarmten sich und schüttelten verzückt ihre Puppenpfoten. Das ging eine ganze Weile so, aber die ganze Zeit über schlich eine seltsame, schattenhafte Gestalt im Hintergrund ungesehen um die anderen herum. Manchmal drängte sie sich vor, aber bevor die anderen Puppen sie bemerkten, war sie wieder im Schatten verschwunden. Sie hatte seltsame Lippen, dünn und doch gummiartig, blutleer und sinnlich zugleich. Er hatte dünnes, strähniges Haar und ein zerfurchtes Gesicht. Er sah menschlicher aus als die anderen Puppen, aber auch weniger menschlich.

Doch dann wurde klar, dass die subtile Verwobenheit dieser Figur nicht nur zur Schau gestellt wurde. Die anderen Puppen waren, so schien es, in einem feinen Netz gefangen - ein dünnes schwarzes Seil, das um sie herum geknotet war. Dann zog die Craggen-Puppe daran...

Was ihr hier seht, sagte eine Stimme hinter der Bühne, *ist ein raffiniertes Manöver. Die Patagonier säen in der ganzen Welt Unruhe. Aber die Saat, die sie gesät haben, geht nun auf, denn eine Rebellion braut sich zusammen, sowohl gegen ihre lokalen, verführten Vertreter als auch gegen die Puppenspieler selbst. Neue Formen der Politik nehmen Gestalt an. Manche sprechen von einem neuen Weltkrieg, der sich zusammenbraut, oder von noch dunkleren Dingen. Was auch immer geschieht, es wird nicht schön sein...*

Dann änderte sich die Szene. Der Vorhang öffnete sich und schloss sich fast ebenso schnell wieder. Am Rand tanzten Puppenpferde, während sich vor uns die Geschichte von Cavendish abspielte.

Am Anfang war ein Stamm namens Ahu, sagte die Stimme. Aber muslimische Sklavenjäger und christliche Missionare (die erstaunlicherweise manchmal unter einer Decke steckten) versklavten die Häuptlinge der Ahu.

Die Ahu waren blond und hellhäutig. Ein Stamm von

Weißen? Interessant...

Die verbliebenen Ahu versammelten sich und sagten: "Ihr habt unsere Häuptlinge gestohlen, und ihr selbst werdet sie nicht ersetzen, noch könnt ihr... noch uns führen, wie wir es gewohnt sind... also müssen WIR uns selbst führen. Und das taten sie, indem sie den Weg ins Meer nahmen. Sie verschwanden einfach von der Insel. Die Missionare zogen sich schockiert und trauernd zurück. Und die Sklavenhändler zogen weiter.

Von oben kamen Puppenknochen herunter. Sie sahen aus wie Hühnerknochen.

Knochen in Gläsern blieben zurück. Das war die einheimische Bestattungsart. Unter ihren vielen Göttern verehrten die Ahu vor allem einen, den sie "Dreamking" nannten. Ihr eigenes einheimisches Wort für ihn wollten sie nicht verraten. Aber seine Verehrung verbreitete sich unter verschiedenen Namen über den Pazifik. Ansonsten ist wenig über ihren Glauben bekannt.

Jetzt marschierten Marionettensoldaten auf.

Dann kamen Militärs aus Großbritannien. Cavendish war ein verfluchter, leerer Ort, aber zu dieser Zeit tobten die Napoleonischen Kriege und drangen auch in die südliche Hemisphäre vor. Die britischen Soldaten, die in Cavendish stationiert waren, ließen sich von der gespenstischen Atmosphäre inspirieren und entwickelten sich zu einer elitären und unabhängigen Gruppe. Als die Briten die Truppen aus Geldmangel nach Hause beorderten, sagte der verantwortliche Offizier...

"Mein Vorfahre", sagte der P-R stolz.

... weigerte sich und beschloss, sich vom Empire loszusagen. Großbritannien war zu sehr mit anderen Dingen beschäftigt, um über den Verlust einer kleinen Insel nachzudenken. Aber die Bauern verließen später Europa und versuchten ihr Glück in der südlichen gemäßigten Zone. Ungefähr zu dieser Zeit stellte man fest, dass alle Vögel verschwunden waren. Man sieht sie hoch oben fliegen, aber seitdem ist kein Vogel mehr auf der Insel gelandet.

"Seltsam, aber wahr", meint der P-R.

Eine Zeit lang wurde die Falknerei weiter betrieben, aber die Vögel wurden an einer langen Schnur gehalten, damit sie nicht wegfliegen konnten. Auch das wurde irgendwann aufgegeben, denn die Falken waren sehr unglücklich.

Nun schlossen sich die Vorhänge wieder und öffneten sich mit einem kräftigen Ruck. Die Zeit war in der Puppenwelt eindeutig weitergegangen.

Die Nation der St. Vigean, bevölkerungsreich und wohlhabend.

Es herrschte ein verdeckter Krieg um die Kontrolle einer abgelegenen Insel. Die St. Vigeans griffen strategische Marinepunkte an, um die Truppen abzulenken. Ouwai war der Name der Insel.

Zwei Miniaturflotten kämpften an den Seiten der hölzernen Bühne. Trotz der Vergangenheitsform bezog sich der Erzähler offensichtlich auf die Gegenwart.

Aber einige Puppen wollten noch nicht mit offenem Visier auf eine gewählte Regierung einwirken...

Die Craggen-Marionette erhob wieder ihren Kopf hinter den Kulissen.

Sie versprachen den St. Vigeanern große Dinge, wenn sie diese kleine Insel gewinnen könnten, die sie noch nicht offen für sich beanspruchen konnten. Die Lage war angespannt. Aber da die Regierung von Mantua uns drängt, die mutmaßlichen Verbrecher zurückzubringen oder einen Krieg zu riskieren, wird der bestehende Konflikt eskalieren...

Oh, diese nicht gerade subtile Anspielung. Der Wechsel zwischen Vergangenheit und Gegenwart war erbärmlich und feige, dachte ich. Ich erhob mich auf meine Plastikfüße.

"Keine Sorge, wir bleiben nicht", knurrte ich. Mit gebeugten Schultern stand ich über dem sitzenden P-R und sah ihm direkt in die Augen. "Zeig uns einfach den Weg, dann sind wir weg."

Ich sprach mit einer kalten, harten Stimme, wie ich sie noch nie benutzt hatte. Der Botschafter bewegte sich vorwärts, ebenso die Diener, die aus den Schatten traten. Sie sahen aus, als wollten sie mich verprügeln, weil ich so mit ihrem Staatsoberhaupt sprach, aber der P-R winkte ab.

"Niemand bittet Sie zu gehen, Nicholas", sagte er mit müder, aber autoritärer Stimme. "Wir müssen nur die Lage beurteilen. Wie Sie sich vorstellen können, ist die Lage düster. Der Botschafter hier hat mir gesagt, dass Sie einen Zettel haben, der einen Hinweis enthalten könnte..."

Ich zog das inzwischen schmutzige Notizbuch aus der Tasche. Es war ein Talisman, ein Faden, der mich mit dem toten Mann verband, der mich in das Geheimnis gestürzt hatte ... und vielleicht auch mit einem anderen kleinen Mann, der vor einer Ewigkeit gestorben war. Ich drückte es dem P-R etwas mürrisch in die Hand. Der P-

R las schweigend, und seine Stirn runzelte sich ernsthaft, als er den gekritzelten Inhalt überflog. Dann gab er es wortlos zurück und steckte die Hände in die Taschen seines Prunkmantels. Sein Gesicht wirkte erschrocken und traurig.

"Na?" platzte ich nach einer langen, unheimlichen Stille heraus.

"Hm?"

"Kanntest du Maddem, den letzten Dichter? Und weißt du, wo die geheime Treppe ist?"

"Nein, tut mir leid. Ich weiß nicht, was das bedeutet. Wir treffen uns in zwei Tagen wieder, um zu entscheiden, was zu tun ist. Meine Spione werden mir bis dahin mehr Informationen gegeben haben und der Rat wird einberufen. Holly wird dich in der Zwischenzeit gut unterhalten."

Er drehte sich um und verließ wortlos den Raum. Wir wurden entlassen, Halme ohne Erntemaschine.

15

TRÄUME

Letzte Nacht hatte ich mehrere bedeutsame Träume. Im ersten betrat ich ein altes Steinschloss und ging durch einen Raum mit ausgestopften Vögeln. Sie waren verblasst, aber einer war noch bunt und lebendig.

Ich zeigte auf ihn, zupfte am Ärmel meines Begleiters (Identität unbekannt) und sagte: "Schau, ein guter alter australischer Papagei...". Doch als ich die Aufmerksamkeit auf den Papagei lenkte, bemerkten ihn auch die anderen Vögel, erwachten zum Leben und flogen mit beängstigender Geschwindigkeit herab. Offensichtlich wollten sie den bunten Vogel zu Tode picken.

Ich stürzte mich auf sie und winkte mit den Händen, bis sie sich zerstreuten. Der Papagei ließ sich ohne zu zögern neben der Tür nieder. Ich öffnete die Tür einen Spalt, um den Vogel herauszulassen. Er flog weg, aber andere waren schneller. Ein Dutzend oder mehr flogen hinterher, bevor ich die Tür schließen konnte. Ich konnte nichts mehr tun.

Die Vögel, die es nicht geschafft hatten, saßen da und sahen unschuldig aus. Und das war das Schlimmste...

*   *   *

In einem anderen Traum wurde Vonny, der scheinbar ins Leben zurückgekehrt war, zur Rechenschaft gezogen. Er war in einem dunklen Raum an einen Stuhl gefesselt, während ein wirbelndes blaues Licht in zufälligen und unvorhersehbaren Schüben mit einem schmerzhaft grellen weißen Puls abwechselte.

An seinem Kopf waren Drähte befestigt, und ich erkannte, dass jemand (ich?) versuchte, seine Gedanken zu lesen. Aber er schien zu ahnen, was vor sich ging, und versuchte, seinen Geist mit Leere und Verwirrung zu füllen.

Dann schaute er plötzlich direkt zu mir auf... und mir wurde klar, dass dies kein Schauspiel war.

Sein Geist war wirklich leer und verwirrt.

*   *   *

Ein dritter Traum handelte von Mantuaroa. In den gelben Weiten der Stadt fand eine Beerdigung statt. Ein bunt bemalter, geschnitzter, geflügelter Holzsarg wurde auf die Schultern von sechs Angehörigen des Mani-Stammes gehoben, Vollblüter, wie es schien. Irgendwie wusste ich, dass sie verschiedenen verfeindeten Stämmen angehörten, aber in diesem Moment waren sie unter der Führung der Panganuaner vereint, der Gruppe, die ursprünglich das Land besiedelt hatte, auf dem heute Mantuaroa City steht. Der Sarg war der eines Panganuans, eines sogenannten Paramount Chief.

Langsam schwebte der Sarg mit seinen kastanienbraunen Federn, den weißen Flügelspitzen und dem feuergerösteten Federbusch herab. Rot, die heilige Farbe des Pazifiks, war auch die Farbe der einheimischen Aristokratie auf Mantuaroa. Der große Vogel trug den Häuptling zu seiner letzten Ruhestätte, selbst getragen von sechs Dienern, Sterblichen im Dienste des unsterblichen Todes. Die Menge teilte sich, um ihm den Weg zu ebnen.

Eine Kompanie Soldaten schaute zu... Halbblüter im Dienste der nationalen Regierung, die nervös mit ihren Maschinengewehren hantierten. Sie waren dort postiert, falls es Probleme geben sollte. Der plötzliche und unerwartete Tod des Stammeshäuptlings hatte ein Machtvakuum geschaffen, das zusammen mit Gerüchten über eine organisierte Rebellion die Behörden auf den Plan gerufen hatte. Begräbnisse, die während des Festes stattfanden, waren normalerweise fröhliche Anlässe, denn es galt als Glück, zu dieser Zeit zu sterben. Bei Königen war das anders. Die Feste mussten eingehalten werden. Und niemand wusste, wer nun die Führung des Stammes und damit aller Stämme übernehmen würde, denn er hatte keinen Blutsnachfolger hinterlassen und viele warteten im Verborgenen.

Am Rande der Menge beobachteten auch ein arrogant dreinblickender Mischling und ein vierschrötiges Mädchen die Prozession, das dem Ersten mit schamloser Hingabe in die Augen starrte.

"Die Leute des Vogelkönigs", fragte sie. "Können wir ihnen trauen?"

"Du meinst die Kultisten", schnaubte er. "Das sind weiße Teufel. Denen kann man überhaupt nicht trauen. Und sie müssen dafür bezahlen, dass sie sich einen unserer Götter angeeignet haben." Er hatte vergessen oder wusste nicht, dass der Gott ursprünglich von den Ahu stammte.

"Es ist wahr", sagte das Mädchen. "Diese Teufel behindern uns." Sie hatte offenbar vergessen, dass sie zu drei Vierteln weiß war. "Aber was ist mit den echten Stämmen?"

"Die Panganuaner kämpfen nicht", knurrte er. "Nur untereinander. Sie brauchen einen Häuptling, der sie eint." Es war klar, wer seiner Meinung nach dieser Anführer sein sollte, auch wenn er als Halbblut dafür nicht in Frage kam.

"Was wir brauchen", sagte er, "ist eine Vereinigung aller Stämme und Fraktionen. Nur eine vorübergehende Einheit ... aber genug, um das Herz des weißen Mannes mit Furcht zu erfüllen." Er lächelte mit blitzenden Zähnen. "Und es wird geschehen. Ich habe daran gearbeitet, ich habe es gewollt. Hinter den Kulissen, Schwester. Meine Fäden werden bald zusammenlaufen." Er blickte in die Menge, dann sprach er wieder.

"Wir können uns nicht auf das Rathaus verlassen. Es ist schwach und kann leicht von der nationalen Regierung umgangen werden. Diese Zauderer im Rathaus hassen mich, aber ich habe getan, was sie nie tun könnten."

"Was?", fragte sie mit leuchtenden Augen. "Können Sie mir vertrauen?"

"Ha, ich traue nicht einmal mir selbst", lachte er. "Aber eines sage ich dir. Manche, die du für Feinde hältst, sind in Wirklichkeit auf unserer Seite, und manche, die du für Freunde hältst, sind es nicht. Nur ein Beispiel: Es gibt Fraktionen in der Armee..."

Doch seine Worte wurden jäh durch Maschinengewehrfeuer unterbrochen. Die Soldaten waren nervös geworden und hatten über die Köpfe der Menge hinweg geschossen. Einige in der Menge gerieten daraufhin in Panik und lösten eine kleine Stampede aus, was die Spannung weiter erhöhte.

Der Mann fuhr fort: "Einige der nationalistischen Hardliner, die sehen, was wir vorhaben, werden unseren Aufstand als günstigsten Zeitpunkt für eine Rebellion wählen, um die Macht des Militärs zu schwächen. Auf diese Weise können Fraktionen, die sich sonst feindlich gegenüberstehen, zusammenarbeiten, ohne es zu wollen. Es geht darum, sie wie Musik im Gleichgewicht zu halten", lacht er. Eine heikle Aufgabe. "Aber wenn die Töne harmonisch zusammenklingen ..."

Wieder ertönten die Schüsse, und diesmal machten der Mann und die Frau Anstalten zu gehen.

"Wir sehen uns morgen Abend", sagte der Mann. "Dann erzähle ich Ihnen mehr." Er entfernte sich, während die Menge wogte und wogte.

Aber als er davon eilte, hatte er das Bild seines seltsamen Hintermannes im Kopf, und dieser Hintermann war...

Ich erwachte und umklammerte ein verschwundenes Bild.

16

FESTUNG

Holly erzählte dem P-R, dass sie mit uns auf der anderen Seite der Insel übernachten würde, ohne das Fort zu erwähnen. Sie holte ein paar Rucksäcke und Proviant aus dem Lager und wir brachen kurz nach dem Frühstück auf. Trotz der Ungewissheit über die Zukunft fühlte ich mich glücklich - ich hatte wieder gelernt, meine Beine zu benutzen. Auch Hollys Stimmung schien sich gebessert zu haben. Nur Molly wirkte niedergeschlagen und ich hörte sie etwas von "Schiffbrüchigen" murmeln.

Unser Tempo war langsam, dank mir, und Holly schien frustriert zu sein, sich aber damit abzufinden. Der Weg öffnete sich und verlor seine weiße Form in stillen, weglosen Wiesen. Bald wanderten wir über eisige, blassgrüne Hügel. Das Meer blinzelte und glitzerte rechts von uns - es bestand keine Gefahr, sich zu verirren - aber der Wind, obwohl leicht, biss uns mit seinen kalten antarktischen Zähnen.

Es war fast Mittag, als Holly uns mitteilte, dass sie einen kleinen Umweg machen wolle, weil sie glaubte, dass es etwas zu sehen gäbe.

Das Meeresrauschen wurde lauter, als wir einen grauen, steinigen Weg hinunter zum Ufer gingen. Dort liefen wir eine Weile am felsigen Strand entlang, bis wir auf etwas Seltsames stießen, das Holly erwähnt hatte. Ein Stück glatter, flacher, verwitterter Fels, der in Quadrate unterteilt war, die wie alte Pflastersteine aussahen. Ich fragte, ob das eine geologische Formation sei, aber Holly verneinte.

"Es ist einer der Wege, die zum Meer führen", sagte sie nur und sprach langsam und bedächtig aus, was dem Ausdruck an diesem steinigen Ufer etwas Unheimliches verlieh.

Sie stellte ihren Rucksack auf den Boden und holte eine Taucherbrille und einen Schnorchel heraus.

"Ein bisschen kalt zum Schwimmen", bemerkte ich, während meine Zähne vom Stehen klapperten.

"Wir gehen nur gucken, nicht schwimmen. Und so kalt ist es auch nicht... Sei kein Weichei."

Ich sah sie beleidigt an.

"Ich habe meinem Land gedient, meine Beine geopfert..." Ich wollte etwas sagen, aber meine Zähne klapperten so laut, dass ich es nicht herausbrachte, und sowieso ignorierte sie mich, zog ihre Schuhe aus und krempelte ihre Hose hoch, bevor sie zu einem großen, flachen Felsen etwas weiter draußen im Wasser ging. Zögernd folgten Molly und ich ihr. Das Wasser war schon knöcheltief, als wir auf den Felsen kletterten.

Sie kniete sich auf den Rand und gab uns ein Zeichen, es ihr gleich zu tun. Dann reichte sie Molly die Maske, die sie zögernd aufsetzte.

"Steck deinen Kopf rein und sieh es dir an", sagte Holly. Molly tat wie ihr geheißen und hielt ihren Kopf lange ins Wasser. Ich schaute Holly fragend an, aber sie saß regungslos und mit steinerner Miene da. Wir lauschten dem rhythmischen Zischen von Mollys Atem durch den Schnorchel. Schließlich zog sie sich wieder hoch und nahm langsam die Maske ab. Ein Stirnrunzeln war durch ihr tropfendes Haar zu sehen.

"Wo kommt das denn hin?", fragte sie, aber Holly zuckte mit den Schultern.

Neugierig geworden, setzte ich die Maske auf und ließ mich auf den Bauch sinken, wie Molly es getan hatte. Die Kälte des Wassers versetzte mir einen Schock - es war das erste Mal, dass es mein echtes, nicht aus Plastik bestehendes Fleisch berührte. Aber sobald ich mich daran gewöhnt hatte, konzentrierte ich mich und sah durch das blaue, filmbehaftete Wasser, was eindeutig eine alte, von Menschen gebaute Straße war. Unter dem Wasser waren die Pflastersteine grün. Sie zogen sich in die Ferne, bis das Wasser schließlich verschwamm. Noch ungewöhnlicher waren die beiden kleinen Statuen, die wie Miniaturwächter auf beiden Seiten der Straße standen. Ich starrte sie eine Weile wie hypnotisiert an, bevor ich langsam den Kopf hob.

Als ich mir das Wasser aus den Ohren schüttelte, hörte ich, wie Holly Molly erzählte, dass es auf der Insel noch andere Straßen wie diese gab, Straßen, die direkt ins Meer führten. Ich dachte an den Song "Full Fathom Five", den ich als Kind gehört hatte... Ich dachte an Dunkelheit, Dichte, Ratten. Aber wohin führten diese Straßen und wer hatte sie benutzt?

*　　*　　*

Am späten Nachmittag erreichten wir das Fort. Der Tag hatte sich von wolkig zu stürmisch gewandelt, und ein Donnergrollen rollte über den riesigen Himmelsrand, als wir uns dem hohen Schatten der Felsen näherten. Wir blieben einige Minuten am Rande der Ebene stehen und blickten auf den dunkelgrauen Hügel. Blitze zuckten am Horizont, aber weit weg und kraftlos, denn es donnerte nicht mehr, nur das leise Stöhnen des Windes und das Rauschen des Meeres.

Die Festung erhob sich wie eine mattrote Krone aus den grauen, granitzerklüfteten Felsen ringsum. Sie war das Ende der Insel und zugleich ihr höchster Punkt. Jenseits der Festung gab es nur bröckelnden Fels. Das rote Gestein, von dem Holly gesagt hatte, es heiße Molon (und sei einzigartig auf der Insel), bildete ein Band in der Mitte der Landzunge, aus dem in mühevoller Arbeit das Fort gehauen worden war, das vor langer Zeit einen britischen Militärposten beherbergt hatte. Jetzt zerfiel es und nur noch die unterirdischen Teile waren übrig geblieben. Einige Besucher berichteten von einem rasselnden Geräusch, was zu dem Gerücht führte, dass es hier spuke. Das leise Klappern verfolge einen schon von weitem, hieß es.

Ein steiniger Pfad führte hinauf zum Sockel des Forts. Es war unheimlich, die Blitze zu beobachten, die sporadisch am Rande der Welt zuckten, wenn es nicht regnete und nach dem ersten Beben nicht weiter donnerte. Es war eines der merkwürdigsten Dinge, die ich je erlebt habe. Es war, als wären wir in einen riesigen, unfruchtbaren Kreis eingeschlossen, eine Welt der Stille, umgeben von flackerndem Chaos. Als wären wir aus allem herausgetreten und warteten darauf, dass das Leben wieder beginnt.

Dann betraten wir die Ruinen des Schlosses. Sobald wir den ersten überdachten Abschnitt betraten, wurde die Luft dumpf und schwer vom Staub des zerbröckelnden Molon. Unsere Schatten fielen lange auf die grob behauenen Mauern, als Holly uns in einen langen, niedrigen, hallenden Tunnel führte. Auf beiden Seiten gab es dunkle Eingänge, aber weder Molly noch ich wollten in diese traurigen und düsteren Portale hineinschauen.

Der Gang führte bald abwärts. "Wisst ihr, wohin ihr geht? fragte ich.

"Nein. Und du?"

"Ich bin nicht derjenige, der führt."

"Dann sei still."

Angesichts dieser Logik knirschte ich mit den Zähnen und ging weiter, tiefer und tiefer in den Untergrund.

*   *   *

Wir betraten einen großen, dunklen Raum mit einer hohen Decke und mehreren dunklen Nischen in den Wänden. Auf einer Seite befand sich eine Feuerstelle und überraschenderweise auch ein Holzstapel. Auf dieser Seite der Insel gab es nur wenige Bäume, und ich vermutete, dass die Soldaten mit Holz gehandelt oder es von anderswo herbeigeschafft haben mussten... Aber dieses Holz konnte doch nicht aus dieser Zeit stammen? Irgendjemand muss den Platz in jüngerer Zeit genutzt haben. In der Feuerstelle lag Asche, aber ich konnte nicht sagen, wie alt sie war.

Holly hatte einen kleinen Spirituskocher mitgebracht, und jeder von uns hatte Konservendosen in seinem Rucksack, also machten wir uns daran, eine warme Mahlzeit zuzubereiten und uns auf die Steinbank zu setzen, die eine der Mauern säumte.

"Ein guter Platz, um die Nacht zu verbringen", sagte sie. Es schien, als gäbe es außer dem Schornstein nur zwei Eingänge: den, durch den wir gekommen waren, und einen weiteren, der um die Ecke führte und in einer Treppe endete, die (wie wir feststellten) zu einem Aussichtspunkt auf der Spitze des Forts führte.

"Es zieht", sagte Molly. Niemand antwortete, wir kochten weiter und aßen schweigend. Das Rot begann von den Wänden zu verblassen, während das Licht langsam aus dem Raum verschwand.

*   *   *

Dieselben Wände zitterten nun im Flimmern des Feuers. Holly erzählte uns von der magischen Kamera. Die Muster, die sie in dem englischen Spukhaus durch den Sucher gesehen hatte, waren lebendig, farbenfroh, überwältigend. Aber jedes Mal, wenn sie versuchte, sie zu fotografieren oder auszudrucken, verwandelten sie sich in verschwommene, lächerliche Schatten, die nur noch einen Hauch ihrer ursprünglichen Substanz besaßen.

"Wie ist es in England", fragte Molly.

"Sterbend ... Nur ein krankes, kleines, sterbendes Land am Ende der Welt", seufzte sie. "Aber es war einmal großartig. Hier auf Cavendish spürt man noch den alten englischen Geist, auf seine eigene Art." Ihre Stimmung hellte sich auf, und wir sprachen über die Insel und ihre schrulligen Bewohner. Sie gab zu, dass es nicht fair von P-R war, uns über das Puppentheater zu "informieren". Aber sie verteidigte ihn trotzdem... Er sei ein guter Mann, meinte sie. Und dann fragte ich sie etwas, das mir auf der Seele brannte.

"Warum bist du nicht früher ins Fort gegangen? Hattest du Angst, allein zu gehen?"

Sie starrte mich an, dann wurde ihre Miene plötzlich weicher. "Ich weiß nicht. Vielleicht *habe* ich Angst. Die Formen, die wir in England gesehen haben, die Muster waren wirklich schön, weißt du, aber sie waren seltsam. Sie hatten etwas Merkwürdiges. Sie sahen nicht so aus, als könnten sie die Geister von Menschen sein. Vielleicht sind es *Teile* von Menschen, die zurückbleiben, wenn sie sterben. Oder vielleicht sind es gar keine Geister, wie wir sie uns vorstellen. Sie haben etwas Unheimliches an sich und wie sie sich bewegen. Irgendetwas stimmt nicht." Molly fröstelte trotz des Feuers und rückte ein wenig näher zu mir, als Holly von ihren Erlebnissen in einem Herrenhaus namens Cranfield House erzählte.

Wie die Farben für sie in diesem tristen, grauen Haus getanzt hatten! Alle möglichen flimmernden, flackernden Muster im Sucher, die sich hemmungslos ineinander verwoben und wieder auflösten. Wenn das wirklich körperlose Emotionen waren, könnte das erklären, warum sie so unmenschlich wirkten ... weil ein Mensch verschiedene Stimmungen hat. Es war, als würde man eine komplexe Musikpassage nehmen und nur eine Note davon spielen ... würde man sie nicht wiedererkennen.

Aber es gab ein bestimmtes Zimmer im Haus, ein Schlafzimmer, dessen Bewohner dort gestorben war, angeblich an gebrochenem Herzen. Das Zimmer war noch so, wie es vor vielen Jahrzehnten gewesen war. Verstaubte, in Leder gebundene Bücher füllten ein Regal über einem verzierten Tisch, der mit kleinen, aber schönen Antiquitäten bedeckt war. Hinter dem Bett hingen Leinenvorhänge, ringsum waren gefaltete Stoffmäntel in verblichenen Farben aufgestapelt. Auf der anderen Seite des Bettes stand ein Schreibtisch aus Eichenholz, auf den Holly unsicher ihre Kamera richtete.

Hinter dem Schreibtisch stand eine abstrakte Figur, deren Farben übereinander tanzten und schwebten. Doch dann erkannte sie mit einem plötzlichen Schauer, dass es ein *Gesicht* hatte. Und es starrte sie mit offenem Mund an. Sie schrie auf und hätte fast die Kamera fallen lassen. Gerade noch rechtzeitig erinnerte sie sich daran, den Auslöser zu drücken, und die Gestalt verschwand vor der Linse.

Beim Entwickeln konnte sie von der Gestalt, die sie so lebendig gesehen hatte, nur noch zwei dunkle, undurchsichtige Flecken erkennen. Waren es die starrenden Augen des Toten? Das Echo einer zurückgelassenen Lebensessenz? Oder etwas ganz anderes? Jedenfalls waren sie von so abstrakter Qualität, dass sie sie niemals öffentlich ausstellen konnte, weil sie niemanden überzeugen würden.

"Wollen Sie es jetzt versuchen?" fragte ich interessiert. "In der Geisterfestung?" antwortete sie, nahm eine Fackel aus ihrem Rucksack, zuckte mit den Schultern und verließ die Kammer. Ich folgte ihr schnell und Molly huschte hinterher. Holly führte uns den Gang hinunter, durch den wir gekommen waren. Der Schein des erlöschenden Feuers verblasste schnell und der gelbe Strahl der Fackel war schwach.

Wir bogen in einen größeren Gang ein, durch den ein echoartiger Luftzug wehte. Dann löschte Holly die Fackel. Alles, was wir jetzt noch sehen konnten, war das winzige Flimmern der Digitalkamera.

Vergeblich versuchte sie zu fokussieren. Es schien nichts zu geben, nur Dunkelheit in der Halle. War keiner der dort stationierten Soldaten einsam auf seinem Posten gestorben, um als trauriger, blasser Frost zu erscheinen? War da nichts, nicht einmal ein Hauch?

Doch dann hörten wir hinter uns ein seltsames Klappern. Molly griff nach meiner Hand.

Holly bewegte sich instinktiv in die Richtung, aus der das Geräusch kam, aber Molly bat sie mit zitternder Stimme, es nicht zu tun.

"Ich habe Angst", sagte sie, und Holly drehte sich zögernd um. Wir gingen zurück in die Kammer, wo das Feuer noch brannte. Molly hatte sich in ihren Decken verkrochen wie eine Schildkröte in ihrem Panzer, und ich konnte es ihr nicht verübeln.

Ich konnte sie wimmern und schnüffeln hören, während ich ins Land der Träume abdriftete.

*   *   *

Und nun erschien mir nach langer Abwesenheit das freundliche Mädchen. Aber sie war anders, weniger wirklich. Sie stand in der Ferne und blickte aufs Meer hinaus. Um sie herum ein Leuchtturm, dessen heller

Strahl in der Dämmerung pulsierte. Alles andere war ein sanftes, tiefes, trübes Blau ... bis auf ihr Haar, rotes Haar, das durch den Dunst schimmerte.

Aber "ich" war nicht "ich" - selbst im Traum wurde mir das klar. Es war eine ferne Szene, mit der ich nicht interagieren konnte. Das freundliche Mädchen suchte etwas, ich konnte nicht herausfinden, was es suchte. So hatte ich sie noch nie gesehen, so geheimnisvoll, so unnahbar. Die Luft war feucht von Wassertropfen - obwohl ich nicht "dort" war, konnte ich sie auf meiner Haut spüren - und ich merkte, dass ich jemanden ansah, der mir sehr nahe stand, denn unsere Wege hatten sich längst getrennt.

Ich wusste, dass dies mein letzter Blick auf sie sein musste, denn sie war reifer geworden, ich aber noch nicht. Ich musste meine Suche fortsetzen, wohin sie mich auch führen mochte.

Aber würden wir uns wiedersehen, in einer unendlichen Zeit? in einem Garten im Regen?

Schon war sie nicht mehr zu sehen, und einsame Qualen zerrten an mir, zogen mich zurück in die Welt der harten Steinlandschaften.

*　　*　　*

Ein unangenehmes Klopfen riss mich aus dem Schlaf. Es war Holly, die mir auf die Schulter klopfte. Sie unterbrach meine unausgesprochenen Fragen mit einem Fingerzeig und winkte mich verstohlen in das kalte, feuchte Labyrinth aus schattigen Felsen. Widerstrebend schob ich meine Decke beiseite. Die Kälte war scharf und tief, aber ich war entschlossen, ihr zu folgen, mit knirschenden Zähnen und allem.

Sie führte mich über eine Spalte im Fels, die ich vorher nicht bemerkt hatte, weil ich sie für eine Nische hielt, bis an den oberen Rand eines Raumes, der halb Höhle, halb Kammer war und in den das Mondlicht durch eine Öffnung im Fels fiel. Sie deutete auf den Boden darunter.

Dort kauerte etwas - etwas Skelettartiges und Weißes.

Zuerst dachte ich, es seien die Knochen eines Tieres, das dort gestorben war. Aber ich wollte gerade den Mund aufmachen, als die Knochen eine seltsame, krabbelnde Bewegung machten. Holly drehte sich um und murmelte: "Siehst du? Aber dann war das Ding wieder still.

Mit dem Herz im Mund starrte ich es an. Dann bewegte es sich wieder - ein seltsames, kriechendes Krabbeln, das mir das Blut in den Adern gefrieren ließ. Es zitterte leise zur Seite, dann erstarrte es wieder und kauerte regungslos und stumm in der Ecke. Es sah aus wie ein uraltes Fossil - ein Trilobit oder so ähnlich - aber lebendig und so groß wie ein Mensch.

"Ich gehe da runter", flüsterte Holly und fuchtelte mit ihrer Kamera herum. "Kommst du mit?" Ich nickte stumm, trotz meiner Angst. Meine Angst, dass sie mich für einen Feigling halten würde, war größer als meine Angst vor dem Wesen selbst, und das war alles.

Sie führte mich zurück in den Spalt und dann einen künstlichen Gang entlang, der sich auf halbem Weg gabelte. Dieser endete in einer Treppe, die zu einem weiteren Gang führte, der wiederum in die Kammer/ Höhle selbst führte. Holly hatte den Weg gefunden - sie muss ihn erforscht haben, während ich schlief, trotz ihrer zugegebenen Angst. Aber mein Magen drehte sich um, als ich in das Mondlicht vor mir blickte.

Denn ich erblickte den gespenstischen Anblick der Kreatur, die die Wände umkreiste und uns mit ihren schwarzen, glänzenden Augen ansah, offenbar zu Tode erschrocken.

Holly hob ihre Hände, um zu zeigen, dass sie nichts Böses im Schilde führte, aber die Kreatur, die verzweifelt versuchte zu entkommen, begann die Wände der Höhle hinaufzuklettern.

Aber der Fels war zu steil, und das Ding fiel direkt auf den Boden, wo es wie betäubt auf dem Rücken liegen blieb. Holly ging mit der Kamera in der Hand weiter. Sie stellte sich über die Kreatur und machte ein Foto, wahrscheinlich mit der Einstellung "normales Licht", während sie sie aus diesen kleinen schwarzen, glasigen, starren Augen ansah ... Augen wie Murmeln in einem flachen, seltsamen Knochenschädel. Ein zusammengesetzter Schädel. Auch die Gliedmaßen und Rippen sahen weniger wie ein echtes Skelett aus, sondern eher wie ein Haufen Knochen, die aus verschiedenen (menschlichen?) Körpern zusammengesetzt worden waren.

Holly trat einen Schritt zurück. Das Wesen erhob sich langsam, seine Rippen schimmerten auf die Weise, die mich so beunruhigte. Es stand mit dem Rücken zur Wand und starrte uns beide misstrauisch an. Aber es schien seine Angst verloren zu haben, denn wir zeigten keine Anzeichen eines Angriffs.

Und dann begann es überraschenderweise zu sprechen. Mit einer hohlen, zuckenden, nuschelnden Stimme sagte es langsam auf Englisch:

"Aufstehen Soldat... Erhebe dich und falle...".

Holly und ich sahen uns erstaunt an.

"Es ist Zeit, den Ruf zu ertönen", krächzte die Kreatur mit stockender, kratziger Stimme. Woher kam diese Stimme, fragte ich mich schaudernd? wenn es keine Stimmbänder hatte?

"Musketen bereit", zwitscherte es erneut.

"Äh, hullo", stammelte Holly. "Wie heißt du?"

Aber das Wesen wiederholte nur: *"Es ist Zeit, den Ruf zu ertönen"*.

"Komm", sagte ich, immer noch verängstigt, aber fasziniert. "Wir sollten besser gehen..."

Aber Holly versuchte es noch einmal.

"Ist das dein Zuhause?" Das Wesen starrte zurück.

Und dann sagte es: *"Ich habe Angst."*

Es klang vertraut. Es war Mollys Tonfall, so wie sie es in der Nacht im Flur gesagt hatte, als wir das Klappern gehört hatten.

"Es muss einfach ... wiederholen, was die Leute sagen", sagte ich und runzelte die Stirn. Holly nickte langsam.

"Musketen bereit", rasselte das Wesen. Wir drehten uns um und verließen die Höhle. Das Letzte, was ich sah, als ich über die Schulter zurückblickte, waren zwei schwarze Murmeln, die in kalten weißen Knochen steckten und uns einsam anstarrten. Hätte die Kreatur Augen gehabt, hätte sie geblinzelt.

17

WAHRHEIT

Bei Tageslicht sah die Festung ganz anders aus. Sie wirkte eher traurig und verlassen als unheimlich, obwohl sie in ihrer himmelstürmenden Größe immer noch beeindruckend war. Sie schien einen Kampf mit dem Himmel zu führen, der zum Scheitern verurteilt war, denn er war zu seinem letzten Angriff auf diese zerklüfteten Felsen gekommen. Seine Bewohner waren geflohen, aber es hatte sie nicht bemerkt, so stolz, traurig und einsam war es.

Das Fort erinnerte mich an P-R selbst - und wenn P-R fallen würde, würde dann auch das Fort ins Meer stürzen? Und was würde mit seinem letzten Bewohner, dem Skelett, geschehen?

Wir erzählten Molly von unserer Begegnung, als wir auf einem großen, flachen Felsen im Schutz des Forts saßen und in der hellen, aber kühlen Sonne frühstückten. Zuerst dachte sie, wir machen Witze ... aber als sie merkte, dass wir es ernst meinten, wurde sie still und blass. Sie schien ein wenig misstrauisch zu sein, als ob Holly und ich jetzt auch irgendwie verzaubert wären.

*   *   *

Holly kündigte an, dass wir einen anderen Weg zurück zum Camp nehmen würden. Sie sagte nicht warum, aber ich wollte nicht widersprechen. Diesmal führte der Weg ins Landesinnere und nach einer halben Stunde Fußmarsch sahen wir erste Anzeichen von Menschen. Ein paar Bauernhöfe und in der Ferne etwas, das wie ein winziger Weiler aussah, in dem der Morgenrauch von Koch- oder Waschfeuern aufstieg. Und Felder, auf denen es von Feldfrüchten nur so wimmelte.

"Eine der fruchtbarsten Gegenden der Insel", sagte Holly und sprach das Offensichtliche aus. Mit diesen exquisiten Gemüse- und Getreidepflanzen erwirtschaftete Cavendish einen Großteil seines Handels. Aber ich habe kaum moderne landwirtschaftliche Geräte gesehen.

Wir kamen an einer Weide voller runder, gescheckter Kühe vorbei, wo ein alter Mann an einem Zaun lehnte und uns beobachtete. Mit seinen roten Wangen, dem weißen Haar und dem verschlagenen Blick sah er aus wie einer der Hobbits aus den *Herr der Ringe*-Büchern, die ich als Kind so gerne gelesen habe. Wenn er sprach, war sein Akzent so stark, dass ich ihn kaum verstehen konnte. Außerdem benutzte er viele unbekannte Wörter. Holly, die kaum Schwierigkeiten hatte, ihn zu verstehen, hatte wahrscheinlich während ihrer Zeit hier etwas von der lokalen Sprache gelernt.

"Good marnin. Been garnma rumma?", sagte der Mann.

"Nee", sagte Holly. "War draußen im Fort."

"Ah! Webout you gwen?"

"Out yenna", zeigte sie. "Zurück zum Lager."

"Dar-de-way!" sagte er mit einem schelmischen Grinsen. Dann schien er etwas nachzudenken, bevor er wieder sprach und die Stirn runzelte. "Deffy für eine Tasse und ein Taytie?"

"Tasse" war klar. Holly sah uns an und wir zuckten mit den Schultern. "Okay", sagte sie höflich. "Das machen wir, danke."

Wir gingen am Zaun entlang, bis wir das Eingangstor erreichten. Der Mann ließ uns hinein und wir folgten ihm in ein niedriges, mit Torf bedecktes Bauernhaus. Auch der Boden war mit Torf bedeckt, und das ganze Haus war einfach, aber gemütlich eingerichtet. Eine rundliche Frau rührte in einem großen Topf auf dem Herd, während drei Katzen erwartungsvoll um ihre Füße schlichen.

"Die Forner sind da", verkündete der Bauer.

"Ich tullye!", rief seine Frau überrascht aus. Doch im Nu hatte sie uns Tassen mit starkem Schwarztee und einen Teller mit dampfenden Tayties serviert. "Taytie" bedeutet "Kartoffel", aber in diesem Fall war es eine Art runder, flacher Kuchen, den es nur in diesem Teil der Insel gibt, der aus Kartoffeln, Mehl und Gemüse hergestellt wird und köstlich sein soll. Ich selbst fand es zwar einfach, aber essbar und auf jeden Fall besser als das abgestandene Essen, das wir in der Hauptstadt bekommen hatten.

Während wir aßen, fragte der Mann Holly nach dem Fort und warum wir dort waren. Dann drehte er sich aus irgendeinem Grund zu mir um und sah mich mit einem seltsamen Leuchten in den Augen an.

"Hast du die Tullas gesehen ... all pilly-pilly?" Ich sah Holly fragend an und sie übersetzte: "Hast du die Knochen gesehen, die alle zusammengeklebt sind?"

"Die Kreatur", murmelte ich. "Ja, wir haben sie gesehen."

"Was ist es?", fragte Holly und beugte sich neugierig vor. "Was ist die Tulla? Fuwa dar? Wo kommt es her?"

Der Farmer warf ihr einen verschlagenen Blick zu, lehnte sich in seinem Stuhl zurück und zog eine alte Tonpfeife aus seiner abgewetzten Hemdtasche. Offensichtlich wollte er erst antworten, wenn er die Pfeife eingewickelt und angezündet hatte. Wir saßen ungeduldig da, während er dieses altehrwürdige Ritual vollzog.

Schließlich hustete er, lehnte sich in einer Rauchwolke zurück und sagte, er wolle uns eine "Stolley" erzählen, wie er zum ersten Mal auf diese Kreatur gestoßen sei. Er sprach langsam und Holly übersetzte hin und wieder ein Wort, aber wir konnten ihm größtenteils folgen. Seine Frau saß neben ihm und rief hin und wieder "I tullye!"

Der Bauer wusste nicht, woher das Wesen kam, glaubte aber, dass es etwas mit der Magie der Ahu zu tun hatte. Bis vor kurzem hatte es die Festung nicht bewohnt. Seit den ersten Tagen der Besiedlung kursierten unter den Bauern Gerüchte über eine klappernde Gestalt, die sich in den Hügeln herumtrieb und an die man nur halb glaubte. Er wurde zu einer Art Volksteufel, dem man die

Schuld gab, wenn etwas schief ging - eine Seuche in der Gegend oder eine verletzte Kuh.

Doch eines Nachts hatten ihn einige Bauern tatsächlich in einer Scheune gefangen.

Ein Bauer war aufgestanden, um nachzusehen, warum seine Kühe so verstörend muhten. Als er das Skelett sah, bekam er natürlich Angst, schloss das Scheunentor und sperrte das Tier ein. Er weckte seine Nachbarn und sie berieten, was mit dem Tier geschehen sollte. Schließlich gruben sie eine viereckige Grube in den Boden, gerade groß genug für das Tier, und fanden ein Stück schweres Eisen, mit dem sie es abdeckten. Dann gingen sie mit Stöcken und einem Seil in die Scheune.

Sie packten die Kreatur, zogen sie in die Grube und schlossen sie mit der Eisenplatte ein.

Die Platte hatte einige kleine runde Löcher, und die Nachbarn machten sich einen Spaß daraus, durch die Luftlöcher auf den seltsamen Gefangenen zu starren. Sie nannten ihn "Tulla" oder auch "Boney" (Bonaparte ist hier noch lange in Erinnerung). Die Kinder stachen zum Spaß mit Stöcken auf ihn ein, obwohl ihre Mütter es ihnen verboten hatten.

Unser Freund, ein Bauer, erzählte uns, wie er ihn eines Tages selbst ansah und einen Anblick hatte, den er nie vergaß. Diese schwarzen Augen starrten ihn ausdruckslos an. Er saß da und wiederholte immer wieder dieselben Sätze. *Es ist Zeit, den Ruf zu ertönen*, sagte es. *Erhebe dich und falle.*

Die Sprachlosigkeit berührte ihn noch mehr als die Angst. Er wusste nicht, ob das Ding Schmerzen empfand wie ein Mensch oder ein Tier (es aß und trank nicht, aber das bedeutete nicht viel). Er wusste nicht, wie seine Augen "funktionierten" oder woher die Stimme kam. Aber er wusste, dass er es befreien musste, und das tat er.

In der Nacht schlich er sich mit einem großen Traktorheber zurück, hob die Eisentür an und befreite das Wesen. Er vermutete, dass die Kreatur danach Zuflucht in der Festung suchte. Niemand außer seiner Frau erfuhr je, wer es befreit hatte.

Erhebe dich und falle.

"But wha dem hilly larpoots dunno wun hart em,

eh?"

Aber ich fragte mich, warum er seine Geschichte ausgerechnet jetzt erzählte, noch dazu vor fremden "Forners". Ich brauchte nicht lange, um es herauszufinden.

Er erzählte uns von einer Prophezeiung, einer Legende, die seit den ersten Tagen der Besiedlung überliefert wurde. Die Siedler wiederum hatten sie von einem alten, betrunkenen Priester, einem der Missionare, die vor ihrem Verschwinden versucht hatten, die Ahu zu bekehren.

Nach dem Verschwinden der Ahu hatte dieser Priester seine Berufung in Frage gestellt, war auf der Insel geblieben und hatte sich schließlich dem Alkohol zugewandt, den er mit Waffen und Reliquien der Ahu von den neu angekommenen Soldaten kaufte. Im hohen Alter, mit wilden Haaren und runden Augen, die nicht sehen konnten, erzählte er einer Gruppe von Bauern von dieser Prophezeiung, von der letzten Aussage der Ahu.

Sie seien gegangen, sagten sie, weil die Sklavenhändler ihre Häuptlinge mitgenommen hätten - und die Priester nicht in ihre Fußstapfen treten könnten. Aber eines Tages, wenn das Ende der Welt nahe sei, würden ihnen einige "Forners" (so drückte es der Bauer aus) folgen ... und einer von ihnen, so erzählte er mir mit verschmitztem Blick, würde *nae Tullas in his lanks* haben.

"Keine Knochen in den Beinen", fügte Holly automatisch hinzu.

Dann machte es klick und wir starrten uns an. Ich blickte langsam auf meine hosenbekleideten Glieder hinunter, und der Farmer lächelte sein hinterhältiges Lächeln.

Aber woher wusste er es - oder *hatte* er es gewusst?

* * *

Holly druckte das Foto aus, sobald wir zurück waren, und schloss die Kamera an einen alten Drucker an. Alles, was wir sehen konnten, waren Linien von hellem Blutrot auf tiefstem Schwarz; ein klares Muster, das von einem zentralen Punkt ausging, aber verschwommen und unscharf. Wir drei standen da und starrten es an. Dann tauchte eine Gestalt über unseren Schultern auf, und eine leise Stimme hustete leise. Der P-R stand da und blickte mit uns auf das Foto.

"Es ist das Zeichen der zitternden Sonne. Es bedeutet, dass das Ende der Welt nahe ist." Er schien sich überhaupt nicht für die Kamera zu interessieren.

"Wir waren im Fort", stammelte Holly.

"Wirklich?"

"Da haben wir das aufgenommen."

"Vielleicht haben sie unseren modularen Freund getroffen?"

"Du meinst ..."

"Die Tullas, äh, all pilly-pilly", flüsterte ich. Der P-R lachte, aber es war ein trauriges Lachen.

"In der Tat", sagte er. "Der Zauber der Ahu lebt weiter, auch in diesen gottlosen Zeiten. Ich wünschte wirklich, ich hätte sie gekannt."

"Aber wie hast du..."

"Ich habe den Erzählungen unserer Bauern viel Aufmerksamkeit geschenkt ... Spukende Festungen, klappernde Knochen... Ich musste es mit eigenen Augen sehen. Die Bauern wissen nicht, woher es kommt. Aber *ich* weiß es.

"Die Häuptlinge der Ahu, ihre besten Krieger und Zauberer... wurden von den Menschen, die einst hier landeten, gekauft und verkauft. Wie ihr wisst, praktizierten die Ahu die Knochenbestattung und bewahrten die Knochen ihrer Toten in großen Tonkrügen auf. Als sie verzweifelt nach Führung suchten, holten sie die Gebeine einiger ihrer verehrtesten Vorfahren hervor und sangen drei Tage und drei Nächte lang über ihnen. Und die Gebeine hörten den Ruf und verwandelten sich in die Wächter der Insel.

"Aber etwas ging schief ... der alte Zauber hatte versagt. Der Wächter hatte weder Kraft noch Verstand. Ich weiß nicht, ob die Ahu das bemerkten, bevor sie verschwanden."

"Woher weißt *du* das alles?"

"Ich fand es im Tagebuch eines meiner Vorfahren. Er

hat es von einem der Geistlichen gehört, einem betrunkenen Lüstling, der meinen Vorfahren mehr verraten hat als die Bauern."

"Wohin sind die Ahu gegangen?", fragte Holly. "Ist es wahr, dass sie die Straßen ins Meer genommen haben?"

""Ins Meer" ist eine falsche Übersetzung. Niemand weiß, was das mit Meer übersetzte Wort wirklich bedeutet."

"Wohin *sind* sie dann gefahren? Wohin?"

"Wenn du es noch nicht erraten hast ... Ouwai, unsere ferne Insel, beherbergt das Portal. Die geheime Treppe. Das ist es, was die Patagonier wollen. Und das dürfen sie nicht bekommen."

"Sind die Ahu noch da?"

Der P-R schaute uns alle grimmig an.

"Da unten ist eine andere Welt", sagte er. "Ich und meine direkten Vorfahren wussten es von Anfang an. Mein Vorfahre hat ein feierliches Gelübde abgelegt, das Geheimnis zu bewahren. *Deshalb* verließ er das Britische Empire. Niemand sonst in Cavendish weiß davon, nicht einmal heute. Außer Ihnen, denn da Sie die Knochen gesehen haben, fühle ich mich verpflichtet, es Ihnen irgendwie zu sagen. Ich bin sicher, dass Ihnen sowieso niemand glauben würde..." Er begann, durch den Raum zu gehen.

"Prestal Clare hat uns schon von dem Portal erzählt", sagte ich, "und von Maddems Traum. Der Bauer wusste nicht, wohin die Ahu gingen, aber er sagte, dass ihnen eines Tages Fremde folgen würden."

"Ich kenne eine ähnliche Prophezeiung. Nur waren die "Fremden" nicht genau die, die beschrieben wurden. Eines Tages, wenn das Ende der Welt nicht mehr weit ist, wird die geheime Treppe von *koha toa* durchbrochen werden. Das bedeutet "harte Kämpfer", könnte aber auch "kühne Rebellen" oder sogar "große Verräter" bedeuten... Die Sprache der Ahu war voller Zweideutigkeiten. Jedenfalls... wenn das Zeichen der Zitternden Sonne näher rückt, dann ist dieser Tag angeblich nicht mehr fern. Der Tag des Weltuntergangs..." Er blickte auf die Kamera.

"Lass uns gehen", sagte ich plötzlich. "Ich bin ein harter Kämpfer. Ich war im Krieg. Und ich habe keine

Knochen in den Beinen!" Obwohl ich mich tief in meinem Innern überhaupt nicht kämpferisch fühlte, trieb mich irgendetwas dazu, so aus mir herauszubrechen und mit den Zähnen zu knirschen.

Der P-R sah mich mit einem harten, durchdringenden Blick an. Es war wie ein Diamantenauge. Aber bevor er etwas sagen konnte, kam ein Diener herein und zog ihn zur Seite. Ein heimliches Flüstern ertönte, und die beiden verließen das Zimmer.

"...berichteten gestern, dass sie mit..."

"Haben sie das wirklich?" Ihre Stimmen verstummten leise.

"Eine andere *Welt*", sagte Holly überglücklich.

"Darauf habe ich mein ganzes Leben gewartet", sagte ich. "Und ich habe keine andere Wahl." Ich wandte mich an Molly. "Sie werden uns finden, egal was passiert. Es gibt keine Hoffnung für uns, außer in der anderen Welt."

"Es hört nie auf", wimmerte Molly. "Es hört nie auf."

*　　*　　*

Die roten Lampen an der Wand färbten den dunklen Schein der Feuerstelle in ein tiefes Rotgold. Das Echo flimmerte in der Grube, und wir fühlten uns wie Singvögel in einem Sturzbach - kraftlos und flügellahm. Kriegerische Stimmen schrien zitternd ... aber der Botschafter war lauter als sie alle.

"Verräter", brüllte er und schlug mit der Faust krachend auf die Eichenbank. Einige sahen sich mit großen Augen um, andere grinsten nur spöttisch.

"Und wann habt *ihr* uns das letzte Mal geholfen?", rief Henry, der Erste Hauptquartiermeister. "In Mantuaroa, wo du dein wankendes Ego fütterst, ha!" Mehrere Stimmen erhoben sich und bejahten höhnisch.

"Verräter!", wiederholte der Botschafter mit einem weiteren Knall. Der P-R saß würdevoll und ruhig da. Sein strenger Blick schweifte durch den Raum, aber er wirkte eher traurig als wütend. Er hörte zu, wie die anderen ihre Diktate schrien.

"Wir *müssen* die Insel an St. Vigean abtreten. Warum sie es wollen, ist doch egal. Es ist nur ein jämmerlicher Haufen Dreck und verdorrte Bäume." So sprach Henry, laut und mit gerötetem Gesicht.

"Sie wollen es sowieso", sagte Lincoln, der Erzieher, blinzelte nervös und rang die Hände. "Die Sache mit Nicholas und Molly ist nur ein Vorwand. Jemand will Ouwai unbedingt haben. Wir wissen nicht warum, aber es ist so..."

"Verräter", brüllte der Botschafter ein drittes Mal. Aber der P-R war diplomatischer.

"Wir wissen, dass die Patagonier die St. Vigeaners als Tarnung benutzen. Und ich weiß auch, warum, obwohl ich es nicht sagen darf."

Der Botschafter explodierte. "Wen kümmert"s, warum sie die verdammte Insel wollen", donnerte er mit leuchtenden Augen. "Die unangenehme Tatsache ist, dass sie *uns* gehört! Werden wir zulassen, dass jemand unsere Souveränität verletzt? Zum Teufel mit ihnen!" Plötzlich war es still im Raum. Nur das Klicken der Stricknadeln des Unterstaatssekretärs war zu hören. Lincoln blinzelte und starrte zu Boden.

Dann setzte allmählich ein Gemurmel ein ... ein Raunen der Uneinigkeit. Jetzt wusste ich, warum der P-R uns nicht abschirmen konnte ... Er spürte, dass seine eigene Autorität am Ende war. Die meisten im Rat würden niemals einem Kampf zustimmen, und ich konnte es ihnen kaum verübeln. Gegen die überlegene Technologie hatten sie keine Chance.

Aber wenn sie Molly und mich den Mantuanern und die Insel den St. Vigeanern ausliefern, wird jeder Konflikt vermieden... lautete der Funkspruch der Großmächte.

Ich weiß nicht, warum sie so verzweifelt versuchen, mich zu kriegen. Aber ich weiß, warum sie Ouwai wollen, und das darf nicht passieren ... Nicht bevor ich die alte Prophezeiung erfülle.

Ich muss die geheime Treppe nehmen.

18

OUWAI

Meine Träume werden reich. In einem fliege ich zurück nach Mantuaroa und schwebe über dunkelgrünes, gummiartiges Laub. An der Küste gibt es Fregattvögel, Pelikane stolzieren am Ufer entlang, waten im Wasser und schlagen mit den Flügeln nach Fischen, die sie mit ihren Schnäbeln fangen.

Im Dschungel gibt es Nachtvögel, deren Schreie manchmal erschreckend, manchmal amüsant sind. Es gibt einen Papagei, der die Namen der lokalen Politiker verflucht, azurblaue Eisvögel und Kolibris, die sich von großen blutroten Blüten ernähren.

Und dann sind da noch die Großen Vögel - Avatare der Inselmythologie, von denen einige auch Schreckensvögel sind. Sie sitzen in der Ferne, aber ich kann ihre Formen nicht im Detail erkennen - was ich sehe, erinnert mich an den gefiederten Teufel. Könnte die Legende wahr sein? Irgendwie weiß ich instinktiv (im Traum), dass sie wahr sind und dass der neu entdeckte Gefiederte Teufel keine Art ist, wie die Wissenschaftler glaubten, sondern ein einziges Wesen, ein Avatar.

Und dann höre ich eine Stimme singen:
Ein ganz neuer König der Lüfte
Spioniert die überfüllten Gestalten am Boden aus;
Mir scheint, er hat seinen Stuhl gestohlen.
Nur vierzig Stockwerke hindern ihn am Fall.

Und in der Ferne sehe ich einen großen, schimmernden Turm aus blauem Glas, der einen schönen Hafen überragt.

Das Modellgebäude: ein Meisterwerk der Handwerkskunst schäbiger Technokraten. Berührt man eine Platte, wird eine Wand durchsichtig, berührt man

492

einen sich bewegenden, farbcodierten Punkt darauf, wird ein Bild daraus, oft eine groteske und humorvolle Karikatur (wie ich bei einem Anruf an die Empfangsdame erfahre). Besucher hingegen werden einfach beim Betreten des Gebäudes fotografiert.

Das System verfügt über weitere fortgeschrittene Funktionen: Es zeigt nur die Bereiche an, die man betreten darf, und zeichnet den Weg mit einfachen gepunkteten Linien nach, die sich mit dem Fortschreiten des Weges verdichten. Die oberste Suite ist nicht sichtbar, aber wenn man hinschaut, sieht man einen großen Punkt, der sich auf eine dunkle Kammer zubewegt. Ein Schatten huscht darüber und lässt einen erschaudern.

Einige der Kraten, die dieses Gebäude entworfen haben, arbeiten immer noch hier. Sie sind wie verwöhnte Kinder, die nur arbeiten, wenn sie Lust haben, und dann auch nur an ihren Lieblingskreationen. Ihr Genie ist unverzichtbar, aber nur so lange, bis die Patagonier das Gebäude haben, das sie wollen. Danach wird sie von Drohnen betrieben, und die "Crats werden wie ihr altes Idol Nemet Breisler enden.

Das Gebäude ist menschenleer, als man es am frühen Morgen betritt. Du nimmst den zentralen, gedankengesteuerten Aufzug, aber der rebellische Krater, der dich hineingeführt hat, zweifelt auf halber Höhe. Er versucht, wieder nach unten zu kommen, aber Sie lassen sich nicht darauf ein, und Ihre Gedanken heben seine auf. Der gläserne Aufzug steckt zwischen den Stockwerken fest.

Dann, langsam, langsam, beginnt der Aufzug nebenan zu sinken. Zuerst sieht man nur eine verschwommene schwarze Gestalt ... aber dann sieht man, wie sie sich gegen die Scheibe drückt.

Und man schreit. Und sie bewegt sich, um den Schrei aufzufangen.

Das Glas zerbricht unter ihrer Berührung, als sie sich anschickt, hinüberzuspringen ... Und so beginnt ein "Wettlauf der Gedanken", komisch und beängstigend zugleich. Sie endet oben, wo der Patagonier wartet und "seinen" Hund zurückruft. Aber wie lange hat er ihn unter Kontrolle?

Er bittet Sie in sein Büro. Unter einem breitet sich

ganz Mantuaroa City aus, aber der Blick fällt auf einen
Mann in der Ecke des Raumes, der wie gelähmt wirkt
und dem eine tropische Pflanze aus dem Mund wächst.
Man erschaudert vor dem Grauen. Der Geruch von
Moder und Verwesung lässt dich würgen. Aber der
Patagonier grinst wie ein Krokodil, als wolle er sagen,
dass es hier kein Entkommen gibt.

In diesem Augenblick blickst du auf...

Denn du erinnerst dich, dass Maddem ein
"Machtwort" kannte, das notwendig war, um die
geheime Treppe zu erreichen... und es scheint, als hätte
er es in winzigen Buchstaben an die Decke geschrieben,
genau hier, im Allerheiligsten.

Winzige, winzige, winzige Buchstaben, so klein, dass
der Patagonier sie nicht bemerkt hat.

Und sie buchstabieren das Wort:

Klick.

Du greifst nach den Buchstaben, als du aus dem
Traum erwachst.

*   *   *

Und so erwachte ich auf diesem "elenden Haufen
Dreck und vertrockneten Bäumen" und stellte bei
Tageslicht fest, dass diese Beschreibung der Insel nicht
gerecht wurde. Ouwai ist zwar klein und trostlos, hat
aber eine eindringliche Erhabenheit, die mich an die
sechste Symphonie des alten Musikers Sibelius erinnert.
Ich habe sie auf dem Flug nach Mantuaroa gehört, und
jetzt sehe ich, wo sie entstanden sein könnte, wenn der
Komponist jemals diese Breitengrade besucht hätte (und
vielleicht hat er das?). Ich erinnere mich, dass der
Ansager sagte, es sei die vorletzte Sinfonie von Sibelius,
also was liegt noch vor mir?

Ich warf einen Blick zurück auf Holly und Molly, die
immer noch schliefen, und sah, wie der P-R in der Kiste
mit den Werkzeugen kramte, die wir mitgebracht hatten.
Ich wollte ihm gerade sagen, dass wir sie nicht mehr
brauchten, da ich das Passwort hatte ... da hörte ich
Schritte vom Ufer. War es der wartende Kapitän? Nein,

das Boot lag in der anderen Richtung.

Stattdessen war es ein Mann, den ich noch nie zuvor gesehen hatte. Woher kam er?

Dieser eintönig aussehende Mensch hatte seltsame Lippen, dünn und doch gummiartig, die irgendwie blutleer und sinnlich zugleich wirkten. Er blieb stehen, die Hände in den Hosentaschen, und plötzlich wurde mir klar, an wen er mich erinnerte: an Craggens Puppe. Trotz der Kälte fühlte sich meine Kehle feucht und unbehaglich an.

Er griff in seine Tasche und holte einen Gegenstand hervor, der die Größe und Form einer Pistole hatte, aber mit einer digitalen Anzeige versehen war. Der P-R bemerkte es jetzt auch, und sein Mund klappte nach unten.

"Hier auch?"

"Wir sind überall, wie es scheint."

"Und was ist das?"

"Eine neue Schallwaffe. Experimentell. Seht euch das an." Craggens Puppe richtete sie auf einen nahen Felsen und drückte einen Knopf, woraufhin wir keinen Ton aus der "Waffe" hörten, sondern nur das Zischen des Felsens, der sich in einen Haufen feinen Sand auflöste. Das war sehr beunruhigend.

Nichts war mehr sicher. Molly zitterte und ich hielt sie fest, als die Puppe wieder sprach.

"Nemet Breisler".

"Er war naiv und unmoralisch", hauchte die P-R. "Was ist mit ihm?"

"Er war ein Genie. Aber er hat uns in einem wichtigen Punkt einen Strich durch die Rechnung gemacht, deshalb haben wir ihn als Versuchskaninchen für seine eigene Erfindung ausgewählt."

"Die Kreativität des arischen Menschen war früher das Ende aller Kreativität. Das glaubst du also, ja?"

"Was ihr "Kreativität" nennt, ist Unrecht."

"Ja, ja, wir wissen es. Seit dem Großen Krieg gegen die Scarlotti fürchtet ihr sie als Bedrohung eurer Herrschaft. Deshalb seid ihr hier auf dieser dunklen Insel. Ihr wollt den Zugang versperren..."

"Unser Herr will durch seinen Avatar den Zugang versperren. Ich bin nur sein demütiger Diener. Er will nicht, dass die Menschen mit seinem Feind, dem so genannten Traumkönig, kommunizieren."

"Und wenn sie es täten?"

"Dann könnten sie gegen den Ubiquitor immun werden."

"Der Ubiquitor ... dann stimmt es also."

"Was ist das?", flüsterte Molly.

"Etwas, das sie angeblich im neuen Südamerika erschaffen haben. Es sorgt dafür, dass sich die emotionalen Resonanzen und Wahrnehmungen aller Menschen so weit wie möglich angleichen, und aus diesem Grund werden alle auf den kleinsten gemeinsamen Nenner gebracht. Als Nebeneffekt nimmt es den Menschen die Phantasie."

"*Das* ist also der Grund, warum Maddem weggelaufen ist", zischte ich und verstand plötzlich. *Aber war das nicht eine Form von Feigheit? Wenn ja, bin ich dann auch ein Feigling? Aber ich bin kein Dichter... Ich habe nicht die Pflicht, zurückzubleiben und zu kämpfen. Oder doch?*

Die Puppe nickte mir zu. "Die graue Platte im Piloten, die du zufällig entdeckt hast, war ein Testrezeptor für dieses wunderbare Gerät. Es wurde von Breisler selbst entwickelt ... auf Mantuaroa, nicht in Südamerika, obwohl es jetzt sicher auf dem Weg dorthin ist, um weiter getestet zu werden."

"Testen? Wie der Pilot? Und ich?"

"Nur Ihre Beine sind für unsere Kontrolle empfänglich, nicht Ihr Verstand. Aber das war nicht unsere Arbeit. Die Technologie ist frei verfügbar ... nur sind wir die Einzigen, die ihr wahres Potenzial verstehen."

"Die Leichen auf dem Friedhof... wart ihr das oder die toten Schatten?"

"Das waren unsere. Der Tod der Testpersonen war heldenhaft, wenn dieses Wort überhaupt eine Bedeutung hat, denn sie haben dazu beigetragen, die segensreichste technologische Innovation zu perfektionieren, die den Planeten Erde je geehrt hat. Und jetzt haben wir noch kleinere und unauffälligere Möglichkeiten der Implantation."

"Aber warum behaupteten die toten Schatten, sie und Breisler getötet zu haben? Herb hat uns echtes

Filmmaterial gezeigt...".

"Die toten Schatten sind nützliche Idioten, mehr nicht. Man hat ihnen Brieslers Kopf gegeben, damit sie sich wichtig fühlen und um den Verdacht von uns abzulenken. Herb selbst hat es irgendwie geschafft, mit dem Gärtner in Kontakt zu kommen, weiß Gott wie... Aber er war dumm genug, den Gärtner für einen Diener zu halten, der seine Befehle ausführt. Er erfuhr das Gegenteil, als der Gärtner ihn auf das Feld der gesegneten Leere führte."

"In den Abgrund", sagte der P-R.

"Nennen Sie es, wie Sie wollen."

"Kommt er von dort?"

"Ich weiß es nicht. Er erschien uns zum ersten Mal, als der Ubiquitor in Betrieb genommen wurde. Er schien sich aus der Maschine selbst zu materialisieren. Sogar ich als Zyniker hatte ein wenig Angst. Aber er sah mich an, und ich merkte, dass ich ihn mit meinen Gedanken lenken konnte, zumindest bis zu einem gewissen Grad. Jetzt halten wir ihn in einem versiegelten Raum fest, es sei denn, wir lassen ihn auf eine Mission los."

"Ihr wollt uns also töten?"

"Noch nicht. Ich muss wissen, wie ich das Portal hier öffnen kann. Es reicht nicht, es zu versiegeln. Es muss dort unten eine andere Welt geben, und wir müssen Zugang zu ihr haben, damit wir *sie* verbessern können."

"Ihr könnt uns foltern, wenn ihr wollt. Wir werden es euch nie verraten", sagte der P-R, und er meinte es ernst... zumindest für sich selbst.

"Aber was ist mit diesem traurigen Geschöpf, das ihr Freund nennt?" Der Puppenspieler schnippte mit den Fingern, und drei Gestalten tauchten hinter einem großen Felsen am Strand auf. Zwei waren Wachen, aber die mittlere Gestalt, zerlumpt und mit hängendem Kopf, war Scuzzy. Eine Wache hielt ihn an jedem Arm fest.

Molly schrie auf und lief zu ihm. Er hob den Kopf ein wenig und grinste schief. Er sah aus wie ein gebrochener Mann.

"Und du denkst, du kannst diesen... Freund von Molly ... als Druckmittel gegen uns benutzen?", schnappte der P-R.

"Sie müssen doch wissen, wie man auf das Portal

kommt, was wollen Sie sonst hier? Und wenn ihr mir nicht sagt, wie man es öffnet, lasse ich den Gärtner diesen Unglücklichen in den Abgrund ziehen und mit ihm machen, was er will."

"Wir wissen es nicht. Und selbst wenn ich es wüsste, würde ich es euch nicht sagen."

"Dann muss ich den Gärtner rufen..."

"Ha!", knurrte der P-R. "Glaubst du, du kannst den Gärtner kontrollieren? Ihr seid genauso verblendet wie die toten Schatten."

"Ich kann Ihnen versichern, dass wir..."

"...beherrschen", wollte er wohl sagen, aber die Geschichte wiederholte sich. Denn der Schatten tauchte auf. *Der, dessen Eingeweide sich in die Ewigkeit falten, zu schwarzer, gefrorener Folter in endloser Kälte ... dieser hohle Punkt, der alles Leben aussaugt.*

Molly schrie, aber er ignorierte sie und Scuzzy.

Stattdessen wandte er sich der Puppe zu, und dann... war er weg, implodiert.

Wir standen fassungslos da, und der Schatten sah sich um, als wolle er in aller Ruhe entscheiden, wer seine nächste Ernte sein würde. Die Wachen ließen Scuzzy fallen und sprinteten den Strand hinauf, aber es gelang ihnen nicht, seine Aufmerksamkeit zu erregen. Stattdessen wandte er sich ... zu mir.

Ich glaube, ich habe geschrien, denn das war der Gärtner aller Schreie.

Aber für seine nächste Jagd wählte er den P-R, der *nicht* schrie und bis zu seinem Verschwinden anhielt.

"Lauf", krächzte Scuzzy. "Ich kümmere mich um den Schatten. Finde das Portal, von dem er gesprochen hat. Geh hindurch und *fick diesen Abschaum.*" Irgendwie brachte er die Kraft auf, Molly unsanft zu mir zu schubsen; Holly und ich nahmen, während wir verzweifelt zum Portal sprinteten, je eine Hand und zogen sie hinter uns her.

Als ich kurz zurückblickte, sah ich, wie Scuzzy den Geist in einem wirbelnden Tanz um sich herum führte, bis sie wie ein taoistisches Symbol miteinander verschmolzen, und ich hörte ihn das alte Sprichwort rufen: *Es ist besser, zu verbrennen, als zu verblassen.*

Er war also der letzte Rockstar und der größte von

allen. Aber wir hatten keine Zeit, sein Andenken zu ehren, auch nicht die P-R.

Wir rannten dorthin, wo der P-R uns gesagt hatte, dass das Portal sein würde. Zu meiner Überraschung war es ein großer dreieckiger Stein, wie der Schlussstein einer alten Pyramide.

"Das ist seltsam", keuchte Holly. "Er hat mir gesagt, dass er rund ist."

"Wie kriegen wir ihn auf?", keuchte Molly. Ich trat vor, um meine Aufgabe zu erfüllen. Mit lauter Stimme sagte ich: "Klick".

Der Schlussstein verschwand.

Ich steckte meinen Kopf in das dunkle Loch und sah

*   *   *

... die Wobbels und Goggits, die wie eine Galaxie von Sternen umherwirbelten.

Meine Beine sprachen, und ich stellte ihnen Fragen, denn die bisher stummen Tiere wurden nun verklärt und sagten mir, dass die meisten heute nur den "passiven, elastischen Geist" (meinten sie die Materie?) sehen können, nicht aber den aktiven Geist, der sie formt, und daher weitgehend blind sind, nur die Wellen im Wasser sehen, aber weder den Stein noch den Werfer. Aber das zu sehen ist nicht genug. Das wollen die Vogelkultisten erreichen, sagten meine Beine ... aber es wird ihnen nichts nützen. Es ist besser, das Leben wie eine Geige zu "spielen"...

Dann bemerkte ich, dass die große Pyramide noch da war, ebenso wie der alte Kurgan, aus dem der Graue Tod kam.

Und ich sah eine bemerkenswerte Serie von sieben Gemälden eines namenlosen Weisen - sie waren in Vergessenheit geraten, und vielleicht bin ich außer dem Künstler der Einzige, der sie gesehen hat. Ich sah nicht gekennzeichnete Gräber von Märtyrern in Tasmanien, wo Nicola jetzt lebt und wohin sie gegen ihren Willen verschleppt wurde. Auch das Grab eines Säuglings, der mit den Märtyrern in eine andere Seinsebene übergegangen war. Und eine Frau, von der ich irgendwie weiß, dass sie Maddy heißt, die vor Kummer gestorben ist, aber jetzt mit Scarlotti speist, ihrem ehemaligen Feind, der nach seinem schrecklichen Opfer selbst zum Märtyrer wurde. Er hat den Mord an Maddys Geliebtem gesühnt, wurde aber zur Strafe vom Kaiser zum einfachen Soldaten degradiert. Und er starrt auf ein Ölgemälde von Tegg, der neben dem freundlichen Mädchen sitzt...

Dann sah ich Vonny Moss, wie er seine vielen Gesichter ablegte, bevor er nackt vor dem dunklen Tor stand.

Und den Introspector, der schluchzend in der Asche seiner großen Bücher liegt (hat Maddem sie verbrannt?). Auch er ist nackt und zerbröckelt zu einem Nichts, sein Zerbröckeln in der Bibliothek war nur eine Vorahnung.

Und der kleine Mann selbst erscheint und winkt mir ins Grüne Land... aber das Tor bleibt verschlossen.

Scuzzy erscheint auf der Schwelle und spricht leise zu mir: "Ich bin der letzte Rockstar. Es wird nie wieder einen geben..."

Und ich sah die Wölfe der Freude - keine guten Väter oder Mütter, sondern in einer anderen Rolle. Sie spielten auf dem Leben wie auf einer Geige.

Und dann öffnete sich das Tor ganz leicht, und ich sah den Traumkönig, eingefroren und in ständiger Veränderung, in der Gefahr, aus der festen und bedeutungslosen Matrix, die seinem Traum aufgepfropft war, zu erwachen und zu erlöschen.

Er schuf den Bloodleach - aber warum?

Und warum wählte er mich als seinen Agenten? Ich bin keine Persönlichkeit ... nicht so groß wie Scarlotti oder wie Maddys gemarterte Liebe ...

*   *   *

Ich zog meinen Kopf aus dem Loch.

Ich drehte mich zu Holly und Molly um ... wir drei passen nicht zusammen ... nicht einmal das ist so wie es sein sollte ... aber wir zucken mit den Schultern und gehen zusammen durch, halten uns an den Händen ...

Holly sucht den Schatten, während ich diese letzten Worte in ein Tagebuch schreibe, von dem ich wenig Hoffnung habe, dass meine Tochter Nicola es jemals lesen wird.

Und nun muss ich das undurchdringliche Dornengestrüpp in den unerreichbaren Tiefen eines heulenden Abgrunds finden. Um bei dieser Suche voranzukommen, werde ich wohl die Sprache der Vögel lernen müssen. Es ist die Sprache der Menschen, die scheinbar etwas anderes sagen, es aber nicht tun. Es ist die universelle Sprache, aber nur wenige sprechen sie.

Die dunkle Treppe führt nach unten, aber ich habe das Gefühl, dass sie eigentlich nach oben führt, wie in einer Zeichnung von Escher. Aber das ist meine geringste Sorge.

Holly, ich brauche deine Kamera, um mich zu orientieren, und Molly, ich brauche dein Chaos.

Jetzt lege ich dieses Tagebuch für immer beiseite.

Die Spanische Treppe ist nicht heiß, aber sie brennt.

NACHWORT

Mit dieser merkwürdigen Schlussbemerkung endet das Tagebuch von Großvater Mond. Seine kleine Tochter, die im Text kaum erwähnt wird (die Nicola, von der am Ende die Rede ist), ist meine Mutter geworden. Der Schmerz darüber, dass sie ihm von meiner Großmutter weggenommen wurde, war offensichtlich zu groß, als dass er darüber hätte sprechen wollen. Ob ihm die Zeit in der Armee geholfen hat, das Trauma zu vergessen und neu anzufangen, kann nur der Leser beurteilen.

Als die Expedition meiner Mutter die Insel Ouwai besuchte, gab es den "Portalfelsen" noch, aber er sah jetzt aus wie ein Sechseck. Als man ihn zerstörte, fand man unter ihm keinen Durchgang, obwohl Großvaters Tagebuch unter einem nahegelegenen Stein gefunden wurde, der von den Elementen unberührt geblieben war. Und nicht nur das, auch seine Beine waren noch da, ganz in der Nähe des verschwundenen Portals (falls es je eines gegeben hat).

In seinem Tagebuch steht, dass er mit einer Waffe zurückkehren würde, vermutlich einer geistigen Waffe - aber bis jetzt ist er nicht zurückgekehrt, und ich kann nur vermuten, ob er Maddem jemals gefunden hat, "in einem undurchdringlichen Dornengestrüpp".

So sitze ich hier in Lune River, Tasmanien.

Im Norden liegt die verfallene Stadt Hobart, wo die Patagonier eine Festung haben und die Schwachstellen ihres Ubiquitors ausbessern, aber hier im Süden ist es immer noch still. Die Wölfe der Freude sind jetzt tot, aber ich habe Gerüchte über einen neuen Aufstand der Jugend gehört, also muss ich weiter, weiter nach Süden, bis ich das Ende der Welt erreiche, das immer näher rückt.

Denn ich habe selbst ein Männlein gesehen, und es ging in diese Richtung.

Vom selben Autor

Der Drescher

(deutsche Übersetzung in Vorbereitung)

Der Drescher ist ein eindringliches Tableau einer vergangenen Ära und beschreibt die Underground-Musikszene der 1990er Jahre.

Zusammen mit dem Begleitbuch *Hide the Decline* bildet es ein Panorama der westlichen Welt von den späten 1970er Jahren bis zum Wahnsinn der 2020er Jahre, gesehen durch die Linse des Möchtegern-Künstlertyrannen Michael Glendower und seines zeitweiligen Gefährten, des gefürchteten Musikers Shiv.

Um per E-Mail über neue Bücher von Christensen informiert zu werden:

http://snowsoftomorrow.substack.com